KUWEI
酷威文化
图书 影视

忽如一夜病娇来

风流书呆 著

上册

江苏凤凰文艺出版社
JIANGSU PHOENIX LITERATURE AND
ART PUBLISHING

目录

第一章 初醒

虞襄从混沌中醒来，愕然地摸了摸剧痛的双腿，伸出手她才后知后觉地发现，自己短手短腿的，看上去只有七八岁。存留在脑海中的记忆纷至沓来，她扶着额头一点点消化，半晌后痛苦地呻吟出声——这恍惚是她曾看过的一本书的内容。

书中内容大概是讲一商贾之家与一勋贵之家同时出行，两家的主母都怀了孕，月份也差不多，途中碰见土匪劫道，在家仆的护卫下，逃出了重围，躲入洞穴避难，双双动了胎气早产。当时的情况危急，两家人都手忙脚乱，两家又都生的是女儿，勋贵之家的奶娘一不小心抱错了孩子，回府后她才发现孩子的襁褓虽然颜色和花纹相同，但是使用的布料却十分廉价，这才回过味儿来。

可家主死于匪患，主母正是伤心欲绝的时候，一旦说出真相，她少不得要给家主陪葬，一双儿女也会受连累。左思右想，她最终选择闭口不提，久而久之，便得了心病，没熬过几年就去了，临死方将事情告诉了主母。

自此，虞襄从侯府千金沦落为父母不祥之人，处处被人轻贱，时时遭受欺凌，又因不良于行，更是养成了阴郁自卑的性格。这家的亲生女儿被寻回后，虞襄目睹了她如何风光无限，如何千娇万宠春风得意，由此，虞襄积压在心底的怨恨彻底爆发，走上了与真千金作对的不归路，最终，被真千金设计嫁给了“中山狼”，受虐而死。

虞襄闭着眼睛梳理记忆，发现虞襄的奶娘是三天前过世的，过世前刚刚将抱错孩子的真相告知了虞襄的母亲林氏。林氏与丈夫恩爱异常，一直接受不了丈夫亡故的事实，对俗务、儿女、长辈，统统不闻不问，只整日将自己锁在院中，抱着丈夫的牌位，靠往昔的甜蜜回忆度日。她更是将丈夫的死赖在虞襄的头上，说虞襄是天煞孤星，刑克六亲，生下来就应该被掐死，否则也不会害了她的丈夫。

她本就厌恶虞襄，如今得知真相更是恨之入骨髓，立刻吩咐儿子虞品言将虞襄远远送到乡下去，来个眼不见为净。若不是老太太百般阻挠，她甚至想开了宗祠，将虞襄除名。

在去乡下的路上，一行人遇见土匪，虞品言只受了一点轻伤，虞襄却摔了一跤，正摔在虞品言身上，阴差阳错地替他挡了两刀，腿骨被生生砍断，再也站不起来了。虞襄成了虞品言的救命恩人，而且付出了那么大的代价，再被送去乡下倒显得虞家无情无义。老太太得了消息，连忙让虞品言将虞襄送了回来，虞襄这才躺在了这里。

想到这里，虞襄只觉得太阳穴一突一突疼得厉害，忍不住便开始撕扯自己的头发，自己怎么就这么命苦呢！

她正自怨自艾，一个穿桃红小褂的丫头进来了，轻声道："小姐，大小姐来探望你了。"

虞府也称为永乐侯府，永乐侯被山匪杀死后，虞襄的哥哥虞品言力压一群野心勃勃的叔伯，夺得永乐侯之位，保住了嫡支家业。虞襄行二，上头还有一个庶姐，乃林氏的丫头所出。姐妹两人都不受林氏待见，同病相怜之下，她们的感情很是融洽。

当然，这仅仅只是记忆中虞襄的认知，却不是现在醒来的虞襄的认知。如今的虞襄，可不敢再跟这位庶姐相亲相爱下去。

虞襄还重伤在床，庶姐就迫不及待地捅刀子来了，如今的虞襄自然不能让她如愿。如果虞襄这次应对得当，日后在永乐侯府的日子也会舒坦很多。这时候再多的震惊和怨念也不能帮助她活下去，她必须面对现实。

"快请姐姐进来。"虞襄迅速恢复镇定，强忍疼痛挪了挪身子，半靠在软枕上。

"妹妹今日可感觉好些了？喝了药没？"虞思雨一进来便殷切地询问，手轻轻覆在虞襄染血的绷带上摩挲，眼圈渐渐泛红，不一会儿，便掉下大颗大颗的眼泪。她年方十二，身材却比同龄少女高挑，眉眼亦颇为秀丽，哭起来梨花带雨、楚楚动人，很有些风情。

"姐姐快别哭，我好多了，大夫说再过半个月就能痊愈。到那时，咱们把上回做的两只纸鸢给放了吧，也好去去晦气。"虞襄一边打量她，一边照着虞襄的原话说。

"好，姐姐等着你。"虞思雨不但没收住眼泪，反而哭得更凶了。她趴在床沿呜呜咽咽，神情悲怆，又时不时张嘴，仿佛有无数的话要说，却不知该从何说起。

虞襄呼吸一窒，猝然转头朝虚掩的门扉看去，似乎有一个熟悉至极的人正在靠近，心灵被牵引的感觉是那样明晰。可那个人又怎会出现在这里？她勉强压下心神，故作焦急地问道："姐姐为何哭得如此伤心？是不是发生什么事了？"

虞思雨不开腔，只紧紧握住虞襄的手，经虞襄再三逼问，才痛哭失声："妹妹，我听大夫说，你的腿……你的腿再也好不了了。"

虞襄适时一呆。虞思雨接着哭道："哥哥武艺高强，身边又有很多侍卫跟随，犯不上你一个弱女子冲上前挡刀！你平时不是最胆小吗？怎偏偏这回如此逞强！废了双腿，你以后可怎么办呀？"

她的哭声听起来怪悲痛的，可这话说得极其不合时宜，好像是专门刺激人来了。

永乐侯死的时候，虞品言才五岁，无法支撑门庭，便由老太太做主，将他送进宫里参选皇子侍读。他也争气，竟被太子一眼相中，也因此保住了爵位，打小待在宫里的时间就多过待在侯府。因岁数相差得大，见面的次数又少，这兄妹俩实际上没什么感情，又因母亲、祖母实在是太过偏心，虞襄反倒把虞品言给恨上了，一见面就鼻子不是鼻子，眼睛不是眼睛的。要说虞襄能在危难时刻为哥哥舍命，这话说出来，莫问别人信不信，虞思雨是打死也不相信的。

但如今的虞襄，自然不会把唯一的靠山往外推。于是她装作面如死灰，眼中涌出大滴大滴的泪水，顺着脸颊滑落，挂在尖尖的下巴上，那脆弱无助的模样，就是再铁石心肠的人见了，也不免心生怜惜。

虞品言透过门缝凝视妹妹，久未起过波澜的心一阵刺痛。

虞思雨见她没有反应，倾身上前替她擦拭眼泪，低语道："妹妹，你没事吧？快说句话呀，别吓姐姐！"

虞襄推开她，捂住脸号啕大哭，悲痛欲绝的哭声引得两个小丫头也跟着哽咽；她忽又用力擦掉眼泪，低低笑起来，那又哭又笑的模样，实在是诡异至极。

虞思雨眸光微闪，擒住她的肩膀劝道："妹妹，你莫不是魔怔了吧？快醒醒，如今再懊悔也来不及了，人必须得向前看。你还有姐姐呢，姐姐会照顾你的！莫怕啊，莫怕！"

虞襄一把将她推开，一字一句道："懊悔？我有什么可懊悔的？那是我嫡亲的哥哥，是永乐侯府的主心骨，绝不能出半点闪失。腿废了，我难过，可哥哥安然无恙，我又觉得高兴。若是没有哥哥，我们早被叔伯给折磨死了，哪有眼下荣华富贵的日子可过？我平时那样招惹他，也不过想他多看我一眼，多跟我说两句话罢了。哥哥没事，我应该感到高兴的……”

她话虽说得大义凛然，可泪水眼看着又下来了，把衣襟打湿了一片，那分明脆弱却又故作坚强的模样，实在是招人怜爱。虞思雨有些愣神：不过短短三日，胆小怯懦、自私自利的虞襄怎就变得如此坚强懂事了呢？这与她想的完全不一样。

虞思雨定了定神，一边摆出心痛至极的表情，一边轻轻拍抚虞襄的脊背，低声道：“妹妹能这样想，姐姐就放心了。没想到，我的小虞襄也长大了……”

虞襄胡乱用衣袖擦掉眼泪，看着她冷笑：“姐姐是真放心还是假放心？没看见我痛不欲生的表情，姐姐应该失望才对。我受伤被抬回来那天，姐姐不是笑得很开心吗？姐姐连声说‘废得好，废得好，看她日后还怎么猖狂’。我倒要问问姐姐，我究竟哪里猖狂，令你如此记恨我？”虞思雨目露惊愕，门外的虞品言狠狠皱眉。

“你……你是怎么知道的？”虞思雨猛然转头，用怨毒的表情朝自己的两个大丫头望去。丫头们退后两步，惶恐不安地摇头。

虞思雨心念电转，忽然又回过头来诘问：“你……你早就知道自己的腿废了？”没想到，这死丫头也懂得收买下人、安插探子了！这是什么时候的事？

虞襄笑容惨淡：“我自己的身体，怎么会不知道？三天了，我连根脚指头都动不了，不是废了是什么？遭了难，反倒让我看破了许多迷障。姐姐，我就想问你一句，我虞襄究竟哪点对不住你，令你对我恨之入骨？老太太赏赐的布料首饰，我都紧着你先挑；我这屋里稍微贵重的摆件，但凡你能看上的，统统拿了去；每月我还支给你五两银子，就怕你日子过得不舒坦。上回你砸了老太太最心爱的釉里红缠枝菊纹玉壶春瓶，还是我替你顶的罪，跪得膝盖都青紫了，好几天走路都不利索。你明面上万般感激，千般安抚，暗地里没少笑话我吧？我日也寻思，夜也寻思，着实找不出半点儿对不住你的地方。姐姐，今儿你便跟我好生说道说道。”

虞思雨被她逼问得哑口无言。母亲对她们两人都视若无睹，同病相怜之下，她待虞襄确实有那么一点真心。可老太太不一样，老太太年轻时吃了宠妾的亏，年老又失了嫡子，差点被庶子夺了爵位和家业。自此，便对嫡庶之别看得极重：庶女该得的一分不少，可再多却是没有；平日里总还要敲打一二，就怕庶女心大，闹得家宅不宁。

虞襄要什么有什么，过得肆意又张扬，而她却活得战战兢兢。时间一长，她就把虞襄给恨上了，且恨意越来越深。

可她明白自己的心思是见不得光的，只咬紧牙关一声不吭。

虞襄噙着冷笑睨她，半晌后，忽然掀翻床头柜上摆放的汤药，浇了她一头一脸，又拿起小茶杯狠狠地砸过去，声嘶力竭地怒吼："答不出了是不是？我虞襄没有你这样无情无义的姐姐！你滚！日后再不准踏入我房门一步！"

一直以来，虞襄都是虞思雨的冤大头、出气筒，必要的时候，还得帮着她背黑锅、领罪责。如今，虞襄自然要跟这样的人一刀两断。每月竟要给她五两银子，虞襄自己的月钱也才十两，可供不起她！

汤药刚端来不久，正等着放凉了喝，这一下把虞思雨烫得不轻，立刻就跳起来尖叫，又被迎面而来的茶杯砸中了额头，肿起老大一个包。倒抽了好一会儿冷气，她才怒不可遏地高喊："虞襄，你算什么东西，也敢跟我摆谱耍横？我告诉你，你就是个不知哪儿来的野……"

然而，话还没说完，虚掩的房门被人猛然踹开，一道冰冷的声音穿透耳膜——"闭嘴"，虞思雨立刻就噤若寒蝉。在这永乐侯府里，她最害怕的人，非虞品言莫属。

按虞襄脑海里的书中轨迹来看，虞思雨道破她身份的时候可没有人阻止，从此令她落入了最难堪的境地。但现在却不同了，有虞品言护着，哪怕自己血统不明，也依然是侯府的嫡小姐。

这一切都在虞襄的算计当中，她内心却没有丝毫得意，只睁圆眼睛，一眨不眨地盯着站立在逆光中的熟悉至极的高大身影。

"哥……"虞襄刚一出声，大滴大滴的眼泪便争先恐后地往外涌。心灵相牵的感觉是那样强烈，好像他们从未经历生死，她只是小睡了片刻。

小小的孩子，伸出双手索求自己的拥抱，那湿润的眼里满载着浓烈而专注的感情，仿佛自己就是她的一整个世界，虞品言心尖狠狠抽痛了一下，想也不想便迈步向前，将她拥入怀中。

“莫怕，哥哥一定会治好你的！”他一字一句承诺。虞襄侧头去看他的面庞，没有答话，却哭得更凶了。她现在思绪紊乱，只得将头埋在来人颈窝，不停掉泪。

虞思雨悄悄退至墙角站立。虞品言没发话，她不敢擅自离开。

虞品言肩膀处的衣料被泪水打湿了一大片，那温度竟然有些烫人。他抬起手来，笨拙地拍了拍妹妹瘦弱的脊背。虽然身体里流淌着并不相同的血脉，可在她的心里，他就是她的嫡亲哥哥，可以为之舍弃性命的哥哥，那么无论她姓甚名谁，来自哪里，她也同样是他的嫡亲妹妹，这一点永远都不会改变。

拍抚的动作从笨拙到熟练，怀中僵硬的身体渐渐放松下来，细小的哽咽也停止了，虞品言侧头一看，深邃的眼里沁出一丝柔软。小姑娘哭累了，睡得很沉，睫毛上还沾着几滴欲落不落的泪水，看上去极为惹人怜爱。

轻轻将泪水抹去，取掉多余的软枕放平，替她盖好被子，虞品言垂头看着妹妹的睡颜，足足过了一盏茶工夫才站起身来，淡淡开口：“跟我出来。”

虞思雨忙亦步亦趋地跟上，脸色青青白白不停变换。

行至一处拐角，虞品言好似没看见她满头的药渣和红肿的额角，面无表情地问道：“襄儿的事，你是怎么知道的？”

虞品言才十五岁，身高却已达七尺，在宫中待了十年，手段心性丝毫不逊成人。意图与他争夺家业的几位叔伯，有的远避他乡，有的家破人亡，还有的被关在大牢里，也不知何年何月才能被放出来。逐渐走向没落的永乐侯府，因为虞品言的雷霆手段，又在京城一流世家中站稳了脚跟。永乐侯府上上下下，谁敢忤逆他半分？

虞思雨手指搅着裙摆，嗫嚅道：“那……那日去给老祖宗请安，偷听来的。大哥，我……”虞品言不待她说完，又问：“你还与谁说过？”

虞思雨舔了舔干涩的唇瓣：“奶娘、朱云、卷碧，她们几个都知道。”

虞品言冰冷的视线在朱云、卷碧等几名丫头身上扫过，令她们齐齐惨白了面色。

虞思雨僵立当场不敢动弹。她现在也回过味儿来了，心里懊悔不迭。

若是先前的虞襄，送出去自生自灭也就罢了，可如今的虞襄对大哥有救命之恩，却是动不得的。她此时与虞襄撕破脸，等同于与大哥撕破脸，她今后的日子可怎么过？

虞思雨正胡思乱想着，就见虞品言冲身后的长随挥手下令：“把她们几个带下去关起来，等候母亲发落。”

见被带走的全是自己最得力的人，虞思雨当下便急了，尖声道：“大哥，她们有什么错你要处置她们？就为了一个外人……”

虞品言淡淡开口：“她是我虞品言的嫡亲妹妹，绝不是外人。这话我只说一遍，你记住了，日后再犯，你就去乡下陪你姨娘去吧。”

自己已经十二岁，正等着议亲，去了乡下还有什么前程可言？虞思雨浑身一颤，连忙低下头不敢再喊，等那双黑色的皂靴去得远了，才放开呼吸，冷笑道：“等候母亲发落？母亲可不会为了来历不明之人打杀虞府忠心耿耿的家仆。我且等着大哥把她们全须全尾地送回来。”

正院，一个精神矍铄、双鬓斑白的老太太正歪在榻上闭目养神；两个小丫头低眉顺眼地伺候在左右，一个捶腿，一个捏肩；又有一个身穿绿色坎肩的老妇人轻手轻脚地入内，在老太太耳边窃窃私语。

老太太睁开眼，表情有些惊讶：“她真这么说？”

“回老夫人，奴婢可不敢有半句假话。她真是这么说的。”老妇人笃定道。

“倘若她真能这么想，也不枉侯府养她十年，倒把正经的虞家血脉给比下去了。庶女就是庶女，终究上不得台面！”老太太冷笑一阵，摆手道，“救了品言也等于救了侯府。罢了，她的身世，日后谁也不许再提。你去把林氏找来，就说我有话交代。”

老妇人低声应诺，刚出门槛，就看见小侯爷面沉如水地走过来，连忙毕恭毕敬地行礼。

看见引以为傲的孙子，老太太凌厉的眉眼立即柔和下来，抬手道：“且坐下陪我聊聊，那些个糟心事等你母亲来了再说。”

虞品言扯唇微笑，坐到老太太对面替她泡茶。

半刻钟后，林氏姗姗来迟，头上无任何珠钗，只鬓边别了一朵白色的绒花，眼圈泛着红肿，想必是又哭了一场。

老太太自顾自饮茶，头也不抬地道：“俊杰已去了十年，你这还戴着孝，做给谁看？平白给府里招晦气！”

对这个儿媳妇，老太太是万般不喜：儿子在时不许儿子纳妾，弄得侯府人丁凋敝，独木难支；儿子亡故了又逃避现实，丢下一双儿女和偌大的家业不管，只知哭天抹泪。

幸亏老太太自己身体还硬朗，掌得了家务，又幸亏孙子争气，顶得住门楣，否则，永乐侯府早就被那帮豺狼虎豹瓜分干净了，她哭都没地方哭去！

想到这里，老太太面上更显出几分憎恶，将茶杯重重地拍在桌上。

林氏抖了抖，连忙蹲身行礼。

虞品言掏出手帕，替祖母擦拭不小心溅到手背上的热茶，嘴角噙着一抹淡笑，仿佛完全没看见母亲频频投过来的求助目光。对他来说，在父亲死去的那天，母亲也同时死去了，如今的母亲只是一缕暂时停留在阳间的幽魂，她早晚要下去与父亲团聚。这话虽然不中听，可从五岁开始，他不知从母亲嘴里听过多少遍，慢慢地，对她便也没了期待。

她心里除了死去的丈夫，已容不下任何人，就连那块冷冰冰的牌位也比她十月怀胎生下的骨肉更为重要。哦不，现在倒也不能这么说，他那流落在外的妹妹还是能与牌位比上一比的。虞品言嘴角的微笑加深，脸色却越发黑沉。

老太太欣慰地拍拍孙子手背，缓缓开口：“坐着说话吧。”

林氏噙着泪点头，在老太太下首落座，张嘴便问：“品言，你妹妹找到没有？”

襄儿鲜血淋漓地被抱回府，一双腿就那样废了，她一眼未看，一句未问。若出事的是自己，她又会作何反应？她可会为自己掉一滴眼泪？想到这里，虞品言顿觉无趣，端起茶杯细细把玩，漫不经心地说：“母亲当年只知他们姓沈，岭南口音，行商，别的一概不知。天下如此之大，短时间内怕是找不到，还请母亲耐心等候。且妹妹那兰花胎记在手腕上，哪能轻易让外人看见，找起来就更为困难。”

“那究竟要等多久？”林氏急了，眼巴巴地盯着儿子，“我可以等，可你妹妹等不得啊！她是堂堂的侯府千金，却被抱去下九流的商户之家，也不知过的是怎样凄苦的日子。品言，她可是你的亲妹妹，你就上点儿心吧！”

虞品言挑了挑眉梢，淡声道：“儿子明白。”

“那你倒是快找啊！那姓沈的一家都是黑心烂肠的，生下一个丧门星便偷偷换到咱家，害死了你父亲，又害苦了你妹妹。若是找到他们，我定要他们生不如死！”林氏咬牙切齿地开口，“还有那丧门星，你把她抱回来作甚？赶紧把她送走！若不是她命中带煞克了你，你怎么会遇见土匪？早日把她送走了，咱家才能安宁！”

早几年，林氏请了一位游方僧人给虞襄算命。那僧人直道虞襄刑克六亲、年上七杀、印坐死绝之地，真是百年难遇的丧门星，入了谁家，谁家就天灾人祸不断。林氏对此深信不疑，打那以后，就对虞襄避而不见，更用桃木制成了许多镇妖符，挂在虞襄的屋子里。

老太太乃佛门信徒，也受了僧人的影响，对这个孙女不待见。可她毕竟是大家出身，最重规矩，做不出苛待嫡孙女的事儿，只远着些，嫡孙女该得的月钱却是一分一厘也未少。此时，听了林氏的话，老太太并未多言，拿起摆在案几上的佛珠，默默念起经来。

虞品言也拿起一串佛珠，漫不经心地把玩，徐徐道：“若不是襄儿替我挡了两刀，我现在非死即伤。再者，襄儿入我家门十年，我虞府逐渐走出衰颓，蒸蒸日上，哪曾遭受半点灾祸？要我说，襄儿却不是灾星，反而是我的福星才对。她把我当嫡亲哥哥，舍命救我，我亦拿她当嫡亲妹妹，好生护着。就是日后妹妹找回来，我也不会送她走，母亲不要逼我做忘恩负义的小人。”

林氏听了这话，姣好的面庞一阵扭曲，正欲反驳，老太太开口了：“言儿说得对，做人不能忘本。虞襄救了言儿，也等于救了侯府。咱们就好生供着她，就算日后她寻不着夫家，咱们也一辈子养着她。永乐侯府不缺一双吃饭的筷子。再者，抱错孩子的事，本就是你奶娘的错，怪不得沈家。他们也替我永乐侯府养了十年女儿，到时候给点银子封口也就罢了，不可再多生事端。”

老太太积威甚重，林氏不敢反驳，只得咬牙点头。

虞品言放下佛珠，似笑非笑地道：“对了，儿子有一事还须劳烦母亲。大妹妹三天前偷听了母亲与祖母的谈话，已知晓襄儿身世，并告知下人。那几个下人儿子已经关起来，还请母亲前去处理，大妹妹那里也须敲打一番才好。”

林氏满不在乎地冷笑：“下人知道又有何妨？她本来就是个来历不明的，还不许人说不成？她占了我女儿的尊位，如今也该还回来了！你把她们都放了吧，些许小事不要来烦我。”话落她便起身要走。

老太太忍无可忍，用力拍击桌案，呵斥道：“蠢妇，我当初怎就相中你这样一个蠢妇，真是瞎了眼！倘若你想让你女儿流落在外、生死不知的消息传遍京城，倘若你想让你女儿被商户人家养大的事闹得尽人皆知，倘若你想让人讥讽你女儿上不得台面，倘若你想你女儿日后找不到一户好人家，凄苦一辈子，你只管回去抱你的牌位！马嬷嬷，去，把人都给放了！”

身穿绿色坎肩的老妇人答应一声，抬脚便往外走。

林氏这才意识到事情的严重性，连忙拦住马嬷嬷，向老太太告饶：“母亲，我错了！我这就去把人处理掉，绝不会透出半点口风！您就放心吧。”

老太太闭眼，暗暗念了句佛，这才压下满腔怒火，道：“侯府有一胎双生两个嫡女，其中一个体弱，送去福泽深厚的古刹寄养，只等及笄再接回来。两个都是从你肚子里爬出来的，你记住了吗？”

林氏心里不甘，可为了女儿的名声着想，只得噙着泪点头，见老太太挥手，立马火急火燎地出去了。

父亲死去十年，这还是母亲头一次管理府务，头一次为父亲以外的人牵肠挂肚。那流落在外的妹妹，倒成了她活下去的精神寄托了。那自己呢？自己又算得了什么？顶多只比襄儿好了一线而已。虞品言举起茶杯，掩饰唇边凉薄的笑意。

虞思雨躺在靠窗的软榻上，一个小丫头正替她涂药，时不时地朝窗外瞥一眼。

此时正值盛夏，金灿灿的日头刺得人眼晕，更有一声高过一声的蝉鸣在茂密的枝叶间起伏，让人听了心情格外烦躁。

虞思雨翻了个身，闭着眼问道：“朱云她们回来没有？”

小丫头又往窗外瞟了一眼，摇了摇头：“回大小姐，还未见人。”说完，她便要出门洗手，却见太太领着一群人浩浩荡荡走来，禁不住揉了揉眼睛。

太太整日待在屋里缅怀侯爷，除了老夫人的正院，几乎哪儿都不去，今日怎会来西厢？自己莫不是看错了吧？

小丫头又揉了揉眼睛，见太太非但没有消失，反而越走越近，表情阴沉得都能滴出水来，也顾不上满手的药膏，连忙起身去摇榻上假寐的主子：“大小姐，快起来，太太来了！”

别看太太容貌秀丽、气质温婉，实则是个烈性的，压着夫君不许纳妾，夫君一死，立即将妾室远远发配到乡下，连个像样的理由也懒得找。虽然平时不大见面，虞思雨对这位主母却怵得很，连忙跳下榻整理衣服，早早地跪在门边等候。

林氏也不叫她起来，径直地坐到主位，命人将方嬷嬷和朱云几个押上前，沉声道："这几个丫头婆子犯了口舌，虞府容不得了，这便灌了哑药发卖出去，你可有意见？"

几人被堵了嘴，捆了手脚，这会儿有苦难言，只能盯着主子疯狂摇头。

虞思雨硬着头皮求情："敢问母亲，她们究竟犯了什么口舌，竟要毒哑了去？我这几个丫头婆子都是一等一的老实人，万不会平白造谣生事，还请母亲明鉴。"

造谣生事？一说起这个，林氏刚消下去的心火又开始熊熊燃烧。倘若任由这些人传扬开来，自己的女儿回来了可怎么活？怎么在贵女圈中立足？以后还怎么嫁人？一辈子岂不就毁了？这始作俑者竟然还有脸发问！

想到这里，林氏越发恨得咬牙切齿，拿起手边的茶杯狠狠扔在地上，厉声道："一等一的老实人？好一个一等一的老实人！竟连嫡亲小姐都编派上了！虞思雨，我且告诉你，那天在正院听见什么，你最好统统给我忘掉！倘若我在外面听见一点儿风声，哪怕你是虞府的血脉，照样毒哑了发配到庄子上去！你今年已经十二岁了吧？想嫁入豪门深宅还是寒门蓬户，你最好想清楚！"话落，林氏冲身后的两名婆子招手。

两个婆子从衣襟内取出几个小瓶，拧开瓶塞把褐色的药水往朱云等人嘴里灌。几人痛得满地打滚，却张着嘴叫不出声，只发出破碎的气音，看上去骇人极了。

虞思雨哪里见过这样的阵仗，抱着头缩在墙角，身体不停颤抖。几人口吐鲜血，奄奄一息，被几个婆子给拖了出去。林氏这才觉得满意，带着一群人浩浩荡荡离开。

院子里只有几个干粗活的丫头幸免于难，见太太走了，站在窗边缩头缩脑地看，却不敢踏入沾满鲜血的房间。

虞思雨深陷在恐惧中无法自拔，只抱着头，不停地呢喃："为什么？她明明就是个来历不明的人，我哪里说错了……"

明明恨她入骨，却又为什么如此维护她？虞思雨无论如何也想不通。

第二章 —— 惊梦

虞襄再次从混沌中苏醒已是次日午时，屋子里静悄悄的，没人守候，门外传来大丫头和几个婆子谈话的声音，说到兴起之处还直笑，听上去很是愉快。

虞襄皱了皱眉头，喊道：“来人，给我倒水。”

门外的说笑声停了一瞬，仿佛没听见似的又继续。

虞襄脸色阴沉，强按怒火再次高喊：“来人，给我倒水！”

“来了来了，这就来了！”一个大丫头满脸不耐烦地进了门。

茶壶放了一夜，早就冷透了，虞襄一再告诫自己这里是永乐侯府，不是自己和哥哥的小家，这才压下心头的怒火，一口一口吞咽苦涩的茶水。

“给我擦脸。”她放下茶杯，冷声下令。

大丫头暗暗翻了个白眼，出门后也不动手，使唤两个新来的小丫头进去伺候。因虞襄不讨太太和老太太喜欢，唯一的哥哥也对她不闻不问，虽说是吃穿不愁，可论起应有的尊重，却是半点没有。就连虞思雨过得也比她舒坦，毕竟虞思雨身边的丫头婆子都是虞思雨姨娘留下的。

虞襄身边的两个大丫头，派头比她这小姐还足，更别说故去的奶娘，从来就把她当成是外人看待。

两个小丫头态度十分恭敬，手脚也利索，把虞襄露在外面的皮肤擦得清清爽爽，又出门换了一壶热茶，端到主子手边。

虞襄这才吐出一口浊气，阴沉的脸色稍微放晴。如果不是突然成了这个“虞襄”，哪有人敢这样怠慢她？不能再想，一想眼泪又出来了。

鼻头一阵一阵地发酸，虞襄连忙抬高下巴，不让眼泪掉下来。没人心疼，哭给谁看？倒不如节约点儿，用到该用的地方。

呆坐了片刻，大丫头领着两个小丫头进来，一个端药，一个端粥，都是热气腾腾的。

指使两人将碗放在案几上，大丫头不咸不淡地道：“小姐，先把药喝了再喝粥吧。”

“我不喝。你留下，让两个小丫头出去。”虞襄靠在软枕上闭目养神。

大丫头挥手让两人出去，自己上前几步，继续道："小姐，喝药吧，待会儿药凉了，可就没药性了。"

虞襄这才睁眼，幽深的双瞳沁出寒气，一字一句开口："说了不喝就是不喝，你这丫头怎么这样烦人！"话音刚落，指尖已挑翻托盘，将药汤和热粥统统打翻。

刚烧开的热水，淋在皮肤上能烫掉一层皮肉。那丫头立马躲开，惊叫连连，引得屋外的丫头婆子们纷纷跑进来查看。

虞襄阴沉了一早上的脸色这才彻底舒缓了，用帕子不紧不慢地擦手："去前院找哥哥过来，就说我不肯喝药，让他想想办法。"

那大丫头刚从惊吓中回神就开始叫唤："侯爷此刻定是在书房，贸然前去打扰会被打板子，还请小姐不要为难我们这些下人！"

众人纷纷点头附和，却见新来的一个小丫头自告奋勇举起了手："小姐稍等，奴婢这便去请侯爷！"话音刚落，人便已走得远了。

"这才是我的好丫头。"虞襄挪了挪软枕，盯着一脸怨愤的大丫头，咿咿呀呀地哼起曲儿来，"苏三离了洪洞县，将身来在大街前。未曾开言我心内惨，过往的君子听我言……"那大丫头见她忽而暴怒，忽而嬉笑，摆明了就是故意折腾人，暗暗腹诽：这断了腿，性子也就越发乖戾了，你就作吧，好叫侯爷早日厌恶你！

因虞襄的奶娘早知她不是侯府血脉，对她便只是面上情，实则非常轻慢。奶娘手底下调教出来的两个大丫头有样学样，对虞襄丝毫谈不上恭敬谦卑。再者虞襄年纪小，脑子又愚钝，根本就镇不住这帮奴才，是以分明是主子，却过得比丫头还憋屈。

正在这时，出去玩耍的另一个大丫头翠喜回来了，看见满屋的碎瓷片和汤药粥水，正要找人过来收拾，却被她的好姐妹拦住，低声道："咱们惹小姐发怒了，这便跪下给小姐请罪吧。"话音刚落便退出房间，跪在门槛外。

翠喜与她颇有默契，当即也给跪下了，做出一副瑟缩不已的模样。

虞襄对二人不加理会，自自在在地哼小曲儿。这二人是老太太送的，平日里脸面比主子还大。倘若虞襄不是侯府血脉的事情传扬开，今天砸碗的人可就该换成她们了。

虞品言果然有些能力，小小年纪就把侯府辖制得铁桶一样，那流言应是压下去了。也不知原先虞思雨把这事闹得尽人皆知，正主回来是怎么在勋贵圈中立足的，肯定经历了许多艰苦励志的过程。

想到这里，虞襄轻笑摇头。能过得舒坦，干吗非要给自己添堵？她不励志，更不逆袭，只想刷高在虞品言那里的好感度，攒到足够的钱，等找到正主就换回来，再置办一处宅子，日落伴炊烟，月下观花影，过优哉游哉的小日子。至于嫁人，就自己这真实身份，还是算了吧。

虞襄细细思量，瞥见门口怆然欲泣万般可怜的两个大丫头，轻蔑地扯了扯唇角。她们不把房间打扫干净，反而跪在外头装可怜，这是变相地在虞品言跟前给自己上眼药啊。

——侯爷，您瞧瞧，小姐又任性了，随意摔打东西，还责罚下人！

可她们忘了，虞襄为虞品言舍弃了两条腿，下半辈子都毁了，如今，她有任性的权利。从记忆里虞襄得知，虞品言虽然手段阴狠，行事果断，却也恩怨分明。只要自己不跟正主作对，他这辈子便会护着她，不说荣华富贵，安稳度日却是能的。女主的娘家，怎么着也能再兴盛个一百年吧？

虞襄摸了摸缠着厚绷带的膝盖，表情淡然。

两个大丫头跪在门口听小姐咿咿呀呀地哼曲，居然连一句安抚的话也没有，看上去自在极了，心中本存了五分怨恨，此时更添了十分，偷偷憋了一口气，把眼眶憋红，只等侯爷过来。

虞襄哼着哼着，那心弦相牵的感觉又来了。她将微扬的唇角抿直，自在的表情藏起，眉心一蹙，眼睛一眨，湿漉漉的雾气便蒙上了漆黑的双瞳，看上去像是受了天大的委屈。

两个大丫头被她这套变脸的功夫镇住了，愣了好一会儿才回过神来，转脸一看，却见小侯爷大步走来，速度极快。

两人连忙膝行过去磕头，正欲申诉，却见小侯爷已目不斜视地进屋去了。两人跪在原地，表情尴尬。

十岁的姑娘，说大不大，说小也不小，身板却十分瘦弱，头发也枯黄干燥，由此可见，并未因嫡女的尊位而受到特殊照料；五官极淡，唯独一双眼睛又大又圆，瞳仁也似墨一样漆黑，浸在浅浅的泪水里，更显得清澈见底。

这模样算不上漂亮，可偏偏叫人止不住地去疼惜。

虞品言加快步伐，拧眉问道："襄儿怎么了？"走得近了，才发现满地的粥水和碎瓷片。"哥，我腿疼！"虞襄冲少年伸出双手，之前一直在眼眶里流转的泪水大滴大滴往外冒。那与他心灵相牵的感觉虽然让她困惑，却也让她安心。

虞品言毫不理会满地的狼藉，快速走过去将可怜巴巴的小姑娘抱进怀里。虞襄为他废了两条腿，莫说砸几个碗，就是拆了屋子也随她去。遭此劫难，谁还能嘻嘻哈哈地满不在乎？她任性使气都是应该的，他且纵着、陪着、哄着，共同度过这段最艰难的日子。想到这里，虞品言抱着虞襄的手臂越发收紧。

"再过几天就不疼了，襄儿且忍忍。"虞品言从未与胞妹如此亲近过，言语十分笨拙，只一边帮她擦泪，一边拍抚她的脊背。

少年的怀抱比上一次温暖，还浸着一股淡而雅致的熏香，味道非常好闻。虞襄惶惑的心情被一点一点安抚，眼泪却掉得更凶了，双手紧紧箍住对方脖颈，呜呜咽咽，语不成调。

虞品言低头，仔细去分辨妹妹哽咽的话语，却只听见她不断地呼唤"哥哥"，那浓烈的依恋之情令他心头发酸。在这偌大的侯府，她能依靠的，仅仅只有她自己。

两个大丫头依然跪在门口，表情从怨愤到尴尬，再到惶恐。

"愣着作甚？还不快去找大夫！"虞品言哄得妹妹不哭了，才转脸去看两个大丫头。

两人连忙起身要走，却听小侯爷缓缓地开口："屋子如此脏乱却放着不管，要你们这群奴才有何用？不如悉数发卖了。"

两人惊骇不已，立刻跪下讨饶，直说再也不敢了。因她们还来不及给虞襄上眼药，故而并未惹得虞品言大怒，只受了一番敲打便被放走。虞襄自然也不会拿虞品言当枪使。等以后他对她的好感度上来了，有些事不须说，他也会替她办妥，不急于一时；再者，若是让老太太知道了，岂不更厌她几分？

大夫背着药箱进来，把过脉，重新开了一服镇痛的药。

两个大丫头丝毫不敢怠慢，亲自熬好，毕恭毕敬地端到主子床前，舀出一勺吹凉，细声细气道："小姐，喝药吧。"

虞品言拿来一个软枕垫在她身后，又铺开一条手帕，盖住她的衣襟。

虞襄将头扭到一边，眉头皱得紧紧的。

丫头愣了愣，忙又将勺子递过去。

虞襄左右摆头，硬是不肯就范。那丫头有些急了，恨不能掐住她的下颌强灌，却又碍于小侯爷在一旁盯着，不敢露出丝毫不耐烦。

“襄儿别闹，喝了药，腿就不疼了。”虞品言压住她动来动去的小脑袋，颇有些哭笑不得。“哥哥喂，我才喝。”虞襄反手握住他大掌，可怜兮兮地哀求。

虞品言笑得无奈，接过碗，学着丫头的样子吹凉了，喂到她苍白的唇边。

小姑娘这次没再躲避，乖乖地把药喝下，脸立刻就扭曲了，由此可见，药实在是很苦；然而再喂，她却依旧大口大口地喝，刚消下去的泪珠又开始在眼眶中打转，小模样说不出的可怜，漆黑的瞳仁里却蓄满坚毅。

伤成这样还不怨不恨，更没有崩溃绝望，仅仅是发发小脾气，使使小性子而已。这个妹妹，比他想象中更为坚强。

少年清冷的眸光逐渐柔和下来，喂完了药，从碟子里拿起一颗蜜饯塞进妹妹嘴里，看见她瞬间舒展的眉眼，自己的唇角也忍不住上扬。

“哥哥，腿一点儿也不痛了。”虞襄言之凿凿。

虞品言眼中的笑意更浓。药效哪能发挥得如此之快？小丫头明显是在安慰自己。

“哥哥，以后天天喂我喝药，好吗？你不来，都没人陪我说话。”虞襄脸上的光彩黯淡下去。

“好。”虞品言将她额前的乱发塞到耳后，心情十分复杂。从今往后，在这偌大的侯府里，虞襄能够依靠的只有自己了。

“拉钩。”虞襄伸出小拇指，轻轻晃了晃。哪怕没有血缘关系，时间长了，或多或少会积下些感情，虞品言是永乐侯府唯一会护着她的人，她自然要和他好生相处。

“拉钩。”虞品言也伸出了小拇指。虞襄钩着他的手指不撒手，片刻后耐不住疲惫睡了过去。虞品言静静等候，见她睡得沉了才小心翼翼抽出指尖，却见她猛然颤抖起来，睁圆的瞳仁里满是惊恐，看清床前的人影，又迅速恢复平静。

她终究被那场劫难惊住，留下了不可磨灭的阴影。

虞品言忙倾身上前拍抚，口里呢喃：“莫怕莫怕，哥哥在这里。没事了，事情都过去了。”

虞襄轻轻哼了哼，这才慢慢合眼，忽又勉力睁开，道：“哥哥，帮我把东西全都要回来。她实在是太坏了，就是扔掉也不给她。”

正主不知什么时候回来，也许几年，也许几天，虞襄从现在开始就得攒银子，为日后做打算。她送给虞思雨的那些财物都很贵重，再加上每月五两的月钱，连送了六年，加起来便有三百六十两，也算是一笔巨款了。虽然她不是侯府血脉，可这些东西却买不来她的双腿。她拿便拿了，丝毫没有心理负担。

虞品言一时半会儿没听明白，见她硬撑着眼皮等待自己回答，只得连连点头，哄得她再次熟睡才寻思过来，摇头失笑。

轻手轻脚地走出房门，他看向站在廊下的两个大丫头，问道：“虞思雨平日都拿了襄儿哪些财物，你们可曾记得？”

这二人也不是省油的灯，将小姐的月钱全花在自己身上，半厘都未替虞襄存，看上什么就直接顺走，把私库都给搬空了。在她们看来，虞思雨占虞襄便宜就等于占她们便宜，无奈虞襄傻，有求必应，虞思雨的奶娘又很会来事，抓住她们的把柄，她们只得佯装大方，实则心里怄得半死。

虞思雨拿走什么，她们哪里会忘，连忙一样一样报出来，同时心里忐忑难安，生怕小侯爷要查虞襄的私库。

虞品言不管内宅之事，写下清单后命人前去讨要，这便回了书房。襄儿为他失去双腿，半生尽毁，他必定竭尽全力去补偿。至于虞思雨，她只能拿她该拿的，别的最好不要妄想。即便真正的虞襄流落在外生死不知，也轮不上她当这永乐侯府的嫡女。

虞思雨昨日被吓得狠了，日上三竿还病恹恹地躺在床上，额头上覆着一条湿帕子。

一个小丫头端着洗脸盆进来，轻声唤道：“大小姐，该起床了。”

虞思雨翻了个身，不予理会，却听小丫头放下铜盆“噔噔噔”地跑出去，语气惊诧：“冯嬷嬷，您怎么来了？”

这冯嬷嬷不是旁人，却是虞品言的奶娘，尽心尽力拉拔虞品言长大，在侯府很有些脸面。虞思雨得罪不起，勉力爬起来相迎。

“大小姐脸色极差，可是生病了？怎不让人去找大夫？”冯嬷嬷笑容和蔼，语带关切。虞思雨眼眶逐渐泛红，垂着头，低声道：“大夫都去了妹妹那里，昨日让人寻了四五遍也不见来，便罢了。我自己敷敷帕子，反倒省事。”

冯嬷嬷脸上的笑意变淡，暗自摇头：大小姐都这境地了，还不忘给二小姐上眼药，真是愚钝。虽然二小姐不是侯府血脉，可如今还占着嫡女的尊位，与她争锋便是意图以庶压嫡，老太太如何能容！再者，二小姐救了侯爷一命，落下一身残疾，侯爷又怎会亏待她？与二小姐交恶等同于与侯爷交恶，也不知大小姐是怎么想的。

心下犯着嘀咕，冯嬷嬷也不接她的话头，开门见山地说：“大小姐，老奴此次奉侯爷之命来替二小姐讨要财物，还请您行个方便。”

“讨要财物？”虞思雨虚弱的嗓音立刻就拔高了好几度，“讨要什么财物？”

“便是大小姐往日里从二小姐那儿要走的财物。这是清单，请大小姐过目。”冯嬷嬷从袖袋里掏出一张纸递了过去。

虞思雨接过细看，秀丽的脸庞扭曲得不成样子，尖声诘问：“送了人的东西，岂有再要回去的道理！二妹妹如此无理取闹，大哥竟也由着她来吗？”她顺来的东西有些摆在屋内，有的打点下人，绝大部分都被她当了银子拿去接济姨娘，如今叫她怎么归还？万万没想到虞襄的腿断了，性子也变得如此乖戾，接连整治得她有苦难言。

“二小姐为侯爷废了双腿，舍了下半辈子，莫说二小姐只是要回自己东西，就是要天上的星星、海里的明珠，侯爷也得给她弄来。还请大小姐看在二小姐重伤在身心绪难平的分上，别和她计较。侯爷还等着老奴回去复命，大小姐这便使人去拿吧。”冯嬷嬷略略躬身，态度看似温和，实则强硬。

虞品言发了话，虞思雨如何敢忤逆？她搜罗了小半个时辰，才集齐十之一二，还有十之八九无论如何也交代不清去向。她一个深闺小姐，自己有月钱，府里又供着吃穿，每年竟还花掉三四百两，要说这其中没有猫腻，冯嬷嬷打死都不相信。

想是拿去接济她那姨娘了吧？冯嬷嬷暗自记下，命人将少得可怜的东西抬走，并附上侯爷送的许多贵重宝贝，凑齐了十几箱，浩浩荡荡地抬进二小姐院里。

等冯嬷嬷走得远了，虞思雨跌坐在榻上发呆，半晌后回神，环视空荡荡的房间，一股巨大的屈辱感涌上心头。那些东西本就是侯府的财物，虞襄一个外人，有什么资格拿取？自己才是侯府正经的小姐，凭什么被她欺凌！

太太糊涂了，哥哥糊涂了，就不信老祖宗也跟着犯糊涂，纵容一个外人在侯府里作威作福！

想到这里，虞思雨立马换了件衣裳，红着眼眶朝正院疾奔。

正院，老太太盘坐在榻上，脚边摆着一本经书，手里捻着一串佛珠，正在闭目养神。陪房马嬷嬷轻手轻脚地走进来，附在她耳边道："老太太，大小姐跪在外边哭呢，说是要见您。"

"跪着哭？怎么了？"老太太眼都没睁。

马嬷嬷将二小姐讨要财物的事儿说了，老太太这才睁眼，道："虞襄可算是开了窍了。我冷眼看她多年，只今天这回她才算有了点嫡女风范……"说到这里，想起流落在外的亲孙女，她沉默了。

马嬷嬷不敢打扰，低眉顺眼地站在一旁等候。

片刻后，老太太摆手："我不想见她。去给她带句话，毁了虞襄就是毁了'虞襄'，倘若她敢乱了嫡庶，坏了侯府的名声，我虽吃斋念佛多年，却也狠得下心肠。"

马嬷嬷躬身应诺，出门后一字不落地转述给虞思雨。

虞思雨心神恍惚地回到自己屋内，琢磨了一下午，才弄明白老祖宗的用意。真正的虞襄流落在外，生死不明，有可能过得平安顺遂，也有可能为奴为婢，甚至有可能流落风尘。把这事捂严实了，日后将人找回来还能悄悄抹掉她的过去，全了侯府名声。倘若自己闹开，毁了两个虞襄倒是其次，更有可能被人拿住把柄对付侯府。到那时莫说老祖宗，就算是大哥也饶不了自己！所谓的狠下心肠，恐就不是发配庄子那么简单了。

虞思雨惊出一身冷汗，当晚便病倒了，将养半月才好。

冯嬷嬷送完东西后附上一张清单，又在二小姐屋内略坐片刻才走。

虞襄等她走远，立刻就拿起清单查看，却见大丫头翠喜问也不问便从她手里夺过，喜滋滋道：“小姐，我帮你把东西收进库房。”

虞襄拧眉：“清单拿来，我看看。”

“看什么？小姐你又不识字。我帮你收着，错不了。”翠喜边说边掀开门帘，抬腿欲走。她的好姐妹翠屏站在窗外冲她使眼色，满目的贪婪快要溢出来了。

虽然老太太每季都不忘给虞襄添置东西，也都是上好的布料首饰，可到底不如侯爷出手大方。那满箱子的古董、玉器、珍珠、宝石，打开来晃得人眼晕，更有几匣子造型别致的小金猪，排得整整齐齐，憨态可掬，可真是馋死人了。

两人见虞襄的腿废了，失去了自理能力，在她身边伺候定然又苦又累，便打算寻些门路调到侯爷身边去，凭她们的姿色，没准儿还能捞个姨娘当当。她俩正苦于手里没银子打点，侯爷便差人把钱给送上门来了，当真是天意。

两人心里猫抓一般难耐，恨不能立刻就飞去库房，把看上的东西圈起来。

以前的虞襄是个傻乎乎的人，对她们言听计从，百般信任，现在的虞襄如何猜不透她们那点小心思？虞襄眉梢一挑，冷笑起来：“把单子拿来我收着，日后学了字就能看懂了。那些东西不必存入库房，全摆在我屋里。”

“全摆上？”翠喜半只脚已经跨出门槛，听见主子吩咐，顿时傻眼了。

“这些都是哥哥的心意，我自然要摆在最显眼的地方，以示我对哥哥的敬重。怎么，不对吗？”虞襄目不转睛地盯着翠喜，瞳仁黑漆漆的，深不见底。

还真不能说她不对。可全摆上，自己拿什么？站在窗外的翠屏急了，跑进来四处指点：“小姐你瞅瞅，这屋里哪还有多余的地方？全摆上岂不是乱了套？还是把它们给收起来吧。”

虞襄漫不经心地一笑：“把这些旧摆件全收进库房，换上新的，怎会乱套？啰唆什么，快点差人把东西抬进来，统统给我摆放整齐。我屋子里晦气重，正好用金玉之气冲一冲。”

两人梗着脖子站在原地就是不动，约莫又在打些鬼主意。

虞襄竖起眉毛，道：“使唤不动你们是吧？行！桃红，柳绿，去前院找哥哥，就说我这里奴才不够用，向他借几个人！”

桃红、柳绿便是新来的两个小丫头，听见主子召唤，她们连忙扔下手里的活计，跑到院子中央大声应诺。

真让她们去了，侯爷一问便能发现猫腻，自己遭殃不说，还得连累全家吃挂落，翠喜、翠屏这才怕了，连忙高喊：“别去了，院子里的人手已经够了。我们这就找人去抬，小姐你且稍等。”

“桃红，柳绿，你们回来吧。”虞襄冲翠喜钩钩手指，“把单子给我，待会儿你们就按这单子上的顺序摆，摆一件报一件。我虽然看不懂，照着数数却没什么难的。”怪不得人家都说虞襄傻，十岁了还没进学，不但大字不识，琴棋书画也全都抓瞎，整天只知道玩，怎能不被人糊弄！

不过，这也怪不得她。早几年侯府风雨飘摇，老太太费尽心思帮虞品言保住爵位，便疏忽了两个孙女。直到去年皇帝颁下圣旨，钦点虞品言为永乐侯，一家人这才过上了安稳的日子。

翠屏、翠喜听见主子这番话，心里又是愤怒又是惊恐。这人的腿废了，脑子却灵光了，把她们的所有门路堵得死死的，想做些手脚都难。她如此防范，是不是发现什么了？

二人脸色煞白地出去。约莫两刻钟后，虞襄屋内焕然一新，原本只能算雅致，这会儿却可以说是富丽堂皇。空荡荡的妆奁填满了珠宝首饰，摆在明面上的全都是价值连城的古董玉器，叫人手脚都不知该往哪儿放。

“小姐，这几匣子金猪便收起来吧？”翠喜不死心地问。

“不收，就摆在枕头边。反正我的腿残了，没事可干，早晚数一数还能愉悦心情。”虞襄将几个小匣子拢到怀中，满足地眯眼。

“放在枕头边怎么行，被人偷走了咋办！”翠屏摆出一副忧虑的表情。

“被人偷走了，自然找你们赔呗！赔不出，便打几十板子撵出去。连这点东西都看不住，我要你们何用？”虞襄取出一只小金猪，放进嘴里咬了咬，又轻轻地吹了吹，朝两人瞥去的眸光里满含嘲讽。

翠屏、翠喜彻底无语了，僵硬地躬身行礼，退出房门。如今的虞襄性情乖戾，行事诡谲，还真猜不透她在想些什么、又会干些什么，待在她身边，总有种如履薄冰的感觉。

虞襄收好金猪，将匣子放到枕边，轻抚隐隐作痛的双腿长叹口气。

忙活了一天一夜，总算稳住了，虞襄现在依然是侯府正儿八经的嫡小姐，不用再看人家的脸色。至于接下来的日子，她就只能边走边看了，但有三点很明确：一、牢牢抱住虞品言的“金大腿”；二、多攒银子，为日后离开侯府做准备；三、不与正主搅和在一块儿。她只要坚决贯彻好这三点，想来日子并不难过；至于这帮刁奴，等她与虞品言的关系亲厚了再收拾不迟。

休养了一月，虞襄的伤口终于愈合了，只在左右膝盖骨上各留下一道狰狞的一尺来长的疤痕。因为伤到神经的缘故，她的这两条腿到底是瘫痪了，没法再站起来。

其间，虞襄的母亲林氏对她不闻不问，祖母也未曾来看望，只命人送了很多珍贵药材。虞品言倒是信守承诺，每天都来陪伴，还送了她一辆木头打造的轮椅。

兄妹俩一个天性冷漠、不善言谈，一个还没缓过神，一时半会儿亲近不起来。两人磕磕巴巴说会儿话，然后便是长久的沉默。为了避免尴尬，虞襄只得闭上眼睛装睡，闭着闭着，还就真睡过去了，并不知道虞品言每次都守在床边许久才离开。

这一天，虞襄一大早起来，命两个小丫头推自己去小院里转悠，晌午喝了一碗老鸭汤，吃掉两碗米饭，往榻上一倒就睡着了。忽而天上打起滚雷，掣起闪电，很快便是噼里啪啦一阵暴雨。虞襄分明是躺在屋内，却不知怎么出现在一条小道上。

她踩着泥泞往前走，听见身后传来马蹄声和车轮滚动的声音，连忙避到路边求救。一回头她才发现，领头骑着高头大马的人不正是虞品言吗？她喜出望外，举起双手高喊，虞品言却好像是看不见也听不见，风驰电掣一般过去了。

车队也轰隆隆地往前进，对虞襄的求救丝毫不予理会。

虞襄双腿陷在泥泞里，动弹不得，眼巴巴地看着他们越走越远。当车队快要绕过拐角时，却见一股泥石流从山上狂涌而至，瞬间把马车砸得七零八落，许多大箱子从车里掉出来，被泥石冲击成碎片。

虞襄定睛一看，愕然地发现那些箱子里装的竟全都是十两一个的银锭子，被泥石流冲下山涧，掉入滔滔江水，再也找不到了，而虞品言等人也生死不知。

虞襄大喘了口气，猛然半坐起身，才发现自己依然待在帐子里，刚才的一切都是做梦。这倒也是，不是做梦，自己怎么可能会走路呢？

她拍拍胸口，试图让自己镇定下来，可心慌意乱的感觉却怎么也挥之不去。她从未做过如此真实的仿若预言一般的梦，好像梦里的一切在不久的将来都会上演。

虞襄越想越心慌，大声喊道："来人，快来人！"

桃红、柳绿本就守在隔壁的耳房，听见喊声，连忙跑了过来。

"去，把哥哥找来，就说我腿疼得厉害！"虞襄连连挥手。

两人见她面色苍白，满头冷汗，似乎是病得不轻，一个急急跑上前照顾，一个撩起裙摆就往前院狂奔。

前日里连降暴雨，三门峡附近黄河决堤，洪水泛滥，已经淹没了洛阳、偃师、巩义等好几座城池，数万民众葬身洪水，更有数十万民众无家可归，损失惨重。皇帝颁下圣旨，命太子亲自前往三门峡赈灾。作为太子伴读，虞品言自然也在随行之列。

因情况紧急，一行人片刻不敢耽误，接了圣旨便准备出发。桃红到时，虞品言半只脚已经跨出门槛了。

虞襄之所以瘫痪全是为了救自己，虞品言不能扔下她不管，他命人给太子递了个口信，说是晚到片刻，然后急匆匆地往西厢房走去。

他身着一件藏青色锦袍，衣领和袖口嵌着祥云纹金边，穿着打扮竟然与梦中丝毫不差。虞襄一看，心立马凉了半截，越发打定主意要阻止他离开。这人可是她唯一的"金大腿"，倘若他出了什么事，她一个废人，又是个"外人"，脑门上还贴着个"丧门星"的标签，在这侯府里当真不用活了！

莫说爱孙如命的老太太，就是不理世事的林氏也会活撕了她。谁让虞品言是她"克死"的呢！

见虞襄满头冷汗，面色苍白，虞品言快走两步，焦急地问："可是疼得厉害？找大夫了没有？"

虞襄拉住他的衣袖，道："哥哥，你要去哪儿？"

小姑娘浑身上下都透着一股强烈的不安感，也许是最近日日有自己的陪伴，一旦自己离开，便害怕了。虞品言坐到床边，柔声安抚："哥哥出去办差，很快就回来。襄儿莫怕，有什么事就去找冯嬷嬷，她会照顾你的。"

虞襄正思索着怎么将他留下，见柳绿带着大夫进来了，索性便让大夫诊脉，还可拖延一些时间。

虞品言耐心地等候，见大夫说无甚大碍才安下心来，又嘱咐丫头赶紧熬药，然后一口一口喂给虞襄。

虞襄一边喝，一边绞尽脑汁地想办法，不知不觉一碗药便下了肚。

虞品言见她脸色不那么白了，往她嘴里塞了一颗蜜饯，熟练地抽出软枕将她放平，仔细捂好被角，叮嘱几句“莫怕，好好休养”之类的话便要出门。

虞品言绝不能出事！虞襄咬牙，哀哀地呻吟起来，做出一副痛不可遏的表情。

虞品言忙又转回来，隔着被子将她抱进怀里上下摸索，又命人去请大夫。大夫尚未走远，再次诊脉后真有些急了，一个劲儿地说脉象没有问题。

可虞襄叫得越发厉害，双手死死地攀住虞品言脖颈，一声声地哀求：“哥哥，我疼。哥哥，你别走……”

虞品言被勒得喘不过气，又见她乌溜溜的眼珠不时地往自己脸上看，有些心虚，又有些狡黠，这便寻思过来，哭笑不得地问：“襄儿，你是不是在装病，嗯？哥哥只是出去办差，又不是不回来，莫怕。”他心下有些无奈，却也很喜欢这种被人全心依恋、全心信赖的感觉。

“哥哥，你今天别走了，明天再走吧。我做了个噩梦，”虞襄并不打算隐瞒自己的能力，一一详述细节，“我梦见你穿着这身衣裳骑在马上，后面跟着很多马车，还有士兵。你们走过一条小道，左边是高山，右边是峡谷，一条大江在峡谷里奔腾。忽然天上下暴雨了，你们走得越来越快，绕过一处拐角时，山上冲下许多泥石，把车队淹没了，车里的箱子被石头砸碎，里面的银锭子全掉进大江里去，再也找不着了！”

随着她叙述的深入，虞品言的表情从哭笑不得变成错愕万分。这次离京，太子确实带了八百万两赈灾银，这件事除了随行人员和皇帝，没有任何人知道。襄儿这梦确实蹊跷……在虞襄刚说出“做噩梦”三个字的时候，翠屏便悄悄地摸出房门，往正院赶去。

翠喜立在窗边目送她离开，心道：你能把侯爷哄得服服帖帖的，就不信也能把老太太哄得住！就因为做了噩梦便装病阻止侯爷办差，叫老太太知道了，定要掀掉你一层皮！想到这里，翠喜忙用手帕捂住嘴，暗暗讽笑。

虞襄见虞品言表情松动，赶紧又是一阵好劝，却不料老太太拄着拐杖跨进门槛，厉声道："襄儿，别胡闹！去，服侍小姐睡下！"手一挥就上来两个身强体壮的嬷嬷，硬把虞襄从虞品言怀里扒出来，按倒在床上。

"言儿，你快去吧，别耽误了太子办差。"看向孙子时，老太太凌厉的表情稍微放缓。"老祖宗，襄儿身体还未康复，劳您好生照料。孙子这条命是襄儿给的，没有她，孙子如今也不能站在这里跟您说话。"虞品言隐晦地提醒老太太别为难虞襄。

虽然心中还有很多疑虑，可太子今年十七岁，这是入朝一年来首次独当一面，且办的还是那样紧要的差事，宫内宫外有无数双眼睛盯着，虞品言半点推脱不得，拍拍妹妹的发顶，还是义无反顾地走了。

虞襄抬起胳膊大喊："哥哥，如果下暴雨的话就立即停下来，你可千万别赶路！记住了，千万别赶路！"

虞品言摆摆手，越走越远。虞襄停止挣扎，仰躺在锦被上喘气。几个嬷嬷退开，低眉顺眼地等候老太太发话。

桃红、柳绿两个颇有些担心，翠屏、翠喜却暗自幸灾乐祸。

老太太拄着拐杖一步步上前，语气非常严厉："我原本以为你遭此劫难，肯定比以前懂事很多，没想到你还是那个样子！你哥哥办的都是顶紧要的正事，倘若受了你的连累，皇上怪罪下来，太子怪罪下来，整个侯府都承受不起！"

虞襄垂下眼睑，低声道："老祖宗，襄儿知错了。"在虞品言安全回归之前，自己还是老老实实地待着吧。

老太太见她面容苍白，冷汗连连，很是虚弱的样子，且又想起孙儿临走前那番话，心道：罢了，到底救了孙儿一命，且废了双腿，只是任性没有发疯，已经算是好的了。

老太太长叹一声，道："知错便好，日后再不可胡闹。你且睡吧，我走了。"

虞襄连忙答应，让翠屏、翠喜送老太太出去。

翠喜见老太太雷声大雨点小，心里很不满意，装作忧心忡忡地开口："老夫人，二小姐那梦，确实有些玄乎啊。她竟说侯爷会被泥石冲走……"

"闭嘴！"老太太不等她说完，便厉声打断，"这样晦气的话，日后不许再提。否则，我拔了你们的舌头！”

用力跺了跺拐杖，老太太一迭声地骂着晦气，疾步走远了，仿佛虞襄的小院沾满了某些不可言喻的脏东西。

翠屏、翠喜装作诚惶诚恐地送一行人离开，转过头，捂着嘴咯咯笑起来。虞襄这顶“丧门星”的帽子，怕是永远都摘不掉了。侯爷还没出门呢，她就什么不吉利的话都敢往外说！忒蠢了些！

虞品言离开侯府后，一路快马加鞭，终于在城外的十里亭赶上了太子一行。

太子端坐在一匹汗血宝马上，身材颀长，相貌英俊，举手投足间更有几分雍容华贵的神采，很是令人心折。

“何事耽误了？”他回头询问。

虞品言拱手道：“舍妹旧伤复发，我留下等大夫诊治过后才走。耽误了行程，还请太子殿下恕罪。”

太子与虞品言私交甚笃，对舍命救了虞品言的虞襄也是爱屋及乌，而且他胸襟开阔，生性仁厚，并不会因些许小事而多加苛责，当即摆手道：“无妨。令妹可好转了？等我们回来，你拿着孤的名帖去太医院请薛院正，他在治疗骨伤方面很有一手。”

“舍妹临出门时已经大好，谢殿下关心。等此次回来，我就厚着脸皮借殿下的名帖一用。”薛院正只为皇帝和太子治病，普通人请不动，虞品言听了这话连忙道谢。

因灾情严重，拖不得，两人略聊几句便催马赶路。行至一处山道，天空忽然昏暗下来，抬头一望，却见大朵大朵的乌云开始迅速聚集，云层间天雷滚滚，紫电翻涌，景象颇为骇人。

“不好，要下暴雨了！再走七八里路便有一个村庄，咱们可借农家暂避。快快快，加快速度！”打头探路的侍卫大声地吼道。

一行人不自觉夹紧马腹，打算冒雨疾驰。

唯独虞品言心里犹疑不定。这条山路，越看越像襄儿描述的那条，左边高山，右边峡谷，一条大江从谷底穿过，奔腾的江水发出巨大的怒吼。襄儿从未出过远门，却将这番景象描绘得活灵活现，仿如亲至。

那梦，果真只是个梦？虞品言暗自咬牙。

来不及多想，豆大的雨点狠狠砸下。有人劝太子换乘马车，被太子拒绝了，反而越过众侍卫冲在最前面。虞品言连忙跟上，却听耳边窸窸窣窣一阵响动，转头一瞥，却见一块松动的石头从山上滚落，掉入草丛。

虞品言眸光微暗，追在太子身后大喊："太子，快停下，不能再走了！前面危险！"

太子依稀听见"危险"二字，还以为是前面有敌人埋伏，立即勒紧缰绳。骏马扬起前蹄嘶鸣，片刻后稳稳停住。

"怎么回事儿？前面有匪患？"太子语带焦虑。

"并非匪患。"虞品言摇头，"雨势太大，咱们还是等雨停了再走吧。太子您看，这山石都被雨水冲刷得摇摇欲坠，如果被砸中就危险了。"

他说话的时候，正巧一块香瓜大的石头从山上滚落，掉进路边的草丛里，若石头再大些，当真有可能夺人性命。太子皱眉，面露迟疑。

随行的户部尚书于文涛却不以为然地摆了摆手："不过七八里，两刻钟的路程，怎会出事？眼下暴雨倾盆，咱们往哪里躲？又能躲多久？"

太子越发觉得为难。

"不怕一万，只怕万一。咱们砸伤了是小事，万不能伤到太子。况且咱们还带着八百万两赈灾银，倘若落石惊了马，掀翻了马车，银子滚入峡谷掉入江水，谁来赔？还是小心谨慎为妙！"虞品言据理力争。

于文涛摇头，正欲反驳，太子开口了："大家都停下，在路边找空旷安全的地带扎营休整。方伟带几名侍卫前去探路，确定路况良好，我们再过去。"

方伟是太子的侍卫统领，二话不说便领命走人。虞品言取出帐篷搭建。

雨越下越大，四处都淌着泥水，搭好了帐篷也只是挡了头顶，脚下依然湿漉漉的，叫人坐也不是站也不是，那股难受劲就更别提了。

再往前走七八里便能住进农户，屋里有滚烫的热水、柔软干燥的被窝、香喷喷的饭食，比这荒郊野外、瓢泼大雨，不知好上多少倍！随行人员嘴上不说，心里早埋怨开了。

于文涛对长随叹息道："太子的能力是有，可就是太过谨慎。只不过是两刻钟的路程，能出什么差错儿？谁的话都不听，偏听那伴读的，毛还没长齐呢……"

长随指了指隔壁帐篷，示意主子小声点儿。

于文涛吹了吹唇上的八字胡，颇不以为然。

第三章

成真

太子不肯单独待在马车里享福，而是与虞品言挤进一个帐篷，拿出用油纸包好的干粮，慢慢吃着。

“等方伟回来，咱们再继续赶路。如果让他们在这雨水里躺一宿，不知多少人要埋怨孤了。”太子眯眼打趣。

虞品言点头道：“小心驶得万年船。守着八百万两银子，晚上睡觉都得睁一只眼，更何况还得赶路。这是您第一次办如此紧要的差事，半点疏忽不得。”

“月末，老二、老三、老四也要跟着入朝参政了，孤这次若是出了差错，不知多少人等着揪孤的小辫子。你放心，孤晓得。”太子拍了拍虞品言的肩膀，两人相视而笑。

两人一边啃干粮一边说话，不知不觉便过去了大半个时辰。只听一阵迅疾的马蹄声逼近，太子还来不及掀开门帘，就听方伟高声大喊：“太子，不好了，前方山崩了！”

太子悚然一惊，连忙钻出去细问。

于文涛手里的干粮“吧嗒”一声掉进浑浊的泥水里。

其余人等皆吓得面如土色，冷汗淋漓，唯独虞品言，竟有种果然如此的释然感。

“山崩了？到底是什么情况？”太子顶着大雨快步迎上前。

“属下刚走了一刻钟，便听山上轰隆隆一阵巨响，雨水和着泥石从山顶狂涌而下，把道路冲垮，径直地汇入江水里去了。幸好属下早有戒备，退得快，否则就回不来了。”方伟心有余悸地拍抚胸口。

说话的工夫，前面又是一阵巨响。方才人们还以为是打雷，这会儿才意识到是山崩。如果太子没叫停，而是一路快马加鞭地冲过去，肯定会撞上山崩，落得个尸骨无存的下场；且弄丢了八百万两赈灾银，连累了数万万灾区民众，死了也捞不着半点好名声。

于文涛越想越觉心慌，连连拱手作揖，语带颤抖：“太子果然乃真龙血脉，有上天庇佑啊！太子英明，太子英明！”

众人这才回过神来，也跟着喊起来，眼中满是敬畏。

太子心里也后怕至极，面上却半点儿不显。他沉稳地开口："此处也不安全，拔营退至空旷的田野，等雨停了再绕远路去三门峡。大家动作快点。"

此次再无人敢有异议。

终于镇住了于文涛这只老狐狸，太子松了口气，按捺不住心中的激动，大力拍了拍虞品言的肩膀，低声道："品言，多亏你及时地阻拦，否则，孤便尸骨无存了！"尸骨无存也便罢了，弄丢了赈灾银，不知多少人要编派他死后的名声。那情景，他想一想便觉得心寒。

"太子言重了。也是您自己心里有数，否则，我再劝又有何用？"虞品言并不居功，且丝毫未提及妹妹曾做过的那个梦。皇家人天性多疑，想得深远了，对襄儿来说是祸非福。

"孤心里确实有数。品言，多谢了！"太子用力按压他的肩膀，感激之情不言而喻。

两人紧紧握了握手，随即各自跨上骏马，一路往回奔。因绕了远路，至少耽误了两天的行程，太子让人给皇帝送了一封信解释缘由。

次日早上，永乐侯府也接到了虞品言的书信。老太太看后面色苍白，连连大呼"菩萨保佑"。

"老夫人，您这是怎么了？可是小侯爷……"余下的话，马嬷嬷不敢说了。

"言儿无事，"老太太颤颤巍巍地站起来，冲堂上的佛像拜了三拜，又将书信递给马嬷嬷，让她自己看，心有余悸道，"真是惊险万分啊！我只是看了书信，都吓出一身冷汗！"

马嬷嬷快速看完，心尖猛然一颤，附在老太太耳边低语："老夫人，您还记得小侯爷临走时，二小姐喊的那话吗？翠喜说二小姐梦见小侯爷被泥石冲走，故而昨天死活不让小侯爷出门。您看，这岂不与这信合上了！"

"哥哥，如果下暴雨的话就立即停下来，你可千万别赶路！记住了，千万别赶路！"老太太脑海里反复回荡着这句话，眼睛越睁越大。

"嗞，"她倒吸一口凉气，抬腿便走，"去找襄儿问问，她昨天究竟做的是什么梦！"

虞襄晚上一宿没睡，就怕闭上眼睛便梦见虞品言遇难的场景，反复琢磨着虞品言要是没了，自己该怎么活下去，怎么想，怎么心寒。永乐侯府的顶梁柱都被她给“克死”了，林氏和老太太肯定容不得她。被家族摒弃的女人本就没有活路，更何况她还是个瘫子，恐怕离开侯府没两天就会饿死街头。

老太太到时，就见她病恹恹地半靠在榻上，脸色蜡黄，头发散乱，一双眼睛充满了红血丝，眼窝还深深凹陷下去，明显经夜未眠的样子。听见脚步声，她僵硬地扭着脖子看来，嘶声问道：“哥哥怎么样了？有没有收到消息？”

虽然她不是侯府的血脉，可到底与言儿一块儿长大，对他的感情是真挚的，半点没掺假，要不然她岂能舍命相救？要不然她岂会担心成这样？

想到这里，老太太对虞襄的成见瞬间去了十之五六。

“言儿无事。”她软着嗓音开口，“昨日你做了个噩梦，因此死活不让言儿出门。你梦里都看见什么了，跟祖母说说。”

虞襄高悬的心一下子落到实处，见老太太追问，便详细地叙述起来。虞品言今年虚岁十六，刚踏上仕途，且行事狠辣，树敌颇多，效忠的人又是当朝太子，日后指不定会遇见多少劫难。倘若虞家人对她的话不重视，还当她胡搅蛮缠无理取闹，下次虞品言可就没这么好的运气了。

老太太听完思虑半晌，低声问道：“你果真看见很多银锭子掉进江里去了？”

虞襄十分笃定地点头。

老太太继续愣神，足有一刻钟才重新缓过来，摸摸虞襄通红的眼角，柔声道：“好孩子，因为担心你哥哥，所以一晚上没合眼吧？药喝了吗？饭食可曾用过？”

虞襄摇头：“不知道哥哥的安危，我不想喝药，也吃不下饭。”

“好孩子，好孩子……”老太太表情十分动容，连连拍抚虞襄发顶，“喝了药，吃了饭，赶紧睡一觉。累着你了。”

马嬷嬷亲自去厨房给二小姐熬药做饭。

老太太陪虞襄吃完饭，见她频频打呵欠才起身离开，行至门口忽又回头，认真叮嘱：“襄儿，日后再做类似的梦，一定要告诉祖母，别闷在心里。”

虞襄点头答应。她自然不会闷在心里，虞品言可是她唯一的护身符。

老太太这才心满意足地走了，瞥见跟随在身后的翠屏、翠喜两人，慎重地交代：“日后好生照顾小姐，缺什么只管来找马嬷嬷要。小姐若不肯喝药吃饭，你们得劝着。再像今日这样放着不管，你们也不用在侯府里待了。”

翠屏、翠喜低声应诺，等一行人走远方擦掉额头的冷汗，面面相觑。老夫人这是怎么了？怎么一夜之间态度大变？

老太太回到正院，跪在佛龛下念了一会儿经，这才松开紧绷的心弦。

马嬷嬷搀扶她起身，又端来一杯热茶，等她坐定后，方才凑过去询问：“老夫人，小姐这梦究竟是怎么回事儿？”

“这是菩萨给襄儿预警了。”老太太用杯盖慢慢撇着浮茶沫子，神情恍惚，“若言儿他们没停下，反而是直接冲过去，梦里的场景就会变成现实。那些银锭子想来便是太子携带的赈灾银，少说也得是这个数……”她伸出一只巴掌。

“五万两？”马嬷嬷龇了龇牙。

“五百万两，也许更多。”说到这里，老太太又出了一脑门的冷汗，喟叹道，“幸亏襄儿提醒了一句，言儿没硬冲过去，否则不但命没了，整个侯府也要跟着遭殃。五百万两，抄了家底儿我们也赔不起！”

虞襄一个不谙世事的小姑娘，哪里知道言儿出门办的是什么差，又哪里知道太子带着赈灾银？但她偏偏梦见了，且描述得那般细致，仿佛身临其境。到此刻，老太太才对她的话深信不疑。

马嬷嬷倒吸了一口冷气，惊恐万状地低喊：“五……五百万两？我的娘哎！多谢菩萨保佑，多谢菩萨保佑！”若侯爷身死，侯府被抄家，他们这些奴才也没活路了！这次真是侥天之幸，侥天之幸啊！

马嬷嬷冲佛龛拜了拜，低声呢喃：“侯爷说得对，小姐不是什么丧门星，分明是他的福星。老太太，您瞅瞅，短短一月，小姐便帮侯爷避开了两次死劫。这也忒玄乎了。若不是福泽深厚之人，菩萨岂肯托梦示警……”

老太太沉默半晌，终是挥手道：“把我库房里的两匹鲛菱纱和那株百年老参送去给襄儿。她是个好人。”她的心是好的，只这事儿处处透着诡异，是福是祸，且再看看吧。

“哎，老奴这便去！”马嬷嬷不假手他人，亲自去办。这两样东西都是御赐之物，价值连城，就连老太太自己都舍不得用，反倒全给了小姐，由此可见，老太太这回是真被吓着了。

翠屏、翠喜见老太太猛然间对虞襄重视起来，虽心中不忿，到底不敢再像以前那样放肆。

虞襄却是不知，若按原先的发展走下去，太子和虞品言的命运将十分坎坷。

太子前往三门峡赈灾，半途遇到了山崩，虽侥幸不死，却丢失八百万两赈灾银，狼狈而返。言官弹劾太子不仁，触怒上天降下天罚，累及数万万灾区民众。皇帝震怒，命太子前往皇陵忏悔，三年不得入朝，又命四皇子筹措银两再去三门峡。四皇子行事沉稳，能力卓绝，将赈灾事宜处理得尽善尽美，无一纰漏。九月月底，四皇子带万民伞归京，声望大振，而太子则日渐沉寂。

永乐侯遇到了山崩，重伤而归，休养了数月才好。皇帝迁怒，虽未降爵，却撤去了他所有实职，弃之不用。侯府老太君尽数变卖家产抵罪，终究无法挽回侯府的声誉。永乐侯不得不投军，以性命博取一条出路。

虞襄等老太太走远了，立刻从被窝里翻坐起来，靠着软枕思量：看来，昨晚那梦应验了，虞品言这回有惊无险，否则，老太太怎会巴巴地跑来盘问，且态度那样和蔼？虽然不能预知自己的安危，能预知虞品言的安危也就够了。她一个瘫子，谁稀罕算计她。

虞襄边想边抓住床幔上系着的一块桃木牌子，问道：“这牌子上雕的是什么？”那扭曲诡异的字符染了一层朱砂，看上去红彤彤的，十分扎眼。类似的木牌还挂在窗边、廊下，甚至塞在床褥里，几乎布满了整个小院。

记忆中，这些都是林氏的陪房金嬷嬷与一个相貌猥琐的老尼姑一块儿布置的，走时还在门口泼了一盆黑狗血，腥气弥漫了几天才散。

桃红跑了过来，往主子后腰垫了一个软枕，拿起桃木牌看了半晌，脸色忽然大变。

虞襄挑高半边眉毛，笃定道：“说实话吧，这玩意儿可是厌胜之术？”

若是丫头肯实言相告，日后也算得用。

桃红轻轻点头：“回小姐，这是镇妖符，写的是……”她小心翼翼地瞄了眼主子。

“写的是‘七魂皆杀，业火焚体’是不是？”虞襄冷笑。这块桃木牌，她第一天醒来就想全烧了！如今在老太太眼里，她那“丧门星”的帽子算是摘掉了，且救了虞品言两次性命，烧几块牌子算不了什么。等老太太回过味儿来，林氏就该倒霉了！

虞襄扯下桃木牌，扔在了地上，满脸厌恶：“将屋里那些木牌全都找出来烧掉！快去。”

桃红也觉得这块木牌很瘆人，早就想处理掉了，听主子一说忙颠颠地答应。

院外很快升起一股浓烟，翠屏、翠喜闻见烟味跑过去查看，惊得叫起来：“呀，你怎么把这些平安牌都给烧了？夫人有吩咐，这些牌子绝对不能动，否则会招祸的！”

桃红见翠屏、翠喜来抢夺未烧完的木牌，忙一股脑地扔进火里，道：“小姐让烧的，这些木牌不吉利！你们站开点儿，免得火星溅到裙摆上。”

翠屏、翠喜连忙跳开，一个准备去正房找太太告状，一个进屋去劝主子。

正当时，马嬷嬷跨进院门，身后跟着两个抬箱笼的老婆子。她扇扇浓烟，问道：“院子里好大的味儿，这是烧什么呢？”

“马嬷嬷，你来得正好。瞅瞅，她们把夫人挂上去的平安牌全给烧了！夫人若是问起来可怎么交代！”翠喜做出一副欲哭无泪的表情，把自己择得干干净净。

这分明是镇妖符，怎成了平安牌了？马嬷嬷嗤笑，不以为然地摆手：“由着小姐烧吧。夫人若问起来，你就让她去找老夫人。”小姐哪里是什么丧门星，分明是一个福星！再让镇妖符镇着，多少福气都被折腾没了！嗞……小姐废了双腿，会不会是被这些厌胜之术给咒的？

想到这里，马嬷嬷倒吸一口凉气，让人将箱笼抬进小姐屋内便往正院跑。这林氏当真是疯了！她咒小姐时，还不知道小姐并非她亲生骨肉呢！倘若她哪天对老太太存了怨气，是不是也会下手？且这厌胜之术诡谲莫测，无影无形，简直让人无法防范啊！不行，得赶紧回了老太太！

虞襄见马嬷嬷火烧屁股一般离开，眼睛一眯，惬意地哼起小曲儿来。要说这林氏也是个蠢的，明目张胆地在内宅行厌胜之术。老太太前几年被几个庶子折腾得筋疲力尽，没工夫管她，得了空，还不得腾出手来收拾她！人老了，最忌讳这种东西。

虞襄笑得越发灿烂，对刚迈进屋内花脸猫一般的桃红扬了扬下颌：“把箱笼打开，我看看。”

“哎。”桃红拔掉铜锁上的插栓，挑开箱盖。

虞襄表情淡然，翠屏、翠喜两个却惊叫起来：“鲛……鲛菱纱？百年老参？这两样可都是御赐之物，在老夫人库房里存了好几年了！”两人心里爬满了蚂蚁，痒得难受！瞧这鲛菱纱，质地轻薄，如云似雾，看着是纯白色的，放在阳光下却能反射出七彩光芒，且火烧不烂，水浸不湿，当真是一件极难得的宝贝。用它做两身衣裳，还不美死个人！

当然，这东西太打眼，两人是万万不敢贪墨的。但百年老参却不同，卖给药店，怎么着也能换五百两银子。反正虞襄是个傻子，就算是拿根白萝卜也能糊弄过去。

两人心里正美，却听虞襄缓缓地开口：“鲛菱纱放进私库，老参拿去厨房炖汤，晚上我要喝。”

桃红连忙擦干净手上的黑灰，捧着老参下去了。翠屏颇有些傻眼，急忙开口：“小姐，这老参年头足，紧要时还可吊着一条命，你怎么就吃了？还是留下备用吧！”

翠喜也跟着帮腔：“是啊，百年老参药效强劲，小姐你身体还虚，吃了它不但没有好处，反受其害！”

“我不吃，难道留给库房里的老鼠吃？我有那么傻吗？”虞襄勾唇蔑笑。她就是吃得鼻血横流，也不会便宜这两个东西。

翠屏、翠喜心脏狂跳，再不敢开口拦阻。

正院，老太太听了马嬷嬷的话，脸上似泼了墨，黑得能滴出水来，指尖一个用力，竟把佛珠给掐断了。

屋内噼里啪啦一阵乱响。丫头婆子纷纷低下头，不敢喘气。老太太发起火来，可是连侯爷都顶不住。

“是我疏忽了。堂堂永乐侯府，竟有人大肆行这厌胜之术，且咒的还是亲生女儿，若被言官参上一本，言儿的爵位就保不住了。十年前风光无限的敏贵妃，可不就是这么死的吗？母族三百七十八人，尽皆斩于菜市口。皇上现在最忌讳的就是这个……”老太太用力按揉眉心，喟然长叹，“这些年，我也是越发不顶用了，如此险要之事，我竟不闻不问，差点儿连累了言儿！”

越想心头的火越旺，老太太冷声道：“丧门星，我看这林氏才是真正的丧门星！你带几个人去搜林氏的院子，但凡是可疑之物全烧了。她若闹起来便叫她回娘家，莫祸害我侯府！”

“老奴立马就去，老夫人您别急。所幸小姐是个有主意的，已把东西都给处理了。”马嬷嬷轻声安慰。

老太太摆摆手，神情疲惫。

林氏屋内堆满了亡夫的遗物，都是二人爱情的见证。马嬷嬷可没那风花雪月的心思，翻检出可疑物品便拿出去烧掉，惹得林氏发起疯来，披头散发地跑到正院哭闹。

老太太刚躺下没多久便被惊醒，着实气得血液逆流，甩出一封休书才让林氏彻底消停，自己也晕了过去。

正当时，柳绿端来一碗参汤给老太太灌下，这才使她转危为安。从此以后，马嬷嬷越发觉得二小姐是个有福之人。

家里发生的事，老太太不让报给小侯爷，虞品言自然无从得知，待在太子身边安心办差。

太子虽不是全知全能，却善于用人，也善于纳谏，是天生的帝王之才，来到三门峡仅一月，便将诸事料理得妥妥当当，巨细无遗。

又过了三天，确定河堤已修缮牢固，灾民也得到安置，太子决定启程归京。归京途中，虞品言向太子请辞，欲前往平沙县为妹妹寻访当地一位神医。太子欣然同意。

虞品言寻到了神医，但请神医出手却并不那么容易。大抵身怀绝技之人，或多或少都有些臭脾气。为了请神医出手，虞品言为他上山采药捉蛇，下地种菜浇水，当了半个月的苦力，如此，神医才勉强答应了替虞襄诊治。

两人一路走一路搜集药材，本以为已被太子远远抛下，却没料到在一处驿站会合了。

虞品言到时，看见太子的贴身近侍来顺站在院门口，正与一个十岁出头的小姑娘说话，表情看上去非常焦虑："这东西果真能治好我家主人？你若是诓我，定叫你有来无回！"

"我当年得了时疫便是吃这个吃好的，你且试试吧。"小姑娘一点儿没觉得害怕，反扬起手中草药，粲然一笑。

来顺被她开朗的笑容感染，颇有些意动。那么多太医都束手无策，这时候也就只能死马当作活马医，太子的病来得又急又猛，眼看三天未曾睁眼，实在拖不得了！

虞品言大步上前，沉声问道："什么时疫？"

"侯爷，你可算是回来了！侯爷，太子得了瘟疫，您那神医请来没有？赶快进去给太子看看吧！"来顺看清来人面孔，像找到主心骨般扑过去，一时忘了改口。

虞品言眸光微暗，立即拉着神医急匆匆地往驿站里走。

来顺擦了一把眼泪，也跟着进去了，倒把进献草药的小姑娘忘得干干净净。

小姑娘想进去，却被拿着剑戟的侍卫拦住。她在门口张望片刻，一脸遗憾地走了。她虽早知道里面病着的是位达官贵人，却没想到竟是当朝太子。方才那少年也是个侯爷。哪位侯爷？若是我的药能治好太子，荣华富贵岂不唾手可得？明天再来看看吧！

她正暗自琢磨，被匆匆找来的俊秀少年一把拉住，低声警告："又淘气了，里面住着一位贵人，轻易招惹不得。快跟哥哥走，否则，被官府给抓起来，哥哥可救不了你！"

小姑娘乖巧地点头，边走边不住回望。

若虞襄在此，必会大吃一惊，因为按原本的轨迹是四皇子归京途中身染瘟疫，得一幼女进献神药，转危为安，解下随身玉佩相赠幼女。数年后二人重遇，可谓是千里姻缘一线牵。

这些虞品言自是不知，他一跨进太子居住的小院，就见于文涛等一干老臣跪在房门口，个个面容憔悴，表情哀泣。天上分明挂着一轮烈日，院内却弥漫着一股悲苦寒凉的气息。

太子乃元后所出，居嫡居长，德才兼备，如无意外的话，便是板上钉钉的下一任帝王。然而，这位储君第一次外出办差便染上了瘟疫。倘若他病逝，凭皇上对他的宠爱，定要所有人为他陪葬。

灼热的夏风吹过，几位老臣却微微颤抖起来，似冷进了骨子里。听见脚步声，他们转头回望，浑浊的眼底迸射出精光。

永乐侯！怎么把永乐侯为妹妹寻访神医这茬给忘了！真是上天保佑啊！

“侯爷，神医……”于文涛颤颤巍巍爬起来，话没说完就见面容冷肃的少年已领着一名老翁径直地进了屋。紧闭的门扉，隔绝了众人满含希冀的目光。

因太子见不得风，屋内窗户被统统锁死，还罩上一层窗幔，致使光线非常昏暗。虞品言刚一走近床榻，便闻见一股浓郁的酸臭味，没病的人闻了，也得熏出满身的不适。

虞品言却似毫无所觉，大步走过去细看。

短短半月，太子竟瘦得只剩下一把骨头，紧闭的双眼糊满浓黄的眼垢，吐出的气息带着一股人体即将腐烂的味道。若不是虞品言摸到他颈侧微弱的脉搏，还以为他已经死了。

“朴神医，请为太子诊治。”虞品言弯腰作揖，冲鹤发童颜的老翁深深一拜。

来顺早猜到老翁便是侯爷请来的神医，见此情景扑通一声跪下，连连磕头哀求。来顺是个聪明人，知道这等神人定受不了胁迫，若用权势强行逼他给太子诊治，指不定便跟你来个鱼死网破。

老翁老神在在地捋着胡须，笑道：“虞品言，你可要想好了，我只答应为一人诊治。救了太子，你那妹妹我可就不管了！”

来顺含着两泡眼泪朝侯爷看去。

虞品言面上不显，拢在袖中的手却紧握成拳。太子与襄儿孰轻孰重？太子性命垂危，自然应该选择救太子，可襄儿的腿却也耽误不得……

闭了闭眼，虞品言拱手道：“还请朴神医为太子诊治。”

老翁嘲讽地笑了：“我还当你多重情重义，到底屈于权势舍弃了家人。如此，我这便替太子诊治。”

虞品言扯了扯唇角，语气冰冷：“朴神医无须挑拨。论理，太子是君，我是臣，臣子忠君是为本分，无甚屈于权势的说法。论义，我与太子情谊深厚，不逊于家人，他性命垂危，我自然该选择救他。舍妹此时并无性命之忧，没了朴神医，日后我还能寻王神医、赵神医，没什么要紧。”

老翁被他几句话气得胡子都翘起来了，冷哼道：“你就犟嘴吧！你妹妹的腿，这世上除了我，只有苦慧大师能治。苦慧大师十年前渡海去了暹罗国，生死不知，你到那时找不到人，别哭着喊着来求我！”

说到这里，老翁得意地笑起来，拎起医药箱走到床边给太子诊脉，高声喝道：“开窗开窗！不想憋死太子就赶紧开窗！”

朴神医的大名，就连久居深宫的来顺也是多有耳闻，连忙把四面窗户都打开，让阳光照进来。异味慢慢散去，所有人都觉精神一振。

朴神医取出一套金针，轻捻着送入太子各大要穴，又从太子的指尖、耳尖、耳垂等处取出几滴浊血。方才还奄奄一息的太子轻咳一声，竟立刻就苏醒过来。

视线还有些模糊，可并不妨碍太子认出虞品言那张如雕刻一般俊美的脸。太子微微笑了，笃定道：“易风（虞品言的字），你又救了孤一命。”

朴神医不满意了，用绢布擦掉太子指尖的血迹，提醒道：“殿下，永乐侯可不懂医术。”

太子莞尔，温声道：“多谢朴神医相救。”似想起什么，他脸上悦色尽去，低喊，“孤这瘟疫想来在洛阳便已染上。你们赶紧采购药草，召集医者奔赴洛阳，以免疫情扩散！快去！”

虞品言离开的第二天，他便开始发起高烧，当时只以为感染风寒，略喝了几服药，等意识到自己得的是瘟疫时已经晚了。他下一刻就陷入了深度昏迷，脑子里最后一个念想便是赶紧召集医者救治灾民。

只可惜于文涛等人没有读心术，太子病重他们也没心思考虑别的，这就耽误了近半月的光阴，也不知疫情有没有在灾区蔓延。

虞品言略一拱手，即刻出去办差。朴神医见太子爱民如子，履仁蹈义，虽然嘴上不说，下针却越发稳当。

于文涛等人依然跪在院外，得了太子口令，当即泪流满面，痛哭失声。太子已病成这样，心里惦念的依然是灾区民众。太子的仁义不是装出来的，而是实实在在扎根于骨髓。大寒朝有这样一位德才兼备的储君，实乃幸运！

一干老臣连磕三个响头，精神百倍地去办差，归京后将太子的言行一五一十写在奏折里，呈给皇上过目，措辞丝毫没有夸大，却已足够令皇上满意。而虞品言的表现也令皇上眼前一亮，暗自决定将这位未及弱冠的小侯爷培养成太子的股肱之臣。

此为后话，暂且不提。

朴神医施展了一套定魂针法，堪堪将太子从死亡线上拉回，又开了一服猛药给太子灌下。见太子的脸色迅速泛出红晕，眼眸也清亮很多，朴神医这才松了口气，摆了摆手，回屋睡觉去了。

太子躺了整整十天，这会儿无论如何也躺不住了，盘问来顺自己昏迷后的事情。来顺一一作答，踌躇半晌终是坦白道："殿下，您能醒过来，多亏了小侯爷……"这便将朴神医与永乐侯的对话复述了一遍。

太子听了十分动容，对着帐顶喟然长叹："孤这条命，却是用易风妹妹的双腿换来的，孤实在是惭愧。"

来顺连忙安抚："殿下无须多想，只待日后为虞小姐再寻访一位名医也就罢了。"话音刚落，心里暗自嘀咕：这位虞小姐的双腿换了侯爷与太子两条性命，也真够金贵的。这会儿耽误了，日后说不得有大造化，单这两份人情，也够她受用一辈子了。

却说虞品言让人采买了大量的药材，又召集了许多医者，翌日清晨便准备赶赴灾区。车马刚出驿站，他就见一名侍卫正与一小姑娘纠缠。

小姑娘长得十分清秀，唇角一翘，腮侧便显出两个深深的酒窝，里面仿佛盛满了蜜糖，令人见了只觉得甜丝丝的，升不起半点恶感。也正因为她这万分讨喜的长相，侍卫并不狠拦，反而好声好气地劝她离开。

"可我的草药真的很有用，喝下去第二天就大好了。你们姑且试试吧！"小姑娘将一个纸包捧得高高的。

那侍卫见劝不走她，只得收下草药，心道：院里还有许多人感染了瘟疫，拿去给他们也是一样。至于太子那里，打死他们也不敢将来历不明的东西呈上去。

小姑娘好像是察觉了他的心思，笑眯眯道："这药熬煮的工序十分复杂，一个弄不好便会药效全失。你带我进去吧，我帮你们熬。"

侍卫还没开口，便听身后传来一道冰冷刺骨的声音："你们就是这样守职的吗？任由可疑之人靠近驿站，且还收受不明药物。倘若这是一包毒药，你死一万次也不够抵罪！"

那侍卫腿软了，当即便跪下给大步而来的小侯爷磕头。这位虽然年方十六，却是个心狠手辣、六亲不认的主，犯在他手里只“生不如死”四个字；且他说的句句在理，字字珠玑，叫人反驳不得。也是这小姑娘长得太过甜美娇俏，竟让自己不由自主地放下了戒心。若她果真是谁派来的刺客，那便出大事了！

越想越觉后怕，侍卫扔掉剑戟，拼命地磕头。

小姑娘也吓得狠了，脸上甜蜜的笑容全被恐惧不安所取代，睁大一双湿漉漉的眼睛，可怜兮兮地瞅着容色冰冷的少年。

少年却对她视而不见，跨上立在门前的骏马，缓缓地开口：“抓起来好生审问，若有可疑便去回于大人，让他处置。太子尚在病中，切莫惊扰。”话音未落，人已走得远了。

侍卫连连应诺，直起身，脸上哪还有半点和煦，一把将抬腿欲跑的小姑娘抓起来，扔进驿站地牢。

小姑娘大喊大叫，剧烈地挣扎，袖口翻卷一截，露出手腕上一朵兰花状的胎记。

只关了两个时辰，小姑娘的父母便求上门来。因身世清白，又正巧与某位随行官员有旧，一家人舍掉十之七八的家资才将小姑娘赎出，连夜赶回岭南老家去了。

经此一事，他们原本的巨富之家逐渐走向没落。

三日后太子病愈，不但不启程归京，反又回了疫情严重的洛阳，誓与百姓共进退。八月初，疫情彻底消除，洛阳又恢复了昔日的繁华。太子走时，数万万百姓夹道相送，热泪盈眶。太子仁义之名传遍天下，皇室越发受百姓爱戴。

皇帝对太子的表现满意至极，亦对随行官员大肆褒奖，尤其是年仅十六的小侯爷虞品言，更得了一句“不世之材”的评价，永乐侯府也随之水涨船高。

第四章

八字

虞品言没来得及回家便入宫复命去了，只让长随给府中递了个口信。

老太太抓住长随问了又问，足足问了两刻钟才将人放走，转而对着佛龛跪拜。佛祖保佑，这趟差事总算是有惊无险。自洛阳出现疫情的消息传来，她连着两三夜没合过眼。

马嬷嬷也跟着跪下，欢天喜地地道："老夫人您瞧，就说二小姐是个命里带福的。侯爷本是为她寻的神医，偏就那么巧把太子给救了！这气运，真是好得没话说！也不知夫人寻的哪个假和尚，把一颗福星硬说成是天煞孤星！"

老太太闭目不语。

马嬷嬷念了几句佛，忽然"哎呀"一声惊叫。

"佛祖还在跟前，干吗一惊一乍的！"老太太睁眼瞪她。

马嬷嬷连忙捂嘴，脸色青青白白地变换，眸光也不停闪烁。

老太太觉出不对，低声问道："你想到什么了？"

"没……没什么！"马嬷嬷笑得十分僵硬。

"想到什么就说！"老太太厉声呵斥。

马嬷嬷瞅瞅佛龛里满目慈悲的菩萨，又捻了捻手中的佛珠，方期期艾艾地开口："老夫人，夫人当初把二小姐的生辰八字拿给那和尚测算，您想想，那生辰八字，它……它不是二小姐的生辰八字啊！"

接下来的话，马嬷嬷实在不敢再说。虽然两个女婴生在同一天，却绝不可能是同一刻，或多或少都会差那么一点儿。而命数这种东西，差之毫厘，谬以千里，当真说不清楚。

那八字不是虞襄的，却是自己嫡亲孙女的！若是和尚算错也就罢了，没算错，岂不是说自己嫡亲孙女才是天煞孤星？确实，虞襄现今十岁，在过去的十年里，侯府哪曾遭受半点灾祸，反而日渐繁盛；今年倒接连碰见两桩祸事，却都因为虞襄的缘故避过去了。

林氏说儿子是被虞襄克死的，当时那两个孩子还未抱错呢，嫡孙女降世那刻，儿子也死于悍匪刀下，这真是……

老太太心慌意乱地捻着佛珠，指尖剧烈颤抖起来。她信佛，自然也信命，要说没跟林氏一样恨过虞襄，那是不可能的。只是她阅历广，心胸开阔，后来又见府中诸事越发顺遂，孙子也撑起了门户，这才慢慢看淡了。现在忽然得知，嫡亲的孙女才是天煞孤星，那被遗忘的恨意竟又翻搅起来。

马嬷嬷见状连忙缩到角落，吓得连大气儿都不敢喘。

老太太闭眼，接连念了十几遍清心咒才恢复平静。

终究是侯府血脉，再怎么样也不能仍由她流落在外生死不明。况且，那和尚未必有什么修为，算错了也是有的。是好是歹，等把人找回来再看吧。老太太虔诚地给菩萨磕头，直起腰后眸色晦暗。

虞襄日盼夜盼，总算把虞品言给盼回来了。在不知不觉间，少年已经成了她的精神寄托——有少年在，她便会觉得无比安心。

让柳绿去打听虞品言什么时候回家，她半躺在靠窗的软榻上，眼巴巴地朝外张望。

小小的院子种满了花草，紫色的曼陀罗爬满院墙，白色的茉莉花在墙根处迎风招展，几株石榴红红火火，更有大朵大朵的向日葵挤在长廊下，似一轮轮小太阳。满目的炫彩伴随着扑鼻的浓香，令人陶醉其间，流连忘返。

短短两月，空旷的院落便被虞襄打造成了一片花海。因不良于行，她只能靠养花种草、看书写字、弹奏乐器来打发时间。她亲手种下去的花草，无论多难伺候都能成活，且长势喜人。

见此情景，她越发喜欢侍弄花草。老太太来看过她几次，一进院门就舍不得走，随后命人寻来许多奇花异草让她摆弄。

虞襄投桃报李，总将开得最好最漂亮的花送去老太太院里。祖孙俩就这样越走越近，往日的疏离与隔阂在一点一滴的接触中慢慢消融。

虞襄正惬意地嗅着花香，就听翠喜掀开门帘禀报："小姐，秦小姐看你来了。"

这秦小姐乃忠勇伯的庶女，今年十二岁，在伯府并不如何受宠。虞襄因常年受到林氏冷落，老太太又疏于教导，性格很是自卑，与门户相当的贵女们玩不到一块儿，反而喜欢结交门户败落、出身不显的女孩，以享受被人吹捧的优越感。

这秦小姐便是她唯一的闺中密友。

翻开记忆，虞襄一个忍不住嗤笑出声。这唯一的闺蜜竟也是个插刀坑人的祸害，自己还乐颠颠地巴上去。

如果按记忆中那样发展，虞襄会是什么下场？想到这里，虞襄的脸色阴沉下来，摆手道："让她进来吧。"

秦芳刚一跨进院门，就被眼前的繁花似锦、绿意盎然给迷住了，不错眼地看了好一会儿才依依不舍地往厢房走，然后又惊住了。

秦芳本以为虞襄的双腿废了，此时定然憔悴万分，半人半鬼，可见了真人却发现，她比昔日还要精神很多倍，仿佛一朵蔫巴的花蕾喝饱了晨露，正迎着初升的太阳绽放——以往干枯的头发现在似绸缎一般乌黑柔顺，粗糙蜡黄的肌肤像浸足了牛乳，滑嫩鲜亮，原本平淡的五官长开了些许，竟也显出几分可爱；再加上一双大而明媚的秋瞳滴溜溜地看过来，那模样算不得十分出众，却叫人怎么也挪不开眼。灵性，也许只有这两个字才能用来描述趴伏在窗棂上慵懒浅笑的小姑娘。

"你来啦，坐吧。"虞襄斜倚在榻上，指了指自己的双腿，"腿脚不便，没能出门迎你。"

她短短两句话、一个动作，便显出些高高在上的意味。

秦芳忽然觉得浑身不自在，坐定后嗫嚅半晌才道："襄儿，你变漂亮了许多。"

"是吗？"虞襄抚了抚微微上翘的眼角，自己也觉得颇为纳闷。按理说，这两个月过得胆战心惊，劳心劳力，她应该会憔悴很多，却不知为什么，头发一日比一日乌黑，皮肤一日比一日白嫩，就好像风干的蔬果泡进灵泉里，重又变得新鲜可口起来。

她想不通便不想，有一个健康的体魄是好事。虞襄惬意地喝口热茶。

秦芳今儿可不是来慰问的，而是看笑话来了，眼珠子一转，问道："襄儿，听说你这腿，再也好不了了？"

"是啊，那又怎样呢？反正我哥哥会养我一辈子。"

虞襄语气淡然，面上也毫无悲色，叫等待她痛哭流涕的秦芳十分失望。酝酿了一肚子的"安慰"都说不出口，秦芳不得不转移话题。两人东拉西扯了一番，在虞襄嘱咐丫头添壶热茶的空当，秦芳才发现屋子里大变样了，每一件摆设都透着奢华与尊贵，尤其是那妆奁，因塞满了珠宝首饰，连盖子都盖不上，日光投射过去，五彩斑斓的宝光能闪瞎人眼。

秋风清，秋月明，落叶
聚还散，寒鸦栖复惊，
相思相见知何日，此时
此夜难为情。入我相思
门，知我相思苦，长相
思兮长相忆，短相思兮
无穷极……

她直勾勾地盯着，脸上流露出贪婪之色。

虞襄勾唇诡笑：“喜欢吗？都是我哥哥送的。叫丫头把匣子抱过来给你看看吧。”话落冲柳绿使了个眼色。

“襄儿，你哥哥很疼爱你呢。”秦芳把不断涌上心头的嫉妒强压下去，迫不及待地接过匣子翻看。

“那是，我哥哥不疼我疼谁？”虞襄凑过去，指尖懒懒地拨弄着几颗硕大的东珠。

秦芳拿起这个看一看，拿起那个看一看，简直爱不释手，最终挑了一支最精致奢华的景福长绵簪别在鬓边，问道：“好看吗？”

“好看，你戴什么都好看。”虞襄眯着眼笑。

秦芳也跟着笑了，将匣子放了回去，又开始东拉西扯，足聊了小半个时辰方起身告辞，迈着小碎步去掀门帘。下了台阶，人已经站在院子里，她眼中才流露出些许得意，快速朝院门走去，眼见只一步便能离开，却听身后传来一道慵懒的嗓音：“哎，你是不是忘了什么东西？”

“啊？忘了什么？”秦芳回头强笑。

虞襄指了指她脑袋，声量略微拔高：“你莫不是想把我的簪子给顺走吧，还像以前那样？以前那些也便罢了，你顺走就顺走，这支是我哥哥从尼罗国商人那里订购的，满京城只这一支，十分难得，可不能再让你顺手牵羊了！”

翠屏、翠喜早知道如今的小姐与之前不同，想占她的便宜就得做好被打脸的准备。瞧瞧，这一口一个“顺手牵羊”的，把秦小姐的脸都给打肿了。

眼见满院的奴才都朝自己投来鄙夷的目光，这事儿若传出去，叫自己沾上一个“手脚不干净”的名声，以后还怎么见人？秦芳脸颊充血，五官扭曲，忙把簪子拔掉，高声辩解：“我不过是忘了取下而已，你……你怎能如此污蔑我！”

“哎，是吗？不是我想污蔑你，实在是你以前顺走我太多东西，这不是怕了吗？你小心着点儿，这簪子花了我哥六百两银子呢，若是弄坏了，我可得找你嫡母讨一支更好的。”虞襄咧嘴灿笑。

虞襄这越说，污水泼得越多，秦芳浑身都开始发臭了！听见奴才们的窃笑，秦芳恨不得找个地缝钻进去，又恨不得撕烂虞襄那张嘴，但到底害怕弄坏簪子，闹到自己嫡母跟前，只得小心翼翼地把簪子交与丫头，捂着脸夺门而逃。

“下回再来啊！”虞襄热情地招呼。要是秦芳下回还敢再来，她再变个法治她！这样的朋友少一个是一个，多了她应付不来。

桃红、柳绿捂嘴憋笑，正准备关上院门，却见小侯爷与一位鹤发童颜的老翁站在一丛曼陀罗下，脸上的表情十分古怪。

桃红、柳绿低呼一声，连忙弯腰行礼。

朴神医指了指趴在窗棂上咯咯直笑，因水汪汪的眼里缀满细碎阳光而显得活泼又可爱的小姑娘，问道：“这就是你口中那个娇弱可怜的妹妹？我却是老眼昏花了，骄纵是有，但她哪里弱了？这不挺厉害嘛，瞧把人给挤对的！”

虞品言不答，径直地跨入院门，柔声喊道：“襄儿。”

方才还笑得欢快的小姑娘，扁了扁嘴，眨了眨眼，豆大的泪水说来就来，跟不要钱似的，挺翘的鼻头泛出一点儿殷红，期期艾艾唤一声“哥哥”，看上去可怜万分。若不是碰巧撞见她挤对人的场景，还真当她受了天大的委屈。

这下，倒真看出娇弱来了，朴神医为小姑娘变脸的功夫感到咋舌。

“哥哥，哥哥，你可回来了！我想死你啦！”她一迭声地叫唤，半边身子探出窗棂，举起手要抱。

回家的时候有人用如此热烈的方式欢迎自己，这还是头一次，虞品言冷肃的面庞柔软得一塌糊涂，连忙快走几步，喊道：“别动，小心掉出来！”他大步进屋，将日思夜想了许久的小姑娘抱入怀中，掂了掂重量，低沉一笑，“体形丰硕了，脸色也好了，看来有乖乖用膳。”

这熟练而亲昵的举止，令虞襄有种从未与双生哥哥分开的错觉。她定定看了虞品言半晌，才伸手去摸他布满风霜的脸，语气十分心疼：“哥哥却瘦了很多，办差一定很辛苦吧！”

得一句关切的问候，再多的辛苦也都不算什么。虞品言微笑摇头，又掂了掂小姑娘，才将她轻轻地放在榻上。

虞襄一手揪着他衣摆，一手指向窗外，问道：“哥哥，他是谁？”

朴神医正啧啧称奇地观赏满院花草。这些花草摆放的位置并未经过仔细规划，哪里显得空落便在哪里摆上几盆，却因为长势太过繁茂，反而显出一种凌乱野性之美，第一眼不觉得怎样，第二眼第三眼便止不住地被这生机勃勃的景象迷住。

院如其人，这小姑娘应该很有个性。朴神医暗自点头，听见虞襄问话，走到窗边笑眯眯地答道：“我是你哥哥请来给你治腿的大夫。你可以叫我朴神医。”

脸还真大，自己管自己叫神医，虞襄不禁莞尔，叫了一声“朴神医”。

朴神医满意地点头，又道：“不过我有个规矩，一生只为一人看诊一次。我原本答应你哥哥帮你看诊，也就是说你唯一的一次机会已经用掉了。但是偏就那么巧，太子得了瘟疫，于是你哥哥便把给你看诊的机会让给了太子。我救了太子，便不能再救你，因为你们俩的机会都被用掉了。这话你能听明白吧？”

虞襄的笑容未减，虞品言却冷了脸。他原本以为朴神医硬要跟他回府是改了主意，愿意为襄儿诊治，却原来是为了看自己的笑话，挑拨自己跟襄儿的感情。早知如此，他真该把这老匹夫给叉出去！

他握住妹妹葱白的指尖，低声道：“襄儿，抱歉。日后哥哥一定帮你找更好的大夫。”

“这世上除了我与苦慧大师，再无人能治好她，你上哪儿去找更好的大夫？”朴神医满脸倨傲。

虞品言狠狠刮了他一眼，正想开口撵人，虞襄反握住他指尖，笑道：“哥哥作甚要对我说抱歉？论理，太子是君，哥哥是臣，臣子忠君是为本分，自然该救太子。论义，多亏太子数次相助，才让哥哥顺利袭爵，才不致侯府分崩离析，大恩大德实当倾力相报。论情，太子与哥哥从小一块儿长大，情谊深厚，他性命垂危，我却安然无恙，自然该以太子为先。哥哥做得很对，为什么要说抱歉？”

虞品言讶然地看着她，半晌无语。他实在是没想到，襄儿竟已如此明白事理了。

朴神医却怪叫起来：“哎呀，你们兄妹俩莫非事先套好了话？你这丫头当真不想治腿，就愿意一辈子做个废人？”

“不是还有苦慧大师吗？日子还长着呢，不急。就算找不到也没事，我哥哥自然会护着我，不用你一个外人替我操心。”虞襄拉拉虞品言的衣袖，问道，“哥，你说是不是？”要真受了这人的挑拨跟虞品言生分了，她就是天字第一号大傻子！

虞品言朗声而笑，将小姑娘抱进怀里好一番揉搓，道：“自然，哥哥定会护着你一辈子。”

朴神医唯一的爱好就是挑拨人，自己在旁边看好戏。眼下兄妹俩非但没闹起来，反比以前更亲热，他立刻就泄了气，摆摆手便要离开，却忽然被窗边放置的一个小盆栽吸引了目光。

“这……这个不会是寒冰玉露吧？”他指尖颤巍巍的。

寒冰玉露生长在极寒高地，状似一束寒冰，其实是一种植物，每过几十年，才结出一颗朱红色的小果。那果子便是制作寒冰玉露丸的主要材料，可解百毒。每年都有许多药行雇人去极北之地采摘那果子，却每每空手而归。一粒寒冰玉露丸，现如今已卖到天价。然而，眼前这盆寒冰状的植物不但在温热地带长势良好，竟还一口气结出了五个朱果，这真是太匪夷所思了！

朴神医将花盆转过来转过去地看，查验再三终于确定，这果真是一株寒冰玉露！

“哎，它叫寒冰玉露吗？名字真好听！”虞襄把花盆抱进怀里，免得被人给抢走。

虞品言用奇异的目光打量这束在夏天盛开的冰花。

“你竟然不知道它的品种？那你是怎么种活的？”朴神医嘴角抽搐。

“祖母送给我很多种子，我全扔进花圃里蓄养，等发了芽，便一株株移进小花盆，平日里多浇水，多晒太阳，不就活了吗？”这里的很多植物虞襄也没见过，只能用这种最笨拙的办法栽种。但很奇怪，凡是她亲手撒下的种子，总能顺利发芽。她自己也有些弄不明白。

“浇水？晒太阳？这也能活？”朴神医觉得自己快要晕厥了。寒冰玉露扎根在冰层，无须浇水，更害怕阳光。这株植物真是寒冰玉露？他开始怀疑之前的判断。

“小姑娘，能让我再看一眼吗？就一眼！”他觍着脸道。

有哥哥在，虞襄也不怕他硬抢，略迟疑片刻便将花盆放上窗台，警告道：“这花长得十分特别，晚上还会发出白光，你小心着点，一片叶子都不能弄掉。”

朴神医还在犹疑，听说叶子能发出白光，这才确定了，强压下剧烈跳动的心脏，低问：“小姑娘，你能不能把这盆花卖给我？多少银子我都出！”这可能是寒冰玉露的变种，耐温热，带回去好生蓄养可培植出许多分株，当真是至宝！

“你要它作甚？”虞襄眼珠子滴溜溜地转。

虞品言惬意地啜饮热茶，徐徐开口：“寒冰玉露每隔二十年便结一颗朱果，能用来制作寒冰玉露丸，可解百毒。市面上一颗朱果价值万金。”

虞襄眼睛亮了亮，又很快恢复淡定，问道：“我把它卖给你，你能帮我治腿？”

朴神医此时此刻恨不得挠墙，万分痛苦地摇头：“不能！我曾发过重誓，若坏了师门规矩，下辈子堕入畜生道。不过……”他趴在窗台上，目露希冀，“我可以教你一套独特的按摩手法，以保持双腿肌肉不萎缩。否则，就是找到了苦慧大师，你这肌肉坏死了，也是没法治的。”

虞襄思量片刻，恶劣地笑了：“抱歉，按摩手法我自己就会。这盆花，我不卖。”

听了这话，朴神医如丧考妣，却又被小姑娘的下一句话给治愈了。

“不过，我可以送给你四颗朱果，但你得答应我三个条件。”

“什么条件？”朴神医小心翼翼地问。他算是看出来了，这小姑娘精着呢，半点亏也吃不得！

“第一，做出寒冰玉露丸后送我三颗。第二，日后替我祖母看一次诊。第三，替我哥哥看一次诊。你看行不行？行的话你现在就拿走。”虞襄掰着手指数数。

“行行行，我答应了！你且等着，我很快回来！”这三个条件都不违背自己原则，朴神医立马答应下来，飞奔出去买冰玉盒用来盛放朱果。

“哥哥，三颗丸药，你、我、老祖宗，一人一颗。”虞襄眯眼，笑得像只偷腥的猫，继续道，“剩下的朱果连同花束都献给太子，让太子转呈皇上。这样金贵的东西可不是咱们侯府养得起的，只说偶然得之便罢了。”

虞品言揉着小姑娘乌黑的发顶，低声一笑：“我的襄儿越发机灵懂事了。”

“你才发现？冰雪聪明可不就是专门用来形容我的嘛！”虞襄指了指自己的鼻尖。

屋内又传出一阵朗笑，叫路过的仆役频频侧目。自打老侯爷过世，小侯爷已经很久未曾如此开怀了。

正院，老太太得了消息，好半晌回不过神。她差人随意买了一包种子送给襄儿，竟然种出一株寒冰玉露？这可真是奇了！

马嬷嬷笑得见牙不见眼：“哎呀，得了三颗玉露丸和朴神医两个承诺，等于多出五条命啊！五条啊！”她晃了晃巴掌，低声感叹，“我就说二小姐是个有福之人！”

老太太不胜唏嘘：“襄儿是个好的，有孝心，懂事理。她虽不是我侯府的血脉，可比起嫡亲的孙女也不差分毫。她还能想到把花献出去，脑子也是绝顶聪明，只可惜腿废了。言儿好不容易请来朴神医，又把机会让给了太子……”

沉默片刻，老太太长叹一声：“我侯府终究是亏欠了她！”

这话马嬷嬷不好再接，只一下一下帮老太太捶腿。

朴神医拿走朱果后，捣腾出三颗玉露丸，让人送到侯府，没过几天，又送来一株灰色的小树，说是让虞襄帮忙照看两天。

虞襄讹了他许多灵丹妙药才答应下来，将灰树的枝杈稍作修剪栽进花圃，每日里浇浇水，除除虫。七八天过去，原本灰扑扑的树竟从根上开始发红，只一夜就变成了火树，还散发出淡淡的腥臭味儿。

朴神医来取树时都乐坏了，绕着花圃又笑又跳，把丫头们吓得不轻。

这其实是一株透血龙骨木，只生长在温度慑人的火山洞里，可用来制作顶级的金疮药。再严重的外伤，哪怕是骨头断了，只要敷上这种药，不出半月便可痊愈。但透血龙骨木一离开火山洞，就变成毫不起眼的灰色，药性也会随之消失，其珍贵程度和药用价值丝毫不逊于寒冰玉露。

这两种植物在药材里有“冰火双王”之称，朴神医一下全得了，那高兴的心情简直无法用语言形容。他把各种珍贵丸药不要钱地往侯府里送，同时还送来许多奇奇怪怪的植物，总说请虞襄照看两天，等养活了便高兴地来取。

要不是虞襄出身高贵，他都想花重金请虞襄帮自己照看药圃。他算是看出来了，虞襄有一双点石成金的巧手，种什么活什么。

也因为这个，老太太屋里时不时地收到很多珍贵的补药和奇花异草，劳累过度导致的暗疾好了七七八八，鬓边竟又重新长出黑发，精神一日比一日矍铄。哪家办喜事需要送礼的，老太太直接去虞襄院子里挑几盆花，魏紫、姚黄、并蒂莲、素冠荷鼎……比古董玉器更拿得出手。

老太太越发喜爱这个孙女，托人给她寻了一位非常有名望的女先生，悉心教导。

虞襄上午看书识字学琴，下午便一直待在花圃里，哪儿也不去。她本就喜欢侍弄花草，现如今越发沉迷。

她有时候会暗自琢磨，这大约是老天爷觉得对不住她，给她开了金手指。日后正主回来，她还能靠着这门手艺养活自己。平日里卖两盆素冠荷鼎，尽够她潇洒宽裕地活几年。这具身体的亲人，百分之八九十是靠不住的。人都是感情动物，哪怕没有血缘关系，相处个十几年也比亲人还亲。到那时她换回去了，对那家人来说，也不过是个外来者而已。

当然，这情况对正主不适用。她是女主，头顶女主光环，身携天地之大气运，自然所有人都该围着她转。别看虞品言和老太太现在对她千好万好，等正主一回来，这些好就全都是正主的，她只有羡慕的份。

真是同人不同命啊！虞襄将重金买来的一袋花种藏进暗格，深深叹了口气。如果日后跟虞家翻脸了，不许她带走银子，她还能带走这些种子，指不定以后就靠卖花过日子了。

想着想着，虞襄鼻头又开始发酸了。

“这是怎么了？对着一面镜子也能黯然落泪，我的襄儿什么时候这样脆弱？”虞品言悄无声息地出现在她身后，嘴角噙着戏谑的笑，心脏却被狠狠地刺了一下。

不知从何时开始，他见不得襄儿露出这种迷茫又无助的表情，涌上心头的愧疚感总会令他窒息。

虞襄胡乱抹了把脸，正色道：“你哪只眼睛看见我哭了？我根本没哭！”

“好，是哥哥看错了。”虞品言莞尔，将她从轮椅里捞出来，轻轻放在靠窗的软榻上，又将窗户推开，方便她欣赏院外的风景。

夏季快要过去，日光却依然灼热，院子里新开了几树木芙蓉，大朵大朵的粉花挂满了枝头，引来无数蜜蜂和蝴蝶在花丛间翻飞。这生机勃勃的景象令虞襄的心情有所好转，她侧过身子趴伏在窗台上，眼珠跟随几只蝴蝶滴溜溜地转。

虞品言最爱看她这双会说话的眼睛，脱掉靴子上了软榻，将她半抱进怀里。兄妹俩一个赏景，一个赏人，俱都十分自在。

屋里虽然放了冰盆，熏风吹过依旧带来许多热气，虞襄的鼻尖冒出几粒细小的汗珠，一股沁人心脾的荷香在空气中弥漫开来。

虞品言以为妹妹身上染了熏香，忍不住凑近了些，将下巴磕在她颈窝，舍不得动弹了。

虞襄也不觉得他重，只偏过头冲他挤了挤眼睛，兄妹俩相视而笑。一只蝴蝶高高低低地飞过，在两人头顶盘桓片刻，最后落在虞襄的鼻尖，把她两个乌溜溜的眼珠弄成了斗鸡眼。

虞襄伸手一拍，它却先一步飞走了，翅膀上落下很多磷粉，惹得虞襄连打了好几个喷嚏。虞品言朗声大笑，一面替妹妹擦鼻子，一面问道："想出去扑蝶吗？哥哥推你。"

这轮椅是用木头做的，十分沉重。虞襄自己推不动，非得两个身强体壮的婆子一块儿使力，因此她很少去太远的地方，大多时候只待在小院。不过虞品言自幼学武，才十六岁便已经七尺高，宽肩窄腰，身材健硕，这轮椅的重量对他而言委实算不得什么，就是连虞襄带轮椅一块儿，他也能轻而易举地抬起来。

虞襄拍开他伸到自己腿弯的手臂，道："大热的天你让我去院子里扑蝶，是想晒死我吗？我不去！"话落眼珠子转了转，她冲耳房高喊，"翠屏、翠喜，帮我扑几只蝴蝶！"

虞品言低低笑了，捏着她鼻尖斥了句"淘气"。只要襄儿高兴便好，会不会晒死旁人，他是不管的。

小侯爷就在隔壁，翠屏、翠喜正琢磨着找些借口过去伺候。最近小姐开始重用桃红、柳绿，很少使唤她们。不干活儿还能拿月钱，她们也乐得轻松自在，躲在耳房里打起花牌来。

本想着等小侯爷来了再去不迟，却没料小侯爷悄无声息地出现，两人这时急匆匆跑过去很有些难看，只得憋着，听见召唤忙笑嘻嘻应了，抹了点口脂，戴一朵珠花，理了理裙摆，踩着婀娜的小碎步应召而来。

"把这个小罐子装满。"虞襄冲桃红撩了撩眼皮。

桃红将手里晶莹剔透的琉璃罐子和两个网兜递过去。

翠屏、翠喜柔柔应诺，偷瞄俊美无俦的小侯爷一眼，红着脸去了。

两人极力展现自己秀美的脸庞、纤依合度的身段、曼妙的姿态，扑蝶不似扑蝶，倒像是在跳舞，还时不时发出矫揉造作的娇笑。

虞襄最喜欢看这两个在虞品言跟前作妖，此时趴在窗台上，也咯咯咯笑个不停。

虞品言十一二岁初懂人事的时候，几位叔伯往他院里送了几个妖娆的丫头，各种手段他见得多了，心中自然十分厌恶。但见虞襄笑得开心，他也忍不住开怀，任由虞襄折腾。

翠屏、翠喜只顾着展示身姿，完全没心思扑蝶，就是抓住了也故意放走，指望小侯爷能多看她们两眼。但时间长了她们就顶不住了，金黄的日光越发毒辣，淋漓的大汗将鬓发打湿，一缕一缕粘在腮边，脂粉早已经冲散，糊了一脸，哪还有半点美貌可言？

两人抹汗时被掌心沾染的红白污物惊住，行动积极起来，很快抓了几只蝴蝶塞进琉璃罐子，垂着脑袋把罐子摆在窗台上，恨不得小姐立马将她们打发走。

虞襄径直地将盖子掀开，让几只蝴蝶自由自在地飞走，恶劣地笑道：“再去扑啊，挺好玩的！”

你故意耍人是不？翠屏、翠喜怒火中烧，面上却丝毫不敢表露，眼角挤出几滴泪水，楚楚可怜地瞟向小侯爷。

虞品言一手放在虞襄腰间，稳住她笑得乱颤的身子，一手拿着一本游记，看得入神，对这二人不加理会。

“怎么，使唤不动你们是不是？”虞襄脸上的笑容顷刻间退去。

“不敢，不敢，我们这就去。”翠屏、翠喜嗓音里带着点哭腔，不死心地朝小侯爷看去，正巧撞进他冰冷刺骨的眼眸，心下悚然一惊。

虞襄还想再斥责两句，却听一道清脆婉转的嗓音从院门口传来：“日头如此毒辣，再晒下去，非得中暑不可。妹妹行行好，放过这两个丫头吧。”

虞襄伸长脖子一看，却是虞思雨重出江湖了，秀美的脸上焕发出假仁假义的光芒。她慵懒地摆手，嗤笑道：“我偏爱把自己的快乐建立在别人的痛苦之上，你管得着吗？你若看不过眼，跟老祖宗要她们的卖身契去。”

把自己的快乐建立在别人的痛苦之上，这话说得着实乖戾。可襄儿双腿残废，在生活中获得的痛苦远远多于快乐。虽然她极力掩饰，可虞品言依然发现，她人前笑得灿烂，人后却常常哭泣。那种想要保护她，让她永远维持欢笑的欲望一天比一天强烈。

如果通过这种方式能让她感到快乐，即便她性情变得再乖戾霸道，又如何呢？虞品言不但不会阻止，还会想尽办法去满足她的一切愿望。

将小姑娘散乱的鬓发别到耳后，少年极尽温柔地笑了。

第五章

公主

虞思雨走得近了，才发现大哥也在屋内。他一只手搂着虞襄，脸上带着她从未见过的温柔表情。分明是一个外人，却将侯府嫡女的位置坐得稳稳当当，且老祖宗和大哥还有越发宠爱她的趋势，虞思雨冷眼看着，真有些想不明白，虞襄究竟对二人施了什么妖法？

想不明白归想不明白，没了虞襄的接济，又招了母亲和祖母的厌弃，她最近的日子确实是不好过。院子里的奴才全换了，用得十分不顺手，林氏还专门送来一个长相凶恶的老婆子，她走到哪儿，婆子就跟到哪儿，将她看得死死的。

自己的一言一行都在别人的掌控之中，这种压抑的感觉能把人给逼疯。但更令虞思雨绝望的是，老祖宗已经两个多月未带她出门交际了。她如今十二岁，正该多多被带出去让各家女眷相看，日后才有希望定一门好亲事。

老祖宗不给她牵线搭桥，她一介庶女，哪家勋贵稀得求娶？她最有可能的便是年纪一到就随便嫁出去，六品的主事、七品的主簿，已经算是顶天了，日后再没有侯府这般富贵无双的日子可过！

她越想越不甘心，只得觍着脸再来讨好虞襄。她还没走近，便听见虞襄小母鸡一样烦人的笑声，对比自己内心的苦楚，忍不住帮衬了丫头几句。她自问毫无过错，却被虞品言冷冷瞥过来的目光骇住了。

腿断了就了不起了吗！大哥和老祖宗都快把虞襄宠上天去了！等真正的虞襄回来，当心别把她摔死！

虞思雨恶劣地暗忖，面上却带出温婉的浅笑，给虞品言见过礼后才看向虞襄，委屈道："妹妹高兴就好，是姐姐多嘴了。"

虞品言在一旁冷眼看着，虞思雨酝酿了一肚子的话，这会儿都不好出口，只得不尴不尬地站在窗外。

虞襄单手支腮，斜倚在窗边，脸上的笑容透着三分慵懒、七分恶劣。既不主动询问来意，也不招呼她进屋，只管让她在大太阳底下站着。翠屏、翠喜两个早缩到墙根去了。

虞思雨反复吸气才稳住心神，徐徐道："今儿是千秋节，皇后娘娘命人做了九百九十九盏宫灯挂在熙和园供人观赏，哥哥刚从宫中赴宴回来，有看见吗？”所谓的供人观赏也仅限于顶级勋贵之家而已。永乐侯府当然有那个资格，怕只怕虞襄不能去，老祖宗也不带她去。

“入了夜才能赏灯。”虞品言揉揉怀里的小姑娘，问道，“襄儿能去吗？”

“不去！”虞襄想也不想便拒绝。几个宫灯，有什么好看？人多起来，她也觉得烦。

“不行，你一定要去。辰时三刻，哥哥来接你。”虞品言一锤定音。他不希望襄儿一辈子躲在这小小的院落，过得孤单又卑微。他希望她能活得快乐，活得张扬，活得自由自在。

虞襄嘴巴一扁，就要抗议，却见虞品言下榻穿鞋，径自地去了，一点儿也不给她说话的机会。

虞思雨连忙追过去，哀求道：“大哥能带上我吗？襄儿的腿脚不便，我跟着一块儿去，也好有个照应。”

虞品言略一颔首，加快步伐走了。

虞思雨觉得没必要再讨好虞襄，站在门口冲她得意一笑，领着老婆子匆匆离开。她得赶紧回去准备晚上穿戴的衣物。灯会设在熙和园，皇后娘娘点了太子妃主持，各家的女眷也都悉数捧场。若能得了哪位贵人的青眼，抑或结交几个公侯千金，对她的前途大有好处。

见大小姐和小侯爷都走了，翠屏、翠喜扔掉网兜，问也不问一声便自顾离开，眼中满是怨毒。

桃红指着两人的背影，义愤填膺地说：“小姐，背着侯爷的时候，她们对您如此无礼，您怎么不跟侯爷说啊！”

“不急，等我玩腻了自然会收拾她们。”虞襄摆了摆手，想到晚上那样闷热还要去看灯会，精神立马萎靡了。

大寒朝的社会风气十分开放，对女人的束缚较小：未出阁的少女只要有仆役陪同，就能参加大型集会；男女之防有，却并不严重；妇人改嫁也非难事，有些地位高的贵女还能一嫁再嫁，直到觅得良人为止。

辰时末，熙和园内挤满了人，男女老少都有。各家勋爵聚在尤水阁内宴饮，席间高谈阔论好不快活，对赏花灯丝毫不感兴趣。命妇们聚在正厅谒拜皇后娘娘与太子妃，顺便扯些家常。未婚男女和孩童们大多往后花园放置花灯的地方跑，那里最是明亮热闹。

虞品言将虞襄推到后花园门口，柔声叮嘱："哥哥有事与太子殿下商讨。你乖乖地待在这里，完事了哥哥就来找你。看见了吗，那里有很多漂亮的花灯，你若想看便叫桃红、柳绿推你过去。"他朝妹妹投去一个鼓励的眼神，然后大步离开。

鼓励什么啊！你当我虞襄不肯来是因为自卑，所以想要激我主动去接触人群？我愚蠢的哥哥，你也太小看我了！我只是嫌弃你们这儿的花灯不好看而已！

虞襄暗暗吐槽，然后扬起下颌朝前方看去。

许多少男少女聚在摇曳的花灯下谈笑，空气里弥漫着一股灯油燃烧的味道和淡淡的熏香。孩童们在他们脚边嬉闹穿行，不时发出银铃般的笑声。场面确实很喜庆，很热闹。

虞襄忍不住向前倾了倾身。

站在一旁的虞思雨笑问："襄儿要过去吗？我推你。"

她用力推了轮椅一把。因地面铺的是光滑的大理石，没什么摩擦，轮子轻轻向前滑动，将虞襄带出了阴影。

许多人听见轮椅转动的咕噜声，远远看来，眼中出现好奇、玩味、鄙夷等神色，更有几个贵女朝虞襄的腿指指点点，脸上不停变换表情，俨然将她当成了八卦的主要话题。

虞思雨恶劣一笑，劝道："襄儿随我过去吧。大家许久未曾见你，想必很是挂念，今日正好跟她们聊聊。"

果真挂念的话，早几个月之前就来侯府探望了，又何必等到现在？虞襄习惯了自己残缺的身体，却并不表示自己愿意被人当猴子一样观赏。这些人明面上对她表示慰问和同情，暗地里却将她的苦难视为她们滋养愉悦感和优越感的温床。

她虞襄可不需要这样畸形病态的"友谊"。

"你去吧，我待在这里就好。"她转脸，细细欣赏身旁的一树紫薇花。

几个贵女正向虞思雨招手，穿的衣服戴的首饰无不奢华贵气，想必出身显赫。虞思雨不敢耽误，撇下虞襄颠颠地过去了。

"有了我这个瘸腿妹妹做谈资，虞思雨今晚一定大受欢迎。"虞襄嗤笑，指向一个安静的花开得最美的角落，命令道，"推我去那边吧。"

桃红、柳绿虽心疼主子，却也知道她非常坚强，根本不需要安慰，默默地推她过去。主仆三人待在角落里遥看灯影人群，近看繁花似锦，倒也是逍遥自在。

不知过了多久，昏暗的小道尽头传来一阵脚步声，虞襄转头看去，却见一个七八岁身材胖嘟嘟的小姑娘慢慢从阴影中走出来，手里拿着一块啃了一口的糕点，身后跟着一位面容严苛的老嬷嬷。

小姑娘扎着两个包包头，圆圆的小脸，圆圆的鼻头，圆圆的眼睛，带着婴儿肥的双颊正不停蠕动，嘴角沾着很多糕点渣，边走边扑簌簌往下掉。她显然没发现此处有人，看见虞襄有些发蒙，眼睛睁得更圆更大了，视线定格在虞襄用毯子盖住的双腿上，目光中没有鄙夷或轻视，只有满满的好奇。

哎呀，这是从哪儿滚来的一粒小丸子，不能更可爱啦！虞襄心都快被萌化了，面上却摆出三分倨傲，恶声恶气道："看什么看，你没见过瘫子吗？"

她最喜欢装坏人吓唬小朋友，看见他们害怕得嗷嗷叫唤，或是红着鼻头呜呜大哭，就觉得好玩极了。

但她忘了，自己现在也是一粒小丸子，几个月来躺着不动，只管好吃好睡，又加上一身气运福泽的温养，瘦弱的身体长了许多软肉，肌肤变得白白嫩嫩，鲜亮可口，平淡的五官长开了，像一幅白描被精心涂上各种各样浓艳的色彩，变得绚丽起来。

她龇着一口小白牙，鼻子眼睛挤在一处，不但不显得狰狞，反而显得有些滑稽可笑。

老嬷嬷正欲呵斥这放肆无礼的小姑娘，却听见自家主子咯咯咯地笑了，嘴角掉下更多糕点渣，脆生生道："没见过。"

老嬷嬷连忙住嘴，开始正眼打量虞襄。主子出生时被人暗害，不但提前三个月降世，还带了些无法清除的胎毒，三岁才会走路，六岁开口说话，除了父母与嫡亲兄长，从不与旁人多说半个字，看见陌生人便绕道走，性格非常孤僻，唯一的爱好就是吃。

今日的宫宴，也是万般威逼利诱主子才肯来，却不料竟主动与人搭话了！老嬷嬷心里那叫一个激动。

小丸子一来就闻见一股香甜的气味，像自己平时最爱吃的莲子糕，忍不住便朝香味的源头走近几步，露出了垂涎的笑容。

虞襄捂着胸口，心都快化成水儿了，这小丸子的笑容忒傻忒可爱，萌得她直想尖叫，又想狠狠地揉她圆乎乎的脑袋。

“过来，”她伸出罪恶的食指，做了个勾引的动作，“姐姐让你看一眼姐姐的瘸腿，你让姐姐揉一把。”

小丸子想了想，欢快地点头。一旁的老嬷嬷大气不敢喘地盯着两人，纠结着是该呵斥这胆大包天的小姑娘，还是放任她与主子接触。

在不远处的花丛里，一丝轻笑猝然响起又迅速消失。

虞老太太先是见自家孙女对九公主恶声恶气，后来又见她哄骗九公主靠近，她那一脸的狡黠掩都掩不住，真恨不得挖个地洞钻进去。听见皇后娘娘忍笑的声音，她额角流下一滴豆大的冷汗，生怕这孩子继续作妖。

虞品言倒是十分平静，雕刻一般的俊颜看不出任何表情。

太子与太子妃也都别开脸，肩膀微微耸动。两个雪球一样的小姑娘大眼瞪小眼的场景着实是太可爱了。

“她那腿是为了救品言才变成这样？”皇后娘娘低声询问。

“是的。”老太太点头。

“还能治好吗？”

“薛院正看过了，说是除非苦慧大师出手，否则根本就没有希望。”

本还有个朴神医可以指望，却因为救助太子而错失了机会。这话老太太不能在皇家人跟前提，不然有挟恩图报的意思。

她不提，皇后娘娘也不会忘，当即表示：“你放心，本宫已派人去寻找苦慧大师。只要大师尚在人间，本宫便一定将他带来。”

老太太还未答话，虞品言已躬身行礼，语气诚挚：“微臣代舍妹谢皇后娘娘大恩。”

“莫说这些，也多亏了你们，承嗣（太子）这次才能平安回到本宫身边。该说感谢的是本宫才对。”皇后娘娘微笑摆手，指了指花丛间精灵可爱的小姑娘，道，“虞襄也是个好的，小小年纪便深明大义。本宫的小球儿最是心思澄澈，她一眼就喜欢上的人，绝对错不了。”

虞老太太连说不敢，往前一看，刚落下的心头大石又提了起来。只见自家孙女飞快掀开毛毯，不等九公主反应过来又飞快盖上，然后呵呵笑着去揉九公主脑袋。说好的只看一眼呢？你这死孩子，皇后娘娘在这儿盯着呢，你就敢诓骗九公主！

九公主也觉得自己被骗了，用控诉的眼神瞪着虞襄，脆生生道：“没看见！”

“那是你眼力不济，怪不得我。”虞襄笑眯眯地说，“再给你看一眼，你把手里的糕点给我咬一口，就一口！”长得这么圆润，一定是个吃货。

九公主纠结了，但见莲子糕笑得那样好看，也就忍痛将手伸出去。

虞襄一点儿也没客气，啊呜一口将糕点全吞了，只留下九公主指尖的一点糕点渣。九公主愕然地瞪着她，嘴巴扁扁，鼻头耸动，眼眶泛红，露出个萌死人的哭相。

虞老太太站在皇后娘娘的身后，看不见皇后娘娘的表情，也不敢转脸去看太子与太子妃的表情，只觉得一魂出窍二魂升天，真快被虞襄这孩子吓死了！

虞襄笑得直打跌，伸手去揉九公主的脑袋，哄道：“别哭别哭，姐姐错了，姐姐变个魔术给你看。这回你可真要看好啦！”

九公主不哭了，好奇地抬头看去，却见她白皙的双手在浮光中左右晃动，然后一个响指，竟凭空变出一朵娇艳欲滴的山茶花，转手插在自己鬓边。一股甜腻的香味顺着她飘飞的发丝传来，闻上去好吃极了。

九公主耸着小鼻头不停地吸气，抓住她手掌翻来覆去地看。

皇后娘娘惊讶地“咦”了一声，又见自己女儿竟然愿意主动与人接触，且表情看上去那样快活，不禁湿了眼眶。

因小女儿生下来便有些先天不足，不但说话走路比常人晚，就连性格也十分孤僻。但正因为她是所有儿女中最脆弱也最纯真的，皇后对她简直疼进了骨子里。今晚的灯宴，明面上是为皇后庆生，暗地里却是想给幺女选一位伴读。

但见幺女一来就躲进无人的角落，皇后本来以为这事没戏了，却不料蹦出一个虞襄。虞襄那古灵精怪的性格正好与幺女互补。

太子闷声笑了：“这一手可是你教的？你小时候也爱显摆这个。”

虞品言紧紧盯着又变出一朵山茶花给九公主别上的小姑娘，语气透出些骄傲：“襄儿比我的动作快多了。”

两个小丸子都有花戴，你看看我，我看看你，很是臭美了一阵儿。

虞襄问："你叫什么名字？"

"我叫小球儿。"九公主笑得傻乎乎的。

虞襄爆发出一阵惊天的笑声，笑到肚子都抽筋了才气喘吁吁地道："我叫小襄儿。你的名字跟你本人很般配。这是谁给你取的，真是太有才了！"

有才的皇后娘娘捂嘴忍笑，轻声道："小襄儿虽然不良于行，心性却十分开朗豁达呢。"瞧她那笑颜豪爽的，莫说一口白牙，就连喉咙口的小舌头都能看见，普通闺秀还真做不出来。

虞老太太心虚得很："回娘娘，因襄儿腿脚不便，臣妇便想着莫再用太多规矩束缚了她。平日里只教导她识字学琴，并没教导太多礼仪。有逾矩之处还请娘娘恕罪。"

皇后听了这话，竟生起些惺惺相惜的感觉，执起老太太的手拍抚："你能这样想却是很对！她们本就与常人不同，自然不该用对待常人的方法去教导。生活对她们来说，已有太多不便和苦难，就莫要再将更多的重担强加在她们头上。且让她们快快乐乐地过日子吧。"

说到这里，皇后娘娘朝不远处嘻嘻哈哈的两个小姑娘看去，越发爱得不行，微笑摆手："走吧，且让她们自由自在地玩耍。承嗣和品言留下照看着点儿，别跟得太近让她们发现了。"

太子与虞品言躬身应诺。

虞老太太跟随皇后和太子妃离开，进了命妇们聚集的暖水阁，收到许多艳羡的目光。皇后在阁内略坐片刻便下去休憩，太子妃亦步亦趋地相送。

阁内气氛顿时轻松很多。一名身材圆润、面容姣好、穿戴奢华的贵妇走到老太太身旁落座，低声开口："老太君，芙儿与品言的婚事，该提一提了吧？您看，他们的年纪也都不小了。"

老太太一见她，和悦的面色立即阴冷下去。

虞品言未出生前，老侯爷便与老靖国公定下了秦晋之好，也算是指腹为婚。后来，两府果然各自生下一男一女，便是虞品言与靖国公府的嫡次女常雅芙。靖国公乃一等公，超品，简在帝心，论起门第还在永乐侯府之上。

这桩婚事怎么看怎么般配，老太太对此也是极其满意的。偏偏老侯爷战死沙场，儿子又死于匪患，侯府眼见着日薄西山，岌岌可危，正是需要亲家帮扶的时候。

那时的人婚配不讲究年纪，十一二岁便成家的女孩比比皆是。倘若娶了靖国公府的嫡女，对虞品言来说是很大的助力。老太太几次求到靖国公府，希望将两个孩子的婚事提前，都被当时刚袭爵的靖国公回绝了。老靖国公中了风，身不能动口不能言，自然也就无法相助。

老太太是个聪明的人，如何不清楚靖国公的小心思？他是等着永乐侯府的夺爵大戏落幕，谁获得最终胜利，便将女儿许配给谁家，总之不会将女儿嫁给一个家世没落、袭爵失败的落魄之人。

当真是自私自利，无情无义！

老太太气得狠了，从此以后，便与靖国公府断绝了往来。没想到虞品言那么有能耐，小小年纪就斗垮了一众叔伯，被皇上钦点为永乐侯，比起他祖父也丝毫不差！且仅仅入朝一年多，他就接连办了好几桩漂亮的差事，越发得皇上重用。

他今年也才十六岁，未及弱冠，倘若再历练几年，又该是何等光景？倘若太子登基，他作为太子最信任的臣属，又该是何等光景？

靖国公这才急了，命夫人杜氏携带重礼前去商讨婚事，却都被老太太拒之门外。婚书还在老太太手里拽着，虞品言又深受皇上和太子宠信，靖国公不敢硬逼，更不敢将嫡次女许配给旁人，老太太要耗，他们只得生受，逮着机会便要求上一求，俨然应了那句老话——因果循环，报应不爽。

“言儿未及弱冠，还早着呢。”老太太漫不经心地摆手。

女孩跟男孩能一样吗？同样是十六岁，一个未及弱冠，一个却已经是老姑娘了，哪里经得起耗！杜氏急得挠心挠肺，却不敢说半句重话，只得可劲地赔小心。

老太太闭目听了半晌，冷哼道：“当年你们看不上侯府，现如今我也看不上你们国公府。规矩不成规矩，嫡庶不成嫡庶，这些年更没个建树，只依傍在老国公的威名下坐吃山空。这门亲事，委实有点儿不般配了。”

言下之意便是常雅芙配不上虞品言。这话说得毒了，比当年杜氏嘲讽老太太的话还毒。可杜氏却无言以对。老国公病重后，靖国公府确实一日不如一日，盖因靖国公是个只知道吃喝玩乐的庸人。

结一门强大的姻亲对靖国公府来说太重要了，这也是他们当年不肯轻易地将常雅芙嫁给虞品言的原因。

他们哪里知道十四五岁的少年会那般有心计有手段，总之四个字——悔不当初！

杜氏强扯出一抹微笑，道："都说娶妇娶贤。芙儿却是个顶贤惠的，打小便琴棋书画样样精通，还专门请了宫里的嬷嬷教导规矩，既明事理又有孝心，还有能耐。十岁开始帮我理家，国公府名下最赚钱的铺面均为她一手操持。单她一个便养活了侯府上下几百口人，六年来没出一点纰漏。这样的人，嫁进谁家是谁家的福气。老太君你别把话说死，见了我家芙儿，再做决定不迟。"

老太太年纪大了，管理侯府确实有些吃力。林氏指望不上，虞思雨心术不正，虞襄年幼且不良于行，满府里数来数去，竟无一人可用，正筹划着给孙子娶一位贤妇，把中馈交出去，自己也好享几年清福。杜氏这话，真说到她心坎里去了。

婚书都写了，再要退亲也是个麻烦事，且去看看吧。想到这里，她无奈地点头。

杜氏大喜，连忙搀扶她起身，往后花园行去。

虞襄把一朵山茶花变来变去，惹得小球儿惊呼连连，一盒子糕点全让她骗进肚里也不觉得委屈，反黏着她不肯走了。

老嬷嬷奉命带九公主去与各家贵女接触，见她躲在角落里不肯动，真有些着急。

九公主性格孤僻又极其怕生，选伴读不似旁的公主，由皇后娘娘指定便罢，却是要她自己喜欢上才行。且为防贵女们不知分寸地围上来奉承，惊吓了她，皇后娘娘特地给她换了一身最普通的衣裙。

倘若在不知就里的情况下还有贵女愿意与九公主结交，且获得九公主的喜欢，这事儿也算是圆满了。

老嬷嬷心下活络开，可视线往虞襄的腿脚一扫，又迟疑起来。这位想必便是永乐侯府的嫡女，舍身救兄，品行那是没话说，性子也十分机敏聪慧，难就难在这腿，每日里进宫伴读对旁人来说是美差，对她而言便是一种折磨了。

罢了，回去报给皇后娘娘，让皇后娘娘做决断。

此时，对小球儿的身份还一无所知的虞襄正掀开毯子，让对方看自己的伤腿。

小球儿蹲下，慢慢地伸出指尖，轻戳了一戳，然后大感惊讶：“它是软的！”

合着这小屁孩以为自己的腿是木头做的，所以不会走路！虞襄哭笑不得，捏捏她腮边的嫩肉，道：“当然是软的！”

“那它为什么不能走路？”九公主眨巴着圆圆的大眼睛。

“看见了吗，这里面原本有两颗宝石，被坏人打碎了。我得找到合适的宝石换上才能走路。”虞襄点了点自己的膝盖骨信口胡诌。她没法跟一个七八岁的小孩解释清楚，而且肯定会换来更多问题，问到她疯掉为止。

老嬷嬷嘴角抽了抽。这么会编故事的闺秀，她还真没见过。

小球儿听得目瞪口呆，在虞襄膝盖骨上不停摸索，仿佛是在瞻仰神迹，半晌后站起身来，解下腰间的荷包递过去：“给你！”

老嬷嬷眼底划过一抹暗光。

虞襄接过荷包翻看，随即轻笑起来，里面竟然放着几颗硕大的宝石，有水头十足的翡翠、色彩艳丽的碧玺、晶莹剔透的水晶、光滑润泽的玉髓，均价值不菲。这孩子真是太可爱了！

“快换上！”小球儿戳戳她手臂催促。

虞襄摇头：“这些宝石都不合适。”她伸手揉弄表情非常失望的小孩，语气里透出浓浓的笑意，“不过，还是多谢小球儿了。不用担心，我哥哥会帮我找到合适的宝石。总有一天，我会重新站起来。”

她边说边将荷包系回小孩腰间，似笑非笑地瞥了面容紧绷的老嬷嬷一眼。这人当她虞襄是什么？编故事骗小孩钱财的杂碎？可笑。

老嬷嬷低头，感觉十分尴尬。永乐侯府教养出的闺秀，那雍容的气度、逼人的气势，果真与小侯爷如出一辙。反观自己，倒有些小鼻子小眼儿，拿不出手了。若让娘娘知道，真是羞愧欲死。

小球儿看不出两人的暗潮汹涌，失望地抚了抚荷包，问道：“找到以后怎么安进去呢？”

“喏，像这样。”虞襄将一枚铜钱放在掌心，朝膝盖骨一拍，再摊开，铜钱不翼而飞。

小球儿看得一愣一愣的。

虞襄接着往膝盖骨一拍，把白皙的掌心伸到她眼皮底下，铜钱又安安稳稳地躺在上面。

小球儿吸了口气，脑门浮现四个大字——“你可真神”！

就连见多识广的老嬷嬷也大感惊奇，心道：放眼满京闺秀，再找不出比永乐侯府这位嫡小姐更灵性的人了。可惜，当真是可惜……

太子指了指将铜钱塞进自家妹妹荷包的虞襄，低声道：“你这妹妹可惜了！”如此灵慧聪颖，开朗豁达，更不乏许多奇思妙想。倘若时下的贵女们是一幅幅工笔画，巧密而精细，虞襄便是一幅泼墨画，随性而洒脱，能容纳各种各样浓艳不羁的色彩。

如果她双腿完好，再过几年该是何等风姿？太子遗憾地摇头。

虞品言雕刻一般的面庞终于流露出一抹痛色。他想：这辈子亏欠了谁，也再不能亏欠襄儿。

小球儿得了乐趣，缠着虞襄让她继续表演。所幸伤口愈合的时候双腿也逐渐失去知觉，否则，虞襄这会儿就要苦不堪言了。拍啊拍，变啊变，在第二十三次的时候，她终于崩溃，指着不远处璀璨的灯火，满怀希冀地问：“咱们去看宫灯吧？”

小球儿抿嘴，眼中透出些惊惶不安的神色。

虞襄若有所悟。这孩子很孤僻很怕生啊，怪不得愿意跟自己待在角落。要是别的七八岁的小孩，早猴子一样窜出去了。

“要不，咱们顺着小径走一圈，隔着抄手游廊看看灯火？”她打死也不想再拍自己膝盖骨了。俗话说，搬起石头砸自己的脚，她今儿是拿出铜钱拍自己的脚，两者的性质那是一样的。

小球儿踮起脚尖看了看：小径两旁种满了花树，影影绰绰，又有一条抄手游廊将人群隔离开，既保留了几分安静，又能透过窗户看见对面璀璨的灯火，是个好去处。她思忖片刻，缓缓地点头。

虞襄连忙叫两个小丫头推轮椅，背转身的时候大感侥幸地拍抚胸口。却不知老嬷嬷和两位兄长大人早在暗地里笑开了。那么机敏的人，却被小球儿吃得死死的，果然是一物降一物啊！

两人安安静静走了一段，却见前方的桂花树上也挂了几盏宫灯，因地方太偏僻，无人发现。两人凑过去，煞有介事地欣赏了片刻，虞襄摇头:“这字儿没我哥哥写得好。”

“也没我哥哥写得好！”小球儿正儿八经地点头。

虞襄瞥了她一眼，指着另一盏道:“这画儿还没我哥哥画得好，意境差得远了！”

“也没我哥哥画得好！我哥哥是最好的！”小球儿伸出一个大拇指，觉得不够又伸出一个。

“我哥哥也是最好的，顶顶好！”虞襄坏心眼地撑她。

“你哥哥不行！”小球儿有些急了，小胖手摆得飞快。

“你哥哥也不行！”虞襄心里笑得打跌，脸上却做出一副骄傲的表情。这小屁孩逗起来忒有意思，瞧瞧，眼睛都气红了，偏嘴巴笨，说不出话。

小球儿嗫嚅半晌，终于憋出一句:“你哥哥……你哥哥没我哥哥好！”

“你哥哥才没我哥哥好！”虞襄立刻反驳，见小球儿吸着小鼻子，扁着小嘴巴，露出萌萌的哭相，心里都快笑岔气了。

老嬷嬷用同情的目光瞥她一眼，暗暗忖道:倘若这小姑娘知道主子的哥哥是当朝太子，也不知会不会吓晕过去。

虞襄的恶趣味满足了，连忙把小球儿拉到身边，使劲胡噜她脑袋，好声好气诱哄:“好好好，你哥哥是最好的！在每个妹妹心里，自己的哥哥都是最好的。咱俩的哥哥都是最好的！”

小球儿想了想，终于破涕为笑。

这孩子也和哥哥那么要好啊，难怪跟我那么投缘。虞襄捏捏她泛红的鼻尖，也跟着笑了。

在旁人眼中，两个玉雪可爱的小姑娘竭尽全力地在捍卫自己的兄长。画面不能更温馨可爱。

莫说老嬷嬷严苛的面庞柔软下来，就是躲在暗处的两位兄长，也都恨不得冲上去把自家的宝贝搂进怀里好生疼爱。

两人和好如初，绕过桂花树继续前行，不一会儿，就走到了抄手游廊的尽头。没了砖墙和镂空窗棂的遮挡，昏黄摇曳的灯火与嬉笑玩闹的声音扑面而来。一盏凤凰形状的宫灯挂在屋檐最高处，外壳由五彩斑斓的水晶包裹而成，底座镶满了各色宝石，烛火晃动之下投射出星星点点的彩光，无比绚烂。

虞襄忍不住多看了两眼。

小球儿激动地低喊：“啊，那是我的灯！我得拿回来！”她走了两步，看见前方拥挤的人潮，又慢慢退后，小脸上露出怆然欲泣的表情。

“可惜我哥哥没在，否则，我就能帮你赢过来。”虞襄只以为小孩是看上那盏宫灯了，颇为遗憾地摇头。

那是今晚的灯王，可以让人拿走，前提是通过皇后娘娘的考验。考验需要两个人共同完成。一人在临时搭建的露台上，将宫人指定的几样物品选出一样放入盒中，让台下的另一个人猜。第一次是二选一，第二次是三选一，及至最后十二选一，次次都猜中方能把灯王带回家。

皇后娘娘的东西，其价值不用怀疑，定然是世所罕见的。许多人眼珠都红了，纷纷踊跃上台，却都铩羽而归。

第一次的胜率为二分之一，第二次是三分之一，第三次是五分之一……且还一次都不能出错，累算下来，胜率不到十万分之一，其难度不言而喻。除非两人真的有心灵感应，抑或买通宫人作弊，否则这考验肯定是无法通过的。

皇后娘娘是存心不想让人把宫灯拿走啊，忒小气了点儿！虞襄看明白后，忍不住腹诽一句。

第六章 婚事

小球儿见很多人跑上台，眼睛盯着自己的宫灯不放，显然是想把它拿走，心里着急却又不敢过去，拽住虞襄衣袖说道：“你哥哥在哪里？把他找过来吧！”有什么难事，找哥哥就对了。

虞品言起初离得远，虞襄并没察觉，快走出抄手游廊的时候越跟越近，她自然便有了感应，知道他是不放心自己，在暗处守护。

“我也不知道我哥哥在哪里。不过我数三声，他一定会出现。你看着啊！”虞襄笑得格外狡黠。

“她这是发现咱们了？”太子很惊讶。

虞品言点了点头，一面低笑一面走出花丛，朝着已经数到二、正扬起下颌朝自己努嘴的小姑娘快步行去。

“哥哥，你可算是出现了！”虞襄伸出双手。

虞品言自然而然地弯腰，让她搂住自己脖颈，向来冷肃的面庞盈满温柔的浅笑。凑近她颈窝时，他不着痕迹地深吸口气，还是那让他无比安心愉悦的味道。

小球儿连忙躲到老嬷嬷身后，探出半个脑袋打量莲子糕的哥哥，心里暗暗想道：这人跟莲子糕长得一点儿也不像，看上去还有些可怕。

皇后娘娘有意隐瞒九公主的身份，虞品言也不行礼，只冲老嬷嬷点了点头。老嬷嬷躬身问安。

“灯。”九公主眼巴巴地盯着虞襄。

“哥哥，咱们上去试试。”虞襄退出虞品言的怀抱，指了指不远处挤满人的露台。

这灯是九公主的心爱之物，皇后娘娘威胁说要将它送人，才把九公主骗入熙和园。当然，这话也就是说说而已，皇后娘娘怎么舍得让女儿伤心，故此设了一道不可能完成的考题。

之前已有许多人上去试过，无一人成功，顶多到了第五关就打住。再亲密的姐妹，再铁的兄弟，又岂能真住进对方心里去？

自己与襄儿又能猜中几题呢？虞品言一面暗忖，一面推着虞襄走入人群。九公主再三徘徊，终于克服心中的恐惧，迈着小短腿追上去，全程都紧紧跟在虞襄身侧，用她的轮椅遮挡自己的小身板。

太子站在阴影中眺望妹妹圆滚滚的背影，无声一笑。有易风护着，他很放心。若是他过去了，定会吸引大批人潮，到那时还不把球儿吓坏了。

虞襄的轮椅是开路利器，所过之处，人群自动往两边靠。因虞品言也在，大家并不敢明目张胆地打量虞襄，但那时不时刺探过来的目光也足以叫人硌硬。

虞品言脸上的温柔已经被冷肃取代，弯腰附在妹妹耳边，安抚道：“有哥哥在，别怕。”

“我不怕。”虞襄摆手，注意到不远处的一群闺秀中正有人目光灼灼地看过来。对方的身段十分高挑，该纤瘦的地方细若无骨，该丰硕的地方凹凸有致，尤其一张脸盘，美得宛若春日盛开的牡丹，艳丽无匹。

那么多闺秀，唯独她最是耀眼，吸引了无数或倾慕或欣赏或嫉妒的目光。她全无所谓，大大方方地站在那里任人打量，眉眼间透出些自傲，只在看见虞品言时方变了面色，水润的眸子暗藏无数复杂难言的情感，似幽怨，似愤怒，又似爱恋。

虞品言淡漠地扫她一眼，仿佛她只是一粒尘埃。

她脸色顿时苍白如纸，咬着下唇，揪着衣襟，一副大受打击的模样。

这两个人有故事啊！虞襄连忙扒拉脑中的记忆，发现印象中并没见过这样的美人。

大寒朝民风比较开放，少男少女婚前并不避讳在公共场合见面，进入内宅抑或婚后才有了各种各样恼人的规矩。她身边站着虞思雨，正拉着她衣袖想要走过来搭话。见到虞品言的态度，她摆手，隐到人群后面去了。虞思雨踌躇片刻，见大哥的脸色实在是阴冷，也跟着躲了起来。

那人与虞思雨关系亲密，想来与侯府有些渊源，偏偏虞襄傻乎乎的，除了疯玩什么都不知道。虞襄颇有些泄气，揪住虞品言衣袖问道：“哥哥，那人是谁？”

“无关紧要之人，不必在意。”虞品言捏住她的下颌，将她的小脸转向露台。上面那对姐妹花已经失败了。

“可还有人上来一试？”负责主持的官人高声询问。

“有！”虞襄的回答中气十足，还高高举起自己的左手。

虞品言用奇异的目光看向她，断了腿还能如此洒脱不羁，开朗豁达，襄儿的坚强总是一再让他感到惊讶。如此，今日将她独个儿扔在园子里却是多此一举了。

神威将军家的嫡子也是断了腿，不良于行，大好男儿只三日便消瘦得不成人形，且隐约听说寻过几回死。反观襄儿，虽然也偷偷哭过鼻子，但面对外人的时候却看不出一丝半点儿颓唐的痕迹，三四个月胖了好几圈，气色也越发红润，当真心宽得很。

作为哥哥，他是极为自豪的。

用力揉了揉宝贝妹妹的小脑袋，虞品言稳步上台。

宫人躬身行礼，然后呈上一个托盘，将里面的两件物品展示给台下的虞襄和围观众人，又拿出一个两尺见方的盒子，说道："请侯爷选出一件放入盒内。"

左右各有一名宫人拉起一块黑布，将案几彻底挡住。台下再如何望眼欲穿，也无法窥见他的举动。

虞品言看向托盘，眯眼笑了。这是两支珠钗，一支朝阳五凤挂珠钗，一支鎏金嵌宝牡丹钗，俱都做工精致，价值不菲，分不出孰优孰劣。

不似旁人那般挑挑拣拣，犹豫再三，他伸手便将其中一支放入盒内。襄儿最是爱花，必会喜欢这支牡丹钗。

宫人连看他好几眼。这样干脆，是太有自信还是压根儿就不打算赢？

黑布刚放下，虞襄便脆生生地在台下喊："牡丹钗。"

那宫人愣了愣才打开盒盖，果然是牡丹钗无疑。

第一关很容易通过，围观众人也不觉得稀奇，但速度这样快的还真是头一份儿。

第二个托盘呈上来，这次里面放着三只木头雕刻的羊，造型各有不同：一只羊躺卧，一只羊站立，一只羊人立，寓意三阳开泰。

幕布后的虞品言想也不想便将躺卧的羊放入盒内。襄儿总喜欢躺在窗边的软榻上看风景，哪儿也不愿意去。虽说也有腿脚不便的原因，可她惬意的表情却出卖了她的惫懒。三只羊，肯定是这只最合她眼缘。

幕布再次放下，宫人刚举起手示意虞襄说话，却见她干脆利落地喊道："躺着的羊！"

无论是选的人还是猜的人，速度都那样快，几乎举手便拿，张口便喊。围观众人来了兴趣，目光灼灼地盯着盒子。

宫人打开盒盖，果然两人又猜对了。

在哗然声中，第三个托盘呈上，里面放着梅兰竹菊四扇小绣屏。虞品言只瞥了一眼便低笑起来，这还用猜吗？定是兰花无疑！没见襄儿院子后头专门开辟了一个花圃用来种兰花吗？

这次又是几息便已过关，随后是五谷丰登中的五谷，虞品言选了虞襄最爱吃的稻米；六艺中代表礼的节杖、乐的埙、射的微缩弓箭、御的陶瓷小马、书的《诗经》、数的小算盘，虞品言选了虞襄最感兴趣的乐；赤橙黄绿青蓝紫七色小珠，虞品言选了虞襄最喜欢的黄色……

两人配合默契，一猜即中，引得台下的人惊呼连连。及至最后十二件物品摆上桌，虞品言实在撑不住笑了。襄儿属兔，这十二个生肖陶俑还须选吗？

在旁人看来无法完成的考验，在他和襄儿的眼中却是那般简单。是了，世上又有谁像他和襄儿这样，对彼此的了解已经深入骨髓呢？思彼此所思，想彼此所想，分明没有血缘牵绊，却好像有一根无形的线，将他们的心灵连接在一起。

这感觉很微妙，也很令人愉悦。虞品言在众人的惊叹声中将凤凰宫灯塞进妹妹手里。

“身无彩凤双飞翼，心有灵犀一点通。哥哥，我们赢了。”虞襄举起宫灯，用凤凰的尖喙碰了碰少年形状优美的薄唇。

这一下好似啄在了自己的心尖上，酥酥麻麻十分令人回味。虞品言弯腰，用指腹揉了揉妹妹饱满的唇珠，眯眼笑了。

浓浓的温情在两人周身流转，偏有那不长眼的，探出半个脑袋弱弱喊了一句：“灯。”

虞襄回过神来，将精致非凡的宫灯塞进小球儿手里，义气十足地发话：“给，拿去玩儿吧。”

这宫灯莫说出自名家之手，世上仅此一盏，单看材质便知价值连城。可小姑娘转身便送给了主子，且毫无不舍之意，可见她的心性十分豁达！老嬷嬷暗自点头，瞥见周遭红着双眼看过来的闺秀们，又摇了摇头。

不为外物所惑的人，世上还是没几个的。

小球儿高兴极了，在虞襄身边绕来绕去，满脸的崇拜，不小心撞上虞品言，这才晓得害怕，忙躲到老嬷嬷身后，不敢出来了。

虞襄心里笑得打跌，拽住虞品言衣摆道："哥哥，你把我推到河边去，我跟小球儿看别人放河灯。你有事就去忙吧，不用管我。"

小没良心的，有了朋友便不要哥哥了。虞品言心里冒出一个又一个醋泡，却也依言将她们送到河边，与太子躲在暗处看了半晌，发现她们很是逍遥快活，这才一步三回头地走了。

河边放花灯的人很多，心知小球儿怕生，虞襄特意挑选了一个幽静的角落。

莲花状的花灯飘满了整条河流，彩粉色的灯火在河面起起伏伏，荡来荡去，好似九天星河落入人间，美得如梦似幻。还有那蚊虫飞蛾循着光亮聚集起来，在花灯上空嗡嗡嗡地扇动翅膀，引得一群银鱼闻声而动，纷纷跃出水面捕食。

雅致的人只觉得灯美、水美、人美，天上地下的星河更美，庸俗的人却觉得鱼儿捕食的场景比灯河烛火美多了。

虞襄与小球儿就是这熙和园内仅有的两个俗人。

一条硕大的鲤鱼跃出水面，衔住一只飞蛾后落回去，溅起晶亮的水花。

小球儿喜不自胜地鼓掌。

虞襄单手支腮，舔着唇瓣呢喃道："这鱼少说也有两斤重，又生长在如此清澈的河里，肉质绝对鲜美，若捞上来做成糖醋鲤鱼就好了。"她揉揉肚子，悠长叹息，"别说，还真有些饿了。"

吃货与吃货总是惺惺相惜的，小球儿连忙点头附和："我也饿了！"

主子许久没玩得如此开心，老嬷嬷笑嘻嘻地接口："请两位主子稍等，奴婢这便拿些吃食过来。"因虞襄的两个小丫头也在，此处又是皇家园林，她走得十分放心。不料，她前脚刚离开，后脚便来了一群面色不善的闺秀。

领头那人十二三岁，穿着打扮极为奢华，大家都错开两步跟随在后，隐隐以她为首。虞襄之前见过的美貌少女与虞思雨也混在人群中。

"把灯给我！"走得近了，女孩直接冲小球儿伸手，语气颇为颐指气使。

小球儿吓了一跳，连忙躲到虞襄身后，坚定地摇头。

桃红、柳绿迈步去拦，却被女孩带来的两个老婆子拖到人后，还用帕子捂住嘴。这动作一气呵成，颇为熟练。

“涅槃圣灯乃天竺国进贡给大寒朝的，世上仅此一件，价值连城，也是你配拿的？给我！”女孩上前几步，气势汹汹。

小球儿连忙躲到虞襄另一侧。

女孩见小球儿死活不肯给，很有些窝火，劈手便去抢夺。

虽说虞襄喜欢孩子，但对那些蛮不讲理的却实在喜欢不起来，性子也极为护短，当下就发了火，推开女孩冷笑道：“你敢欺负我的球儿，私拿我的丫头，信不信我泼你一脸灯油！”

“你敢！你知不知道我是谁？我是清河郡主！我爹是裕亲王！”女孩被推了个踉跄，声嘶力竭地喊起来。

“你是郡主又如何？这花灯是我们光明正大赢回来的，也算是皇后娘娘赏赐的，你问也不问就上来抢，是何意思？在皇家园林里，你无故擒拿别家下人，又是何意思？难不成，你一介郡主还能越过皇后娘娘，越过大寒朝律法？”虞襄从小球儿手里接过花灯，伸到河面上，笑容轻蔑，“我就是扔进河里喂鱼，也不会白送给你。你有本事就过来抢。”

花灯离水面越来越近，真上前抢夺，没准儿自己也会掉下去喂鱼。清河郡主气得浑身发抖，指尖颤颤巍巍地点着虞襄却说不出话。她父亲乃裕亲王，皇上的堂叔，手握八十万重兵，可算是大寒朝最有权势的勋贵之一，走到哪儿不是被人奉承讨好，偏偏今天踢到铁板，竟连一个小瘫子也敢跟她呛声，真是岂有此理！

“你是哪家的……”她咬牙切齿地问。

“你猜。”虞襄捂嘴轻笑。

小球儿探出半个脑袋，也呵呵笑了两声。有莲子糕在，她一点儿都不害怕了。

清河郡主被两人蔑视的态度气了个倒仰，正欲大动肝火，却见靖国公府的嫡次女常雅芙越众而出，柔声开口：“郡主息怒，这是永乐侯府的虞襄妹妹。还请郡主看在我的分上，莫与她一般计较。”

不等清河郡主反应，她又接着上前，蹲在虞襄跟前循循善诱道：“襄儿，姐姐那里有一套白玉响铃凤凰簪，总共由三十六个精细摆件拼接而成，出自名匠傅西林之手，赞一句巧夺天工也不为过。姐姐拿那簪子与你交换如何？这灯现在看着还行，烧得久了内壁沾满黑乎乎的灯油，再无今日的光彩，倒不如那簪子实用呢。”话落捏捏虞襄指尖，态度显得十分亲昵。

倘若是原来的虞襄，自然愿意拿一盏没甚大用的宫灯去换一套精美首饰，可现在的虞襄却是个执拗的，自己的东西扔了砸了，也不会叫外人占了，只瞅着少女蔑笑：“你是谁啊？我认识你吗？”

少女面色煞白，张了张嘴却答不出话。

“虞襄，这是芙儿姐姐，与大哥订了婚约的。你竟不认识未来大嫂吗？”虞思雨快步上前解释。

她不解释还好，一解释，少女的表情更难堪了。

虞襄快速翻查记忆，好半晌才从旮旯里揪出一点信息。这“芙儿姐姐”是靖国公府的嫡次女，与虞品言确实有婚约，早年来过侯府两三次，后来夺爵纷争愈演愈烈，她就不再登门了。虞襄与她从未碰面，自然不认识，记忆中却知道老祖宗因这位孙媳妇意欲悔婚被气病了一个多月。

这“未来大嫂”的称号，只要老祖宗一日不松口，便一日落不到她头上。早不站出来维护小姑子，偏等矛盾激化了，再两边卖好，这人倒是有些心机，也难怪当年要玩那待价而沽的把戏。

虞襄对少女的观感一下就跌至谷底，冷笑道：“我东西遭抢的时候，芙儿姐姐不替我出头，现在又来做和事佬，拿一根平常玉簪换我价值连城的宫灯，还要我记你的情，这算盘打得噼啪作响，合着你把我当傻子糊弄呢！现在就帮着外人骗小姑子东西，日后嫁进家门还得了！还不得把小姑子折磨死！也是，你本就是个无情无义的，当初我哥哥那般艰难，也没见你帮衬一二，反想着撇清关系，这会子我也不能指望你。”

常雅芙的处理方法也不是不行，只是更倾向于清河郡主，且还不忘替自己谋划些人情。若是换个人，指不定就勉为其难地答应了，偏偏虞襄什么都吃，就是吃不得亏。如果有人想从她手里抢东西，得做好被挠出一脸血的准备。

虞襄嘴巴一抿，眼睛一眨便泛出许多泪水，哽咽道：“你们一群手脚健全之人，合起伙来欺负我一个瘫子，且其中还有我未来嫂嫂、血脉相连的姐妹，这是要逼死我吗？好，反正我活着也没甚意思，不如今日投了河，成全你们！”说完便艰难地滚动轮椅，慢慢往河里行去，周身弥漫着说不出的哀戚。

桃红、柳绿被两个老婆子按在石桌上无法动弹，急得呜呜直叫。

清河郡主真被她吓蒙了。她分明上一秒还牙尖嘴利，咄咄逼人，下一秒就哀声哭泣，万念俱灰，翻书也没她变脸快。她想干什么？在皇家园林里投河？这是要把所有人都拖下水啊！

清河郡主刚伸手准备阻拦，这儿又出现一个变脸更快的。只见面色焦急的小球儿死死地拽住虞襄衣袖，嘴巴一张号啕大哭，边哭边凄厉地大喊：“哥哥，你快来！有人欺负球儿！有人要逼死莲子糕！”

“……”

你嘴里的“莲子糕”是谁啊……你不能背着别人私自起外号啊！虞襄本就是做戏，听见小球儿的魔音灌耳，真有些装不下去了，噙着两汪眼泪，目瞪口呆地看着她。

这嗓门嘹亮的，估计整个熙和园都能听见！她本想吓唬吓唬这群孩子，让她们知难而退，这下好了，事情彻底闹大了。得，还是赶紧想想怎么在皇后娘娘跟前抹黑别人洗白自己吧！所幸哥哥救了太子，自己是个残废又占着理，应该吃不了亏，怕就怕得罪了裕亲王府，日后替哥哥惹来麻烦。

她抹了把脸，悲戚的表情瞬间变成哭笑不得。

眼见这两人如此不识趣，非但没主动进献花灯，还把事情越闹越大，清河郡主慌了，威胁道：“今儿是皇后娘娘千秋，你们一个号丧，一个投河，这是存心找娘娘晦气啊！还懂不懂规矩，有没有家教？”

“快别闹了，想死不成！”众人七嘴八舌地劝阻。

“虞襄，你要死也别拖累侯府！快上来！”虞思雨气得头顶冒烟。虞襄这性子真是越来越肆无忌惮了，胡闹也不看看场合！

“球儿的家教好不好，不若你亲自去问问孤的父皇与母后？”一道低沉的嗓音从人后传来。清河郡主悚然一惊，连忙回头去看。

只见太子负手而立，嘴角虽挂着温和的微笑，眼底却翻涌着冰冷的怒焰。永乐侯快步从他身后走出，脸色也阴沉得能滴出水来。

“哥哥！”两个小姑娘可怜兮兮地喊着，双双朝自己的兄长伸出手。

太子与虞品言各自抱起自家的宝贝妹妹，离开此处。一群闺秀像见了鬼一样，连忙让开一条道，眼睁睁地看着他们远去。

桃红、柳绿挣脱老婆子的钳制，撩起裙摆追了上去。

“听说今日皇后娘娘有意替九公主挑选一位伴读，你可要好生表现……”清河郡主脑海里忽然冒出临行前母亲交代的话。如今她抢了九公主的宫灯，那可是九公主，皇上、皇后、太子，大寒朝最具权势的三人都爱若珍宝的九公主！这可怎么收场？

想到这里，清河郡主只觉得头皮一阵发麻。

虞思雨与常雅芙转头，瞥见站在河堤上神情莫测的老太太，也双双惨白了面色。

“老太君，这……这……”靖国公夫人酝酿了满肚子夸赞自己女儿的话，眼下却半个字都吐不出。虞襄方才那些指责，可真是句句诛心啊！什么叫还未过门就折磨小姑子？什么叫无情无义，指望不上？老太太一听眉毛就竖了，若不是河堤狭窄行走不便，早冲下去了。可她没冲下去，太子与永乐侯却先一步赶到，事态反而更严重。

这都是撞了哪门子的邪啊！靖国公夫人又气又急。

“罢了，没甚好看的。”老太太冷笑一声，扭头就走。

虞襄趴伏在虞品言肩膀上眺望那些僵若木偶面如土色的闺秀，冲她们自得一笑，又故作伤心地埋入哥哥颈窝，随即想起小球儿的真实身份，不免咋舌。

那装满宝石的荷包递过来的时候，虞襄就知道对方的出身绝对不简单。可放眼整个熙和园，谁的出身又简单得了，故而她并未深思。万万没想到啊，随身只带着一个老嬷嬷，穿戴简单又朴素的球儿会是当朝九公主，被帝后与太子保护得滴水不漏的九公主！

球儿音近九儿，再加上那圆滚滚的体形，这昵称取得太贴切了。

她转脸朝前方行走的兄妹二人看去，却见小球儿还在一抽一抽地哽咽，样子十分可怜。这孩子刚才真以为自己要投河，被吓住了吧？

虞襄心头微微升起几丝愧疚。

虞品言错以为她在害怕，轻拍她的脊背安抚道：“别怕，哥哥在呢，谁也欺负不了你。”

“哥哥，我会不会给你惹了麻烦？她的父亲是裕亲王。”

裕亲王，固守西北封地拒不回京，皇上连下三次诏书都置之不理，司马昭之心路人皆知。不出一年半载，皇上便要向他动刀，而他留在京城的原配与嫡女早成了弃子，今后也不知怎么个死法。

虞品言深不见底的眼眸悄然流泻出一丝戾气，揉揉妹妹的脑袋低语："无碍，我永乐侯府不怕得罪他裕亲王府。"

虞襄心满意足地笑了。

凤栖阁内，皇后端坐在主位，太子妃陪同在客座，看见抽抽噎噎的小球儿，双双站起来迎接。

虞襄没法行礼，只得作了个揖，态度不卑不亢。

皇后笑着道一句"好孩子"，然后将幺女抱进怀里拍抚，温柔地问道："球儿，怎么了？谁欺负你了？"

虞襄眼观鼻鼻观心，很是镇定。

"她……她们抢我的宫灯，要打我，莲子糕护着我，她们就要逼死莲子糕，让莲子糕投河。"小球儿抽着小鼻子，一句一句地叙述。

虞襄真恨不得冲上去好好亲亲这胖球儿，三言两语就把那群人坑得死死的，果然是萌到深处天然黑啊！

皇后脸上本还带着三分浅笑，听了这话立刻就寒霜罩顶。

虞襄略微低头，眼睛一眨一眨的，泪水就出来了，含在眼眶里欲落不落的样子格外惹人怜爱。她只坐在那里，一句话不说，旁人就觉得她受了天大的委屈。

"别哭了，有母后替你做主。听嬷嬷说你想吃糖醋鲤鱼？御厨已经做好了，去洗把脸，和虞……和莲子糕一块儿去吃吧。"皇后轻柔地替女儿擦泪，又拍了拍她肉乎乎的小屁股。

听说有好吃的，小球儿瞬间笑开了花，含着两汪眼泪冲虞襄招手。

虞襄转头去看自家兄长，见他微微颔首才跟着去了，刚绕到门外，就见一位尚宫领着那群闺秀缓步而来。方才还不可一世的清河郡主眼下像只落水的鹌鹑，正抖抖索索地掉泪；常雅芙面上镇定，脚步却有些虚浮；虞思雨低垂着脑袋缀在人后，听见轮椅滑动的咕噜声，连忙抬头看去，眼里满是哀求。

虞襄扬起下颔，横起食指，轻轻在脖子上划拉一道，看见虞思雨瞬间扭曲的脸庞，恶劣地笑了。

清河郡主与常雅芙显然也看见了她威胁意味十足的动作，双双睁大眼睛。这人忒乖戾邪性了点儿，一番唱作念打将她们统统算计进去！她早说出九公主的身份不就什么事儿也没有了嘛！这是存心整她们啊！

经此一事，永乐侯府二小姐的恶名算是传出去了，凶悍，刁钻，还很会装无辜。普通闺秀谁也不敢跟她深交，生怕什么时候被她插上两刀，当然也更加不敢得罪，只因她背后的几座大山实在是太牢靠了。

虞襄跟小球儿享受美食的时候，一群闺秀正跪在凤栖阁内听训。清河郡主被禁足三月，其余人等罚抄经书百遍。这处置算不得严苛，但皇后娘娘一句“德行欠佳”已足够让她们好几年翻不过身来。有婚约的怕婆家退亲，没婚约的怕嫁不出去，真是悔得肠子都青了。

料理完诸事，皇后踱步到偏殿，隔着镂空屏风偷看两个小姑娘用膳。

为了避免九公主一次性吃得太撑，每一道菜肴都只准备三口的分量，用白玉小盅盛放。两人一个装哭一个真哭，能量消耗都很大，这会儿吃得极为香甜，很快就将各色菜肴扫荡一空。只剩下一个红烧狮子头，小球儿伸手去夹，却被虞襄一筷子戳走，放在嘴边作势要吞。

小球儿眼巴巴地看着。

虞襄将狮子头递了过去。

小球儿大喜，张嘴去咬，虞襄却在她快咬住的一刻又将狮子头收回。

小球儿只咬到一团空气，上牙磕了下牙，发出清脆的嘎嘣声，然后含着眼泪，用控诉的眼神瞅着她。

虞襄绷着脸，又将筷子递过去，小球儿再次咬到一团空气。如此调戏了三回，小球儿回回都要上当。虞襄实在是撑不住了，笑趴在桌上，见她吃不着又想吃的样子实在可怜，这才将狮子头喂进她嘴里，换来一个感激的憨笑。

陪同皇后一块儿来的虞老太太尴尬不已，只得转着佛珠低头念经，来了个眼不见为净。

皇后却丝毫不觉得生气，反而掩嘴轻笑起来。虞襄既已知道球儿的身份，却还能如此大方自然地与她相处，不卑躬屈膝，不阿谀奉承，不伏低做小，眼中没有虚假的热情，只有对球儿真切的喜爱，能逗球儿哭，也能逗球儿笑，让她变得鲜活无比，这已经大大超出了皇后的预期。这孩子很好，球儿需要的正是这样一个古灵精怪的玩伴，免得她的性情越发孤僻。

皇后止住笑，冲虞老太太招手，往正殿走去，坐定后开门见山道：“虞老太君，你这个孙女本宫看上了，送入宫中给小九做个伴吧。”

虞老太太迟疑道：“她那腿……”

皇后摆了摆手：“无妨，多派几个嬷嬷伺候便是。”

虞老太太思量片刻，决定将虞襄的身世和盘托出。凡事扯上皇家就简单不了，虞襄伺候的是公主，身份必定要与公主匹配，若是哪天事情败露，还不得冠上一个“欺君之罪”？也许情况还会更糟，若是皇后娘娘起了怜悯之心，想给虞襄找个好婆家，这赐婚圣旨下来再暴露了身世，得罪的人也就更多。

现在的侯府丢了嫡女，是受害一方，此时以假充真就变成了施害者，非得被唾沫星子淹死。

虽说几个丫头婆子都已经处理干净，可不怕一万就怕万一，凡事往坏处想总没错。故此，虞老太太就是瞒着全天下人，也不敢欺瞒皇家。

皇后听完果然十分诧异，沉默片刻后喟叹道：“这里面竟然有如此一番波折，真是上天弄人。那真正的虞襄可找到了？”

“回娘娘，还在寻找当中。”虞老太太摇头苦笑。

这纯属后宅秘辛，不足为外人道也。老太太能坦诚相告，这份忠心皇后十分受用，却也不提替她找人的事，且让永乐侯府自己解决吧。真正的虞襄是生是死，境遇如何，谁也无从得知，把这事捂严实了，也好多替她铺几条后路。自己权且当作未曾听过。

想到这里，皇后笑道：“莫急，凭易风的本事，总有一天会找到的。”皇后敛眉思量片刻，继续道，“虞襄被你们教养得极好，德行上佳，头脑聪慧，行事大方。她不做伴读也罢，三五日便送她进宫来陪陪小九，小九难得找到如此可心的玩伴。”

这事便算过了明路了，虞老太太舒口气的同时连忙应承下来。

虞襄是被虞品言抱出宫门的，远远就看见虞思雨低垂着脑袋站在马车旁，不知在想些什么。老太太看见她，冷哼了一声，又看见等候在一旁的靖国公府的马车，脸色越发阴沉。

“老太君，能否借一步说话？”靖国公夫人迎上前赔笑。

“免了，时辰不早，各归各家吧。”老太太目不斜视地过去，亲自掀开门帘，让孙子将孙女放入车内。

“老祖宗，我来扶您。”虞思雨乖觉地凑上去。

因有外人在，老太太压下满腔怒火，搭着她胳膊登车。虞思雨略安定了几分，冲骑在马上的大哥讨好一笑，也连忙爬了进去，低眉顺眼地坐在角落。

虞襄冲她咧嘴，然后掀开窗帘欣赏靖国公夫人青白变换的脸庞。常雅芙并未露面，想来是躲在车里不敢见人。车轮慢慢滚动，靖国公夫人的身影逐渐淹没在夜色中，变成一个模糊不清的黑点，虞襄这才安生地坐下，问道:“老祖宗，大哥真要跟那个芙儿姐姐成亲吗？”

“这事儿悬着呢，小孩子家家的，别问那么多。”老太太闭目沉吟。

这桩婚事，她是越看越不满意。靖国公府的背信弃义一直是扎在她心底的一根刺，今儿见了常雅芙，这根刺非但没拔出来，反而扎得更深。常雅芙当年意欲悔婚也就罢了，今日还与外人合起伙来诓骗小姑子的东西。她这是什么毛病？她表面上是替襄儿解围，暗地里却意欲讨好清河郡主，这两边卖乖的把戏实在是拙劣。

更糟心的是，她竟如此短视，不知什么人该亲近，什么人该疏远。皇上的铡刀都悬在裕亲王头顶了，她还上赶着巴结，算来算去都不过是一场空。这样看似精明实则愚蠢的孙媳妇，接进门又是一个祸害！

想到这里，老太太摇头叹息。

虞思雨小心翼翼地凑上前给老太太捏肩。

“不用忙活了，一边儿待着去吧。今儿临出门前我怎么交代你的？与外人联起手来对付自家姐妹，你出息了。‘德行欠佳’，有了皇后娘娘这句断语，我就是想给你找个好婆家也难。你且好自为之吧。”老太太面色阴沉地拂开她，看见自顾自啃咬糕点的虞襄才扯开一抹笑，温声叮嘱，“入了宫，你可得乖觉着点儿，别再捉弄九公主了。”

“哎，我晓得。”虞襄甜甜地答应，垂眸欣赏虞思雨手背忽然暴出的青筋。

第七章

兄长

老太太回去后琢磨了好几天，始终是拿不定主意，只得将孙子找来询问与靖国公府的婚事。

虞品言把玩着茶杯，态度很有些漫不经心："老祖宗不知，孙儿当年年少冲动，曾私下里找过常雅芙，问她愿不愿意嫁给我。"

老太太往前靠了靠，问道："她是怎么说的？"

"她说，等我当上了永乐侯再去问她。"似乎觉得这话十分有趣，虞品言低声笑了。

老太太却一点儿也笑不出来。听见如此自私无情的话，孙子当年该是怎样的心情啊？父亲离世，母亲淡漠，更有一众叔伯明里暗里要取他性命，本该与他患难与共的未婚妻却冷眼看着他在苦海里挣扎。

能走到今天，他都付出了怎样的代价？

老太太觉得正有一把刀，在一下一下剜自己的心，顿时痛不可遏。

"老祖宗，您那是什么表情？我好着呢。"虞品言放下茶杯，去拍抚祖母微微颤抖的肩膀，笑道，"如今我已是永乐侯，有些话却不想再问了。老祖宗，您看着办吧。"

"好，不出三日，我便把这事办妥。"老太太点头，神情很有些不善。

哪料到翌日老靖国公便病危了，靖国公府乱成一锅粥。此时退亲颇有些落井下石乘人之危的嫌疑，老太太只得按捺下来。

又过了数日，老靖国公非但没有好转，反而越发严重，某天深夜终于咽了气。靖国公府处处飘起白幡，这退亲的事更不好提。

常雅芙须得守孝三年，亲事没退成，三年后孙子已经十九岁，放在别家重孙子都能跑能跳能喊人了，真是白耽误工夫！老太太憋了一口气硬是吐不出来，心里别提多难受，转身便给孙子物色起侍妾。

虞品言早些年被身边的丫头暗害过，后来又被未婚妻摆了一道，对女人可以说是深恶痛绝。他把老太太送来的人随便往院子里一扔，自个儿接了差事去了外地，大半个月没回家。

这日，虞襄早早就醒了，一边哼着小曲儿，一边对着铜镜贴花黄。虞襄底子很好，将养数月后五官长开了些许，相貌一天更比一天娇艳。

桃红端着早膳进来，问道："小姐，您今日心情很好？"自从小侯爷走后，主子就没这么笑过了。

"嗯，我梦见哥哥回来了。"虞襄示意柳绿推自己过去用膳，轻快道，"今儿给你们放一天假，都回家去吧。对了，还有负责洒扫的习秋、负责浆洗的容妈、负责抬水劈柴的庞福，统统回家去吧，只要酉时之前赶回来就成。"

桃红一点儿也没觉得欢喜，反而忧心忡忡："小姐，咱们都走了，谁来伺候您啊？"这些都是院子里真正干事的人，其余人在翠屏、翠喜的挑唆下，全撂了挑子，整日里躲得不见踪影，只到了领月钱的时候才现身。

几个月下来，他们越发肆意猖狂，就是从小姐跟前路过，也全当没看见，常常把桃红、柳绿气得头顶冒烟，偏小姐从来不放在心上。

虞襄一边喝粥一边道："你们待会儿把我推到外面就走吧，我今儿自有安排。等你们回来，这院子就清静了。"

桃红还要再劝，却被柳绿轻轻拉了一下，这才不情不愿地答应了。

用罢早膳，两人推着虞襄来到院外。

"就这儿吧，风挺大的。"虞襄脱掉大氅，笑道，"这个你们收起来，我不需要。"

此时已进入深秋，呵气的时候都能看见一缕缕白雾，不穿大氅又坐在上风口，还不得冻出病来？桃红急了，硬是要给她披上。

柳绿早知道内情，将大氅叠好收入房中，又取出一个药瓶，蹲身道："小姐，这祛风散寒丸您先吃一粒。咱们这便走啦，您悠着点儿。"

虞襄取出药丸含进嘴里，用指尖点了点她，眯眼笑道："我教你的话可别忘了跟马嬷嬷说。"因桃红什么都写在脸上，才没将这事儿托给她去办，反倒是柳绿，心里很有些成算。

柳绿抿嘴点头，桃红丈二和尚摸不着头脑，两个人拉拉扯扯走远了。

很快，院子里就安静下来，只剩下寒风拂过叶子时的沙沙声。

虞襄闭眼假寐，两刻钟后抱住双肩，大声喊道："来人啊，我冷，给我拿件衣裳！"

四处静悄悄的，她等了片刻，又开始喊，喊得嗓子都干了也无人响应。翠屏、翠喜就躲在东边的耳房内，与几个丫头婆子玩花牌，一边听她叫喊，一边哈哈直笑。

“谁都不许应！让她喝西北风去！”翠屏吐出几片瓜子壳。

几个婆子连连点头。虞襄的腿断了，又是个软弱可欺的，几个月下来她们早不把她当主子看，反而有种践踏侯府嫡女的痛快感。不得不说，恃强凌弱是绝大多数人无法去除的劣根性。

只有一个小丫头忧心忡忡地问：“她叫的声音那么大，万一被外头听见怎么办？闹到小侯爷跟前咱们可就全完了！”

“没事没事。”翠喜不耐烦地摆手，“这儿离正院那么远，不会有人来。夫人不管她死活，老夫人现在肯定在佛堂里做早课，哪有工夫管她？没事的。她就是个外强中干的，嘴上吆五喝六，神气活现，一被咱们欺负就蔫了，绝不敢跟小侯爷告状。她怕我跟翠屏可怕得很呢！”话落沾沾自喜地笑起来。

小丫头一想也是，继续安心地打牌。

虞襄一声接一声地在外面叫，俨然气得狠了，嗓音里带着嘶吼的味道。负责给西厢房劈柴抬水的两个小童路过，连忙跑到窗边询问翠屏该咋办。

“你们玩儿去吧，不用管她。出了事，有我顶着。”翠屏大包大揽地挥手。

两个小童本就惯于偷奸耍滑，活儿全推给庞福一个人干，见庞福不在，只以为他抬水去了，并不多想，奉承翠屏几句便溜得没影儿。大家伙又继续打牌，外头的叫声依然没停，这是跟她们杠上了。足足过了两刻钟，虞襄的嗓音干巴得像枯枝刮过地面，却还不依不饶地往她们的耳朵里钻，实在是恼人。

翠屏将手里的牌扔到桌上，低喊：“烦死人了！咱们走，去别处找个清净地儿，让她好生叫个够！”

“哎，我把牌收起来。”一个老婆子立马答应。

“咱们走了，要是待会儿院子里来人可咋办？”小丫头拧眉问道。

“小侯爷不在，老夫人又做早课，谁会来啊！你胆子也忒小了！我问过柳绿，她说她跟桃红去给那瘫子买全福记的米糕，很快就回来。都这个点儿了，她们应该快到了，自然会料理那瘫子，没咱什么事儿。走吧，走吧。”翠喜连声催促。

众人不再犹豫，当着虞襄的面大摇大摆地朝院门走去。翠屏、翠喜走到她跟前时还掏了掏耳朵，看见她铁青的面色和愤怒不甘的眼神，捂着嘴嘻嘻直笑。连着几个月的纵容，她们俨然已经忘了自己姓甚名谁了。

“你们给我回来！快回来！”在虞襄的叫喊声中，一群人渐行渐远。寒风呼啦啦刮过，吹起几片枯黄的落叶。

虞襄愤怒的表情瞬间消弭，唇角缓缓绽开一抹恶意的微笑。

她从袖中掏出一块用油纸包裹的米糕，掰开来慢慢吃着。风很大，不停拉扯她的裙摆，露在外面的皮肤冷冰冰的，逐渐失去血色。小半个时辰过去了，太阳在阴云中穿行，忽而洒下一片阳光，忽而又吝啬地收回，温度始终那样寒冷。

两只喜鹊落在枝头，叽叽喳喳地嬉闹，与梦中的场景一般无二，轻轻拨动的心弦告诉她，那熟悉至极的人正在靠近。

喜鹊枝头闹，应是离人归。她将油纸团成一团，远远扔掉，然后扯开嗓子大喊：“来人啊，我冷，快来人啊！”嗓音已经完全嘶哑，听上去就像是破了洞的风箱。

虞品言提前几天办完差，下了马便直奔西厢而来。他在家时不觉得如何，到了外面总忍不住想起襄儿，猜测她此时此刻在干些什么，有没有好好喝药，好好吃饭，采买的银丝炭有没有送进她屋里，置办的厚衣裙和裘皮大氅换上没有，可还喜欢。

人在四处奔波，心却始终悬在她身上。

然而他看见了什么？他一根头发丝儿都不忍碰落的妹妹竟然穿着单薄的衣裳坐在院子里，脸色惨白如纸，嘴唇干枯皲裂，嗓音已喊到嘶哑。当他不在的时候，那群奴才就是这样照顾她的？任由她自生自灭？

真是好得很！

漆黑的眼底流泻出浓烈的煞气，他快步走过去，将看见自己便开始掉泪的妹妹抱入怀中，又脱掉大氅裹住她冰冷而僵硬的身躯，这才踢开轮椅迅速回屋。

他抱着虞襄在软榻上落座，冲立在门外的两名长随下令：“烧一盆炭火过来，速度快点。一刻钟之内把院子里的人全都找回来。”

“哥哥，桃红、柳绿、习秋、容妈、庞福几个是好的，我看他们连日辛苦，就给他们放了一天假。哪想到他们一走，院子里竟没人了。哥哥，你千万别为难他们。”虞襄虚弱开口。

“我知道。你别担心。”虞品言将她冰冷的双手放入自己衣襟，又爱怜地揉了揉她毫无血色的唇珠。

虞襄将脸埋入他胸膛深吸口气，狡黠地笑了。她行走不便，可没那个精力去管束心思不正的下人。放纵了几个月，谁忠谁奸她看得明白，也懒得玩杀鸡儆猴的招数，降住一时降不住一世，不如跟着翠屏、翠喜两个一块儿滚蛋，谁也别想侥幸留下！

倘若虞品言归家的梦没有应验，柳绿走时跟马嬷嬷打过招呼，这会儿也差不多该到了。

柳绿走时说不放心主子，让马嬷嬷巳时一刻过去帮忙照看。满院子奴才，怎么走了五个就没人使唤了？还须仰仗外人？马嬷嬷对柳绿的话外音心知肚明。

小侯爷不理后宅之事，自然不晓得；老太太年纪大了，精力不济，也管不过来。她作为老太太身边最信任的人，对虞襄的境况却是一清二楚。

自从虞襄的奶娘死后，两个大丫头俨然成了主子，她反而被压成了奴才。原本想着她不是侯府血脉，且由她自生自灭，现如今却是想管也找不到名目。

人家正主都不开腔，你贸然去了，不是摆明了自己手伸得太长嘛！且现在的虞襄是个极有主见的，心里恐怕也有打算。

马嬷嬷就等着她出手了。今日得了柳绿嘱托，她当即就反应过来，这是二小姐要寻个由头把那些人全打发了啊！行，这回谁溜号躲懒找不着人，谁就立马滚出侯府。

她一脸肃容地踏进小院，就见小侯爷的长随张全正把一个火盆往屋里搬，不由惊住了：“哎呀，侯爷回来了？”

张全做了个噤声的手势，指了指屋内。

好嘛，本以为这些奴才今儿要倒霉了，却没料到倒的是血霉啊！偏让提早归家的小侯爷撞见了！她理了理鬓边被风吹乱的发丝，低眉顺眼地进去了。

只见小侯爷抱着无声流泪的小姐坐在软榻上，用大氅将小姐裹得严严实实，只露出巴掌大的小脸，一面替她擦泪，一面细心地喂她喝药，眼里沁出柔色，紧绷的面庞却预示着风雨欲来。

“奴婢见过小侯爷。”马嬷嬷战战兢兢地行礼。

“你来干什么？”虞品言本就低沉的嗓音这会儿结满了冰渣子。

“奴婢不放心，过来看看小姐。”

听见这话，虞品言脸色稍霁，淡淡瞥她一眼，道：“你有心了，一边候着吧，等会儿劳你发落一批刁奴。”

马嬷嬷连说“应该的应该的”，飞快缩进角落装木头人。

虞襄身体渐渐暖和了，双手捂在哥哥衣襟里，冲他无辜地眨了眨眼，泪水又似断了线的珍珠。

“哭什么！瞧你那点出息！虞思雨都比你强！”虞品言嘴上数落着，动作却十分温柔，将她的小手掏出来置于唇边呵气。

一路奔波劳累，他新长了些胡楂，挺硌手。虞襄忍不住想笑，连忙扑进他怀中遮掩。虞品言却以为她委屈了，张了张嘴，终是什么话都没说。

炭火噼里啪啦燃烧着，将屋内烘烤得宛如春日，被长随带回来的丫头婆子们却像走进了冰窖，一个两个缩着脖子发抖。她们打死也想不到，侯爷今儿会回来！这下可该怎么办才好哇！

翠屏、翠喜两个已嘤嘤地哭上了，不时地抬头故作楚楚可怜地瞅小侯爷一眼。

虞品言正专心地把玩妹妹肉乎乎的小手，指尖挨个戳她手背上的小窝，很有些沉迷，另一只大手拿着帕子，小心替她擦掉眼泪。

屋里静悄悄的，冷凝的气氛足够令人窒息。大约过了一刻钟，才听他开口询问：“在哪儿找到的？都在干些什么？”

“回侯爷，这几个在东跨院的耳房里找到，正在玩花牌；这几个在后花园晒太阳，嗑瓜子；这个在自己屋里睡觉；这个在厨房吃东西。还有五人不知所踪，奴才已派人去查了。”长随一一指点过去。

“那五个人不用去管。”虞品言摆摆手，锋利如刀的视线在这些人身上刮过。

所有人都齐齐发抖，只觉一股寒气钻入头皮，将神魂都冻裂了。他们想大声求饶，想磕头哀泣，想转身逃跑，但身体却似灌了铅，喉咙似吞了火炭，不能稍动，更不能发声。犹记得三房一家当年意欲吊死在侯府门口，侯爷就是用这种眼神旁观，直看得三房一家连寻死的心都不敢再生起。

如今落到侯爷手上，可还能保住一条性命？对了，小姐的个性温和，可以求小姐啊！

不少人抬头朝虞襄看去，眼里满是希冀。

虞襄将脸埋入哥哥怀里。

“看着他们！”虞品言却不允许，擒住她下颌，将她的脸转过去，语气十分严厉，“看着他们，不许移开目光。这个拿好了。”他解下腰间的马鞭，塞进妹妹手中。

虞襄颇有些摸不着头脑，给她一根马鞭做什么？

“抽他们。”平淡的语气却带出了浓烈的煞气。

虞襄愣住了。让一个十岁的小姑娘学会拿鞭子抽人，这样真的好吗？这事儿不该由你全权处理吗？不该赏一顿板子然后撵出去吗？现在这样会不会把人给教歪了？

虞襄兴奋得手都在发抖，连忙敛下眼睑遮挡自己太过灼亮的目光。

虞品言却以为她害怕了，握住她拿鞭子的手，嘴唇紧贴在她耳边，一字一句道：“抽他们！日后谁若对你不敬，就拿起鞭子抽他们！谁身上有了鞭痕，立即打五十大板发卖出去！你虽然腿断了，却不是废人。你是我虞品言的妹妹，就该骄傲、恣意、抬头挺胸地活着！听明白了吗？举手，抽他们！”

虞襄飞快看他一眼，片刻后举手，抽在翠喜脸上，留下一道浅淡的红印。翠喜立马飙出两行眼泪，哀求道：“小姐饶命啊，侯爷饶命啊，奴婢再也不敢了！”

“闭嘴！”虞品言淡淡瞥她一眼，复又看向妹妹，斥责道，“用点力！想想他们是如何对你的。我虞品言可不需要一个软弱可欺的妹妹！如果我没在你身边，你是不是要被下人折磨死？嗯？”

虞襄抿唇，转向翠屏狠抽了一鞭。翠屏捂住脸颊惨叫，鲜红的血液顺着指缝汩汩流出。这是破了相了。

虞品言这才露出笑容，揉揉妹妹脑袋，赞许道：“很好，就是这样，继续抽。”

马嬷嬷咽了口唾沫，低下头暗忖：小侯爷这样教导小姐，是不是有些不妥啊？这见人就抽，日后名声传出去……她随即摇了摇头，暗自叹息：嗐，小姐都成这样了，名声好坏又有什么关系，正该强硬一些才是，否则，日后只有坐等人欺负的份儿。

虞襄抽得翠屏、翠喜唉唉直叫，埋藏在心底的戾气终于爆发了，抽一鞭子就斥上一句："让你们贪墨我月钱！让你们偷盗我私库！让你们偷吃我东西！让你们当着哥哥的面伺候我，背着哥哥就践踏我！让你们明面上叫我主子，暗地里叫我死瘫子！让你们……"

虞品言本来已舒展开的眉眼，随着她的叙述又转为阴沉，握住她手腕，柔声道："好了襄儿。"他轻轻将她抱坐到一旁，理了理她散乱的鬓发，又抚了抚她泛出殷红的唇珠，笑得温柔，"你歇会儿，哥哥来。"

在他不知道的时候，这群人竟是这样照顾他的妹妹，真是好极了！他低沉一笑，甩手便将翠屏抽翻在地。翠喜呆若木鸡地看着这一幕，正要磕头求饶，下一瞬也被抽飞出去。

虞品言长得十分俊美，高挺的琼鼻，斜飞入鬓的剑眉，狭长的凤眼，形状优美的薄唇，若是不动怒，他便合了那句赞言——陌上人如玉，公子世无双，天然一股游离于尘世之外的高华气度。

然而他一旦动怒，高华之气转眼便化为凶狠。屋内接二连三地响起惨号，血腥味也越发浓重，足过了两刻钟，他才压下眼中的血色，转脸朝妹妹看去："怕吗？"

虞襄傻愣愣地摇头。

似雪山初融、春日花开，虞品言周身的煞气瞬间消弭，被无尽温柔所取代。他慢慢踱步过去，凑近了去看妹妹清澈见底的眼眸，除了崇拜，似乎还有某种灼热的情感在这双眼眸深处流转。他目前还看不明白，但只须知道，他的小妹妹一点也不害怕真实的自己也就够了。

虞襄扑进他怀里，死死搂住他脖颈，声音打着战："哥哥，你是我亲哥哥吗？"

虞品言拍抚她脊背，轻斥："说什么傻话，我不是你亲哥哥是谁？"有没有血缘关系并不重要，他认定她是他的嫡亲妹妹，谁又敢反对？

虞襄笑而不语，直到此时此刻，她才真正将少年纳入心扉。

马嬷嬷使人将奄奄一息的丫头婆子拖出去，并报到老太太那里。老太太又赏了每人三十大板，随即叫来牙婆，将他们的全家老小悉数发卖了。如此猖狂的奴才，永乐侯府养不起！

酉时，桃红、柳绿等人回到小院，放眼全都是陌生面孔，见他们来了纷纷跑上前毕恭毕敬地打招呼。小姐斜倚在靠窗的软榻上，正挥舞着一根马鞭傻笑。

院子里的奴才，除了桃红、柳绿几个，全让虞品言给换了，卖身契交给虞襄让她好生收着。

虞襄比以前更爱黏着虞品言，一日三餐都要见着人，没见着就吃不香睡不好，脾气越发乖戾。虞品言竭尽所能满足妹妹的一切要求，有什么好东西只管往她房里送。

他心智早开，又经历坎坷，心早在一次次的阴谋算计和权力倾轧之下被炼化成了千年寒铁。满府里那么多人，以前他只看重一个老太太，现如今也才添了虞襄，什么虞思雨、林氏、流落在外的亲妹妹，都属于外人。

外界评价虞品言六亲不认、残酷冷血，那也是有事实根据的。

可不管外界如何非议，虞襄就喜欢这样的虞品言，喜欢得不得了，有事没事就拿出他送的马鞭，一边轻轻挥动，一边眯眼微笑。

这日过了午时还不见虞品言回来，她着实等得心慌，用马鞭抽打桌面，喊道：“桃红，去前院看看我哥哥回来没有。”

“哎，奴婢这就去。”

桃红在院外答应，刚走出几步，就见马嬷嬷一脸焦急地跑过来，喘着粗气道：“桃红、柳绿，快推你们主子去正院，老夫人有急事！快快快！”

马嬷嬷向来稳重，这般急切的模样，桃红还是第一次见，一面答应一面奔进屋，把满脸不耐烦的主子推出来。

“怎么了这是？”虞襄越发觉得心慌。

“小姐你可得好好劝劝侯爷啊！”马嬷嬷嫌柳绿没力气，拂开她自个儿去推轮椅，一路低声解释，“也不知侯爷着了什么魔，说是要投军，今晚便收拾东西住到骠骑营去。那可是骠骑营啊，每次打仗都冲在最前头的骠骑营！老侯爷当年就是骠骑大将军，结果死在了战场上，落得个马革裹尸的下场。听说明年开春皇上就要征讨裕亲王，侯爷这是准备去西北啊！小姐，侯爷最听您的话，您可千万要拦住他！”

虞襄一听脸色就阴沉下来，没答话，也没点头，只一路都死死握紧马鞭。

虞襄刚一进门，就见老太太一手捂着胸口，一手指着面无表情的虞品言，嘴唇直哆嗦。这是被气得说不出话了。看见虞襄，她立即喊起来："襄儿来得正好，快劝劝你哥哥！做什么不好，偏要去从军，以为打仗是好玩的吗！"

虞品言这下终于绷不住了，拧眉开口："老祖宗，作甚把襄儿叫来？她还小，没必要知道这些事！"

"凭什么不让我知道！"虞襄让马嬷嬷把自己推到虞品言身边，死死搂住他胳膊，"不许去！你去了我和老祖宗怎么办？"话音未落，眼泪就涌出来了。

虞品言最见不得她哭，将她从轮椅里捞出来，抱坐在膝头，细细替她擦泪，等她激动的情绪稍微平复才柔声道："若是我以翰林院侍读入仕，三年升为通政司参议，六年升为内阁侍读学士，十年升为通政使司副使，三年升为通政使司通政使，前前后后至少需花费二十二年才能爬到正三品的位置。二十二年后你已经三十二岁，我却还护不住你，也没法让侯府重现祖父在时的荣光。我心里不甘！"

老太太手不抖了，闭着眼捻佛珠，听到最后一句稍微停顿了一瞬。

"可你现在已经是永乐侯了。"虞襄抽着鼻子。

"傻丫头，爵位跟官职是不一样的。爵位再高，没有实权一样被人践踏。"虞品言给她擤了擤鼻子，继续道，"二十二年都无法完成的目标，我只须上几次战场就够了。襄儿，我想让你和老祖宗过得比现在更好。"区区一个清河郡主也能欺负到头上，这不是他想要的生活。

翻手为云覆手为雨，让任何人都不能再随意地践踏自己、践踏家人，幼时的忍辱负重、步步惊心，不过是为了站在更高的顶端，眺望更远的风景。二十二年，人生能有几个二十二年？他等不起，老祖宗等不起，襄儿也等不起。

想到这里，他柔和的眸光慢慢变得坚定。

老太太睁眼瞥他，紧接着又闭上了，手里的佛珠飞快转动。好男儿志在四方，她从来就知道自己的孙子是男儿中的男儿，比起他骁勇善战的祖父更为优秀。倘若他下定决心，谁也无法阻拦。

虞襄对虞品言的了解并不比老太太少，她从少年漆黑的眼眸里看见了勃勃野心，只觉得一阵挫败。这个人是意欲展翅翱翔的雄鹰，可不是绑在金丝架上供人取乐的鹦鹉。她再劝阻，只会让他失望反感。

她闭了闭眼，知道此事已成定局，一字一句道：“哥哥，如果你在战场出了意外，有没有想过我与老祖宗会如何？那些叔伯们虽被你整治得怕了，可心里都压着仇恨呢，到那时还不一窝蜂把我们生吞活剥了。老祖宗年纪大，受不得刺激，我腿脚不便，不顶事，你就是我们的主心骨。没有你，我们都没有活路。”

老太太心有所感，眼角略微湿润了。当她以为孙女是打算对孙子动之以情晓之以理时，孙女却话锋一转，坚定道：“所以，你一定要活着回来。你若是出了事，我就陪你一块儿死！反正我一个废人，活在世上也没什么意思。”

说着，她竟笑了起来，眼眶却涌出更多泪水。

虞品言一把将她摁进怀里，沉默良久才哑声道：“你放心，哥哥一定平安回来。什么死啊活啊的，日后再不许提！”

“好，我不说了。”虞襄将眼泪全涂在他衣襟上，然后稍稍退开，用马鞭轻抽他手臂，嗔道，“都做好了决定，才来告诉我跟老祖宗。让你自作主张，让你不听话！”她抽了两下，又扑进他怀里蹭涕泪，报复的意味十分明显。

这马鞭不是抽在他身上，却是抽在他的心尖，留下一道道抹不去的痕迹，有些疼痛，有些感动，还有很多欣悦。虞品言满腹的伤感瞬间烟消云散，搂住妹妹好一顿揉搓，也不嫌脏，用指尖将她眼泪鼻涕揩掉，然后卸下她手中的马鞭，递给老太太：“老祖宗，您也抽孙儿几下。不能陪侍您左右，是孙儿不孝。”

老太太早就心软了，面上却分毫不显，接过马鞭果真抽了几下，听着十分响亮，实则全拍在衣服表面，跟挠痒似的，见孙儿眉头紧皱，故作疼痛的样子，这才罢手，没好气地道：“行了，别装了，赶紧回去收拾东西。记住了，一定要平安回来！”

虞品言点头，抱起虞襄便要离开，刚跨出门槛，又听老太太不情不愿地补充：“去看看你母亲吧，她虽然不着调，奈何名分摆在那儿，别叫他人拿住把柄。”

虞品言沉默点头，走到岔路口，朝怀里的妹妹看去：“襄儿，去看母亲吗？”

“她不想见我，我也不想见她，不如两不相干的好。哥哥你自己去吧。”虞襄毫不犹豫地拒绝。林氏对她而言不过是个陌生人罢了，就算日后找到这具身体的父母，也未必能产生骨肉亲情。

这话说出来有些大逆不道，又显得极为冷酷，虞品言却似听见什么趣事，低低笑起来，将她放进轮椅，又揉了揉她脑袋，站在原处目送她走远才朝正房踱去。虞襄怎么可能不是他嫡亲妹妹呢？这性子分明与他如出一辙，一样的干脆利落，一样的爱憎分明，也一样的六亲不认。

不，倒也不是六亲不认，只不过能得到她认同的人太少罢了。满府里除了自己，恐怕连老太太也没被她放在心上，这性子太凉薄了些。

虽然这样想，虞品言却丝毫也未觉得不妥，反而生出些微妙的满足感。

因马嬷嬷上次烧掉不少东西，林氏屋内显得宽敞很多，但光线还是那般昏暗，空气中飘荡着一股蜡烛和香油混合在一起的味道，说不上难闻，却令人无端地感到压抑。

厅堂正中的案几上摆着已故永乐侯虞俊杰的牌位，因常年被人摩挲，显得十分光滑，“亡夫”二字还像当年那般殷红，俨然曾多次用朱砂重新勾描过。

虞品言只看了一眼便别开头，盯着地面。

林氏正聚精会神地翻阅一沓花笺，嘴角的笑容有些恍惚，想必又沉浸在往日甜蜜的回忆中无法自拔。虞品言话音落下半晌，她才如梦方醒，淡淡摆手道：“你去吧，好生照料自己。”

果然是这种反应。虞品言眸色微冷，想起襄儿哭成花猫一样的小脸和老祖宗焦急震怒的表情，又不以为意地一笑。也罢，他且将在乎的人保护好也就是了，别的杂七杂八却是管不了那么多。

再没什么好说的，虞品言起身便走，却不料被林氏叫住：“你妹妹找到没有？怎大半年都快过去了还没得到消息？你究竟用没用心？”

背对林氏，虞品言俊美的脸庞已笼罩了一层寒霜，沉声道：“儿子自然用了心。可人海茫茫，几个月就想把大寒国土翻一遍哪有那么容易！母亲万莫心急，只要人还活着，总有一天会找到。”

话音未落，他已甩袖离开。

第八章

相冲

虞品言去了军营，大半月才回家一次，弄得虞襄十分焦躁，不得不翻出几本佛经念起来。

这一天她刚做完早课，一名尚宫便亲自登门接她去见九公主。

与单纯的小孩相处是最轻松愉快的，虞襄压下满腹心事，坐上了马车。

九公主虽然已经八岁，却还与皇后住在一块儿，占了长乐宫西侧偌大一个院子。虞襄给皇后请过安，被两个老嬷嬷连人带轮椅抬进去。

九公主的伴读已经有了着落，乃镇国将军嫡幼女范娇娇。别看她的名字取得好听，却是个憨头憨脑的小虎妞，性子特别直，说话稍微拐个弯就听不明白，虽然刚满七岁，却比虞襄还高，再加上黑黑的皮肤炯烁的大眼，瞪起人来还有那么点气势。

当然，这样的纸老虎也就吓唬吓唬普通孩子，虞襄却是不怕，头一回来就把这小妞治得服服帖帖，心里还在感叹皇后娘娘看人的眼光。虽说找个傻的是为防球儿被伴读辖制，却也不能找个这么傻的吧？两个人凑一块儿只能整出四个字——“天残地缺”。

这会儿“天残地缺”见了她跟见了肉骨头，嗒嗒嗒地跑过来，拽着她的手往软榻上扯。两个嬷嬷忙推着轮椅前进，又脱掉虞襄的鞋子将她抱上去。

三人略说会儿话，九公主四处看了看，见宫人一个个都低着头，这才从枕头后面摸出一个木盒，打开盖子凑到虞襄眼皮底下，小声道：“给你。这叫雪玲珑，可好吃了。”

虞襄定睛一看，却是两个驴打滚，外面洒了一层白色的霜糖，圆溜溜粉扑扑的，十分可爱。虞襄捻起一个放进嘴里咀嚼，好笑地瞥了眼暗自吞口水的虎妞。

“好吃吗？”九公主满脸期待地问。

“好吃。”咬开软糯的外皮，里面立即流出香浓的红豆汁，对别人来说太过甜腻的滋味，对虞襄来说却恰到好处。她与九公主一样，也是个嗜甜如命的。

九公主心满意足地笑了："我就知道你会喜欢。这是我用一袋宝石换来的，本有六个，我吃了两个，娇娇吃了两个，给你留了两个。"

虞襄正在吞咽，听了这话，差点没被噎死。连忙朝立在一旁的宫人招手，白眼都快翻过去了。什么馅料的驴打滚竟值一袋宝石？

宫人心急火燎地端来一杯水，喂她喝掉。

将九公主奶大的金嬷嬷上前给她拍背，脑子里却在琢磨方才那番话。究竟是谁如此胆大包天，竟敢用几个驴打滚诓骗九公主？因公主们上课的时候不许宫人随侍左右，只许带着伴读，学堂里的事，九公主不说，金嬷嬷也无从得知。

虞襄抻了抻脖子，总算把驴打滚咽进肚里，急急追问："你果真用一袋宝石换了六个驴打滚？"

九公主眨巴着大眼睛，样子无辜极了。

虞襄掩面呻吟，复又从荷包里掏出指甲盖大的碎银，道："看见了吗，这么一点儿银子就能买五十个雪玲珑，而且这根本就不叫雪玲珑，叫驴打滚。在外头那就是个随处可见的小吃，价格低廉得很。傻丫头，你被骗了！"

虞襄看向虎妞，问道："你难道都没见过这东西？"

虎妞小心翼翼地摇头，那么大的个儿，硬是要躲到九公主身后，藏了头露了尾，模样十分滑稽。说起来也奇怪，她不怕九公主，反怕死了三五天才见一回的虞襄。

这孩子看上去糙，却也是大家出身，平日里金娇玉贵的，哪能吃上驴打滚这种东西。虞襄无奈地扶额，问道："谁跟你换的？"

"是七公主的伴读邓彩明。"虎妞怯生生地探出半个脑袋。

九公主反应迟钝，到了这会儿才意识到自己吃亏了，扁着嘴问："一袋宝石能换多少雪……那个驴打滚？"

"多得能把你埋起来，一辈子也吃不完！"虞襄轻点她额头，颇有些恨铁不成钢，"换什么换，你是公主，她是小小伴读，你看上她的糕点要过来就是，凭什么给她宝石？"

"她……她不肯。"九公主挺委屈的。

"她不肯就抽她！你有世界上最厉害的爹、世界上最厉害的娘、世界上最厉害的哥，你要什么得不到？下次见了她就狠狠地抽她，九公主要吃她的糕点竟还推三阻四，忒不识抬举！”情绪一激动，嘴里还蹦出几个脏字，虞襄尴尬地抚了抚唇，见两个小孩没听出来，正用崇拜的目光盯着自己，又自然地把手放下。

金嬷嬷捂嘴忍笑。

九公主思忖片刻，为难地摇头：“这样不好，像那个清河郡主一样会讨人厌的。”

“这哪能一样？清河郡主抢你的东西，那叫放肆、逾矩、以下犯上。你抢别人，那叫恩赐、赏脸、给她面子。你是公主，她是伴读，怎么能一样呢？”虞襄将这个世界的尊卑观念灌输进小孩脑袋里。至于如何以弱胜强、扮猪吃老虎之类的，她就是教一万年，估计这孩子也学不会。

范娇娇虽是将门虎女，却也是个憨的，嗫嚅道：“上去就抽的话，先生会骂人的。”

“傻，寻个由头就是了。”虞襄点了点她的眉心。

“怎么寻由头？”两个小孩不耻下问。

虞襄正要传授心得，瞥见立在榻边的金嬷嬷，又犹豫了。把两个纯白的孩子染成煤球，好像不大好吧？皇后娘娘找了虎妞当伴读，不就是怕小球儿学坏了吗？

这一转念，她立即压下满腹的阴谋诡计，道：“寻由头这事，你们还小，做不来的。算了，下次别搭理她就是了。我哥哥最近都不在家，我得回去陪老祖宗念经，这便走啦。”只离家一小会儿，她便心慌得很，这可不是好兆头。

两个小孩依依不舍地将她送到门口。

虞襄眼珠子转了转，冲九公主招手：“等会儿陪皇后娘娘用晚膳的时候，你记得跟她要一匣子珠宝。”

“为什么？”九公主偏头。

“你就跟娘娘说，你明天还想换几个驴打滚吃，记住了吗？”想来想去，还是“告黑状”这个法子最适合小球儿。

“记住了。”

九公主但凡答应什么就一定会做到，不似别人满肚子弯弯肠子。虞襄这才放心，摆手冲两人告别。金嬷嬷这回十分热情，亲自把她送到宫门口，还不忘询问她何时再来。

永乐宫偏殿内，帝后二人与九公主正在用晚膳。九公主吃什么都香，有好东西也不忘夹给父皇母后，纯真的童言童语惹得两人轻笑连连。

吃了七分饱，九公主用绿茶漱口，完了眼巴巴地看向皇后：“母后，给我一匣子珠宝好不好？”

“昨儿不是刚给你一盒吗？”皇后捏捏她鼻头。

“莲子糕让我拿去换驴打滚吃。”九公主老老实实地坦白。

站在她身后的金嬷嬷表情十分微妙。若是虞襄在这里，估计已经给九公主跪下了。

皇后眸色微冷，就连皇帝也转脸看来，沉声问道：“莲子糕是谁？竟让你拿一匣子珠宝去换驴打滚。这驴打滚里面是填了龙肝还是凤髓？”驴打滚虽是市井小吃，却也算得上是京城名点，帝后二人鱼龙白服的时候吃过不少，知道这东西四五个铜板就能买一大包。

皇帝坐拥天下，高高在上，最见不得有人冒犯自己的权威。诓骗他女儿跟诓骗他没有任何区别。

皇后不咸不淡地道：“莲子糕就是易风的妹妹，为救他失了双腿那个妹妹。”

“怎么会是她？”皇帝皱眉，颇有些惊讶。虞襄舍命救兄的事儿他早就听说过，对她的印象原本是极好的。

眼见虞襄快被主子坑死了，金嬷嬷终于按捺不住，跪在桌边毕恭毕敬道：“奴才斗胆插一句嘴，事情是这样的……”

她将几个小孩的对话原原本本叙述一遍，只略去了虞襄那几个脏字儿。

帝后二人这才恍然大悟，听着听着竟忍不住笑起来，尤其是“世界上最厉害的爹娘”和“跟清河郡主不一样”那两段，皇帝听后拊掌朗笑，连连说好。

皇后稍矜持一点儿，却也笑出了泪光。

“原来如此，却是咱们误会了。”皇帝用指尖点了点懵里懵懂的九公主，斥道，“你这傻丫头，怎如此馋嘴！莲子糕的话说得没错，以后看上什么只管抢过来就是。朕的女儿，无论多嚣张跋扈都不为过。”

九公主没听懂，却也认真地点头。

皇帝忍不住又戳她一下，紧接着将她搂进怀里揉了揉。他的小九儿是最纯真最简单的，所以总叫他放心不下。那么多儿女，实则最小的九儿才是他的心头宝，连亲手教养长大的太子也要退一舍之地。

九公主眷恋地蹭了蹭父皇的胸膛。

皇帝一面捏她肉乎乎的脸颊，一面看向皇后，埋怨道："朕看这个莲子糕就很好，你挑来挑去的，却偏挑了范大宝家的丫头。她两个凑在一块儿，可不就被人糊弄嘛！腿脚不便也不是什么大事。"

皇后无奈叹气："是球儿挑中的范娇娇，臣妾也没办法。臣妾本也看中了那丫头，哪知道她身世有问题……"接着，将虞襄的身世和盘托出。

"自己的孩子也能抱错，真是奇事。"皇帝挑眉。

皇后笑道："两家人挤一个山洞，又同时生产，再加上月黑风高，盗匪横行，一时出了差错也难免。那孩子不知什么时候能找到，找回来掩不掩得住也两说，臣妾思来想去，便作罢了。"

皇帝不以为然地摆摆手："朕看这孩子就很好。聪明，狡猾，却又性情直率不兜圈子，跟在球儿身边朕也放心。身世不身世的有何关系，朕想让谁高贵，他便高人一等；朕想让谁卑微，他便低入尘埃，只在朕一念之间而已。她很好，让她进宫陪读吧，省得朕的球儿总被人糊弄。再者，易风不日便要出征，抬举他妹妹正好安安他的心。"

皇后思忖片刻，掩嘴而笑："皇上说得很对，是臣妾着相了。咱们乐意抬举谁就抬举谁，着实不用顾虑那么多。"

皇帝仔细盘问了金嬷嬷，知道拿几个驴打滚诓骗九公主的人乃邓昭仪的内侄女儿邓彩明，现为七公主的伴读。

这事儿虽算不得严重，却从侧面反映出了邓彩明的胆大妄为和贪婪成性，这等低劣品行最为皇帝所不喜。因邓昭仪还育有三皇子，三皇子现如今已上朝听政，办了几桩漂亮差事，皇帝很满意，本想趁太后大寿之际将她的位份抬一抬。皇子生母，怎么着也得晋个妃位才显得好听。

然而经此一事，皇帝干脆利落地将邓昭仪的名字从晋封名单上划去。邓彩明诓骗小九儿显然不是第一次，七公主不可能不知道。她非但没有阻止，反而在一旁看戏，是不是邓彩明得了九儿东西，转身便都献给了她？

两人一面把玩九儿的珠宝，一面还笑她傻吧？有没有上下尊卑？有没有姐妹亲情？堂堂公主，眼皮子怎能浅成这样？

皇帝的脑补怎么也停不下来，对教养不力的邓昭仪也厌恶上了，命人送一匣珠宝去她宫中，言道自己也想换几个驴打滚尝尝。

邓昭仪丈二和尚摸不着头脑，瞥见女儿忽然惨白的面色才心有所悟，捉住她好一番盘问，最后气得娇美的脸庞都变形了。

晋位最关键的时刻闹出这一档子事，不但她倒了霉，儿子在皇上心里的地位也跟着下降。这两个不争气的东西，成事不足败事有余！

翌日一早，邓彩明便被两个老嬷嬷送出宫门，言及这辈子都别再进来。

诸事料理妥当，皇后拿着新出炉的晋位名单阅览。三皇子的能力卓绝，行事老辣，近日来在朝上频出风头。正所谓母凭子贵，皇上为抬举三皇子而加封邓昭仪已在皇后的预料当中。这母子俩对东宫来说是一个巨大的威胁。

皇后心下正琢磨着应对之法，却不料敌手竟因几个驴打滚就跌倒了，还跌在临门一脚的地方。想到这里，皇后娘娘不厚道地笑了，对心腹嬷嬷叹道："虞襄果然是个好的，早该接进宫来陪伴九儿才是。"

嬷嬷连声附和。

虞襄并不知道自己教导球儿告黑状的举动引出一番宫廷风云，回到家后直奔老太太正院，陪着她一块儿念经。

这祖孙两个现在都很焦虑，唯有念经的时候才能平静下来。一起吃喝享乐培养不出感情，一起渡过难关却能很快惺惺相惜。因为虞襄对孙子的真情实意，老太太对这个便宜孙女是越看越喜欢。

"回来啦。"听见轮椅转动的声音，老太太停下念经，转头看去。

"回来了，哥哥今日有没有捎信？"虞襄张口就问。

"没呢。"老太太摇头叹息。

虞襄期待的表情立马垮下去，让桃红、柳绿将自己抱到蒲团上，摆出跪拜的姿势，从荷包里摸出一枚生了锈的古钱，合在掌心念起经来。

"拿着一枚铜钱作甚？"老太太奇怪地瞥她一眼。

"古钱可驱邪避祸保平安，我拿着念上七七四十九天的经书，再让哥哥贴身带去西北。朴神医送我那些灵丹妙药，也统统让哥哥拿走。"虞襄低声解释。

老太太很欣慰，取下自己的五福袋递过去："念完经把铜钱放在里面好生收着，回头使人送药的时候一块儿带过去。咱们祖孙俩没啥可帮衬他的，且多多祈福吧。”

虞襄极为认真地点头。

虞品言走得非常突然，刚开春，还没来得及回家一趟。虞襄跟老太太只能躲在门后，一边听着军队开拔的马蹄声一边抹泪。林氏连面都没露，更没使人送信或送东西，好似没这个儿子一样。

老太太本就伤心，见她如此无情不由勃然大怒，亲自跑到她院里，把儿子留下的遗物全烧了。若不是老太太还保有一些理智，没准连儿子的牌位都能烧掉。

林氏跪在正院门口哭了一宿。虞襄披着厚厚的大氅看了半宿，下半宿做了很多梦，梦里全是虞品言的身影。

祖祖辈辈都死在战场上，虞品言深知战争的残酷，却从未想过会如此残酷。与朝堂上的阴谋诡计、尔虞我诈完全不同，这里只有血与火、生与死、刀光与剑影。天上地下一片赤红，就连阳光也染上了血色，不，或许是自己额角流下的鲜血浸入眼眶所致。

虞品言一边分神思忖，一边利落地收割着生命。敌军的首领近了，三百米，两百米，一百米，他眸中暴射出滔天杀意，向看见他忽然出现而显得惊骇不已的人举起屠刀，刀刃嵌进肉里的同时，他似乎听见有人在耳边大喊："哥哥，快躲开！"

头颅从颈上掉落，狂涌的鲜血发出滋滋的响声，喷得到处都是，虞品言掉转马头，就见一支箭矢裹挟着罡风呼啸而至，速度奇快。他只来得及往左侧稍移，便觉胸口一阵剧痛。

"将军中箭了，保护将军！快！"几名士兵高声呐喊，随即朝他的方向狂奔，试图偷袭的一名敌军被及时赶来的士兵斩于马下。

甲胄上沾满鲜血的将军依然躺在地上生死不知，由强劲袖弩激发的箭矢连铁板都能射穿，对付区区一块护胸甲不过是轻而易举。有人上前扶起将军，却不敢拔掉插在他胸口的利箭，充斥在鼻端的除了失去战友的酸涩感，还有无论如何也清洗不去的血腥味。

死亡，每一天都在发生。

"哭什么？我死不了！"虞品言推开搀扶自己的士兵，颤巍巍站起来，抬手便将胸口的箭矢拔掉。

“将军，您没事？”士兵惊讶得语无伦次。

虞品言从贴身的衣袋里摸出一枚被箭头撞得变了形的铜钱，说话时眸中的杀气尽数收敛：“没事，这枚铜钱帮我挡了一劫。上马，继续杀敌！”

他翻身跃上马背，继续朝前冲去。在这一刻，天地间的血色尽数消退，掩埋在心底的对剥夺他人生命的恐惧和茫然全都变成了要活着回去的强烈欲望。他活着，他爱着的人才能活着，所有阻挡他的人都得去死。这就是战争，与仁义道德无关，只关乎生死存亡。

士兵们大感振奋，一边呐喊一边杀向敌营。许多秃鹫循着血肉的腥气飞来，将头上的烈日遮蔽，不时地发出令人毛骨悚然的长啸。

天上地下一片赤色，胸口似被人剜走一块血肉，痛不可遏，虞襄尖叫着醒来，放眼四顾，可哪还有断肢残躯、滚滚硝烟，此处分明是老祖宗的卧房。

老太太年纪大，睡得浅，中午只眯了一刻钟便觉得足够，正坐在外间翻阅账目，听见虞襄的尖叫，手里的佛珠“啪嗒”一声掉在地上。如果她耳朵还灵光，虞襄叫的似乎是“哥哥快躲开”？

老太太将账本一扔，拄着拐杖走进去，问道：“做噩梦了？梦见你哥哥了？”自打山崩那回过后，她对虞襄的梦就格外重视。

“没……没梦见什么。”虞襄自个儿担惊受怕也就算了，却不想老太太也跟着受罪。

“莫要骗我！我都听见了！是不是梦见言儿出意外了？”老太太誓要打破砂锅问到底。

“哪儿呀，我就是梦见战场上的情景，到处都是血，还有秃鹫在天上叫唤，可怖得很，这才叫起来。老祖宗，这只不过是一个梦罢了。”虞襄勉强扯出一抹微笑。只有她自己才知道，她心脏都快从嗓子眼里蹦出来了。

“别人的梦那只是梦，你的却不一定。”老太太坐到榻边，直勾勾地盯着她。这孩子灵性得很，头一回念经，便带给她一种满天神佛在耳边吟唱的玄奥感，直叫她忘了自己是在天上还是凡间。

虞襄丝毫不想回忆梦中的情景，她甚至感应不到虞品言是生是死，为了躲避老太太的盘问，她捂住胸口痛叫起来。

“怎么回事儿？刚才还好端端的呢。来人啊，快去找大夫！快着点儿！”老太太见她脸色煞白，冷汗淋漓，痛苦得恨不得在床上打滚，立马将做梦的事丢到脑后，跑出去一声接一声催促。

大夫来了细细诊脉，反复数次后依然找不出病因，只得开了几服安神静气的药。

虞襄将手按在胸口上的时候才发觉那剧痛不是梦中的幻觉，却是实实在在的。她很清楚自己并没有生病，也没有受伤，那便是虞品言出事了。她强撑着疼痛跪在佛前祈祷，不停地祈祷，把脑海中能记得的所有经文一一虔诚地吟诵，这一跪就跪了整整一天一夜。

老太太起初还陪着，三四个时辰后便撑不住了，在马嬷嬷的反复劝说下回屋休息。

“这孩子心诚啊。分明不是亲兄妹，却比亲兄妹还亲啊！”老太太摇头叹息。

“瞧您说的，在小姐心里，侯爷可不就是她嫡亲哥哥吗？到底是从小一块儿长大的情分。”马嬷嬷轻重适度地给老太太捏腿。

“她最近几天在做什么？”老太太指了指东边的厢房。

“差人买了许多缎子和绣线，说是要给故去的侯爷绣遗像，还要给流落在外的小姐裁衣裳。”马嬷嬷不自觉放低音量。

老太太沉默良久方吐出一口浊气，嗓音不含一丝人情味：“言儿在战场拼杀，她倒绣起遗像来了。她是嫌言儿命太硬，克不死是不是？”

忽然觉得最后一句话颇不吉利，她连忙念了句阿弥陀佛，随即喟叹道：“我算是看透了，什么血缘不血缘，骨肉不骨肉的，没长那心比陌路人还不如！这人跟人是远是近，是亲是疏，单看一个‘缘’字。她跟言儿没有母子缘，反观襄儿，却是与咱侯府缘分甚深，全是天意啊！”

老太太终于对虞襄的身世释怀了，靠坐在榻上发了一会儿呆，这才不耐烦地挥手：“去，把她那些绣像、绣线、绣绷子，全给我烧了！告诉她，言儿未归家之前不许再作妖，否则，就拿着休书滚回家去。”

马嬷嬷低声应诺，直叹夫人作的一手好死。若不是顾忌小侯爷颜面，就凭她如此不晓事，早被休弃几百回了！

自从虞襄从梦中惊醒又在佛堂跪了一天一夜之后，老太太便觉得日子难过起来，每天一睁眼便询问西北战场有没有送战报入京，侯爷有没有递消息。

仆役们除了摇头还是摇头。

老太太转而去问虞襄做了什么梦，虞襄只管捂住胸口喊痛，那凄惨的小模样，让老太太拿不准是真还是假，只得作罢，然后急急忙忙地去找大夫。

如此一折腾便过去了大半月。老太太的注意力终于被另一件事吸引——镇国寺的神僧苦海和尚云游归来，并置了签筒给有缘人相面，少则三五日，多则十数天，便又要出海去天竺国朝佛。

说起苦海和尚，那真是大寒朝最传奇的人物，没有之一。七十年前开国皇帝圣祖还只是个小小的千户侯，有幸在广济寺内抽中苦海和尚的签王，与他一叙，临走时苦海和尚赠他一幅狂草，上书“龙游九重天，地下五洲同”二句。

诗算不得好诗，字却是好字，圣祖皇帝将之裱起来挂在房内，直到登基那天才明白，这便是他当年苦苦相问苦海和尚也不肯言明的自己的命数——九五之命，天下至尊。任谁也想不到，小小一个千户侯会在若干年后成为这片广袤土地的主人。

打那以后，广济寺便由皇帝颁下圣旨改名为镇国寺，苦海和尚的签王成了全大寒朝人人趋之若鹜的神物。如今七十年已经过去，苦海和尚还是当年那副模样，似乎岁月已经将他遗忘。

正因为如此种种，他的地位越发超然，也越发令人心向往之。

老太太得了消息，立刻派人去备马车，欲前往镇国寺。

“让丫头多给襄儿穿几件衣裳，路上别着凉。”她不放心地叮嘱。

马嬷嬷立在廊下望天，迟疑道：“老夫人，这外头正下着倾盆大雨，路上泥泞恐不好走，还是改天再去吧。”

“就是要赶在开经坛的第一天去，否则，日后人渐渐多起来，挤都挤不进去。今儿太子妃娘娘定会前往，正好借她行个方便。”老太太摆手。

马嬷嬷无法，只得冒着大雨跑到西厢房，让虞襄赶紧准备。也奇怪了，暴雨下得那样声势浩大，恨不能把九天之水全给倾了，虞襄刚捯饬好，往门外一望，雨便打住了，一束金黄的阳光刺破云层落在她的头顶，将她本就白皙的小脸衬得像千年寒潭浸透的玉髓，纯净圣洁，周围飘飞的浮尘，更给她添了几分灵动之气。

马嬷嬷站在原地呆看她半晌，直到她冲自己奇怪地挑眉才回过味儿来，忙推她出去。

祖孙俩到了镇国寺，果然见太子妃的车架已停在门外，许多侍卫拿着剑戟四处巡查，看见闲杂人等就上前驱逐。

虞品言如今远在西北拼杀，倘若打了胜仗回来，日后说不得会继承老永乐侯的衣钵成为骠骑将军，执掌百万兵马。他是太子最信任的下属，亦是太子最仰仗的助力，论起私交不输嫡亲兄弟。因着这层关系，老太太刚捎了口信，太子妃便遣人来迎，把一竿子不得其门而入的贵妇们嫉妒得眼都红了。

一行人各自见礼问安，坐定后互相攀谈。

“太子妃娘娘可抽到签王？”老太太好奇地询问。

“不曾，今日随本宫一块儿来的百十号人，竟无一人抽中签王，可见与苦海大师无缘，且在大殿祈福听经，过了时辰便回去了。”太子妃摇头苦笑。

苦海和尚是大寒朝神僧，凡摊上一个“神”字的人，那骨子里都潜伏着跌宕不羁的因子，做事说话全凭个人喜好。苦海和尚相面奇准，能勘破生死未来，却也不是什么人都给算，也讲究一个缘法。

他让匠人造了一个巨大的可转动的签筒，分为上下两层，中间用隔板挡住，总共可容纳五万支签。求签之人转动签筒再抽掉中间的隔板，待所有签淅淅沥沥落到底部，弯腰随意捡起一支就成。若抽中的是签王，代表求签人与苦海和尚有缘，他便会与你一叙，无论你问些什么，都能从他口中得到答案。

五万支签，一次机会，大寒朝开国七十年，只圣祖皇帝一人有幸抽中签王。如此，每当苦海和尚归京坐禅，上镇国寺求签的人是一波接一波，恨不得把山头都踏平了。前几天自然是皇族包场，后几天才轮到勋贵，平民若想入内，得等到全京城的达官贵人都去过一次再说。

老太太与太子妃唏嘘一阵，见太子妃与皇后的娘家人都抽过了，这才带虞襄过去。

“我负责转筒，你负责拾签。待会儿签雨落下，你万莫犹疑不定，只捡看着顺眼的就成。这见与不见都讲究个‘缘’字，不可太过奢求。”

老太太柔声叮嘱。

虞襄点头答应。

两人双手合十，暗自念了句菩萨保佑。太子妃与一众贵妇站在一旁翘首以待。

签筒很沉重，老太太只转了两圈便出了一身的汗，又勉力转了三圈才抽出隔板。只听哗啦啦一阵脆响，用竹篾削成的细签似雨点般砸落。一名小沙弥伸手道："请施主务必两息之内选中一支，两息后再选却是与大师无缘。"

两息内选一支，还真没一点儿作弊的可能。虞襄不等所有竹签掉落，伸手便从空中捞了一支，交给小沙弥。

小沙弥起初还笑盈盈的，看见竹篾上用梵文刻下的"签王"二字，他的脸色立马变了，慌慌张张地朝后院跑，边跑边喊："师父，有人抽中签王了！"

这话一出，殿内顷刻间沸腾起来。老太太本着姑且一试的心态来的，压根儿就没想过会抽中，这下傻了眼，一会儿看看签筒，一会儿看看虞襄，颇有些头重脚轻，如坠梦中。

太子妃不错眼地盯着虞襄看，心中暗暗思忖：永乐侯府这位嫡小姐果真是个灵性人儿，永乐侯一家子都是福泽深厚的，难怪能让太子两次死里逃生。

因这签只关乎能否与苦海和尚会面，并非命签，抽中的人只能说运气好，与苦海有缘，旁的恶意中伤的流言却是传不出。老太太与前来道喜顺便拍抚虞襄沾沾福运的各位贵妇们寒暄一阵，随即在一名僧人的带领下走入后殿。

几个小沙弥围了过来，将掉落的竹签重新放回上面一层。

苦海和尚的禅房很简陋，只二十平方米的一个小单间，里面除了一个蒲团一个案几外别无他物。外面置一个小院，种一株菩提，挖一口荷塘，朴拙却大气。

老太太屏住呼吸，步步缓行，临到禅房门口，迟疑道："襄儿，可否在院外稍等片刻，老祖宗有些话想单独与大师说。"

虞襄是个外来者，要见苦海这样的神人，心里难免有些焦虑不安，当即便点头答应。

从大寒朝成立到现在已过去七十年，七十年前的苦海是什么样，现如今依旧是什么样，眉毛胡子霜白，脸上纵横交错的皱眉没多出一道，也没少掉一道，双眸似海一般深沉。见了老太太，他念一句佛，伸手邀她落座。

“敢问施主有何指教？”

“请大师帮老身看看这两个八字。”老太太从袖袋里摸出两张纸，摊开在桌面上。

苦海和尚点头，细看片刻后指着其中一张道：“阴煞，孤鸾寡宿，隔角星叠加，刑父克母，刑夫克子，六亲家畜，无一幸免，既有贵人解星，亦无可助。”

老太太早就做好了心理准备，听完这番话也难免白了面色。

苦海和尚并不管她，指着另一张继续：“父母缘薄，地支无刑冲害合，女好武，男好斗，纳音剑锋，不得善终。”

“不……不得善终？”老太太身子摇晃，似要昏倒，马嬷嬷连忙上前搀扶。

苦海和尚瞥她一眼，紧接着开口：“此二人命数相冲，若是夫妻则家无宁日灾祸不断，若是兄弟姐妹则互相争斗，不可并存。”

老太太越发头晕，颤着声道：“不得善终，就没有改命之法吗？怎会是不得善终呢？”至于命数相冲这茬，她却是没工夫深想。

苦海和尚闭目测算，忽然“咦”了一声。

老太太连忙扑过去急问：“大师，可有法子了？”

“本是无解之命，却忽然出现了太乙贵人，善哉善哉。”苦海和尚双手合十，喟叹道，“此人日前刚渡过一次生死大劫，想必这太乙贵人已在身边了。施主可以放心。”

“这太乙贵人是谁？”老太太浑身都虚脱了，却还一心求解。

“远在天边，近在眼前。”苦海和尚话落起身，朝菩提树下的虞襄走去，眼中异彩连连。

分明是处子之身，却存异世之魂，左眼戾气，右眼淡然，眉心鼓荡着雄浑的金色佛光，华盖罩顶，气运无双。如此佛缘深厚之人，当真是他平生仅见。

“阿弥陀佛……”苦海和尚双手合十便要说话。

虞襄抢白道："若是要问我从何处来往何处去，我会告诉你从来处来往去处去。所以不用怜悯我，我既然已下定决心紧紧抓住能抓住的唯一，便不会再去奢望那不确定的未来，或者应该说是过去。"

她对着满池荷叶吐出一口浊气，只觉得心情前所未有的阔朗。

苦海和尚终于露出今日第一个笑脸，徐徐道："施主想得通透，无须老衲多言。"

虞襄点了点头，问道："我哥哥可还平安？"

"大难不死，必有后福。"苦海和尚看向老太太，笑道，"福运无双，佛缘深厚，旺夫旺家兴六畜，此子可为镇宅之宝。这太乙贵人，施主也无须往别处去寻了。阿弥陀佛，善哉善哉。"

老太太怔愣片刻才露出狂喜之色，连声向苦海道谢。苦海淡笑摇头，又言找到师弟苦慧和尚，必命他登门替女施主诊治伤腿。

镇宅之宝？我吗？虞襄听得嘴角直抽，却也明白有了老和尚这番话，她在永乐侯府的日子就更好过了。不过命再好，那也只是女主的陪衬，人家可是注定要凤舞九天的。

等真千金归家，一切命数才会开始转动，现在什么都说不准。想到这里，虞襄眼底流泻出一丝戾气。她似乎已经不能再像当初那般淡然了，因为她拥有了无论如何也不能失去的东西。

第九章 两年

贵妇们聚集在殿外，不时地伸长脖子探看，见老太太终于出来了，连忙围了上去。

太子妃邀老太太坐到自己身边，又命人给虞襄准备糕点，然后徐徐开口：“虞老太君可从苦海大师那里得到了满意的答案？”至于老太太问了什么，她却无心刺探，毕竟是大家出身，家教摆在那里。

老太太笑道：“满意，很满意。这光景也不敢问些有的没的，只问了言儿安危，说是险死还生，定能平安归来。”

虞品言得了军功就等于太子的助力又厚上一分，太子妃听了也愉悦地笑起来。贵妇们心知老太太把孙子看得比什么都重，孙子在战场上拼杀，九死一生，她若是不问这个，倒叫人大感意外了。

因此，众人又是好一番嘘寒问暖。

虞襄忍耐片刻，终是坐不住了，拉扯老太太衣摆，轻声说道：“老祖宗，我想去大雄宝殿给哥哥祈福，能不能先走一步？”

“行，你去吧，老祖宗稍后就来。”老太太慈爱地摸摸她脑袋。

虞襄走后，老太太与太子妃又叙了会儿话。两人移步去大雄宝殿，就见小小的孩子跪在蒲团上，每念一句经文，就虔诚地一叩首，不过两刻钟，额头便已经红肿不堪，看向殿上佛祖的目光满满都是祈求，祈求他将自己的哥哥平安无事地带回来。

老太太看得眼泪都出来了，连忙垂头用手帕擦拭。

太子妃喟叹道：“虞老太君，你这个孙女养着不亏啊！哪家的兄弟姐妹能似你家这般情深义重？实在是难得。”

老太太抿嘴而笑，语气含着几分骄傲：“太子妃娘娘说得是，我家的襄儿那是最好的，孝顺、懂事、知礼，脑子还聪慧。”

太子妃轻笑一声，将大殿留给一心求平安的祖孙俩。

在殿中念了一天经文，又捐了五百斤香油，祖孙俩才乘着夕阳下山去了。老太太与马嬷嬷坐前一辆车，后一辆留给虞襄和她的贴身丫头。

被大太阳晒了半日，路上的泥泞已经干透，去时比来时平稳得多，但老太太的心情却更为忐忑不安。苦海和尚的批语总在她脑子里打转，无论如何也消不去。她将那些字眼一个个拆开，掰碎，揉烂，又将之重新粘连拼凑，那故意被她忽略的不适感便被无限放大了。

她的嫡亲孙女，果然是个天煞孤星！

马嬷嬷心里也惦记着，犹豫半晌才轻声开口："老夫人，苦海大师说小姐与侯爷命数相冲，若为兄妹便互相争斗不可并存，您看这该如何是好？"这人还要不要找回来？万一克着侯爷咋办？

互相争斗，不可并存，也就是说孙女会与孙子争夺命数。但孙女命硬，孙子也就会落得个不得善终的下场？老太太被自己的臆测吓住了，哆嗦着嘴唇好半晌无法开腔。

但她终究不是林氏那般淡漠无情之人，做不来让孙女流落在外自生自灭的事，等心情不那么慌乱了，才疲惫开口："自然还是要找。等人找回来，且让他们兄妹远点，然后尽快定一门亲事，远远嫁出去。"

"小姐那命数，想定户好人家怕是有点……"接下来的话，马嬷嬷不敢明说。把一个天煞孤星许给别家，那不是结亲，是结仇啊！

老太太沉吟道："自然不能祸害了旁人，且找个同样命硬的，不拘继室抑或寒门蓬户，能两厢安好就行，顶多永乐侯府多出些嫁妆，保她一世富足吧。"话落长长地叹息一声。

"老夫人说得是，两个命硬的凑一块儿，你克不住我，我克不住你，倒也相安无事了。"马嬷嬷见老太太心情不好，忙绞尽脑汁地打趣，"不过您也无须操心，咱府上不还有一个镇宅之宝吗？有襄儿小姐在，侯府出不了事！襄儿小姐种什么活什么，想出趟远门老天就给开眼，万中无一的签王一捞就中，福气大着呢！"

老太太一听，心情果然好了很多，点头笑道："那沈家当真是亏了，好好一颗福星，竟给抱到我永乐侯府里来了，真是……"

说到这里她连忙打住，心情颇有些微妙。是啊，沈家的福娃被永乐侯府抱走，永乐侯府的天煞孤星让沈家抱走，那沈家现在境况如何？不会是灾祸连连吧？不能再想，越想越觉得心虚啊！

老太太掩嘴咳嗽。

马嬷嬷也想到这茬，表情有些讪讪，心下暗忖：夫人当初还说被沈家人害惨了，却不知沈家人才是真正的苦主儿！菩萨还是向着咱永乐侯府的，阿弥陀佛，善哉善哉！

却说虞襄打心底里接受虞品言以后，便不再抱着混日子的心态待在永乐侯府。但凡老太太有个头疼脑热，她一定陪侍左右，两人一块儿念念经，一块儿做做女红，感情一日胜过一日。及至半年后虞襄终于被老太太说动，开始接管侯府中馈。

老太太起初还担心她被一帮管事嬷嬷辖制，自个儿时常在旁盯着，见她不但没被难住，反把几个管事嬷嬷调教得服服帖帖，心里别提多满意。

更加之虞襄明白自己是个冒牌货，早晚有一天得离开侯府，故此将账册做得十分精细，就是几个铜板几两碎银分别花在哪儿也都记得清清楚楚明明白白，让人一目了然。

她想着等日后把中馈还回去，没得让人拿住这话柄刁难自己。

老太太不知道她的小心思，却将她的才干看在眼里，心下更为欢喜爱重，一下就把手头琐事全推给她，自己种花养鱼，悠闲度日，因劳累而亏损的身子逐渐转好，早已霜白的两鬓甚至长出几缕乌发。

一年半后，虞品言平定裕王之乱大胜归京，一跃擢升为正四品的广威将军，手握十八万军权，说不上多，却也不少。且他年方十七，有勇有谋，未来不可限量。

军队入京那天，老太太顾忌虞襄腿脚不便并未去城门口迎接，祖孙俩依然躲在墙内倾听整齐划一的马蹄声，这次眼中俱含着满满的笑意。

虞品言一下朝便急急忙忙往家赶，刚一跨进门槛，就见妹妹坐在轮椅上正朝自己灿笑。老太太立在她身后，本也带着笑，却又不知怎地哭起来，怕扫了兴致，连忙低头擦泪。

少年长高了，也长壮了，身上穿着一套绛红的战袍，脸庞还似往昔那般俊美，却又多了几分成熟坚毅，眼眸深处犹带着无法消退的血煞之气。他在战场上的凶名早已传入京城，这一天见了才明白，为何叛军都把他唤作“玉面阎王”。

倘若他面无表情地立在那里，被鲜血和战火磨砺出的锋锐气质便似一把刀，直将周围的人割得遍体鳞伤，不敢靠近。

老太太站在原地，目露恍然。不知不觉间，孙子已成为比他祖父更勇武的将军了！

虞襄却似感觉不到兄长的变化，展开双臂，一迭声地唤着“哥哥”。

若是她双腿完好，这会儿准似投林的乳燕，不管不顾地扎进他怀里去了。

虞品言低笑起来，嗓音比往昔更为浑厚，眼中倾泻而出的温柔将一身血气尽数驱散，弯腰将越发俏丽可爱的妹妹抱进怀里，置于臂弯掂了掂，随即不满地开口："瘦了！"

虞襄埋怨道："你不平安回家，我跟老祖宗吃不香也睡不好，怎么能不瘦！你也不晓得每隔一月便送封信回来，我跟老祖宗天天站在门口探看，见着送战报的士兵入京就急忙遣人出去打听。瞧瞧咱们这脖子，都比以前长了三寸……"

直将这些时日的委屈一一倾诉，虞襄说着说着就开始哽咽，埋头将涕泪全往虞品言身上涂，以泄心头之恨。

老太太哭笑不得地戳她脑门。

虞品言却一点儿也笑不出来，大滴大滴的眼泪灌入衣襟落在他古铜色的肌肤上，烫得他止不住地颤抖。直到这一刻，那犹在耳边喧嚣的战鼓声、拼杀的嘶吼声、炮火的轰隆声、战死亡魂的呐喊声才一一从脑海中消退，被耳畔这脆弱的蕴含无数委屈与思念的抽噎声取代。

他这才从一柄无心无情的战刀转化为一个有血有肉的人。

"别哭，"他用力揉弄小丫头发顶，哑声道，"哥哥回来了，哥哥活着回来了！"

虞襄慢慢止住哭泣，用衣袖胡乱擦掉脸上的涕泪，将脸紧紧贴着兄长的脸，轻快地笑起来。

"疯丫头，又哭又笑的成何体统，快点让你哥哥进屋歇会儿。"老太太嘴上训斥，眼里却满是喜色，上前捏捏孙子强健的臂膀，喟叹道，"壮实了，比你祖父还高了！"

虞品言也惊奇地盯着她的双鬓，笑道："老祖宗看着比以前年轻了。"

"你不知道吧，咱襄儿能耐了，会帮我管理中馈。这府里上上下下全由她说了算，我不用操半点儿心，每日里只吃斋念佛，养花种草，过得可松快了，能不年轻吗？……"

祖孙三人一路笑一路往回走。

下人早置办了一桌酒席摆在正厅，三人进去时还冒着热乎气，闻着可香。

"来来来，去了西北那苦寒的地方，很久没吃上好东西了吧？这都是你最爱吃的，垫补两口！”老太太一迭声地招呼。

虞品言先给老太太斟满一杯，哑声道：“老祖宗，孙儿一去经年，苦了您了！孙儿自罚一杯。”

老太太被他说得又开始泪水泛滥，却听虞襄嗔道：“哥哥，都是一家人，说什么苦不苦，罚不罚的。你在外边打拼，咱们就把这个家守好，那是各司其职，各安其命。空腹喝酒小心伤胃，赶紧吃东西！”话落直接夺过酒杯，顺便塞了一个翡翠虾饺进他嘴里。

虞品言忙把东西咽下去，爱怜地揉揉妹妹的发顶。

老太太附和道：“襄儿说得是，咱们各司其职把这个家维护好，不说那些虚头巴脑的客气话。经年不见，你倒对老祖宗生分起来了！”

“该打！”虞襄拿起轮椅上挂着的小马鞭，轻抽兄长手臂。

“小丫头越发地凶悍了，不愧是我的妹妹！”虞品言朗声大笑，伸手去捏她鼻尖。

虞襄偷拿了一个虾饺去堵他嘴，兄妹俩闹成一团。

“坐着好好吃东西，吃完了随你们亲热。多大的人了，还跟小孩子似的！”老太太嘴里训斥，脸上却笑盈盈的。

虞品言吞掉虾饺，摸着妹妹的额头问道：“这里怎么青了一块儿？”

老太太正欲张嘴，虞襄抢白道：“听说你回来了，我一高兴就撞门柱上了。都怪你！”

既然孙子已经回来，以往的艰辛就不必再让他知道了。老太太这样想着，便闭了嘴。虞品言信以为真，低笑道：“好，都怪我，日后襄儿犯的错都是我的错，多大的事儿我都替你扛着。”

气氛正好，却见马嬷嬷肃着脸进来，轻声禀告：“老夫人，夫人来了。”

“好端端的，她怎么来了？”老太太脸上的笑容瞬间消失。这样大好的日子，她真不想看见林氏那丧门星！

虞品言表情不变，眸光却逐渐转冷。要不是听马嬷嬷提及，他都快把这位母亲忘了。虞襄跟老祖宗每隔十天便会给他写一封信，连带着捎来许多衣服鞋袜，就是营地里从不缺少的干粮也几十斤几十斤地送，还分甜口咸口，常常弄得他哭笑不得。然而，林氏却似没他这个儿子一般，莫说一片纸，就是一个线头也不见她寄过。

虞品言以前还常常猜测，自己是否也跟襄儿一样，不是她亲生的。但现如今，这个问题却再也不能困扰他。

林氏为了配合喜庆的气氛，难得地穿了一件水粉色的衣裳，鬓边别着一支蝴蝶钗，慢慢踱步进来，笑道：“母亲说的什么话，我怎就不能来了？言儿大胜归京，正该好生为他庆祝才是。”

空气中弥漫的脉脉温情被她三两句话冲散得一干二净。老太太气乐了，冷声道：“难为你还记得有言儿这个儿子。他在外头打仗，你在干些什么？给俊杰绣遗像？是不是绣完还打算帮言儿绣一幅？”

话音刚落，老太太连忙自打嘴巴，焦急地呢喃道：“佛祖莫怪，信女这是气糊涂了，做不得数的！佛祖千万莫怪！”

林氏自顾坐下，语气幽怨：“母亲把夫君的遗物全烧了，媳妇无以为念，只得绣一幅遗像。这不是已经听您的话，没再动针线了吗？言儿，你在西北可好？有无受伤？”

虞品言凝视着像只仓鼠一样往自己碗里搬东西的妹妹，眼里含笑，嗓音却平淡无波：“劳母亲惦记，孩儿一切安好。”

虞襄一只手遮挡在颊边，面向兄长用口型无声劝道：“快吃东西，别废话。”

虞品言忍俊不禁，又爱又怜地揉揉她唇珠，然后低头进食。

林氏也象征性地给他夹了一筷子菜，轻声道：“慢点吃，别噎着。听说你这次擢升为广威将军了？手底下精兵十八万？”

虞品言不置可否，往妹妹的菱形小嘴里喂了一勺蛋羹，满眼含笑地看她咽下。虞襄也拿起勺子，喂给他一口。兄妹俩你来我往，吃得格外香甜。

老太太高兴得跟什么似的，一迭声地叫仆役再添一碗蛋羹。儿子第一次打仗回来时，足有三个月吃不下饭，见了肉菜就呕吐不止，瘦得简直没了人形，且听说首次征战归来的人都这样，吃多少药都治不好，得让他自个儿想通。她对此记忆深刻，就怕孙子也跟他父亲一样，得了这个怪病。

眼下倒好，孙子看着精神头十足，吃得也香甜，她高悬了一年半的心这才算真正落地。

林氏见无人搭理自己，面上颇有些尴尬。好在她是个没心的，除了亡夫谁也不在乎，很快便调整过来，径自地开口："人手多了，是不是该加紧点儿把你妹……"

虞品言"砰"的一声将碗顿在桌上，冷眼睇过去："母亲，吃饭的时候勿要多话！"随即垂头去看襄儿，发现她一脸懵懂之色，眼中的冰霜这才稍微化开。

合着她就是为这事儿来的？在自己膝下长大的儿子与面都没见过一回的女儿，究竟哪个重要？老太太气得手直哆嗦。因"女儿"两字总出自林氏之口，还每每挑在这种时候，老太太对嫡亲孙女的期待那是一日不如一日，直到如今漠不关心的地步。

她也并不是不想把人找回来，但能不能让孙子好生休息几天？刚从硝烟弥漫的战场上归来便忙不迭地给你去找人。你把他当成什么了？不知疲累不知苦痛的石头吗？

老太太压了压火气，看向虞襄柔声开口："襄儿，老祖宗跟你母亲有话要说，你先回去吧。"话落命马嬷嬷收拾些好菜，让桃红、柳绿给提回去。

虞襄可不想现在就知道自己的身世，乖巧地应了。虞品言抱她回去，又给她青紫的额头上了药膏，哄着她吃完饭，这才回到正厅。

林氏像往常一样，手里捏着手帕抹泪，见他来了哽咽道："我知道战场上危险，可女儿流落在外就不危险吗？这世道如此之乱，那沈家又是行商的，暴富或赤贫只在瞬息之间。女儿在他家能过上什么好日子！可比不得言儿身居高位，荣华富贵……"

"你给我闭嘴！你当咱们的荣华富贵是大风刮来的？那都是言儿拿命拼来的！你心里除了你女儿，可还有言儿丁点位置？他究竟是不是你亲生的，啊？"老太太勃然大怒，把桌子拍得震天响。

虞品言上前握住老太太的手腕，轻轻揉了揉，再开口时语气冷沉："母亲，我这便命人去找，就是把岭南翻过来也给你找到。日后妹妹回来，你就跟她安生过日子去吧。"别再给我添乱，还了这份情，我却是顾不得你俩了！

林氏没听明白他的未尽之意，老太太却是领会了，看看孙子，又捻捻佛珠，终是长叹一声。罢了，摊上这样的母亲，谁还能始终如一地保有那份骨肉亲情？走到今日这个境地，也是林氏自个儿求来的！

林氏这才收住眼泪，干脆利落地走了。

祖孙俩相对而坐，默默无言，直过了一刻钟，老太太才低声问道："襄儿睡了？"

"睡了。"虞品言点了点头。

老太太对着房梁喟叹："你那母亲是个不长心的，你这妹妹却实心实意。血缘有假，对你的情分却半点儿也不掺假。她那额头你真当是撞了门柱？实是每天为你祈福磕出来的。今儿刚消，明儿又不要命地磕，我见了都不落忍！"抹去眼角的泪光，她继续道，"日后你那亲妹妹回来，也别把襄儿抛到一边不管不问！"

虞品言喉头堵得厉害，抬手灌下一杯烈酒，哑声道："瞧您说的，我怎么可能抛下襄儿不管？她虽然不是我亲妹妹，论起情分，却比亲妹妹还亲。老祖宗您放心，我就是亏待了谁也不能亏待襄儿。对了，襄儿的身体还好？"

"现在挺好，你走后一月忽然犯了心绞痛的毛病，大夫天天来诊也诊不出个所以然。她发病前好似做了个噩梦，大叫着'哥哥快躲开'。"老太太看向孙子的眼里带着刺探。

虞品言眸光微闪，从贴身的衣袋里摸出一枚变了形的铜钱，苦笑道："世上竟真有心灵相通这等奇事。当时我正在杀敌，恍惚听见襄儿叫我躲开，这才避过了从后心射来的冷箭，然后又让这枚铜钱挡了一下，只胸口疼痛了半月，并未伤到皮肉。我在战场上杀敌，连累襄儿也跟着受罪，佛祖是要做什么？我杀了生，只惩罚我一个就够了！"

虞品言从不信佛，到了此时却不得不信。

老太太怔愣了好半天才回神，连忙劝慰："这哪里是佛祖降罪，这是佛祖在庇佑你们呢。放眼望去，世上谁人有你这样大的福分能险死还生？别乱想，回来就好！"话落接过铜钱摸了又摸，自此对虞襄是太乙贵人的说法深信不疑。

两年后。

一辆乌篷马车奔驰在路上，却听马儿一声嘶鸣，直将车厢甩得晃动起来，车夫挥舞马鞭怒骂："哪儿来的瞎子，走得好好的，忽然往我车轮下滚，你这是想讹诈怎的？也不好生看清楚这是谁家的车，你招不招惹得起！”

对方依然躺在地上，并不还嘴，只微微抬起手臂，似乎想遮挡头顶刺眼的阳光。

车夫一个劲儿地喝骂：“怎么还赖着不走？你赶紧起来，否则，让马踩死你！”

路人纷纷驻足，对凶狠的车夫指指点点。

车帘忽然拉开，一张清秀的脸蛋探出来，手里拿着一锭银子，嫌弃道：“给你银子，收了赶紧走，别耽误我们时间！”

对方这才摇摇晃晃地站起来，下颌微抬，露出一张俊美异常的脸，细长的剑眉斜飞入鬓，狭长的凤眼微微上挑，黑而幽深的瞳孔摄人心魂，那毫无瑕疵的面庞堪称绝世。他弯腰作揖，温声道：“这位姑娘，在下并非讹诈……”

小丫头禁不住“嚯”了一声，结结巴巴地打断他：“不……不是讹诈难不成是寻死？有什么事那般想不开？把银子给拿走吧，也好渡过这道坎儿不是？”这回略带温柔和怜悯的语气跟之前的刻薄简直是天壤之别。

青年连连摆手，正欲解释，却见窗口又探出一个脑袋，是一张比青年更为精致完美的面孔，瓷白的肌肤在阳光的照射下宛若透明，眼睛又大又圆，充盈着数不尽的灵气与明媚，粉嫩的小嘴儿一噘，满满的不耐烦便泄了出来：“说那么多废话作甚？死都不怕，你还怕活着？拿去！”

她抬起手来，将更大的一块银锭子扔在青年脸上，砸得青年低声呼痛，额头很快鼓起一个大包。

她的小丫头以手掩面，感觉颇为尴尬。

“这位小姐，在下不能收你的银子。在下并非寻死，不过……”青年捡起银子递回去，却见那少女微微扬起下颌，语气倨傲：“分明是寻死却又没脸承认，还真是懦弱呢！但凡你怀着赴死的决心活下去，又怎会活不出个人样儿？拿上银子赶紧滚开，待来日飞黄腾达了，也可将它依样砸回我脸上，就看你有没有这个能耐。”

她放下车帘，遮住那张明媚而娇艳的面孔，喝道：“还愣着干吗？赶紧走吧。”

车夫连忙应诺，赶着马车缓缓开动。

青年盯着消失在拐角的马车，表情哭笑不得。分明是个心肠柔软的好姑娘，偏要将自己的善心掩藏在锋利刻薄的言语之下。施恩也施得这般霸道，倘若换个脑子不活络的，指不定便把她记恨上了。

这性子真是说不出的别扭，却也别扭得可爱。

青年一步一步走到街边，随意找了块干净地方坐下。他并非讹诈，也不是寻死，不过因早年的苦厄而落下的病根罢了，只要起身猛烈抑或长时间未进食，便会头晕眼花，手脚虚软，一不小心就摔在车前。偏那主仆两个总不听他将话说完，也不知怎么揣度他“可悲可叹”的身世。

青年低头一看，才发现自己因摔跤而弄脏了衣服，下摆还破了个大洞，看着确实挺落魄的。

难怪，他摇头低笑，呢喃道：“让我把银子砸到你脸上，好歹也留个名号给我才是。”忽又想起哪有姑娘家第一次见面就自报名号的，对方压根儿就没贪图他回报，不过给了他一个活下去的念想而已，哪怕这念想是怀着恶意的。

越发觉得少女说不出的别扭可爱，青年站起身来，走到对面的杂货铺子，问道：“店家，方才那辆马车是谁家的？”

“马车上画着一只奔跑的苍狼你看见了吧？那是虞家的族徽。”

青年眸光微闪，继续追问：“可是那个虞家？”

店家点头：“除了永乐侯府，谁家的小姐那般刁钻，十两的银子也往人头上砸，就不怕砸出个好歹来。听说他家小姐是个心毒的，一句话不顺就拿鞭子抽人，京城闺秀没谁敢去招惹她，更别提她那身居都指挥使又兼骠骑大将军的哥哥，宠她宠得那叫一个厉害，被抽的闺秀找上门说理，差点儿没被他削掉脑袋。”

说完店家连连摇头，目露惊恐。

青年低声道谢，又买了一包米糕坐在门口吃，表情有些恍惚。万万没想到，那少女竟是他的嫡亲妹妹。什么刁钻、心毒，统统都是污蔑，只不过是用尖锐的外壳来保护自己罢了。十岁便废了双腿，毁了半生，再不强势一些如何能活？

想到这里，青年顿时就没了胃口，将米糕扔给等待许久的小乞丐，踩着沉重的步伐离开。

永乐侯府，正院。

老太太正与一个穿着华丽的妇人说话，不时转头去问马嬷嬷：“小姐什么时候能回？”

“都这个时辰了，想来很快就到。”马嬷嬷行至门外看了看天色。

老太太握住妇人保养得宜的手，笑道：“不瞒你说，府中事务现如今全交给我那孙女儿处置，我已两三年不理事了。你这次来得仓促，吃穿住行都没筹备，不等我孙女儿回来，我这一时半刻也抓瞎呢！老了，不中用咯！”

妇人抿嘴而笑：“老太君说的这是什么话，您有这样一个能干的孙女儿，也不知几辈子修来的福分。瞧您，双鬓都长出乌发了，看着比我母亲还年轻十岁。她若亲来，指不定怎么羡慕呢！”

老太太被妇人哄得心花怒放，连声追问老友的近况。两人正谈笑风生，虞襄从外面进来了。轮椅转动的声响引得老太太转头看去，笑盈盈地开口：“这不，说曹操曹操就到。襄儿，快过来拜见你裴姨母。她母亲可是我当年未出嫁前的好姐妹。”

妇人看见虞襄掩在毛毯下的双腿，表情略微诧异。她原本以为老太太口中那个乖巧能干的孙女指的是侯府庶长女虞思雨，却没料到是断了双腿不良于行的虞襄。

虞襄舍身救兄的事迹传得路人皆知，却也无法挽救她越发乖戾刁钻的名声。相由心生这句话，显然不适用于眼前的少女。她长得十分精致，看着比院外金灿灿的阳光还要明媚几分，尤其是那一双又圆又大的眼睛，乌溜溜，清凌凌，看过来的时候仿佛带着无数小钩子，直扎进你心里去。

虽然才十四岁，未及笄，身材却十分高挑，身姿也纤侬合度。十岁便失了双腿成为废人，面上却不见一丝颓唐或自卑，刚一入厅便张着小嘴甜丝丝地喊人，实在讨喜得很，全不似传闻那样不堪。

这容貌，这气度，完全与妇人的想象南辕北辙。她愣了好一会儿才回神，执起少女皓腕，喟叹道：“这就是襄儿？许久未见竟长这般大了。你刚满月的时候姨母还抱过你呢，只这么一丁点儿。”她抬手比画。

虞襄掩嘴轻笑，黑白分明的猫瞳缀满细碎而璀璨的阳光，叫妇人好一阵眩晕，心里暗暗叹道：这般绝世之姿，比起当年艳冠京城的敏贵妃也分毫不差，只可惜了这双腿……

老太太也跟着笑了，抬手抚摸孙女发髻，柔声道：“你姨母这回是陪你表哥上京赶考来了。月前你表哥入了会试前十，只等一个月后参加殿试。因她租住的院落发现一窝白蚁，确实是不太安全，便借咱家暂住一阵。”

“那敢情好，没准儿一个月后礼部衙役便要从咱家接一位状元郎出去呢！咱正好跟着沾沾喜气。”

虞襄一句话就把裴姨母逗笑了，连声说她是个灵性人儿。

虞襄略打趣几句，正色道：“既是备考，我这便使人把东头的叠翠苑收拾出来，那儿虽然偏僻，环境却十分清幽，正适合表哥读书。姨母若是不放心，可自己过去看一看，缺些什么我立马让他们去办。你们舟车劳顿，布置好院落用罢吃食，正该赶紧休息才是。”话落命人去打扫院子，置办酒席。

老太太眯着眼睛歪在榻上饮茶，姿态十分悠闲。

裴氏本以为老太太自夸了，一个瘫子能得力到哪儿去，却不料虞襄将诸事处理得面面俱到，妥妥当当，说话也十分风趣幽默，比手脚健全的大家闺秀也不差分毫。

她暗自咋舌，趁虞襄回屋换衣裳的空当问道：“老太君，您不是还有一个孙女吗？叫出来让我见见？这还要住一个月呢，好歹让我认个脸熟。”

说起虞思雨老太太就有些不得劲，瞥了裴氏一眼，颇有些狐疑：“你如此着急忙慌地要见我孙女儿，可是为了……”

裴氏毫不掩饰地点头：“老太君您瞧，志晨今年正及弱冠，该定亲了。您与我母亲情同姐妹，若是再与我夫家结为秦晋之好，岂不又是一桩美事？”

裴氏夫君乃盐运使司运同，虽然才从四品，又是外官，可掌管的却是天下盐政，道一句富得流油也不为过。虞思雨若是嫁过去就有享不尽的荣华富贵、锦衣玉食，作为亲祖母，她自然乐意。可一想到皇上最近严查国税库银的举动，老太太又开始迟疑。盐运使司运同专门负责督查各大盐场，坐在这位置上的人肯定是干净不了，还是别给言儿招祸了。结什么亲，等他们考完赶紧撇清关系才是。

老太太左思右想，觉得不好当面驳了裴氏，挥手让人去叫虞思雨，心中另有一番盘算。

第十章——状元

虞思雨正在给老太太绣佛经，耳边传来小丫头们叽叽喳喳的议论声。

“今儿府中来了两位贵客你看见没？那穿着，那打扮，真是好大的派头！”

“听说是老夫人故旧之女，夫家乃盐运使司运同，这回是陪嫡子上京赶考来了。”

“考得如何？”

“当然入了前十，否则，哪会继续留在京城等待殿试。侯爷是皇上跟前的红人，住在咱侯府也好叫旁人看看他家的人脉不是？”

“原来是占便宜来了，少不得要叫侯爷帮忙周旋。”

“哪儿跟哪儿啊！人官居盐运使司运同，全大寒朝最吃香的差事，论起家资，两个侯府也不及他半分！而且，他家公子长得格外清俊，芝兰玉树、风度翩翩，比起侯爷也不差呢！”

“你这鬼丫头，怎么知道得如此清楚？”

“我路过前院的时候瞅见了，他正跟侯爷在湖心亭处饮酒，举手投足可风雅了！”

说到这里，小丫头们嘻嘻哈哈地闹起来。

虞思雨不知不觉停下刺绣，侧耳聆听。正当时，老太太的大丫头晚秋掀开门帘说道：“大小姐，府里来了贵客，老太太请你去见上一见。”

虞思雨精神一振，忙扔下绣绷子，找出自己最得体的一件襦裙换上，匆匆去了正院，跟虞襄前后脚进门。

虞思雨容貌虽比不得虞襄那般耀目，可也算清雅秀丽，比之虞襄的明媚张扬更多了许多温婉贤淑的气质。虽说只是庶女，出身差了一点，但永乐侯身居要职，简在帝心，与太子又是一块儿长大的情分，足以保证永乐侯府百年内的繁荣昌盛。

与永乐侯府结亲，即便娶的是庶女，方家也算是高攀了。且方家正值危难，除了官居都指挥使的永乐侯，当朝无人能救。

想到这里，裴氏取出两只水头十足的翡翠镯子分别给两人套上，然后将虞思雨拉到近前问话，态度十分亲热。

虞思雨兴奋得指尖都在颤抖，瞥了眼徐徐饮茶的虞襄，眸中流泻出几分自得。倘若嫁入方家，便有数不尽的荣华富贵在等着她，比之侯府也丝毫不差；且方家嫡子不但有才，长相也清俊不凡，正是万千闺秀梦寐以求的良人。

反观虞襄，一个瘫子，一个来历不明的人，又能得意到几时呢？心中升起一股巨大的快意，她越发殷勤地讨好裴氏。

她那点心思，老太太如何看不出来？老太太对她上赶着巴结的行为很是窝火，却又苦于不能明说，只得连连催促仆役赶紧摆膳，又命人给前院的孙子和方志晨添几道下酒菜。

一番觥筹交错，裴氏总算是心满意足了，辞了老太太回叠翠苑休憩。老太太差人给她带路，转回头看向虞思雨，沉声道："你今年十六，也该相看人家了。今日裴夫人找你来所为何事，你想必心里有数。别的话我也不多说，只叮嘱你一句——上赶着不是买卖。你且睁大眼睛看清楚，别自个儿跳进火坑，还连累我永乐侯府。"

虞思雨面上露出几分屈辱之色，低下头，含糊地答应："老祖宗教训得是，孙女知道了。"

"如此，你便下去吧。"老太太看向虞襄，柔和了面色，"襄儿刚从镇国寺祈福回来，也累了，一块儿去吧。"

虞襄甜甜答应，还没出院门就见负责采买布匹首饰的管事嬷嬷急急找来，回禀道："小姐，裁制春衫的料子已经到了，锦绣阁的掌柜刚送来，请您前去查验。"

"推我过去。"虞襄慵懒地摆手。春日迟迟，卉木萋萋，刚喝了几杯薄酒，鼻端又嗅着浓郁的花香味，她恨不得在太阳底下置一张软榻，就地睡下。

虞思雨却十分亢奋，听了这话默默跟随在后。

掌柜已等候多时，看见虞襄赶紧上前行礼，态度十分谄媚。虞襄查验布料时她并不敢多一句嘴，只因这位主儿是个眼毒的，料子好不好，颜色正不正，只须瞥一瞥就能知道。你说得多了她还得厌烦，一双灵气十足的猫瞳淡淡瞟过来，直叫你心虚得恨不得钻到地缝里去。

如此，供应给永乐侯府的料子都是最上等的，不敢掺半点儿假。

虞襄查验过所有布料，扔给掌柜一块对牌，漫不经心地道："去账房支银子吧。有新颖的首饰就派人送过来给我看看，价钱亏不了你。记住，要最新颖的，我虞襄可不稀得戴别人戴过的玩意儿。”

掌柜拿起对牌，连连应诺。

等她欢天喜地地走远，虞思雨柔声开口：“襄儿，你也知道我该相看人家了，正需要几身衣裳几套头面置换。你这阵子能否支应姐姐一二？日后姐姐肯定忘不了你的好处。”

说这话时，她觉得万般屈辱也万般怨恨，但为了将来的锦衣玉食、荣华富贵，她不得不忍。也不知虞襄给老祖宗和大哥灌了多少迷魂汤，竟连家业都尽数交付。等将来真正的虞襄回家，也不知会如何心寒委屈。

只可惜等自己嫁到扬州去，却是看不见那等“山鸡落了梧桐木”的好戏了。想到这里，虞思雨嘴角微勾。

虞襄扯开一匹布置于阳光下查看，闻听此言淡淡瞥她一眼，似笑非笑地开口：“多置办几身衣裳几套头面你又能如何？外表锦绣内中草包，就是让你嫁入豪门你也玩不转，早晚也是独守空闺的下场。我早跟你说过，闲时多学学理家，你倒好，接了差事不尽心去办，反而让人给我挖坑下绊子。你也不称称自己究竟几斤几两，跟我玩心眼还太嫩了点儿。但凡你肯花心思，只须从我身上学去一星半点就够你受用终生了。你是想嫁人想疯了，也不先把方家的情况打听清楚便一头往里栽。管盐政的谁又能干净得了？皇上近日又连查国税库银，盐运这块儿是重中之重。别人忙不迭地往外摘，偏你迫不及待地往下跳。你若是拖累了哥哥，可别怪我六亲不认！”

她喝了口热茶，继续训斥：“放着该学的不学，该懂的不懂，该问的不问，一门心思琢磨些歪门邪道。我看你不光要捯饬你那张脸，连脑子也得好生捯饬捯饬！”

虞思雨被她训得抬不起头来，听闻周围小丫头们憋着笑的声音，恨不能扑上去撕烂她那张恶毒至极的嘴。至于她说的那些话，虞思雨却完全没放在心上，只当她见不得自己好罢了。

管事嬷嬷到底阅历更深，心知二小姐这话虽然不中听，却句句都说在点子上，倘若大小姐因此而警醒起来，确实能够受用终身。偏偏大小姐是榆木脑袋，总不开窍。同是姐妹，论起聪慧，当真一个在天一个在地。

虞思雨的贴身丫头是个气性大的，忍不住微微抬头，用怨毒的目光瞥她一眼。

虞襄将茶杯一顿，拿起马鞭抵住她下颌，挑眉道："你那是什么眼神？难道你还不服气？"

在这永乐侯府里，谁敢跟二小姐作对？被她抽一鞭子，无论你犯没犯错，有没有理，当即便会被侯爷赏五十大板再撵出去。

那丫头抖了抖，连忙跪下认错。

虞襄并不理她，看向虞思雨慎重告诫："你是要春衫还是头面我都给你，多贵重亦无所谓。我只对你有一点要求——别拖累我哥哥，否则我便让你下半辈子都饥寒交迫衣不遮体地活着。你信是不信？"

虞襄抬起下颌，大而明亮的猫瞳紧紧盯住对面的少女，眼眸深处暗藏着似天真又似残忍的流光。

虞思雨不自觉退后几步，颤声道："妹妹说这话确实是严重了。婚配之事岂能由我做主，全凭老祖宗一句话罢了。"

"你知道就好。我这不是怕你想不开，干些投怀送抱、降格倒贴的丑事吗？"她微眯的猫瞳霎时睁开，笑容清澈明媚，可爱至极，"行了，你可以走了。酉时我派人把布料和首饰送过去。拿了我的东西，你可得守我的规矩。"

虞思雨点点头，高一脚低一脚地离开。

这番话很快便被管事嬷嬷传入老太太耳里，老太太一边修剪盆栽，一边笑叹："家里有襄儿镇着，我还愁什么？但凡虞思雨能学到襄儿一星半点的聪慧，我也不会将她留到现在。嫁入豪门？她也不想想凭言儿在朝上的位置，皇上如何乐意看见咱们侯府与世家大族联起手来。她若是想要往豪门里钻，这辈子怕是不能了。"

虞品言正在前院招待方志晨。两人相对坐在湖心亭中，矮桌上摆放着几盘色香味俱全的菜肴。春日和风刮过，带来一缕缕花木峥嵘的香气，颇为醉人。

方志晨暗暗打量永乐侯俊美无俦的面庞，有心敬酒却迟迟不敢妄动，盖因对方周身的气质实在冷冽，连温暖的阳光也无法浸透。

几个小丫头故作匆忙地从湖边路过，拐入小径立马躲在假山后，透过孔洞欣赏方志晨那张清俊异常的脸，时而发出嘻嘻哈哈的低笑。

方志晨是个身体孱弱的书生，自然听不见，虞品言却听得一清二楚，锋利的视线在他脸上扫过，随即沉声开口："你既然是来备考的，便好生待在房里温书，不要随意去后院走动。"倘若不小心冲撞了襄儿，他少不得要将这对母子撵出去。

"无须每日给老太君请安吗？"方志晨脸色有些苍白，暗暗寻思自己究竟哪里得罪了永乐侯。

"不必。老祖宗每日都要念佛抄经，万莫扰她清净。有什么事派人去前院知会一声，自然会有人帮你处理。"

方志晨连连应诺，深觉传言果然不假，这永乐侯当真是玉面阎罗，与他对坐仿佛置身于冰天雪地，找不见半丝人气儿。

虞襄小憩片刻，醒来后看看颜色淡去的指甲，命桃红给她调制凤仙花汁："里面多放些玫瑰精油，染好了指甲还能留下淡淡的香气，如此，拂手挥袖间自带出一股优雅韵致。"

桃红应诺，取出个小钵，放上凤仙花和明矾细细捣弄。

柳绿拿着一个巨大的锦盒掀帘子进来，回禀道："小姐，掌柜的把春衫和头面送来了，您是自个儿先挑挑看，还是原样给大小姐送去？"

"给她送过去吧。想必她这会儿正伸长脖子在门口看呢。"虞襄半靠在床头，轻薄的罩衫从肩上滑落，露出半边雪白的臂膀，一件小抹胸勾勒出她玲珑有致的身材。

"春日料峭，乍暖还寒，小姐您多穿点儿。"柳绿放下锦盒给她加了件衣裳，再将她顺滑如丝的黑发从衣襟中取出，用篦子慢慢梳理，打理整齐后命两个小丫头将她抱到梳妆台前安坐。

虞襄慵懒地趴伏在桌上，指尖一下一下拨弄锦盒上的流苏红绳，徐徐开口："去了好生叮嘱邱氏，让她把虞思雨给看牢了。虞思雨若是敢做出格的举动，甭管什么以下犯上，尊卑不分，先把人绑起来再说。她那脑子，我就是用狼牙锤去敲打，她也是听不进半个字，还当我心怀妒忌见不得她好。倘若她起了歪心，肯定是一条道走到黑，不见棺材不落泪。要不是怕她带累了哥哥，我管她是死是活，且由着她往火坑里跳。"

柳绿边听边点头附和，见主子头发实在太顺滑，没法挽髻，只得用桂花油抹得湿湿的，再用几根银簪四下里固定成蝶花状。

虞襄对着铜镜左右看看，满意地摆手："行了，赶紧去吧。"

桃红捣碎凤仙花，将混着明矾和玫瑰精油的花汁倒进小碗碟，再放入一团棉花浸透，见小姐颇有些百无聊赖，捡了个话题道：“小姐，那方家的公子长得真俊俏。”

“哦？怎么个俊俏法？”虞襄转过脸来看她。

“皮肤很白净，眉毛很英气，鼻子……”桃红一边说一边用小镊子将棉花攒成指甲盖大的一团，小心翼翼放在主子指尖，再拿布巾包好。

说得正起劲，挂在廊下的大鹦鹉阿绿扯着嗓子叫起来：“侯爷来了，侯爷来了！”

桃红连忙噤声，却已经晚了，虞品言面无表情地走了进来，沉声道：“这一个月内谁也不准踏进前院，犯禁者自去管家那里领三十大板。”

桃红胆战心惊地应诺。

虞襄抿嘴笑道：“哥哥，那方家公子果真那般俊俏？”

“不过尔尔。”虞品言本就冷硬的面庞越发透出几分不悦，走到妹妹身后，按住她的肩膀，贴着她耳廓盘问，“他母亲今日可曾说些什么？”

“就是一些家长里短。不过看她那样子，似乎是想让虞思雨给她当儿媳妇。你也知道方家家资丰厚，富可敌国，虞思雨现在指不定怎么美呢。”虞襄轻轻吹了吹指甲上的凤仙花汁，一股独特的香味转瞬在空气中蔓延，令人醺醺欲醉。

虞品言接过桃红手里的小镊子，给妹妹染指甲，动作十分熟练。若不是亲眼所见，任谁也无法想象在战场上所向披靡纵横八方的骠骑将军竟有如此铁汉柔情的一面。

“方家现在看着一团锦绣，实则早已是烈火烹油，时日无多。虞思雨那里，你得好生敲打敲打，别让她连累我永乐侯府。你也是，别听人念叨几句俊俏就以为……”

眼见哥哥又要开始无休无止地念叨，虞襄忙将空闲的手挂在他脖子上，唇角往上一翘，讨好道：“我知道啦，再俊俏能比得上我哥哥吗？陌上人如玉，公子世无双！这世上再也找不出像哥哥这样俊俏的郎君啦。而且哥哥战无不胜攻无不克，是我大寒朝的盖世英雄。我要嫁人，必定得嫁哥哥这样的，那些个凡夫俗子压根儿就入不了我的眼。”

她眨了眨晶亮的猫瞳，轻笑道：“不过，比哥哥更优秀的男子这世上怕是没了。所以，注定我这辈子嫁不出去。哥哥，你可得养着我啊。”

她凑近了，用鼻尖轻碰虞品言鼻尖，带着莲花馨香的温热的气息直叫人沉醉。

虞品言眸光恍惚了一瞬，冷硬的面庞慢慢柔软下来，低声开口：“无须你提，哥哥自然养你一辈子。今晚都吃了些什么？”

“白斩鸡、如意鱼卷、龙须四素、清蒸鳜鱼……”虞襄一样一样细数。

“只吃了这些？我还以为你喝了一大桶蜜，所以小嘴儿才这样甜。”虞品言揉揉她饱满的唇珠，眼中沁出浓烈而温柔的笑意。

“蜂蜜没吃，倒是吃了点这个。”虞襄挑开桌上一个玳瑁小盒的盒盖，沾了一指嫣红的蜂蜜状的东西轻轻涂抹在下唇，又伸出粉红的舌尖舔了舔，笑道，“这口脂是我自己做的，玫瑰花瓣添一点儿蜂蜡再添一点儿猪油细细捣碎，晾干后就能用了。人都道‘朱唇未动先闻口脂香’，哥哥你闻闻，是不是很香？”

她一面轻笑一面又沾了一抹口脂，先是置于虞品言鼻端让他嗅闻，忽又改了方向往他唇上涂去。

虞品言十六岁便征战沙场，哪会识不破她这点小伎俩，不过由着她胡闹罢了，且等她将自己唇瓣染红便眯眼欣赏她笑得越发灿烂的小脸儿。

“哥哥，是不是很香很甜？”她眨眨眼睛。

虞品言伸出舌尖舔了一舔，淡淡的甜味在口中弥漫，本就深刻而俊美的五官因着那染红的双唇而显得妖异邪肆起来。

虞襄简直是看呆了。

与此同时，虞品言的视线也无法从妹妹那晶亮饱满好似熟透的樱桃的红唇上移开。他慢慢地靠近，鼻端钻入一缕缕玫瑰混合着莲花的清香，脑中忽然浮现一句暧昧不已的诗句——艳色浮粧粉，含香乱口脂。

想到此，他心下微震，连忙拉开距离，又故作无事地夹起一团棉花，放在妹妹的指尖，包好布巾后找了个借口匆匆离开。

虞襄毫无所觉，指使桃红继续给自己染指甲。

叠翠苑，裴氏好不容易盼回半醉的儿子，连忙迈着小碎步迎上前搀扶。

“赶紧擦把脸，”她拧了一条毛巾覆在儿子脸上，殷切询问，“可与永乐侯结交上了？”

方志晨躺在榻上喘了会儿气，等脑袋不那么眩晕了才气馁道：“他果然似传言那样冷酷，十分不好接近。我敬他酒，他直接推拒，跟他说话，他爱理不理，还不准我在侯府随意走动。我为了缓解尴尬，不得不自斟自饮，一不小心便喝多了。”

“他竟然如此不通人情。”裴氏听了略感气愤，却也知道能顺利地住进虞家已经算是不容易了。那门外站立的拿着剑戟的士兵和频频走过面容整肃的巡卫，看得她心肝直颤，腿脚发软。

原以为夫家已经足够富贵，与虞家比起来，才知道那富贵只是流于表面一戳就破的水镜，似虞家这般森严巍峨才真正称得上世家大族。

她咋了会儿舌，这才想起给儿子灌醒酒汤，叮嘱道：“他可是都指挥使，全大寒朝最不能招惹的阎王爷，有点脾气是应该的。你且忍耐一二。”

扶儿子起来，她继续开口：“我今儿见了侯府两位小姐，想将那庶长女定下来，你觉得如何？”

方志晨立刻就酒醒了，诘问道：“为何是庶长女？等我高中状元，莫说豪门世家的嫡女，就连当朝公主也娶得，为何非要娶一个庶女？母亲，您这是在折辱儿子啊！”

“母亲不是没办法吗？”裴氏一脸苦色，“皇上现在严查国税库银，尤其是盐政这一块儿，也不知会掀起何等的惊涛骇浪。你父亲连身后事都准备好了，满朝里数来数去，也就只有都指挥使能救他。结了亲，你父亲才有活路啊！”

“他家不是还有一个嫡女？”方志晨依然不满。

“你是只知其一不知其二。他家确实有个嫡女，却是个瘫子，不良于行。娶了她，谁给你掌家，谁给你出外应酬，说不准连子嗣都艰难。故此，我才退而求其次，定了庶女。”

裴氏一脸可惜，却也不想想她家在京城百年世家中算个什么次第，也是在扬州那等浮华喧嚣之所迷了眼，又被盐商们捧得有些飘飘然不知所谓。入了京，她那抬到天上去的头还低不下来，总以为自己儿子乃经世之才，万中无一，别家的女郎都得由着他挑挑拣拣才行。

方志晨想到父亲陷入的困境，果然只有凌驾于三司之上的都指挥使才能救，只得咽下满腹屈辱，点头道："儿子听母亲的。只一点，定亲前且找个机会让我见见这虞家大小姐。"

裴氏欢喜地摸摸儿子的脑袋，笑道："那是自然。这虞家大小姐虽然是庶女，却从小长在嫡母身边，相貌气度样样不差，你一定会满意。"

母子俩商谈片刻，这便把婚事定下了，只等殿试过后中了状元就风风光光地上侯府提亲。

一月后，方志晨果然高中，却不是状元，而是探花。

今科状元乃岭南人士，姓沈名元奇，论起长相，比之探花更要俊美十分，游街的时候，差点没被路人砸来的鲜花荷包淹死。然而更令人印象深刻的是他的才华。皇帝惊叹于他言辞犀利、论点独到、内藏乾坤的策论，口称这是他登基以来阅览过的最优秀的卷宗，随即找来几位当世鸿儒，在琼林宴上轮番试探。

状元郎不卑不亢，不慌不忙，直将几位鸿儒驳得哑口无言，自愧弗如。他不但才华横溢，论起做人也分毫不差，几句话又将场面给圆了回去，引得皇帝龙心大悦，夸赞不已。

榜眼和探花本也是当世俊杰，在他的衬托下，反而显得暗淡无光了。

宴后皇帝留下状元郎彻夜长谈，翌日便将之调入翰林院担任侍读学士，竟一跃成为从五品的京官，其圣眷之优渥可见一斑。

且不提各方势力如何拉拢这位状元郎，一年一度的醮会又要在白云观举行。此乃京城一大盛事，无论是达官贵人还是平民百姓都要前往道观举行祭祀活动，以祈求新的一年五谷丰登，风调雨顺。

帝后二人虽不能亲至，却也会派遣侍从往观中送祭品，为期十日的庆祝活动能把全京城的人都引出来。

永乐侯府，西厢小院。

站在金丝架上的阿绿看见大步而来的俊美青年，扑扇着翅膀高喊："侯爷来啦，侯爷来啦！"

虞品言边走边往它嘴里弹了一粒花生，这才堵住它破风箱一般粗噶的大嗓门。桃红、柳绿刚替主子换好衣裳，正跪着整理裙摆。

少女穿着一件火红色的柔绢曳地长裙，外披轻薄透明的鲛菱纱罩衫，浓艳的色彩没被罩衫压住，反倒添了几分神秘。

她挥退两个丫头，拿起细细的狼毫画起眉来，听见阿绿的吵闹声，转着瞳仁瞟过去，懒懒地开口："哥哥，你且等我一等，我还早着呢。"

妹妹每逢外出必要梳妆大半个时辰，虞品言对此早就习以为常，坐在她身侧饮茶，漆黑的眼瞳片刻不离那白皙娇俏的脸蛋。

虞襄沾了些碳粉，顺着眉毛生长的方向小心细致地涂抹，刻意加粗加黑后，又在眉尾处轻轻往上划拉，本就娇艳明媚光彩夺人的脸蛋立刻就显出十二分凌厉来。

她对着铜镜左右看看，又修改了几处，这才挑着眉梢冲兄长得意地笑："看见没？这叫刀式一字眉，是不是感觉很凶悍？要的就是这效果。"她紧接着用狼毫在眼尾处染了染，勾了勾，本就又圆又大的猫瞳越发显得晶亮有神，然后微微眯缝着朝兄长乜去："看看我，是不是觉得心肝儿一颤一颤慌乱得很，压根儿就不敢凑上前与我说话？那些个嘴碎的，背后总嘲笑我是瘫子，我便要在容貌上碾压她们，让她们一个两个都自惭形秽，绕道而行。"

听了这话，虞品言紊乱的心跳逐渐恢复平静，既觉得好笑又觉得疼惜，点点她鼻尖道："那是，单你这张脸便能美死她们。"

"何止美死她们，我自个儿照照镜子也快被美死了。"虞襄对着镜子转动脸庞。

虞品言放下茶杯，一边朗笑一边去捏她脸颊，戏谑道："给哥哥看看，我的小襄儿这脸皮究竟有多厚，恐怕连弩箭也不一定射得穿。"

虞襄左右摇着头躲避，兄妹俩顿时闹成一团。

一刻钟后，虞襄笑倒在兄长怀中，嗔道："不闹了不闹了，快赶不上打醮了。我还没涂口脂呢。"

虞品言松开她软嫩的腮肉，沾了一抹口脂细细帮她涂匀，完了捏住她下颌欣赏良久，这才将她放下膝头，抱进轮椅里。

虞襄见他不推自己出门，反而转身去了隔间，警惕地叫起来："你要干吗？老祖宗可该等急了。"

虞品言笑而不语，手里拿着一条湿帕子，将她细心描绘了大半个时辰的妆容擦得一干二净，笑道："你美死自个儿也就得了，别去祸害别人。"醮会人多眼杂，他可不想自己的宝贝妹妹让外男看了去。

"好歹给我贴个花钿啊。"虞襄垂死挣扎。

虞品言在她妆奁里翻了翻，找出样式最简单的朱砂痣一样的花钿，往她眉心一贴，催促道：“成了，走吧。”

“换那朵莲花状的吧？这个不怎么打眼。”虞襄死死地拉住他的衣袖。

虞品言不答，弯腰便要将她眉心的朱砂痣也一并剥了去。她连忙扎进他怀中把脸藏起来，喊道：“成了成了，就这个成了。哥哥咱们快走吧。”

虞品言搂着她的肩膀好一阵低笑。

老太太虽然信的是佛教，但醮会这种一年一度的盛事正是与几位故友走动的好时机，自然不能错过，此时早已穿戴妥当，坐在厅中饮茶。她看见素着脸，无精打采的孙女，莞尔道：“哟，是不是妆容又让你哥哥洗掉了？”

“可不是嘛，每逢大一点儿的集会便这样，叫我如何有脸见人。”虞襄唉声叹气。

老太太笑得越发厉害，拧着她鼻尖道：“你都没脸见人了，满京的闺秀该如何自处。你可给别人留条活路吧。”不是她自夸，就她孙女这长相，放眼整个大寒朝，那也是数一数二的，要不是惨遭横祸失了双腿，上门提亲的媒人非得把侯府的台阶踩塌不可。

虞品言温声附和：“老祖宗说得很对，所以我总跟她说，让她别去祸害他人，只祸害我一个就够了。”

这话听起来略有些奇怪，老太太却没多想，只因马嬷嬷拿着一个红封进来了，禀告道：“老夫人，这是方家送来的庚帖，您要不要看看？”

老太太漫不经心地摆手：“看什么，总之是要推掉的。观主那里你可打点好了？”

方志晨高中探花后在裴氏的安排下与虞思雨见了一面，双方都很满意，没过多久便让媒人上门说亲。因老太太与裴氏母亲乃几十年的老朋友，说一声情同姐妹也不为过，就是有心拒绝也不能做得太露相，便让裴氏先把庚帖送来，到那时只说两人八字不合也便罢了。

“早就商量好了，这两个八字定是合不上的，可惜了一桩大好姻缘。”马嬷嬷一面叹息一面将庚帖收入袖袋。

两人打的并不是什么哑谜，稍微往下琢磨琢磨便知说的是哪件事。因精心装扮而姗姗来迟的虞思雨正巧听了个全乎，脸上喜色尽去。

晚秋给她打了好一会儿帘子也不见她迈步，提醒道："大小姐，老夫人只等着您一个了。"

虞思雨这才如梦方醒，脚步虚软地进去。

老太太见她那如丧考妣的样子，自然知道她听见了，却也并不解释因由，也不开口安慰，但凡她有点脑子便知道方家绝不是富贵乡，而是安乐冢，让人死也死得不明不白。

"人既已到齐，那便走吧。"老太太淡淡摆手。

虞思雨应诺，略略低头掩饰自己怨恨的表情。

白云道观里果然人山人海，好在观主早有准备，为达官贵人们安排了最舒适的住处。虞品言负责醮会防务，将祖母与妹妹送入厢房后，便匆忙地离开。

祖孙三人稍事休整，拿上祭品便直奔雷祖殿。

殿外站着两排龙鳞卫，剑戟耸立，阵仗森严。能让龙鳞卫亲自守护的，其身份必定不凡，十有八九是皇族中人。老太太站在原地踌躇片刻，转身便想离去。

一位老嬷嬷拿着两炷高香出来，分别插在殿门两旁的青铜大鼎中，看见祖孙三人，忙开口打招呼。

老太太回头一看，却是太子妃的奶嬷嬷宋氏，当即露出个惊讶的表情："原来是宋嬷嬷。这里面的贵人竟是太子妃娘娘？娘娘不是……"

宋嬷嬷给她使了个眼色，用口型无声道："但求一个心安。"

老太太深以为然地点了点头。

太子妃嫁给太子六年有余，却一直未曾生养，今年终于怀上了，却怀的是万中无一的双胞胎。若生的是两男，必得去其一，不去其一也可，两个都得剥夺继承权；若生的是两女，双胎生产时大多艰险，也不知会不会损了根骨，致使日后再难有孕。

最好的情况是一男一女龙凤呈祥。可双胎本就难以养活，若是两子均安也就罢了，若是龙死凤生……那皇上和太子的脸面就"好看"了。

现实比臆测更为糟糕，太子侧妃早为太子诞下庶长子，且那侧妃还是太后嫡亲的侄孙女，家世比起太子妃来说只高不低。倘若这一胎太子妃不能保得一个健康的男婴，其前途可谓是扑朔迷离，凶险万分。难怪她都怀胎七月了还坚持要来道观祈福，确是求子心切了。

老太太比画一下肚子，问道：“可还好？”

宋氏点头：“太医说胎象很稳，出来祭拜一趟并无大碍。”

两人正说着话，太子妃听见响动走出来，看见虞襄容色大悦，招手道：“襄儿，快些过来。”

桃红、柳绿忙推虞襄上前见礼。被人视若无睹的虞思雨觉得怨恨又屈辱，只得站在原地。

太子妃握住虞襄皓腕，冲老太太笑道：“虞老太君，您这个孙女是出了名的灵性人儿，能否借本宫沾沾福运？”

“娘娘谬赞。论起福气，她哪里比得上您半分？”老太太连忙摆手。

太子妃但笑不语，拉了虞襄入殿，指着一个签筒道：“本宫在这里站了足有两刻钟，却是不敢伸手去抽。襄儿帮本宫抽一支吧，无论好坏都不怪你。”

虞襄听了这话顿时头皮发麻，说不怪，真抽到下下签谁又能维持平和的心态？或多或少都会介意。但太子妃是君，她是臣，“君要臣死，臣不得不死”。

虞襄无法，闭眼祷告片刻，随即果断地抽出一支，递给满目希冀的太子妃。

老太太面上不显，实际上心脏都蹦到嗓子眼里去了，生怕孙女抽中一支下下签，让太子妃心存芥蒂。

太子妃最近过得着实不顺。若她嫁与平常人家，怀上双胞胎必是天大的好事，但她嫁的偏偏是皇室，情况就截然相反。

诞下两儿视为不祥，诞下两女视为不祥，诞下一儿一女实乃大大的祥瑞，然其中又暗藏凶险。龙生凤死视为不祥，龙死凤生视为大不祥，唯有双子均安才算是平稳了。

算来算去，反不如只怀一胎，是好是歹也就五五之数，并无须操那么多心。

且让她更感焦虑的是，她嫁入东宫六年，太子膝下仅得一子，与其他几位子嗣丰茂的皇子比起来，实在是少得可怜。皇上十分看重嫡庶，太子没有嫡子一直是他的心病，故而这些年对太子妃越发不满。

又加之徐侧妃野心渐长，在她怀孕期间频频放出流言扰乱她的心神，几位妯娌也暗中使绊子意欲令她落胎，其中艰险一言难尽。

太子妃虽然行事沉稳，却也有些顶不住了，这才前往道观祭拜鬼神。送上祭品后她在签筒前站了足有两刻钟也不敢伸手去拿，只好把虞襄叫进来，抽中上签便罢了，抽中下签她还能安慰自己那是别人抽的，与本宫无关。

接过签后她指尖微颤，看也不看就递给观主。

观主轻“咦”一声，她脊背立马绷直了，问道：“可是签文不好？”

老太太捏着佛珠默念一句“阿弥陀佛”，忽然想起这是道观，又连忙告罪，改念一句“无量天尊”。

虞思雨眸光微闪，只等着看虞襄倒霉。这种两头讨不了好的事她也巴巴地凑上去，可见平日里的聪慧能干都是被老祖宗和大哥捧出来的！

观主细看片刻，笑着摆手：“非也非也，贫道却是要恭喜太子妃娘娘，竟抽中了本观唯一一支龙凤签。太子妃娘娘请看。”话落将签双手奉上。

太子妃定睛一看，签头标了一个“上上”，下绘首尾相连的一龙一凤，签文只两句——“竹化成龙凤入天，道光普照诸邪散”。其寓意已经很明显了。

太子妃长出一口气，捏着签头低笑起来，淤积在心底的快要将她压垮的慌乱和焦虑顷刻间消散，喟叹道：“襄儿果然是个有福之人。”

虞襄摆手：“不是我有福，是神仙借着我的手给娘娘赐福，说到底还是娘娘您命数好，没我什么事儿。”千万得把自己撇干净，否则生的不是龙凤胎也要怪到她头上，皇家人实在是难伺候。

“你这孩子就是会说话。九儿也来了，在后殿的厢房里睡觉，你带她出去转转，省得她一睡又是一整天。”太子妃笑道。

虞襄应诺，在两个宫人的带领下往后殿行去。老太太大舒口气，暗道襄儿果然是个福星，这运气着实不一般。老太太与太子妃略叙会儿话，又祭拜了殿中雷祖，这才带着满腹心事的虞思雨离开。

白云道观的规模虽然比不上镇国寺，却也占了一整个山头，山顶更有一口天然形成的湖泊，碧色的湖水印着淡蓝的天空和一轮灿阳，风景着实美不胜收。湖边俨然是最清幽的去处，故此，道观特意建造了一座两层高的茶室，又在茶室旁修建了几个小亭，无论是饮茶还是泛舟，都是绝好的去处。

风景好了，去的人也就多了。虞襄带着九公主跟范娇娇来到茶室时，二层靠窗的位置都已坐得满满当当，只余楼梯口一个小桌还空着。

九公主现年十二岁，很快就要十三，身量抽条了，脸也长开了，虽比不得虞襄娇艳逼人，却也俏丽可爱，再加之一身卓然贵气，只要不开口说些傻话，倒挺能唬人的。

范娇娇是三人中最年幼的，却也是最高壮的，浓眉大眼很是英气，腰间别一根蛇尾鞭，谁要是敢对九公主不敬，她二话不说便抽过去。京城闺秀给她取了个诨号叫“打手”，她听了不以为耻反以为荣。

因观中人多手杂，观主为防冲撞贵客，将茶室让给女客，湖边的几个小亭用来招待男客，倒也两相得宜。

道童一面用抹布擦桌，一面邀请三人落座。

九公主指了指窗户，道：“我想去那里坐。”

范娇娇立马走过去，抽出腰间的鞭子在桌上甩了甩，哼道：“听见了吗？九公主要坐，还不赶紧让开。”在虞襄坚持不懈的调教下，她越发朝着将门虎女的方向发展，那气势怎么看怎么彪悍。

四位闺秀一脸屈辱地起身，移坐到楼梯口，其余人等都站起来行礼。九公主目不斜视地走过去，拿起四人未曾用过的糕点一口口啃起来，唇角的糕点渣立马将她浑身的贵气驱散，变成了傻气。

虞襄瞥她一眼，对着窗外明媚的春光幽幽叹息。

“你怎么了？吃啊！”九公主拿起一块云片糕，颇为殷勤地递过去。

“你自个儿吃吧，慢着点，别噎着。出宫的时候没用膳？”

“用了，我最近饭量见长，皇嫂和母后不准我多吃，说是会胖成小时候那样，等来年就嫁不出去了。”九公主的腮帮子不停蠕动，像只仓鼠。

“他们吓唬你呢！你小时候那哪儿叫胖，叫圆润，好看着呢！”范娇娇这些年拍马屁的功夫越发精进。她倒也不是刻意的，只是性子直，又非常喜欢九公主，说出来的话自然肉麻了些。

虞襄听了深以为然地点了点头。

几人闲谈的片刻，茶室里忽然骚动起来，也不知哪家闺秀尖叫了一声:“呀，是状元郎，他也来了！”

众人纷纷顺着她手指的方向看去。只见楼下三四米处的小亭内，几位青年文士正围坐在一起喝酒谈天，说到妙处，忍不住拿起筷子敲击碗沿，放声高歌。

烟绿色的柳枝四下里垂落，在微风的吹拂下一起一伏，倒似在和歌起舞，颇具雅意。

然而，更为雅意迷人的还是状元郎那俊美异常的五官，或轻笑，或皱眉，或面无表情，种种神态无不使人迷醉。

九公主含着一口糕点都忘了咽下去，呢喃道:“真俊俏，和莲子糕一样俊俏。”她边说边站起来，探出身子看个不停。

有她带头，其余的闺秀也都忘了矜持，全挤到窗边探看，不时地发出一阵阵惊叹。

虞襄转眼瞥去，心下略感惊讶。传说中才高八斗的状元郎竟是那位意图撞车寻死的落魄公子，短短两个月而已，他还真就飞黄腾达了。

只看了几眼，她的注意力就被背对着茶室的高大身影吸引。倘若将几位文人雅士比作翠竹，那身影便似一棵青松，且还是扎根于崖顶的凌云松，自有一股坚韧不拔、英雄盖世的气度。他无须露脸，在虞襄眼中便是最特别的存在。

闺秀们的嬉笑声引得湖边的青年们纷纷抬头眺望，虽面上不显，心下都略带几分得意，吟诗的声音都不自觉提高了许多。唯独那人充耳不闻，视而不见，只将手置于腰间的刀柄上，脊背绷得直直的，隐约可见掩藏在官袍下的强健而充满张力的肌肉纹理。

虞襄定定瞅了他好一会儿，见他总没发现自己，眼珠子一转，从荷包里掏出几粒红豆，朝他砸过去，然后立马弯腰躲在窗台下。

耳边有破空声传来，虞品言迅速躲避，垂眸一看却是几粒红豆。他转脸朝茶室看去，发现九公主嘴里正叼着半块糕点，痴痴地望着沈元奇。范娇娇冲他摆了摆手，挤眉弄眼地不知想表达些什么。

虞品言挑眉，故作不在意地转身，继续盯着亭中乔装改扮过的太子。

虞襄捂着嘴偷笑，随即又掏出几粒红豆砸过去，却发现自家兄长迅速转身，似笑非笑地瞥过来，用口型无声训斥:“又淘气！”

虞襄趴伏在窗台上，冲他飞了个得意的小眼神儿。她本就长得跟一幅画儿似的，头上又笼罩着绚烂的春光，眉心一点朱砂闪闪发亮，娇艳欲滴，直叫湖边所有人都仰头朝她看去，目中均露出痴迷之色，尤其是沈元奇跟方志晨，眼珠子都快转不动了。

虞品言脸上的悦色顷刻间退去，拾起地上一粒红豆，弹向她所在的窗口。只听“哐当”一声脆响，却是支撑窗棂的竹竿被弹断，窗户重重地落下。

所幸虞襄极为了解自家兄长的脾性，在他弯腰捡红豆的时候就急忙躲开，顺便将九公主也拉离窗口，否则，她们鼻子都得被撞歪。

“你哥哥又生气了。我每次见他，他都在生气。”九公主摇头叹息。

“虞大人真厉害！我爹说他是大寒朝第一高手，这话果然不假！高手嘛，总有那么一点儿小脾气的。”范娇娇又开始拍马屁。

虞襄没搭理两人，立即去掀窗户，却发现湖边再看不见半个人影，只剩下一队龙鳞卫拿着剑戟匆匆走过。

沈元奇辞过太子，行至虞品言跟前，拱手道：“下官见过侯爷。方才那位小姐可是侯爷的嫡亲妹妹？”

方志晨本也打算离开，听了这话，忍不住朝两人看去，脑海中不断浮现少女那张比春光还要明媚的俏脸，一时竟有些痴了。他万万没想到，那瘫了的嫡小姐竟是如此一位绝色佳人。单她那张脸，已足够弥补她身上所有缺憾。

“沈大人，你逾矩了。”虞品言语气阴冷，右手搭放在腰间的绣春刀上，轻轻摩挲刀柄。

沈元奇这才意识到自己冲动了，连忙弯腰告罪。

虞品言面无表情地点头，继而大步离去。

沈元奇摸了摸微微发凉的脖子，心下既感到欣慰又觉得失落。唯一的亲人就近在咫尺，他却不能与之相认。她现如今是侯府嫡女，深受兄长和祖母的宠爱，有享不尽的荣华富贵、锦衣玉食。倘若自己贸然登门相认，也不知会不会招致她的怨恨。

罢了，再等等看。沈妙琪近日也入了京城，估计没多久便会寻到永乐侯府。侯府想找姓沈的商家是千难万难，而沈家想找侯府却很容易。京城侯爵本就只那么几户，再加之十年前遭逢大难这条线索，稍一打听也就知道了。

凭沈妙琪那心性，定是要夺回属于她的一切。他且等她先出手再另行安排。

第十一章 嫡女

方志晨一回到自家居住的小院就忙不迭地让人去找裴氏。

裴氏一脸丧气地进来，说道："儿啊，你跟虞大小姐的婚事怕是不成了。"

方志晨本还满脸的焦急，听了这话立刻笑了起来，问道："可是出了什么变故？"

"你俩的八字合不上，说是勉强结亲，日后灾祸连连家无宁日，严重点还会妨害到子嗣。故而这亲是结不成啦。虞家把庚帖都给退回来了。"

"母亲不若将儿子的庚帖再送去合上一合。"

"还合什么，给你们看八字的可是人称'活神仙'的白云观观主，他说的话准没错。"裴氏连连摆手。

"儿子是让您拿庚帖与虞家的嫡小姐再合一合。"方志晨耳尖红得滴血，嗫嚅道，"儿子方才在湖边见了她一面，实在是……实在是喜欢得紧，求母亲成全。"

裴氏先是觉得欢喜，继而又迟疑起来："儿啊，你愿意聘娶他家嫡女自然是好，但她不良于行，你那后宅谁给你打理？谁给你生养子女？谁伺候你？这些可都是大问题，不能仅凭一时冲动就做决定啊！相貌再好，也不能拿来过日子不是？"

方志晨心下为难，却又无法忘怀虞襄那张千娇百媚的脸，斟酌半晌道："母亲，那便先把表妹迎进门吧。让她帮我打理后宅，生养子女，虞小姐只管安安心心地做我的嫡妻便是。"

若不是朝廷闹出稽查盐税的事儿，裴氏早勒令儿子把外甥女娶进门了，也不会试图拿他的婚姻做交易，听了这话可谓是大喜过望，连连拊掌道："甚好甚好，就这么办。我这便写封信给大姐，让她尽快准备。"

因裴氏的姐夫去世得早，留下她姐姐跟一个嫡女艰难度日。裴氏与姐姐感情深厚，便帮姐姐置办了一座宅子就近照顾，外甥女也从小接到家中当亲生女儿一般养大。两姐妹虽未言明，却都存了结亲的意思。虽说外甥女如今是以妾室身份入门，可虞襄仅是个摆设，与姐姐解释清楚她必定会同意。

方志晨略思索片刻，又迟疑道：“别，还是等虞小姐过门后再迎娶表妹吧，省得虞家不满。”

裴氏不乐意了，讽笑道：“虞家凭什么不满？咱们肯要那瘫子却是他家几世修来的福分。你乃圣上钦点的探花郎，不但才华横溢容貌俊美，日后还前途无量，想娶谁家的闺秀娶不到？我肯让我大好的儿子娶他家的瘫子，他家就该偷着乐了。”

裴氏拍了拍儿子的肩膀，继续道：“儿啊，你莫看他家门第高，可就凭虞襄那条件，这辈子怕都没人要。咱聘娶她也只是权宜之计，日后你爹走出困境你又飞黄腾达了，这当家主母的位置万万不能让一个瘫子给占了去。因你这情况也在夺情之列，母亲还可向族老递表书，为倩儿争取平妻之位。只要人到了手，那就只能任由咱们摆布了。”

方志晨听了犹觉得底气不足，摆手道：“不成不成，若是让永乐侯知道了，还不得打上门来。”

“他若是想让虞襄名声尽毁，一辈子再无人敢娶，他只管打上门来，咱家还怕他吗？你放心，我都打听清楚了，他宠虞襄宠得厉害，护得跟眼珠子似的。虞襄到了咱手里就等于捏住了他软肋，他就是想灭了老鼠，也得顾忌着玉瓶不是？到那时你是要外放还是驻京，升迁还是平调，尽可去找他周旋，他为了虞襄没有不答应的道理。”

裴氏这如意算盘打得噼啪作响。

方志晨细细一想也觉得很对，嫁出去的女儿泼出去的水，要想让女儿过得好，不就得可劲儿地厚待女婿吗？虽说虞襄家世显赫，要想和离不是难事，可她的情况与旁人大为不同：她是个瘫子，真离了方家这辈子算是完了，只能落得个孤独终老的下场。凭虞品言宠她那股劲头，无论如何也是舍不得的。

母子俩越想越觉得此事可行，当即便要去找老太太交换庚帖，忽又觉得太急切了显得面上不大好看，只得暂且忍耐。

另一头，虞思雨也打听到自己大好的姻缘已然告吹之事，心里对老太太简直恨入骨髓，躲在房中冥思半日，终于琢磨出一个法子。

虞襄不知道自己已经被裴氏母子惦记上了，喝完茶送走九公主和范娇娇，让丫头推着自己优哉游哉地往回走。

眼看居住的小院近在咫尺，一道温柔婉转的嗓音从身后传来："襄儿，可否借一步说话？"

虞襄回头去看，拧眉思索片刻才迟疑道："常雅芙？"

三年未见，常雅芙长得越发出挑，然而在虞襄跟前就有些不够看了，那艳丽无匹的脸庞立刻就被衬得有些俗气。

常雅芙扯出一抹笑，再次开口："襄儿，可否借一步说话？"

虞襄大约猜到她要说些什么，用指尖抚了抚唇角，道："那便走吧。"

主仆三人跟着常雅芙来到她居住的小院，却是坚决不肯进屋长谈，只停在院中那棵大槐树下，静静眺望远方烟雾缭绕的山峦，姿态悠闲至极。

常雅芙见她未有主动搭腔的意思，只得将院中下仆驱散，又暗示虞襄的两个丫头站远些。

桃红、柳绿岿然不动。

常雅芙用恳求的目光看向虞襄。虞襄懒懒摆手，两人这才下去了。两人走到院门口，像两尊门神一样一左一右地站立，眼珠子一眨不眨地盯着主子。

"有什么话就直说吧，我没工夫听你讲那些弯弯绕绕。"虞襄扬了扬下颌。

常雅芙本还想寒暄几句再进入正题，听了这话连忙开口："襄儿，再过一月我就要除服了，你也知道吧？"

"知道。"虞襄低头欣赏自己嫣红的指甲。

"你能否帮我把这封信送给你哥哥。当年那些事都是我父亲拿的主意，我一介弱女子，如何做得了主，只有受人摆布的份儿。我对你哥哥的情谊绝没掺半分假。发生那么多误会，他总得给我一个解释的机会。你看，我今年已经十九，若是他再想退婚，我这辈子哪还有脸见人！你也是姑娘家，总能理解我的苦处。当年姐姐对不起你，姐姐早知道错了，还请你帮姐姐这回吧。"说到悲处，常雅芙眼泪汩汩而出，双手奉上一个精致的散发着香气的信封。

"抱歉，我这辈子压根儿就没想着嫁人，实在无法理解你的苦处。"虞襄眨了眨猫瞳，表情无辜又懵懂，实则心情早已经坏透了。

常雅芙悲戚的表情略微僵硬。

虞襄唇角上扬，扯出个讽刺的笑，继续道："别跟我玩儿这套苦肉计。就凭你也想嫁给我哥哥，也不用镜子照照你配也不配？你父亲能逼着你与三房嫡女姐妹相称？你父亲能逼着你与三婶娘过往甚密亲如母女？你父亲能逼着你在元宵灯会上与虞品鸿交换定情信物？你一只脚都跨进他家门槛了，还当我永乐侯府什么都不知道呢！也不想想我祖父当年是干什么的，手底下那么多旧部，你那些丑事桩桩件件我哥哥都记着呢。一边与虞品鸿卿卿我我，一边又拽着我哥哥不肯放手，你也不怕两脚踏空摔死自个儿！"

常雅芙的眼泪都被惊了回去。

虞襄拂开她拿信的手，挑眉道："当年我哥哥还是一介白身，三叔却已经官居吏部尚书，虞品鸿中了进士又得了皇上一句'少年英才'的称赞，你们靖国公府以为他家能袭爵也无可厚非。别跟我说什么情啊爱啊的，我都替你感到害臊，说到底不过为了一己私欲罢了。但凡当初我哥哥绝望之时你肯给他一句鼓励一个好脸，我今日也不会如此刻薄你。"

她低下头从荷包里掏出一锭五两的银子，反塞进常雅芙手中，语重心长地交代："明年便是太后七十大寿，皇上为了替太后祈福意欲大赦天下。三叔一家定是能从流放之地回来，你与虞品鸿就能再续前缘了。我在这里先道一声恭喜，请媒人的银子我帮你们出了，千万别跟我客气。"话落还奉送一个甜蜜无比的微笑。

哥哥那样优秀的儿郎，要什么样的妻子没有，偏要你这个爱慕虚荣朝三暮四的？若是不能一心一意待他、不能全心全意信他、不能在关键的时刻给予他力量、不能将所有的爱都倾注在他身上，让他一辈子幸福快乐，对不起，请你走好！

少女分明笑得那样娇美动人，看在常雅芙眼中却比恶鬼更令人可憎。常雅芙虽然早知道她脾气乖张不好对付，却没想到她会用如此粗暴恶毒的言语来攻击自己。但偏偏她说的全都是实情，让常雅芙辩无可辩，只觉得全身的衣裳都被扒光了，身体袒露在众目睽睽之下无所遁形。但若是不找虞襄，又有谁的话能叫虞品言听入耳中？她也是没有办法了！

常雅芙木愣愣地握着那五两银子，指尖剧烈颤抖起来。她以为自己做的那些事虞品言并不知情，却原来他什么都知道，不过拿自己当个笑话看。

笑话就笑话吧，看一辈子也行，她绝不能让虞家退亲，否则靖国公府的名声就完了，她也再没脸见人；而且虞品言现如今身居都指挥使的高位，道一句权势滔天也不为过。退了这门亲事，让她上哪儿再去找比虞品言更优秀的夫君？与其成为全大寒朝的笑话，她宁愿成为永乐侯府的笑话。等她日后站稳了脚跟，再来清算今日的屈辱。

虞襄从她眼里看见了强烈的不甘，却并不以为然，招手便要唤桃红、柳绿过来，却不料树上忽然掉下很多虫子，淋了她一头一脸，更有一道怨恨的嗓音从头顶传来："竟敢如此羞辱我姐姐，且让你尝尝我的厉害！"

除了蝴蝶，虞襄什么虫子都怕，尤其是怕那些软趴趴的虫子，眼下被倒了一身，有的还顺着领口钻入亵衣里，那触感不但可怕，虫子身上比毛孔还细的绒毛一接触皮肤便钻入血管融入血液，激发出一大片一大片疼痒难忍的小水泡。

虞襄吓呆了，僵坐在轮椅上一动都不敢动，生怕头发上的虫子在她晃动的时候也落入衣领。

"桃红、柳绿，快快快，帮我把这些虫子弄掉。"她嗓音里带上了浓烈的哭腔。

柳绿拿出帕子帮小姐拍抚肉虫，桃红一把将从树上溜下来的十二三岁的少年推倒在地。

少年乃靖国公唯一的嫡子常琦，打小便被宠坏了，在外得了个"混世魔王"的称号。今天他捏着一双竹筷在院里抓虫子，凑够一瓶便拿去喂他那只画眉鸟，正准备下树呢，就见姐姐带着一个瘫子进来。他一时好奇躲在树上偷听，听到最后肺都要气炸了。

永乐侯那瘫了的妹妹在京城名声同样不好，刁钻、刻薄、性情乖张，说起话来像刀子一样锋利。今日一见才知，她竟比传闻中更招人恨！

常琦打开瓶盖，想也不想便将一整瓶虫子全倒了下去，此时又被桃红推倒在地擦伤了手心，那仇恨也就越发深刻了，爬起来一脚便将桃红踹翻，倒还有点理智没朝虞襄动手，只捡起地上的枯枝败叶，兜头兜脑砸过去，嘴里骂骂咧咧很不干净。

常雅芙本欲拦阻，看见虞襄要哭不哭的可怜样，心中升起巨大的快意，竟退后几步冷眼旁观。

柳绿拍掉虞襄衣服外面的虫子，却无法处理衣服里面的虫子，有心让桃红过来帮把手，将小姐推回去，却被常琦屡屡拦住，更挨了好几脚。

柳绿见势不妙，撇下主子和桃红跑出去了。

虫子在衣服里钻来钻去，背部起了一大片小水泡，难受得厉害，虞襄抑制住浑身的颤抖，咬牙道："常雅芙，你还跟当年一样没长脑子。凭你姐弟今日的所作所为，这辈子都别想踏入我永乐侯府。"

常雅芙气蒙了的脑子这才清醒过来，正欲上前拦阻往虞襄头上砸碎石子的弟弟，却见虞品言大步而来，身后跟着满头细汗的柳绿。

虞品言素有"玉面阎罗"之称，此时眼中翻搅着滔天煞气，直叫人退避三舍。他一把扼住常琦脖颈，远远地扔出去，随即看向自家妹妹。

却见她闭着眼，咬着唇，脸色苍白如纸，浓密的睫毛上挂着几滴泪珠，随着她颤抖的弧度轻轻晃动，头上身上沾满枯枝败叶，额头更被石子砸出点点红痕，模样既可怜又狼狈。

虞品言心脏狠狠揪了一下，眼中煞气更重，弯腰就要抱她起来，却被她一把推开，颤着声儿道："手别压我后背，痒，疼，亵衣里还有好多虫子！"

虞品言柔声安抚道："哥哥知道了，这就带你回去。莫怕，哥哥在呢。"

他一手搂住妹妹纤细的腰肢，一手托住她臀部，用抱小孩的姿势将她抱入臂弯，大步离开，全程未给常雅芙一个正眼。

柳绿向常雅芙蹲身行礼，假笑道："常小姐，多谢您今日对主子的照顾，奴婢回去后一定如实地回禀老夫人，让她亲自登门道谢！"话落拉上桃红抬腿便走。

常雅芙疾奔到院门口，一行人早就走得没影儿了。天上不知何时飘下细细密密如云似雾的春雨，落在皮肤上冷飕飕的，直冷进心底里去。

常琦捂着疼痛不已的屁股，怒气冲冲地开口："他们虞府算什么玩意儿，竟敢如此对待本世子！姐姐莫伤心，我定让父亲帮咱们讨回公道！"

常雅芙用不可思议的目光看了他半晌，忽而惨然一笑："虞府算什么玩意儿？我且告诉你，那是连诸位皇子都要敬上三分的玩意儿。你若不想被父亲请家法，这便与我上门赔罪去吧！"

常琦不肯，在常雅芙的威逼利诱下勉强点头，怀着满腹怨气去了。

虞品言的注意力就被妹妹背后大片大片的小水泡吸引过去，雪一般白腻的肌肤遍布红肿破溃的瘢痕，那画面着实触目惊心。

他眸中瞬间翻涌出杀意。

柳绿拿着药膏手足无措地站在门口，嗫嚅道："侯爷，让奴婢帮小姐上药吧。"您能不能回避一下？虽说是兄妹，可也不能这样不避讳吧？

桃红倒是毫无所觉，正在清理掉落在床上的虫子。

虞品言咬咬牙，正欲放开妹妹，却被她搂住腰，带着哭腔喊道："哥哥，你一定要帮我抽死常琦！还有常雅芙，她竟然任由她弟弟欺负我。要是今后你娶她进门，还不知她要怎么折磨我呢！有这样恶毒的嫂嫂，我趁早不用在家待了，你直接把我送到乡下庄子里去吧！"

虞品言被她说得心如刀割，五指插入她发中轻轻摩挲，语气温柔至极，表情却阴冷异常："襄儿放心，哥哥一定给他一个深刻的教训。至于常雅芙，她这辈子都别想踏进我永乐侯府。"

虞襄这才满意了，抽抽噎噎地放手。

虞品言撇开头，迈着僵硬的步伐走出院子，在廊下站立许久，心里那团火无论如何也无法熄灭，只得跨入霏霏细雨中，让冰凉的雨滴帮助自己清醒。

守在院外的两名龙鳞卫不放心，频频朝他看去，琢磨着是不是要给都统送一把油纸伞？雨虽然不大，却很密实，只短短一刻钟便将都统的头发都打湿了，淅淅沥沥的水滴顺着发丝滑落，直往衣襟里灌。

龙鳞卫正踌躇间，却听都统冷声下令："找一筐小虫过来，无毒的。"

两人领命而去。在龙鳞卫刑房里待过的人都知道，虞都统口中的小虫可跟寻常人口中的小虫完全不一样。

在雨中又站了片刻，胸口那烧灼的感觉才慢慢淡去，虞品言正欲举步，却见常雅芙带着常琦战战兢兢地走过来。

"品言，我带琦儿来给你赔罪，望你大人大量莫与他计较。他还小，胡闹起来难免失了分寸，我已经教训过他了。"

"虞大哥，我错了。"常琦低下了头，不敢与虞品言对视，忽又觉得不甘，抬头大声嚷道，"可虞襄也有错！她羞辱我姐姐，说我姐姐不配嫁给你。她算什么，你与我姐姐的婚事也能由她做主？"

虞品言面无表情地点头："我与你姐姐的婚事我们虞府确实做不得

主，但凭你们靖国公府决定。你们说能嫁才嫁，你们说不能嫁随时都可以悔婚。这一点我们虞府早就知道，却是襄儿不知礼数了。”

常琦被他讽刺得哑口无言。当年那事儿真不能提，确实是靖国公府背信弃义在前。

常雅芙容色惨白，摇摇欲坠。

正当时，两名龙鳞卫抬着一个竹筐进来，用询问的眼神看向都统。

虞品言朝常琦指了指，随即脚步仓促地离开。

常琦摸不着头脑，正欲往竹筐里探看，却见两个龙鳞卫走到他跟前，兜头便将筐里的东西倒在他身上。却是一条条小指粗细的蛇，刚从冬眠里醒来颇有些懒散，有的盘在他头顶不肯动弹，有的直往他衣襟里钻，寻找温暖的去处。

常琦当即被吓得魂飞魄散，扯开嗓子惨号起来，那音量都快把天上厚重的乌云冲散了。常雅芙也吓得花容失色，连连后退，举起油纸伞又跳又叫地驱赶。

虞襄听见响动，命桃红、柳绿将自己抱到窗边查看，当即笑得前仰后合。

好在虞品言没下死手，找来的蛇都是无毒的，也就吓吓人而已。等姐弟俩叫足两刻钟，眼看就要脱力晕倒了，两名龙鳞卫这才叫人给靖国公递口信，让他来抬人。

好不容易得了这么一个嫡子，靖国公夫妇恨不能将之时时刻刻揣在怀里含在口中。见儿子狼狈不堪地回来，裆部染了一大团尿渍，手脚不停地打哆嗦，显然是吓得狠了，夫妇俩心疼得如刀割一般，捉住女儿好一顿训斥，随即气势汹汹地要去找虞老太君说理。

这虞品言也太娇惯虞襄了，小孩儿家家的玩闹他也如此不依不饶，简直是不可理喻！

靖国公夫妇赶到小院的时候，柳绿派来通禀的小丫头刚走。老太太正压着满肚子火气，一丝笑脸也没露。

靖国公夫人张口便开始诘问：“我说老太君，虞品言也太没风度了点，琦儿与虞襄两个拌几句嘴，闹那么一闹，他竟叫人把一筐蛇倒在琦儿身上，这是要做什么？他堂堂都指挥使，怎能与一总角小儿计较？”

老太太闭目捻着佛珠，等她说完了正准备开口，却见虞品言顶着半湿的头发大步而入，沉声道："我妹妹被他倒了一身毛虫，现如今体无完肤，痛痒难忍。他半点伤口也无，只不过被吓上一吓，已算是我手下留情了。倘若你们还不知好歹，当心我剥他一层皮！"话落扯唇一笑。

世人都知道，笑起来的永乐侯远比面无表情的永乐侯更为可怕。他表情温柔似春风化雨，实则那微笑里蕴含着满满的对生命的漠视。

靖国公这才恍惚想起，眼前这位再不是当年那个落魄可欺的小儿，却是皇上钦点的都指挥使，可先斩后奏，满朝文武，唯有皇上一人能辖制得住。

靖国公这才知道怕了，腿肚子直打战。

靖国公夫人对朝中之事并不了解，还道虞品言是当年那个任她拿捏的小儿，竟摆出丈母娘的架势滔滔不绝地训斥起来。

虞品言全无心情听她说完，冷笑道："你当他与襄儿如何闹起来？却是襄儿一口说破常雅芙当年灯会与虞品鸿交换定情信物的事儿，那姐弟俩恼羞成怒，这才向襄儿下了毒手。夫人，此事您想必也很清楚，那日您不是与三婶做下约定，只等三叔袭了爵，虞品鸿成为世子，便来找我退亲吗？我可一直在等着您呢！只可惜天意弄人，三叔一家没多久就下了大狱，这门亲事没能结成，便又想起我来。你们当我虞品言是什么？专拣破鞋的窝囊废？"

靖国公夫妇猛然睁大眼睛，似见了鬼一般。

老太太失手掐断佛珠，急问道："竟还有这事？交换定情信物？好好好，果然是我的好孙媳，如此的不知廉耻，如此的淫荡下作！你们还有脸上门问罪？来人啊，将他们打出去！快快打出去！"

老太太站起来，一迭声地怒吼。常家意欲与三房结亲这事她知道，却不知道常雅芙早就与三房嫡子有了私情！常家竟想拿一个破烂货塞给他虞府，想得倒美！

仆役们高声应诺，出门找棍棒去了。

再待下去少不得挨顿打，而且名声还臭了，靖国公夫妇埋着头捂着脸，逃也似的跑了。

老太太满肚子的火无处可发，拍着桌子厉声诘问："这事你早就知道？为什么不告诉我？早知常雅芙如此放浪形骸，当初老靖国公没死的时候我就该把这桩婚事退了，哪能忍她这么多年！不行，等她下个月一除服，我就上门把亲事退了。简直是欺人太甚！”想起当初差点被靖国公夫人说动，允了这门婚事，她冷不丁出了一身的虚汗。

虞品言轻轻拍抚她脊背，温声道：“现在告诉您，您还如此急怒攻心，当年告诉您，您不得被她气得再躺几个月？孙儿怎么舍得？”

老太太一时心痛如绞，一时又恨得咬牙切齿，拉着孙子的手抹起泪来。在她不知道的时候，这孩子究竟受了多少苦？他祖父怎么能替他定下如此糟心的一门亲事？待下了黄泉，她定要找那老东西算账！

虞品言一面替老太太擦泪，一面微微笑了。襄儿知道这事的时候比老祖宗更为激动，竟连自己送给她的匕首都拿出来，说是要捅了常雅芙。身边有这样两个全心全意待他的人已经足够。他也是磨砺了很多年才真正想明白，该舍弃的便要干脆利落地舍弃，该珍惜的一定要牢牢抓紧。

老太太与孙子默默无言地待了一会儿，这才觉得好多了。见他头发半湿，衣服也换了一套，老太太正想问他大冷天的洗什么澡，却见一名龙鳞卫急急忙忙冲进来，禀告道：“都统，太子请您赶紧过去！”

老太太顿觉不妙，连忙催促孙子快走。

却说太子妃得了虞襄抽中的那支龙凤签，心情果然大好，在后殿厢房稍事休息，见外头下起春雨，几株晚梅吐出艳红的星星点点的花苞，沾了水珠显得尤为可爱，竟不顾宫人的阻拦，撑起油纸伞寻梅去了。

逛到梅林边缘，就见一座垂花门大敞着，对面是普通人家居住的院落，虽然占地不大，却挤了足有七八户。现如今正是倒春寒的天气，出太阳的时候不觉得，一下雨便冷得钻心，又加上山顶更比平地冷上几分，不烧炭火，简直没法过日子。

道童们怕香客冻出病来，在院子一角堆了很多木炭，又在一旁烧了一大盆旺火，谁要是想发炉子便自个儿来拿火星。

一名容貌秀丽的婢女正一边往自己带来的火笼里夹火星子一边往大火盆里添炭，未免别人来时火灭了。

木炭一入火盆便发出噼里啪啦的脆响，更冒出一大团浓烟，呛得那丫头连连咳嗽。

太子妃掩住口鼻，正欲回转，却听随侍身侧的医女喊了一句：“不好，这烟味有异！”

众人都慌了神儿，正不知该如何反应，却见太子妃忽然踉跄一下，捂住腹部低呼："快扶本宫回去，本宫肚子痛！"

这是动了胎气了！宋嬷嬷忙使人抬起太子妃，快速地往回赶，似想起什么，又朝跟随在不远处的龙鳞卫大吼："赶紧去找太子殿下和虞都统！还有，把那丫头抓起来！"

龙鳞卫各自领命而去。

白云观主精通医术，诊断后发现太子妃要早产了，忙命人去备产房，随即跪在雷祖殿内祈福。陪侍的医女和产婆严阵以待，心焦如焚。若太子妃和腹中胎儿出了什么意外，莫说她们，就是这观中五六成的香客怕都逃不过虞都统的屠刀。

皇上乃嫡长子，当年本该顺理成章地继承大统，却差点没被他几个兄弟害死，从此以后对嫡庶看得更重。倘若太子无能也就罢了，偏偏太子德才兼备，就是子嗣上艰难了点儿，迄今为止仅得一个庶子。这是皇上对太子唯一不满的地方。对这个嫡孙，皇上是殷殷切切盼了六年之久，也难怪太子妃紧张得夜不能寐。

眼看就要瓜熟蒂落了，竟被人暗害了去，皇上的震怒可想而知。

不仅宫人和观主心寒，就连太子的心都是寒的，唯恐失了嫡子惹得父皇对他厌弃。看见虞品言大步而入，他压下满腔怒火，冷声道："易风，给孤查！孤平时太仁厚了，竟叫他们起了不该起的心思！若是找出那幕后黑手，孤定要上禀父皇，将他们挫骨扬灰！"

"卑职定不负殿下所托。"虞品言也不废话，略一拱手，便前往地牢审问疑犯。

龙鳞卫借用白云观的地窖建了一座刑房，正在对那添炭的婢女用刑。

婢女委实不屈，身上鞭痕累累都不松口，坚称自己刚随主家从大禹城入京，赶上醮会前来凑个热闹，与京城各方势力均无牵扯，是被冤枉的。

龙鳞卫的行事风格向来狠辣，管你有没有罪，先用一遍刑再说。行刑的两人也不与她分辩，拿来一块夹板就要上刑。

刚拶了两下婢女就受不住了，凄厉地大喊："我是冤枉的，我什么都没干！我……我不是婢女，我是侯府嫡女！你们竟敢如此待我，若是我家人找了来，定要将你们碎尸万段！"

"侯府？哪家侯府？"其中一人轻蔑地笑起来。将他们碎尸万段？

即便是普通的龙鳞卫，一品大员都不敢擅动他们，这世上能将他们碎尸万段的，除了皇上就只有虞都统。莫说这婢女胡话连篇，就算她果真出身豪门，又能奈他们何？

婢女连连摇头，嘶喊道：“我不知道是哪家侯府，我只知道十四年前我让别人抱错了，我父亲死于匪徒刀下。你们去打听，保管一打听就能知道！我是侯府嫡女，我是真正的侯府嫡女！”她忽然又觉得方才的威胁实在不妥，忙补救道，“只要二位大人愿意替我寻亲，我家人定会重重报答二位，今日的苛待也一笔勾销！我房里还收着家人留给我的襁褓，布料乃宫中贡品，我可以拿给你们看！”

当真越说越离奇了，两名龙鳞卫摇头嗤笑，下手渐重。

虞品言刚一跨入门槛，就听见婢女连恐吓带贿赂的话，肃杀的表情不变，心里却微微一动。他快步走过去，挥退两名下属，捏住婢女的下颌将她的脸抬起来细细打量。

婢女早已涕泪横流，感觉到下颌冰冷的温度，忍不住抖了抖，勉力睁眼一看，立刻就咬牙切齿地低吼：“又是你！你害了我一次还不够，还要害我二次？我究竟与你有何仇怨？”

这话问得着实莫名其妙，堂堂永乐侯，什么时候与一个低贱的婢女有了交集？两名龙鳞卫越发觉得此人脑子有病。

虞品言不答，见她面貌与林氏有七八分相似，心下略微有底，又翻开她衣袖，果然看见她手腕上印着一个兰花状的红色胎记。

找了四年都没找到的妹妹，竟是在牢狱中相见：一个乃刑讯官员，一个乃笼中囚犯，也不知上天究竟是如何安排的。虞品言退开两步，语气寡淡地说道：“无须用刑了，先将她押入牢房候审。”

两名龙鳞卫低声应诺，丝毫不敢多问。

虞品言走出地牢，心中既没有欢喜也没有释然，更没有找到亲人的激动，唯一的念头却是——她缘何出现在此地又沾染上此事，可是有心人针对自己布下的陷阱？

种种疑团淤积心底，他免不了皱眉，决定先把案子查清再说。

第十二章 祥瑞

经过核查，那婢女名为彩棋，原名沈妙琪，乃上京述职的允州知府赵安顺嫡长女赵敏慧的一等大丫鬟。允州位于岭南极南之地，瘴气弥漫，交通不便，是出了名的穷山恶水出刁民。那里的知府十分不好做，多为毫无根基的寒门子弟抑或得罪了权贵的倒霉鬼才会赴任的地方。

这赵安顺不但出身寒门，且还因耿直的性格得罪了不少同僚，眼看在京城混不下去了，不得不递奏疏申请外放。因无人帮他斡旋，最后被派去允州，一待就是十多年。

龙鳞卫将他查了又查，没发现有可疑之处，却在木炭上找出了问题。原来堆放在角落的木炭全都浸泡过红花、桃仁、麝香、川牛膝等草药混合熬成的药水，放入火中燃烧，便把药性逼了出来。

红花等物本就对胎儿不利，经过特殊手法炮制后堪称虎狼之药。各家各户都来添炭，烟味早在观中弥漫多时，只不过太子妃离得远，烟味冲淡后，连医女都没能发现。

与太子妃一样身怀有孕的妇人观中还有几个，当夜便纷纷落了红。

虞品言拿着卷宗反复阅览，末了唤来几名得力下属，命他们顺着木炭和草药两条线索去查。几百斤木炭都要浸透，所需药量十分巨大，掩饰得再好总会留下痕迹，且采买环节亦能抓住几个嫌犯。

他留下最后两人，命他们去查沈妙琪，莫说对方从小到大的经历，就是每天吃几粒米喝几口水也得如实禀报。

等人全都走了，他这才露出个阴郁焦躁的表情。

找到亲妹妹也意味着找到了襄儿的家人，事情闹开后襄儿必定会与自己生分，说不准还会随他们离开侯府远去岭南。

因为这层顾虑，虞品言对寻找亲妹妹的事并不热衷，派出去找人的只是信得过的家仆而非无所无能的龙鳞卫。林氏催促时他便问上一问，其余时间想都想不起来。否则，凭他都指挥使的能量，哪会寻找四年依旧无果？莫说他六亲不认，从小连面都没见过一回的妹妹又如何能与相依为命的襄儿相比？找到也就罢了，找不到便一直这么耗着，他无所谓。

然而他不去找，老天却自动自发将人送上门来，还是在如此凶险的境况下。倘若核实了沈妙琪的身份，必定要报予太子和皇上知晓，但什么时候报，怎么个报法，虞品言还得再三斟酌。

如果太子妃此次能顺利生下龙凤胎，这事自然好说；若是太子妃和胎儿遭遇不测，侯府少不得要受些牵连。

种种后果均考虑清楚，虞品言也不使人放了沈妙琪，依然将她关押在地牢里，等案子查个水落石出，再原原本本禀告皇上，由皇上定夺。

他是皇上手里最锋利的一把刀，是为了肃清太子登基之路而存在的利器。太子虽然德才兼备，手段却太过温和，皇上怕自己百年后太子被权臣和外戚压制，这才大刀阔斧地整顿朝纲，只为留给太子一个清平盛世。太子绝非开疆拓土之材，却有守成之能。大寒朝没了内外交困，皇上死也死得瞑目。

而皇上之所以放心将如此滔天权势赋予虞品言，看中的便是永乐侯府世世代代为皇族肝脑涂地的忠心和审时度势的智慧。

也因此，虞品言更不敢对皇上有丝毫隐瞒。至于老太太那里，他一点风声也没露，省得她跟着担惊受怕。

虞襄并不知道正主已经入京，且还跟虞品言遇上了。她背部起了一大片燎泡，着实难受得厉害，跟老太太打过招呼便下山回家去了。

方志晨见她走了，跟裴氏随意找了个借口也下了山。他现如今还借住在侯府，想着回去后没准儿能私下里亲近亲近这位佳人。

虞思雨派人盯着方志晨，见他离开，也急急忙忙地跟上，说是要回去照顾妹妹。

这话老太太半点儿也不相信，但府中有襄儿坐镇，定然闹不出乱子，便点了头。此时，太子妃早产的消息还未传出，白云道观也未封禁，他们走得十分顺畅。等他们走出半里路，整个山顶就被龙鳞卫团团围住，莫说人，连只苍蝇也飞不出去。

然而，太子到底本性宽厚，爱民如子，只抓了道观所有道士和那院中住户，旁的毫无嫌疑的人在龙鳞卫处做过登记写下供述后便都各自放回院中，并不曾刑讯逼供。此举赢得了民众极大的好感。

有虞品言在，太子索性放开手脚，只一心等待太子妃生产。这是他第一个嫡子，是父皇盼望了六年的嫡孙。若是一举得男，他的储君之位才算是真正稳固。哪怕他出了意外，凭父皇那性子，龙椅也只会传给嫡孙，而非众位皇弟。

白云道观自然比不上家里舒服，虞襄一进屋，便让人烧起地龙。等温度上去了，立马脱掉衣裳，只着一件小肚兜，拿起铜镜观察背后的燎泡。

柳绿翻出朴神医上回送来的玉颜膏，均匀地抹在主子背部。小水泡以肉眼可见的速度干瘪结痂。

桃红在外间烧艾草。春天一来地面总湿漉漉的，房子一天不住便满是霉气，不用艾草熏一熏实在难闻得很，烧完正准备将草灰端出去倒掉，却见大小姐院里的邱嬷嬷蹑手蹑脚东张西望地走进来。

“哎，你干什么呢，贼头贼脑的？”桃红指着她大声询问。

“嘘嘘！”邱氏以手抵唇，做了个噤声的动作。

桃红也跟着紧张了，连忙替她打帘子，让她赶紧进来。

“怎么了？虞思雨又作妖了？”虞襄慵懒地穿上外袍，用一根玉带松松系在腰间。柳绿伸手将她衣襟拢了拢。

邱氏低垂着脑袋说道：“回小姐，大小姐让她的丫头青芽把方公子带到她屋里去，就在今晚戌时一刻。您看这事该咋办？”

虞襄瞥了眼沙漏，离戌时一刻还有小半个时辰，吩咐道：“让他们见面，我倒要看看她究竟想干些什么。不抓她个现行，她永远都记不住教训。戌时前你把院子里的奴才都赶走，好歹给她留些脸面。把我那件貂皮大氅拿来，我去看看。”

柳绿迟疑道：“小姐，这事让奴婢们去办就得了，您若是去了，对您的清誉也有妨害。”

虞襄嗤笑道：“我这辈子本就不指望嫁人，要清誉有何用？帮哥哥守好这偌大的永乐侯府才是正理。去，把大氅拿来。”

柳绿见她心意已决，只得去拿大氅，又使了两个力气大的婆子将她悄无声息地抬到虞思雨厢房后头。

邱氏躲在耳房内，隔着窗缝监视，见青芽离开了，这才用各种借口将院子里的人都打发掉。虞思雨心慌意乱，六神无主，不曾发现任何不妥。

戌时一刻，青芽蹑手蹑脚地走了进来，先在院子里四下看看，发现没人大喜过望，忙招手让躲在墙根下的方志晨进来。

方志晨闪身入屋，青芽站在外头望风。

虞思雨一见方志晨就哭上了，抽噎道:“方公子，你可算是来了。”

“小姐找在下所为何事？”方志晨温文尔雅地拱手，目光在虞思雨梨花带泪的脸上停驻。对于这位清秀佳人，他也是极为喜欢的，但他再如何自负也知道侯府不可能将两位小姐都嫁给自己。虞思雨与虞襄相比，还是虞襄那张千娇百媚的脸庞更令他心动，且身份更合他心意。

虽然与虞思雨无缘，但对虞思雨的爱慕他也是十分受用的，想着好歹圆了她最后一丝念想，这便随青芽偷来了后院。

所幸虞品言和老太太带走府中不少下仆，青芽也熟知巡卫的换班时间。否则，他早就被人给撞见了。

虞思雨用帕子一点一点擦泪，随即含情脉脉地看向他，道:“公子可知咱们的八字为何合不上？”

“为何？”

“这是有人从中作梗，买通了白云观主说咱们八字相克，要坏了咱俩姻缘。公子若是对我有意，便让裴夫人另寻一位德高望重的道人或和尚带入侯府当面验看八字。众目睽睽之下，他们也没甚好说的了。公子觉得此事可行？”

方志晨嗫嚅半晌没法开腔。他不忍拒绝虞思雨的一片深情，可又不想娶她。

屋后的虞襄气笑了，命桃红、柳绿两个推自己出去。轮椅转动的声音引得虞思雨表情大变，门外的青芽更是被扑上前来的邱氏死死地按在地上，扯掉衣带，捆了个严实。

虞襄命桃红、柳绿点起灯笼，微扬下颌朝冲出房门的二人看去:“姐姐好兴致，大晚上的私会情郎互诉衷肠，叫老祖宗知道了非感动得哭出来不可。”

虞思雨吓得魂飞魄散，却不得不强撑气势叫骂:“虞襄，你竟联合这老狗前来害我！你的心好歹毒！”

邱氏不屑地撇嘴。

虞襄挑眉轻笑:“我若是要害你，还会将这院子里的下人全都遣散？眼下我只须拍拍手喊一声，你这败德之女定是会被捉去浸猪笼。”

虞思雨听了这话神魂俱裂，不自觉地往方志晨身后躲去。

方志晨不得不硬着头皮上前，拱手作揖道："二小姐误会了，在下与大小姐并无私情，也不是互述衷肠，却是在讨论退亲之事。"

他顿了顿，红着脸继续开口："在下真正心仪之人实为二小姐，且早与母亲商量好，择日便会请媒人上门提亲。此次贸然前来，实是在下思虑不周，还请二小姐原谅则个。在下对大小姐并无一丝一毫男女之情，不过看她可怜罢了。"

他私以为虞襄年纪小，又身带残疾性格自卑，看见如此清俊且才华横溢的一名男子钟情于她，哪有不动心的道理？故此，这擅闯闺阁的丑事便也能略过不提了。

虞襄再如何聪明也想不到方志晨能说出这番话。上一刻被抓住与虞思雨密会，下一刻便向自己表白，前一天还想着聘娶庶女，后一天又看上了嫡女，当真好大的脸盘！他以为自己是谁？潘安再世？

虞思雨愕然地瞪着方志晨，简直不敢相信自己的耳朵。

桃红气炸了，指着他骂道："好你个登徒子！我主子与你素未谋面，你心仪个鬼？别胡乱往我主子身上泼脏水！"

方志晨连比画带解释，好歹把道观中的一面之缘说清了。

虞襄眯了眯眼，问道："我不良于行，你娶我作何？你那府务，你那中馈，你那后宅，谁来替你打理？"

方志晨见她问得如此深入，不禁放松地笑了："在下会先行迎娶我表妹过门，府务、中馈、后宅，全交给她打理，哪怕小姐子嗣艰难，她生下的孩子也都记在小姐名下，认小姐做母亲。小姐现如今在侯府如何过的，去了方家还如何过，不必操半点心。在下必定会好好照顾小姐，不让小姐受一丝一毫的委屈。我那表妹性子温婉和顺，打小在方家长大。小姐若是有什么难处她都会替小姐处理妥当，尽心尽力地伺候小姐。"

虞襄用指尖轻轻摩挲唇瓣，等他说完，忍不住笑起来，本就娇艳的脸蛋在烛光的照耀下越发动人，眉心一点朱砂隐隐透出红光，直把人的魂魄都吸入她紫府之中。

方志晨一时看得痴了，心脏扑通扑通狂跳。

却见她飞快冷下面色，讥讽道："你那表妹揽了府务、掌了中馈、理了后宅，这名分是侍妾还是嫡妻？你不但以妾为妻折辱于我，还要我帮你抚养庶子庶女，日后等他们长大了，便顺理成章瓜分我的嫁妆。你当我是傻子？就是傻子也做不出如此倒贴的事！”

她冷笑一声，继续道：“别说我只是双腿瘫了，就算我全身都瘫了也绝看不上你！论相貌、论才华、论家世、论人品，你哪点配得上我？你凭什么用施恩一般的语气对我说话？不巴结着我侯府，你们方家不出两月便会土崩瓦解，沦落成泥。到那时，你不再是大寒朝的探花郎，却是只丧家犬，连给我提鞋的资格都不配。”

她执起马鞭，狠狠地抽打轮椅扶手，呵斥道：“赶紧滚吧，否则本小姐让人打断你一双狗腿！”

方志晨被她给说蒙了，简直不敢相信眼下这冷若冰霜的女子就是白日那笑得阳光灿烂的佳人。她嘴里吐出的不是话语，却是一把把锋利的小刀，直把将他割得支离破碎鲜血淋漓。巨大的屈辱和愤怒令他窒息。

他站在原地没动，脸色忽青忽白。

虞襄冲柳绿挥手：“去，把巡卫都叫过来，打死了他自有哥哥帮我善后。”

方志晨这才想起虞品言乃大寒朝唯一一个可不问缘由便手刃朝廷命官的人。凭他的手段，就是把方家灭了旁人也说不得半句，更何况方家还有那么多要命的把柄。

他掩面离开，心中保有的阳光下粲然而笑的美好回忆全变成了那令人憎恶又惶恐的冰冷面庞。虞府二小姐是个浑身长满毒刺的反骨……他直到此时此刻，才真信了这句话。

虞襄转脸看向瘫软在台阶上的虞思雨，讽刺道：“看看，这就是你不惜违背老祖宗也要与之相守的人。嫡妻还未过门，就开始想着纳妾，夜半三更往你闺房里钻，一点儿也不顾及你的清誉。嫁给他，日后有你受的，更别提他家那个烂摊子！”

虞思雨挣扎起身，怒吼道：“虞襄，你不要脸！你竟背着我勾引方志晨！你下贱，你无耻！你才应该浸猪笼！”

虞襄面无表情地听她叫骂，等她骂完，一字一句地开口：“虞思雨，你该庆幸我走不得路，否则，非得把你按进水缸里好好醒醒脑子！那方家不日便会败落，你当抄家灭族是好玩的吗？你自己想死也别拖累我哥哥！若不是看在你跟哥哥同样姓虞的分上，你以为我会管你死活？”

虞思雨扬起下颌蔑笑：“虞襄，你不用哄我。你哪里是为我好，却是怕我嫁得富贵碍了你的眼。因为你是个废人，而我双腿健全，所以你嫉妒，你怨恨，你处处针对我，陷害我。倘若方家果然快走到末路，皇上如何会点他做探花郎，早把他踢出殿试三甲之列了！他既中了探花，可见皇上还是器重他，器重方家的。你正因为知道这点所以才处心积虑地毁我姻缘，是也不是？你真歹毒！”

虞襄听得目瞪口呆，少顷掩面而笑，越笑越大声。这人蠢也就罢了，偏偏还以为自己非常聪明，简直令她绝倒。皇上点方志晨做探花郎与方家倾塌有何关系？

想当年皇上在围场遇刺，被当时的禁军都统救下。皇上先是以渎职之罪打那都统五十大板再革除职务，等都统归家后又颁下圣旨奖赏他救驾之功，官复原职。这一来一去一上一下地折腾，足可窥见皇上的行事风格。他于朝政是十分公允的，凡事皆按章处置，该罚的罚，该赏的赏，不偏不倚。方志晨的才华与他的出身没关系，故而皇上给方志晨一个功名。倘若方家果然有罪，方志晨该抵罪的抵罪，该贬黜的贬黜，那都得依大寒朝国法为准。

然而这些话，虞襄却不会告诉虞思雨，就算说了虞思雨也是不信，还会用最大的恶意来揣度她的用心。

虞品言地位特殊，在朝中树敌无数。这些年来，虞襄恨不得把自己修炼得百毒不侵刀枪不入，只为了不拖哥哥的后腿。她没几个朋友，外出也甚少说话，现今的永乐侯府除了与老太太的几位故旧还有来往，几乎不在京城走动。她慢慢将侯府往孤臣的路子上带，因为这是皇上乐于看见的，就连她的乖张霸道，虞品言对她无原则的宠溺，也都是皇上满意的。虞品言需要一个弱点，而非事事妥当处处完美。

她把该做的能做的全都做尽，只为了让虞品言走得更远更顺畅。偏偏虞思雨不停地犯蠢，先是巴结世家贵女，后来又妄图嫁入高门。她怎么不想想，凭都指挥使的特殊地位，皇上如何乐意见虞府跟那些老牌世家联起手来？

圣意注定了虞思雨只能嫁一户普通人家过寻常日子。故此，老太太拒绝了许多比方家更显赫的人家，只为了让皇上放心。

不过，区区一个盐运使司运同便能让虞思雨失了理智，要是让她知道登门提亲的还有公侯伯府且全都被老太太推拒了，她不得把老太太恨入骨髓？

想到这里，虞襄颇觉无力，摆手道："把她关进屋，等老祖宗回来再另行处置。"她又指了指青芽，"这丫头先打三十大板，再关进柴房。"

邱氏应诺，推搡着虞思雨进屋。

虞思雨狠狠地啐了邱氏一口，扯开嗓子叫骂："虞襄，你在我跟前耍什么威风，告诉你，你只是个野……"

她后半句话还没说完便被邱氏一把捂住，反扣双手押进房间，又在针线篮里随意找了块手帕将她嘴给堵上，叫骂声顿时变成了模糊不清的呜咽声。

虞襄自然知道她要骂些什么，不以为意地扯唇，冒着霏霏细雨离开。

邱氏依然扣着虞思雨，等人全都走远，方才低声劝道："我的大小姐，您就消停点吧！襄儿小姐不是侯府血脉又如何？老夫人看准了她，侯爷看准了她，那她不是也是！莫说您与她比不得，就算真正的嫡小姐回来了也跟她比不得。她有老夫人和侯爷的宠爱，您拿什么和她斗？您还是赶紧消停点儿吧，不然您的婚事更没指望了。"

虞思雨慢慢安静下来，脸上看不出表情，心中对虞襄的恨意却越发深沉。

邱氏等了片刻才放开她，她立即扯掉嘴里的手帕，反手给了邱氏一巴掌，恶狠狠地骂道："吃里爬外的老狗，早晚有收拾你的一天！"

邱氏本来是林氏派去监视虞思雨的，对虞襄的来历自然清楚。但她脑子活络，觉得跟着林氏没什么出路，很快就向虞襄投了诚。

她捂着红肿的脸走出房门，看见地上五花大绑的青芽，立刻狠踹了几脚发泄，心下暗忖：什么叫吃里爬外，该是良禽择木而栖才对。凭侯爷对襄儿小姐的宠爱，这虞府还不是襄儿小姐说了算？就你这样的蠢货也想处处压过襄儿小姐，甭做梦了！

太子妃已生产了整整一夜，产婆第五次往她嘴里塞参片，冲着她耳朵大喊："娘娘用力啊，往下用力，就差一点儿了！"

太子妃的神志已经模糊，连叫都叫不出来，微微摇晃着脑袋眼看就要晕过去。

这要是真晕了，肚子里的两个孩子都得憋死，大人也有可能保不住。产婆心忧如焚却又不敢明说，一边用力按压太子妃肚子，一边回头寻找宋嬷嬷。

“过来，跟主子说些话让她清醒清醒，这真要是昏厥了，咱们一屋子的人都得……”她在自己脖子上比画了一下。

宋嬷嬷连忙上前给主子擦汗，绞尽脑汁地想着说辞，诸如“太子殿下在外边儿等着您”“皇上盼了许久”“您要是出了事，岂不是亲者痛仇者快”等等，太子妃均无反应，且眼皮子越发沉重。

宋嬷嬷忽然灵光一闪，大声喊道：“娘娘，您还记得襄儿小姐抽中的那支龙凤签吗？她说漫天神佛借她的手在给您赐福呢。咱们现在在白云观里，说不准道祖就在天上看着咱们呢！竹化成龙凤入天，道光普照诸邪散。有道祖保佑您，那些邪祟绝对伤害不到您，您和两位小皇孙都会平安无事的！这是天意，是天意啊！娘娘您再努把力，下一刻小皇孙就出来了！”

太子妃起初还不停耷拉眼皮，及至最后几句竟猛然将眼睛睁圆，用力嚼烂口中的参片，把参汁咽下去，尖叫着不停用力。人在最绝望的时候总会向自己信仰的神佛祈求帮助，太子妃自然也不能免俗。有签文的暗示在前，她忽然涌起无限的希望和力量，竟在濒死的一刻又活了过来，为自己奋力搏一个未来。

天微微亮了，太子在廊下站了一夜。

细雨不知何时已经停歇，只剩下天青色的烟雾将整个山顶笼罩，远处巍峨陡峭的山峰在滚滚烟云中若隐若现，景色美得令人窒息。

忽然，厚重的云层破开一道缺口，有金黄的光线从缺口中泼洒而下，投射在一座山峰顶端。五彩斑斓的光晕层层化开，让满山的天青色都鲜活了起来。

那灿光实在耀眼至极，引得几个龙鳞卫转头去看，顿时露出目瞪口呆的表情。

正当时，只听产房内一声凄厉的尖叫，随即便是两道嘹亮的啼哭声先后传来，不断有人叫嚷着“生了生了”，嗓音中满满都是喜极而泣的激烈情绪。

太子疾步走到门口，却见宋嬷嬷左右手各抱着一个布巾包裹的小婴儿，又哭又笑地喊道："恭喜太子殿下，这是小皇子，这是小公主，您快看看。太子妃娘娘一切安好，您请放心！"她倾身，把怀中两张红彤彤的小脸露了出来。

太子伸了伸手，实在不知该先抱哪个才好。心中高悬的大石轰然落地，令他颇有些头晕目眩。

却在这时，无数细碎的光晕渲染开来，将整个白云观笼罩在五彩神光之中。几名龙鳞卫指着不远处被一个圆形彩虹包围的山峰喊道："道光普照，天降祥瑞，这是天命之子降世了！"

所有人抬头望去，均被大自然这一奇妙的景象迷了眼，脑中不停回荡着"道光普照"四个字。宋嬷嬷从恍惚中回神，忙抱着孩子小心翼翼地跪下，喊道："谢道祖赐福娘娘与两位皇孙，谢道祖！"

说出那番话鼓励太子妃时，她心里也直打鼓，眼下见了这辉煌而绚烂的道光，激动得都快哭出来了。这两个孩子是道祖赐下的灵童，将来必定不凡！

太子弯腰接过孩子，慢慢走出屋檐，让他们完全沐浴在道光里。有了神光洗礼，一切灾厄终将离他们远去。

龙鳞卫接二连三地跪下，口中高喊"恭喜太子，天降祥瑞"等话。

产房内，产婆将窗户掀开一条缝，扶起太子妃让她欣赏这百年难得一遇的奇景，轻声道："娘娘，道光普照诸邪退散，这背后下黑手的人现在指不定该如何扼腕跳脚啦。您就安心睡吧。"

太子妃轻快一笑，闭眼睡了过去，虽然下身撕裂一样地疼痛，却是她怀孕以来睡得最香甜的一次。有道祖保佑，她终于安全了。

消息传回京城后，皇上欣喜若狂，连发了好几道急诏命太子赶紧把太子妃和两个小皇孙送回去。他有多高兴，对那幕后黑手就有多憎恨，密令虞品言彻查此事，宁可错杀亦不可放过。虞品言顺势将沈妙琪疑为侯府血脉的事报了上去，皇上果然不以为意，言道撇清她嫌疑就可把人接走，他全当什么都不知道。

虞品言欣然领命。

太子妃醒时白云观还未解禁，所有人均被拘留在院中接受调查。因皇上发了急诏，太子准备了舒适又温暖的马车，令车夫慢慢赶着回京城。

太子妃走时，不忘把虞老太君也捎带回去，又命宋嬷嬷将她亲自送到侯府门口。

都过了两个时辰，宋嬷嬷的情绪依然十分激动，一路拽着虞老太君的手，描绘那道光普照的璀璨情景，连连感叹道：“襄儿小姐果真是个灵性人儿，那么多签，她偏偏就抽中了龙凤签，尤其是最后那句签文，简直神准！若不是亲眼所见，我还当做梦呢！可惜襄儿小姐先走一步没能看见，咱们九公主当时都惊呆了，站在院子里又跳又叫的……”

老太太兴致勃勃地与她讨论，对神迹闪现一事也很向往。可惜她起得晚了些，只看见一点未消散的余光。

时间匆匆而过，侯府很快就到了。宋嬷嬷殷勤地扶老太太进屋，又使人抬了好几大箱贵重礼物，说是娘娘捎带给襄儿小姐的。

裴氏也沾了老太太的光，搭乘后一辆马车下山，否则，整日被一群龙鳞卫虎视眈眈地盯着，非得吓出病来不可。

两人在三岔路口告别，裴氏匆匆回屋洗漱，老太太直奔西厢去探望孙女。

“老祖宗，您怎么就回来了？”虞襄仰起脑袋，睡眼惺忪地咕哝。

都巳时三刻了她还趴在床上睡懒觉，上身什么都没穿，下身着一条烟绿色的灯笼裤，被子掀开一截，露出半拉白花花嫩生生的玉臂，让窗外的阳光一照竟泛出莹润的微光，当真惑人得很。

老太太走过去替她拢好被子，又理了理她蓬乱的头发，斥道：“懒丫头，什么时辰了还躺在床上，快些起来！你不知道吧？太子妃娘娘早产了！”

虞襄完全清醒了，撑起上半身问道：“生了什么？男孩女孩？”

“生了龙凤胎，八字那叫一个好，上天还降下了祥瑞……”老太太将从宋嬷嬷那里听来的道光普照之事又添油加醋地说了一遍，爱怜地捏捏孙女鼻尖，笑道，“我的孙女儿果然是个小福星！背上燎泡好了没，让老祖宗看看。”

虞襄撩开长发说道：“抹了药好多了。老祖宗，您先别高兴，我要跟您说件憋屈事儿……”

老太太起初还笑嘻嘻的，听到最后，脸色阴沉得能滴出水来。

虞襄揉了揉眼角，带着点儿哭腔控诉：“他方家如此折辱于我，老祖宗您可得替我做主啊！”话落眨巴眨巴猫瞳，眼泪便扑簌簌直往下掉，看着好不可怜。

老太太哭笑不得地戳她额头，嗔道："快把猫尿收起来。你那德行我还不知道？没把方家小子骂个狗血淋头羞愤欲死已算是好的了。"

虞襄抹掉眼泪，觍着脸笑了："不骂死他，如何能解我心头之恨？老祖宗，您赶紧把他们撵走，住在侯府里平白硌硬人。"

"好，老祖宗这便使人撵他们走。"老太太揉揉孙女发顶，喟叹道，"男怕入错行，女怕嫁错郎，裴氏到底是嫁错了。那些个盐商偷着皇上的银子，过着比皇上还富贵的日子，连带着将一众盐政官员也捧得不知天高地厚，岂不知越是富贵越是离死期不远。这次太子妃和两位小皇孙遇害，皇上心里正憋着火无处可发，合着也该拿他们泻一泻。裴氏当年也是我看着长大的，幼时还颇有几分气度，在扬州那等喧嚣浮华之地浸淫几年，倒像是个粗鄙商妇一般没见识。哎……"

老太太摇头感叹半晌，见时辰不早，连声催促孙女起床，随即回屋，命马嬷嬷去唤虞思雨。

虞思雨战战兢兢地跪下，正欲张口申诉，却听老太太沉声诘问："你好啊，翅膀长硬了，连私会外男这等丑事也干得出来，还将人带进闺房。那方家就那么好，让你不惜赔上清誉也要嫁过去？"

虞思雨咬咬牙，磕头道："方家好与不好孙女并不在意，孙女只是钟情于方公子罢了。既然我清誉已毁，还请老祖宗成全我。"

虞思雨曾听裴氏描述过她家的境况，莫说穿的衣裳戴的首饰均价值连城，就连吃食亦精致无比，一盘简简单单的蛋炒饭也需花费五十两白银方能制成。那下蛋的母鸡每日里吃的都是人参、黄芪、白术、红枣等物磨成的细粉，当真是富贵至极。且方志晨还那般芝兰玉树，前程似锦，正是她在脑海中想象了无数次的良人模样。

倘若她错过方家，今后怕是再找不到更好的去处了。

老太太气笑了，徐徐开口："什么叫清誉已毁？那青芽我待会儿就处理掉，邱氏、桃红、柳绿三人也断不会将此事宣扬出去，你的清誉怎么就毁了？是你自己不想要了吧？"

老太太将手里的茶杯狠狠地砸了过去，斥道："我虞府怎就出了你这么个不要脸的东西！"

虞思雨被砸得额角红肿也不知悔改，一遍遍地磕头道："求老祖宗成全，求老祖宗成全，孙女儿没别的念想了，求老祖宗成全我这回吧。我一辈子都记你的好……”

老太太沉吟半晌，冷声道：“你既然心意已决，我却是不得不成全了。一月后，我亲自登门去与裴氏议亲。我不需你记我的好，只希望你别临时反悔……”

“孙女绝不反悔！”虞思雨迫不及待地保证。

老太太定定看她半晌，这才摆手让她出去。

马嬷嬷不放心地问道：“老夫人，您还真的把大小姐嫁给方家啊？这如何使得？”

“如何使不得？小皇孙遇害一事引得皇上震怒，定会祭出雷霆手段肃清朝堂内外。三月后盐税大案想来已经尘埃落定，方家必然逃不过此劫。方志晨刚得的功名怕是要拿去折罪。他成了一介庶民又仕途尽毁，我也无须担心皇上猜忌我侯府，倒可以把虞思雨嫁过去。这不是她哭着喊着求来的吗？我就成全了她。”

马嬷嬷半晌无语，心下觉得大小姐既可恨又可怜。若是不这样闹，她本可以嫁一户殷实人家过安稳日子。老太太若真铁了心把她许配给方家，她以后的日子可就苦了。

第十三章

沈氏

虞思雨出了正院，见左右无人，用帕子捂住嘴畅快地笑了。

“你高兴什么？”一道万分熟悉的嗓音冷不丁从身后传来，她回头一看，只见虞襄身穿一件鹅黄色的散花如意云烟裙坐在一丛迎春花里，金黄的阳光笼罩在她身上，更衬得她明眸皓齿，人比花娇。

只可惜她是个瘫子，再漂亮又有何用？虞思雨心下恶意地嘲讽，用手帕擦了擦唇角，徐徐开口：“老祖宗已答应将我嫁去方家，一月后便亲自上门帮我议亲，我自然高兴。到底是亲祖母，关键时刻，还是心疼亲孙女的。”两个“亲”字刻意加重了语气。

虞襄听了这话全无她想象中的惊讶嫉妒，只眯眼思忖片刻，随即轻笑起来。

虞思雨怒气冲冲地问道：“你笑什么？不相信？”

“非也非也，我自然相信。”虞襄止住了笑，抬手作了个揖，“那我便提前恭喜姐姐了，你日后可得多多保重。”

老太太怎么能想出这样的损招？将长了一双势利眼的虞思雨嫁给前途尽毁、家财充公、落魄潦倒的方志晨？这回怕是真气得狠了。

虞思雨对她的反应十分不满，就好像一拳打在了棉花上，那种空落落的失重感很让人难受。她抿唇，讥讽道：“多谢妹妹。你日后也得好生保重才是。芙儿姐姐下月就要除服，想必不久便要嫁进来。听说你在道观里与她起了争执，还与她弟弟闹了不愉快？那她接管虞府后，你可怎么办？甭看哥哥现在护着你，等他有了妻子儿女，却是再也顾不上你了。你当真自己能一辈子留在虞府？不如赶紧物色个小宅院搬出去，免得惹哥哥嫂嫂厌弃。”

一想到虞襄被扫地出门的场景，虞思雨便乐不可支，捂着嘴笑起来。

虞襄手里本捧着一朵迎春花，听了这话不自觉将之捏烂揉碎，花汁顺着指缝缓缓沁出，弄脏了衣袖。她暗暗深吸口气，从柳绿手中接过绣帕，慢条斯理地擦拭掌心，笑道：“不劳姐姐操心。姐姐还不知道吗？常雅芙与哥哥的婚事怕是不成了。哥哥发了话，言道她这辈子都别想踏进侯府。”

“怎么会？”虞思雨目露错愕。哥哥现如今已经二十，退了靖国公府的亲事岂不又得耽误一两年？老祖宗怎能同意？

虞襄也不多说，招手命桃红、柳绿推自己回去。

虞思雨对着她的背影诅咒几句，这才愤然离开，刚一跨进小院，就看见邱氏正使人将青芽押走。青芽被打得奄奄一息神志不清，让两个老婆子一左一右架着，半拖半拽地路过。

婚事好不容易定下，虞思雨哪敢节外生枝，连忙闪身避到一旁，并不敢出言拦阻。等人都走光了，她才脚步虚浮地回屋，躺在靠窗的软榻上喘气。从昨晚的绝望到今晨的狂喜，情绪大起大落之下，她实在是累极了。

心病已除，她略略小睡片刻，起来后又有心思琢磨些旁的，叫了邱氏入屋问话：“虞襄说大哥跟芙儿姐姐的婚事成不了了，这事你可知道？”满院子奴才，唯邱氏一个消息最为灵通，虞思雨平常不用她，临到这时总会想起她。她固然想把此人撵走，却苦于没那个能耐。莫说邱氏一人，就是整个侯府的奴才也都只听虞襄的号令。

虞襄掌家十分严厉，各种规矩均条条款款地列出来让下人背记，首要一条就是不得奴大欺主。她虽然不喜虞思雨，却从未苛待过她，也不许下人苛待她，故而虞思雨的日子也算是滋润，只是她不知足罢了。

邱氏的任务是看牢虞思雨，莫让她干蠢事牵累侯府，旁的时候该怎么伺候还怎么伺候，并不敢犯了虞襄的忌讳。于是，她如实禀告道：“这事儿奴婢知道一点儿，应该是真的。”

“为何？好好的亲事怎说退就退？芙儿姐姐今年已经十九岁，退了亲可叫她怎么活？”虞思雨忽然涌起一股同病相怜的感觉。

“也是她自找的。她竟唆使她弟弟往襄儿小姐头上倒毛虫，弄得襄儿小姐起了一身的燎泡。侯爷当时气急，命龙鳞卫找来一筐蛇倒在她弟弟身上，把人吓得三魂没了七魄。襄儿小姐咳嗽一声，侯爷都心疼得跟什么似的，如何能让一个外人欺辱她？这常家小姐还没过门就如此猖狂，真要是嫁进来，岂不得把襄儿小姐折磨死？侯爷是万万不能答应的。”

邱氏一边说话一边摇头，暗叹常雅芙也是个蠢的，明知襄儿小姐是侯爷的心头肉还要去招惹，平白把自己的大好姻缘给搭进去。

虞思雨听了嫉恨欲狂，带着哭腔埋怨道：“虞襄有什么好，哪点及得上我？我才是大哥的亲妹妹，他为什么只疼她不疼我？老祖宗也是老糊涂了，连里外亲疏都分不清……”

邱氏见她说着说着竟哭上了，也没那个耐心去安慰，摇摇头掀帘子出去，心中暗忖：你整日里就琢磨着给襄儿小姐添堵，构陷于她。襄儿小姐虽嘴上骂得毒，却又何时亏待过你？但凡她透出一二句报复之意，你恐怕连一顿饱饭都吃不上。一个只知道动歪心整幺蛾子，闹得家宅不宁；一个小小年纪就开始帮老夫人掌家，帮侯爷分忧，谁好谁赖明眼人都看着呢，只是你没那个自知之明罢了。人跟人的感情都是处出来的，你不对别人好，别人凭什么对你好？

虞思雨是如愿了，方志晨却整宿没睡。见裴氏回来，他一迭声地催促她收拾东西赶紧离开侯府。裴氏将太子妃早产、天降祥瑞等事告诉他，他也没耐心听。

“儿啊，你为何如此急着离开？可是发生什么事了？瞧你这脸色，差得很。”裴氏不放心地追问。

“母亲快别问了，赶紧离开才是。”方志晨哪里有脸说昨晚的事，急得眼睛都红了。他长这么大从未受过此等羞辱，一时间竟有种万念俱灰的感觉。想当初还在扬州的时候，他走到哪里，哪里不引来旁人艳羡崇敬的目光？来到京城，他怎就连给人提鞋的资格都没有了？他好歹是圣上钦点的探花郎，被无数闺秀爱慕的探花郎！她虞襄以为自己是谁，不过一个废人罢了！

想得深了，他对虞襄的一腔爱慕全化作了怨恨。

裴氏越发不放心，拽住他好一番盘问，直问得他差点哭出来才结结巴巴将夜会虞思雨让虞襄抓住的事说了。

裴氏大急，斥道：“儿啊，你好生糊涂！她让你去你就去啦！你怎么不动脑子想想，这里是京城，是虞府，不是咱们的老宅。后院那种地方，哪里是你能去的！这下可怎么办？你与虞二小姐的婚事怕也不成了！不行，我得赶紧去给老太君赔罪！”她边说边在箱笼里翻找贵重礼物。

“不成就不成，我也不想娶她了。”

“坏了人家大小姐的清誉，你现如今还能娶谁？这事到底是你理亏，老太君那里还得好生安抚安抚，莫结亲不成反结了仇。”裴氏找出一套价值连城的翡翠头面，用锦盒包好。

“知人知面不知心，侯府的两位小姐我真是一个都不敢要了。”方志晨压不住满腹委屈，控诉道，“母亲，那虞二小姐竟说……竟说我连给她提鞋都不配。母亲，儿子心里难受！”

“什么？她果真这样说？”儿子是裴氏的逆鳞，容不得旁人说他半句不是，当即拍着桌子怒骂，“好一个小贱蹄子，真不知天高地厚。她只不过是一个废人，要不是看在……”

“看在什么？吃我侯府住我侯府，嘴上还骂我侯府，方夫人这样的大佛，我侯府供不起，还请赶紧离开吧。”马嬷嬷带着几个小丫头进来，不客气地说道，“哪些是你们的东西还请指出来，丫头们帮你们装好这便抬出去。马车已经停在角门外，别耽误大伙儿时间。”

“不行，我要见老太君一面！”裴氏这才急了，盖因前几日接到方老爷家书，言及定要将虞家女儿娶回去，且最好还是嫡女。虞襄舍命救兄的事大寒朝人人皆知，虞品言对她毫无原则的宠溺早已不是新闻。娶了虞襄，就等于捏住虞品言的软肋。

虞品言是什么人？奉旨杀人的都指挥使，权力更凌驾于三司之上，只听皇上一人号令。有他相助，等于多长了几个脑袋。莫说虞襄只是不能走路，就是全身都瘫了，抬也要把她抬进门。

裴氏深知若是这趟没把夫君交代的差事办成，回去定要吃挂落，推开马嬷嬷和几个丫头便要往正院闯。

虞品言下朝回来就看见一群人围着一堆箱笼吵吵嚷嚷，裴氏被马嬷嬷拽住衣袖直往角门处推，方志晨不尴不尬地站在一旁，眼下带着浓重的青黑色。

“这是怎么了？”虞品言看向门房。

闺房夜会这等丑事被虞襄压得死死的，门房自然无从得知，摇头道：“回侯爷，奴才不知。应该是得罪了老夫人吧。”

虞品言点头，转身便要往西厢走，却听裴氏放开声量喊道：“我儿昨晚去了二小姐闺房与她私会，你们不让我见老太君，我便把这等丑事宣扬出去，看看到底是谁没脸！”虞襄不是说我儿连给她提鞋都不配吗？那便把她名声搞臭，看谁敢娶她！到那时老太太还不得哭着喊着来求我！

虞品言停步，转身朝几人走去，拇指一个用力便顶开手中绣春刀的刀鞘，闪烁着寒光的刀身发出一声嗡鸣。

嗡鸣声很细微，听在众人耳中却似雷霆之击，震耳欲聋，更何况他周身弥漫的阴冷杀意直把周围的空气都冻结了。

裴氏瞬间安静下来，用惊恐至极的表情朝他看去。

“你儿子昨晚干什么去了，你再说一遍。”他一字一句缓缓开口，拇指轻轻摩挲刀鞘，动作看上去温柔至极，却隐含着令人不寒而栗的杀意。

裴氏的舌头似被人剪了去，开开合合硬是发不出声响。

虞品言转脸去看方志晨，视线在他脖颈间鼓起的血管上游移，那目光似一把无形的利刃，正在缓慢而残忍地割开他皮肉，仿佛他敢答一句“是”，等待他的便是人头落地，血溅当场。

方志晨瞬间惊出一身冷汗，捂住脖子结结巴巴说道：“我，我昨晚去的是大小姐闺房，并……并非二小姐闺房。我母亲那是胡说的。是大小姐再三央求，我才勉为其难赴约。还请虞都统看在我外祖母的分上，饶我一命吧！”

他双腿哆哆嗦嗦站立不住，差点就给跪下了。

虞品言瞥向马嬷嬷，马嬷嬷微微点头，示意他说的是真话。

虞思雨犯蠢也不是一天两天了，什么人该结交什么人不该结交，她从来都不知道。及至眼下，什么人该嫁什么人不该嫁，她同样糊涂。虞品言没那个闲心去管她，将刀按进刀鞘，转身大步离开。至于裴氏方才的恶意中伤，他自会在方老爷的身上找补回来。

弥漫在空气中的黏稠杀意随着他远去的步伐慢慢消散，裴氏母子这才大口大口呼吸，露出劫后余生的表情。

“方夫人、方公子，请吧，马车已经在门外等候多时了。”马嬷嬷推搡二人，讥讽道，“哟，还不想走？那我去叫侯爷来送送你们？”

裴氏母子大惊失色，连忙互相搀扶着朝角门走去。

马嬷嬷对着二人背影交代：“千万别传些流言中伤我虞府小姐的清誉。你们应该知道我家侯爷是干什么的。龙鳞卫的耳目无处不在，你们要是说一句半句不中听的，当心被人割了舌头。”

裴氏母子走得越发迅疾，活似后面有恶鬼在追赶。

马嬷嬷啐了一口，这才回去复命。

因背上起了一大片燎泡，被布料摩擦后实在痛痒难忍，虞襄命人将地龙烧起，等房间温度升高后便脱掉外衫，仅着一件粉红色的小肚兜和一条松垮得快垂落腰际的烟绿色灯笼裤，懒洋洋地趴伏在软榻上数着一匣小金猪。

她没挽发髻，长及脚踝的黑亮秀发似最华美的绸缎，铺了满满一床，更有几缕缠绕在她纤细的臂膀上，衬得黑发更黑，雪肤更白，强烈的色差令人感到头晕目眩。

柳绿手里捧着一盒药膏，轻轻涂抹在虞襄患处，伸手将主子滑到胯骨间已微露半拉股沟的灯笼裤拉上。

却在这时，门帘被人掀开，侯爷高大的身影将所有阳光挡住，屋内光线立刻昏暗了些许。

柳绿心下一惊，连忙捡起随意扔在软榻上的鲛菱纱罩衫，盖在主子背部，随即蹲身行礼，欲言又止地道："侯爷，小姐该换药了。"所以，您是不是回避一下？

鲛菱纱薄薄的一层，盖在身上不但没遮住什么，反而将那白腻娇躯衬托得若隐若现，十分惑人。虞品言眸光微暗，接过柳绿手中的药膏命令道："你出去。"

"哎？"柳绿傻眼了。该回避的人怎么成了自己？

"出去吧，有哥哥帮我抹药就行了。"虞襄没心没肺地挥手。

柳绿恍恍惚惚地出去了，在廊下呆站许久才堪堪回神，见桃红肩上扛着阿绿一蹦一跳地过来，没好气地低斥："你这死丫头，又带阿绿出去玩。告诉过你多少次，一定要把阿绿拴在小姐门口，侯爷来了，也好听个响动，你偏不听！"

"侯爷要来就来，听响动干吗？"桃红满脸懵懂，阿绿也应景一般呱唧叫了两声"侯爷来了"。

柳绿看着这一傻人一傻鸟，颇为无力地摆手："算了，跟你们说不清楚。"

房间内，虞品言坐在床沿，一边掀开罩衫一边问道："今日可好些了？还痒吗？"

"比昨天好多了。"虞襄手里捏着一只小金猪把玩。

虞品言点头，沾了少许药膏均匀涂抹在依然有些红肿的患处。

却听虞襄一阵轻笑，含着几丝水汽的猫瞳控诉般瞥过来："哥哥，好痒！"

虞品言这才回过神来，发现自己指尖早已离开患处，停留在她凹陷的腰窝处轻轻打转。他似被烫伤般收手，存留在指尖的滑腻感觉怎么也挥之不去。

他不敢多想更不敢多看，放下药膏，从箱笼内找出一件不透明的锦袍，盖在妹妹身上。做完这一切，他仿佛打了一场最艰难的仗，额头冒了许多细汗，呼吸也粗重了许多。

虞襄却是个没心没肺的，与兄长相处时从来想不到男女之别，也不分彼此，指指他额头的汗笑道："屋里烧了地龙，外头又出了大太阳，哥哥把外套脱了吧，瞧把你给热的。"

虞品言哪里是身上热，却是心里热，听了这话唯有苦笑，却也依言脱掉外袍和朝靴，盘腿上榻，找了一本《史记》坐在妹妹身旁慢慢翻看。心静自然凉，看会儿书兴许会好些，若要让他离开，他更宁愿留下来痛并快乐地遭罪。

虞襄早习惯了兄长守在自己身边看书的安心感，继续数自己的小金猪，数一个看兄长一眼，数一个又看兄长一眼，颇有些欲言又止。

被那样一双晶亮有神的猫瞳看着，虞品言心里似被一根鹅毛拂过，说不出的酥麻，忍耐片刻，才状似平静地开口："有话说话，作甚总看我？"

他立刻收回视线，盯着书页上的文字，大脑却再无法将它们辨识出来。他暗暗深吸一口气。

虞襄浑然不觉，期期艾艾开口："哥哥，我想在乡下买座宅院。"

"要买就在京城买。乡下有什么好宅院，都是些田庄或青砖瓦房。"虞品言翻过一页，嗓音有些沙哑。

"买在乡下才好呢，日后嫂嫂嫌弃我了，我还能避远点儿。虞思雨说我是个废人，现在你护着我，日后有了妻儿，指不定怎么嫌我碍事呢。"虞襄越说越心酸，竟把眼泪都说出来了，连忙抬手去擦。

虞品言并不看她，盯着书页冷声道："别听她胡说八道。"看来是该尽快把虞思雨嫁出去了。

虞襄咬咬唇，表情依然很不安。

虞品言无奈，飞快看她一眼，安慰道："行，在乡下买一个宅院。她若是嫌你，就让她自个儿搬出去。"

虞襄点了点头，这才将扔得到处都是的小金猪捡起来收进匣子。只要一想到哥哥会与另一个女人结合，从此生活中再没有自己插足的余地，她就高兴不起来。

犹豫半晌，她终于憋不住了，迟疑道："哥哥，你不要成亲好不好？我不喜欢嫂嫂，谁当我嫂嫂我都不喜欢！你要是我一个人的就好了。"

虞品言心尖一阵剧烈的颤动，说不清道不明的喜悦从那早已裂了无数条细缝的冷硬心房内流出。他唇角悄然上扬，眼睛却紧紧盯着书本，状似漫不经心地答道："好，哥哥不成亲，哥哥只守着襄儿过日子。"

虽然知道不成亲是不可能的，但能得到这一句话，虞襄已经很满足。她捂着嘴，像偷了油的老鼠一样乐不可支。

虞品言飞快瞥她一眼，唇角的笑容越发深刻。

虞襄心事一去便有了说话的欲望，将昨晚发生的种种一一道来。她语速很慢，表情生动，连说带比画的，听着十分有趣。虞品言最爱的一件事便是每天归家听妹妹向他叙述这一天的经历。

虽然都是些鸡毛蒜皮的小事，却能叫他听得低笑连连，心情大悦。走入龙鳞卫，他便是一把无心无情的杀人利器；回了家，耳里听着妹妹的絮叨，他才感觉自己是个活生生的有血有肉的人。

听到方志晨告白那段，他眸中泻出一丝戾气，冷声道："他还真敢想！"

虞襄往他怀里钻了钻，委屈地开口："他可不就敢想吗？不过看我是个残废，不把我当回事罢了。不只他，日后想娶我的人，谁不是意在哥哥的权势？提亲时说得千好万好天花乱坠，过了门哪还会把我当人看，甚至还有可能叫侍妾婢女爬到我头上作威作福。哥哥，这世上再也找不出像你这样全心全意对我好的人了。所以，我能不能不嫁人？我也守着你过日子就成了。"

虞品言眼中戾气尽去，搂着她低笑起来，震动的胸膛带出一股浓烈的愉悦。

这便是答应了？虞襄也跟着笑了。

从窗户缝里看见纠缠在一起不分彼此的兄妹俩，柳绿心中那股怪异感越发强烈，正犹豫着是不是该找个借口进去，却见侯爷的贴身侍卫匆忙跑来。

“可是找侯爷有事？”她赶忙迎上前去。

“烦请柳绿姑娘进去通禀一声，就说侯爷让查的那人已经有眉目了，两名龙鳞卫此时正在书房内等候。”侍卫拱手。

二人的对话虞品言已经听见，将妹妹轻轻放在榻上，又扯了一条薄被替她盖好，这才穿上外袍和朝靴出门。

已经过了整整一天一夜，凭龙鳞卫无孔不入的能力，定是将沈妙琪的经历给查清了。

书房内，两名龙鳞卫肃然而立，见了都统齐齐跪下行礼，随即呈上一份卷宗，里面记载着沈妙琪从出生到现在的所有经历。

虞品言接过，面无表情地翻看。

能从富商千金沦落为婢仆，他早猜到沈家遭了大难，却没料到其中还有自己的推手。

原来，当年的沈家在岭南也算是巨富之家，沈父的发迹史还颇有些传奇色彩。他本是盗墓掘金的高手，以古董生意掩盖自己见不得光的副业。后来，沈夫人先后诞下一子一女，他为了替儿女积福便再不干刨人祖坟的缺德事。

沈妙琪十岁前都还顺风顺水，锦衣玉食，偏在十岁那年随沈父前往洛阳倒腾古董，恰好遇见在驿站养病的太子。沈妙琪进献草药不成反被当奸细抓了起来，沈父将十之七八的财产都拿来赎她，随即一家人狼狈逃回岭南。

而当时下令抓人的正是虞品言本人，从此以后沈家就开始走向没落。难怪过了四年沈妙琪还记得他，见面就喊出“仇怨、报复”等语，怕是将一切罪责都归咎于他，每日每夜地记恨诅咒。

想到这里虞品言勾唇冷笑，继续往下看。

回到岭南后，沈家逐渐入不敷出，为了不让儿女跟着受苦，沈父不得不重操旧业。恰在这时一位老顾客寻上门来，让他前往一处古墓盗出主穴中埋藏的一件鎏金准提佛母像，且先付了一半定金。

因酬劳实在是丰厚，正好挽救一蹶不振的沈家，沈父当即便动了心。沈父在参考过许多文献后，确信墓中果然有那么一尊佛像，连夜赶了过去。

经历九死一生后沈父将佛像带回家中，随即昏迷了三天三夜。却在这三天里，沈妙琪因好奇打开了装佛像的匣子，且还不小心将一只佛手磕断。因她常常看见沈父修补古董，竟然无师自通，拿透明胶质将佛手又粘了回去，依样放回匣中。

沈父苏醒后连忙通知那人前来拿货。二人都太过激动，也没好生查验就完成了交易。那人归家后细细把玩才发现上当，因对这尊佛像向往已久，对毁了宝物又骗了钱财的沈父深恨不已，设了几个连环局将沈家害得家破人亡，身陷牢狱。

最后一成家产拿来打点赎罪，沈父大呼冤枉死在监牢门口，沈母也跟着一病不起。至于沈家那些小妾，早偷了家产带着庶子女跑得没影儿了。

沈妙琪还有一位嫡亲哥哥名为沈元奇，自此担负起全家生计，与当地一大户人家签了死契成为奴仆，用卖身的钱租了一个小宅院给沈母和妹妹居住。

沈母病情危重正是最需要人照顾的时候，沈妙琪却在某天下午偷了家中仅剩的十两银子跑了，出门时只带了几件衣服和一块襁褓。想来沈母因熬不过心中愧疚将身世告诉了她，却换来她如此绝情决意的对待。

沈母找不见人又找不见银子，当即吐了几口血，没几日便去了。沈家兄妹自此分道扬镳。

沈妙琪埋头往京城走，半路遇上一支商队，花了二两银子搭乘他们马车，却不想遇见土匪打劫，商队的人死的死伤的伤。沈妙琪躲在车底，眼看就要遭难时恰好让上京述职的赵安顺一家救下。

她自愿卖身给赵家小姐为奴，却是打着一块儿跟上京的主意。

她本以为终于可以一切顺利了，却没料到赵安顺因太过刚直得罪了上峰，熬了八年才熬来的升迁机会被判给另一位同僚。

接到上峰书信的赵安顺只得半道转回去继续当允州知府，沈妙琪不但没往京城靠近反而越去越远。她此时早被土匪吓破了胆，哪还敢独自上路，只得留在赵家等待机会。

这一等就是四年。

因赵安顺一直在允州那等偏远苦寒之地任职，与京城各大势力均无牵扯，那几百斤木炭早在半月之前就已运去道观，而赵家人当时还在路上。沈妙琪恰在太子妃出现时往火中添了一根炭，事实上，那天往火里添炭的人足有三四十个，唯独沈妙琪最倒霉罢了。

合上卷宗，虞品言许久没说话。

两名龙鳞卫默默将一块襁褓呈上。既已查清沈妙琪经历，他们自然知道沈夫人与侯夫人同在洞中产子的事，随后沈父一路掩盖行迹回岭南，又避免与京城权贵做生意，两人对某些事已经有了猜测，及至看见这块襁褓又联想起沈妙琪狱中喊的那些话，便什么都清楚了。沈家再如何富贵，这宫中贡品也是拿不到的。

龙鳞卫是皇上手里最具威势的一把刀，掌握着许多官员不能为外人道的隐私绝密，嘴巴若是不牢靠，必定活不长。

虞品言敢让他们去查，自然就不怕他们知道，接过襁褓略略翻看，末了随意扔到一旁。

其中一名龙鳞卫见他情绪欠佳，踌躇片刻才提醒道："都统，这沈元奇便是今科状元沈元奇。他当年卖身的那户人家是个有远见的，本让他给家中嫡子当书童，后来见他天纵奇才便起了心思，不但替他消除奴籍，还认他做义子供他读书，以期日后多个助力。今年他果然高中状元，最近几日也在打听沈妙琪和二小姐的事。您看是不是要……"

他以手做刀，在脖颈处划拉一下。出了这样的事，自然该杀人灭口以保侯府声誉。若是让沈元奇闹上门，侯府岂不成了个笑话？被侯爷当命根子一般护着的二小姐首当其害……

虞品言沉吟片刻后摆手："我自有打算，你们不要轻举妄动。下去吧。"

二人不敢忤逆，弯腰行礼后退出书房。

沈妙琪从白云道观的地牢转移到龙鳞卫所的地牢，地方是宽敞了，景象却更为骇人。

她恍惚听同监牢的囚犯提及，那日审问她的俊美青年就是这龙鳞卫所的首领，行事手段更比这些人残忍百倍千倍。

在心中诅咒了几万次的仇人竟如此权势滔天，手段狠辣，沈妙琪这才知道怕了，拼命祈祷家人能早日找到自己。

仿佛过了一辈子，其实只是十二个时辰，当牢门再次打开的时候，沈妙琪颇有种恍如隔世的感觉。

清空了狱中囚犯，虞品言缓步走到蜷缩成一团的少女身边，并不扶她起来，也没有一句类似关心的话语，更对她之前十二个时辰的遭遇不闻不问，只微微弯下腰，盯着她脏污不堪的脸细看。

这张脸像足了林氏，实在激不起他一丝一毫怜爱之情。这人虽然是他血脉相连的妹妹，在他心中却只是个陌生人罢了。他的同情心早在一场又一场血腥杀戮中消磨殆尽。

沈妙琪挣扎了许久，才在他逼人的威势下爬起，膝行过去抓住他衣摆，喊道："大人，我是冤枉的。太子妃早产一事当真与我没有关系。我不是婢女，却是侯府小姐。求大人帮我找找我的家人吧。来日我必定结草衔环以报大人恩德！"

虞品言看了看被抓出几个黑指印的绛色衣袍，皱眉退后一步，见她说完便要给自己磕头，伸出脚尖抵住她快要碰到地面的额头。

"别跪我，我是你兄长。你姓虞，乃永乐侯府丢失了十四年的嫡女。"他一字一句缓缓叙述，面上没有找到亲人的激动和喜悦，冷淡得好似在说一件无关紧要之事。

沈妙琪抬头，木愣愣地看着他，直过了好半晌才消化完这席话。两次害她身陷囹圄的人竟是她找了四年之久的亲人，她的兄长？她简直不知该作何表情。

她觉得自己应该大笑几声以表达心中的喜悦，抑或痛哭一场以显示这几个时辰遭受的委屈。但对上青年漆黑冷漠的眼眸，她只能飞快地低下头，用颤抖的嗓音问道："你，你果真是我兄长？"

虞品言不答，招手唤来两名龙鳞卫，命令道："带她下去清理干净。"

二人应诺，架起腿软的沈妙琪向牢房外走去。

一个时辰后，沈妙琪身穿一件青灰色缁衣坐在摇摇晃晃的马车上，虞品言手握一把绣春刀，闭目坐在她对面。

沈妙琪心下有了不好的猜测，嗫嚅道："哥哥，你让我穿这身缁衣是为何？"难道他并不打算认我，反而要逼我出家，就因为我身陷牢狱丢了他的脸面？是了，他这样冷血无情，什么事做不出来？

沈妙琪心中刚消下去的恨意又开始剧烈翻腾。

虞品言年方二十便已杀人如麻，对人的恶意最是敏感，猛然睁开眼睛定定看她。

沈妙琪悚然一惊，连忙低头揪住衣摆，手背暴出条条青筋。越是相处，她对这位兄长就越是感到畏惧。他眼中除了冷漠什么情绪都没有，就仿佛她不是他血脉相连的亲妹妹，而是一个无关紧要的陌生人。

死一般的寂静在车内蔓延，直过了半刻钟，虞品言才徐徐开口：“你与襄儿是双胎，因你八字孱弱，恐会随时夭折，不得不送去水月庵寄养，只等过了十四岁的生死大劫再接回侯府。这番话你记住了。”

沈妙琪对他是爱是恨，对他而言无关痛痒，左右不过多一张吃饭的嘴罢了。

原是为了保护自己声誉。也是，就这么贸然地接回去，让人知道她为奴为婢的过去，日后也就没脸见人了。沈妙琪乖巧点头，心中暗暗记住了“襄儿”二字。

说起这襄儿时，她分明从虞品言冰冷的眼眸中看见一丝柔软。那人想必就是鸠占鹊巢的沈家女吧？十四年的朝夕相处，果然很有些感情了吗？她夺了自己高贵的身份，享了本该属于自己的荣华富贵、锦衣玉食，而自己替她受了整整十四年的苦难还得不到兄长半点怜惜。老天爷怎么就没开眼？

想到这里，她胸中涌起强烈的不甘和怨恨。

第十四章 相认

安置好沈妙琪，虞品言直接前往薛府。

这薛姓人家乃岭南望族，在朝中颇有几分根基，无奈子孙一代不如一代，眼看就要日薄西山。但薛老爷是个有远见卓识的，见沈元奇聪明绝顶、心智不凡，便起了爱才的心思，替他除了奴籍认作义子。

沈元奇也知恩图报，高中状元后将薛老爷一家接来京城，像孝敬自己父母一般孝敬他们，与薛家嫡长子的关系也极为融洽。

虞品言早年还得了个“玉面阎罗”的称号，近几年随着手段渐长，“玉面”二字便被去掉，直接称为“活阎王”。盖因他手里的人命越来越多，周身缠绕的阴戾之气也越来越重，容貌再俊美只会叫人胆寒。

见他手握绣春刀登门，薛老爷吓得两股战战，冷汗淋漓，连话都说不利索，你啊我啊地吭哧半天，还是匆匆赶来的沈元奇替他解了围。

“下官见过虞都统。”沈元奇弯腰作揖，态度不卑不亢，不惊不惧。

虞品言不答，锋利的视线在他脸上游移。这是一张极为俊美的脸庞，除了眼睛是狭长的凤眼，其他地方与襄儿至少有五六分相似。

单看这张脸就无法否认他与襄儿之间的血缘关系。

虞品言本就不怎么愉快的心情越发阴郁，拇指一个用力顶开绣春刀。刀刃摩擦刀鞘的嗡鸣声在厅中回荡，不但尖锐刺耳，还带着几丝杀气，吓得薛老爷一家肝胆俱裂，魂不附体。

沈元奇听见义兄牙齿打架的声音，沉稳的面上这才显出几分无奈，伸手相邀：“还请虞都统借一步说话。”

虞品言慢慢将刀按回去，一言不发地随他离开。薛家所有人霎时长出口气，颇有种绝处逢生的感觉。

“虞都统请喝茶。”亲手给气势逼人的青年倒了一杯热茶，沈元奇开门见山道，“都统既然来了，想必已查清我身世，那沈妙琪定然也接出牢狱了吧？她还真是好命。”

他嗤笑一声，脸上丝毫不见担忧，只有无尽的怨恨，引得虞品言抬眼去看，淡淡开口：“我记得她是你妹妹。”

沈元奇摇头：“下官记得你才是她的亲哥哥。”话音刚落，自己都忍不住笑了。对冷酷无情的虞品言来说血缘算得了什么？若是想找到沈妙琪，凭他手中掌控的龙鳞卫，不过是三四天的事。然而他却找了整整四年，足可见对沈妙琪的死活并不在意。若非襄儿当年救他一命，又岂会有今日这般安稳的日子？虞品言素来是六亲不认的。

见青年冷眼扫过，沈元奇连忙收住笑，徐徐开口："都统大人无须拿话试探于我。我实话告诉大人，现在的我与沈妙琪并无半分情谊，唯余仇恨。她害沈家倾塌我也只是怨，然而她千不该万不该，不该偷了母亲的救命钱私自跑掉。母亲在床上熬了三天才含恨而去，我替她合了几次眼睑都没能合上，真是死不瞑目。你却是不知，她走那天母亲就已经给我递了口信，让我向义父告假带她上京寻亲，说是补偿她这些年受的苦。受苦？她在我家何曾受过半点苦？"

说到这里，沈元奇倒掉热茶，换了一杯烈酒一饮而尽，冷笑道："早知如此，当初就算冒死也要将她送回去。也是家父一念之差，害怕遭受贵府报复，这才隐匿踪迹逃回岭南。我们商人本就身份低微，哪里惹得起当朝权贵？让你们找到了，指不定一家人都会没命。哪里想到就算不让你们找到，也照样被她害得家破人亡。这难道就是报应？"

沈元奇连灌两杯烈酒，摇头惨笑："都统大人有所不知，我们沈家也并非全无良心，知道她出身高贵，故而半点也不敢怠慢。自小她吃的穿的用的都是最好的，还请了先生悉心教导，直往高门贵女的方向塑造。论起地位，就是父亲在她面前也要矮上一头。如今想来，也正是因为我们的纵容才将她养成了那副心比天高的模样，从而早早埋下祸根。"

握着空荡的酒杯沉默许久，沈元奇这才恢复平静，拱手道："下官失态，让都统大人见笑了。听说沈妙琪落在大人手里，下官便想到早晚会有今日。下官只想问大人一句，你们要拿襄儿怎么办？至于下官，还请都统大人看在我沈家已家破人亡的分上高抬贵手，放过下官一马。"他并非贪生怕死之辈，然而沈妙琪回去了，妹妹前途未卜，他实在不放心就这么死去。

虞品言瞥他一眼，语气颇为不善："本侯对取你性命并无兴趣，再者，襄儿不是你能叫的。"他原本是想杀了此人以掩盖那段过去，临到头又改了主意。这人对他或许还有些用处。

沈元奇愣了愣，随即苦笑点头："是下官僭越了。大人准备如何安置沈妙琪，又如何处置我妹妹？”

虞品言也倒掉茶水，换上一杯烈酒一饮而尽，冷声道：“襄儿是本侯的妹妹。”

叫襄儿不许，说妹妹不让，虞都统的为人果如传闻那般专横霸道。沈元奇思量片刻，干脆直接表明自己的态度：“大人再如何权势滔天也无法抹除下官与襄儿，与二小姐之间的血缘关系。现如今沈妙琪既然让大人找到了，那么，二小姐是不是也该让下官接回家中？”

“是要各归各位，却不是现在。”说这话时，虞品言的表情格外阴沉。

沈元奇胸中涌起一股愤怒，却又隐隐觉得欢喜，愤怒是因为虞家对妹妹的抛弃，欢喜是因为能与唯一的亲人重聚。他连做了几个深呼吸才控制好表情，问道：“那是何时？”

虞品言不答，放下酒杯道：“本侯此来只是想告诫你一句话，不经过本侯同意不要妄图认回襄儿也不许与她接触。你若不知好歹，本侯有上千上万种办法让你和薛府彻底消失。等到哪日时机成熟了，本侯自会派人通知你。”

面对威名赫赫杀人如麻的活阎王，沈元奇只有苦笑点头的份儿。况且，他若贸然上门去认，襄儿定是不愿随他离开。在她心里，虞府才是她真正的家，虞品言才是她嫡亲的哥哥，而带她离开的自己反成了仇人。他不得不顾虑这一点。

虞品言回府后直接去了正院，老太太正歪在榻上假寐。

听见掀帘子的响动和马嬷嬷行礼问安的声音，老太太睁眼笑道：“言儿回来了？过来陪老祖宗坐会儿。”

虞品言走过去给老太太倒了一杯热茶，淡淡开口：“老祖宗，林氏要找的人日前已经找到。”

不知从何时开始，虞品言再也不唤林氏母亲。老太太听出不对却也无法，只略微皱眉，思量半天才反应过来林氏要找的人究竟是谁，立马坐正急问：“果真找到了？在哪儿？”

寻找了四年，这下终于得了确切消息，老太太脸上禁不住露出狂喜之色。到底是她血脉相连的亲孙女，夜深人静之时总会忍不住想起对方，然后辗转反侧，忧思如焚。若孙女过得不好死在外面，她就是下了黄泉也无脸见虞家的列祖列宗。

虞品言拍抚老太太肩膀，语气淡漠：“老祖宗可还记得添炭致使太子妃早产那婢女？她就是林氏要找的人。”

“竟……竟是她？”老太太脸上的喜色顷刻间退去，换成惊惧不安。

“老祖宗不用担心，她的嫌疑已经撇清，眼下已被我送入水月庵。她乃允州知府赵安顺嫡长女的婢女，等我打点好赵家，老祖宗便派人去接。”

“她怎成了赵家婢女？”老太太惊惧中又添了几分错愕。

“我那里有一份卷宗，待会儿老祖宗看完就知。孙儿还要查案，这便去了。”虞品言让侍卫将卷宗送来，随即告辞离开，走到门口似想起什么，回头慎重叮嘱，“襄儿还有一位嫡亲兄长眼下就在京城。那人孙儿已经警告过，断不敢上门来寻。日后祖母使人多看着点襄儿，莫让她与那人见面。”

老太太虽不明就里也觉得他说得很对，襄儿是万万不能送与别家的，于是毫不犹豫地答应，等侍卫送来卷宗，连忙迫不及待地翻阅起来。

咝咝抽气声不断响起，引得马嬷嬷也凑过去看，眼睛瞪得比铜铃还大，口里不断念佛。

两人看完，不约而同感叹道：“这可真是造孽！”

早知亲孙女是天煞孤星，却没想到她的命数如此凶煞，一次克得沈家倾颓，二次克得沈家家败，三次克死沈父，四次克死沈母，五次克得沈元奇沦落为奴，前程尽毁。遇上她的商队被土匪劫杀人死财散，遇见她的赵安顺刚得的晋升机会转眼就被掳夺，碰上她的太子妃立马早产，九死一生。她真是走到哪儿克到哪儿，堪称移动性祸源！

更让人胆战心惊的是，她与虞品言仅两面之缘，两面都牵扯进刑狱之灾，前一次倒也罢了，这后一次委实凶险万分。倘若太子妃和小皇孙有个三长两短，她在狱中喊破自己身份，虞家也要跟着玩完！

老太太靠倒在榻上直揉太阳穴，脑海中不断回想苦海大师当年的判言，真是每一样都应验了！兄妹相争，不可并存！这煞星果然是与言儿来争夺命数的！这次险险避过，那下一次呢？下下次呢？

命数之说颇有些虚无缥缈，她可以暂时不去理会，可更关键的是，这亲孙女的品行看着不大好啊！养育了十四年的母亲她说抛弃就抛弃，走了不算还带走母亲的救命钱。养恩大于生恩，沈家做得再不对好歹也将她养大，锦衣玉食，仆役成群，样样不缺，就是家败也没亏着她半点，反让自己亲子卖身为奴继续供着她，还欲冒死送她归家。

她此番作为，就是道一句狼心狗肺也不为过啊！

把这样的人接回家中，也不知要生出多少事端。老太太狠狠按揉太阳穴，陷入前所未有的挣扎之中。

老太太正觉头疼得厉害，晚秋掀开帘子火急火燎地喊道："老夫人不好了，夫人投缳自尽了，您快去看看吧！"

"什么？投缳自尽？人死了没有？"老太太吓了一跳，差点儿没滚下榻去。

"所幸金嬷嬷发现得早，及时救下，这会儿人还昏迷着呢，嘴里直说胡话。"晚秋蹲身给老太太穿鞋。

老太太不等她穿好就靸鞋出去，心里怒气冲冲地想道：一个在外头招了天大的祸事，差点没害得我侯府抄家夺爵；一个在家里投缳自尽，差点没叫言儿声名扫地。这母女两个果真是讨债来的啊！

虞襄早一步到达正房。虽然她对林氏毫无感情，可名义上到底是林氏的女儿，且还管着整个虞府，下人把消息报过来，她不能当作没听见，只得走这一趟。

林氏奄奄一息地仰倒在榻上，脸上的青紫还未消退，脖颈间一条红色勒痕十分触目惊心，双眼紧闭，一边摇头一边说着胡话。

虞襄侧耳一听，却是"女儿，你在哪里，女儿"。

虞襄本就不拿自己当外人，况且她现在还"不知道"自己不是真正的虞府血脉，因此一面使人赶紧叫大夫一面心如死灰地冷笑："我明明就在身边，母亲作甚一口一个地叫着'女儿'？还因此投缳自尽？你就是死也不想让我好过是吗？若真的爱重我关心我，你倒是回头看我一眼啊！平时当我不存在，作甚昏迷的时候不停唤我？你究竟在想些什么？你倒是明明白白地告诉我啊！"

她自然知道林氏叫的是哪个女儿，可并不妨碍她对林氏这番作为的愤怒。她死了一了百了，丢下一个烂摊子却要让哥哥来收拾，若透出一两句不中听的流言，不知有多少人要往哥哥身上扎刀！

想到这里，她简直怒不可遏，用马鞭狠狠抽打林氏手边的被褥，沉闷的啪啪声在屋内回荡。

金嬷嬷乃林氏的陪房，怕她真抽到主子身上，连忙跑过去拦阻："二小姐，夫人好歹是您的母亲，您不心疼她也就算了，作甚还责难她？委实太大逆不道了！"因知道虞襄身世，她语气中不见半点尊重，满满都是不屑和轻蔑。

"我是主，你是奴，你与我谈大逆不道，我倒要教教你何谓上下尊卑！"虞襄反手便将她抽开去，冲着昏迷不醒的林氏怒骂，"你就是要死，也别选这种不体面的死法！你知不知道，现如今的侯府有多少人盯着？知不知道哥哥表面上风光，背地里多么艰难？你死了也就罢了，让人抓住把柄攻讦哥哥，哥哥的仕途就毁了！他能走到今天，全都是用性命换来的。一步一步都淌着血，他容易吗？你就是不心疼他，也别总是给他添乱成吗？算我求求你！哥哥他不欠你什么，反而是你，一直没有尽到一个做母亲的责任！你若是还有一丁点良知，求你安安生生地活着成不成？"

"算我求你，我求求你成不成？"她越说越激动，越说越气愤，继续用马鞭啪啪抽打林氏手边的床褥，直将丝绸床单都抽裂了。

都指挥使，居于这位置的人，自古以来有几个得了好下场？那就是皇上手里一把杀人的刀，用钝了便会被无情抛弃。她每日里过得战战兢兢，小心翼翼，无论说话做事总要想了又想算了又算，唯恐虞府出了纰漏给哥哥招祸。然而，这一个两个却都是榆木脑袋，就怕哥哥死得不够快！

老太太到时就见虞品言立在门口侧耳聆听，想是还来不及出门便得了消息，匆忙赶至。她慢慢走近，恰好听见虞襄撕心裂肺的控诉，心尖也跟着震颤起来。满府里，数来数去还是襄儿最看得明白。她哥哥把她当眼珠子一样护着，这番情义却是没白费，她也同样把她哥哥当成命根子，做什么总是以哥哥为先，半点不为自己考虑。

老太太的心终于得到一点安慰，转脸去看孙子，果然在他眼中发现一丝浓得化不开的温柔。

屋内，金嬷嬷不敢靠近，只得跪下不停地给虞襄磕头："二小姐，夫人都这样了，您就行行好放过她吧……"

"我老婆子也求求你们放过我虞府，别再折腾了成吗？"老太太拄着拐杖进屋，走到床边摸摸林氏脉搏，大松口气。没死就好！

虞品言接过妹妹手里的马鞭，摩挲她略微有些泛红的眼角，安慰道："襄儿别气，与她没甚好计较的。"沈妙琪算什么？林氏算什么？这才是他真正的亲人，一心一意只为他考虑的亲人。

虞襄扑进他怀里，带着哭腔说道："哥哥，我就是心疼你！她要是真死了，不知多少人要在背后戳你脊梁骨，若传到皇上的耳中……"她简直不敢深想。别看哥哥现在威风，无人敢惹，那是因为他办事滴水不漏的缘故。若是哪天他出了差错，凭他树下那许多政敌，分分钟便会群起而攻之。

要是皇上也对哥哥不满，哥哥的处境就危险了！要知道，林氏不像那些叔伯不义在前，整死也就整死，林氏可是哥哥的亲生母亲，若是自缢而亡，又被有心人编排几句，哥哥还不落得个"逼死亲母，畜生不如"的骂名？这可比六亲不认严重多了！皇上敢用哥哥，看重的就是他铁面无私，手段狠辣。但倘若他果真连自己亲母都不认，皇上还会放心吗？

眼见林氏嘤咛一声就要苏醒，老太太有很多话要跟她说，却不方便让孙女听见，冲孙子摆手道："言儿，送你妹妹回去。"

因注意力全在林氏身上，她并未发现孙子眼中那宛若实质的浓烈情感。

虞品言哑声应诺，拍拍妹妹的脊背，将她抱出去。

等两人走远，老太太从桌上拿起一杯冷掉的茶水，直接泼在林氏脸上，高声喝道："林氏，你给我起来！"

林氏本就快醒了，这一浇下去恰好让她睁开双眼，立刻就哭上了："母亲，您还救我作甚？让我死了吧！都四年了还找不见人，我女儿定是凶多吉少，我也没法再活了！"

夫君死时她就起了轻生的念头，可那时候没有勇气，只能依靠恨虞襄，恨盗匪，恨命运不公，甚至恨老太太和虞品言来活下去。可眨眼十年过去了，那无根之恨也消散得差不多了，她心中越来越空虚，回头再看却发现儿女和老太太都已经被自己远远推开，再也不能接近。正在她感到万念俱灰的时候，虞襄不是侯府血脉的消息传来，她还有一个女儿流落在外等着她去拯救。

就像行走在无边黑暗中的幽魂终于看见一抹接引自己前往天国的亮光，她不要命地扑上去。可走啊走，盼啊盼，这一等又是四年。她已经筋疲力尽，再也支撑不住了。

哪怕知道自己的死会在府中激起风言风语，哪怕知道自己难看的死相必会让娘家人发现端倪，继而给虞家带来麻烦。可她全都顾不得了，她就是想尽快下去陪伴丈夫和女儿，再不活在这世上受累。

老太太被她气得喘气都不匀净，捂着胸口剧烈咳嗽。若是手里有鞭子，她可不会像襄儿那样客气，早抽到林氏脸上去了！

晚秋给她灌了一瓶蜜露，又连连拍抚她脊背，这才让她缓过劲儿来，一字一句开口："不是我救的你，若是可以，我恨不得亲手掐死你！"

见林氏露出伤心欲绝的表情，她继续道："你大可不必寻死，我且告诉你，你那女儿找到了。你若是肯安生过日子，改天我就接她回府。"

难道上辈子虞家果真欠了这母女俩，所以，她们这辈子讨债来了？不把虞家闹得鸡犬不宁，她们就不安生是不是？不能想，一想就心肝脾肺肾哪儿哪儿都疼！老太太按揉胸口，脸色十分难看。

林氏愕然地瞪着她，急问道："我女儿找到了？在哪儿？快，快带我去见她！快着点！"她神经质地叫起来，边叫边挣扎下床。

老太太用拐杖将她打回去，怒道："她眼下被安置在外面。你给我老实待着，养好了病我才带你去。否则，你们母女俩此生都别想见面！"

林氏老实了，连忙拉扯被子盖住自己，又哭又笑地开口："母亲放心，我一定尽快养好身体。她，她还好吗？"

"她好得很。"遇上她的反而一个都好不了，没见那沈元奇跟她在一起时为奴为仆几近末路，一离了她就消除奴籍高中状元了嘛！老太太心中冷笑，面上也带出几分不虞，继续道："我还要告诫你一点，就算她回来了，襄儿照样是我侯府正经的嫡小姐！你若是想让你女儿流落商家的丑事传得人尽皆知便只管苛待襄儿，好叫外人看个明白！"

"不会，这其中的厉害媳妇省得，还请母亲放心。"主心骨既已找到，林氏也恢复了一些神志，说话的表情看上去倒隐隐有了点儿当年精明能干的模样。

老太太定定看她一眼，也不等大夫替她诊治，这才匆忙离开。

一行人渐去渐远，虞思雨从藏身的假山后绕出来，唇角勾起一抹恶意的微笑。盼了这么多年，真凤凰终于回来了，山鸡也快落下梧桐木了吧？

虞品言先是入宫，将沈妙琪在赵家为婢四年的消息告知皇上，随即表示自己需打点好赵家，把这桩家丑遮了。

皇上对他的家事并无兴趣，对他的坦诚倒十分受用。皇上唏嘘一阵后大手一挥，把赵安顺调去了最富庶的扬州。再过不久，扬州会死很多人，扬州官场怕是会空出大半职缺。这赵安顺为官刚正不阿，秉公无私，倒是个可用之人。

虞品言得了皇上准信，这才前往赵家。

赵安顺在允州素来有赵青天的美誉，听他说明来意后竟主动表示一定帮侯府保密，绝不会轻易毁掉一个孩子的前程。至于调任扬州之事，他当即就拒绝了，还对此大为恼怒，深觉自己的品格受到了侮辱。

虞品言对赵安顺一家颇有好感，也早知道沈妙琪在他家未曾受过半分委屈。想来沈妙琪虽然运势差一点，但碰见的人对她都是掏心掏肺，真心实意。先是沈家对她千依百顺，后是赵家对她有救命之恩，那赵小姐从不拿她当下人，反以姐妹相称，吃穿住行都与自己待遇等同，俨然将她当个副小姐一般供着。

沈妙琪因知道自己身份不凡，故而并不肯与赵家签死契，却是每年签一次活契。按理说，这样的下仆很难得到主子重用。但沈父对她实在是纵容，就连打理生意也愿意带着她，因此她小小年纪就颇懂察言观色，笼络人心。

那赵家小姐没几天就被她哄住，直把她当贴心好友对待，听说她身世后亲自来前厅，许诺此生都不会将彩棋（沈妙琪）的隐秘说出去，否则天打雷劈，不得好死。

虞品言对赵家人的识趣很满意，且沈妙琪没签死契也就没入奴籍，不用再去户籍属打点，这便告辞回家。至于赵安顺擢升之事他没有再提，等圣旨下来，赵安顺就是想拒绝也拒绝不了。只但愿他不被两淮的浮华迷了眼，好好为皇上为太子守住这太平盛世。

老太太从孙子那里得知赵家已打点妥当，又见林氏脖颈上的痕迹已经消失，这几天总吵嚷着要去看女儿，一合计觉得让她们先见上一面也好，省得各自不安生再闹出乱子。

林氏换下穿了十四年的素服，着了一件金丝百蝶度花裙，将自己捯饬得精神抖擞地去见女儿。

她们前脚刚踏出府门，后脚就有人将消息报给虞襄知道。

“哦，脸上喜气洋洋的，你没看错？”虞襄正在修剪一盆火红的玫瑰。

“没看错，连素服也不穿了，穿的是红中镶金的花裙，嘴里还念着‘想死了，女儿’等话。”长相十分不起眼的小丫头信誓旦旦地说。

不慎将一株开得正艳的玫瑰剪断，虞襄执起花梗，挥手道：“无事了，你下去吧。”该知道的她知道，不该知道的她也知道，故而她并未在林氏身边安插人手，只买通了几个粗使丫头防着林氏作妖。然而，今天过后怕是得再添几根钉子，这虞府恐怕要变天了。

柳绿塞给小丫头二两银子，命她从角门悄悄出去，转回来后好奇地问道：“小姐，夫人已经十四年没开过笑脸没出过门了。您说她今儿究竟是怎么了？难不成上个吊还能把脑子上开窍？”

“她不是脑子开窍，却是有了主心骨。人一旦有了主心骨，精神面貌自然不同。”虞襄将玫瑰花瓣一片片扯落钵中，脸上虽带着笑，眸光却十分阴冷。

柳绿悄悄打量她的神色，不敢再问。

一晃眼四年都过去了，虞襄早有预感正主要回来了，起初那种无所谓的心态现如今被忐忑不安所取代。她不贪图虞家任何东西，她只想留在虞品言的身边。她本就是一缕幽魂，倘若不是虞品言，她不会安心在异世扎根。若是正主回归换她离开，等于活生生地将她的根挖出来剪断，她迟早会慢慢枯死。

她不软弱，但她喜欢依附虞品言活着，因为她觉得安心，觉得快乐。当初那样豁达地说要各归各位，但临到头却发现，谁要是敢跟她抢哥哥，她就敢跟谁拼命。

沈家人虽然是她血缘上的亲人，可从未养育过她，凭什么他们一来就要自己心甘情愿地随他们离开？她与他们有半分感情吗？

用小锤子将花瓣捣碎，鲜红的花汁倒进蜂蜡、猪油、香料的混合物里细细搅拌，她粘了一指对着铜镜均匀涂抹在唇上，烈烈红唇悄然绽开一抹甜蜜中透着阴郁的微笑：除了哥哥，正主要什么都行，这辈子哥哥只能是她一个人的。至于沈家人，哪儿来的还回哪儿去吧。她虽然不稀罕侯府的滔天权势、无双富贵，她却稀罕哥哥，只要能跟哥哥在一块儿，哪怕前途凶险，哪怕命运叵测，哪怕最终落得个鸟尽弓藏抄家夺爵的下场，她也乐意。

听说沈妙琪暂居于水月庵，老太太送来一个心腹嬷嬷教导她各种礼仪。

这会儿天上正飘着细如牛毛的雨丝，空气十分潮湿，吸入鼻腔后带来一股黏稠的窒闷感。沈妙琪已经是第四十七次下跪了，依然跪得不标准，还得来第四十八次。膝盖、腿根、腓骨都疼得厉害，极想找个软榻立马躺下，沈妙琪脸上却不见半分埋怨，只乖顺地向嬷嬷告罪然后重来。

嬷嬷对她很满意，严苛的脸上带了几丝悦色，心道果然是侯府嫡女，傲气与优雅早已融入血脉，比起襄儿小姐也是不差，只少了几分威严气度。不过，对于大家闺秀来说，要威严气度又有何用？如今这样已经足够。

沈妙琪按照规矩慢慢跪下，这一次姿态果然完美无缺。听见嬷嬷夸赞，她紧绷的脸庞这才略微松懈，捡了张椅子坐下休息。

她不怕苦不怕累，甚至再苦累十倍百倍都能忍受，只怕虞家将自己丢在庵堂不闻不问。眼下虞家派了个嬷嬷前来教导规矩，她反而心安了。这代表虞家并没有丢弃她的打算。

从小她就听沈父和沈母不断提及自己是个贵人。她本以为说的是将来的命数，故此对荣华富贵早早就产生了不同寻常的向往。然而，直到那天她才知道，她原本就是个贵人！是沈家偷了她高贵的身份，反而把自己的女儿送去享福。所有的不甘全都化作满腔恨意，她毫不犹豫地离开那个家前往京城。

十四年的遭遇不提也罢，若是有可能，她会想尽一切办法将自己曾经的污点都一一抹除。所幸沈父已经过世，沈母那样子也熬不了几天，沈元奇还待在岭南给人当下仆，她身上的压力瞬间去了大半，只剩下赵家和留在侯府的虞襄。

虞襄她有必要亲自收拾，赵家却有些难办。但胳膊终究拧不过大腿，凭虞家的权势，料理一个毫无根基的赵家应该算不得什么吧？

想到这里，她看向老嬷嬷问道："秦嬷嬷，我哥哥是干什么的？"

秦嬷嬷正拿出几贴膏药给她敷在腿上，压低嗓音道："你哥哥乃都指挥使，全大寒朝只听皇上一人号令，莫说一二品的大员，就是超品的王公见了他也要矮上三分，是这个……"话落竖起大拇指。

沈妙琪心脏狂跳，完全想不到虞品言竟然如此位高权重。沈家虽然富有，但比起世家大族到底差了许多底蕴，也导致沈妙琪眼界狭窄，见识不高。她弄不明白都指挥使究竟是干什么的，却抓住了最重要的一点信息：她现在是大寒朝数一数二的贵女，她终于得到了梦寐以求的高高在上的生活！

虽然这生活中存在许多阴霾和瑕疵，但没有关系，她相信凭自己的手段总会一一去除。

将手帕从领口中抽出，她用一个极度优雅的姿势掩住了唇角的冷笑。

正当时，一名尼姑在门外说道："沈施主，有人看你来了，还请移步正厅。"

秦嬷嬷听了十分欢喜，笑道："小姐快换身衣裳吧，肯定是老夫人和夫人看您来了。"

沈妙琪一时间有些手足无措，连忙理了理额发，然后在箱笼里翻出最得体的一件襦裙匆忙换上。

"妙琪见过祖母，见过母亲。"刚一入厅她便盈盈而拜，将从秦嬷嬷那里学来的优雅仪态发挥到极致。

十四岁原本正是最鲜嫩的年纪，又加之她长相随了林氏，虽然算不得容貌绝世，却也如水一般温柔，眉眼淡淡的，看上去实在是干净。

林氏眼前一亮，疾奔过去将她拉入怀中，哀哀哭起来："我可怜的女儿，母亲总算见到你了！你一走就是十四年，母亲想你想得肝肠寸断，差点就活不成了……"

"母亲，女儿也想您！"沈妙琪一头扎进这位穿着奢华的妇人怀中，不见一丝一毫的拘谨尴尬，仿佛那十四年的分离只是一场幻觉。

老太太谢过引路的师太，走到上位坐定，用晦暗莫测的目光打量痛哭流涕的母女俩。这母女二人无论是长相举止还是神态都有八九分相似。若是让一个外人去看，定会夸一句弱柳扶风，楚楚可怜，然而在老太太眼里，却都变成了"恼人"二字。家里一个哭丧脸已经足够，眼下竟又来了一个。

或许她年轻时欣赏过这样的女子，觉得温柔婉约更为动人，否则也不会替儿子相中林氏。然而随着岁月老去，世态变迁，她渐渐觉得似襄儿那样热烈如火、明媚张扬的女子更讨人喜欢。跟襄儿在一块儿，她就是再艰难困苦也不觉得心累。

不似这两个，明明是大好的喜事，怎么看上去像死了爹娘一样！想到这里，老太太连忙呸了一声，暗暗向佛祖告自己失言之罪。

其实，也怪不得老太太偏心，任谁被一张哭丧脸折磨整整十四年神经也会变得相当脆弱。

忍耐了足足有两刻钟，见母女俩哭起来没完，老太太终于发话："好了，今儿是大喜的日子，哭什么？快坐下擦把脸，咱们祖孙二人好好说会儿话。"

沈妙琪这才擦掉眼泪，扶林氏坐定，随即跪在蒲团上给二位长辈磕头奉茶，把一应礼数做到尽善尽美。

老太太对此还是满意的，严苛的面庞稍微柔软，接过茶浅啜一口，摆手道："别跪着了，起来吧。最近几日过得可好？手上的伤痊愈了吗？规矩学得如何？"

"回祖母，秦嬷嬷照顾得十分精心，孙女最近过得很好，吃得香睡得甜，就是十分惦记你们。手上的伤已经痊愈，只留下几道疤痕，想来日后会慢慢消退。"说到这里，她双手交叠，试图掩盖受刑后留下的伤疤。

秦嬷嬷笑眯眯接话："回老夫人，小姐学得很快，这才六天的工夫，奴婢已教无可教了。"

老太太听了微微点头，林氏却跳起来，捧着女儿双手急问："怎会受伤了？是谁弄的？告诉母亲，母亲让你哥哥帮你讨个公道！"

这不正是虞品言弄得吗？况且那牢狱之灾沈妙琪实在不想提及，暗暗瞥一眼了然于胸的老太太，红着眼眶摇头："母亲别担心，这伤是女儿不小心刮擦所致，没人敢欺负女儿。"

"当真？"

"当真！"

母女俩抱在一起又是一场痛哭，惹得老太太连连皱眉。她非但没为沈妙琪帮孙子遮掩的举动感到欣慰，反又勾起了深埋在心底的关于命数之说的忌讳，一时间心情阴郁起来；还有，这三两句就哭一场的毛病到底是跟谁学的？终究是林氏亲女，骨子里难免有些神似。

见惯了爽朗大气、阳光明媚的虞襄，老太太实在欣赏不来多愁善感的女子。况且，她年纪大受不得吵闹，真想撇下这母女俩独自离开。

忍了片刻，她开口打断二人："妙琪，你这十四年过得可好？那沈家人可曾亏待于你？"虽然卷宗里早有详尽记录，她还是想亲耳听听孙女会如何交代。

终于来了。沈妙琪利用擦泪的间隙将心中早已酝酿好的说辞过了一遍。那日虞品言半句废话未曾与她多说，亦不曾询问她十四年来究竟过得如何，她心里松了口气，又觉得颇为不满。

她松了口气是因为她知道就算沈家对不住自己在先，自己的行为也十分令人诟病，是不能对外人说的，若是虞品言果真问起来，她着实不敢在他面前撒谎；不满是因为虞品言对她的漠不关心，熟视无睹。

她握紧泪湿的手绢，徐徐开口："回祖母，孙女儿这十四年来过得实在是苦不堪言。沈家人起初对我不错，四年前一场劫难散尽家财后便渐渐不如往日了，若非我偶然听见沈母与她亲子谈论我身世，当真不晓得我嫡亲的家人还远在千里之外。我怕他们果真将我卖给大户人家为奴为婢，不得已偷了幼时襁褓逃出来，一路跋涉往京城赶，却又碰上盗匪九死一生，幸而被赵大人一家及时地救下，这才有了今日的相见。"话落拿起帕子不停抹泪。

她该略的略了，该瞒的瞒了，该歪曲的歪曲了，直将自己塑造成一个千里寻亲饱受磨难的孤女，引得林氏又是一番痛哭，搂着她大骂沈家缺德。若非赵安顺一家就在京城便于对质，沈妙琪倒也想将赵家也编派编派，好引得侯府把赵家人处理掉。

老太太深深看她一眼，半合眼睑轻捻佛珠。

站在一旁的马嬷嬷暗自摇头，心道商家女就是商家女，这趋利避害的本性果然根植入骨髓，坑了沈家不算还要踩上几脚，反把自己择得干干净净。有心机手腕不是坏事，然而，坏就坏在这心机手腕用得不是地方。连养大自己的沈家都能说污蔑就污蔑，说离弃就离弃，对没什么感情积累的虞家岂不更凉薄？

就算把她带回去，老太太怕是也不能与之交心，更何况还是那么个命数！她是不晓得龙鳞卫是干什么吃的，否则，哪会如此作秀？

想到这里，马嬷嬷看了主子一眼，果然见她面露疲态，淡淡摆手："好了，过去的已然过去，人回来就好。林氏，你少说几句。我乏了，去后殿与福慧大师论佛，你们娘俩留下说说体己话吧。"

林氏和沈妙琪求之不得，连忙将她送到门口。

因仅见的三位家人中只林氏一个对自己最亲热，沈妙琪自然得先笼络住林氏。而且，她多番打听也未从秦嬷嬷口中了解虞府情况，只以为虞府跟其他人家一般无二，这后宅之事全由主母说了算，故此对林氏更为殷勤。

母女俩依偎在一起说了会儿话，沈妙琪试探道："母亲，我逼不得已在赵家当了四年婢女，这事若是传出去，会不会丢了侯府脸面？"

"我的儿，你别担心，这事儿你哥哥早就打点妥当了。"林氏将她鬓边的一缕头发塞到耳后，柔声道，"那赵安顺算是占了天大的便宜。你哥哥给他在两淮谋了个实职，不日便要举家搬迁至扬州，没四五年回不来。他若是透出一二句不中听的，你哥哥定会叫他爬多高摔多惨，直落得个家破人亡的下场。他怎敢？"

"那四五年之后呢？扬州离京城可也不远。"沈妙琪故作懵懂地说道。在她看来，最好还是把所有知情人全都处理干净，又或者远远打发回允州，一辈子不许入京。她虽然不懂政事，却也知道扬州乃大寒朝一等一的繁华之地，去那里为官岂不便宜了赵安顺？尤其是赵瑾，自己忍了她四年，实在见不得她靠着自己富贵加身。

"四五年以后再调去别的地方，总之不会让他家将你的事泄出去。所幸那赵安顺为人耿直，并不曾提及过分要求。"林氏拍抚女儿脊背。

沈妙琪心中百般不满却说不出口。赵安顺再如何不得志也是从四品的朝廷命官，凭她一介弱质女子定然无法对付，然而，她又与虞品言感情淡漠，无所寄望，只得暂且忍耐。

好在林氏虽然十四年未曾与她谋面，对她的感情却十分深厚。此乃最大一桩幸事。有当家主母撑腰，自己想必不需几日就能在侯府混得风生水起。虞品言在外威风八面，权势滔天，回了侯府，还不得听凭林氏差遣？

她暗暗自得，又问："母亲，我若是回去了，那沈家女该怎么办？"

"一提起她，我这心里便压着一团火。若不是沈家缺德将那丧门星送进来，你父亲如何会死！我们母女俩怎会被迫分离十四年！"林氏表情狰狞，语气怨毒，见女儿瑟缩了一下，连忙扯开一抹微笑安抚道，"但为了掩盖你的过去，我不得不留下她，对外只说你俩是双胎姐妹，因你八字孱弱才送去寺庙寄养。我就是为了你，也得把这口气咽下去。”

这年头，双胞胎普遍养不活，因八字孱弱而送去寺庙的孩子更比比皆是，且家里人怕鬼神将孩子带去地府，通常会秘而不宣，直等过了死劫再接回来重入族谱。老太太当年能编出这等借口也不是全无根据，说出去至少七八成人会相信，剩下那些也就是看在二人迥异的外貌上略有猜忌。

然而相貌迥异的双胞胎在大寒朝并不罕见，倒也算不得什么大纰漏。

林氏能咽下这口气，沈妙琪却咽不下。只要一想到那抢了自己身份地位、荣华富贵的人还会继续留在侯府享福，她就觉得心脏被一只利爪狠狠撕裂，每一块碎片都镌刻着浓烈的仇恨。她凭什么那么好命？就凭为虞品言挡了两刀？十四年的锦衣玉食还不够偿还吗？

她闭了闭眼，再睁开时落下两行泪水：“母亲，我替她在沈家受苦，她反而心安理得地占有本该属于我的尊荣。难道就不能称病将她打发到乡下庄子里去吗？女儿看见她心里就难受！”去了乡下，她有的是手段收拾虞襄！

因沈妙琪早看出林氏对虞襄深恶痛绝的态度才敢说这些话，要是在老太太和虞品言跟前，却是半个字也不敢提。

林氏一听果然动了心思，点头道：“这倒是个好主意，待母亲回去后好好斟酌几天再向你祖母开口。你不知道，你祖母跟你哥哥宠那丧门星宠得厉害。”话中透出十二万分的不满。

沈妙琪委委屈屈地点头。

这边厢母女俩合计完，那边厢老太太辞过主持前来唤林氏回府。

林氏百般不愿，央求道：“母亲，咱们今日便把琪儿接回家去吧？”

“不可。”老太太干脆利落地拒绝，“等我与襄儿通过气后再接她回去。”

“我的女儿想什么时候回去就什么时候回去，为什么要知会她？”林氏气得脸都白了。沈妙琪暗暗捏紧手帕。

老太太嘴里数落，眼中却满是笑意：“襄儿性格泼辣，脑子也聪明绝顶，若是不知会她一声便把人给接回去，三两句话就能把妙琪的老底掏干净。你们若是想她闹得阖府不宁便今儿个回去，我绝不拦阻。”话落使人去收拾东西。

林氏这些年在虞襄手里吃过几回大亏，别人都怕她哀泣，只虞襄不怕，端着一盘瓜子边嗑边把她当跳梁小丑一般观赏。她好几次忍不住要戳破她身份却都被她阴差阳错地堵住，差点没被活生生气死。

偏偏老太太和虞品言总站在她那一边，反把做母亲的压得抬不起头来。

林氏对虞襄十分憎恶，这憎恶中又暗藏几丝不易察觉的畏惧，听了老太太的话，只得沉默点头。

沈妙琪也跟着点头，表情十分乖顺，实则暗暗提高了对虞襄的戒备。看来她不是个好对付的，回去后还需谨慎行事。

第十五章

相斗

傍晚时分，老太太与林氏跨入府门。虞襄早已备好饭食在偏厅等候，虞品言也回来了，正握着妹妹的手，深邃的眼眸透出一丝不易察觉的温柔。

“一块儿吃个饭吧。”老太太看向林氏。

“谢母亲，我还是自己回去吃吧。”林氏一看见虞襄，就恼恨得吃不下饭，所幸女儿很快就要回来，日后做什么都有人陪了。

老太太本也就客气一句，她若是真答应了，自己还觉得硌硬呢。老太太也不挽留，挥手将她遣退。

“老祖宗，今儿个你带母亲上哪儿去了？她看上去很高兴的样子。我已经十四年没见她笑过啦。”虞襄冲老太太灿笑，黑白分明的猫瞳闪烁着细碎的光彩。

老太太一看见孙女儿如春日般娇艳的脸蛋，心里就像灌了一桶蜜，甜滋滋的十分熨帖，走过去拍拍她发顶，戏谑道：“十四年未曾见过？小丫头难道一出生就开始记事了？那可真是灵童转世。”

“说不定我还真是呢。老祖宗快吃饭，省得放凉了串味儿。”虞襄连连招手让人盛饭。

就凭孙女那股子灵秀劲儿，这话老太太是信的，不免笑得更开心。

祖孙三人聚在一起的气氛就是不一样，连空气都透着欣悦的味道。马嬷嬷殷勤地给几人摆饭布菜，随后笑眯眯地退下。看久了林氏和妙琪小姐那张哭丧脸，心里早憋得慌，还是得多看看襄儿小姐洗眼睛。

老太太给孙女儿夹了一块烧鹅，徐徐开口：“襄儿啊，老祖宗有一件事要告诉你。”

来了。虞襄拿起虞品言的酒杯小酌一口，猫瞳睁得圆溜溜的看过去，样子懵懂可爱。

老太太未说先笑，摸摸她柔嫩的脸颊道：“襄儿，你其实还有一个双胞胎姐姐。”

虞品言放下筷子，将酒杯斟满，一饮而尽，面上表情淡淡，仿佛老太太宣布的只是一件鸡毛蒜皮的小事。

虞襄本就圆溜溜的猫瞳瞬间睁得更大，里面闪烁着好奇和惊讶的光彩："我竟然还有一个姐姐？可是她为什么十四年都不住在家里？她现在在哪儿？您怎么从来不告诉我？"

老太太拍抚她的脊背继续道："因为她八字很弱，随时都会夭折，老祖宗不得已将她送入庵堂寄养。非但没告诉你，除了你母亲和哥哥，整个府里没人知道，就怕说得多了让鬼神听去，把你姐姐找出来带入地府。你看，这十四年过去了，她的死劫也解了，所以……"

"所以姐姐要回来了是吗？"虞襄脸上露出欢喜的神色，心里却实在谈不上高兴。只要一想到正主会与自己争夺哥哥的注意力和宠爱，她的心里就爬满了名为嫉妒的小虫，一口一口蚕食她的理智。

好在侯府并不打算让沈家人接自己回去，而是瞒下了正主过往的经历，虽然还是为了正主前途考虑，她心里也略微放松了些。她不是舍不得侯府，她只是舍不得哥哥。

想到这里，她不自觉依偎过去，紧紧搂住虞品言的手臂，用脸颊眷恋地蹭了蹭。

虞品言眯眼而笑。

老太太对二人亲密无间的举动早已司空见惯，点头道："是啊，这个月月底便是黄道吉日，我准备接她回来。"

"那我立刻让人去收拾院子。"虞襄转着眼珠朝柳绿看去，却被老太太拦住了，"不用了，就让她跟你母亲一块儿住，无须准备什么。"若非把人接回来能叫林氏消停一下，老太太这会儿还在犹豫呢。

虞襄也不多说，晃了晃哥哥手臂问道："哥哥，你见过姐姐吗？她性子如何？好不好相处？"

虞品言嗓音略微有些沙哑："仅见过两面。她性情凉薄，记仇不记恩，日后你离她远点儿，免得被她算计。"

虞襄忍不住露出惊讶的表情。这才两面虞品言竟给出如此低劣的评价，也不知那正主究竟干了什么缺德事。不过这又与她何干？只要哥哥不喜欢她，只喜欢自己就够了。虞襄眯着眼偷笑，爱娇地蹭蹭哥哥臂膀，乖巧应诺："我知道了。"

老太太只顾着夹菜，仿佛完全没听见孙子直白的话语，实则心里暗暗点头：性情凉薄，记仇不记恩。这九个字总结得着实精辟，可不正是如此吗？罢，好歹是虞家血脉，接回来过几年好日子再找个同样命硬的嫁出去，附一份丰厚嫁妆保一世平安顺遂，也算对得起她了。

吃过晚饭，老太太招来林氏、虞思雨、各位管事，当场宣布了虞家还有一位嫡小姐寄养在外的消息。

众人非常惊讶，面面相觑后便是一阵哗然。虞思雨也随大流，装出一副错愕的表情，实际上目光一直在虞襄脸上打转，颇有些幸灾乐祸。

林氏掐指算了算，离月底还有十多天，当即表示反对："母亲，为什么一定要月底才接回来，明天就去不行吗？"

"明天并非黄道吉日，忌出行忌嫁娶，你想你女儿撞霉运只管去接。"老太太闭目摆手，不愿看见林氏那张哭丧脸。

林氏对女儿的安危非常在意，哪怕是这种没影儿的事也不敢冲撞，抿抿嘴不说话了。

虞品言噙着冷笑斜睨她一眼。

老太太又吩咐各位管事将消息带给下仆，别临到月底弄得大惊小怪乱了套，随即摆手让众人离开。

林氏见虞品言弯腰就要抱走虞襄，动作说不出的温柔缱绻，本就不怎么愉快的心情变得更为阴郁。她扬声道："言儿你留下，母亲有事跟你商量。"

虞品言听而不闻，抱着妹妹掂了掂，见她咯咯咯地笑起来，这才勾起唇角往外走。

"言儿，母亲的话你也不听了是吗？你怎如此忤逆不孝！"林氏气得浑身发抖。女儿回来了，她仿佛一下子就苏醒过来，睁开眼去观察周围的世界。儿子对她的态度已经不能用"冷漠疏离"四个字来形容，而是更令人心寒的视若无睹。他的眼中没有她的存在，也没有亲妹妹的存在，只看得见老太太和虞襄。老太太也就算了，毕竟是亲祖母，可虞襄算什么东西？一个丧门星，如何有资格分薄属于女儿的宠爱？

林氏迫切地想让儿子知道，谁才是他真正该在意的人。

"哥哥你留下，听听她想说些什么。"虞襄附在虞品言耳边低语。

虞品言又走了两步，直等妹妹拿指尖轻戳自己胸膛才笑着将她放进轮椅，叮嘱桃红、柳绿小心伺候。

所有人都退出正厅，虞品言坐在闭目养神的老太太身边，问道："你想说什么？”

林氏先给自己倒了一杯热茶缓缓啜饮一口，这才发话：“既然琪儿已经找到了，虞襄是不是该送走了？”

见老太太猛然睁眼朝自己看来，她快速补充道：“并非把她逐出虞家，只是称病放养到庄子里去。她留在府里总归是碍眼。”

不等老太太发话，虞品言冷笑道：“你若是觉得襄儿碍眼，那便收拾东西搬去水月庵陪沈妙琪吧。这辈子都不用回来了。”

“你……你怎能这样与我说话？”林氏不敢置信地看向他。

“我为何不能这样与你说话？我是永乐侯，这里是永乐侯府，我要让谁留下，谁就必须留下，我要让谁走，谁就立马给我滚。”

“我是你母亲！你这是大不孝！”林氏站起来冲他嘶吼。

“我的母亲早在父亲去世那天就已经死了。现在的你，只不过是一缕幽魂。”虞品言抖落掌心的木屑，冷冷地开口，“这话是你亲口说的，怎么你自己反而忘了吗？既是孤魂野鬼便安生地待在墓穴里，莫要四处惹事，否则，难免落得个魂飞魄散的下场。”

老太太放下佛珠，脸上亦露出一抹讽刺的笑。死了，十四年前她就当这个儿媳妇已经死了。可你死也该死个干净，为什么突然诈尸？自己养大的孩子，再没有血缘那也有感情，怎能说抛弃就抛弃？林氏果然是个不长心的，难怪沈妙琪那样对待沈家，却是随了她。

林氏无言以对，眼睁睁看着儿子大步离开，口中还吐出令她心寒的话语：“日后再敢提这件事，你便与沈妙琪一起滚离侯府。我虞品言向来是六亲不认的，你不要试图挑战我的耐性。”

林氏喘着粗气看向老太太，眼中满是求助。

“你要是敢在襄儿面前说破她身份再将她私自送走，你就拿着休书回家去吧。”老太太给马嬷嬷使了个眼色，马嬷嬷立即上前将大受打击摇摇欲坠的林氏拽走。

花园里，虞思雨站在一座假山前等待路过的虞襄。

“母亲的心肝宝贝要回来了，到那时这虞府再没有你站足的地方。你怕吗？”她微微倾身，脸上的笑容甜美无比，却似裹了一层蜜糖的毒药。

虞襄扬起下颌，漫不经心地开口：“哥哥是永乐侯，这里是永乐侯府，只要哥哥在，侯府就永远有我的立足之地。你别忘了，我也是哥哥的心头肉。谁没有立足的地方还不好说，但是，我可以确切地告诉你，肯定没你站脚的地儿！”

她眨了眨眼，笑容比对方更甜蜜百倍，其中，暗藏的辛辣也足够呛人。

虞思雨秀美的脸庞扭曲得不成样子，正欲发难，却见虞品言站在不远处，嘴角噙着一抹意味深长的微笑。

总是在不同的地点对着不同的人物说出同样的话，这份默契仿佛早已刻入灵魂，叫他每每想来便觉得万分欢悦。不过，襄儿说错了一点……

虞品言大步走过去，点了点她鼻尖笑道：“傻丫头，你可不是我的心肝肉。”

见妹妹露出怆然欲泣的表情，他朗笑出声，一把将她抱进臂弯步步走远，极尽温柔地补充道：“你不是我的心肝肉，你是我的命根子。只要我还是永乐侯，这永乐侯府就永远是你的家。”

虞襄搂住他脖颈，将脸颊埋入他肩窝心满意足地笑了。

虞思雨看着二人亲密无间的背影，“咔嚓”一声掰断了手指甲。站在她身后的邱氏无奈地摇头。

月底很快就到，老太太派了两个得力的管事上水月庵接人。

因太子妃早产那件案子已经水落石出，幕后黑手乃二皇子妃及其母家。虽然二皇子极力否认自己知情，却依然被皇上贬为庶人送去皇陵软禁终生。二皇子妃一家打入死牢，不日问斩。

随后便是扬州盐税案爆发，被扬州官员贪墨的税银足有三千多万两，抵得上国库十年的收入。皇上当朝震怒，命龙鳞卫所接管案件严查到底。该诛九族的诛九族，该杀头的杀头，该罢官的罢官，决不许法外容情。

月底正是凄风惨雨人人自危的时候，别说各大世家府门紧闭，就连路上的行人都少了很多。唯独菜市口十分热闹，每天都能扫出好几颗人头，更有无数囚犯关押在龙鳞卫所，经受非人的刑讯和折磨。

虞品言的忙碌程度可想而知。沈妙琪归家这件小事压根就没在他心上留下印记，他大清早就出门办差去了。

老太太见时辰差不多，亲自走到仪门处迎接，见虞襄早已等候在外，且还烧了一个去晦气的火盆，顿时觉得非常满意。是了，凭沈妙琪那命数，进门前确实得去去晦气避避邪。

林氏匆忙赶来，不停地整理额发拉扯裙摆，显得十分紧张，又连连挥手遣金嬷嬷去大门外探看。

“来了来了，小姐回来了！”金嬷嬷提着裙摆疾奔而来，后头跟着一大群抬箱笼的壮实丫头。

沈妙琪绾着流云髻，别着累丝金凤钗，穿着宫缎素雪曳地长裙，伴随着和暖的春风与飘飞的花瓣一步一步款款而来，秀丽的容颜温柔如水，优雅的气度浑然天成。

不过短短半月，她便已褪去商家女的市侩与奴婢的卑微，变成了真正的大家闺秀。

不仅林氏目露狂喜，就连老太太也忍不住点头。这样子才总算是能上台面了。

沈妙琪一双水眸在人群中搜索，略过面带灿笑的虞思雨，直往坐在轮椅上的少女看去，心里那根名为嫉妒的弦一下子绷到极致，眼看就要断裂。

她明里暗里向秦嬷嬷打听虞襄的情况，只知道她十岁断腿，性格泼辣，长相娇美，是个妙人儿，十分讨老太太和虞品言的喜欢。

她本以为对方与自己只在伯仲之间，或许还要稍逊一筹，因她从小就是美人胚子，走到哪儿都能引来无数惊艳的目光。然而，见了真正的虞襄她才意识到秦嬷嬷吞吞吐吐说出“娇美”二字并非言不由衷的夸赞，而是想不出更贴切的形容词的无奈之举。

只见少女慵懒地斜倚在轮椅上，一只手搭放在膝头，一只手托腮，黑白分明的美目正滴溜溜地看过来，里面闪烁着比春日更明媚灿烂的神光。她皮肤似雪一般白皙，一双眉毛不是时下流行的弯弯柳叶眉，而是又粗又黑的剑眉，眉梢微微往上斜挑，几乎快要没入浓密的鬓发，精致完美的五官既带着女子的娇俏明艳，又透出一股独属于男子的英武霸气。

她哪里是娇美二字能够形容？却是美得凌厉，美得张扬，美得张牙舞爪无处藏匿，叫沈妙琪只看一眼就觉得喘不过气来。

虞襄是沈妙琪认定的敌人，她不自觉就会拿自己拥有的所有东西去与虞襄比较，然后分个高低输赢。本以为自己比起虞襄不差什么，特别是在苦练了半个月之后，然而，见了真人才意识到，哪怕虞襄不会走路，自己在她跟前也完全撑不起高门贵女的气场。

她只微微挑个眉，扬扬下颌，简单至极的动作便已带出十二万分的高傲。

沈妙琪不敢再看虞襄第二眼，心乱了，步伐也跟着凌乱。离火盆越来越近，她频频深呼吸，试图让自己恢复镇定。

恰在这时，门口传来仆役请安的声音。

沈妙琪回头去看，却见虞品言面无表情地走进来，手里握着一把绣春刀，身上穿着绛红色的官袍，下摆似乎沾了很多液体，将本就浓烈的绛红色染成了墨色。那液体十分浓稠，随着他行走的动作一滴一滴从布料里滑落。

一股和风吹过，带来的不是百花盛开的芬芳，而是一股令人作呕的腥气。

沈妙琪看清那一连串点缀在青石板上的艳红圆点才发现，他衣摆上沾染的不是水渍，而是鲜血。究竟要杀多少人才能带出如此浓烈的血腥味？才能将厚重的布料全都染湿？

沈妙琪仿佛又回到了龙鳞卫所那暗无天日的地牢，腿脚忍不住发软。

正当时，她已走到门口，金嬷嬷好心提醒一句："小姐，该跨火盆了。"

沈妙琪反射性地抬脚，却因站立不稳踩进了烧红的炭里，哀叫一声急急跳开。几颗火星溅落在她长长的裙摆上，立刻烧出几个焦黑的洞。

虞品言径直地越过她，弯腰抱起盛装打扮的妹妹，伸手拂开她被风吹乱的额发。

"哥哥，你脸上沾了血点。"虞襄掏出手绢帮他擦拭。

血迹干涸后紧紧附在皮肤上，十分不好清理，虞襄眯眼偷笑，将指尖含得湿漉漉的往那血点上涂了涂，然后轻轻擦掉。

虞品言一点儿也不嫌弃，目光在她脸上流连许久，这才朝疯狂拍打裙摆显得狼狈不堪的沈妙琪看去。

火星很快熄灭了，老太太扬声大喊："慌什么？叫什么？丁点小事也吓成这样！还不赶紧带小姐去换衣服！"

林氏心疼得直掉眼泪，赶紧搂着惊魂未定的女儿回自己房间。

老太太拂开在鼻端飞舞的烟尘，看着翻倒在地的火盆长叹口气。果然是天煞孤星，一个火盆哪里驱得散她身上携带的晦气。

想到这里，她指了指晚秋，命令道："去告诉妙琪，让她用柚子叶洗个澡再来前厅见我。"

晚秋低声应诺，匆忙下去了。

"言儿，你也赶紧洗洗，瞧这一身弄的。"老太太语气中的不耐全换成了心疼。最近接连两桩大案落在孙子头上，见天的审讯杀人，真是造孽。若不是俊杰去世得早，留下这满府的老弱妇孺和一帮如狼似虎的叔伯，孙子何至于走上这条艰险重重的道路。

虞品言点头，顺便把妹妹也一块儿带走。

朴拙大气的房间内，虞襄半坐在软榻上，手里拿着一只鼻烟壶把玩，眼睛却滴溜溜地直往冒着热气的屏风后面钻。

柳绿站在门外不敢进去，心里急得像猫抓一样。哪有哥哥洗澡妹妹守在内室的道理？偏偏这兄妹俩从来不知道避讳，小时候也就罢了，如今年岁渐长还不当回事儿。这习惯得改，立马改，否则，主子日后如何嫁人？

刚跨出一只脚便踩在那件浸透血渍的官袍上，鲜血很快顺着布料爬上鞋尖，殷红的色彩看着十分吓人，柳绿抖了抖，连忙缩了回去，扶额看向站在不远处逗鸟的桃红，暗暗喟叹：做傻子真好，什么烦恼都没有。

屏风后一阵哗啦啦的水声，少顷，俊美无俦的青年披着一头湿发走出来，身上拢着一件黑色锦袍，只在腰间束了一根玉带，衣襟大敞露出强健的胸膛和几块结实的腹肌。

虞襄耳根发热，目光却粘在青年身上挪不开来。

心脏的跃动很急促，却也很沉稳，咚咚，咚咚，像一把小锤子敲打在自己掌心，虞襄感觉自己的手掌是覆在火炭上，温度烫得吓人。

虞品言递了一块布巾过去："帮我擦头发。"

旖旎的氛围像气泡一样破碎，虞襄恍惚地眨了眨眼，这才拿起手帕轻柔地擦拭，然后一如往昔那般依恋地趴伏在哥哥背上，轻嗅他发间的檀香味。

两人都不说话，各自急促的心跳在静谧中恢复正常。虞襄狡黠地轻笑两声，纤细的手臂一把箍住青年脖颈，问道："哥哥，我要是跟姐姐同时掉进水里，你先救谁？"

这是什么问题？难道吃醋了？虞品言不答，自顾自低笑起来。脖颈间的手臂越收越紧，仿佛在警告他若是不快点给出满意的答案就要下狠手了。

虞品言展臂将妹妹从背后捞进怀里，点了点她鼻尖道：“自然是救你。”

“那我要是跟母亲同时掉进水里，你先救谁？”虞襄凑近了盯着他的眼睛。

“自然还是救你。”虞品言快速答话，眼中闪烁着愉悦的亮光。他爱极了毫不掩饰自己占有欲的襄儿。

各自洗漱又换了衣服，虞品言和沈妙琪前后脚走进正厅。老太太已端坐在主位上，冲孙子怀里的孙女招手：“襄儿，来老祖宗身边坐。”

虞品言将妹妹小心翼翼放下，自己紧挨着她落座。

林氏命金嬷嬷去倒茶，携沈妙琪坐定后责难道：“言儿，下次先把自己打理干净再回来。瞧你今天把琪儿吓得，要是伤到哪里可怎么办？况且今儿是咱府上大喜的日子，你干吗带着一身血回来，平白添了许多晦气！”

这可真是……十四年未曾关心过儿子，一张口就嫌儿子不干净。知不知道他为何沾染如此浓重的血腥味？知不知道他为了撑起这个家付出了怎样巨大的代价？知不知道为了让大家过上好日子，他这些年来经历了多少次生死劫难？他遭罪的时候你在哪儿？你有什么资格对他说三道四？

虞品言不说话，只淡淡地瞥她一眼。老太太却气乐了，砰的一声拍击桌面，怒骂：“这里是永乐侯府，是言儿的家，他爱什么时候回来，就什么时候回来，何曾轮得到你插嘴？你若是嫌弃言儿，趁早给我滚！马嬷嬷，快去拿休书！”

每次跟林氏说话，老太太都要拿出早已写好的休书逼她一逼，十四年，还真有些倦了。若非她是言儿生母，早叫人把她扔回娘家去。

要是以往林氏定然掩面哭泣，对老太太的斥责全当耳旁风丝毫不去理会，但这次女儿就在身边看着，她感觉受到了莫大的侮辱，脸色一时间涨得通红。但她已经十四年未曾掌家，府里全都是老太太说了算，老太太要代子休妻，她只有拿上行李走人的份儿。

她暗暗抠挠掌心，用求助的眼神朝儿子看去。

虞品言低头剥瓜子，将瓜子仁一粒一粒塞进妹妹嘴里，全当什么都没看见，也什么都没听见。

这关头也没虞思雨说话的地儿，她埋头装死。

大厅里一瞬间静得出奇，只剩下虞襄嘎嘣嘎嘣嚼瓜子的声音，黑白分明的大眼睛滴溜溜往沈妙琪脸上瞟。

沈妙琪诚惶诚恐地开口："祖母，母亲也是心疼我才失言了，还请您原谅。"

正当时，见金嬷嬷端着一壶茶进来，她连忙倒了一杯热茶跪在老太太跟前，说道："孙女儿首次归家，这杯茶敬祖母，祝愿祖母长命百岁，福寿连绵。"话音刚落，高举双手，目露殷切。

老太太定定看她半晌，这才接过茶杯小啜一口，然后递了一个荷包过去："你是个有眼力见的，起来吧。这个收好，可以保你平安。既然已避过死劫便不用再跟着别人姓了，日后你就叫虞妙琪，排行第二。襄儿的排行往下顺移，为三小姐。"

沈妙琪毕恭毕敬地接过，用指尖暗暗捏了捏，里面只有薄薄的一张纸，也不知是什么。

她又倒了一杯茶，捧给红着眼眶的林氏，软声道："母亲请喝茶。这可是女儿给您奉的第一杯茶。祝愿母亲身体安康，青春永驻。"

林氏立马笑开了花，接过茶杯一饮而尽，随即把自己手腕上价值连城的翡翠镯子解下来套在她手腕上，将她揽入怀中轻轻安抚。

两人静静依偎的画面看上去十分温馨，却让厅中诸人的心情越发阴郁。老太太捻着佛珠冷笑，虞品言干脆别过头去。

虞襄担心他心里不平衡，将裙裾上的瓜子壳拍掉，一头扎进他怀里，小手伸到他背后轻柔拍抚，用行动告诉他——哥哥，你还有我呢！

虞品言将她捞到膝上抱好，愉悦地笑了。

老太太扭头看看亲密无间的兄妹俩，紧绷的面庞这才逐渐柔软下来，摆手道："行了，既已见过长辈便移步偏厅用膳吧。你们三姊妹私下里再聚。"

虞妙琪退出林氏怀抱，乖巧应诺，来之前的踌躇满志早被忐忑不安所取代。林氏在虞府的地位好像跟她想象中不一样，别说老太太不把她当回事，就连虞品言和虞襄也都冷漠以对。

林氏这些年究竟是怎么过来的？一股危机感袭上虞妙琪的心头。

虞家所有主子难得齐聚一堂，故此，今日的饭菜特别丰盛，更有一坛好酒已拍开封泥放在虞品言的座位上。

众人坐定后，老太太先夹了一筷子菜，然后挥手命大家随意。

林氏一个劲儿地往女儿碗里搬菜，恨不得把所有碗碟都移到女儿跟前。虞妙琪礼尚往来，又夹回林氏的碗里。

虞襄单手支腮，欣赏母女俩没完没了的亲热大戏。

对面的虞思雨冲虞襄幸灾乐祸地挤眼睛，但厅中那番冲突却也让她明白，无论林氏多宠爱虞妙琪，只要老太太和虞品言在，她们就别想压过虞襄。十四年都过去了，林氏再也不是往昔那个说一不二的当家主母了。

虞品言捏着妹妹下颌将她脑袋转回来，沉声道：“有什么好看的，吃饭。哥哥给你夹，不用羡慕别人。”他也曾渴望过林氏的母爱，但这么些年过去，他明白那是根本不存在的东西。妹妹若是需要亲情，他可以给予，甚至给得比她想象中更多。

老太太也心疼孙子孙女，给他们每人夹了一些菜，柔声道：“吃吧，要什么只管告诉老祖宗，老祖宗给你们夹。”只聚这一次，下次让母女俩回自己屋去，这副作态委实硌硬人。同样是孩子，不能只偏疼一个，把其他几个当捡来的吧？

虞妙琪十分有眼色，连忙低声劝林氏自己吃，然后给老太太和虞品言各夹了一块鱼肉，脸上带着羞赧的微笑。

“哎，别给哥哥夹鱼肉，哥哥从不吃鱼。”虞襄将鱼肉放回她碗里。

虞妙琪脸上的微笑僵了僵，也不搭理虞襄，反而看向林氏问道：“母亲，哥哥讨厌吃鱼吗？我初次归家，实在是无从得知。哥哥喜欢吃什么？您说了我好记下。”

林氏被问住了，表情十分尴尬。夫君死时儿子才五岁，连自理能力都没有，喂什么他就吃什么，她哪里知道儿子的喜好。

老太太见林氏顾左右而言他，半天答不上来，脸色一下就黑了。儿媳妇对孙子的不闻不问，一直是扎在她心底的一根刺。这辈子到死，她都不能原谅儿媳妇这种不负责任的行为。她如今越是对虞妙琪关怀备至，就衬托得孙子当年越发可怜。

一股郁气涌上胸口，憋得老太太吐也不是咽也不是，难受极了。

虞襄也冷下脸，将筷子重重拍在桌上。

虞妙琪心知自己说错话了，却不知究竟错在何处。哪怕她不是沈家血脉，沈母也从未亏待过她，更有甚者将两倍的母爱全都倾注在她身上。故而她无论如何也想象不到，世上竟然有做母亲的如此无视自己的孩子。

正所谓一啄一饮，一还一报。林氏落到如今这等尴尬境地，也是她自己作的。

虞妙琪不敢询问表情阴郁的老太太，只得朝身边的虞襄看去："妹妹，哥哥喜欢吃什么菜？我手艺不错，日后还能亲手做给哥哥吃，也算弥补我们兄妹多年不见的遗憾。"

听了这话，虞襄更不会告诉她，搂住虞品言胳膊，状似懵懂地问道："哥哥，你喜欢吃什么来着？我也忘了呢。"

虞品言点点她挺翘的鼻尖，话里含笑："你喜欢吃什么，我就喜欢吃什么。"

虞妙琪握紧筷子，锲而不舍地问："那妹妹喜欢吃什么？"

虞襄歪着脑袋看她，黑白分明的猫瞳闪烁着狡黠的亮光："我啊，我不挑食，什么都喜欢吃。"

说来说去就是在戏弄自己，不光自己对她有敌意，她也对自己很看不惯。可是她凭什么？她又算个什么东西？虞妙琪心火熊熊燃烧，面上反而淡淡一笑，含着些微泪低头用膳。

她委屈的姿态果然让老太太心软了，老太太重新拿起筷子道："食不言寝不语，都好生用膳吧，今儿是个好日子，别蹉跎了。"

众人低声应诺。

虞襄再没有胃口，将一碟醉虾移到自己跟前，剥了壳蘸上酱塞进哥哥的嘴里。虞品言将半碗蛋羹倒进碗中，用白米饭拌匀，你一勺我一勺地喂过去，这才把彼此灌了个半饱。

兄妹俩打小就爱这么吃饭，老太太早已见怪不怪，倒是虞妙琪频频看过去，面上不显，心里猫抓一样难受。她算是看出来了，这侯府里若论排位，虞品言才是真正的主子，其次是老太太，再次才是林氏。

自己要想在侯府立足，光笼络林氏一人远远不够，还须讨老太太和虞品言的欢心。然而，就凭虞品言现如今把虞襄宠上天的架势，自己要想在他心里占据比虞襄更为重要的位置怕是很不容易。

没有虞品言的宠爱，她以后怎么过下去？

各种盘算在脑海里一一浮现，虞妙琪颇有些食不知味。

虞襄也同样心不在焉。其实，她很想揪住虞妙琪问问自己家人现在过得如何。虽然不愿意随他们离开，但她依然想知道他们的消息。他们过得好也就罢了，过得不好她还能帮衬一二，也算替原主尽了心。然而，看老太太和哥哥的意思，是不打算让她与那家人接触，她只得装作浑然不知。

她虽心里门儿清，表面上还要装傻，这日子其实也不好过。

餐桌上各人心里都打着不同的主意，一顿饭不知不觉就吃完了。虞品言不愿多留，与老太太打声招呼便抱起妹妹先走一步。

虞妙琪本想随林氏离开，却被虞思雨叫住。

林氏乐于看见她有个玩伴，挥手让她只管去。

虞思雨领着虞妙琪回了自己小院，刚一进门就问道："你原先的家人呢？怎么不让他们过来把虞襄接走？她鸠占鹊巢十四年，你都不恨吗？那家人乃地位卑贱的行商，该叫虞襄做回商家女才是，现在这样真太便宜她了。"

虞妙琪脸上的微笑僵住了，低声开口："我不知道你在说什么。"

与此同时，她对这位庶姐的好感全变成了深深的恶意。母亲、祖母、兄长，知道她极力掩盖的过去也就算了，为什么这人也知道？毫无疑问，虞思雨已超过虞襄，变成了她眼下最急于除掉的障碍。

她是侯府嫡女，绝不是什么商家女！

邱氏在两人进屋后便偷偷绕到后墙根下，耳朵紧贴墙面偷听。

虞思雨见她不肯承认，用手帕掩嘴轻笑："妹妹不用跟我装傻，你的事我很久以前就知道。这么些年我一直盼着你回来呢！可怜见的，去了那样的人家，也不知受了多少苦，妹妹快跟姐姐说说。"

她执起少女略微有些粗糙，还带着许多疤痕的手，轻轻拍抚。

虞妙琪用力将手抽回，强笑道："姐姐说什么胡话，我一直寄养在水月庵，哪里有什么别的家人？我与母亲许久未见，想念得很，这便回去陪伴她了。日后得了空再来拜访姐姐。"话落不顾虞思雨的百般挽留，迅速离开。

等她走远，邱氏这才蹑手蹑脚从后墙绕出来，推开房门规劝道：“大小姐，您真是糊涂啊！您知道那等隐秘也就算了，干吗要当着她的面提出来，怕她不惦记您是不是？您熬过这段日子就能嫁人了，可千万别再节外生枝。”

“你这老狗，又偷听我说话，早晚让老天爷降一道神雷劈死你！你有本事跑到虞襄跟前，把她的身世抖落给她啊！你要是敢去，我就给你五百两银子！”虞思雨指着她鼻子怒骂。

邱氏低声下气地道：“莫说小姐给奴婢五百两银子，就是给奴婢五万两奴婢也不敢张这个口。事情闹出来，侯爷将奴婢扒皮拆骨剁成肉酱那都算是轻的，没准儿还会拿奴婢一家老小开刀。小姐何必让奴婢白白跑去送死。”

想到大哥对虞襄的千般呵护，万般宠溺，虞思雨不作声了，用力撕扯手帕以发泄心头郁气。

邱氏继续苦口婆心地劝说：“小姐今儿这出真的失策了。您当您说破二小姐的身份是给自己拉个知根知底心思贴近的同盟，实则恰恰相反，您不说还好，一说她准得把您记恨上。您想啊，叫那商家来人把襄儿小姐带走，她以前的经历不也曝光了吗？在商家长到十四岁和在侯府长到十四岁完全不能相提并论。这事一旦闹起来，最难以立足的不是襄儿小姐，却是她，往后她哪里还有脸见人？您贸然在她跟前说破，您想她怕不怕，恨不恨。往后指不定怎么对付您呢。”

虞思雨细细咀嚼她的话，越想越觉得忧心，面上偏要强撑，讥笑道：“你可别危言耸听了。妹妹看着就是个和顺人儿，跟虞襄那等泼辣货可不一样。再者，她要是恨我，又能拿我怎样？她与林氏在侯府里的地位还不如我呢。”

正说着话，虞妙琪的大丫头宝生在门外禀报：“大小姐，二小姐让奴婢给您送东西来了，说是这次走得仓促，着实不好意思，让您日后多多去她那里走动。都是自家姐妹，合该一条心才是。”

虞思雨打开宝生送来的锦盒，发现里面摆着一套做工极其精致的八宝翡翠镶金头面，拿在手上沉甸甸的，很有些晃眼。

她欢欢喜喜遣走宝生，得意地朝邱氏看去：“瞅瞅，这便笼络我来了。

她果然是个性子软的，好拿捏。有她给我当枪使，日后虞襄有得受了。”

性子软？邱氏一边摇头一边掀帘子出去。那虞妙琪虽说面相温温柔柔十分干净，可一双眼睛却浑浊得很，透着一股子阴戾之气。若是跟她搅和在一块儿，大小姐死都不知道怎么死的。罢了，反正大小姐从不相信自己，自己少说几句也就是了。

虞妙琪行走在光线昏暗的小径上，两边都是参天大树。曾经的沈家也是一方巨贾，家中亭台楼阁处处耸立，放眼一片金碧辉煌。她本以为沈家除了身份低一些，比起别家不差什么，回了侯府才知道，两者何止不差什么，简直是天壤之别。

侯府没有造型精巧的雕梁画栋，全都是最刻板最正统的方形建筑，色彩不是富贵人家惯用的金绿红蓝，而是沉闷的青灰色，就连院子里种的植物也大多为巨木而非花树。

然而，就是如此简单的构造却带给人吞噬一切的恢宏气势，身在其中便觉得自己格外渺小。虞妙琪走到林氏屋前，抬头去看廊上的兽形瓦，那大张的嘴好似要将她一口吞下。

她晃了晃神，既觉得心惊又觉得欢喜。原来这就是所谓的高门巨族、百年世家，而她从今以后就是这家的嫡小姐，有更远大更锦绣的前程。谁若是阻她，谁就是她的敌人，她必须想尽一切办法将之除去。

定定站了半晌，她平复好心情，一面命宝生给虞思雨送东西，一面往林氏屋里走去。

“我的儿，你回来啦。这里有几匹布，你快过来看看，搭配好花色我便让裁缝给你制几套春装。”见女儿回来了，林氏欢欢喜喜地迎上前去。

虞妙琪走过去查验布料，都是贵重的蜀锦，花色却有些老气，不免皱了皱眉。

林氏心有所感，连忙解释道：“这些是母亲前几年攒下的缎子，都是贡品，贵重得很，虽说花色不时新了，做几件褂子也使得。”话落她又冲金嬷嬷挥手，“去把锦绣阁的掌柜叫来，跟她说只管带上最贵重的首饰和布料，我女儿要挑。”

金嬷嬷领命而去，林氏扯开一匹布在女儿身上不停比画。

虞妙琪将屋里的丫鬟全都遣退，压低嗓音问道：“母亲，虞思雨怎么知道我的身世？”

“呀，你不说我竟把这茬给忘了！”林氏脸色大变，“当年我与你祖母商量着要把虞襄送走，偏偏让她听了去。”

“母亲，她今儿还问我作甚不让沈家人把虞襄接走，真把我吓了一跳，一时间都找不出话来回她。母亲，她若是把我的事宣扬出去可怎么办？女儿日后还要不要见人？”虞妙琪掏出手绢抹泪。想了半天，她终究还是决定告诉林氏，让林氏来处理虞思雨。她刚回家，脚跟都没站稳，要想除掉虞思雨，当真千难万难，不如林氏出手更为便宜。

她何尝不想把虞襄弄走，可前提是自己的身世不能曝光。现如今她拿虞襄毫无办法，心里的委屈和怨恨本就无处发泄，偏偏虞思雨要撞上来触她的霉头！

林氏也气怒难平，低骂道：“那贱蹄子也不是个省油的灯，是想拿你当枪使好对付虞襄呢。你放心，母亲定然想个法子将她远远弄走！可恨你大哥和老祖宗都不同意让虞襄去庄子里单过。儿啊，你暂且忍耐几天，母亲另想办法。”

虞妙琪听了这话心尖微颤，慌忙开口：“母亲，您怎么对祖母和哥哥说的？”她生怕林氏将这事儿推到自己头上，令大哥和祖母对自己生厌。

“我就说留她在府里很是碍眼，不如送走清净。我的儿，我说话有分寸，你且放心。”林氏本就不傻，只是一直不愿意清醒罢了。怎么做才能让女儿开心满意，她心里门儿清。

虞妙琪舒了一口气，扑进林氏怀里低低哭起来。虞府跟她想象中完全不同，本以为经年未见的家人会用最热烈的方式欢迎自己回家，可临到头却一个更比一个冷漠。唯独林氏待她全心全意，她就是心再冷，这会儿也被捂热乎些许。

林氏拍抚她的脊背，再次保证道：“有母亲在呢，你且放心。那虞思雨，母亲一定想办法把她弄得远远的，再也碍不着你。至于虞襄，咱们慢慢来吧。不是侯府的种还想占着侯府的地儿，她也不怕折寿！”

母女俩抱着说了会儿体己话，金嬷嬷领着锦绣阁的掌柜来了，后面跟着很多拎箱笼的丫头。

将一水儿红漆箱笼打开，各种贵重珠宝布匹应有尽有，阳光一照，满屋子都是亮闪闪的彩光，直晃得人睁不开眼。

“夫人喜欢什么只管挑，这都是今年最时新的首饰和布料，压箱底儿的宝物。若是换了别家，我还舍不得拿出来呢。”掌柜笑得十分谄媚。

林氏牵着虞妙琪上前挑选，这个发簪戴一戴，那个薄纱披一披，简直爱不释手。挑了足有大半个时辰，林氏才指着几箱东西，曼声道：“这些值多少，你给算一算，我全要了。”

掌柜秉持多做事少说话的原则，虽然对虞妙琪的身份非常好奇，却也不多看一眼，拿起胸前悬挂的小金算盘噼里啪啦一阵儿拨弄，谄笑道：“回夫人，共计三千五百六十八两，您给我一个对牌，我好去账房支银子。”

“对牌，什么对牌？”林氏愣住了。

“这是府里的规矩，您竟然不知道？襄儿小姐说了，凡是用度在一百两以上的，都得打个条儿去她那里拿对牌，有了对牌账房才肯支钱。临到年底，襄儿小姐那里有一个账本，民妇这里有一个账本，账房先生那里有一个账本，这三个账本都是要会账的，一分一厘都错不了。”掌柜一边解释一边咋舌。论起管家的功夫，放眼整个京城，襄儿小姐那是独一份。

人都道水至清则无鱼，当家主母对下人贪墨的现象大多睁只眼闭只眼，全当没看见。偏偏襄儿小姐眼里容不得沙子，制定出一套极其严格的管账方式，直叫人偷根针都难。

襄儿小姐有一句话说得好——你吃我的穿我的用我的，一家老小全靠我养着，你还背地里偷我东西，如此狼心狗肺贪婪无度，我干吗还放任你？我又不是傻！

这句话简直说进掌柜心里去了，悄悄跟襄儿小姐取了经，几家分店的账目全依照此列。打那以后，店里风气果然清明了很多，她心里别提多舒坦。

掌柜对虞襄百般赞誉，林氏却气炸了，诘问道：“什么时候我买东西竟然还要向她禀报？她算什么东西？……”意识到自己失言，林氏连忙用手帕捂嘴。

掌柜只当自己没听见，笑道：“襄儿小姐管了四年家，这规矩她早早就定下了，民妇也是无法。您不给民妇对牌，总不能让民妇去账房那里强抢吧？府中巡卫还不得把民妇剁了！夫人您派人去襄儿小姐那里问一句，也就半盏茶的工夫。”

林氏没办法，只得派金嬷嬷去拿对牌。

虞妙琪脸上本还带着心满意足的微笑，这会儿全被错愕所取代。虞襄管了四年家？怎么侯府不是母亲和祖母做主吗？什么时候轮到一个瘫子？四年前她才几岁，怎能撑起偌大一个府邸？

虞品言抱妹妹回屋后也不急着离开，转到外间拧了一条湿手帕，将她脸上浓艳的妆容擦掉。

一朵带刺的玫瑰转瞬变成一块甜腻腻的在阳光下晒得快融化的蜜糖，且这份柔软和甜蜜只在自己面前才会绽放。

他抚着妹妹娇嫩的脸颊看了半晌，发现她唇珠还残留着一丝艳红的口脂，轻轻用指腹抹去，然后放入口中细细品尝。果然甜得腻人。

虞襄睁着一双黑白分明的猫瞳，没心没肺地问道：“甜吗？我放了很多蜂蜡，还放了许多玫瑰花瓣。”

“甜，不过还能更甜一点儿。”虞品言将手帕递给有些傻眼的柳绿，脱掉靴子上榻，将妹妹抱进怀里，又从她枕后摸出一本杂记慢慢翻看，却是不打算走了。

柳绿揪着一颗心，迈着沉重的步伐将水盆端出去，侯爷方才那举动怎么看怎么奇怪。他俩是兄妹吧？怎么看着倒像是一对儿新婚燕尔的小夫妻呢？

虞襄半点也不觉得揪心，反嘻嘻笑起来，轻戳哥哥坚硬的胸膛嗔道：“还能再甜点该放多少蜂蜡啊？我这做的是口脂，又不是糖果。哥哥你什么时候那么喜欢吃糖了？”

跟你在一起之后。然而，这话虞品言并不敢现在就挑明，捏住她葱白的指尖，意有所指地道：“吃的方法不一样，滋味儿自然不同。”

“口脂还分吃法吗？”虞襄捂嘴轻笑，忽而脑中划过一抹亮光，正欲细思，桃红一边打帘子一边说道，“小姐，金嬷嬷来啦！”

那亮光转瞬消弭，再也寻摸不见。

金嬷嬷是林氏的陪房，在虞襄记忆中除了送镇妖符那一次，她从未跨进过自己小院，这回怕是有事相求。

“让她进来。”她钻进虞品言臂弯，支着脑袋与他一起看杂记。

金嬷嬷被眼前的景象晃了晃神。只见兄妹俩一个俊美无俦，一个娇艳无双，正互相依偎着半靠在软榻上同看一本书，脑袋凑得很近，鼻尖几乎贴在一起，更别提那早已互相交融不分彼此的呼吸。

这姿态放在嫡亲兄妹身上都显得太过亲密，更何况是一对儿假兄妹？且侯爷偶尔扫向虞襄那眼神，简直无处不透着温柔缱绻，脉脉温情。

金嬷嬷心里顿时咯噔一声，好像是窥见了什么隐秘，却见侯爷轻描淡写地瞟过来，眼中哪还有半分柔情，全都是冰冷刺骨的寒意。

她差点没被这暗含无数刀锋的眼神绞成碎片，慌忙把心中杂念一一清除干净，跪下请安："奴婢见过侯爷，见过三小姐。"

虞品言并不搭理，垂眸继续看书。

虞襄拧眉道："好好的二小姐忽然变成了三小姐，还真有些不习惯。"

金嬷嬷将头埋得更低，不知该如何回话。

虞襄却并不打算放过她，讽刺道："你们正房的人向来不屑光顾我这小院，上次来可也是八年前了。实在是稀客。"

金嬷嬷心尖微颤，颇有些不安。林氏对府中事务不闻不问，可不代表她也是睁眼瞎。虞襄这些年的变化她看得清楚。许是遭逢大难开了窍，她浑身傻气尽去，不但脑子越来越活络，相貌越来越明艳，就是脾气也越来越乖张。

她十岁就把偌大一个侯府管理得井井有条、妥妥当当，论起能力气度绝不输于任何一位高门贵女，更别提老夫人和侯爷对她毫无原则的宠溺。

她若是对夫人不敬，对二小姐不亲，夫人、小姐往后可别想过好日子。自己回去后是不是得劝夫人振作起来，将这府务中馈全拽进手里，只有这样，才能与她抗衡？否则，这侯府岂不成了一个外人的天下？

金嬷嬷脑子不停地转动，面上却分毫不显，毕恭毕敬回话："因夫人忧思日甚，郁结难消，终日离不得人，奴婢不敢轻忽这才怠慢了小姐，还请小姐恕罪。"

虞襄也不管哥哥看没看完，把自己看过那一页直接往后翻，漫不经心地说："你却是会说话。什么恕不恕罪的，我若是问你罪，母亲非得把侯府哭塌不可。无事不登三宝殿，说吧，什么事儿？"

夫人这些年越发糊涂，见天儿地抹泪哀泣，沉溺过往，金嬷嬷自个儿也觉得烦，听了虞襄的话更感羞臊，压低嗓音道："夫人遣奴婢来跟三小姐要一个对牌，那头钱掌柜正等着呢。”

虞襄这才正眼看她，曼声道：“府里的规矩你也是知道的，清单跟借条呢？拿来我看看。”

好在出门时钱掌柜提醒一句，金嬷嬷这才把清单一块儿带来，连忙躬身递上前。

虞襄离开哥哥的臂弯，展开清单细看。虞品言搂住她的腰肢，唯恐她坐立不稳摔下去。

虞襄看着看着就笑了，说出口的话却不带一丝欢喜：“瞧瞧母亲多大方，金丝香木嵌蝉玉珠、一色宫妆千叶攒金牡丹头饰、玲珑点翠草头虫镶珠银簪、金丝织锦礼服、烟云蝴蝶裙……我待在她身边十四年，却是连一针一线都没收过她的，只得了一堆镇妖符。我倒要问问，我究竟是不是母亲亲生的？”

她心里自然清楚自己不是亲生的，可在旁人看来她却是毫不知情，见了清单嫉妒难平出言嘲讽也属正常。

虞襄就是这么个人，谁给她委屈受，不管占不占理她都得还回去，能过得张扬就绝不憋屈。虽然虞妙琪掩饰得好，但她眼中偶尔流泻出的深刻恨意却逃不过虞襄的眼睛。她恨自己也就罢了，偏偏她还把哥哥也同样记恨上，这就没法忍。

既然她心存怨恨伺机报复，虞襄也不打算容忍退让。敌对的态度一早摆出来日后便不用虚与委蛇地做戏，平白恶心自己。

金嬷嬷低下头不敢答话。当着侯爷的面，谁敢说出“外人”二字那真是不用活了。况且就是为了二小姐的声誉着想，虞襄这嫡小姐的地位她们也不得不认。

虞品言放下书将她搂进怀里轻轻拍抚，安慰道：“计较这个干吗，况且咱们都长大了，不须依仗她，是不是亲生的有什么关系？你喜欢什么哥哥帮你买，就是要天上的星星，哥哥也想办法给你摘下来。”

虞襄脸上的郁气瞬间消散，反搂住他的胳膊甜蜜地笑了：“我不要天上的星星，我只要哥哥。”哥哥就是我的全世界，有了哥哥，我便心满意足了。

虞品言显然领会了她的未尽之语，探头过去用胡楂磨蹭她娇嫩的脸颊，眯眼欣赏她如花一般绽放的笑颜。

金嬷嬷不敢抬头去看榻上的兄妹俩，心中暗自琢磨侯爷的话。什么叫不需依仗她？什么叫不是亲生的有何干系？侯爷这是心冷了，不打算再认主子了吗？也是呢，任谁被丢弃十四年都会心存怨恨，更何况主子冷待侯爷也就算了，却又反过头来对二小姐千娇万宠，这摆明了是拿刀子戳侯爷的心啊。

两个都是亲生的，总不能忽视一个宠爱另一个，宠的那个还是早晚要嫁出去的，根本就指望不上。主子现如今这安稳日子还不是靠侯爷挣来的？就是二小姐日后的前程，不也得靠侯爷去打拼？

主子现在同侯爷生分了，日后简直寸步难行。单看这买东西，用度超过一百两就要打借条，哪家主母会沦落到这等卑微的境地？

金嬷嬷一面写下借条，一面暗暗思量，准备回去后就劝劝主子赶紧把侯爷的心笼络回来。

虞襄接过借条看了一眼，又递了回去："写下年月日期，因何用度，谁人支借，再按个手印，日后来拿对牌都要依照此例。这次姐姐回来我已破了例，否则没有重大庆典或事由，三千两以上的银子我是不批的，日后你们再如此奢侈便得自个儿掏钱。"

见金嬷嬷面露不满，她冷声道："莫说母亲，就是我和老祖宗，超出日常用度的银子也都是自个儿省下的，当然哥哥是例外。哥哥在外需要应酬，手头哪能缺钱，这点却是你们比不得的。"

虞品言低沉一笑，十分喜欢襄儿这副小管家婆的模样。

因林氏深居简出，吃斋念佛，平日最大的用度就是黄表纸、蜡烛、香油等祭奠之物，每月二十两月钱绰绰有余，故而从未来虞襄这里拿过对牌。

金嬷嬷耐着性子应了，重新写下借条按了手印，这才顺利领走对牌，正准备掀开门帘，却又听虞襄唤道："等等，姐姐回来我还未送礼呢，你顺便拿过去。"

金嬷嬷不得不回转，躬身候在一旁。

虞品言将她抱到梳妆台前，任由她在妆奁里挑挑拣拣，自己随手拿起一朵绒花斜插在她鬓边，支腮欣赏片刻又将绒花取下插入她脑后的发髻，眼角眉梢透出浓浓的悦色。这副温柔小意的模样与他冷厉残酷的行事作风大相径庭，简直不像一个人。

虞襄拿起一支蝴蝶簪看了看，摇头道："这个不行，这是哥哥送我的。"她又拿出一套红宝石头面，继续摇头，"这也是哥哥送我的，不行。"

挑拣了好半天，凡是虞品言送的东西全被她排除出去，这才发现自己的珠宝首饰竟有九成九是哥哥送的，顿时像吃了蜜一样甜，不时地瞟哥哥一眼，然后抿着嘴偷乐。

虞品言假作不知，实则爱死了她满脸独占欲的模样，一边忍笑，一边伸手轻点她鼻尖。

柳绿见金嬷嬷脸都快绿了，只得从博古架上取下一个沾满灰尘的盒子，道："小姐，这是你上个月才从锦绣阁买的头饰，一次还未戴过，送给二小姐正合适。"

虞襄这才关上妆奁，漫不经心地说："那便送这个吧。回去告诉姐姐，让她得了空来我这里玩耍，我腿脚不便，就不去拜访她了。"

金嬷嬷连连应是，捧着盒子心急火燎地往正房赶。要个对牌去了两刻钟，主子的脸面估计快挂不住了。这哪里是当家主母，倒像看人脸色过日子的侍妾。

林氏本还笑眯眯地替女儿挽头发，试戴珠钗，一刻钟后便开始频频往外看，两刻钟后面容都扭曲了，派了一个小丫头去寻。

钱掌柜把挑剩下的红漆箱笼打开，口若悬河地推荐自家珠宝，这才缓解了尴尬的气氛。

又过了小片刻，金嬷嬷捧着一个匣子进来。

"怎么去了这么久？"林氏沉声诘问。虞妙琪拿着一根金钗对镜装扮，仿似什么都没听见。

"回夫人，三小姐寻摸了半天，才找出这个匣子说要送给二小姐，这才耽误了。"金嬷嬷将匣子递过去，发现上面落满灰尘，显然是被虞襄弃之不用的物件，顿觉十分尴尬，连忙用袖子将灰尘擦去。

林氏本就阴沉的面色这会儿能滴出水来，正要呵斥一句"欺人太甚"，钱掌柜却惊叫起来："哎呀，这不是咱们锦绣阁唯一一支鸾凤绕珠修翅金步摇吗？莫说步摇上缠绕的三颗东珠颗颗都有龙眼大，算得上当世难求，单这盒子便已造价不菲。这盒身是用一整块金丝楠木雕刻而成，盒盖上镶嵌的几朵海棠花，花瓣乃顶级红翠削薄拼接而成，色泽娇艳，水头十足，放在阳光下跟真花一般无二，直叫人想要伸手去抚弄。"

她边说边接过盒子置于亮光处转动，啧啧赞叹：“二……三……襄儿小姐真大方，单这盒子在咱们店里就属镇店之宝，莫说这步摇了，每颗东珠拆开来卖也要这个数。”她伸出一只巴掌晃了晃。

今儿也奇了，永乐侯府竟无端端冒出一个二小姐，说是襄儿小姐的双胎姐姐。偏两人长得全无半分相似，气质也迥然不同，也不知究竟什么来历。

管它呢，她只要有钱赚就行。

钱掌柜心里直犯嘀咕，嘴上却把虞襄送得礼物好一顿夸，这才让林氏阴沉的面色稍微和缓，将对牌递过去：“拿着对牌去支银子吧。”

“多谢夫人惠顾。下次有什么需要只管使人来唤民妇，民妇的东西在京城里也算是数一数二，绝不让夫人失望。”钱掌柜笑眯眯地领了对牌，出门后大松一口气。

林氏命金嬷嬷把堆放在桌上的珠宝首饰都收起来，转回去却见女儿对着已经打开的海棠花匣掉泪。

“琪儿，你这是怎么了？谁惹你不高兴了？”她连忙走过去将女儿搂进怀里拍抚。

“母亲，单这匣子就好生贵重，莫说里面摆放的珠宝。”她将匣子关上推远，眼泪掉得更凶，“而我在沈家连东珠长什么样儿都未曾见过。对我来说，那都是可望而不可及的东西，是我永远不敢奢求的生活。可事实呢？事实上，这些东西原本就属于我，却被她统统夺走了！母亲，我连购置一些衣物首饰都要向她禀报，我究竟是不是侯府嫡女？若是往后都要看她脸色生活，我还回来干吗？不如将我重新送回去吧！”

她越说越伤心，从腰间解下一个荷包，哽咽道：“母亲，侯府里除了您，谁还将我放在心上？您看看祖母送我什么东西，一张平安符罢了。寺庙里一块铜板就能买来的平安符，她却拿来当我的见面礼。这是打心眼里嫌弃女儿啊！”

其实，虞妙琪误会了，这平安符可不是一个铜板买来的，却是大寒朝神僧苦海和尚亲笔书写并开了光的平安符，拿出去是人人抢破头都抢不到的好东西。也亏得虞襄这些年与苦海和尚谈经论佛很有交情，才让封笔十年已久的他破例一回。

只可惜，老太太的一番苦心全喂进了狗肚子，虞妙琪非但不领情，还暗暗把她恨上了。

林氏听了气怒难平，一边骂老太太偏心一边走到外间，将平安符扔进烧黄表纸的火盆里。火焰舔舐符纸时散发出浓浓的禅香味儿，不过须臾便已消失殆尽。

她转回来，搂住女儿咬牙切齿地低语："琪儿你且放心，从今往后母亲必不让你受今日这般屈辱。母亲好歹也是侯府的当家主母，清闲了十四年，也该重新掌管中馈了。谁看谁脸色过日子还不一定呢！"

"母亲，只有您待女儿最好。女儿只能靠您了！"虞妙琪扑进她怀里低泣，噙满泪水的眼中飞快划过一道暗光。

金嬷嬷憋了一肚子的话待要劝说主子，却发现二小姐把自己想说的全说了。倘若主子重新掌管中馈，日后她又是这侯府里人人敬畏的管事嬷嬷，多少油水等着去捞？想到这里，她心里的欢喜颇有些按捺不住，连忙用帕子遮掩唇边的笑意，眼角却耷拉下来，仿佛十分哀伤。

正院，老太太拿着一本经书翻阅，却见晚秋肃着脸进来，附在马嬷嬷耳边轻声禀报什么，依稀可听见"夫人，烧了，嫌弃"等字眼。

马嬷嬷脸色大变，握手帕的手不自觉颤抖起来。

"说什么呢？让我也听听。"老太太将佛经翻过一页，徐徐开口。

马嬷嬷遣走晚秋，神情颇为犹豫。

老太太嗤笑道："是不是林氏又作妖了？说！"

马嬷嬷跪在她脚边，痛心地说："回老夫人，小姐说您嫌弃她，送的见面礼竟是寺庙里一个铜板就能买到的平安符，夫人听了怒发冲冠，把那符纸扔进火里直接烧了。"

自打知道亲孙女的命数开始，老太太便让虞襄去求了这道符，供奉在镇国寺内每天请高僧念经加持，这一供奉就是四年，每月进献给镇国寺的香油钱就得花二百两银子，全是老太太自个儿掏腰包。这份诚心暂且不提，光银子加起来也有上万两，怎能一把火就付之一炬？

你烧便烧了，偏偏还要在言语上诋毁老太太，这是怎样的狼心狗肺，不知感恩！但凡对老太太存了一丝敬意，也干不出这样的事儿！

马嬷嬷恨不得冲去正房各给林氏和虞妙琪两巴掌。

老太太却并不发怒，反而低笑起来，再开口时语气沧桑："还是言儿说得对，那虞妙琪是个性情凉薄、记仇不记恩的，该远着点儿。我再如何待她，又岂能比得上将她养大的沈氏夫妇？她连沈氏夫妇都能说舍弃就舍弃，哪会记住我的好？罢了罢了，以后再不干这热脸贴冷屁股的事儿，养上一年半载就把她嫁出去吧，跟虞思雨一样，也是个不省心的。”

马嬷嬷连连点头，斟酌半晌后说道：“那丫头还说，夫人怕是想要从襄儿小姐手里抢夺掌家之权。老夫人，您看这……”

听到此处，老太太当真气到极点，冷哼道：“掌家之权？就凭她？现如今的侯府可不是俊杰在时的侯府，她那点本事怕是玩不转。不过，她若是敢开这个口，我倒也能成全她。”

马嬷嬷听了大骇，提醒道：“老夫人，若是出了岔子可怎么办？”

正如老太太所说，现在的永乐侯府与以往大为不同。虞品言虽然挂了个骠骑将军的名头，实际上虎符早早就交还给皇上，他一心当皇上手里的刀，披荆斩棘浴血前行。为了给太子登基铺平道路，已除掉几位异姓王的皇上来年就要向盘根错节的世家巨族开刀。在此大势之下，永乐侯府只能做孤臣纯臣，绝不能与任何党派攀扯上。

这个尺度不但需要虞品言去把握，而且后宅妇人之间的来往亦不能跨越皇上的底线。之前虞襄就做得很好，在老太太看来，简直好得不能再好。她想不到襄儿已然聪慧到那等地步，就连圣意也能揣摩得如此透彻，甚至不需要她从旁提醒半句。

林氏未糊涂之前也是十分精明能干的，然而，那种精明只局限于后宅的小算计、小心机，与襄儿开阔的眼界丝毫不能相比。

这个家交给林氏，必定会出乱子。

老太太思来想去，摆手道：“她若是敢开口便让她管，我和襄儿在旁盯着出不了大事。襄儿管理侯府用的是铁血手腕，尽得她哥哥的真传。凭林氏那点微末伎俩，接管不过几月就要崩盘。这些年她固守正房，沉迷过往，我却是寻不着她错处，这回且由着她猖狂作妖，待我抓住把柄，正好让她领了休书回家去，她娘家也说不出什么。”

马嬷嬷听了这话，才明白老太太的盘算。也是，思念亡夫算不得错处，老夫人这是不想再容忍林氏了啊！十四年，也该忍到尽头了。

“侯爷那里……”马嬷嬷少不得提醒一句。

“你且去问问言儿，还认不认林氏做母亲。”老太太冷笑。之前是顾虑孙子颜面她才未大动干戈，这次接了虞妙琪回来，她才算真正看清孙子的心。孙子恐怕是不想认林氏了，连带着也不肯承认虞妙琪，否则，怎会是那种不闻不问的态度。

“她不认侯爷，侯爷自然也不认她。她心里哪还有侯爷，心心念念的全是二小姐。她也不想想这么些年的好日子是靠谁挣来的。”马嬷嬷摇头唏嘘。

老太太也喟然长叹，拿起佛经低声吟诵。

正房，林氏不知道自己院子里的下仆除了金嬷嬷和她两个女儿，其余人等全成了老太太和虞襄的眼线，还当自己是以前那个说一不二的主母，行事半点也不避人。

虞妙琪不明就里，见她如此肆意，也跟着放松下来。母女俩商量着该怎么向老太太开口，直过了亥时三刻才睡。

翌日清早，虞妙琪精心打扮一番，随林氏前往正院给老太太请安。

母女俩到时老太太正在做早课。但凡林氏有心就能知道老太太十四年来养成的习惯，偏偏她是个不长心的，只得领着女儿坐在偏厅等候，直灌了两壶茶水才见马嬷嬷扶着满身禅香的老太太出来。

“十四年了，你这是头一回给我请安吧？实在是难得。”老太太歪在榻上，端起茶杯缓缓啜饮，却是连个正眼也不看林氏。

十四年来头一回请安？那这十四年里母亲都在干些什么？虞妙琪错愕地瞥了林氏一眼，这才明白婆媳俩的关系为何如此僵硬。

林氏颇为尴尬，正绞尽脑汁地想着该如何讨婆婆欢心，却见虞思雨披着晨露进来，见了她面色微讶，随即蹲身行礼。

这正好给了林氏一个台阶。难得的，她对庶女的态度比以往和缓几分，亲手扶庶女起来。

老太太挥手让诸人落座，视线直往虞妙琪腰间扫去，状似无意地开口：“我送给你那个平安符呢，怎不见挂在身上？那可是得道高僧开了光的，可驱邪避凶保平安。”

虞妙琪丝毫不觉得亏心，反浅笑妍妍地答道：“回祖母，因是祖母赠送之物，孙女儿不敢日日佩戴唯恐磨损，只垫在枕下保我安寝。孙女儿多谢祖母一片爱护之心。”

若不是早得了消息，老太太还真无法从这张笑得极为诚挚的脸上看出丝毫怨恨和不屑。不但性情凉薄至此，亦十分善于伪装，沈家人究竟是如何教养，直将她养成现在这副德行？莫说她命数本就凶煞，单凭这冷心冷肺，落在谁家都是个祸害。

老太太不否认自己因着林氏的偏心对虞妙琪先就存了不喜，然而起初只是为了与林氏较劲，直到见了真人，那一二分的不喜便都化成了七八分的厌恶。

虞妙琪在她面前表现得越是得体，反更衬托出她背地里诡谲阴狠的本性。自己只送了一道符纸就招来她的怨恨，当初致使她两次身陷牢狱的言儿岂不被她恨之入骨？占了她尊位的襄儿又被她嫉恨到何种程度？

想到这里，七八分的厌恶又转化为十分戒备。老太太现如今连多看她一眼也觉得难受，索性别开头，沉声道："你爱怎样便怎样吧，只好生收着就是。"

虞妙琪向来善于察言观色，抿了抿唇不说话了。

虞思雨见机逮着东加长西家短地聊起来，着重提了哪几户人家定了亲，下了聘，快要办喜事了。

老太太若有所思地看她一眼，不耐烦地说："莫跟我扯这些杂七杂八，你只明说你恨嫁了就成。等不及让我去跟方家议亲了是吗？"

虞思雨面色涨得通红，垂头用力搅动手帕，不敢搭腔。

老太太心情越发不爽利，摆手道："这事儿我来日便去办，你别后悔就是！目的既已达成，还不快走？"看见这一个两个自作聪明的蠢物她就觉得头疼。

虞思雨行礼告辞，跨出门槛时，忍不住露出一抹喜色。

等她走远，马嬷嬷轻声嘀咕一句："老太太，那方大人不是已经被侯爷斩首了吗？家财都被抄没了……"

老太太摆手示意她勿要多言。

林氏与虞妙琪听了这话，忍不住互相对视，都从彼此眼底看见一道亮光。

老太太并未发觉，正要开口遣走母女二人，虞妙琪却先行起身告辞，说是要去拜会妹妹，留下林氏一脸坚决地看向婆婆。

虞妙琪在宝生的指引下来到西厢。西厢共有两个小院，离得不远不近，朝南那间采光更好占地更大，自然归虞襄所有，东头是虞思雨的地盘。

虞妙琪穿过抄手游廊，步入垂花门，放眼之处全都是各种奇花异草竞相绽放，更有无数蜜蜂蝴蝶在灿烂的阳光中飞舞，夹带着说不清道不明的浓郁香气。如此生机勃勃色彩斑斓的小院本该与巍峨森严的永乐侯府格格不入，却又奇异地融入其中，仿佛遗失在人间的桃花源，又仿佛一片寒冰冻土之中仅存的小温房，叫人看了无比欣喜。

虞妙琪站在开满鲜花的院墙下，颇有些陶醉，却被一道聒噪的嗓音打断："来人啦，来人啦，小姐来人啦！"转眼看去却是挂在廊下的鹦鹉阿绿。

虞妙琪这才如梦初醒，怀着更为嫉恨的心情朝房门走去。想她真正的侯府嫡女只能与母亲挤在一处，而虞襄却有如此精致梦幻的一座小院，当真不公平到了极点！这些本应该属于自己！

虞襄大清早就被柳绿摇醒，恍惚中听说了林氏烧毁平安符和意欲夺权之事，不以为然地道："随她去吧，我且看她有没有那个能耐。"随即脑袋一歪又睡了过去。

柳绿无法，只得命人去端早膳。把香喷喷的鸡丝松茸粥往主子鼻端一晃，不需人叫，她立刻就能醒。

却不料粥还未端来，阿绿就嚷开了，柳绿连忙将虞妙琪迎进偏厅，歉然开口："回二小姐，小姐这会儿正睡着呢。烦请您坐下稍等片刻，奴婢这便去叫她。"

"我也去看看。妹妹的闺房我自是要参观参观。"虞妙琪笑得十分和蔼，抢先一步跨入门槛。

房间并不大，摆设却十分奢华精致：博古架上陈列的都是上了年头的古董瓷器；家具皆为金丝楠木和酸枝木打造而成，名贵非常；梳妆台十分巨大，摆放着铜镜妆奁篦子等物；妆奁内似乎放了许多东西，盖子合不上，只用一把铜锁松松挂着，一柱阳光穿透窗户斜照过来，隐约可见里面反射出五彩斑斓的宝光。倘若真打开，也不知会如何耀眼。

虞妙琪脸上的笑容更为优雅得体，实际上心尖在一滴一滴淌血，更有浓稠的毒液从那名为嫉妒的溃烂伤口中流出，侵蚀得她骨头缝都发疼。

"都什么时辰了，妹妹怎么还没起床？这太阳都快晒到屁股了。"她在靠窗的软榻上落座，口吐戏谑之语，轻轻柔柔，宛转悠扬的嗓音听上去悦耳至极，任谁也想象不出她此时此刻心底正关押着一头咆哮的恶兽。

虞襄在柳绿的推搡下咕哝两声，这才幽幽转醒，一面掀开床幔一面打着呵欠慵懒开口：“姐姐来啦？”

看清少女未着妆容的真颜，虞妙琪心底又是一阵撕扯。去掉浓艳的色彩，少女的面庞少了几分凌厉却多出十二分甜蜜，淡而有型的涵烟眉，黑而亮的星眸，挺翘琼鼻，樱桃小嘴，气质纯净又透着妩媚，当真是一张十分讨人怜爱的脸蛋。

连自己一介女子都忍不住动心，更何论男子？幸好她双腿已废，否则入宫成为一代宠妃也不是难事！

虞妙琪感觉一阵刺痛，却是不知不觉将自己下唇咬破了，连忙用手帕将血丝飞快抹去。

虞襄并不知道她一瞬间能联想到那许多不着边际的事，正伸出双手任由桃红、柳绿给自己穿衣，然后在两人的帮助下坐进轮椅里，推到梳妆台前擦脸洁牙。

将抹了盐粒的杨柳枝探入口中，她含糊不清地问道：“送给姐姐的步摇姐姐还喜欢吗？”

“十分喜欢，今日是特意来感谢妹妹的。”虞妙琪抚了抚鬓边的步摇，笑容十分真挚动人。

虞襄看也不看她，吐掉漱口水，用热帕子将脸擦干净，而后拧开一个小瓶，沾了一指润肤膏，细细涂抹在脸上。

浓郁的莲香味儿在室内飘散，熏得人脑袋都有些发晕。虞妙琪心知她涂抹之物必定不是凡品，否则绝养不出这一身的冰肌玉骨。

若是当年没抱错，这些东西原本应该属于自己——这句话就像一个魔咒，不停地在她脑海里回荡，然后一圈一圈将她的心绑缚，深陷进皮肉和骨髓，从此再也无法拔除。

虞襄从铜镜里瞥她一眼，貌似不经意地问道：“老祖宗送给姐姐那道平安符呢，怎不见姐姐佩戴？”

“出门时压在枕头下了。毕竟是纸制品，每日佩戴唯恐磨损。”虞妙琪端起茶杯，以掩盖唇角的不屑。一张破纸罢了，值得这两人一而再再而三地提及？

虞襄挑眉轻笑：“姐姐却是不会想，老祖宗送你时不是配了一个精致荷包，荷包上拴着一根五彩丝绦吗？那意思就是让你每日系在腰间携带，又好看还能压裙角。姐姐不知，那平安符乃四年前老祖宗向神僧苦海求来的，这些年一直供奉在镇国寺内，是多少人抢都抢不到的好东西。我当时还奇怪老祖宗留着它作甚，却原来是送给姐姐的。由此可见，老祖宗一直惦记着姐姐呢！”

虞妙琪闻见了她话中的一丝酸味，面上不显，心里却十分受用。但说得再天花乱坠，一张纸也不过是一张纸，能值什么？然而老太太重视她这一点却也叫她很满意。如此，她回去后把那荷包找出来戴着也就是了。

到底是亲孙女，老太太哪里有不心疼自己的？只要日子长了，自己定能在老太太跟前压过虞襄一筹。想到这里，虞妙琪唇角微不可察地上扬。

虞襄从铜镜里打量她神色，越发觉得心冷。常人若是听了这番话，多少会对烧掉符纸表现出一丝悔意，然而，她却无法从对方眼中看见丁点类似于懊悔自责的情绪。记仇不记恩，这虞妙琪果然似哥哥描述的那样，是个凉薄到极点的人。

如此，自己就是不想跟她斗，怕也是不行了。

第十六章 掌家

心里转着许多念头，虞襄手上却动作不停，抹好润肤膏后，不需再抹别的，只在腮边、眼角、唇珠各沾了一点桃花粉细细晕开，又用黛笔轻扫蛾眉，然后将乌黑顺滑的发丝用几根桃木簪团成垂花髻，捡一朵桃花状的花钿贴在眉心，简单的桃花妆便成了。

她微微侧头打量铜镜里的倩影，当真是人比花娇，甜如蜜糖，不禁勾唇一笑。

早在她开始动作的时候虞妙琪就认真看过来，心里暗暗记住她每一个步骤。都说三分长相七分打扮，这人不但十分长相，论起装扮技巧更是出神入化。也是她身在侯府，否则哪来这份闲心日日琢磨？

虞妙琪感觉自己不能多想，但凡想得深一点，对虞襄的恨意就增加一分，掩都掩不住。

虞襄也通过铜镜暗暗观察她，忽而抿唇笑道："姐姐，说来也奇怪，你我本是双胞胎姐妹，怎么长得一点儿也不相像？我长得这么美，姐姐却有些寡淡……"

她边说边轻抚自己脸颊，似乎觉得口吐直言颇有些伤人，连忙拿手帕将樱桃小嘴捂住，目露歉然。其实虞妙琪长得不差，甚至可以说秀美无双，然而与艳丽至极的虞襄站在一处却是不够看了。

人跟人最怕的就是比较。

虞妙琪脸上温柔优雅的浅笑差点挂不住，狠狠用指甲掐了掐掌心才平稳开口："双胞胎长得不相像的大有人在，没什么稀奇的。我长相随了母亲，却不知妹妹随了谁？"你能随了谁呢？你就是个外人。

虞襄笑得越发甜蜜，接口道："我自然随了哥哥。你没发现我与哥哥有五分相似吗？"话落将脸朝她转过去。

虞妙琪细细一看，这才惊觉她果真与虞品言有五分相似，特别是眉宇间那股不可一世的味道简直如出一辙。难怪在她十岁之前竟无一人怀疑她身份。世界如此之大，京城与岭南更隔着千山万水，她与虞家毫无干系，怎会偏偏像了虞品言？该是怎样的气运才能造就这等巧合？

虞妙琪气息略微加重，对传承自林氏的清淡眉眼忽然不满起来。

她心里不痛快，虞襄就高兴了，打开妆奁寻摸一朵绢花往鬓边戴，觉得这个不满意，那个也不合适。不过片刻工夫，梳妆台上就堆了许多珠宝，在阳光的照射下发出各色璀璨光芒，直叫人看得头晕眼花。

恼恨中的虞妙琪立时被吸引了注意力。

虞襄手里把玩着一支碧玉簪，漫不经心地朝她招手："姐姐快过来。"

虞妙琪只犹豫了一瞬便慢慢走过去，在柳绿搬来的绣墩上落座。

"这个簪子姐姐喜欢吗？跟姐姐今日的穿着很搭呢。"虞襄边说边将碧玉簪插入她发中，歪着脑袋打量片刻，又找出一只黄金缠丝双扣手镯套进她手腕，赞道，"玉腕不胜金斗，消瘦，消瘦，还是褪花时候。姐姐的腕子如此雪白纤细，正该用厚重的黄金来衬，当然，顶级的翡翠或红翠也是绝佳搭配。"

虞妙琪不自觉地便跟着她思绪走，细细品味这番话。

虞襄冲柳绿使了个眼色，柳绿忙将针线盒拿来，里面放着一块已裁剪成型的古香缎，淡紫色的底，用银线细勾轻描而成的水草虫鱼，不但看上去低调华美，摸上去也柔软异常。布料轻轻抖动，那水草虫鱼就活了过来。

虞襄将缎子披在她肩头，笑道："这是杭州上贡的三重古香缎，挺而不硬，软而不疲，极富弹性，用来做一件抹胸撒花裙，外搭雪纺薄纱罩衫，朦朦胧胧，湛然若仙。姐姐喜欢吗？"

虞妙琪被她描绘的景象迷住了，爱不释手地摩挲缎面，恍惚道："喜欢。"

这些名贵奢华的穿戴之物，在沈家是绝找不出的，不是沈家买不起，而是买了也不敢用。谁让沈家是地位最卑贱的商贾呢？

虞襄轻轻笑了，搂住她的脖颈，用脸颊紧贴她的脸颊亲密地磨蹭，诱哄道："姐姐若是喜欢，这些东西我全都送给姐姐，只一条，请姐姐离哥哥远一点。哥哥是我一个人的，不能与你分享。"

虞妙琪一瞬间从她刻意营造的亲密氛围中挣脱，唇角那丝恍惚的笑意也消失得无影无踪，坚定地摇头："这个姐姐怕是不能答应。我是侯府嫡女，哥哥也是我的哥哥，为何你能亲近我却不能？"

虞品言是侯府真正的主子，得了他的庇护，她才能在此处立足。凭什么虞襄不准自己亲近哥哥？简直不可理喻！一股怒气灼烧着虞妙琪的心，偏还扯出一抹浅淡温雅的笑容，继续道：“还请妹妹体谅我，我与哥哥十四年未曾相见……”

虞襄用力箍了箍她的脖颈，眯眼而笑：“是啊，十四年都过去了，再相见又有何意义？索性再熬十四年也是一样，总归到了出嫁的年纪。既然姐姐不肯答应，那便走吧，我该用膳了。”

她放开手，面无表情地取掉发簪、手镯和缎面，冲满脑袋细汗的柳绿挥手：“送二小姐回去。”却是翻脸无情了。

虞妙琪跟随沈父走南闯北，还是头一回看见变脸如此快速的人，顿时有些傻眼，直等柳绿催了两声才堪堪醒转，强撑着优雅的仪态道：“妹妹作甚开这等玩笑，却是把我吓了一跳。我下回再来探望妹妹。”

她略略颔首，掀开门帘缓步离开。

柳绿涨红着脸，将主仆几个直送出垂花门才回转，低声问道：“小姐，好端端的，您为何与二小姐闹成那样？都是一家人……”

虞襄命桃红将自己推到餐桌前，端起鸡丝松茸粥闻了闻，曼声道：“谁跟她是一家人？别看她脸上笑得温柔，心里指不定怎么咒我呢。你瞧瞧她那做派，老祖宗苦心求来的平安符都能说烧就烧，还不是恨老祖宗十四年来对她不闻不问。这心眼比针尖还小。她在庵堂里清寒度日，我却在侯府里享受荣华，你说她心里嫉妒不嫉妒？既然已看清她的为人，作甚还要与她虚与委蛇，索性趁早撕破脸得了，我心里反倒舒坦。”

桃红吓得直咋舌，柳绿细思片刻，点头道：“有那性子淡然娴雅的确是不会嫉恨，但看二小姐这模样，已被猪油蒙了心，一家人都给恨上了。她在庵堂里清修十四年，竟没修出个正果来。”

“可不是吗？”虞襄舀了一勺粥送进嘴里，无声呢喃，“看来沈家确实落魄潦倒了，否则，她哪有这许多不甘怨恨？”

只可惜就算猜到内情，虞襄也不敢让人去查沈家人下落，唯恐让虞品言察觉。她想与他做一辈子兄妹，如此便能一辈子在一起。

虞妙琪出了小院，脚步越走越快，却忽然在一座假山前停住，手掌撑在山石上剧烈喘息。她快被虞襄气死了，偏偏发作不得，与她待一处仅两刻钟就能折寿十年，真恨不得撕了她那张嘴。

两个大丫头见左右无人，一个给她拍背，一个细声细气安慰道：“二小姐莫与三小姐计较，她就是那么个脾气，自己的东西就是糟践了也不让别人碰。大小姐在她手里吃了无数次亏，现如今都不肯踏足她小院了。日后您离她远一点也就是了。”

“哥哥怎么能算是东西？那也是我哥哥，她凭什么不让我亲近？简直岂有此理！”虞妙琪气愤难平。

两个丫头不知该如何回话，正转着眼珠思量，却见虞品言穿着一身绛红官袍大步而来。

虞妙琪也同时发现，微微怔愣后用力掐破掌心，红着眼眶迎了上去：“琪儿见过哥哥。哥哥这是准备去探望襄儿妹妹？”

虞品言瞥她一眼，不点头亦不应声，径直地过去了。他虽然不是以貌取人之辈，但对着这张酷似林氏的哭丧脸却着实喜欢不起来。

虞妙琪呆了呆，反射性去拉他衣袖，见他冷眼扫来，不须做戏眼泪就扑簌簌直往下掉，哀声问道：“哥哥，我就是想问问你，你究竟是不是我嫡亲哥哥？”

虞品言可没耐心与她绕圈子，沉声道：“你想说什么？”

虞妙琪被他冷厉的态度伤了自尊，眼泪掉得更凶。准备去膳房领饭的桃红远远看见，忙踮着脚尖跑回去通风报信。这二小姐可真够阴险的，这么快就找侯爷告黑状。

虞品言被她哭得心烦，拧眉便要离开。

虞妙琪这才摸到他脉门，明白他不喜人哭泣，连忙用袖子抹掉眼泪，快速说道：“哥哥，你是我的亲哥哥，为何襄儿妹妹不许我亲近于你？这是什么道理？我这四年里心心念念就是回到家人身边，得来的却是如此冷待，我究竟哪里做错了？”

虞品言这才正眼看她，挑眉问道：“襄儿不许你亲近我？”

虞妙琪眸光微亮，噙着泪点头：“她说哥哥只是她一个人的哥哥，不能与我分享。可是，明明我才是真正的……”因有两个不明就里的丫头在旁，没能完全驯服她们之前，虞妙琪不打算让她们知道自己的底细，生生把未尽之语吞了回去。

虞品言垂眸细思片刻，面上的冰寒之气瞬间消退，一面摇头低笑一面大步离开，看方向正是往虞襄的小院去了。

虞妙琪傻眼，呆站片刻才回神，问道：“哥哥这是什么反应，生气还是不生气？”

宝生是侯府家生子，笃定摇头："侯爷哪里会生三小姐的气。他这是高兴呢。"

"明明是我受了欺负，他为何高兴？"虞妙琪本就咬破一道口子的嘴唇淌下一丝鲜血。

宝生吓了一跳，忙用手帕轻轻给她擦拭，安慰道："侯爷向来是这样的，不管三小姐占不占理，反正在他眼里错的都是别人，三小姐哪儿哪儿都好。当年三小姐几鞭子将一位贵女抽成重伤，那家人找上门理论，侯爷差点没把他们剐了。二小姐，您千万莫与三小姐置气，先讨好了她才是正理。说一句不中听的，三小姐要是厌了您，侯爷那里您也讨不了好。日后在三小姐跟前受了委屈您只管忍下，他们十四年的情分在前，又有救命之恩在后，是您比不得的。"

"好好好……"虞妙琪差点咬碎一口银牙才将滔天怒火压下，沉声道，"我知道了，日后定然好好与妹妹相处。走，去看看大姐姐。"

两个丫头见她面色恢复如常，这才扶着她往东头的小院走去。

桃红拎着空荡荡的食盒跑回来，不小心撞了正准备跨出房门的柳绿一下。

"傻丫头，咱们的早膳呢？怎么提着空食盒就回来了？"

"不好啦，三小姐当真阴险，这便找上侯爷告状啦！我方才在路上看见她拉着侯爷哭呢，也不知说了小姐多少坏话。"

"竟有这事？"柳绿连忙回转，看着埋头苦吃的主子埋怨道，"小姐，您为何这么快与她撕破脸，她也没招你惹你。待会儿侯爷来了您可怎么解释？毕竟她十四年未曾归家，侯爷肯定得多心疼她一点。"

虞襄不以为然地摆手，眼珠却滴溜溜直往门外转。

一刻钟后，虞品言果然踩碎晨光跨进门槛，在摆满早膳的餐桌边落座。

"这鸡丝粥做得十分鲜美，哥哥吃吗？我喂你。"虞襄舀了一勺粥吹凉，小心翼翼地送到兄长嘴边。

一张俏脸粉嫩嫩红扑扑，迎着朝阳正冲自己灿笑，鼻端既传来鸡丝粥的咸香，又含着桃花与莲花混合而成的甜香，让人食欲大增。

虞品言喉结微微耸动，含了勺子将粥喝尽，问道："无事献殷勤，非奸即盗。说吧，又干了什么坏事？"

“大清早的，我能干什么坏事？”虞襄埋头，往自己嘴里塞了一口。

虞品言等她吞咽完毕才捏住她下颌，将一张俏丽脸蛋脸转向自己，继续追问：“为何不准虞妙琪亲近我？”

虞襄皱眉：“不喜欢。”

“为何不喜欢？”

“心里难受！”

“同样都是妹妹，你难受什么？”

“就是难受，心里一抽一抽地疼，就像这样！”虞襄真觉得委屈了，拿起挂在轮椅扶手上的鞭子轻抽兄长手臂，嗔怒道，“你这个骗子，你说你只喜欢我一个人的，你竟然为了虞妙琪责骂我！你知不知道她有多坏？她把老祖宗送的平安符给烧掉了，她不但恨我，还恨你，也不知肚子里藏了多少坏水儿正打算往外泼呢！你明明叫我远着她，自己却又跑去亲近。你这个大骗子！”

虞妙琪的回归彻底触动了她敏感的神经，她生怕哪一天虞品言对虞妙琪的喜欢会超过自己，然后把自己赶出门去。她表面上装得镇定，一旦入睡，做的全都是与虞家决裂、与虞品言分别的噩梦。这般苦楚不能倾诉又无处发泄，令她本就不怎么乖顺的脾气越发焦躁，只需一点火星就能点燃。

虞品言心知这回问不出什么，要等小丫头开窍还早着呢，只得把她抱上膝头紧紧箍住双臂，哭笑不得地说：“我什么时候骂你了？我只是问两句罢了。我心里最喜欢的自然还是你。”

“不能‘最喜欢’！”虞襄瞪着大大的猫瞳，严肃纠正，“是‘只喜欢’！”

“好好好，哥哥只喜欢你。”虞品言连声低笑，将她娇嫩的脸颊压进自己胸膛，语气变得十分严肃，“若是哥哥也有一个兄弟流落在外，将他找回来之后，你是喜欢他还是喜欢我？”

“自然只喜欢哥哥。与我朝夕相处的是哥哥，相依为命的是哥哥，亲密无间的是哥哥，怎会因一个外人而改变？”虞襄毫不迟疑地答道。

虞品言对这个回答十分满意，尤其是那个“外人”的定义。如此一来，就算沈元奇日后暂且将襄儿接走，襄儿一时半刻也不会接受他。她信赖的，依恋的，爱重的，永远只能是自己。

虞品言一时间心情大悦，笑道：“这便是了，虽说流着相同的血，但虞妙琪对我而言，也只是个陌生人。傻丫头，你胡乱吃什么飞醋。”

虞襄细思片刻，也跟着笑了，从哥哥臂弯挣脱，倒了几滴醋在热腾腾的蒸饺上，夹起来往嘴里塞，含糊道：“我就喜欢吃酸的，你管不着。”

虞品言低笑，搂着她将剩下的半碗粥喝完。

柳绿站在窗外窥探，表情忽喜忽悲，忽怨忽怒，忽急忽缓，直叫桃红看呆了去，心道这人还骂我傻丫头，自己却是越来越傻了！

虞妙琪到达东院时表情已十分自然，浅笑妍妍地与虞思雨见了礼，紧挨着她落座，目光停驻在针线盒内一块未完工的鸳鸯盖头上。

她顺手拿起，轻笑道：“姐姐这是在绣嫁妆？怎么只有一个盖头？”

虞思雨脸红了，抢过盖头低声道：“嫁衣有绣娘帮着，这盖头简单，我闲来无事便绣一绣，也好打发时间。”

虞妙琪掩嘴，戏谑道：“如此，姐姐的婚期怕是近了，妹妹提前祝贺姐姐一声。却不知咱家的东床快婿究竟是哪位？”

虞思雨正缺一个听自己炫耀的姐妹，一面羞红了脸一面低语：“他是今科探花郎，扬州人士，父亲乃盐运使司运同方大人，虽说只四品外官，但家资丰厚更胜许多世家巨族。他自己亦被圣上钦点为扬州知州，月前已上任去了。”

虞妙琪听得十分认真，赞叹道：“探花郎，那定然是才华横溢，相貌超群之辈，恭喜妹妹觅得如此良人。”

自打议亲以来，这还是头一个为自己感到高兴的人，虞思雨瞬间就被触动，与她说起私房话：“妹妹谬赞。方公子确实芝兰玉树，俊逸非凡，但比起今科状元沈元奇却还是差了一点。状元郎那长相堪称绝世，几能与大哥一决高低。他走马游街那天，可把许多人都看呆了去，鲜花荷包瓜果砸得满街都是。”

爱美之心人皆有之，说起状元郎，凡是见过他的女子少有不赞的。当然，似虞襄那种眼里心里只能容纳一人的却是异数。

虞妙琪本还拿着一个镂空香球把玩，乍一听见被自己刻意遗忘许久的名字，手一抖便将香球给扔了出去，心中存的那些算计全被骇然所取代。

门口站立的两个大丫头连忙跟着去捡。

她暗暗深呼吸，再开口时嗓音微颤：“姐姐说的沈元奇当真那般俊俏？”那人亦是十分俊俏的，昔年迷倒无数闺阁少女，前来沈家提亲的媒人把门槛都踏破了。这却是事实，并非浮夸。

虞思雨掩嘴轻笑：“自然是十分俊俏，听说皇上见了他还借用一句描写倾城佳人的诗句——夫何瑰逸之令姿，独旷世以秀群。在场众人无不大笑应和，他非但不觉得尴尬，反而还稳稳端坐微笑点头，又让皇上好一番赞叹，当即就赐他藏青官袍，位列翰林院侍读学士，省了四年外放直接做了京官，当真是圣眷优渥！”

提及状元郎的轶事，谁家女儿都能说上几句。

这行为举止风仪气度，越听越像那人，虞妙琪感觉自己的心脏都快从嗓子眼里蹦出来了，抖着手灌了一杯热茶，继续追问：“姐姐可知他是哪里人士？”

“是个极远极远的地方，我恍惚听人提了一句，现如今却是忘了。妹妹若是急着知道，姐姐让人帮你打听。”虞思雨嬉笑道。

虞妙琪连忙摇头：“不了不了，我也是顺嘴一问，姐姐专心绣嫁妆吧，不须替我劳神。时辰不早，我这便走了。”

踩在地上时她忍不住晃了晃，颇有些头重脚轻之感。

倘若这沈元奇果真就是那个沈元奇，他如今飞黄腾达平步青云，也不知会如何对付自己，毕竟自己拿走了沈氏的救命钱。他要是向旁人透露一句半句，自己在京城还怎么立足！不不不，世上同名同姓的人多了，不一定就是他。他已经签了死契入了奴籍，怎么还有资格参加科举？

这绝对不可能！

心情几番起伏纠结，虞妙琪深吸口气，跑去找林氏求助。

正院偏厅，林氏等虞妙琪走远了，冷不丁便在老太太跟前跪下，坚定开口：“母亲，我想掌家。”

老太太脸上并无任何惊讶之情，半合眼睑问道：“避世了十四年，你竟然忽然想要掌家，这是为何？当年我可是求了你许多次。”

林氏一字一句道：“十四年前媳妇生无可恋，十四年后琪儿回来了，我又有了活下去的盼头。都说为母则刚……”

不等她将满腹心事说完，老太太举手赏了她一巴掌，直将她打歪在地，唇染血丝。

“为母则刚，你还有脸在我跟前提为母则刚！”老太太坐直了，拿起摆放在榻边的拐杖用力抽打她，“当年言儿几次被逼到绝境需要你帮扶的时候你在哪里？女儿回来了你就想活，儿子在身边你却想死，你脑子里究竟在想些什么？难道虚幻的东西更比身边实实在在的人更宝贵？你当年若是敢随俊杰一块儿死，我倒要佩服你，现如今你这副姿态我见了就恶心！你该庆幸你生了个好儿子，否则，我虞府早就容不下你了！”

林氏不闪不避，任由她捶打，趁她停下歇气的空档再次开口：“无论如何，媳妇现在清醒了，媳妇就想重新把这个家撑起来，让一双儿女过得平平安安、快快乐乐，再无后顾之忧。”她现如今何尝不想与儿子重修旧好？但是很明显，儿子已经不需要她了，女儿却还是脆弱无依，让她觉得自己活着并非全无用处。

后顾之忧？你就是那个后顾之忧！老太太心里暗嘲，拿起佛珠闭眼捻动，半晌不肯发话。

林氏还不罢休，重重磕了三个响头，威胁道：“母亲若是不许，媳妇少不得跑到虞襄跟前把她的身世抖搂出去，且看她还有没有脸继续待在我永乐侯府。”

老太太猛然睁眼，表情凶恶得恨不得将林氏生吃了。四年的朝夕相伴，相依相偎，她早把虞襄当亲孙女看待，最顾忌的便是她得知身世与自己生分，与言儿生分，然后吵嚷着要离开。

虞妙琪回来果然让林氏醒神了，却醒得不是地方，竟然敢威胁婆婆。老太太连做了好几个深呼吸才勉强压下抽死林氏的冲动。

婆媳俩互相瞪视，都不言语，厅中顿时陷入一片死寂。马嬷嬷早将一竿子仆役都撵到院外，自己守在门口侧耳聆听。

对峙半晌，终是林氏败下阵来，再次三磕头，诚心诚意开口：“若非母亲逼迫，媳妇不敢出此下策。母亲也不想想，言儿、虞襄、琪儿、思雨四个都那么大了，紧接着他们就得议亲。这个家再给虞襄管却是不合适了，难道您要她一个未出嫁的大姑娘去给兄姐和自己相看人家？还不让人笑话死！这其中又有许多人情往来需要走动，她不良于行如何方便？如今换我来掌家却是最好不过，保证将兄妹几个的亲事都办得妥妥当当，尽善尽美。当年夫君还在时，母亲不是一直对我很满意？今次便求您再给我一个改过自新的机会，我真的知道错了！”话落又是三磕头，态度十分卑微。

老太太闭目不语，足过了一刻钟才睁眼摆手：“也罢，便暂且交与你掌家。不过，我有一言须提前告诫你——不许借掌家之权苛待襄儿，更不许出什么纰漏。你若是叫我抓住错处，便拿了休书回娘家去吧，我虞府再也容不下你！”

林氏认为自己绝对不会犯错，立即点头道：“母亲教训得是，媳妇记住了。只不知那账本、对牌、库房钥匙，虞襄何时与我交接？”

看她如此迫不及待，老太太嘲讽地瞥她一眼，曼声道：“待会儿我就让襄儿把东西送去你处。你别急，且给我立个军令状，言明若是出错便自领休书离去。”

“谢母亲成全，媳妇这便立状子。”见目的达成，林氏二话不说写下军令状，然后抬脚便走，临到门口却又被老太太叫住：“且慢，我还得告诫你一句，切莫私底下跑到襄儿那里将她的身世抖搂出去。你以为能压着她向你和虞妙琪屈服？那你可想错了。襄儿乃言儿手把手教养长大，脾性与言儿像了十足十，都是睚眦必报的主儿。你若让她一时不痛快，她能豁出去让你和虞妙琪一世不痛快。你若是不信，尽管去试。”

还别说，林氏果真有私底下找虞襄戳穿她身世，好叫她知晓眉眼高低亲疏远近的念头，然而被老太太这一说破，她竟不知该如何是好了。

若这话果然是真的，虞襄就像一粒长满尖刺的铜球，一碰就扎伤手，唯一的办法就是举起重锤将之拍扁。然而，她有老太太和虞品言两尊大神护着，谁敢对她下重锤？就是稍微说几句重话惹她红了眼眶，也能让虞品言挥刀剁了。

林氏心里怄得不行，转脸朝金嬷嬷看去。

金嬷嬷微不可见地点头，表示老太太说的都是真的，虞襄还真是这种招惹不得的暴脾气。激怒了她，她呼吸间就能翻脸无情，把小姐的身世抖搂得满京城皆知也不是不可能的事儿。

林氏只得咬牙应诺。

分明要到了掌家权，林氏却像打了败仗，走起路来飘飘忽忽没有力气。虞妙琪站在廊下迎她，见此情景急问：“母亲，可是让祖母推拒了？”

“不，老祖宗答应了。”林氏挽着女儿进屋，两人坐定后，把一干仆役全都遣走，只剩下金嬷嬷守在门口，紧挨着说起私房话。

“母亲，您是不知，那虞襄好不讲理，竟当着我的面儿警告我莫与哥哥亲近。她凭什么？那是我的哥哥，不是她的！”虞妙琪说起这个又开始掉泪，继续道，“我恰好在路上遇见哥哥，将此事告之于他，他竟大笑而走，丝毫不把我当亲人看。实在是让我心寒！”

“无事无事，你还有母亲呢！”林氏心里气极却没有办法，只得搂着女儿拍抚，“日后母亲掌家了，你便再不用看她脸色，母亲必定给你寻一个好夫婿，叫你吐气扬眉，富贵至极。你哥哥现如今乃正一品的骠骑大将军，手握百万军权，连诸位皇子见了也要礼让三分，更别提那些王公贵族。凭咱家这门第，你就是嫁给皇子龙孙做正妃也没问题。干吗还跟她一个瘫子计较？索性她这辈子都嫁不进高门。等你哥哥结了亲，我便在乡下置办一个小宅院将她送走，不拘管事、小厮、村夫，随意给她配一个。老祖宗和你大哥到那时只一心记挂新媳妇和刚出生的小世子，哪还有心思管她？你且看着吧，她此时风光，日后必定落不着好下场。”

虞妙琪听了果然舒心不少，破涕为笑道：“还是母亲待我最好。没想到哥哥还是骠骑大将军，我只知他是什么都指挥使。”

她不懂前朝政事，还当骠骑大将军权力更在都指挥使之上，一时间更坚定了要与虞品言打好关系的决心。虞襄唯恐她抢走虞品言，那她偏要试试看。

因都指挥使司乃皇上近些年才建立的权力机构，林氏以往从未听说过，故而摇头道：“那都指挥使母亲也不知是作甚的，大概是个二三品的职缺，好叫你哥哥不打仗的时候不至于闲着无事。你哥哥如此位高权重，圣眷优渥，虞襄自然要紧紧巴着，倒是打的好主意。儿啊，你可也得好生与你哥哥相处，让他明白谁才是他嫡亲的妹妹。母亲虽说能在内宅之中帮衬你一二，你的前程却还需靠你哥哥去挣。”

“女儿晓得了。”虞妙琪不住点头，斟酌半晌说道，“母亲，您能否派人去查查今科状元沈元奇？”

“为何忽然查他，可是看上他了？状元郎的名头说起来好听，配我的宝贝女儿却也差了点呢！”林氏掩嘴而笑。

虞妙琪面色红白交替，摆手道：“非也，女儿怀疑他乃沈家嫡子，也就是我原先的兄长。如果真是他，恐会将女儿的过往说出去，抑或攀附咱们侯府谋划好处，却是不得不防。母亲有所不知，他现如今已是翰林院侍读学士，就在京城里待着呢。”

“不将沈家斩草除根，已算我永乐侯府仁至义尽，他竟然还敢来攀附？”说起沈家，林氏就怒不可遏，咬牙道，“女儿你放心，如果真是他，母亲定然想办法将他除了。”

“母亲您可千万别伤他性命！”虞妙琪恨不得知道自己过往的人统统去死，面上却露出不忍之色。

林氏颇为欣慰地拍抚她手背，笑道：“琪儿真是心善，沈家如此卑鄙无耻，你竟还顾念那点儿旧情。罢了，我也不拿他如何，只让你哥哥出面将他撵出京城，此生再不许回来。一个小小的翰林院侍读学士居然也敢跟我永乐侯府叫板，简直是不知死活！”

虞妙琪还不放心，迟疑道：“母亲，哥哥会帮我吗？他好像十分不喜欢我。”

林氏略有些心虚，面上偏要强撑，微笑安抚道：“我是他母亲，你是他妹妹，这点小事不过动动嘴而已，他哪敢推拒？他不是不喜欢你，他对谁都是如此。”

“可他对虞襄却大为不同呢。”虞妙琪话中透出浓浓的酸味。

“虞襄救过他一命，自然与别人不同。日后你们兄妹俩相处日久，感情也会变深。到底是嫡亲兄妹，还怕越不过一个外人？我的女儿，你千万别着急，一切都会好起来的，母亲会护着你。”林氏搂住她的肩膀轻轻拍抚。

“我知道了，果然只有母亲待我最好。”虞妙琪在林氏怀中渐渐安下心来，又问，“母亲，我都打探清楚了，虞思雨那意中人是今科探花郎，父亲是盐运使司运同方大人。听马嬷嬷说他家已经遭难了，这事儿是真的吗？”

林氏隐居多年，对京城里的动向当真两眼一抹黑，什么都不知道，只得看向金嬷嬷。

金嬷嬷躬身回话：“夫人，这事儿应该是真的。前些日子皇上对盐税一块大查特查，砍了许多贪官脑袋，两淮官场更是清空大半。盐运使司运同乃其中最易捞油水的职缺之一，那方家十有八九不能躲过皇上的屠刀。”

虞妙琪眼珠子一转，追问道："那为何虞思雨还心心念念要嫁过去？祖母竟也应了！"

"这话说来可长，大小姐肯定还不知道这其中的内情。也是她一时糊涂，为了攀上富贵人家竟连闺誉都不要了，老夫人如何不教训她……"金嬷嬷将暗地里打探来的方志晨夜会被抓等事详细叙述，末了唏嘘道，"别看老夫人嘴上说得笃定，实际上不过吓吓大小姐罢了。您且等着，过不了几日，老夫人便会与大小姐摊牌，然后逼她安安心心择一户殷实人家嫁过去。方大人斩首，方家家财充公，方公子的官身拿来折了罪，赎走他老娘。就这么一个破落户也配娶侯府小姐？就算是庶女，老夫人必然也不答应。"

虞妙琪若有所思地点头，林氏却轻笑起来，压低嗓音开口："依我看，虞思雨还是嫁进方家最好。破落户怎么了？破落户正好便于我们摆弄，给他们几百两银子叫他们上京城把虞思雨弄走，日后天涯海角再不相见；倘若她不老实还想着回来，便再给几百两银子直接让她暴毙。她不是已经坏了闺誉？让方家把这事传扬开来，她要么嫁人要么浸猪笼，家规族规摆在那儿，就是老祖宗也说不出什么。金嬷嬷，你这便派人去扬州把方家母子找来，隐秘着点儿。"

金嬷嬷垂头应诺，虞妙琪大为满意，搂住林氏"母亲母亲"地撒起娇来。

老太太遣走林氏后让人去通知虞襄交接中馈，虞襄二话不说，便拿出四年的总账和一应对牌钥匙等物，丝毫不见怨怼。

老太太满意至极，心道还是襄儿最贴心，随即命几个壮实婆子将几箱账本全给林氏抬去，做好了袖手旁观的准备。

林氏也没料到虞襄会那般干脆，这私房话还未说完，三个大箱子就已经摆在院里了。箱盖上贴着标签，两个为中馈账本，一个乃林氏这些年的嫁妆本子。

虞妙琪看见贴条眸光微暗，问道："母亲，你的嫁妆竟也是托她管理吗？"林氏不是说四年前已经知道事情真相，怎么还对虞襄如此放心？

林氏听了十分尴尬，命人将箱子搬进屋，解释道："我头几年沉浸在亡夫之痛中难以自拔，故而府务、中馈，甚至嫁妆全扔给老祖宗帮忙打理。想来这些随嫁的田庄铺子也是老祖宗交给她的，我却是完全不知情。”

虞妙琪听了还是难以释怀，埋怨道：“祖母四年前就已知道她的身世，却依然将您的嫁妆交出去，由此可见，祖母对她信赖爱重到了极点。反观对我，祖母的态度却不冷不热，不远不近。”

林氏连忙搂着她安慰：“我的儿，你别多想。这不是因为你早年没在家吗？老祖宗孤单寂寞自然需要人陪，这便被虞襄笼络走了。你日后多陪陪她也是一样，血缘摆在那儿，没有亲近外人却疏远家人的道理。”

虞妙琪点头，径直打开那装载嫁妆本子的箱盖。箱子里面整整齐齐码着许多账本，脊页上标注着年份。

林氏抽出其中一本翻看，冷笑道：“中馈账本且放在一旁我稍后再看，这嫁妆本子我却得好生查查。倘若虞襄在我嫁妆里动了手脚，少不得闹到老祖宗那里，好叫她看清楚这‘嫡亲孙女’的真面目。”

虞妙琪心思浮动，也抽出一本略略翻看，被林氏母家的富贵惊住了。这陪嫁的田庄铺子未免太多了，道一句“十里红妆”也不为过，她不免好奇地问：“母亲，咱们外家是做什么的，竟然如此富有？”

林氏笑道：“你外家也是商贾，却并非地位卑贱的行商，而是皇家钦点的皇商，专门负责筹办皇室专用的瓷器丝绸等物。你外公乃大寒朝唯一的红顶商人，当年曾向征战在外的圣祖进献五百万石粮草解了战败之危，故此受封中书舍人，地位十分尊崇。”

虞妙琪本以为商贾都是卑贱之人，听了林氏的话，才知晓竟然也有将商贾做到极致的神人，而她外公便是其中的佼佼者。她心底的一丝小别扭瞬间消散，笑道：“原来我外公竟如此厉害，那我要不要抽空去拜见一下？”

林氏脸上得色顿减，叹息道：“你外公早就去了，如今是你大舅舅当家。回去探望的事改日再说吧。”

林氏本为林家嫡长女，然而林家现在的家主却是她当年最看不上眼的庶长兄。她嫡亲弟弟是个浪荡子，因吸食了过多五石散伤了根骨，这辈子都无法有嗣，故而丢了继承权。她因帮着嫡亲弟弟争夺权位与庶长兄撕破了脸，足有二十年未曾归家。

她那嫡亲弟弟现如今也分府单过，仅剩的几分家业早就败得一干二净，时不时找上永乐侯府打秋风。虞襄每次给钱都非常大方，用的全都是林氏的嫁妆，惹得那小舅舅见了她就点头哈腰态度谄媚，直像对待自己祖宗。这些事林氏却是毫不知情。

虞妙琪见她脸色阴郁便不敢再多问，心道私下里再找金嬷嬷详细打听，于是笑道：“那就改日吧。不瞒母亲，我在沈家时也经常帮着沈氏看账本，母亲若是忙不过来我还能搭把手。”

“哦？我的女儿竟然如此能干？那敢情好，咱们立刻把这些账本仔细查查，若是出了问题，便拿到老祖宗那里理论理论。”

林氏将账册全都取出，按照脊页上标注的年份从头查起。虞妙琪拿起算盘，看一行打一行，速度十分惊人。

因母女俩存了找碴儿的念头，每一个数字都反复核对，查到一半的时候还真让她们找到好几个亏空之处，且数额十分巨大。

母女二人顿时来了精神，接着往下翻查，累计亏空竟达到了一个不可思议的地步，甚至有五个京城旺铺被无缘无故卖掉了，所获纹银不知去向。

林氏气得牙齿都在打战，拍案怒骂：“好一个虞襄，竟敢将我的嫁妆私下里卖了！难怪她生活如此奢侈，却原来都是挖了我的血肉去填补！好好好！金嬷嬷，带上账本去老祖宗那里，顺便把侯爷也叫去。当着他们的面儿，我要她把吃了我的全给吐出来！”

金嬷嬷肃然应诺，叫来两个婆子抬上账本就走。

虞妙琪微微垂头，用手帕掩住嘴角幸灾乐祸的笑容。这虞襄还真够胆大的，前后竟吞了十万两之巨，也不知她花用在何处？倘若逼着她吐出来，那场面真真丑死个人！又一想到这些银子本该是留给自己的嫁妆，却全让虞襄侵吞了，她眸色渐冷，喜色顿消。

林氏拉起她便走，她猛然回神，摆手道：“且慢，我把祖母送我那个荷包戴上。”从针线盒里翻出荷包，又随意捡了一张纸叠好放进去，她这才系在腰间，随林氏往正院行去。

西厢小院，虞襄陪老太太念完经回来，在廊下逗了会儿鹦鹉阿绿，又把花圃里发了芽的芍药移进花盆，然后洗了把脸，半靠在软榻上闭目养神。

柳绿看看沙漏，发觉到了主子惯常午睡的时辰，便蹑手蹑脚地走过去，给她拿掉头上的绢花珠钗等物。

“就戴着吧，我半靠着睡两刻钟，压不着。”虞襄抬手阻止。

“还是拆了方便。躺下睡才舒服呢，这样坐着待会儿起来腰疼。”

“一会儿有人要来找碴儿，我睡迷糊了，怎么跟她们斗？不如略坐片刻养养神。”似乎想到了什么有趣的东西，虞襄掩嘴轻笑。

柳绿还未开腔，桃红便先惊讶地叫起来：“找碴儿？在这侯府里谁敢来找小姐您的碴儿啊？难道是活腻歪了？”

虞襄朝正房的方向指了指，脸上全是蔑笑。

柳绿更感疑惑，问道：“为何啊？这不是已经把掌家权交出去了吗？咱们这里可什么都没留！”

虞襄干脆不睡了，命桃红拿来一碟瓜子，边嗑边道：“她那么个自私自利的人，比起中馈，肯定更在意自己的嫁妆本子。可巧了，她那嫁妆本子有问题，亏空数额十分巨大，而她又对我恨之入骨，不等把所有账本看完就会把这事闹开来以便打我的脸。”

“亏空？小姐您挪用了她的嫁妆？”柳绿吓得脸都白了，结结巴巴问道，“您……您究竟挪用了多少？侯爷平时给您那么多金银财宝还不够您花啊？您干吗想不开去挖她的墙脚？倘若真闹大了，您这脸可就没地儿搁了。”

虞襄听了非但没被吓住，反而乐不可支，将剥下的瓜子壳全扔到柳绿头上，戏谑道：“真是皇帝不急急死太监。你瞧瞧桃红，多镇定啊！合着在你眼里我就那般贪财？哥哥平日给我的好东西可比她的嫁妆值钱多了！”

“那是因为她傻，不知道事情的严重性！”柳绿苦着脸把头上的瓜子壳拍掉，心道小姐强悍的时候谁都拿不住，不靠谱的时候那也是真不靠谱，侵吞林氏嫁妆这样的事儿别人会不会干说不准，放到她头上，那还真干得出来，她不是因为贪财，纯粹为了给林氏添堵。焉知她就是不挪用，那些东西不也是留给她的吗？

哦，现在可能不会了，林氏的心肝宝贝回来了，那些嫁妆应该没有主子的份儿了。难道就因为知晓有这一天，主子才铤而走险？

柳绿陷入了各种脑补中。

桃红瞪眼骂她：“你才傻！没见小姐老神在在的吗？这里面肯定不是小姐的问题。”

虞襄拍拍桃红的胳膊，笑赞：“我的小桃红终于聪明一回。我不怕她闹，相反，我还怕她闹得不够大，反正最后没脸的人不是我。”

小姐接管之前是老夫人掌家，不是小姐的问题，岂不就是老夫人的问题？嗞，不能吧！

柳绿顿觉心惊肉跳，将嗓音压到最低：“小姐，若是老夫人出了问题，这事儿可就更复杂了，闹起来就是一桩惊天丑闻。您可得赶紧跟老夫人通个气儿，把这事给压下去。您也真是，怎么不把账目填平了再送过去。”

虞襄笑得更欢，连连摆手：“你怎知道我没把账目填平？早填平了，只是她猪油蒙了心，带眼不识而已。这亏空之事，老祖宗既然敢做自然不怕人知道。倘若林氏稍微念着我与她的母女情分私底下跑来问我，抑或耐着性子把所有账本看完，这事儿闹不出来。但她若是存心找我碴儿想让我没脸，必定会急吼吼地去老祖宗那里告状。老祖宗这是在试探她呢，抑或想狠狠收拾她。反正不管老祖宗想干吗，林氏都讨不了好。你且等着，看看到时究竟谁没脸，反正不是我这张漂亮的脸蛋儿。”

她摸摸自己脸颊，轻快地哼起歌来。

柳绿一见她那蔫坏的样儿就知道这回林氏又要被打脸，不禁在心里唏嘘：分明是亲生母女，怎么弄得好似结了几辈子的深仇大恨？就因为小姐出生克死了侯爷？这理由忒荒谬了些！十四年来也没见小姐克着谁啊！还有那二小姐又是从哪里蹦出来的，看上去跟林氏一样，满脸晦气。

那母女俩凑在一块儿，日后府里怕是不得安宁了！

第十七章

嫁妆

林氏好不容易抓住虞襄这么大一个把柄，就是开口提出送她去乡下单过，老太太和虞品言也说不出什么。哪有女儿侵吞母亲嫁妆的道理，她就那么迫不及待？换言之，连母亲的嫁妆都能侵占，还有什么能阻挡她的贪欲？

如此低劣的品行，足以将虞襄压得抬不起头来！就算老太太和虞品言执意要保她，日后她也猖狂不起来了！

林氏越想越得意，脚步飞快，眨眼就到了正院门口，虞妙琪紧跟其后。

站在廊下的马嬷嬷见了二人连忙进屋，低声道："老夫人，她们果然来了。"

"哼！"老太太轻捻佛珠，徐徐开口，"只等了一个时辰就找来，心太急了，后面的账本怕是看都未看。"

马嬷嬷低头不敢答话，心知待会儿这屋子里将有一阵吵闹，冲晚秋使了个眼色，暗示她把闲杂人等全打发干净。

"闹啊闹，闹啊闹，刚回来两天已经闹出多少事端？且让我数数。"老太太放下佛珠掐指换算，笑容越发的冰冷，"果然是个丧门星，接回来就家无宁日。我还以为她能劝着林氏消停点儿，却没料是个更不消停的货色，心心念念就是争宠争家业。林氏还不够宠她？家业她也敢盯上，把我的言儿置于何地？早知如此，当初就不该把她给接回来。"

老太太摇头长叹。

马嬷嬷轻声安慰："您又不是那等铁石心肠，哪能看着亲孙女流落在外不往回接的？也是她年少轻狂，您把她打醒了日后再慢慢调教，不出一年两年便能裁剪出个新模样。"

"调教？就凭她那等低劣品性，我就是再调教几百年也无用。她这是根子不好，得了林氏的真传了。说来说去全都是我的错，怪我当年识人不清，迎了这么个不着调的进门，连带生了个小丧门星，这才闹得家无宁日。"老太太越说心情越郁怒，只等林氏进来好生料理她。

马嬷嬷正欲搭腔，晚秋在门外禀告道："老夫人，夫人和二小姐来了，说是有急事找您。”

“让她们进来。”老太太挥手，语气十分不耐烦。

二人进屋后徐徐见礼。

“得了，有什么事儿直接说，甭给我行礼，我怕折寿。”

林氏还未申诉，老太太就先横眉怒目，她一时间有些踌躇。虞妙琪心知这会儿没自己插嘴的余地，捡了一张凳子落座，又偷偷拉扯林氏的衣袖。

林氏迅速镇定下来，紧挨着女儿坐定，说道：“母亲，还是等言儿和虞襄都到了再说吧。兹事体大，我怕到那时有人说我背后冤枉她。”

老太太气乐了，问道：“要不要把思雨也一块儿喊来？兹事体大，索性叫全家人都听听。”

“这样也好。”林氏本还有些心虚，但想到那些被掏空了一个又一个大窟窿的账本，难得地硬气一回。

老太太摆手让晚秋去唤人，然后闭着眼睛捻动佛珠。

立在门边的马嬷嬷用一种既怜悯又嘲讽的目光看了看母女俩，随即低头缩小自己的存在感。连侯爷都叫来，找死也不是这么个找法。隐居十四年，倒是把所有的精明能干都消磨干净了，只剩下满脑袋糨糊。

厅堂里安静得落针可闻，空气中缭绕着淡而清雅的佛香味儿，闻起来本该沁人心脾，却无端端令人感到几分压抑。虞妙琪按揉胸口，心间升起一股细微却又不容人忽视的忐忑感。

自己明明说好要慢慢来，慢慢在侯府站稳脚跟，却在第二天就夺走了掌家权，然后与虞襄针锋相对，动作会不会太大了？这吃相在别人眼里怕是很难看吧？

她心下一凛，这才发觉自己被嫉妒蒙了心，下错了棋子。她应该再慢一点的，至少在笼络了老太太和虞品言之后。然而来都来了，她也只能将错误进行到底。索性虞襄的错处更大，老太太和虞品言知晓了万万没有纵容的道理。

虞襄连林氏的嫁妆都能下手，那中馈必然也侵吞不少。早想到这一点的话，自己就应该把中馈账目也全都看完再一块儿拿过来。

虞妙琪越琢磨错漏越多，红润的脸色渐渐开始发白，忍不住掐了掐腰间的荷包。

噼啦噼啦的声响引得老太太睁眼去看，挑眉道：“这平安符你终于戴出来了？”

“祖母送的东西，我自然应该随身携带。之前是我着相了，竟有些舍不得。焉知这个磨损了，祖母岂会不给我求一个新的？祖母拳拳爱护之心孙女儿不敢忘。”

这番话说得太甜了，简直能滴出蜜来。老太太脸上却丝毫不见喜色，只用一种阴沉的、压抑的、令人毛骨悚然的目光定定看了她一眼。

虞妙琪似触电般低头，心跳顿时疾如擂鼓。她隐约发觉自己说错了话，可思来想去却找不出头绪。难道老太太竟早就知道我把平安符烧了，故而几次试探于我？

这个想法乍一浮现便引得她呼吸停滞。如此，自己日后再要笼络住老太太怕是千难万难！自己在她心目中恐怕已经是个两面三刀虚伪做作的角色了！错错错，怎么每一步都是错？难道这一步又错了？

心里几番思量，虞妙琪像坐在了钉板上，恨不得飞身遁走。

恰在这时，虞襄被两个丫头推进门，冲几人一一点头见礼。

林氏冷哼一声，目光如利刃般向她剜去。老太太轻拍自己身旁的软榻，唤道：“襄儿，过来与老祖宗同坐。”

两个丫头将她抱上软榻，又给她整理好裙摆。

虞襄歪在炕桌上，一手转动小炕屏，一手托腮，慵懒地问：“老祖宗，家里发生什么大事儿了？我正准备午睡呢，这会儿眼睛都有些睁不开。”

她眨了眨黑白分明的猫瞳，几丝水汽沾在浓密的睫毛上，样子既无辜又可爱。老太太揉揉她的脑袋说道：“且等你哥哥姐姐来了再说。你母亲有大事宣布。”

老太太的语气看似平和，实则暗藏着阴森的寒意，叫林氏和虞妙琪不安地动了动。

虞襄点头，将炕桌上的一碟花生挪到自己近前，喀啦喀啦地剥起来。她剥了也不吃，只噘起红唇将里层的红衣吹落，将圆滚滚的花生米留下。

寂静的厅堂里一时间只闻花生壳碎裂的脆响，更有朱红包衣打着卷儿纷纷扬扬掉落地面，似乎是下了一场小雪。冷肃的气氛就在这一阵阵脆响中悄然消散了。

老太太看看埋头劳作没心没肺的孙女，严苛的面庞稍微和缓，又见她将辛辛苦苦剥的一捧花生米全塞进自己手里，劝自己赶紧吃，当即便笑开了，爱怜地捏捏她脸颊。虽说虞妙琪才是她血脉相连的亲孙女，可到底比不上自己亲手抚养长大的，感情上终究隔了一层。

临到这会儿，虞妙琪总算是看出来了，自己要想越过虞襄讨老太太欢心怕是不可能。原本她刚回来那天还有机会，然而她烧了老太太的平安符，也将自己辛苦建立的温婉形象烧得面目全非。

怪就怪在自己没理清侯府情况。林氏哪是什么当家主母，反倒地位尴尬，不上不下。她那小院除了金嬷嬷，其余人怕都成了老太太和虞襄的眼线。

林氏不过是死了夫婿，竟弄得像天塌了一样，真真无用至极！

虞妙琪越想越恨，把林氏也一块儿恨上了。

金嬷嬷奉命去请侯爷，这会儿正战战兢兢地站在书房门口，刚要张嘴就被侯爷一个冰冷淡漠的眼神冻住，连忙低下头，眼角余光瞥见满屋子的画像，心尖狠狠一颤。

画中人她十分熟悉，全都是虞襄那张明艳至极的脸蛋，从十岁一直到十四岁，哭的笑的，喜的悲的，坐的卧的，各种表情各种姿态，简直活灵活现惟妙惟肖，更有一种浓烈的眷恋之情由那一笔一画中流泻而出，就是完全不懂欣赏的人也无法忽视。

金嬷嬷想到主子今天意在对付虞襄，偏还请动侯爷前去裁决，怕是不能如愿了。主子非但不能如愿，必然还要与侯爷落下间隙。母子俩本就不亲，日后恐会发展到针锋相对的地步。

想到这里，她越发后悔起来，然而主子有命她又不得不从，只得咬牙继续等待。

虞品言站在书桌后，面前摊开一幅未完成的画像，一双妙目在他反复勾描下已显出湛然神光，唯余一点樱唇未曾着色。

他将朱砂稀释，沾了一笔在旁边的纸上试色，觉得还是太过浓艳便又稀释一点，反复再三地试色，这才敢将浓淡相宜的朱砂轻轻点染在樱桃小口上。在现实中用指腹摩挲过无数次的小嘴儿，到了画作里同样诱得他移不开眼。

他定定看了半晌，直等笔尖的颜料快要干透才看向金嬷嬷，问道：“何事？”

金嬷嬷抖了抖，低声道："回侯爷，夫人请您去正院一趟，说是有要事相商。"

"不去。"虞品言拒绝得十分干脆，边说边将笔浸入笔洗里搅动。

金嬷嬷深吸口气，继续道："回侯爷，事关三小姐，请您务必……"

不等她说完，俊美的青年已扔下笔负手而行，路过她身侧时淡淡瞥了一眼，那深邃的仿佛淬炼了无数光年的眼眸里没有一丝人气，只剩下风雨欲来的冷厉。

金嬷嬷当真后悔了，缩头缩脑，胆战心惊地跟在他身后，眼见正院快要到了，竟生出许多怯意。

虞品言入屋后，也不去看林氏和虞妙琪，与老太太打过招呼便弯腰捞起虞襄，将她抱坐在自己腿上。虞襄扭身给他喂了一粒花生米，然后接着剥壳。

"别吃了，整天不是花生就是瓜子，当心上火。"虞品言夺过装花生的盘子，让马嬷嬷端出去，吩咐道，"给小姐倒一杯苦丁茶来。"

马嬷嬷低声应诺，却又听虞襄唤道："苦丁茶太苦了，再加两勺白糖。"见兄长眯眼看来，她嗫嚅道，"不不不，加一勺，一勺就可以了，"兄长的目光依然充斥着不认同，她垂死挣扎，"半勺，不能再少了。"她边说边伸出葱白的指尖戳了戳兄长坚硬的胸膛。

虞品言终于绷不住了，冷峻的眉眼转瞬化成一摊柔水，无奈道："加半勺糖吧。"他用拇指轻轻摩挲妹妹唇瓣，心道这么爱吃糖，难怪如此甘甜可口，也不知何时才能开窍。

真是一对欢喜冤家，百年修来的缘分。老太太摇头失笑，心情顿时好了不少。

堂下的林氏母女低垂着脑袋，也不知在想些什么。

又过了一会儿，虞思雨姗姗来迟，身后跟着端茶水的马嬷嬷。

"见过老祖宗，见过母亲。今日叫我来所为何事？"虞思雨满脸期待，暗暗猜测是不是要谈自己的亲事。

"坐着吧，你母亲有话要说，咱们都听听。"老太太摆手，然后看向林氏。

林氏灌了一杯茶，这才打开箱子取出账本，重重地拍在桌上，语气十分激动："母亲好生看看这些账本，我的嫁妆竟被亏空了十多万两白银，还有五家旺铺也被折卖出去，若不是我及时收回，再过几年，怕只剩下一个空壳子！我就是想问问这是谁管的家？竟然如此下作弄鬼！”边说边用凶狠的目光朝虞襄剜去。

虞襄此时正依偎在兄长怀里，小口小口啜饮兄长喂来的茶水，仿佛没听见她的指控。

反倒是老太太笑了，嗓音透着压抑过后的愤怒：“林氏，你且看看脊页，出了问题的账本都是成康二十一年前的，那时候还是我在管家。”

这……这就是承认了侵吞嫁妆的事？还是老太太亲口承认？林氏傻眼了。她当然看清了脊页上标注的年份，可她压根儿就没往老太太那方面想。老太太母家乃大寒朝最负盛名的鸿儒之家，自大寒开国以来就没出过德行败坏之辈，其家教之严苛可见一斑；老太太本人更是淑女中的典范，眼里容不得沙子。

老太太怎么可能做出这样的丑事？林氏坚定地认为是虞襄做了假账，把亏空挪到她管家之前，好让自己误以为是老太太做的，吃下这个哑巴亏。

她执意闹开也存着让老太太看清虞襄真面目的意思，然而，万万没想到，老太太还真认了，没有一丝犹豫。老太太侵吞自己嫁妆干吗？能花到哪儿？简直匪夷所思。

“母亲，宠孩子也不能宠成这样！这么大的事儿您竟然也帮她扛下！”林氏气急败坏地叫起来。

“你给我住口！”老太太举起茶杯狠狠往地上一掼，“砰”的一声巨响似直接敲击在心头，震得众人噤若寒蝉。

虞襄把脸埋入兄长怀抱，双手箍紧他的腰。虞品言以为她害怕了，连忙轻轻拍抚她的脊背，垂头正想安慰几句，却见她悄悄冲自己挤了挤眼睛，小模样透着蔫儿坏。虞品言差点绷不住低笑出声，又爱又怜地捏捏她鼻尖，用口型无声道了句“淘气”。

虞妙琪往林氏身后躲了躲，忐忑感越发浓重。虞思雨见林氏意欲找虞襄麻烦，本来还幸灾乐祸呢，哪晓得情况急转直下，老太太竟亲口承认自己侵吞了林氏的嫁妆。这等惊天秘闻把她吓了个半死，不免生出凄惶之感。

老太太见林氏面色惨白，难以成言，于是继续道：“你可知我为何要挪用你的嫁妆？成康十年，言儿入宫参选太子伴读，急需大量银子打点；成康十四年，二房、三房、四房、五房打上门来闹分家，我与言儿老的老小的小，着实弱势，又花了大量银子来买通族老；成康十六年，三房设下毒计冤枉言儿谋害人命，又是一笔银子打点；成康十七年至十九年，言儿三次中毒，性命垂危，光诊费便将家资掏去大半……俊杰死后大房本就风雨飘摇，又有一群豺狼虎豹等着将侯府据为己有，在这种情况下，就是我带来的一百二十台嫁妆也早就花用干净，而你的只动了一层油皮。我当年也是亲自问过你能否借用一些嫁妆，你还点头答应了。怎么，你现如今又反悔？也是，言儿几次濒死的时候，你在屋里烧黄表纸；言儿上战场的时候，你在绣遗像；言儿当了都指挥使，见天刑讯杀人折损福气的时候你心心念念地要把女儿接回来。言儿需要你的时候你都在干些什么？你还当他是你儿子吗？现在日子好过了，你倒跑来兴师问罪！你也不看看自己配不配，有没有脸开口！我现在看见你就犯恶心！若是俊杰泉下有知，定然托鬼差给你寄一封亲笔休书，你信是不信？你敢不敢跪在俊杰牌位前亲口问问他作何感想？”

林氏越听脸色越苍白，及至最后几句竟摇摇欲坠起来，语无伦次地道：“母亲，我，我错了，我完全不记得了。不不不，我若是早知道……也不是，我以为……”

她脑子乱得很，发现自己说什么都不合适，说什么都错，更兼之儿子用冷漠至极的眼光朝自己看来，差点没让她当场崩溃。她不是不在乎儿子，只是清醒得太晚了，已然无法回头。

虞妙琪恨不得化成一缕青烟消失掉。她本以为日后靠着林氏能过上好日子，哪晓得林氏不靠谱的程度远远超出了她的想象，直达到人憎鬼厌的地步。她与林氏绑在一块儿，难怪在老太太和虞品言跟前讨不着半点好处。

虞思雨表情木然，对这些事并无太大感触。

虞襄已经被说出了真火，稍微退出兄长的怀抱，睨着林氏冷笑道：“母亲以为什么？以为这些东西全是我侵吞的，反而栽赃到老祖宗头上？你也不把所有账本全看完再来找我麻烦。老祖宗的嫁妆没能赎回来，这些年府里稍有结余，便都拿去赎买你的嫁妆。成康二十三年这本账簿你且好生看看，五间旺铺连带十万两银子已经全都如数归还，你跑来这里闹腾老祖宗，实在是令人齿冷！”

她抽出脊页上标有“成康二十三年”字样的账本，狠狠地砸在林氏头上。

林氏痛呼一声，强忍惊讶回道：“这个且不说，每月你从我城西那间铺子里抽调的二百两银子又是为何？抽调了四年足足也有近万两吧？”

虞襄摇摇头，一字一句开口：“那二百两的去处母亲去问问小舅舅。小舅舅一家难以为继，每月都来府里要钱。我每月月银二十两，供不起，又管着中馈不能监守自盗，只能从你嫁妆里面抽调二百两接济。母亲若是觉得不对，可以自己去跟小舅舅要回来。”

林氏傻眼了。虞妙琪将头埋得更低，心里惊讶更甚。她万万没想到，不但林氏不靠谱，舅舅家更不靠谱，每月上门跟外甥女打秋风，该是何等的不要脸面！林氏方才不是还说林家富可敌国吗？

虞襄继续嘲讽：“母亲连账本都没看完就将所有罪名推到我头上，立刻去找老祖宗理论，这是明摆着想把我的脸面放在脚底下践踏！若是传出一两句不中听的，我也不用在京城里立足了。我就奇了怪了，明明我与哥哥都是你亲生的，为何你光疼二姐姐，反把我们视若无物？陪伴在你身边十四载的究竟是谁？但凡你讲些母女情面私底下来问我，抑或耐心把账本看完，又哪来今日这出闹剧？母亲的所作所为实在令人心寒！”

她故作伤心地抹了抹眼角，钻进兄长怀里寻求慰藉。林氏不是不肯承认她吗？她偏要拿母女情分来硌硬林氏。

虞品言紧紧搂住妹妹，嘴唇快速在她额角滑过，再看向林氏时眸中的一丝温情全变成了煞气，一字一句言道：“我本以为我们是一家人，在危难的时候，就应该守望相助，原来母亲却不这样想。如此，今天就把所有账本都摊开来算清楚，免得日后你的我的牵扯不清。”

什么叫你的我的？这是打算与自己划清界限了吗？林氏悔之不及，只能揪着衣襟，难过得说不出话来。

虞妙琪冷不丁地跪到堂前，边磕头边道：“还请祖母原谅母亲这一回。母亲也是急糊涂了才会如此。母亲的嫁妆日后也有哥哥一份，为哥哥花再多也是值得的……”

“你说得没错，”虞襄垂头看她，眸中全是算计和嘲讽，“母亲的嫁妆也有哥哥一份。可看母亲这样儿，却是半点也不顾及哥哥，只把你一个当成心头肉。你才刚回来就风风雨雨地闹腾，再过几年，还不把母亲的嫁妆全拢进掌心？这可不成！”

虞妙琪没想到她说话如此直白，头磕了一半就愣住了，硬是找不到词句反驳。

老太太眉心一跳，当即开口：“襄儿说得对，再过几年，林氏哪儿还看得见言儿？林氏，你如果真知错，便当着我的面把嫁妆给几个孩子分了，不能只偏疼一个。”你不是说我私吞你嫁妆吗？那好，今儿我便光明正大地把它吞了，也好过全喂进虞妙琪这白眼狼嘴里。

坐在凳子上装木头人的虞思雨瞬间精神起来。

林氏看看面容严苛的老太太，又看看表情冷酷的儿子，只觉得心肝脾肺肾都被揉烂了，痛不可遏。分，她不甘心；不分，今天怕是不能善了，谁让她这回错得离谱。

虞妙琪面上不显，实则心急火燎，颇有种快要吐血的憋屈感。

虞品言不说话，只一边把玩妹妹白嫩的小手，一边淡淡朝林氏瞥去，见她低垂着脑袋半晌不吭声，怕是很不甘愿，本就冷硬的心这会儿已经没有感觉了。那点嫁妆他哪里看得上眼？不过想称量自己在林氏心中分量罢了。林氏果然没让他失望，每一次都选择将他摒弃。

金嬷嬷站在门口，看见侯爷眼底逐渐聚集的冰霜，急得像热锅上的蚂蚁，恨不得跑过去压着林氏点头答应。一点嫁妆算什么？能有侯爷的心重要吗？得了侯爷庇护，日后要什么没有？夫人真是太不会想了！

林氏哪里是舍不得给虞品言，却是舍不得给虞思雨和虞襄，不由朝老太太看去，目露祈求。

老太太还没发话，虞品言却先低笑出声：“老祖宗，不用了。她的东西我可不敢拿，省得日后落了埋怨。”

虞襄立即张口反对：“那怎么行？这是哥哥应得的，岂能便宜了虞妙琪……”

虞品言捏捏她腮侧的嫩肉，笑道：“好了襄儿，和她们没甚好计较的。你想要什么哥哥不能给你取来？东海的珍珠珊瑚，西域的宝石香料，但凡世上有的，哥哥都能双手给你奉上。她那点东西还是她自己留着吧，日后也好过活不是？”

这样狂妄的话，从别人嘴里说出也许会招致一顿嘲笑，然而从虞品言嘴里吐出却十分具有说服力。他是这大寒朝除去皇帝和太子以外最位高权重的人物，能得到他一句承诺，比什么宝物都贵重。

虞妙琪和虞思雨嫉妒得眼睛都红了。虞襄却撇撇嘴，埋怨道："那不一样，那本来也是你的东西。我就是心疼你，明明都是亲生的，为什么如此差别对待？要没有你，侯府早就倒了，她那些嫁妆也必定被人搜刮一空。她享受着你给予的优渥生活，又凭什么站在这里冲你叫嚣？我们挪用她的嫁妆也不是成心的，她也是侯府的一分子，难道不该为侯府出一份力？"

林氏被说得抬不起头，偏偏一句都不能反驳，心里正撕扯纠结，却见儿子抱着虞襄站起身来，面上笑如春风，语气也温柔至极："好襄儿，知道你心疼哥哥。哥哥八尺男儿，难道还贪图她那点东西？不拿正好，日后省得攀扯不清。"话落意有所指地瞥向虞妙琪。

虞襄立刻就不说话了，趴伏在他肩头冲老太太挥手告别。

心知兄妹俩这是不耐烦了，老太太也不挽留，让人送他们出去，然后转眼看向表情木然的林氏："既然言儿和襄儿都不肯拿你的东西，你便给思雨分一些吧。儿女出嫁，不拘聘礼还是嫁妆，都是你这当家主母理当置办齐备的，你说是也不是？难道光想着掌权不想着尽义务？那你趁早把中馈还给襄儿。连个未及笄的孩子都比不上，你这些年的盐米都吃进狗肚子里去了。"

林氏羞臊欲死，不敢抬头，偏偏还咬着唇不松口。虞思雨的母亲破坏了她梦境一样美好的夫妻生活，她没把虞思雨扔到乡下自生自灭已算是仁慈，哪还能送虞思雨嫁妆？

虞妙琪倒是知机，艰难地从地上爬起来，轻轻拉扯林氏的衣袖。

老太太也不管林氏愿不愿意，今儿她既然敢闹上门，必定要挖掉她几块血肉才能放行，自顾自翻开账簿，指尖连点："城西五里牌、玉清街、宁王街、花鸟坊的四间铺子都给思雨，另有上河村、下河村、杨家坪的三座田庄外加二百顷良田，全给思雨做陪嫁。再过一年半载，思雨也该出门了。"

林氏听得目眦欲裂，她就是久不管家，也记得这些铺子和田庄都是获利最丰的，其余店铺田庄加一块儿也赶不上这几个。真要给了虞思雨等于生生挖走她一块心头肉，哗啦啦的血水，淌都淌不完。

她正要张口反驳，虞思雨飞快起身行礼，笑道："谢老祖宗，谢母亲！如此厚爱情重，思雨永不敢忘。"这还真是鹬蚌相争渔翁得利，她都快美上天去了。

老太太难得看她顺眼了几分，挥手道："好了，你回去吧。等你出嫁的时候，我便让你母亲把地契拿出来。"

虞思雨连声答应，看也不看林氏便匆匆离开，生怕走得慢了发生变故。

虞妙琪刚坐下没多久又给跪了，诚心诚意地替母亲请罪。她没料到虞襄会挖那么大一个坑诱使自己往下跳。难怪成康二十一年前的亏空她一点儿也不修饰填补，反而大大咧咧摆在那里让人查。

也是林氏和自己太急着对付她，否则不会闹成这样。原来在自己回家之前侯府竟如此风雨飘摇，而林氏却似个透明人，完全不管也不过问。她这性子当真懦弱到了极点，就是沈氏也比她强上百倍。

虞妙琪一边磕头一边自省，深觉自己还有许多事需要了解，再不能像今天这样贸然出头了。

林氏见她将脑袋磕得砰砰作响，心里十分疼惜，连忙拉她起来自己跪下。

老太太最厌烦的就是两人展现母女情深那一套，你若是对孩子还有母爱，这十四年里干什么去了？言儿中毒濒死的时候你也不过点个头说一句"知道了"。你现在是做给谁看？

老太太的表情非但没有和缓，反而更显阴沉，冷笑道："别磕了，我可受不起你的大礼。言儿不肯收你的东西，也就是不肯认你，你现在高兴了？日后便守着你那嫁妆跟虞妙琪好生过日子吧，你也就只剩下一堆死物和她了。哦，不对，你还有俊杰的牌位。可你把言儿扔在一旁十四年不管，你敢不敢跪到俊杰坟前亲口问问他是怎么看待你的？相夫教子，辛劳持家，你做到了哪一点？你且等着下了黄泉，俊杰找你算账吧！"

林氏不停磕头认错，听了这话不免浑身僵硬，心如刀绞。

虞妙琪既觉得难堪又觉得怨愤。老太太话中还隐藏了一层意思，那就是将林氏和她彻底与虞品言分割开来。她跟着林氏生活，日后与虞品言毫无干系。这怎么成？她在夫家的地位不还要靠着虞品言吗？没有母家撑腰，她如何在夫家立足？

虞妙琪正要开口分辩几句，马嬷嬷与几个老婆子抬着两只红漆木箱进来。老太太使了个眼色，几人便砰的一声将箱子扔在她们跟前，然后默默地退下了。

“以免账册再出问题你们无处理论，你们就在我屋里看吧，没看完不准回去。晚秋，拿一桶灯油过来，以备不时之需。”

晚秋应诺，轻手轻脚地退出房门。

老太太用拐杖敲击箱子，语气严厉：“现在就看，出了问题我担着！”

林氏表情呆滞，还未从婆婆刀子一般锋利的话语中醒神，心心念念就是亡夫对自己的看法。虞妙琪反而镇定下来，打开箱盖将账册取出，堆叠在林氏脚边。

老太太深深地看了她一眼，拄着拐杖出去了。

直到沉重而迟缓的脚步声远走，虞妙琪这才瘫软在地，喘了几口粗气又飞快爬起来，将算盘挪到近前一边翻阅一边换算，看到成康二十一年后的账本，眼睛蓦然瞪大。

她本以为自己七八岁跟随沈父走南闯北已算是十分精明能干，然而虞襄的能力却远远在她之上。别的不说，单这改良过后的账本就十分不凡，条条款款具制作成表格，出项、进项、支出人、承办人、收据、备注，旁人想得到或想不到的细节，她全罗列在表格中，只须扫一眼就清清楚楚，明明白白。

这些账簿简直干净到了极点，且由于她经营有方，本来入不敷出的永乐侯府渐渐走出阴霾，年年都有了结余。

难怪老太太对她如此推崇，难怪虞品言对她宠爱至极，也不是没有道理的。承认这一点的时候，虞妙琪本就被嫉妒腐蚀的心像浸泡在了岩浆里，烧灼得厉害，更有一种绝不服输的念头扎根在脑海。

掌家，她也要掌家，让老太太和虞品言看看究竟谁更胜一筹，谁才是侯府真正的嫡女！

虞品言抱着妹妹走在和暖灿烂的春光里，妹妹伸手抚弄花朵，他就摘下来插在妹妹鬓边，眼神十分专注。

虞襄也摘了一朵同样插在哥哥鬓边，还勒紧哥哥脖子死活不让他取下，见他无奈妥协就抿着唇坏笑。

两人额头贴着额头互相对视，都从彼此眼中看见全然的欢喜。

“哥哥，你真的欢喜吗？林氏那样对你，你不伤心吗？”犹豫了老半天，虞襄慢吞吞地开口。

“没感觉。”虞品言语气淡然，随即反问，“你呢？你伤心吗？”

“我也没感觉。这世上能令我伤心的人只有哥哥。如果哪天哥哥不要我了，我会伤心至死！”说到“死”字时，她刻意加重了读音。这不是夸张的修辞手法，而是真正意义上的死亡。她本就是异世之魂，她的根不是扎在大寒朝的土壤里，而是扎在虞品言的灵魂中，如果虞品言放弃了她，她自然会慢慢枯萎。

虞品言眸光微暗，哑声道：“怎么会？我就是不要自己的命也不会不要襄儿。我说过，襄儿是我的命根子。”

虞襄凑到他耳边一字一句低语：“哥哥，你也是我的命根子，是我在这个世界上最喜欢的人。”话落迅速在他颊边轻吻一记，然后抿着嘴乐开了。

虞品言心内巨震，面上却十分镇定，用低沉的嗓音命令道：“再亲一个，否则，哥哥便把你扔掉。”

虞襄一面灿笑一面又凑近去亲，却没料到他忽然转头，本该落在腮侧的吻擦着唇角滑过。虞襄不以为意，虞品言却深深记住了唇上柔软的触感和滚烫的温度，眼眸一瞬间深邃似海。

跟随在两人身后的柳绿心里掀起了惊涛骇浪。她虽然是不经人事的小姑娘，却也渐渐察觉异样了，盖因侯爷看向主子的眼神一天更比一天炽热，简直能叫人烧起来。

他们的的确确是亲兄妹吧？柳绿开始拼命琢磨这个问题。

第十八章——新旧

虞妙琪和林氏熬了一整晚再加一个上午，才终于把账本看完。别说是窟窿，她们就连一丝一毫不妥之处都找不到。

虞襄造的账册实在是太精细，误差简直控制在毫厘之间，甭提林氏，就连凭一己之力撑起侯府养大虞品言的老太太也多有不及。

倘若她双腿完好，也不知是何等惊才绝艳的人物。

林氏的自信心在看完账册时便已消失殆尽，老太太过来撵人的时候，她差点儿张口把中馈还回去。若是输给一个十四岁的小姑娘，她的脸面就不用要了。

然而虞妙琪拉住了她，死死拽着她的手暗示她不要反悔。辞过老太太，两人满脸憔悴地回到正房。

林氏第一时间给放在厅中的牌位上了三炷香，然后跪下念念有词，也不知在说些什么，表情看上去十分痛苦。

虞妙琪扶着额头闭目养神，等她念完了问道："母亲，您是不是又想逃避？是不是不想掌家了？"

"我……我掌不了。我对不起言儿，更对不起俊杰……"林氏说着说着又开始抹泪。

自己哭的时候不觉得如何，看见林氏哭，虞妙琪感觉说不出地心烦，强忍怨气劝慰："母亲，您与父亲感情深厚，因失去他而陷入悲痛是难免的。他泉下有知只会觉得感动，哪会苛责于您？您若实在觉得对不住他，就更应该坚强起来，把这个家给管好。我日后还要嫁人呢，没有您帮衬，我怎么办？在这侯府里，我只能依靠您了。"

她与林氏并排跪在一起，认真道："母亲，您别怕，我会帮您的。"

林氏大为触动，一边擦泪一边点头，然后催女儿赶紧回屋休息。

虞妙琪辞过她，高一脚低一脚地走进厢房，却没立刻睡觉，反而唤来金嬷嬷询问侯府情况，尤其是关于虞襄如何掌家的，任何一个细枝末节都不肯放过。

金嬷嬷拿来一本厚厚的家规让虞妙琪翻阅，自己立在一旁详细讲解。她心知林氏是个靠不住的，日后只能依仗刚强的二小姐。

“这一百零八条家规均为三小姐亲笔罗列，府里每一个下人都要背记，隔一段时间还会抽查，记不住的扣月银。您瞅瞅，她还将倒夜香、打更、浆洗衣服等下人的月银提高到三等丫头的份例，简直败家！她还把所有人编成小组，选出小组长，对组员进行监管，犯错超过三次扣月钱，超过五次不拘家生子还是签活契的，统统赶出府去。还有负责采买的人需两月轮换一次。这差事还没上手就给捋了，能干成什么大事？每隔七天让下人轮休两日。主子需要伺候的时候岂不是没人了……”

金嬷嬷一抱怨起来就滔滔不绝，最后总结道：“三小姐这哪里是管理侯府，如此多的规矩条款不能逾越，却是在管理军营呢，直弄得府里怨声载道。二小姐，您可不能走她的老路，否则，非得被人骂死。”

府里确实有人不满，但大多数都是金嬷嬷这样捞不着油水的管事嬷嬷，其余下仆对虞襄都是敬服的。就是那些管事嬷嬷也不敢对虞襄有丝毫的非议，须知她跟她哥哥一样，也是六亲不认的主儿，管你是不是家生子，管你有多劳苦功高，犯了错就罚，犯了大错就打，再不悔改就撵出去，别人挑不出任何理来。

四年过去，侯府被她辖制得跟铁桶一样。

虞妙琪也看出来了，虞襄手段极为老辣，凡事都讲求一个公平公允，照章处置，绝对不留情面，亦不会错判，可以说是个极重规矩的人。

连带的，她调教出的下仆也十分规矩，不偷懒耍滑，不欺上瞒下，更不踩低捧高。然而他们规矩了，虞妙琪就寸步难行了，想培养几个亲信都无从下手。所以，她即便知道虞襄的管理章程是个好东西，也非得打破不可。因为只有打破了平衡，扶持起自己的亲信，她才能在侯府里站稳脚跟。

她现在已经不像初来时那样天真，以为靠着林氏就能过好日子。林氏关键时刻就想着逃避，这等懦弱性子着实叫人憎恶，难怪惹得婆媳离心，母子决裂。

如此，她要想通过讨好老太太和虞品言在侯府里扎根是不可能了。过了今天，他们只会把她与林氏相提并论，然后忽视、疏远、冷待她，等她年纪到了就远远打发出去，地位比起虞思雨更要卑微。

形势对她很不利，她唯一能做的只有牢牢抓住手中的权力，让自己在未出嫁之前强大起来，然后找一位身世显赫的夫婿。待她来日富贵已极的时候，她必定要让老太太和虞品言后悔，也要让虞襄将欠她的尽数还回来。

遣走金嬷嬷，虞妙琪想了一个多时辰，又写下新的条例，这才睡了个囫囵觉。

相对门可罗雀的正房，西厢小院却十分热闹，管事嬷嬷们陆续登门，询问三小姐府里换了新主子该怎么办。她们已经听到风声，二小姐与三小姐极为不对付，刚回来就交了几次手，林氏更是深恨三小姐。她俩若是掌家，形势对三小姐大为不利。

可三小姐背后站着侯爷，掌不掌家谁都欺负不到她头上。相反，只要她稍微露那么一点意思，管事嬷嬷们很乐意给二小姐和林氏使绊子，帮她把掌家权再夺回来。

虽说起初的时候她们没了油水可捞对虞襄确实很不满，但只要干得好，虞襄每月都会另外补贴银钱，逢年过节还会发放丰厚的奖金。这些比起从边边角角里抠出来的油水是少了那么一点，但这钱拿得安心，拿得光明正大，拿得不咬手，她们的日子反而比以往过得舒坦。

这要是忽然换个人，换了一种章程，她们反倒不知所措，不约而同跑到三小姐这里拿主意。

虞襄慵懒地歪在榻上，手里捧着一本杂书，挥手道："甭跟我问计，日后这些事儿都不归我管。府里的规矩你们莫忘了，埋头干好差事，不让人抓到错处才是正理。都走吧，我要睡了。"边说边捂嘴打呵欠。

不让人抓到错处？说得也是，新官上任三把火，谁知道二小姐心里是怎么想的。她又不像三小姐，凡事都讲求公平公允，照章办事。她若是看谁不顺眼，指不定就寻个由头把你捋下来，换自己的人上。往后的日子怕是难过咯！

管事嬷嬷们受教，告了罪，轻手轻脚地退出房门。她们与虞妙琪还未照面，对她的印象就先坏了几分，也更提高了警惕。

虞品言回家时，见妹妹已经睡着了，小嘴儿微微张开，露出些微丁香小舌，不时还咕哝几句梦话，模样说不出的娇憨可爱。他坐在榻边定定看了半晌，直到老太太派人来请才悄然离开，走时不忘把妹妹露在外面的手臂挪进被子里。

正院，老太太肃然以待，见孙子来了也没开个笑脸，直言道："言儿，我没收回你母亲的管家权，却是指望她犯下大错好将她休出侯府。忍了十四年，我已经忍够了。不顺父母，为其逆德；妒，为其乱家；口多言，为其离亲。你看看，七出之条她已经犯了三条。若是这回她诚心悔改，能兢兢业业把这个家操持好，我就饶了她。她若是死不悔改，搅风搅雨，我少不得一纸休书奉上。言儿，你怎么看？”

虞品言坐下慢悠悠品茶，不以为意地开口：“她要是无错，谁也奈何不了她；她要是犯错，自然循例处置，孙子绝无二话。”

林氏算什么，府里有她没她并无差别。

老太太点了点头，语带疲惫：“好，你能想开就好。你从小到大没得到她一点关爱，现如今也不须回护她，你不欠她什么。你且等着，虞妙琪是个心大的，偏偏命比纸薄，多早晚要闹出事来。”

“闹出事来倒不怕，只不能让她祸害了襄儿。我时常在外办差，劳烦老祖宗多多看顾一二。”虞品言慎重恳请。

老太太丝毫未觉出异样，放下顾虑后也开了笑颜，摆手道：“瞧你说的，在我心里，襄儿跟亲孙女没什么两样，不须你说我也会护着她。你却是想多了，虞妙琪虽有几分心机，与襄儿那个小母老虎比起来还差得远呢。她要是不动妄念还好，动了不该动的心思，襄儿非得打肿她那张脸。”

想到妹妹那张牙舞爪的小模样，虞品言不禁莞尔。

虞妙琪一觉睡起来已到了申时，顾不上按揉剧痛的太阳穴，立即爬起来寻找林氏，让她赶紧召集各位管事嬷嬷。

“再等几日吧，这才刚惹了你祖母不快便急着掌权，你祖母会如何看我们？”林氏十分犹豫。

虞妙琪冷笑道：“不管我们等多少时日，祖母和大哥对我们的看法都不会改变。所以，我们更应该把家给撑起来，用行动让他们对我们改观。母亲，您振作点，父亲还在天上看着您呢！”

听到最后一句，林氏立即同意了，使人去通知各位嬷嬷。

虞妙琪暗暗松了口气。林氏是个极好掌控的人，这是她归家后众多不幸当中的幸运，有林氏在前面挡着，她在背后就更好动作。

她向来是个行动力极强的人，无论受了多大打击都能迅速振作。老太太和虞品言厌了她，她也绝对不会像林氏那样自怨自艾，缩手缩脚，反而更激起万丈雄心和斗志。别人靠不住，她就会努力让自己强大起来。

她无论如何也不肯相信自己连虞襄也比不上，况且，她还是个断了腿的废人。

各位嬷嬷得了信，第一时间来到正房，不需要人指示，各自按照职位站成整整齐齐的三排，在虞妙琪看过来的时候主动报上姓名和所司范围，态度十分恭敬。

虞妙琪本以为这些人会联起手来给自己一个下马威，然后自己便能顺势拎几个刺头出来料理，随即在侯府站稳脚跟，却没料到她们如此训练有素，循规蹈矩。难道虞襄就没暗中授意她们给自己下绊子？

之前想得多好，顾虑得多周全，等见了这帮纪律严明、毕恭毕敬的管事，她心里就有多憋屈，就好像重重挥出一拳却打在了空气上，有种想要扑地的感觉。虞妙琪借喝茶的空档，连做了好几个深呼吸，才让自己恢复平常心。

林氏却没想那么多，只略说了几句日后我来管家各位配合之类的话，然后转脸看向女儿，让她把拟好的章程拿出来。

虞妙琪这回并不急着改变虞襄立下的规矩，只说了两点：第一，日后不必每月都抽查家规背记情况，大家心里有数就行；第二，连扫地、砍柴、打水都要选出一个组长，府内管理人员未免太过冗余，从今往后便取消小组制，所有事还由相应的管事嬷嬷负责。末了询问大家可有意见。

虞妙琪做这两点改动，也有自己的顾虑：一是让大家松快松快以显示新主子慈和；二是笼络人心，特别是职权忽然变大的各位管事；三是节省下发给各个组长的津贴，以开源节流。

她并不敢一来就做大动作，免得人心涣散，而是暗地里制定了小步骤，争取在三到五个月内逐一实现。

不用背记家规自然千好万好，无人反对。小组长虽说每月都有津贴可拿，但也要对组员犯下的错误负责，平日里压力甚大，又加上他们没到管事级别，见不着主子，人微言轻的就是有意见也没法提。

见众人静默，虞妙琪便当大家同意了，言道有事的说事无事的退下。大家自然无事，行礼过后陆续离开。这新官上任的第一把火算是不声不响地烧了起来。

林氏对女儿的聪明能干大为赞叹，直言把这个家交给女儿必定出不了乱子，如此她就能放心了，话落走进内堂，继续对着牌位追忆往事。

西厢小院，立即有人将虞妙琪的举动告知柳绿，又由柳绿禀给虞襄。

“出不了乱子？也只是暂时罢了。”虞襄一边打络子一边轻蔑地笑道，“我把府里管治得像铁桶一样，她无处插手自然会打破我立下的规矩，然后慢慢扶持自己亲信。我管家时只要将差事办好，同级别的下仆待遇都一样，能力优异的还有机会晋升，并不看重什么背景人脉。她却不能像我这样公允。要想马儿跑，就得给马儿吃草，她把自己的亲信喂饱了，自然会饿着别人。别人饿了就会眼红，眼红了就会生妒，生妒就会闹事，多早晚咱们府上就要乱起来。这就好比蒙了眼睛的毛驴，你只须抽鞭子它就一门心思地拉磨，哪天把眼罩脱掉，叫它见识了这花花世界，它还能理你？早溜号去了，拉都拉不回来。”

桃红听得直咋舌，问道：“小姐您也不管管？好歹给她提个醒啊！府里乱起来，谁也讨不了好。”

柳绿鄙夷地瞪她一眼，用口型无声说了句“傻丫头”。

虞襄用针尖挠挠头皮，轻嗤道：“傻丫头，我能看明白的，老祖宗焉能看不明白？虞妙琪犯错也等于林氏犯错，老祖宗就等着抓林氏的把柄呢。你想想七出之条她犯了几条？不顺父母、不事姑舅、不教儿女、妒忌、多言，放在别家早被休弃了，也是老祖宗心软，这些年又腾不出手来，这才放任她。你且等着看，她们这回若是捅了篓子，老祖宗必定不会轻饶：一个休离；一个要么被关上几年，要么被远远地嫁出去。”

桃红听得直咋舌，再不敢多言。

正院，老太太也得了信，知道虞妙琪并没大动，只废了两条不轻不重的规矩，于是对马嬷嬷喟叹：“我还当她多有心计，却也是个短视之人。这两条废除的规矩的确无关痛痒，然而她却不深想一步：那些下人常年有人管束，这个干什么那个干什么都有明确分工，她一下子把管束之力拿掉，分工也就模糊了，这件事谁负责那件事谁负责都没了定论，可不叫下人惶惑吗？你推我我推你，差事都没人干了，府里早晚要闹出乱子。就比如一匹夹紧腹部疾驰的骏马，你忽然松开挟持它的力量，它瞬间松懈下来，难免撩蹄子摔倒。管理中馈也是一门学问，其中的道理跟治国有异曲同工之妙。治国严谨则世道清明，治国偏颇则乱象丛生。虞妙琪到底比不得襄儿啊！”

马嬷嬷附和道：“那是自然，襄儿小姐毕竟是您跟侯爷手把手教出来的，寻常人比不得。”

老太太心情稍缓，低声沉吟：“沈家到底是商家，见识浅薄，教出的孩子实在拿不出手。”

马嬷嬷点头称是。

两人却有所不知，并非沈家不会管教，而是不敢管教，单看沈元奇，放在万千人中也是极为出色的。说到底，虞妙琪被沈家捧得太高，不小心给捧杀了，这才成了如今这副模样。

因虞妙琪手段温和循序渐进，又暗中寻找能扶持的亲信，接下来的半个月，侯府并没闹出任何乱子，她也就渐渐放松了心弦。

这日，躲在屋里足不出户的虞思雨忽然登门，还带了许多礼物。虞妙琪笑着把她让进屋，行止间丝毫不见芥蒂。

虞思雨略寒暄几句，期期艾艾开口：“妹妹，不是姐姐贪图母亲嫁妆，实在是长者赐不敢辞。那种情况下我若是坚持推拒，老祖宗还不更加生气？我也是没有办法。母亲没怪我吧？”

林氏怎会不怪？事后了解到几间铺子和田庄价值的虞妙琪也都心头淌血，恨不得把虞思雨生吃了。

虞妙琪垂眸喝茶，再开口时，语气说不出的亲切爽朗：“母亲怎会怪姐姐？这些年母亲对姐姐多有疏忽，这回给姐姐添妆也算尽了一份心。到那时我也要准备一份厚礼送与姐姐，以全我们姐妹之情。”

虞思雨大为感动，握住她的手赞叹：“还是妹妹贴心，不似虞襄，就是个冷心冷肺的。”

虞妙琪掩唇轻笑。

两人继续闲扯，临到走时虞思雨才说：“听说妹妹现如今掌家了，若是忙不过来我还能帮把手。妹妹也知道，我再过一年半载就要出阁，正该学习如何管理中馈。”

“姐姐以前都没学过吗？寻常人家的女儿七八岁就开始学了呢。”虞妙琪故作惊讶。

虞思雨眼中沁出泪水，指了指西厢，又指了指正院，低声埋怨：“这一个霸道猖狂，一个自私偏心，我在夹缝中求生存，如何学得到真本事？

不过白白挨日子罢了。”

“好姐姐，那妹妹日后便要多仰仗你了。”虞妙琪二话不说就答应下来，送走虞思雨后立即沉下脸，将几个小丫头打发走，叫了金嬷嬷过来。

“你派去扬州的人传回消息没有？什么时候能把虞思雨弄走？我看她着实碍眼。”自正院那出闹剧之后，虞妙琪也懒得再装贤淑温婉，把在沈家养成的刁钻秉性展露无遗。

金嬷嬷也不觉得失望，反而是乐见其成。夫人靠不住，二小姐正该刚强点才好，于是她笑道：“回二小姐，刚得了消息，方家母子已被说动，正往京城里赶，想必再过七八日就到了。”

“还有七八日？可别出了纰漏。”虞妙琪按揉眉心。

金嬷嬷连忙摆手：“出不了纰漏。那母子俩现在落魄得很，别说吃顿饱饭，就连个遮风避雨的地方都没有。眼看就要活不下去了，他们还能不死死抓住虞思雨这根救命稻草？他们比咱们还着急呢。”

“如此正好。等这事成了我重重有赏。还有，让你寻些信得过的下人扶持，你可有眉目了？”

“还要观察一阵。小姐您别急，大权都在您手上，不需咱们费力寻找，自然会有人送上门来。”

“说得也是。”

二人正合计，却听屋外有人通禀：“二小姐，春梅、冬水求见。”

虞妙琪用询问的眼神看向金嬷嬷。

金嬷嬷压低嗓音介绍：“这两个本是老太太送给侯爷的通房丫头，也不知怎的被三小姐打发到针线房里去，快四年了，硬是连侯爷的面儿都没见着。侯爷不管，老夫人也就不为她们出头。她们这是见您掌家，求您来了。您毕竟是未出阁的姑娘，不好插手，还是交予夫人决定吧。方才我就说您无需着急，这不，她们自动找来了。”

虞妙琪微微颔首，沉吟片刻后说道：“你告诉母亲，把她们调回大哥院子里去，一个伺候梳洗，一个伺候笔墨。大哥都已加冠，不能连个暖床的人都没有，说出去岂不让人笑话？”正该找些美貌姬妾让虞品言分分心，最好还是赶紧让他娶妻，有了妻妾成群儿女满堂，他哪还有心思管虞襄？到那时，恐怕连老太太也顾不上虞襄了。

越想越觉得此事可行，她拉住欲离开的金嬷嬷问道：“大哥可有定亲？”

“定了，”金嬷嬷点了点头，“未出生就定了娃娃亲，对方是靖国公府的嫡小姐。只是她眼下正在守孝，就把婚事给耽误了。”金嬷嬷整天陪着林氏，又失了权柄，耳目自然不如往日灵便，老太太和虞品言意欲退亲的消息她是一点也没收到。

别说她，就连绝大多数下人也都不知道主子盘算，还当常雅芙除服后就要进门。

虞妙琪略思量片刻，又问：“她还要守孝多久？”

“不久，到下月月底就能除服了。”金嬷嬷掐指算了算。

“行，我知道了。你把春梅和冬水带去母亲那儿吧。”虞妙琪打发走金嬷嬷，不由舒心一笑，转念想到新媳妇进门便要掌管中馈，又沉下脸，考虑该如何应对。

不过，只要林氏不放手，当媳妇的不能硬抢。再给虞品言多纳几个美妾，那靖国公府的嫡女也没工夫管旁的。虞妙琪靠倒在椅背上，心里转着许多念头，表情慢慢由迟疑变成坚定。

春梅、冬水在林氏那儿得了准信，翌日清晨精心打扮一番，拎着两个小包裹离开针线房，路上遇见相熟的丫头便停下来道别。

“侯爷身边一个女人都没有，听说早年那些丫头全都被侯爷……”其中一人做了个抹脖子的动作，告诫道，“你们可得当心点儿，侯爷不是那么好伺候的，得了这差事还说不准是福是祸呢。”

另一人点头附和：“是啊，人都叫侯爷活阎王，每日干干净净出门，总带着一身血腥味回来。洗衣房那几个婆子最怕给侯爷洗衣裳，常常端着满盆的血水往外倒，可吓人了。听说侯爷之所以气势那么阴森恐怖，盖因杀了太多人，围绕在他周身的冤魂常年不散。你俩还是小心点儿吧。”

与两人极为交好的小丫头冷笑道：“得了，甭在这儿吃不着葡萄说葡萄酸。正因为侯爷身边没有女人，春梅、冬水才有前途呢。哪个男人不好色？侯爷之前不开口那是因为三小姐掌家，他不好让自个儿妹妹寻摸女人不是？这回换了夫人来安排，他自然笑纳了。”话落她一左一右挽住两人手臂，语气谄媚，“两位姐姐，日后富贵了，可别忘了提携妹妹一把。”

春梅、冬水抿嘴直笑，脸蛋浮上两团红晕，看着十分秀丽可人。她们不是没听说过府外那些传言，什么杀人如麻、冷血无情、六亲不认的，但在她们眼里，这些都比不上侯爷那张俊美异常的脸庞和滔天权势。

都说富贵险中求，若是有幸成为侯爷第一个女人，日后还不是要什么有什么？

二人各自盘算又各自防备，扭着小腰迈着碎步往前院去了。一众丫头用或艳羡或忧心或嘲讽的目光送她们离开。

这日正值休沐，虞品言难得不用去衙门办差，抱着妹妹先去给老太太请安，随即把人带回书房练字。

虞襄坐在稍矮的书桌前，写一个字看一眼斜倚在窗边研究棋谱的兄长，颇有些欲言又止。

“别看了，再看也要把这帖字练完。你耽误了多少功课，自个儿算算。”虞品言头也不抬地轻嗤。

虞襄放下毛笔，抱怨道：“哥哥，我略识几个字就得了，难不成你还打算把我教成鸿儒？我可没有那个天赋。你看看小九儿，她才十二岁就不用读书了，整日里吃喝玩乐，快活着呢。我好不容易不管家，你也让我松快两天。要不我陪你下棋？”

虞品言嘴角微弯，话中却满是嫌弃：“九公主为了逃学，能在皇上跟前打滚耍赖，你也给哥哥滚一个看看。还有，你那棋品实在太臭，让你十子不算，走两步竟能悔三步，还不如我左右手互搏。”

想到小九儿当着皇上的面满地打滚那场景，虞襄颇觉丢脸，扶额叹道：“说话就说话，干吗揭人老底，我写还不成吗？”

书房内又安静下来，两刻钟后，虞襄用笔杆敲击砚台，喊道：“今儿的功课做完了，哥哥你来看看。”

虞品言放下棋谱走过去略看两眼，摇头叹气：“怎教了四年还是没有长进？有形无神，力道绵软，连写个拜帖都嫌丢人。”

虞襄甩了甩酸软的手腕，嗔道：“我天生力气就这么点大，如何能做到你要求的力透纸背？哥哥你太强人所难了。”

虞品言莞尔，取出一张白净宣纸铺开，将妹妹抱在膝头握住她拿笔的小手，柔声道：“哥哥带你练，你自行琢磨怎么使力。字迹有无劲道并非靠人本身，而是运笔的角度和收笔的速度。”

清雅的檀香味将自己包围，强健的臂膀从腋下环绕，背后靠着宽厚温暖的胸膛，隐隐还有沉稳的心跳通过布料传导过来，那感觉说不出的熨帖悸动，虞襄纵使有满肚子牢骚也发不出了，只得乖巧地点头答应，然后耳尖红红的偷瞄兄长侧脸。

虞品言故作不知，握着她的小手一笔一画写得十分缓慢，几行诗句在纸上延展，诉说着某人难以言表的情愫——秋风清，秋月明，落叶聚还散，寒鸦栖复惊，相思相见知何日，此时此夜难为情。入我相思门，知我相思苦，长相思兮长相忆，短相思兮无穷极……

写完后虞襄喃喃念了几遍，心湖似投入一粒小石子，荡开层层涟漪，还有一种微妙的、难以言喻的感觉飞快从脑海里滑过，待要去抓时却似青烟般消散。她眨眨眼，目光略有些恍惚，问道："还有一句怎么没写完？"

确实还有最后一句——早知如此绊人心，何如当初莫相识。

虞品言仔细观察她的神色，少顷后叹息道："最后一句颇不吉利，索性不写了。"如何能不相识？那么自己一生钟情该寄于何处？

虞襄愣愣点头，正想转移话题时，见门外来了两个身段窈窕的丫头。她们的脸上妆容精致，手里拎着包裹，正扭着小腰蹲身行礼，嗓音婉转如涓涓泉水："启禀侯爷，夫人命奴婢二人前来伺候您。"

穿水蓝色褙子的丫头娇俏一笑："奴婢名唤春梅。"

穿翠绿色褙子的丫头飞快瞄虞品言一眼，语带娇羞："奴婢名唤冬水。"

旋即她俩异口同声道："夫人命奴婢二人早晚伺候洗漱，白日伺候笔墨，侯爷今后有事但请吩咐。"

虞品言挑眉，并未说话，虞襄脸上的红晕却迅速消退，冷声道："这里不用你俩伺候，从哪儿来的还回哪儿去吧。"

春梅、冬水有了林氏撑腰，心里又存着搏一搏的念头，竟是蹲在原地不动，一面回话一面用楚楚可怜的目光朝侯爷看去："回三小姐，这是夫人的命令，婢子不敢违抗。况且侯爷身边并无丫头伺候，平日里多有不便……"

虞襄冷声打断二人话语："没有丫头伺候就叫不便？当满院子的侍卫小厮都是死人吗？我叫你们滚，没听见吗？若非要我使人将你们拖出去？”

沉默半晌的虞品言徐徐开口：“襄儿，为什么要赶她们走？”

两个丫头表情十分惊喜，虞襄却用愕然的眼神朝他看去，静默片刻，忽然将手里的毛笔狠狠扔到地上，浓黑的墨水沾了满手，又将铺在桌上的宣纸撕扯成碎片，怒道：“我不写了。你要留便留吧。我回去了，你快放开我。”边说边不停挣扎，眼眶逐渐泛出潮红。

虞品言连忙箍住她的身体，冲站在门口的两名侍卫摆摆手。侍卫上前，将还来不及收起惊喜表情的两个丫头连拖带拽地弄走了。

虞品言用力将发了疯的小母老虎禁锢在怀中，沉声追问：“发什么脾气？就算要赶走她们，你好歹给哥哥一个理由。”告诉我你对我的眷恋不是孩子气的占有欲，而是明明白白的男女之情。

理由？虞襄能说出什么理由？说我的世界只有你，而你的世界将会有姬妾孩子，然后自然而然把我遗忘？为了独占你，为了规避那已能预见的未来，所以不敢让任何人靠近你？她知道自己的想法是病态的，不能诉之于口的，但她却宁愿撞死在南墙，也不愿回头。

她拼命眨眼，想把急剧分泌的泪水收回去，却没能成功，只得用手背胡乱抹了两把，恶声恶气道：“没有理由，我就是这么不讲道理！你放开，我不想看见你，你总是骗我。”

虞品言犹豫着是直接戳破她的身世还是让她对自己的眷恋更深一些，正在两难中徘徊，低头一看，竟忍不住笑了，只见小丫头脸上不但沾满涕泪，还有手指糊上去的一道道墨迹，看着十分可怜又万分滑稽。

“笑笑笑，”虞襄越发悲愤，指控道，“只闻新人笑，哪闻旧人哭。你这个负心汉。”

这都哪儿跟哪儿，虞品言实在绷不住了，一面替妹妹擦泪擤鼻涕一面朗声大笑：“傻丫头，哪来的新人旧人？哥哥的新人旧人全都是你，只有你。快看看，两个丫头已经被我撵走了，以后再不让她们踏进前院。”他捏着妹妹的下颌让她看向门口，继续诱哄，“快别哭了，你哭得哥哥心都碎了。哥哥只喜欢你。”

泪珠挂在眼睫毛上，模糊了视线，虞襄努力睁大眼睛，果然见门口没人了，这才慢慢止住哽咽，想破涕为笑又觉得太没面子，只抿着唇看似狠戾实则绵软地瞪了兄长一眼。

虞品言捧着她花猫一样的脸蛋又笑了好一阵儿，才命柳绿打一盆水进来，细细将她脸上手上的墨迹给擦干净，心底无奈叹息：罢了，问不出来就不问了，实在无法忍受她眼泪汪汪的模样。

“小醋坛子，你怎么醋劲儿这般大？”捏捏妹妹重现白皙清透的脸颊，虞品言低斥，话中却透出浓浓的餍足。

虞襄本不想理他，对上他深邃的满载着温柔缱绻的眼眸，唇角不自觉就翘了起来，似猫儿一般轻哼一声。

虞品言对她这副娇嗔的小模样简直爱到极点，百看不厌，将她抱进怀里好一番揉搓，蝶翼一般轻柔的吻落在她溢满馨香的发顶。

柳绿倒了水，站在廊下挠心挠肺，正欲咬牙催小姐回去，却见马嬷嬷匆匆跑来，说道：“老夫人让侯爷赶紧过去，大小姐闹起来了。”

“什么事儿？”柳绿急忙追问。

“嗐，还能为什么事儿，婚事呗！”

婚事？与方家？怪不得大小姐要闹起来，方家已然家破人亡了，如何能嫁？柳绿放好脸盆，急忙跑进去通禀。

第十九章

幡然

老太太虽然对林氏多有不满，但平时并不怎么理会她。若不是上回她自个儿跑到正院来闹，老太太也不会用那样刻毒的话语去敲打训斥她。

林氏回去后反省了好几天，对老太太产生了莫名的畏惧之情，故而也明白了那天自己立下的军令状怕是一个天大的把柄。若是自己出了差错，老太太绝不会像往昔那般优容，定要拿出状子和休书把自己撵出去。

离开侯府她能去哪儿？亲弟弟靠不住，庶长兄早已交恶，她一个女人家又拿着大批嫁妆，只有被不怀好意之人生吞活剥的份儿。

这份隐忧时不时便要冒出来折磨她一下，她却不敢跟女儿倾诉，只一再叮嘱女儿千万别出错，千万要讨好了老太太和虞品言。

虞妙琪起初还耐着性子答应两声，见她日日提时时提，心气儿便开始不顺，又加之派去调查沈元奇的人回信，说他是岭南人士，因父母双亡被薛家认作义子，虽查不到卖身为奴那段经历，听着确是记忆中那人，且还附了一张惟妙惟肖的画像。

虞妙琪摊开画像一看，当即吓得脸色煞白。这张脸就是烧成了灰她也认得，可不就是沈家嫡子沈元奇么！他竟然有如此造化！

是了，他卖身那户人家正是姓薛，乃岭南一带有名的望族，不但家资丰厚，在朝中更有几分势力。只要他不是那种迂腐不懂变通之人，有了这样的背景助力，早晚能熬出头，更何况他本就是个聪明绝顶、才华横溢的。

虞妙琪烧掉画像，感觉自己的心仿佛也正遭受着火焰的舔舐，焦灼痛楚的感觉难以言表。老天爷怎如此不公平，给了沈氏兄妹得天独厚的容貌，还给了他们莫大的气运，让他们总能化险为夷，绝处逢生；对她却偏偏吝啬至极，每一次命运转折的背后都暗藏不幸，叫她疲于应付。

是夜，她灌了一壶老酒，直将自己弄得醉醺醺的才勉强入睡，第二天顶着剧痛的脑袋前去给老太太请安。

老太太最是不待见母女俩，略微点头就要撵两人离开，却没料林氏忽然发话："母亲，思雨今年已经十六岁了，也该出阁了吧？定的是哪户人家，我好帮着操持操持。"

虞思雨早就等得心焦如焚，见她主动询问，连忙递了个感激的眼神过去，然后巴巴地看向老太太。

老太太这才想起这茬，冷冷地笑了："可不是我帮她定的，却是她自个儿挑中的。扬州盐运使司运同方大人的嫡长子，今科探花郎方志晨。"

虞思雨羞涩地低头。

也不知怎的，这些年虞品言官位越坐越高，手中权柄越来越大，与侯府交往的世家勋贵反而越发稀少。往年虞思雨还能收到几张拜帖，与家世相当的小姐妹走动走动，这些年却一张也未收到，她主动去寻人家还会远远避开她；又因虞襄腿脚不便不喜待客，府门整天都关得死紧，老太太为了迁就虞襄，更是与别家绝了往来。时间长了虞思雨也没办法，只得待在家里弹琴绣花自怨自艾，又因她脑子愚钝不晓事，对外界情况竟一无所知。

皇上杀遍扬州官场的事儿早已闹得路人皆知，她这儿还做着风光出阁十里红妆的美梦呢。

林氏飞快看了虞妙琪一眼，扬声道："盐运使司运同？还是今科探花郎？这可是门好亲。庚帖和婚书交换了吗？"因她与虞思雨一样也是个不问世事的，说出这番话并未引起别人的怀疑。

"既无庚帖也无婚书，我正要派人去扬州议亲。"老太太对这一个二个的蠢货真有些绝望了，用拐杖敲击地面，重申道，"虞思雨，我再问你一次，你当真不后悔？当真要嫁进方家？"

"人生大事岂容儿戏？回老祖宗，孙女儿不悔。"虞思雨一字一句开口。

"甚好。派人议亲前我且告诉你一件事，你可要做好心理准备。"老太太灌下一杯热茶，徐徐道，"那方大人月余前已因渎职、贪墨、徇私枉法等罪名被斩首了，方志晨虽未被问罪，身上功名却拿去赎了他母亲，方家万贯家财尽皆充公。那母子俩现在颠沛流离，饥寒交迫，正等着你这份嫁妆救命。你既然如此钟情于他，也罢，我就成全你。"

说到这里，老太太也不管虞思雨如何震惊失神，冲马嬷嬷挥手："让福顺带着人下扬州去吧，定要把方家母子全须全尾带回来，那可是我永乐侯府未来的亲家，莫怠慢了。"

马嬷嬷低声应是，抬腿便要出去，却被猛然回神的虞思雨拉住衣袖，急促嘶喊："不能去！不能去！"

连喊了好几声她又面露怀疑，看向老太太问道："老祖宗，您定是骗孙女的吧？方公子是被皇上钦点为探花郎，又获封扬州知州，其圣眷优渥堪比状元郎。他家若果真有问题，皇上岂能是这种优容态度？您一定是骗我的，您偏心，见不得孙女过好日子！您当真老糊涂了……"

说到最后，她神色渐渐变得癫狂，又笑又哭、又骂又叫的模样十分骇人。向往了许久的无双富贵眨眼成灰，良人也由翩翩公子转瞬变成犯官之后，巨大的心理落差震得她方寸大乱，更兼之让这么多人看了笑话，她连死的心都有了。

老太太也不使人拉她，更不搭话，只冲马嬷嬷挥手，命她去把侯爷找来。榆木脑袋就得用重锤敲，否则，这辈子都甭想开窍！

虞品言抱着虞襄过来时虞思雨还在一个劲儿地叫嚷"不可能"之类的话，俨然不肯面对现实，看见大哥来了，仿佛抓住了救命稻草，慌忙追问："大哥，老祖宗是吓唬我的吧？方家哪会出事？方公子刚中了探花呢，皇上亲口赞过的！"

虞品言将妹妹轻轻放到软榻上，自己紧挨着落座，整理好妹妹的裙摆，又给她倒了一杯热茶塞进手里，这才悠然开口："方连生的脑袋是我亲手摘的，正是虞妙琪回家那天。"

短短一句话，虞思雨却如遭雷击，顿时瘫坐在地上起不来了，直过了好半晌才啼哭道："大哥，你怎如此狠心？明知道我与方公子有婚约，你为何不手下留情放过他家？你这是在害我啊！你怎能六亲不认到这种地步？"

虞襄啃一口糕点喝一口蜜茶，听见这话不乐意了，转手将糕点朝她砸去，骂道："你知道自己在说些什么吗！皇上要杀的人你让哥哥去救，方家的罪名了了，却反而让哥哥扛了个徇私枉法之罪，你是怕皇上不够猜忌哥哥吗？哥哥在朝中本就树敌无数，稍有不慎，便会让言官弹劾。他本就专司法务，你却让他徇私枉法。你可知方连生以何罪名斩首的？正是渎职和徇私枉法等罪！你说这话究竟什么意思？让哥哥为了你的婚事赔上前程乃至性命？虞思雨，你知不知道自己究竟姓什么，谁才是你的家人？你这吃里爬外狼心狗肺的东西，看我不砸死你！"

连砸了三四块糕点，她才停下喝骂，鼓着腮帮子大口喘气。

虞品言本还有些不豫，见了她这副义愤填膺的小模样顿时心怀大悦，一面抿唇忍笑一面端起茶杯徐徐给她喂水。

亲生的两个孙女，一个一心算计自家人，一个一心向着外人，也不知虞家究竟造了什么孽才养出这两个东西，索性襄儿虽不是亲生却更胜亲生，不枉这一场缘分。

老太太糟透的心情这才略微转好，睨视满身狼狈的虞思雨，说道："都说女大不中留，留来留去留成仇，你果然跟你哥哥结上深仇大恨了。也罢，赶明儿我就将你嫁去方家，你回去准备准备吧。"

虞思雨心中再不存侥幸，抹掉额角的糕点渣疾喊："不要啊老祖宗，孙女儿知错了，您饶了我这一回吧。方家已经家破人亡，您不能把我嫁过去啊！"

"这不是你求来的吗？我当初劝了你多少回你且掐指算算。"老太太嗤笑。

虞襄偷偷将老太太掌心压着的一本卷宗抽出来翻看，里面果然记载着京城门第不高但品行上佳的未婚儿郎的资料，每一页还附有小像，正是一本相亲册子。

老太太果然是吓唬虞思雨的，实际上早为她看好了人选，只等着她自个儿挑。若是虞思雨心气不那么高，眼皮子不那么浅，她将来的日子怕是过得非常舒坦。远的暂且不提，她至少要比心气儿更高的虞妙琪舒坦。

虞妙琪是女主，将来可是要嫁给皇帝的，只不知嫁的是哪位皇子？若是太子倒还好，若是其他几位……侯府就危险了。

想到这里，虞襄心头便是一凛，琢磨着该如何毁了虞妙琪的婚事。管它什么剧情不剧情，还是保护哥哥最为要紧。哥哥与太子关系亲厚，手里又大权在握，别的皇子意图夺嫡的话，第一个对付的定是哥哥无疑。

虞襄越想越糟心，忍不住用阴冷的目光朝座下的虞妙琪看去。

虞妙琪恰好也抬眼看她，脸色白了白，随即迅速低头。虽然她才是侯府真正的嫡女，却不知为何，自己在虞襄跟前总有种抬不起头的感觉，也因此积压在心底的怨恨和不甘一日更胜一日。

虞思雨哪还有心思观察她两个的暗潮汹涌，只跪在地上砰砰磕头，嘴里不停告饶。她这时才恍惚明白老祖宗和虞襄为何总三番四次地问她会不会后悔，原来她们说的全都是真的，并非见不得自己好就蓄意阻拦欺骗。

她悔吗？那是自然！她悔得肠子都青了，恨不得时光倒流回去，她当场便要抽死不停在自己耳边念叨方家如何富贵儿子如何优秀的裴氏。

老太太意欲吓她一吓，任由她磕头认错就是不应，端起茶杯缓缓啜饮。

马嬷嬷又拿来一碟新糕点，虞襄一边啃一边翻阅册子，不时地把页面上掉落的糕点渣拂开。

虞品言瞥见册子上竟还附有男人的小像，脸色阴沉了一瞬，正欲伸手夺过，妹妹却朝老祖宗歪去，指尖点着一张小像，用口型无声道："这个不错。"

老太太垂眸一看，正是自己最中意那位，嘴角忍不住微微上扬。还是襄儿最实在，看得也最通透，这位虽然出身寒门，官职也不高，但胜在德行好，脾气宽厚，更兼之家里人口简单，规矩森严，男儿过了四十无子方可纳妾，堪称良配。

哪家姑娘若是嫁过去，上没有公婆刁难，下没有侍妾闹心，只要肚皮争气能怀上嫡子，日子过得别提有多舒坦。

虞襄观察老太太的神情，见她眼中含笑心里也有了数，对虞思雨反而羡慕起来。虞品言抿了抿薄唇，抽出她手里的小册子快速扫了一眼，视线停驻在"四十无子方可纳妾"这一句上，小醋坛子择定此人怕也是看中这点。

思量片刻他微微笑了，随手将册子往旁边扔去。此生有了襄儿，唯愿足矣，他只守着襄儿一个过日子便够了，想来日后定能叫她欢喜满意。

虞襄横兄长一眼，将快要掉落的册子捡回来摆在炕桌上。

虞思雨还在求饶，虞妙琪却已然发现上头的小动作，视线在那册子上转了一圈，立刻跪下说情："求祖母开恩饶了姐姐一回。那方家衰败至此，姐姐确是嫁不得，说出去岂不让人笑话我永乐侯府？"既然老太太不让虞思雨嫁入方家，她就做个顺水人情，反正到那时方家母子闹开了，虞思雨不想嫁也得嫁。

"我永乐侯府向来不怕人笑话，且随他们说道。"老太太冷哼。

虞妙琪继续劝阻："祖母就是不为侯府声誉着想，也该为姐姐一生幸福着想，您忍心见她嫁给那样一户人家过饥寒交迫的日子？”

“不是我忍心，是她当初铁了心。我也不是没劝过她，是她自个儿说看中的不是方公子的家世而是人品。她既觉得有情饮水饱，我也不能不成全。”老太太丝毫不肯松口，非得给虞思雨一个终生难忘的教训。

虞思雨早就悔了怕了，恨不得把头都磕破好叫老太太心软，一时间道出了真心话：“老祖宗，孙女儿错了，孙女儿撒了谎。孙女儿当初看中的不是方公子的人品，却是他家的富贵。我就是冲着他那万贯家财去的。这会儿我已经知道‘富贵如云烟，且行且珍惜’的道理。您之前几次劝我全是为了我好，我真错了，错得离谱。请您原谅我这一回吧！”话音刚落，又是结结实实几个响头。

虞妙琪也跟着磕头，直起腰时不忘给虞思雨擦泪，似乎感同身受，颇为怜惜。

虞襄冷眼睇视虞妙琪这副作态，忍不住暗暗讽笑。

盖因知道这人是女主，搅风搅雨的本事一流，她甫一归家虞襄就命人死死盯着她，岂能不知她为了毁掉虞思雨干的那些好事？背地里手段阴毒，表面上温柔和婉，当真把虞思雨卖了虞思雨还得帮她数钱。瞅瞅，这蠢货竟感动得执手流泪，相拥而泣，倘若知道真相还不得被气死。

当然，虞襄同时也得知了虞妙琪的丫头私底下打听状元郎的事儿，但京城的少女打听状元郎的多了去了，就连几位公主都频频找借口去薛府门前转悠，她也就没当回事，只以为这丫头春心萌动了。

如此，她竟是许久之后才发觉那位竟是自己的亲哥哥。

老太太见虞思雨已然认识到错误，这才舒缓了神色，将手边的册子扔了过去：“好生看看，三天之内选一个出来，我便派人去给你议亲。若是再推三阻四，你干脆不要嫁了，去乡下陪你姨娘养老吧。”

林氏这才迟迟开口：“还不谢谢老祖宗？”

虞思雨恍然回神，连忙给老太太磕头，然后捡起册子，在虞妙琪的搀扶下坐定，脸色顿时由惨白变成紫红。她总算回过味来了，老太太今儿是故意吓唬她呢，否则，哪会准备这么厚的一本册子，想必早几个月前就开始相人了。

意识到这一点，她心头刚升起的感激尽数化成怨恨，不自觉扣紧的五指把书册都拧皱了。

老太太眸色微暗，无声喟叹道：罢了，送出门就算尽了心，日后再不管她死活。怎一个二个全是如此不知感恩的东西！

虞襄本还在考虑要不要暗地里帮虞思雨一把，见此情景，立马打消了念头，抬手用帕子掩住唇角的讽笑。

林氏母女见事情已经了了，这便起身告辞，却被虞品言叫住："虞妙琪，日后再往我院子里塞人，你从哪儿来的还回哪儿去吧，我虞府供不起你这尊大佛。"

"大哥在说些什么？妙琪不明白。"这是虞品言当着她的面儿第一次确切表露出欲将她赶离侯府的意愿，她吓得脸都白了，再多的心计也使不上。

林氏愣了愣，旋即分辩道："言儿你误会了，那两人是我派去的。你如今已经二十一岁了，身边该有几个知冷知热的人儿了。"

老太太只几句就听出端倪，明白这是林氏母女往孙子身边塞暖床人了，点头道："既然是你母亲安排的，你就收下吧，也不看看自己多大了。"以往孙女儿掌家，孙子又不张口，老太太日子过得太悠闲，竟把这等大事给忘了。

虞品言语带嘲讽："你安排的？你能主动想起我来？母亲莫要开玩笑。"然后睨视虞妙琪，沉声告诫，"你才刚管家就往兄长身边塞人，手未免伸得太长了。"

林氏母女被他说得羞愤欲死，这才深深意识到虞品言对她们的观感已经从冷漠疏离上升到了厌恶。当他看谁不顺眼时，那人说什么做什么都是错。

但这回老太太却并不觉得虞妙琪做错，虽说她一个姑娘家插手兄长的房中事确实有些不妥，然则也是为了侯府子嗣考虑，正打算说几句好话让孙子把人收了，虞品言却慎重开口："老祖宗，别忘了当年孙儿是如何中毒的。问也不问查也不查，只略微哀求几句她们就把人送过来，是嫌孙儿死得不够快？况且，我那院子里多少机密卷宗，传出去一两张边角侯府都要遭受灭顶之灾。故此，不知根底的下人孙儿不能收，也不敢收。"

孙子当年三次中毒，前两次都查不出个所以然，还是最后一次派人暗中监视才发现下毒之人竟是伺候孙子长大的贴身丫头，继续往下查，结果，差点没把老太太给吓死：孙子身边稍微亲近的丫头小厮竟都被人暗中收买了。

当年只为了一个爵位那些人就能做到此等地步，而今孙子已官居都指挥使，手里不知掌握着多少官员的隐私。若是送往他身边的女人是谁派来的卧底，闹出的绝不是小事，轻则孙子身败名裂，重则虞府抄家灭族。

老太太不想还好，一想便惊出了满头冷汗，拿佛珠的手都开始颤抖起来，气急败坏道："林氏，你要管家我且由你，言儿院子里的事你不准插手，再有下次就给我麻溜地滚！"丧门星，真真两个丧门星。

虞襄一边倾身给老太太拍背，一边朝惶恐认错的虞妙琪飞了个嘲讽的眼神。

虞妙琪本就惨白的面色顿时变成铁青。

老太太缓过气来，握住孙女白嫩的小手，喟叹道："还是襄儿稳妥。襄儿管家的时候，哪来这许多龌龊？未出阁的姑娘家插手兄长房里事，谁教你的规矩？日后要点脸面吧！走走走，看见你们就烦！"

林氏母女磕头告罪，踩着虚浮的脚步出去了。虞思雨见有人跟自己一块儿遭难，心情反倒好了不少，连忙上前搀扶虞妙琪，还冲她安抚一笑。

林氏母女跟虞思雨回去后各自恼恨不甘，却也不敢生事。虞思雨可劲地折腾那册子，因里面的男子全不在她选择范围之内，有貌的无财，有财的无貌，财貌双全者又出身商贾地位卑贱，当真愁死她了。

眼见三天已经过去，她又央着老太太再宽限五日。

林氏母女安安静静的，要么在府中修身养性，要么去寺庙上香拜佛。林氏本打算举办一个宴会把女儿介绍给京城贵妇，却被虞妙琪阻止了。她自觉还是先把自己的好名声传扬开来再举办宴会，如此才最为稳妥。一面之缘又怎及得上口口称道？

不出半月，虞府二小姐归家的事便传开了。这位二小姐自幼寄养在水月庵，师父乃水月庵主持了空师太。消息一出，满京瞩目，都道二小姐是个有佛缘的，本人更是恬淡娴雅，温婉秀丽，与性情乖张的虞襄简直是两个极端。

实际上，这些人大多连虞妙琪的面儿都没见过，之所以对她如此推祟，看的却是了空师太的面子。水月庵虽不如镇国寺那般有威望，却是出了名的清修之所，等闲不接待香客，在大寒朝以规矩森严而著称。

水月庵的了空师太更是当朝皇帝的嫡亲姐姐，在大寒朝有“转世圣佛”的称号，威望不在苦海和尚之下，地位更是超然。

被她看中的弟子能不资质超凡？故而京城里的贵妇还未见人，就先把虞妙琪的光辉形象勾勒出个七七八八，且对此深信不疑。

实际上，虞妙琪哪里是了空师太的弟子，她只是听说了了空师太的传奇，又得知对方出海云游归期不定，水月庵那帮尼姑向来不问世事一心苦修，这才敢撒下此等弥天大谎。

哪怕有人刻意去验证，她们也入不得水月庵的门。虞妙琪归家时曾听庵中尼姑说了，若非看在虞都统的面子，她们庵堂已有三十多年未曾接待香客。

她后来也打探过，水月庵确实闭了山门再不让人出入，如此，她的过去便被严严实实地掩盖了。对于这一点，即便万分不愿，她也不得不承认虞品言确实有为她考量，只考虑得不如虞襄那样多罢了。

但她并不会因此就减少对虞品言的怨恨，两次牢狱之灾，她这辈子都无法忘掉。

虞思雨折腾了八日，方才定下一位人选，却是老太太的长嫂的兄弟的侄孙子，虽说亲戚关系有点远，平时却多有往来。

此人年方二十，刚刚加冠，之前已参加过两次科举，皆未考中，然而长相却十分风流俊逸，又加之父亲乃国子监祭酒，虽无实权，却很清高。

此人在所有人选中才华最次，若非与老太太带着亲，又是书香门第，老太太必不会将他列为考虑对象。然而，虞思雨偏偏就选中了他，盖因他虽无才能，却是其中长相最英俊、家世最显赫者。她那一双势利眼终究没能勘破迷障，打算一条道走到黑。

老太太深深看她一眼，终究接过册子幽然长叹：“罢，既然相中了他，我这就使人上门议亲。”

虞襄歪在老太太身边，一边翻页一边道：“这个不好，刚加冠府里就姬妾成群，凭虞思雨那榆木脑袋，还不得被折磨死？这个才好，虽然年纪大了些又出身寒门，但家中没有姬妾，甚至连通房丫头也没有，四年从太仆寺主簿爬到京府通判的位置，凭借的全是自己的能力，是个靠得住的人。”

“六品通判？妹妹若是看得上为何不自己嫁过去？”虞思雨冷笑。

虞襄睨她一眼，压根不稀罕搭理她。老太太却怒了，拍案道：“够了，别拿襄儿的好心当成驴肝肺！这人若不是我大嫂那边的亲戚，还请了媒人上门提亲，我却也不会考虑。罢，你既然喜欢，我也不拦你，只嫁过去受了委屈莫要向我开口。回去备嫁吧。”

一应嫁妆还要仰仗老太太置办，虞思雨不敢再分辩，悻悻然告辞离开。

老太太立马让人去议亲，下午就交换了庚帖，翌日各自找人验看后觉得合适便立了婚书。短短一天半，虞思雨的亲事就这样定下了。

虞思雨到底心有不甘，把自己关在屋里不吃不喝。虞妙琪闻听消息，亲手做了一盒糕点登门探望。

“好歹吃一些吧，弄坏了身子除了自己受苦，还会有谁替你心疼？”虞妙琪捻着一块云片糕往虞思雨唇边送。

虞思雨到底吃了一口，噙着泪叹道：“这个家唯独妹妹待我最好。妹妹怎么不早点回来，咱们姐妹也能相聚得久一些。”

“早回晚回有什么意义？反正我是个多余的。”虞妙琪短短一句话引得虞思雨哀声大哭，一时间更恨虞襄和老太太。

虞妙琪紧接着开口：“虽说我刚回来不久，对府里诸事一知半解，可也知道凭哥哥的权势，你好歹也能往伯府、侯府甚至公府里嫁，却为何祖母替你寻摸那些人选都是些见不得人的？难道虞襄嫁不出去便也不准你嫁得太好，怕戳了她肺管子？大哥与祖母究竟有没有拿你当亲人看？是不是日后我也同样如此？”

她极尽挑拨之能事，盘算着就是让虞思雨嫁出去，也得让她恨透了虞襄、恨透了虞品言、恨透了老太太才好，说不准日后有用得上她的地方。

虞思雨听了果然愤怒到极点，又深觉两人同病相怜，抱着虞妙琪就是一顿痛哭。

恰在这时，邱氏拎着裙摆心急火燎地奔进屋，顾不上行礼问安，张口就喊：“大小姐不好了，方志晨在外头闹起来了，说是与您早交换信物私定了终身，要告咱们侯府不守信誉，一女二嫁呢！老夫人叫您赶紧去正堂见她，您快收拾收拾吧！”

“什么？交换信物，私定终身，一女二嫁？胡说八道，根本没有这样的事儿！”虞思雨猛然站起来嘶喊，因太过惊骇，连嗓音都变了。然而下一刻，想起曾经的夜间私会倾诉衷肠，她愤怒的神色又全都化作了心虚。

哪怕交换信物那事是假，私定终身这一条却错不了，她当时确有那样的念头，还被虞襄抓了个正着，眼下就是有一百张嘴恐也说不清！

她顿时摇摇欲坠，惊骇难言，在虞妙琪的搀扶下勉强稳住身形，踉跄着朝正院奔去。虞妙琪略微低头，唇角飞快勾了个诡笑。

与此同时，方家母子在府门口闹得正凶。裴氏口口声声地说与侯府定了婚约，只待来日提亲，方志晨更是拿出一件粉红色的绣有虞思雨闺名的肚兜在人前展示，说此乃虞思雨亲手交给他的定情信物，命他贴身收藏。

围观人群顿时大哗，脑海中勾勒出无数香艳镜头，对这位侯府小姐奔放的程度啧啧称奇。

守在府门外的侍卫欲上前抓住二人，二人连忙往人堆里跑，边跑边喊：“谁不知永乐侯乃活阎王，杀人不眨眼的！被你们抓进去，我母子二人焉有命活着出来？不去，坚决不去！若是你侯府有诚意便来我家提亲，把这桩婚约定下，否则，改日我母子二人便要去敲登闻鼓，告你侯府一女二嫁，败坏私德！我们暂居于百花井巷福记糕点对面的小院，各位乡亲给我们做个见证，若是我母子二人死于非命，必定是遭永乐侯府灭口了……”

二人一路跑一路喊，引得众人纷纷对侯府指指点点说三道四。两名侍卫见状只好歇了抓人的心思，回去向老夫人禀告。

虞思雨半只脚刚跨进门槛就听老太太厉声喝道：“不知廉耻的东西，还不给我跪下！”

虞思雨脚一软就给跪下了，然后膝行上前，一面磕头一面分辩：“老祖宗，我真没与他交换信物，您一定要相信我呀！”

“没交换信物，私定终身可有？”老太太面色铁青，“我早告诉过你多少次，你怎么就不听劝？你但凡肯听我一句两句，哪能落得今日这个下场？你这个蠢货，把我永乐侯府的脸面都丢尽了！”话落狠狠地将茶杯掼在地上，激起砰的一声巨响。

虞妙琪连忙退开几步，躲到林氏背后，垂着脑袋仿似十分害怕。

虞思雨抖得跟筛糠一样，叫嚷道：“老祖宗，是孙女儿鬼迷了心窍，孙女儿知错了。您万万不能把孙女儿嫁过去，否则……”

话没说完，一个老婆子快速跑进来，附在老太太耳边轻声禀告些什么，老太太本就铁青的面色逐渐变得扭曲狰狞，挥退那老婆子后咬牙笑起来：“好好好，果然是个不知廉耻的孽畜，竟连肚兜那等贴身私物都能送出去！你不知道吧，刚才方志晨把你的肚兜拿出来展示给整条街的老少爷们儿看，不出半日你就扬名了！你现在高兴了？”

虞思雨听了这话，只觉全身的血液全往头皮涌去，几乎要将她本就不甚清明的脑袋挤爆。她立刻跳起来嘶喊：“什么肚兜？孙女儿何曾送过他肚兜？老祖宗，他是陷害我的！我与他私下里只见过一次，略说了几句话，根本没送过他任何东西！”

她忽然想到什么，露出如释重负的表情，上前抱住老太太的双腿急急开口：“那晚虞襄也在，我与方志晨究竟什么情形虞襄最清楚。老祖宗，您把虞襄唤来问问就知道了，您让人去唤啊！”

她那晚确实准备了信物要送给方志晨，却是一块质地上好的玉佩，并非什么肚兜。若非虞襄及时出现，她早就想把玉佩送出去了，现在想来，当真是不幸中的大幸。只一点，虞襄得说实话才成！

想到这里，虞思雨刚放下的心头大石又高高提了起来，心中懊悔为何总与虞襄作对。她要是记恨自己，今儿只消随意说两句就能把自己打落深渊。

老太太一脚将她踢开，冷哼道：“找襄儿来做什么？污了她耳朵？你是嫌知道你丑事的人还不够多是吗？”

虞思雨跌坐在地，一时间心如死灰，却不料门外忽然传来轮椅的转动声，然后便是一道清越嗓音响起：“襄儿不请自来，还请老祖宗恕罪。”

被两个壮实婆子推到老太太跟前，她并不掺杂任何私人感情地陈述：“既然姐姐让我做个见证，我便做个见证。姐姐当晚只与方志晨说了几句话，并未交换信物，至于私定终身，倒也有那么点意思，却正巧被我打断，故而未定成。方志晨此举是借毁坏姐姐清誉来傍上咱们侯府，所作所为令人不齿。老祖宗，千万不能把姐姐嫁给这样的人。”

虞思雨听呆了，无论如何也想不到虞襄能为自己说话。

虞妙琪掐了林氏一把，林氏才如梦初醒，徐徐开口：“可是现在事情已经闹大，若是不把思雨嫁过去又该如何收场？难道真把那母子俩杀了？满京城的人都盯着咱们侯府，他两个若是出了事，言儿还不被言官群起而攻之？咱们现在非但不能动他们，还得保着他们，在最短的时间之内把事情解决。至于思雨是否清白，现在再争论这个实在没有意义。”

林氏说得很有道理，老太太露出沉思的神色，虞襄也不说话了，厅中只剩下虞思雨越来越急促的呼吸声。

虞思雨膝行上前，垂死挣扎：“不，老祖宗，您不能把孙女儿嫁给他啊！您别忘了，孙女儿刚刚才定了亲，也是有夫家的人了，我夫家还跟您带着亲，您要如何跟他们交代？”

刚说到这茬，晚秋捧着一方小册子进来，结结巴巴地回禀：“老……老夫人，李家把大小姐的婚书和庚帖退回来了，说是……说是这样的媳妇他们家不敢要，怕污了门楣。”

虞思雨如遭雷击，彻彻底底没了言语，像一条陷入滩涂濒死的河鱼，拼命鼓荡着胸膛试图从空气中寻找一丝活下去的契机。

电光火石间乍然响起一串轻笑，却是虞襄毫不留情的嘲讽将她切割得支零破碎，悔不当初：“瞧瞧姐姐这是什么眼光—— 头一个卑鄙无耻，不择手段；后一个背信弃义，落井下石。早说过让你别被眼前的富贵迷了眼，你怎么就不听？落得今日这个下场也是姐姐自个儿作的。可怜，可悲，却也可恨……”

老太太闭眼靠在榻上，没言语，大拇指有一下没一下地摁着太阳穴，显然很是头疼。方家母子把事情闹大了，动他们不得；李家乃书香门第最爱惜羽毛，又飞快退了亲，这最省事的解决办法唯有将虞思雨嫁给方家，然后远远打发出京。

可到底是自己的亲孙女，怎能明知是个火坑还把她往外推？老太太下不了这个决心。还是等言儿回来再说吧，言儿定然会有办法！想到这里，她方才缓和了面色。

虞妙琪正密切关注着她的表情，猜到她心中盘算如何肯让，立刻就扯了扯林氏。

林氏先呵斥虞襄少说两句，随后命人将神志不清的虞思雨送回去，表情温柔慈和俨然是个好母亲，可转回来立马恳请道：“母亲，事情已经闹大，还是赶紧派人安抚了那对母子为好。他们不就是贪图虞思雨那点嫁妆吗？咱们今日便派一顶小轿把人送过去再塞几百两金银，让他们赶紧走人！母亲您觉得如何？只要他们留在京城一天，咱们侯府就一天不得安宁，多少人背地里看咱们的笑话呢。”

老太太似乎被她说动，想着孙子已经够忙碌的，这些后宅之事理应她这个做长辈的打理好，不让孙子分心才是。

老太太正要张口答应，虞襄却发话了：“不急，哥哥总会有办法的，还是等哥哥回来再说吧。我们永乐侯府的女儿可不能让人白白糟蹋。”

她一开口，老太太像是找到了主心骨，毫不迟疑地点头答应。

林氏气得咬牙切齿，虞妙琪却垂眸暗笑：让虞品言亲自去料理那方家母子，如此正好，自己准备的第二盆污水也有地方泼了。

搀着林氏回到正房，她拿了一盒名贵燕窝来到东院，果然看见虞思雨躺在床上默默掉泪，一副心如死灰的模样。

“姐姐，你可得振作起来。”她踩着小碎步疾奔过去，一面扶起虞思雨一面跟丫头要了一个软枕垫在她身后，压低嗓音道，“你如此作态岂不叫亲者痛仇者快？你也不想想，你若是垮了，最高兴的是谁？”

“自然是虞襄那个贱人！”虞思雨听了这话仿佛活了过来，直把锦被都掐出了丝。

“正是。”虞妙琪轻轻拍抚她的手背，继续道，“我相信姐姐是清白的，定然做不出那等事体。然而，姐姐的肚兜为何会出现在方志晨手里？谁暗中给他的？他家本已落魄到饭都吃不上的地步，哪来的盘缠进京，还租住在百花井巷一个三进的大院子？这其中的猫腻多着呢。姐姐还请想想自己究竟得罪了谁，竟要如此害你。姐姐可不能消沉下去，着了那人的道啊！”

话落她状似无心般拿起剪刀，用力握在掌心，似乎感同身受地哽咽道：“可恨我刚归家没甚根基，否则，定然为姐姐揪出那人以全姐姐的名声。”

“咔嚓”一声脆响，她手里的帕子被她绞成两段，飘飘忽忽落在地上。

虞思雨眸光微闪，不着痕迹地夺过剪刀，转而去安抚她：“好妹妹，你有心就好。这公道还是我自个儿来讨吧，你不是她的对手。”

“姐姐知道是谁？难道果真是……”虞妙琪状似震惊地朝南院指去。

“不是她还能是谁？难道会是老祖宗？我走以后你也得小心点，她阴险狠毒着呢！”虞思雨苦口婆心地提点，随即命丫头送虞妙琪回去，自己换了一件外衫，理好乱发，袖子里藏着剪刀就往南跨院去了。

邱氏见她眉眼间暗含杀气，转回屋发现针线盒里少了一把剪刀，连忙绕近路，飞奔去示警。

虞思雨凭着一腔怨愤跨进小院，就见一众婆子丫头手里拎着杖刑用的木板虎视眈眈地盯着自己，腿脚飞快软了一下。她强撑气势一步一步慢慢走进屋，却见虞襄歪在榻上嗑瓜子，又黑又亮的眼珠轻飘飘地睇过来，目光中透出三分怜悯七分尖锐。

邱氏跪在她脚边，偷偷摸摸地往角落里缩。

“好啊，又是你这老狗！你当虞襄是个好相与的？她吃人不吐骨头呢！等你没了利用价值又知道她那些阴私，立马就会被她弄死！”虞思雨还有什么不明白的，扭曲着脸叫骂，恨不能把邱氏生吞活剥了。

“得了，邱氏是个忠心护主的，只是你不领情罢了。”虞襄站起身来，慢慢拍掉裙裾上的瓜子壳，叹道，“把袖子里的剪刀扔了，否则，我让她们打断你胳膊，你信是不信？”

话音刚落，桃红便用力跺了跺手里的板子，其余人等皆凶神恶煞地看过来。

虞思雨指尖一颤就把剪刀扔了，锋利的刀尖差点没扎进脚面，吓得她立时出了一身冷汗。

虞襄倾身，脸上带着慵懒的微笑，一字一句缓缓开口：“你倒是说说看，邱氏知道我什么阴私，令我一定要将她弄死？”

“你……你谋害同族，毁我清誉！你自私狠毒，德行败坏！你简直不是人！”虞思雨起初还有些心虚，说到后面渐渐直起腰来。

“说详细点，怎么个谋害同族，毁你清誉？”虞襄一只手搭放在软枕上，轻轻托住腮帮子，大眼睛扑闪扑闪，仿佛十分有求知欲。

虞思雨在她灼亮的目光中颇有些慌乱，暗暗咽下一口唾沫后控诉起来：“方志晨手里的肚兜是你派这老狗盗去的吧？方家母子之所以进京闹事，也是你指使的吧？他们路上的盘缠、租院子的租金，都是你给的吧？

为了害我，你当真处心积虑！”

虞襄仿佛听见了什么天大的笑话，顿时笑得花枝乱颤，搭在肩头的罩衫悄然滑落，露出半边雪白的臂膀。她也不管自己仪态如何撩人，忽然就阴下面色，冲虞思雨勾动食指：“你给我过来！”

本来清亮婉转的嗓音略微沙哑了些许，透着沉重的令人心惊肉跳的压迫感，更有几个拿棍棒的婆子上前几步做出威胁的姿态，虞思雨胸中鼓荡的怨怒像泄了气的皮球，跑了个一干二净，只剩下满心惶然。

她极为不愿却无法控制脚步，一点一点挪上前，用怯弱的目光盯着虞襄阴沉的脸庞。虞襄倾身，凑近了去打量她，锋利的视线像是剔骨钢刀，一刀一刀切割着她暴露在外的皮肉。

正当虞思雨受不住想后退逃避时，虞襄忽而勾唇冷笑，一巴掌将她狠狠扇翻在地。

虞思雨吃痛，捂住红肿的脸颊低吼：“你敢打我？你害了我你还敢打我？老天爷在上头看着呢，早晚有一天你要遭报应！”说着说着眼泪就汩汩往外流。

此时此刻她觉得无助极了，斗了那么多年，她即便不肯直面也不得不承认，她对虞襄的确心怀嫉妒，但更多的是恐惧。她喜欢招惹虞襄，却又害怕真把虞襄惹怒，因为她知道自己没有和虞襄抗衡的能力。

然而眼下，虞襄似乎是真怒了。

虞襄的确怒发冲冠，五指狠狠扣住虞思雨下颌，将她的脸抬起来，一字一句沉声开口：“虞思雨，你当真蠢到了极点你知道吗？我今儿便给你指条明路。你那肚兜是你院子里负责盥沐钗钏的二等丫头降雪偷走的，交到了金嬷嬷手上，又转而交给她二女婿带下扬州。她那女婿雇了个流民游说方家母子，说奉了我的命令让他们来毁你清誉，事情闹得越大越好。你却是说说，你究竟怎么得罪了虞妙琪，让她设下如此毒计害你终身？你以为你从她那里拿走的古董玉器乃至田庄铺面都是大风刮来的？她表面上不言不语百依百顺，背地里恨不得捅死你呢！”

虞思雨听得呆愣，脑海中划过一道道闪电，及至最后几句忽然悟了。要问她怎么得罪了虞妙琪，不就因为得知了虞妙琪的身世？是了，如果自己嫁在京城，倘若哪天管不住嘴巴将她的身世宣扬出去，她还怎么立足？更何况自己凭借这个隐秘三番四次从她那里讨要东西，且还件件价值连城，她不恨自己就怪了！

若是两人交换立场，虞思雨肯定也会寝食难安，然后绞尽脑汁地去对付她。

然而一转念，她又迟疑起来，色厉内荏地叫嚷："虞襄，你不用挑拨离间，琪儿温柔和顺待人真诚，万万不会害我！反倒是你，时时刻刻挤对我逼迫我……"

话音未落，虞襄又是狠狠一巴掌抽过去，更为用力地扣紧她的下颌，叹息道："你怎么总也抽不醒呢？你这辈子就是被人卖了还帮人数钱的命！咱们好歹相处了这么些年，我的性格你应该了解一二。我这人最喜欢明火执仗地干，不喜欢暗地里耍阴招。我且问问你，这么多年下来，我可曾在背后陷害过你？"

虞思雨嘴角缓缓沁出一丝鲜血，拧眉思考了片刻，不情不愿地答道："未曾。"

"可曾命下人刁难过你？"

沉默片刻后摇头："未曾。"

"可曾克扣过你的份例？"

沉默的时间越发短暂："未曾。"

"可曾在外人跟前让你没脸？"

"未曾。"那是因为你回家后立刻就会给我没脸！

不想不觉得如何，顺着虞襄的问句一点点深想，虞思雨恍然发现，自己这些年除了心底的那点不甘，日子确实过得很滋润，身上穿的头上戴的嘴里吃的，虽不名贵可也精致，比起其他公侯伯府的庶女们要好得多了，更未曾受到下人的白眼和折磨；就是邱氏恼人了些，可大多时候也都卑躬屈膝、埋头干活，并不曾在她跟前张狂。虞襄虽然口舌锋利，时不时挤对敲打自己，却从未在背后下过黑手。她喜欢就是喜欢，厌恶就是厌恶，从不矫饰伪装自己，哪里像虞妙琪那个两面三刀的货色。

回忆越来越清晰，虞思雨顿时有种哑口无言的感觉，原来这些年自己过得竟也不差。

虞襄放开她已然青紫的下颌，冷笑道："再者，我要是想害你，当初就该撺掇着你赶紧嫁到方家去，如何还会三番四次拦阻？你若是嫁过去，现在就是方家妇，抄家之祸也有你的一份，关几天大牢算是轻的，重则还会发配为奴，嫁妆充公。哪来你如今这等嚣张气焰，拎着剪刀就杀上门来？我待你一片好心你视如鬼祟，虞妙琪表面上笼络你暗地里陷害你，你还与她亲密无间，姐妹情深。你自己说说你蠢是不蠢？你这双招子长来顶什么用？不如挖了去！”

这话说得简直太有道理了，竟找不出丝毫的破绽。虞思雨沉吟半晌忽然掩面而泣，从喉咙里挤出几个字：“我蠢！我当真识人不明！”若是自己今天果然刺伤了虞襄，怕是立刻就会被大哥扔给那方家母子，从此断了联系。虞妙琪果然好算计！

顷刻间，她对虞襄、对虞品言乃至对老太太的恨意全都转移到了虞妙琪头上，且还急剧膨胀地发酵着。

第二十章

悔悟

虞思雨之前有多喜欢虞妙琪，眼下就有多恨她。她不像虞襄，心里有火当场就发作，而是埋在心底一遍遍地琢磨算计，然后想办法神不知鬼不觉地报复回来。她报复完也就罢了，竟还要你对她感激涕零。

虞思雨想到她平日里与自己姐妹相称万分亲热的作态，恶心得差点把隔夜饭都吐出来。再看虞襄这嚣张跋扈的脸蛋，自己反而不似以往那样讨厌她了。

她止了哭泣，正要起身告辞却又顿住，气急败坏地诘问：“不对啊！你既然早知道她那些阴谋，怎不早些拦阻？你若是肯出手，我何至于沦落到今天这等地步？”

好哇！差点就被忽悠过去！原来这一个也不是好东西！虞思雨气得浑身都在打哆嗦，对虞襄刚升起的一丁点好感又飞灰湮灭了。

虞襄仿佛是听见了天大的笑话，捂着嘴乐不可支，眼见虞思雨脸色由青变紫，鼻子也气歪了才慢吞吞开口：“这些事都是你和虞妙琪搞出来的，凭什么要我出手？我且问你，如果我俩交换，你会帮我吗？恐怕你不但不帮，还会落井下石让我更悲惨才对。”

虞思雨被问住了，心虚地低下头。的确，她不但不会帮虞襄，反而还会踩上几脚，看着虞襄在痛苦绝望里挣扎。她即便不肯承认这一点，虞襄的心里也是门清。

“佛家讲求一个因果循环报应不爽，你往日种什么因，今日就得什么果。你如何待我，我就如何待你。我没有趁机落井下石让你身陷炼狱，你就应该对我感恩戴德了，还有什么资格来指责我？”虞襄慢慢靠倒在软榻上，抬起白净纤细的手指，对着阳光欣赏刚涂上去的蔻丹。

她说得实在是太有道理，虞思雨不但无以反驳，竟还真的升起几缕感激之情，感激她没乘人之危。现在看来，虞襄除了嘴巴毒一些，性子其实是极好的，从不曾在背后下黑手算计人。若是自己当初能与她交好，如今哪会落得这个下场。

虞思雨心底的懊悔溢于言表，却还是强撑气势反问一句：“就算你不帮我，也得为侯府的名声着想吧？侯府的名声坏了，你们谁能讨得了好？可知‘覆巢之下无完卵’的道理？”

虞襄轻笑：“侯府名声好不好，与我有何关系？就算我不想嫁人，就是哥哥也很不在意。这府里还会为家族声誉着想的，数来数去也就老祖宗了。”因哥哥职位特殊，侯府自污尚且来不及，又怎会去经营好名声？你名声好了，结交的人多了，牵扯的势力广了，皇上还要你干吗？屠刀转眼就会悬挂在永乐侯府上空。

想到大哥当年血洗亲族那些事，虞思雨一时哑口无言。在虞襄跟前，她的舌头完全就是个摆设。

虞襄弹了弹指甲，继续道：“你也受了教训，我便教你个乖——日后看人别只看表面。你自己看看虞妙琪应和了几条就能明白她是个什么样的人。如此你还敢与她交往甚密，我实在佩服你的勇气。”

虞思雨细细琢磨这番话，越发觉得毛骨悚然，心道平日里老祖宗总说虞襄见识不凡，着眼通透，原来竟不是浮夸。我若是有她一二分见识，哪会被虞妙琪那小贱人耍得团团转！

怒火和恨意被挑拨到极致，她抬起头问道：“虞妙琪算计我，可也用的是你的名义，不如咱俩联起手来对付她吧？”

虞襄眯了眯猫瞳，漫不经心地道：“我不需对付她，哥哥回来自然会找她麻烦。你要洗刷冤屈自个儿想办法，甭拿我当枪使。”

虞思雨被她说得面红耳赤，游说半晌见她毫不动摇，终是悻悻离开，脸上再不复之前的深仇大恨，反而有些羞愧。

邱氏亦步亦趋跟她出来，一路低声解释：“大小姐，奴婢也是怕您铸下大错才跑去通禀，您可不要记恨奴婢。三小姐虽说嘴巴毒了一些，却全是为了您好，您就听她的劝，再不要执迷不悟了。晚间等侯爷回来，您把自己拾掇得颓废点儿去求他。他好歹是您的亲哥哥，哪会不管您？”

三小姐虽说嘴巴毒，却全是为了您好……这话邱氏以前说过无数遍，虞思雨总是嗤之以鼻，到了今天才真正看明白，虞襄确实从没有害自己的心，反而一直在为自己谋划，只怪自己觉悟得太晚。

她羞愧难言，一边应声一边埋头疾走。

等主仆两个走远，柳绿忍不住开口：“小姐，大小姐说得很对，倘若您早些出手，二小姐哪能蹦跶到现在？”

虞襄摇头叹息：“你以为我不想出手？害了人还把脏水泼到我身上，

我恨不得亲手掐死她！可现在还不成，她手里握着我的把柄，还是要命的把柄！”

没错，虞妙琪的身世是她最大的隐忧，对虞襄而言同样如此。不说身世之谜解开后她与虞品言会不会心生隔阂，单说府里的下人，每人一口唾沫就能把她淹死。到那时林氏执意要送她离开，她还真没脸皮硬赖着不走。

虞府嫡小姐这个身份是她最大的优势，她自然要紧紧抓牢。倘若把虞妙琪逼得太紧，她说破彼此身世来个伤敌一千自损八百，虞襄也会陷入十分尴尬的境地。所以，能够兵不血刃自然是最好。

既然是要命的把柄，柳绿再不敢多问，桃红更是吓得捂住了嘴巴。

主仆几个安静了片刻才又开始扯起闲话，却见门外来了个小丫头，低声禀报道：“三小姐，邱嬷嬷让奴婢给您传个话，大小姐派人去乡下抓降雪了，事情闹得很大，想必已经惊动了正房。”

正房惊动了自然会毁灭证据。金嬷嬷的二女婿很会办事，去扬州时一路乔装改扮，并无人认得他的相貌，与方家母子接触也是雇了个流民，完事了便把流民打发走。虞襄命人搜寻却是来晚一步，那流民已经不见踪影，他最后出现的地点在瓜洲镇的长江边上，十有八九被灭口然后抛尸江中。

因金嬷嬷的女婿以前曾当过兵，手段十分狠辣，这次出门用的是摔断腿回家将养的借口，刚从扬州回来就把自个儿的腿砸断，又有他弟弟在此期间伴装成他的模样躺在床上呻吟，左邻右舍都是见证。

故而降雪就变成了唯一的突破口。

这事儿不说办得十全十美，也算非常漂亮。若非虞襄早早派人监视正房的一举一动，当真抓不住虞妙琪丝毫的把柄。偏偏虞襄把把柄都送到虞思雨手里她还能搞砸，也算是蠢得没边儿了。

虞襄将额角鼓动的青筋一根一根按回去，咬牙道：“蠢货！再没有比虞思雨更坑的蠢货！抓人也不知道悄悄地抓，非要闹这么大的动静！人若是跑了，她拿什么洗刷冤屈？”

“小姐您消消气，她就是把事儿办砸了，侯爷难不成还会疑到您头上？您是什么样的性子侯爷还不知道吗？”柳绿连忙上前拍抚她的脊背。桃红快速冲了一杯蜜茶奉上。

却说虞妙琪闻听虞思雨派人去抓降雪，面上丝毫不见惊慌失措，反而掩唇诡笑。降雪是她布下的第二道陷阱，她早已派人将降雪偷盗之事写在纸上塞入虞思雨妆奁内，虞思雨忽然发难，她还当对方是看见纸条的缘故，并未往虞襄身上推想。

虞思雨一面派人去抓人，一面守在二门外，见了虞品言逆光而来的高大身影，连忙跪下磕头。

“别磕了。”虞品言径直地越过她往书房走去，淡声开口，“我不在乎你是否坏了侯府声誉，我只知道我虞品言的妹妹不能嫁给那样的下三滥。你且回去吧，这事不出五日就能解决，过后你去乡下暂避，多则一两年，少则七八月，还把你接回来嫁人。”

虞品言的话很少，但只要他亲口许诺必然会做到。虞思雨感激得痛哭流涕，越发觉得以前的自己真是被猪油蒙了心，怎会认为大哥待自己不好呢？反而是自己，因为府外那些流言就畏惧他疏远他，弄到后来见面都只点个头问声安的地步。

虞襄却丝毫不受影响，不管大哥带着多浓重的血腥味回来，都会兴高采烈地扑进大哥怀里，叽叽喳喳说个不停。每当这时，大哥脸上就会流露出难言的温柔。

他对虞襄好，也是因着虞襄这份真心吧？

虞思雨忽然觉得过去的十六年自己都白活了，直到今时今日才算真正开眼去观察这个世界，比起林氏的糊涂也不遑多让。

方家母子匆匆逃离永乐侯府，在街上寻了一家酒楼大摇大摆地进去，点了一桌好菜饱食一顿，又买了许多布料、糕点、酒水，晃晃悠悠地回了百花井巷。

他们租住的院子并不大，摆设也不精致，放在以往绝对看不上眼，此时却像住进了天堂。若是再把虞思雨娶到手，有了永乐侯当靠山，把失去的功名挣回来也不是妄想。

母子俩边喝酒边畅想未来，早忘了当初那人让他们娶了虞思雨就赶紧远走高飞的话。

喝到半醉，方志晨打了个酒嗝，站起身朝门外走：“母亲，我回去歇息了，您也早点睡吧。说不得明儿大早虞府就来人议亲了。”

“知道了，你且去吧。”裴氏挥手，脑袋慢慢磕在桌上。

方志晨头重脚轻地回到自己屋里，掩上房门正要往榻上滚，乍然看见桌边一坐一站的两道黑影，吓得失声惊叫。

裴氏早就趴在桌上睡着了，院子里也未曾雇佣仆役，这一声惊叫并未引起任何人的注意。

闻听惊叫，站着的身影从怀中掏出火折子，将桌上的蜡烛点燃，昏黄摇曳的烛光照耀出一张胡须虬髯、煞气冲天的脸。

方志晨倒吸一口冷气，再看向坐着的人时瞳孔急剧收缩，恨不得立刻晕厥过去。此人并非长相丑陋之辈，恰恰相反，他有一张得天独厚的俊美脸庞，一双极具威势的狭长凤眸正微微眯缝着睨过来。

方志晨吓得叫都叫不出了，膝盖一弯就重重跪下去，连磕了几个响头才找回声音："侯爷饶命啊！此来京城闹事并非草民本意而是受了他人蛊惑，还请侯爷饶命！"父亲的头颅就是永乐侯亲手摘下，他如何能够不怕？

"谁人指使尔等？"虞品言徐徐开口。

"是府中二小姐虞襄。她派人给我母子二人送来五百两银票，言及看不惯虞思雨在她跟前张狂，必要叫她后悔终身；还道我若是能将虞思雨娶到手，另外再给我一千两，好叫我将虞思雨远远带离京城，日后虞思雨若是不听话尽可将她折磨死，留下的嫁妆侯府必不收回，全便宜我母子二人。"

方志晨瘫软在地，不需逼供就全招了。见虞品言的目光越发冰冷，他急急补充道："草民一家已遭逢大难，若非实在活不下去也不会答应干这等缺德事，而且虞襄小姐还向我母子二人许诺必定不会连累我母子遭殃，笃定说侯爷对她百依百顺无有不应，她只需在府里敲敲边鼓，这事儿就算成了。侯爷，此事全都是虞襄小姐的主意，草民也是受她蛊惑，还请侯爷饶了草民母子吧！要不是她，就是给草民一百个胆子草民也不敢得罪您啊！"话音未落，他已是涕泪横流，狼狈不堪。

虞品言沉默片刻，竟是低声笑了，笑声浑厚却透着数九寒冬才能凝聚的霜刃。他来之前还以为方家母子是受了哪位政敌驱使，却没想到是侯府出了内贼。

"侯爷，他如此污蔑小姐，是不是……"虬须大汉拔出腰间佩刀。

方志晨听闻刀刃出鞘的声音，当场吓尿了，一股难闻的骚臭混着酒味在房间里弥漫。

“只要他母子莫名在京城里失踪，明日早间皇上的案头就会摆满弹劾我的奏章。他不能死，至少不能死在京里。”虞品言一边摇头一边取出一双薄如蝉翼的手套慢慢戴上，信步走过去睨视方志晨，“我给你一个活命的机会，但看你识不识相。”

“什……什么机会？”方志晨连忙询问。

“不急，一口一个的虞襄挂在嘴边，还敢将脏水泼在她身上，本侯且教教你何谓生不如死。”虞品言轻声低笑，手指探过去，瞬间就卸掉方志晨的下颌，让他叫也叫不出来，然后逐节卸掉他全身骨骼……

半个时辰过后，方志晨瘫软如泥，浑身可活动的关节都已经被卸掉，胸膛起伏微弱，只余下出气快没进气了。

虞品言绕着他走了一圈，这才取下手套随意扔在地上，缓缓地开口：“派人速去扬州探查，把与方家母子接头的那人找出来。”

虬须大汉低声领命，将侯爷送出房门后捡起手套烧掉，然后将方志晨的骨关节再一一拼凑回去，自然又是一场分筋错骨生不如死的折磨。

出了房门，就见两名侍卫从阴影中走出，默默跟随过来，虞品言抚平衣襟的褶皱，冷笑道：“虞妙琪，尔敢！”

无须验证他就知道这背后黑手究竟是谁，除了两面三刀、性子阴毒的虞妙琪，不作他人想。虽然早知道她不安分，虞品言却并不曾派遣龙鳞卫日日夜夜监视她。皇上最厌朝臣以公徇私，他当年连寻亲都未曾动用龙鳞卫，而今区区一个内宅争斗就更不会用上。他今日带来的人手都是当年征战时培养的旧部，虽比不得龙鳞卫上天入地的本事，却也差不了多少，想来三五日就能查清真相。

虞品言在院外站立片刻，散了身上难闻的气味，这才迤迤然离开。回到侯府已近寅时，各处灯笼都已熄灭，天色黑得伸手不见五指，虞品言却似行走在光照之下，三转两转便来到西厢，轻轻推门进去。

微风中浮动着有别于外间青草味的花香，浓郁却不熏人，吸入鼻端后仿佛连舌尖都染上了一丝甜意。

虞品言冷肃的面庞不知不觉柔和下来，悄无声息地走到香味最浓郁的雕花大床旁边，拂开层层叠叠的床幔。

他武功高绝，即便在黑夜中亦能清晰视物。只见大红色的锦被隆起一团，一张甜美娇俏的脸蛋搁在枕上，红唇微启正吞吐着如莲的香气。

虞品言盯着少女粉嫩的樱唇，脸庞越靠越近，直至鼻尖相触，呼吸交缠。恰在这时，外间一阵窸窸窣窣的响动，一豆烛光颤颤巍巍的点燃，正由人端着逐渐逼近。

虞品言没有再动作，却也并不拉开距离，双手撑在少女颊边，深深凝视她。

“侯……侯爷？”柳绿捧着一盏油灯惊呼，旋即用力揉了揉眼睛。她想靠近些看个仔细，却见侯爷微微侧头，做了个噤声的手势。

柳绿不敢动了，僵硬地站在原地。

恰在这时，虞襄半撑起眼睑，咕哝道：“哥哥？你回来啦？”人还在半梦半醒之间，雪白的，带着浓郁花香的手臂却自然而然绕上兄长脖颈，微微仰头磨蹭兄长脸颊，少顷放开，拥着被子往里蠕动，空出一个床位。

少女的嗓音本就娇滴滴的，眼下染了些许睡梦中的沙哑，更带上了一种弄得化不开的甜腻滋味，虞品言耳根酥麻，一颗心似浸泡在蜜水中，上上下下起起伏伏，没个安定。他缓缓勾唇，在柳绿不可置信的目光中脱掉外衫和靴子，躺在少女身侧。

十二岁之前兄妹俩经常一个榻上休憩，故而动作十分熟稔。一个刚仰起脖子，另一个就把手臂塞进去，将人轻轻抱入怀中拍抚。

少女的身材本就娇小，这会儿像只猫儿一般蜷缩起来，直往兄长怀里钻，更显得小小软软一团，十分惹人怜爱。虞品言只看了一眼就忍不住低笑，五指插入她发间轻轻抚弄，然后满足地叹息。

虞襄被抚弄得万般舒坦，眼皮子一点一点沉下去，却又忽然撑开，问道：“哥哥去办虞思雨的事了？”

“嗯，已办妥了。”虞品言漫不经心地点头。

虞襄“哦”了一声，眼皮子耷拉两下便渐渐陷入黑甜的梦乡，小手紧紧拽住兄长的衣领。

柳绿拿着油灯出去了一会儿，再回来时主子已经睡熟，侯爷却依然侧躺在她身边，将她环住，一只手垫在颈下，一只手正缠绕着主子的秀发把玩，俊美异常的脸庞一半展露在烛光里，一半隐没在黑暗中，看不清究竟是什么表情，但一双狭长眼眸却亮得有些惊人。

柳绿暗暗咽了口唾沫，又酝酿了好一阵才敢低声开口：“侯爷，前院我方才已经通知了，他们已备好热水洗具等您回去。您明日还要上朝，请早点休息，小姐这里有奴婢照料就好。”

虞品言不答，用五指将妹妹的头发一缕一缕梳理柔顺，又仔细替她拢好被角，这才慢慢地抽出手臂，正要起身却被拉了回去，这才发现妹妹还拽着自己衣领，就连在梦中也未曾放松丝毫力道，依恋之情溢于言表。

虞品言双手撑在妹妹身侧愉悦地低笑，在她额角和鼻尖各落下一个蝶翼般轻柔的吻，这才抽出腰间匕首将衣领割断，下榻离开，路过柳绿时略微停步，定定看了她一眼。

高大的身影消失在夜色中，柳绿这才放开呼吸，踩着虚浮的脚步奔到床边探看，发现主子拽着一块布料睡得十分香甜，还咂摸着嘴唇咕哝了一句“哥哥”，简直没心没肺到极点。

柳绿抹把脸，又在脚踏上呆坐了半晌，这才揉着隐隐作痛的太阳穴离开。

风流艳史总是传播得特别快，当虞思雨还在命人大肆抓捕降雪的时候，她和方志晨之间的二三事早已成了京城民众口口相传的谈资。又有人言道永乐侯府果然家教不好，一个虞襄嚣张跋扈，一个虞思雨淫荡不堪，唯独刚回来的二小姐出淤泥而不染，不但温婉和顺更是品行高洁，不愧是了空师太的入室弟子。

了空师太虽然已经放弃皇室公主的称号，但到底是皇家人。有她在身后立着，自然无人敢非议虞妙琪。

足过了三天，虞思雨才把降雪抓回来，问都不问一句就急急忙忙带到老太太跟前，说是要洗刷自己冤屈，还把林氏母女、虞品言、虞襄全请了来，大有开堂公审的架势。

老太太端坐在榻上，另一侧的虞襄歪在兄长怀中，正有滋有味地啃着一截嫩黄瓜。林氏和虞妙琪坐在老太太下手，一个容色略显紧绷，一个看似愤怒实则满怀期待。

“你说，是谁指使你来害我？”虞思雨怒指跪在堂下的降雪。

降雪先是抖了抖，然后怯生生地朝主位上的虞襄看去，大声呼喊：“三小姐，您可一定要救救奴婢啊！您先前可是向奴婢保证过的，说绝对不会牵连奴婢，否则奴婢哪敢做这种缺德事！”

虞襄起初还优哉游哉地啃黄瓜，听见这句话愣住了，少顷掩嘴低笑："没想到，脏水都泼到我身上来了。好大的胆子！你今儿个是找死来的吧？"

她柳眉倒竖，娇俏的脸庞转瞬变得气势逼人，吓得那丫头急急往后仰倒，飞快看了林氏身后的金嬷嬷一眼，决绝道："我原就知道小姐绝不肯留下我性命，这才奔逃至城外。既然已被抓回来，我也只得认命。老夫人，这事儿是三小姐指使我做的，说是自己嫁不出去便要坏了大小姐名声，叫她嫁出去了也一辈子甭想好过。她给了奴婢一百两银子，奴婢见钱眼开便将大小姐的私物偷盗出来交予她。"说完她转向虞思雨，重重磕了个头，"大小姐，您待奴婢不薄，奴婢却干下这等恶事毁了您清誉，奴婢只能以死谢罪。"

话音未落，她就闷头朝门柱撞去，果然是找死来了。

因虞品言清了场，院里并无闲杂人等，厅中的几位心腹嬷嬷又离得远，竟无人拉住她。

一声闷响过后，门口就多了一具冰冷的尸体和一大摊温热的血液，浓烈的血腥味在空气中蔓延。因她招供的话太出人意料，寻死的动作又十分迅疾，老太太和虞思雨几人都傻在当场，直等鲜血铺开一大片才惊叫起来。

虞品言第一时间将妹妹的脸蛋压入自己怀中，垂眸一看，却见她脸上并无骇色，反而支棱着脖子仰着下巴想探个究竟。

虞品言莞尔，用大掌遮住她眼眸，冲站立在身后的冯嬷嬷做了个手势。

冯嬷嬷是厅中唯一镇定自若的管事嬷嬷，信步出门后唤来两名侍卫，将降雪的尸体拖下去；随即拥入七八个小厮，手里拿着吸水性强的干抹布，并蹲成一排将鲜血寸寸吸干，浇一桶清水稀释后再次吸干，这便鱼贯出去了。

一刻钟未到，血腥骇人的场景就消失得无影无踪，足可见这些侍卫和小厮平日里多么训练有素。

虞品言这才放开遮挡在妹妹眼前的手掌，顺便用指腹擦掉她嘴角沾染的瓜汁。

林氏早年掌家的时候见惯了大场面，就是怯弱那也只在老太太提起亡夫和休书的时候，这会儿飞快镇定下来，用锋利的目光朝虞襄剜去。虞妙琪心思歹毒，可到底才十四岁，虽然降雪的死亡是她策划的，但亲眼看见又跟想象中完全不同，那大片的鲜血仿佛还映照在眼帘内，无论如何也擦洗不去。

她急急扑进林氏怀中，低垂着脑袋，掩饰自己心虚至极亦惊恐至极的表情。

直到几个小厮走得没影儿了，虞思雨才"啊"的一声惊叫，打破了厅中死寂。

老太太闭目轻捻佛珠，似乎并不被眼前的惨烈撼动，但额角鼓跳的青筋却显示出她正在极力按捺满腔怒火。自打信佛以来，她多年未曾杀生，却没料今儿竟然有人如此大胆，用厉鬼冤魂污了她这方清净之地，当真好得很！

至于那丫头说的话，她却是半个字也不相信。襄儿若要整治谁，必定闹得天翻地覆，众人皆知，那是真刀真枪明火执仗地干，绝不会背后行这等鬼蜮伎俩。到底是自己亲手拉拔大的孩子，什么性子她还能不了解？

然而，不等老太太发难，林氏指着虞襄骂起来："好你个孽畜，竟连自家姐妹也如此残害，你还有没有良心？来人，请家法！"话落她又看向虞思雨，温声安慰，"思雨莫急，请完家法，我必定将这孽畜赶到乡下任由她自生自灭，也好为你讨还一个公道。"

虞思雨用错愕的目光看着她，又看看躲在她怀中的虞妙琪，当真被这对母女阴险无耻的程度震惊了。合着降雪依然是一个陷阱，就为了把虞襄也除掉？好厉害的手段！

她已连续思考了三个日夜，哪里还会被林氏母女温柔的表象所迷惑？她正欲张口反驳，却听虞品言冷冷开口："请什么家法？在这永乐侯府，本侯就是家法。谁若敢动襄儿一根头发，本侯就把谁的手剁掉！"

说话间，虞品言锋利如刀的视线已然停驻在林氏手臂上。林氏只觉一股寒气侵袭而来，连层层布料都难以抵挡，更有一种细微却不容人忽视的刺痛感由指尖蔓延到整个手臂，仿佛真有一把无形的利刃正在切割自己的皮肉。

她借助拍抚女儿的动作躲开那道冰冷的视线，强撑气场训斥："现如今人证物证俱在，虞襄就是害了思雨的罪人，难以抵赖。两个都是妹妹，言儿不能只袒护虞襄一个，反倒让其他亲人寒了心！”

闻听此言，虞襄轻蔑地笑了：“人证物证俱全？在哪儿？我怎没看见？”

“活生生一条人命因你而枉死，你看不见吗？你那双眼睛长来干吗用的？”林氏气急败坏地诘问。

“因我而枉死？她受人指使偷盗姐姐私物，毁坏姐姐名声，那是死有余辜，何来枉死一说？再者，她空口白牙地污蔑我，你们就信了？我还道她是受了母亲和虞妙琪的指使，将脏水泼到我身上呢！我堂堂侯府嫡小姐说出的话，难道比不得一个下人有用？”虞襄将啃了半截的黄瓜扔掉，林氏母女的阴毒嘴脸实在败人胃口。

“你……你胡说八道些什么？你血口喷人！”因被道破心思，林氏的嗓音略带颤抖。

“合着只能你们胡说八道，只能你们血口喷人，就不兴我跟你们学两招？”虞襄翻了个白眼，嚣张跋扈的态度委实激得林氏说不出话来。

“母亲莫气，妹妹也莫气，这丫头的话没凭没据当然信不得。方家母子也在京城里，他们究竟为何暗害思雨姐姐，找来一问便知。咱们侯府树大招风，指不定在外头得罪了谁。都是自家人，说开了就好，我是万万不肯相信妹妹会做那等恶事的。”虞妙琪把虞襄好一顿夸。

这欲抑先扬的招数确实顶用，此时哥哥和老祖宗对自己报以多大的信任，逼问方家母子得知“真相”后就会多么失望。虞妙琪这是打算一箭双雕，把自己和虞思雨一窝端了啊，不愧是女主，果然心大。

想到这里，虞襄勾唇冷笑。

虞品言和老太太也被她一番不怀好意的话弄出了真火，正打算开口，虞思雨却抢了先，咬牙怒骂：“得了吧虞妙琪，快把你那张伪善的嘴脸收一收！我看见你就胃里泛酸，恨不得把隔夜饭都吐出来。你当你干的那些丑事能瞒过谁的眼睛？大哥和老祖宗就是怀疑谁也不会怀疑虞襄。反倒是你，两面三刀，口蜜腹剑，彻彻底底一个贱人！虞襄若是想害我，早八百年前就动手了，哪会等到现在？她平日里虽然对我敲敲打打，骂骂咧咧，但都是为了我好，从未有害我之心。她悍归悍，毒归毒，却绝不阴险，跟你这种骨子里都烂透了的可不一样！”

虞思雨也是憋得狠了，这下一气儿爆发出来，选用的字眼一个个都浸满毒液，直骂得虞妙琪脸色骤变，呼吸急促，似乎是要昏过去。

林氏怒斥一声“住口”，然后急急将女儿搂进怀里拍抚。

虞妙琪肺都要气炸了，想破脑袋也想不明白虞思雨怎会说出这番话，明明三日前还握着剪刀去找虞襄算账，被虞襄的丫头拿棍棒撵出来，怎今日却处处维护虞襄，反对自己厌恶至极？

她究竟为何会态度大变？她以前不是很好糊弄吗？自己说什么她都信。这回人证物证都摆在眼前，且还添上一条人命，她怎么就不信了？

无数个问号在虞妙琪脑海里浮现，但她实在心虚，竟一时找不出话反驳，只能掩面哀泣。

“哭，除了哭和背后阴人，你还有什么本事？哦不，却是我说错了，你还很会演戏，当面一套背后一套扑腾得可欢实了，觉得自己可能耐可精干，把谁都玩弄于股掌之间。我且告诉你一句实话，你就是只开屏的孔雀，表面上看完美无瑕，实际上早把你那光腚露出来了。你那腚有多臭多难看真当大家不知道？不过懒得与你计较罢了！”虞思雨尤不解气，嘴里骂骂咧咧不肯罢休。虞品言和老太太也不管她，一个垂眸一个闭眼，竟养起神来。

林氏和虞妙琪有心抢白几句却因她语速过快插不进嘴，只得磨着后槽牙用吃人的目光瞪视她。

虞思雨更为凶狠地瞪回去。名节都被这两个贱人毁了，她还怕！什么上孝下悌姐妹情深，都见鬼去吧！

虞襄还是第一次见识虞思雨火力全开的模样，捂着嘴乐不可支，听她骂到精彩之处恨不得鼓掌叫好，见她嗓音有些沙哑了，还主动递了一杯热茶过去。

虞思雨受宠若惊地接过。

趁着她喝茶的间隙，林氏正欲张口怒斥，却听虞品言徐徐开口：“冯嬷嬷，把两位小姐请出去，她们也累了，余下的事自有本侯处置。”

虞襄悄悄拽了兄长一下，见他不肯妥协，只得挪到轮椅上由着冯嬷嬷推出去。虞思雨更不敢忤逆，放下茶杯起身就走。到了院外，两人不肯走远，一个坐在池塘边喂鱼，一个站在榕树下伸长脖子眺望，都等着欣赏虞妙琪被兄长修理后的惨样。

从她归家那日算起，前前后后闹出多少风波？也不知她为何那样能折腾，再放任她下去，她早晚有一天把侯府都得折腾垮，两人不约而同地想到这一点。

KUWEI
酷威文化
图书 影视

风流书呆 著

忽如一夜病娇来

下册

江苏凤凰文艺出版社
JIANGSU PHOENIX LITERATURE AND ART PUBLISHING

目录

第二十一章

小九

虞妙琪才掌家不到一个月就收买了许多仆役设下此等毒计，更有降雪甘愿为她赴死，其蛊惑人心的能力可见一斑。虞思雨害怕老祖宗和大哥也被她蒙蔽，在树下直绕圈圈，不时地踮起脚尖伸长脖子探看。

“想偷听？那就去吧。”虞襄朝池塘里撒下一捧鱼食，漫不经心地说道。

“可是冯嬷嬷和马嬷嬷在门口守着呢，我不敢。”虞思雨对两位嬷嬷十分惧怕。

“你去，她们不会阻拦你。”虞襄挥挥衣袖。

两人凑在一块儿竟没有吵起来，也没暗中针锋相对，此情此景当真是百年难得一见。直到这会儿，虞思雨才真正了解到虞襄的性子有多么直率：你对她客气，她亦对你礼让三分；你对她好，她也对你好；你对她掏心剜肺，她便报以全心全意。

与这样的人相处无疑是最舒服最安全的，不用害怕哪一句话说错就得罪了她，然后在背后捅你刀子。当然，她若是当面报复回来，虽然让人颇为难堪，可过了就过了，绝不会记恨。

忆起过往种种，虞思雨摇头叹息，少顷担忧地问道：“就算证实了我并未与方志晨交换定情信物又如何？我的清白毁在他手里，怕还是要嫁给他。万万想不到他竟是这种人。”

“就凭你那榆木脑袋，想不到的事情多了。”虞襄嗤笑。

被噎得满面通红，虞思雨也只冷哼一声，并不反驳。以前总听虞襄骂自己榆木脑袋她还不服气，如今看明白了想通透了，自己都觉得自己蠢，要不怎会哭着喊着要嫁进方家那种腌臜地儿，甚至不惜自毁清誉。

虞襄见她表情消沉，安抚道：“你且放心，哥哥绝不会让你嫁给方志晨那种人渣。哥哥职位特殊，是皇上用来与各大世家抗衡的棋子，这就注定了侯府女儿不能与世家大族联姻。若是我双腿完好，顶了天也只能嫁个毫无根基的寒门士子，并不会比你好到哪儿去。老祖宗已经尽力替你安排了一条最稳妥的出路，并非不爱护你。高攀不如低嫁，你背后有永乐侯府，站着虞都统，嫁进夫家还不是要风得风要雨得雨？偏你喜欢作践自己，一个劲儿往那豪门大户里钻，宁愿给人伏低做小卑躬屈膝也不愿令自己活得痛快。”

虞思雨这次听得十分认真，沉默良久后喟叹道：“原来如此，却是我误会老祖宗和大哥了。你说得没错，低嫁比高攀确实好得多，活着痛快。”

“低嫁这种事也不一定都能过得舒坦，也得你自己开眼，挑一个有担当有能力有责任心的良人，看得准了，这辈子也就得靠了。像你上次挑的那李家公子，百无一用竟还摆那么高的谱儿，哧……”虞襄不屑地冷笑。

虞思雨以前觉得虞襄嘴巴毒，字字含针，句句带刺，心态放平和以后才发现她简直字字珠玑，从不妄言，不免笑道：“妹妹说得是，我早该听你的，否则也不会选来选去又选中一个没良心的畜生。”因与虞襄相处得久了，她自己没发现，旁人却看得清，她以往性子也与虞妙琪一般虚伪造作，这些年来竟慢慢往泼辣里发展。

她不是玩宅斗的料，撒泼骂人却成了一把好手。就她这性子，嫁入高门有可能被阴死，嫁入低户却绝不会受欺负，也是虞襄调教有方。

两人略说了几句心里话，都觉得关系陡然拉近了很多。虞襄撒完一捧鱼食，拍拍手掌道：“去听吧，听完跟我讲讲。我这椅子笨重，还未靠近，哥哥就该听见了。”

虞思雨欣然点头，偷偷摸摸朝正厅靠近，冯嬷嬷和马嬷嬷果然对她视而不见。两人防的本也不是她，而是虞襄，就怕里面吵起来把两人的身世抖搂出去，徒惹虞襄伤心。

林氏对着儿子跟老太太做了一通情绪激昂的发言，意思有两个：一、不管虞思雨是不是被陷害的，都得赶紧嫁给方志晨然后远远离开京城以平息此次风波；二、虞襄残害姐妹，心思歹毒，又兼之不是虞家血脉，应该立即备车将她送到乡下庄子里去，日后再不能回。

虞品言和老太太面无表情地听着，虞思雨却气炸了肺，恨不得立刻冲进去把林氏生撕了。亏事发那天她还为林氏和虞妙琪对自己的维护感激涕零，却没想到这两个人背转身就朝自己狠狠扎刀。若是此次有幸留下，她必定要让两人付出代价！

转而想到虞妙琪的把柄也等于虞襄的把柄，公开来虞襄也讨不了好，她挣扎半晌，终是把浮现在脑海中的恶念抹除。

厅中，虞品言放下茶杯冷声开口：“你说完了没有？说完了本侯就说两句。”

林氏坐回原位，强撑气势训斥道：“证据确凿，你还有什么好说的？难道欲凭身份压人？对着我也一口一个本侯，难道忘了是谁怀胎十月将你生下？你这个不孝子！”

“确实忘了，那么久远的事谁还记得？本侯只记得本侯乃老祖宗亲手抚养长大，这条性命乃襄儿几次三番救助，没有她俩就没有本侯今日。你莫要拿辈分来弹压本侯，岂不知虞家庶支偏房俱是本侯亲手覆灭？虞家人的血，本侯手上没少沾。”他曲起指节叩击桌面，沉闷的声响似直接扑入胸口钻入心房，叫人瘆得慌。

林氏被他说得哑口无言，虞妙琪更是惨白了面色，藏在袖中的手微微发起抖来。连族人都能血刃，虞品言的残暴程度远远超出了她的想象。若是叫他查到一切都是自己主使，可该怎么办！

虞妙琪再次陷入了深深的懊悔中，悔不该将脏水泼到虞襄身上，否则哪会引出这许多风波？

虞品言也不去看林氏母女的表情，徐徐开口：“一个月前，府里有二人告假，一个是金氏的二女婿，一个是回乡探望病重母亲的小厮周同。因襄儿可怜周同孤儿寡母无依无靠，临走时赠银二十两。那周同的尸体不日前已被本侯找到，乃被人一手掐断脖颈而亡，弃尸于山涧当中。巧合的是，本侯派去扬州查探的部下在长江下游也找到一具断了脖子的尸体，死法与周同一般无二。下手如此干净利落，由此可见行凶之人受过专门的军事训练。若是本侯没有记错，金氏，你的二女婿原在本侯麾下效力，因酒后杀人被杖刑八十赶出军营。他惯常的杀人手法便是锁喉。那周同想来便是你们欲往襄儿头上泼的第三盆脏水，只等再过几天，就派人前去寻尸，然后嫁祸襄儿杀人灭口。”

金嬷嬷满头虚汗，手脚发软，结结巴巴道：“侯……侯爷说的这些事奴婢全不知情。”

虞品言也不理她，继续道：“才归家月余，虞妙琪还没有本事让一个丫头对她尽忠至死。这降雪确也算枉死。一个月前她外出采买，被与之同行的金氏女儿哄骗到荒郊野外，让金氏的大女婿奸淫了，还扯下她肚兜言及以物易物，否则便将这等丑事宣扬出去。降雪无法，明知是死局还不得不往里跳。虞妙琪，本侯向来自诩手段狠辣，却不料你一介女流之辈竟也能将人算计到这等绝境。你很好。”

他转脸，朝僵坐在一旁的虞妙琪看去，虽口吐赞言，表情却十分阴鸷。

老太太闭眼捋动佛珠，不停吟诵往生咒。

门外的虞思雨只觉得一股寒气从脚底钻上头皮，吓得肝胆都快裂了。三条人命，轻轻松松就算计了三条人命，且还只在十四岁的年纪。想想自己十四岁的时候都在干些什么，顶多也就给虞襄捣点乱添些堵，害人性命的事儿别说干，就连想都不敢想！

跟虞妙琪比起来，虞襄简直太纯良了！自己之前百般讹诈虞妙琪的行为就等于在悬崖边缘行走，一个不慎就会被她害得粉身碎骨万劫不复！虞思雨用力揉了揉胸口，这才把满心惊恐压下去，不知不觉中额头沁出许多冷汗。

厅中，虞妙琪强装镇定道：“人都已经死了，话还不是由着大哥说？我知道大哥偏疼虞襄，可也不能偏疼到这种地步，证据确凿了竟还颠倒黑白替她开脱，反诬赖到我头上。我与大姐姐平日里极为交好，有什么理由要害她？反倒是虞襄……”说到此处她顿了顿，举起一只手信誓旦旦，“大哥说的那些事我并没干过，我敢向佛祖起誓，若是我干的，便叫我天打雷劈坠入炼狱！”

老太太猛然睁眼，目光如炬地朝她看去。

虞品言淡声道：“将‘是我干的’改成‘是我指使’恐怕更为贴切。”

虞妙琪抿唇，再次发了一遍毒誓。她本就不信鬼神，只相信我命由我不由天，莫说发两遍，就是发百遍千遍她也不怵。

老太太看向她的目光越发阴冷，捏佛珠的手背暴出条条青筋，可见已忍耐到了极限。

偏偏金氏是个没眼色的，也紧跟着出言反驳：“侯爷有所不知，我那女婿告假是因为把腿摔断了，怎么可能千里迢迢跑到扬州去杀人？这些事真与二小姐和奴婢一家无关，还请侯爷明鉴。”

“你不似林氏，是个足不出户的，应不至于连本侯是干什么的都不知道。”虞品言眯眼冷笑，“本侯断案无数，岂会看不出新伤旧伤的区别？对了，忘了告诉你，你儿子、女儿、女婿、孙子、外孙，连带一应亲族，这会儿都在侯府地牢里关着，因受不住酷刑，该招的不该招的已经全都招了，还签了字画了押。之所以等到现在才戳破，不过想更为清晰地看看虞妙琪是何等样人。不愧是我虞品言的妹妹，果然心狠手辣！”

此话一出满堂皆寂，只剩下林氏主仆牙齿打架的咯咯声。少顷又是一声丝帛迸裂的闷响，老太太手中的佛珠乍然断成两截，檀木珠子噼里啪啦朝四面八方滚落。

厅中再次陷入一片沉默，门外的虞思雨这才长长呼出一口气，为自己拥有虞品言这样的大哥感到庆幸。若是换了别家，家人哪里会费心探查真相，又岂会在层层污蔑之下还坚持相信她的清白，恐怕早一顶小轿几百两银子将她打发出门了，甚至有可能为了挽回家族声誉而将她沉塘。

能在大哥的庇护下长大，当真是一种幸运。想到这里，虞思雨忍不住掩面低泣，为过往自己对老祖宗和大哥的种种猜忌感到懊悔不已。

冯嬷嬷毕恭毕敬地递给她一条手帕。

最后一颗佛珠终于停止了滚动，回荡在屋内的噼啪声戛然而止。虞品言这才朝吓傻了的虞妙琪看去，微微勾动食指：“你给本侯过来。”

他那冷酷阴鸷的表情和轻柔诱哄的语气带给人莫名的熟悉感，虞思雨乍然想起暴怒前的虞襄，可不就跟现在的大哥一模一样？她忍不住眯眼偷笑，暗道虞妙琪要倒霉了。

虞妙琪不敢忤逆，慢慢走到堂前，脑袋里不停思索着开脱的话，却猛然被扇飞出去。

虞品言自幼习武，手劲之大常人难以想象。不过眨眼工夫，虞妙琪的脸颊就肿得像发面馒头，嘴角更是裂了好大一个口子，鲜血将她一口白牙都染成了红色。

她此时正捂着脸，惊恐万状地看过去，显然没有想到虞品言竟会对她一个弱女子动手。林氏尖叫一声朝女儿扑去，却被老太太用拐杖拦住，厉声呵斥：“你给我老实坐着！言儿要教训自己的妹妹，容不得旁人插手！”

林氏心焦如焚，伸手便要去推搡拐杖，却被老太太狠狠敲击膝盖骨，痛得立刻跪倒在地。

门外的虞思雨呼吸加重，脸上浮现既仇恨又解气的表情，心里直为兄长和老祖宗的举动叫好。

虞妙琪只觉耳边嗡嗡作响，脑子更是糊成一团，完全没办法思考，听闻虞品言命令自己靠近，分明吓得肝胆欲裂，却偏偏控制不了手脚，一点一点地挪过去。

虞品言用力擒住她的下颌，一字一句开口："虞妙琪，你是什么样的人，本侯一早就已知晓。沈家因你妄图攀附太子的举动而没落，你的养父因你欺瞒的举动枉死，你的养母本欲送你归家却被你夺走治病的银两，活生生气死。那些往事暂且不提，你知晓沈元奇也在京城就让人将他曾在薛府为奴的消息散播出去，意欲毁他仕途。俗话说养恩大于生恩，你连教养自己长大的沈氏夫妇都能说弃就弃，一块儿长大的兄长亦能下此黑手，心肠之歹毒已到了丧尽天良的地步。你只管把脏水往襄儿头上浇淋，却不知我从不会对她起半分疑心。你这张伪善的脸皮也该扯下来了，省得四处恶心人。"

虞妙琪听了这番话简直吓得魂不附体。她自以为岭南天高皇帝远，沈家人也都死得差不多了，自己的过去应该无人知晓，哪想到虞品言一早就调查得明明白白清清楚楚，只秘而不宣罢了。如此，他和老太太对自己的冷淡排斥也就说得通了……

就好像在大庭广众之下被人剥光了衣服，虞妙琪羞愤欲死，拼了命地用双手环抱肩膀，试图蜷缩起来。

门外的虞思雨露出惊恐万状的表情，对虞妙琪阴险狠毒的程度又有了新的认识。她不是畜生，她简直畜生不如啊！

林氏先是不可置信，继而疯狂地叫嚷道："沈氏夫妇本就是害了琪儿的罪魁祸首，琪儿弃他们何错之有？他们早已死绝算他们命大，若是不死，我亦要他们付出代价……"

"你给我闭嘴！"老太太一拐杖抽在林氏嘴上，直将她的门牙打出一个豁口，这才冷声道，"都说有其母必有其女，有你这么个心肠歹毒的母亲，虞妙琪自然好不到哪儿去。孽畜，一个两个都是孽畜！"

"不，不是的，我没做过，大哥，我真的没做过！"虞妙琪还在垂死挣扎。

脸色惨白的金嬷嬷忽然扑通一声跪下，磕头道："侯爷，这事确实与夫人和小姐无关，一切都是奴婢的主意。奴婢见不得你们肆意宠爱襄儿小姐却弃小姐于不顾，又见不得大小姐握着小姐的把柄日日讹诈她，这才设下这连环计，欲替夫人和小姐分忧。一切都是奴婢干的。因奴婢害怕家里人不肯出力，这才哄他们说是小姐和夫人的命令。他们对小姐和夫人忠心耿耿，自然无有不应。奴婢有罪，还请侯爷降罪！”

虞品言放开钳制虞妙琪的手，转而向金嬷嬷看去。虞妙琪大松口气，急急忙忙扑进林氏怀中。林氏见金嬷嬷出来顶罪，顿时傻了。

一家人都落到侯爷手里，怕是一个都跑不了，不如跟他们一块死，顺便也全了主仆之谊。金嬷嬷定了定神，再次磕头恳请：“都是奴婢干的，夫人和小姐完全不知情，还请侯爷降罪。”

“好，很好。”虞品言玩味地笑了笑，摆手道，“既然你一心寻死，本侯就成全你。至于这些事究竟是谁的手笔，本侯心里自有定论。本侯虽然心狠手辣，却还没到手刃亲母亲妹的地步。”

林氏和虞妙琪双双露出劫后余生的表情。

虞品言瞥了她二人一眼，继续道：“不过若是再有下次，本侯绝不容情，少不得要剁几只不安分的手。”

林氏和虞妙琪连忙将颤抖不止的双手藏进袖子里。

冯嬷嬷立即派人去捉金嬷嬷。虞品言叮嘱老太太在屋里休息，然后命林氏母女跟他去地牢。虞妙琪躲在林氏怀中，踉踉跄跄朝大门走，却听老太太徐徐道：“慢着，把腰间的荷包解了再走吧。不过一张废纸，作甚还装模作样地揣着，却是把我当猴儿耍呢。”

虞妙琪浑身僵硬，呆愣了好半晌才回神，扯下荷包递给满目嘲讽的马嬷嬷。马嬷嬷取出里面的废纸展开来给主子看，然后随手撕成碎片。

折腾了这么久，原来一直被折腾的都是自己。虞妙琪这才明白，虞府与沈家完全不同，再也不是她能够要风得风要雨得雨的地方。她把别人统统当成傻子一般糊弄，焉知别人却把她当成跳梁小丑一样围观。

她的脸皮早已经丢尽了！

想到这里，虞妙琪气血上涌，将本就红肿的脸颊撑得差点炸开。她躲在林氏怀里缩头缩脑地往外走，跨过门槛时恰与横眉怒目的虞思雨对上，有意避让却被对方再三堵住。

“虞思雨，你反了天了！”林氏色厉内荏地怒斥。

“我就是反了天了，你待如何？你有本事弄死我啊！”虞思雨冷笑，酝酿了很久的一口浓痰狠狠吐在虞妙琪脸上，骂道，“猪狗不如的东西！

我虞思雨从此以后与你势不两立！”

因虞品言站在一旁冷眼看着，虞妙琪并不敢反驳，只用衣袖默默将浓痰擦去。

虞思雨露出个蔑笑，又向兄长告了罪，这才朝不远处的虞襄跑去，指手画脚地说些什么。虞品言冲妹妹挥挥手，带着林氏母女和金嬷嬷来到地牢。

“金氏背主杀人，罪不可赦，杖责一百。”在太师椅上坐定，他冷冷开口。

两旁的牢房里关押着金嬷嬷的儿孙，一家几十口人，一个不落全在这里，听闻这番话连忙扑到牢门口求饶，又向林氏和虞妙琪呼救。

林氏和虞妙琪抱成一团，吓得瑟瑟发抖。

“坐下，好生看看你们究竟造了什么孽。”虞品言拍了拍身旁的两张椅子。

林氏和虞妙琪战战兢兢落座，不时用祈求的目光朝他看去。

虞品言并不理会，摆手道：“行刑。”

侍卫们将金嬷嬷绑在椅子上，抡起棍棒砰砰砰地打起来。

金嬷嬷的家人全在两旁的牢房内，不敢亲睹这等惨状，互相抱着哀号哭泣，还有几个幼童早已吓昏过去。

林氏和虞妙琪自然也不敢看，各自偏头闭眼。

虞品言不管林氏，却站起来走到虞妙琪身旁，用力扣住她的下颌，将她的脸转过去，冷声命令：“睁眼，否则本侯亲手把你眼珠子抠出来。”官居都指挥使，没人比虞品言更清楚如何摧毁一个人的意志，如何不伤皮肉就让对方生不如死。

虞妙琪抖了抖，终是睁开布满血丝的双眼，看向被打的人。一百杖终于打完，她仰着脖子大口大口喘气，却见虞品言慢慢将挽起的袖筒放下，仔细抚平褶皱，语气前所未有的温和：“如此，本侯便不再追究你之前所犯过错，这些人亦随你处置，是杀还是放，全凭你一句话。”

是杀还是放？虞妙琪陷入了更为痛苦的挣扎。放了，这些人心怀怨恨又知晓太多隐私，往后必然会对自己不利；杀了又显得自己无情无义。

可自己在虞品言和老太太心里早就成了无情无义之辈，还遮掩什么？终究是自己的安危更为紧要！

虞妙琪下定决心后咬牙道："杀了。"

林氏猛然转头，用错愕的目光看着她。金嬷嬷从小将林氏奶大，她的两个女儿更是与林氏情同姐妹。要林氏来说自然该把人放回去，给点补偿再让他们永远离开京城，好歹有了一条生路，却不料女儿会选择将他们杀掉。

哪怕再如何偏袒女儿，林氏心底也不免生出几丝寒意。

虞品言低声笑了，拊掌道："果然是本侯的嫡亲妹妹，够狠。如此，那便全都杖毙。你且继续观刑，本侯先走一步。"

他行至门口，对几名侍卫命令道："不观刑完毕，不准她二人离开。若是虞妙琪不肯睁眼便用竹签将她眼皮撑起，无须客气。"

几名侍卫沉声应诺，虞妙琪瞬间瘫软在椅子上。

这一观刑便观到华灯初上，母女二人互相搀扶着从地牢里走出，闻到外面毫无血腥味的空气，似活过来一般大口呼吸。

都说虞品言手段狠辣，行事诡谲，她们终于亲身体验了一回，虽是打在别人身上，可那血肉横飞的场景却能令人铭记一辈子。自此以后，这段经历会成为纠缠在她们每一个梦境中的恶鬼，除非身死，否则永远无法摆脱。

林氏扑通一声跪在地上，不顾形象地号啕大哭起来。她懊悔，她恐惧，她恨自己无能为力。

虞妙琪何尝不悔不惧，可事已至此，再懊悔恐惧又有何用？所幸大家已撕破了脸皮，她也不用费尽心机去讨好虞品言和老太太，且赶紧找一个权势更大的夫婿将自己嫁出去，离了虞府，她还能过得更好！

虞妙琪咬牙将林氏拉起来，踉踉跄跄朝前走，却见两盏灯笼越靠越近，虞襄那张明艳的脸庞掩映在灯火中，瞬间将周围的一切都照亮了。

"哟，出来啦？"她掩嘴轻笑，"里面好玩吗？"

虞妙琪不搭理她，扶着林氏继续前行。两人错身而过时，虞襄伸出自己的小指，微微晃了晃，轻蔑的语气让人恨得牙根发痒："虞妙琪，跟我斗，你还是这个。"

虞妙琪猛然回头，用吃人的目光瞪视她，见她抽出马鞭面露杀气，又连忙转头，扶着失魂落魄的林氏飞快远遁，活似有恶鬼在追赶。

一串银铃般的轻笑在她二人身后响起，如影随形。

正院，老太太歪在榻上，目光盯着曾经躺过一具尸体的空地，表情阴鸷。

“把我的账本拿出来。”她徐徐开口。

马嬷嬷翻出一个小本子和一支笔，递到她手里。

老太太一边书写一边沉吟：“思雨刚出事，我就将林氏赶出侯府，也不知外头会如何编派我虞家骨肉相残，故此只能再忍忍。原以为把林氏赶出去家里就清静了，现在看来却不然，那虞妙琪是个更不省心的。这一笔一笔的我且记下，来日不仅林氏，就连虞妙琪我也要一块儿撵出去！”

马嬷嬷认真听着，并不敢随意搭腔。

老太太长叹一声，继续道：“你看看她，那么歹毒的誓言张口就来，完全不敬鬼神亦不分善恶，一切皆为自己的利益考量。为了自己，她能害死沈氏夫妇，阻了养兄仕途，毁了姐妹名节，来日岂不连侯府都能毁去？似林氏那般处处顺着她尚且得不到半点真情，咱们这些人又如何能入她的心？不入心倒也罢了，她只怕将我们恨之入骨，来日便要施展报复了。”

马嬷嬷心有戚戚焉地点头。

老太太将账本合上，冷笑道：“早知今日，当初我就不该接她回来。孽畜，真是一头孽畜！”

马嬷嬷想了想，问道：“那中馈，老夫人可需收回来？”

“不用，派人看着她们便是，来日一块儿算总账。这次事件不宜闹大，我暂且忍下。那虞妙琪性情极为狡诈，哪怕明摆着的罪证也死不承认，可比林氏难对付多了。她要折腾，我便让她可劲地折腾，等折腾出花儿来，我亦要她脸面开花。到了那时，看谁还能为她顶罪。”老太太语气阴鸷。

马嬷嬷点头，不再多言。

过了两日，京城又出一桩奇事，依然与方家母子有关。却是那方志晨白天在一户人家院外徘徊，那户人家只余一对孤儿寡母，故此对自家安危十分看重，拿棍棒追出来喝骂，引得四邻纷纷围拢来看。

方志晨拔腿狂奔，却被好事者按住，说他必定偷了东西，伸手往他怀中一探，竟摸出许许多多五颜六色的肚兜，引得所有人瞠目结舌，更有一无知小儿指着其中一条喊道："啊，那是我娘亲的！"

肚兜一角绣有自己闺名，抵赖也抵赖不掉，小儿母亲吓得魂不附体，立即辩白道："我说怎么晒在外头的肚兜每天都不见踪影，却是被这黑心烂肠的东西偷了去！"

又有许多爷们儿认出自家女人的肚兜。女人们为了维护自己的名节，不得不坦白肚兜被盗之事。小偷不偷盗财物反而偷盗肚兜，这事虽说罕见，却绝不是头一遭。盖因前年还抓住一个专偷女子罗袜的，被抓住后被活生生地打死了，事情闹得很大。

众人义愤填膺，正欲将方志晨也打死，却恰好遇上一队巡逻的官差，围上来弄清状况后将方志晨押到衙门里审问。

此等略带香艳色彩的奇闻传播得最是迅速，不出半日，方志晨就出了名，然后此事又与几日前他在永乐侯府闹的那一场联系上，众人纷纷悟了，那哪儿是两情相悦私赠信物啊，分明是方志晨偷了侯府小姐衣物，顺便就把人给赖上了。谁叫永乐侯府树大招风呢！

更有同样受害的妇女为虞思雨说起好话，一时间引来无数人的同情。

再过一日，虞府大小姐上吊寻死的消息传来，同情者更多，之前那些刻薄的言论反而慢慢消散。与此同时，京城的女人们再不在自己肚兜上绣闺名，有家里女人众多，怕浆洗过后弄混的便只在绣花的样式上做个不起眼的标记。

方志晨最后被判杖刑五十棍，流徙三千里，这事便算了结。不久之后，状元郎乃奴隶出身的传闻取代了永乐侯府的热闹，成了京城民众最新的话题。人人都在观望这位惊才绝艳的状元郎仕途还能走多远，皇上又会如何处置他。

自杖毙金嬷嬷那天起，林氏母女就双双卧病在床。林氏忧惧过度伤了心神，虞妙琪却是因为脸上红肿的巴掌印不敢见人。

在此期间，许多管事嬷嬷前去找三小姐和老太太禀事，两人都不理会，无奈之下只得去正房寻林氏。

虞妙琪本以为掌家之权必定会被剥夺，却不料仍然还在自己手上。她也不管老太太和虞襄打的什么主意，她只知道通过掌家自己能捞到不少好处，能在出嫁之前蓄积人脉和财富，能在出嫁之后成为自己的助力，这便够了。

故此，她蒙上面纱，强打精神，每日里处理府务，竟仿佛丝毫未受“栽赃事件”的影响。

老太太闻听消息后冷冷地笑了，对这个嫡亲孙女更是忌惮到了骨子里，心里想着日后断然不能叫她得势，否则凭她毒蛇一般的心肠，磐石一般的心性，得势后第一个报复的必定会是侯府。

虞思雨也病了一场，却并非外间传闻的投缳自缢，而是被那母女俩气病了，将养半月才略微好转，恢复请安后，立马求老太太将自己送到乡下去。虽说外间那些流言已不再辱她淫荡，而是说她可怜，然而她终究损了名节，不好再在京城露面。

老太太当即便点头同意了。

翌日，虞思雨正在房中打包行李，却听门外传来轮椅转动的声音。

“这便要走了？”虞襄用马鞭撩起门帘。

“嗯，去乡下陪我姨娘。”虞思雨将一个巨大的锦盒摆在桌上，笑道，“这里面全是我收藏的小物件，玉石珠钗小陶俑之类的，虽然比不得你的那些名贵，却全都是我心爱之物，留给你做个念想。”

“哧，谁稀罕你这些破玩意儿，拿到乡下打发庄头婆子去吧。”虞襄满脸不屑。

若是以往听见这种话，虞思雨必定气得七窍生烟，然而现在非但不气，还能从她话里发现那些隐藏的关心。虞襄就是一只刺猬，浑身都竖满尖刺，看似很不好惹，然而与她熟悉起来之后就会发现，她不过是为了保护自己最柔软的那块肚皮罢了。

这小性子其实挺可爱的。

虞思雨冲她笑了笑，也不收回锦盒，继续埋头整理东西。

“这次你带谁一块儿去？”虞襄环顾四周，除了打理箱笼的邱氏，其余丫头全都不见了，院子里显得极为冷清。

“还能带谁一块儿去，自然是邱嬷嬷。那些丫头岂肯跟我去乡下受苦？为了寻个更好的去处，这会儿都忙不迭地跑到正房去求虞妙琪去了。”虞思雨嗤笑道，“我也不拦，索性将她们全放了。跟了虞妙琪，指不定哪天就步了金氏的后尘，且让她们开心一时是一时吧。”

因虞品言清了场，那天的事没几个下人知道，还当虞妙琪多么温婉和顺。虞思雨直起身向埋头忙碌的邱氏看去，忍不住自嘲一笑。没想到闹到最后，最忠心的反而是虞襄派到自己身边的眼线，也真够讽刺的。

虞襄命桃红、柳绿将自己推进屋，挑眉道："你就这么走了？失了名节，失了夫婿，失了地位，就这么灰溜溜得像丧家之犬一样走了？也不想想究竟谁将你害到这等地步。"

"我心里自然记着呢。等我再次回来，定要整死那小婊子！"虞思雨朝地上啰了一口。

"你没钱没势没人脉，拿什么跟她斗？就凭你口水吐得比她远？"

虞思雨顿时哑火了，恼恨地瞪了虞襄一眼，心道难怪京城的闺秀都不喜欢你，就凭你这般毒舌，谁受得了？

虞襄掩嘴而笑，冲柳绿使了个眼色。

柳绿立马将手里的小匣子递过去，解释道："这个是我们小姐帮大小姐讨要来的，请大小姐过目。"

虞思雨打开匣子翻看，狐疑的表情逐渐被错愕取代，万万没想到里面放置的竟是城西五里牌、玉清街、宁王街、花鸟坊四间铺子的房契外加二百顷良田的田契。这些可都是林氏手里最值钱的产业！

"你……你怎么要来的？"虞思雨结结巴巴地问道。

"直接开口要的呗，还能怎样？她心里有鬼，略吓唬几句就老老实实给了，反倒是虞妙琪，很有些不高兴呢。她不高兴，我也就放心了。有了这些东西，你就算去了乡下也照样过得滋润。人都是健忘的，再过一年半载，谁还记得你那些破事？到那时让哥哥帮你物色一个老实本分的夫婿，好好过日子吧。"虞襄用手里的马鞭抽了抽桌沿，表情很是漫不经心。

虞思雨沉默片刻，噙着眼泪哽咽道："谢谢妹妹，无论如何，我虞思雨只承认你虞襄是我的嫡亲妹妹。这些东西我现在确实很需要，就却之不恭了，日后必定百倍千倍地还给妹妹。"正所谓路遥知马力，日久见人心，这个道理她终于明白了。

虞襄不屑地瞟她一眼，斥道："哭什么哭，别跟虞妙琪学那上不得台面的作态。我这便走了，出门之前记得去给老祖宗磕个头，你前些日子把她气坏了。"

"哎，我晓得，是我错了。"虞思雨连忙用袖子擦泪，亦步亦趋送她出门。

虞妙琪在虞品言和老太太那里已无形象可言，便也不自己找上门讨人厌憎，反而一心一意地管理府务。她心知自己目前唯一的出路就是嫁人，所以府务中馈只能拽在“林氏”手里，而不能交给老太太，否则老太太便要插手她的婚事。

让她似虞思雨那般嫁个六七品的芝麻官她是打死也不肯干的。她将来的夫婿，其权势地位必定要在虞品言之上。

虞妙琪暗暗打听清楚了都指挥使的职权范围和龙鳞卫的种种事迹，这才明白——放眼整个大寒朝，权势地位能在虞品言之上的，除了皇上就是太子，其他几位皇子到了虞都统跟前都得赔着小心。

闻听此言，虞妙琪瞬间出了满头满脸的冷汗，随即又觉得羞愤欲死。手里握着这么一支无孔不入手眼通天的势力，还有什么是虞品言查不到的？可他什么都不说，反一句一句诱问，冷眼看着她编造一个个拙劣的谎言以掩盖过去。

他一定觉得她很可笑吧？将自己的嫡亲妹妹当作跳梁小丑来观赏耍弄，他果然似传言一般冷血无情。

虞妙琪对虞品言、对老太太、对虞襄、对虞思雨乃至对整个虞家，都充满了刻骨的仇恨。她发誓一定要出人头地，然后将虞家狠狠踩在脚底碾压。

可作为一介弱质女流，她不能参加科举，不能抛头露面，不能扬名立万，她用什么来跟虞家斗？她思来想去，唯有嫁人一途，且还一定要嫁给太子。

等脸上的巴掌印消下去，虞妙琪开始搜集关于太子和几位皇子的信息，然后催促林氏赶紧养好身体，这样才可带自己出门交际。

这日，九公主忽然前来拜访虞襄。她佝偻着背，缩头缩脑地走在两名宫女身后，面色很是凄惶无助。

虞襄正坐在莲花池边喂鱼，见她来了忙命桃红去端糕点。

“咦，怎么瘦了这么多？下巴都尖了。”虞襄将手里的鱼食一股脑扔进水里，擦干净手指后擒住九公主的下颌仔细打量。

九公主嘴巴瘪瘪的，显得很是难过。

“怎么了？谁欺负你了？”虞襄执起马鞭。

“没谁欺负我，这个事儿有些不好说。”九公主左右瞄了瞄，含胸缩背地在池边的石凳子上落座，双手托起下巴，满面愁苦地叹气。

“跟我还不好说啊？有什么不开心的事，说出来让我开心开心呗。”虞襄一面把玩马鞭，一面咬着她的耳朵低声诱哄。

九公主目露挣扎，小嘴儿一开一合的，眼见就要口吐实言，却见虞妙琪端着一盘香气扑鼻的糕点款款而来，脸上带着招牌式的温婉微笑。

九公主鼻尖耸动，直勾勾地朝她手里的托盘看去。

传闻都说九公主是个吃货，要讨好她很容易，送上一盘风味独特的糕点就成。虞妙琪脑海中回忆着打听来的消息，见果然引起了九公主的注意，脸上的微笑越发温柔似水。

九公主乃太子的嫡亲妹妹，传说太子对她爱若珍宝。自己与九公主交好，何愁不入太子的眼？

想到这里，虞妙琪快走两步，将糕点轻轻放在石桌上，躬身行礼：“臣女见过九公主。这是臣女亲手做的几样糕点，还请九公主品尝。”

“她是谁啊？”九公主拉了拉闺密的衣袖。

“我有个双胎姐姐的事儿早前不是写信告诉你了吗？喏，这个就是。”虞襄不屑地撇嘴。

九公主面露了然，旋即仔细打量虞妙琪，惊愕地说道：“这不可能吧？一定是弄错了！你跟虞大哥都长得那么漂亮，为何唯独她一个寡淡至极？你看看她那眉毛，跟没有似的；还有那嘴唇，干得都龟裂了；皮肤又糙又黄，人瘦得跟排骨一样，风一吹就能刮跑。这容貌气度，与你跟虞大哥一点儿都不像，一定是弄错了！”

九公主是个颜控，无可救药的颜控，谁长得漂亮她就喜欢谁。虞妙琪虽然长相堪称清丽脱俗，可与明艳无双的虞襄比起来瞬时就成了清汤寡水；更何况她最近夜夜梦魇，身体消瘦得极为厉害，脸色也十分难看，早前的六七分美貌现如今只剩下一二分，看着就像根头大脚尖的豆芽菜，很有些颓废。

虞襄向来以自己的容貌为傲，闻听此言，箍着九公主的脖颈笑得花枝乱颤：“好球儿，真是我的好小球儿，你说得太对了。我也觉得一定是哪里搞错了，否则怎会与她成了姐妹？”最后一个字音落下，灿烂的笑颜已被深深的鄙夷所取代。

虞妙琪直将掌心都抠出血才勉强压下心头滔天的恨意，全当自己没听见她的挑衅。

作为太子最宠爱的妹妹，虞妙琪自然将九公主的信息打听得一清二楚，知道她脑子有些愚钝，故而说话十分直接，方才那些言论并非有意针对自己，只是道出心中所想罢了。

分明她才是侯府真正的血脉，可带出去总有无数人对她的身份提出质疑，那种憋屈到心肺都快爆裂的感觉不是常人能够忍受的。

若非虞妙琪与林氏长得极为相像，也不知外头要如何编派。都说世界之大无奇不有，这真假三兄妹的长相也算是奇了：有血缘关系的兄妹长得一点不像，没有血缘关系的反而处处神似。三人站在一块儿，虞妙琪倒成了外头捡来的那个。

九公主不懂虞妙琪的憋屈，见虞襄高兴了，她也跟着高兴了，一手反搂住闺密，一手自然而然地去抓糕点。虞妙琪见了忙将碗碟朝她那处挪了挪，引得她甜甜一笑。

虞襄脸上的悦色立马消失不见，衣袖一拂便将碗碟扫落石桌，沉声道：“不能吃。”

噼里啪啦一阵乱响，把九公主吓住了，嗫嚅道：“为……为什么啊？闻上去很香的。”

虞襄掰开她的指尖，将最后一块糕点拿走扔掉，斜睨虞妙琪，一字一句缓缓开口：“有些东西看着好看，闻着很香，其实是有毒的。就像某些人，看着温柔和顺，实际上背转身就能将自家姐妹推下万丈深渊摔得粉身碎骨。知人知面不知心，外人端来的东西，你可千万不能乱吃。”

九公主用惊恐的目光朝摇摇欲坠的虞妙琪看去。她的两个大宫女都是宫里一等一的精明人，立马将前些日子虞思雨名节尽毁的事联系起来，对虞妙琪的观感瞬间跌落谷底。

虞小姐虽然乖张，却从不妄言，凡是从她嘴里吐出的话，十足十都是真的。九公主性格如此单纯，与虞妙琪这样心怀叵测之人交好，也不知哪天就被算计得骨头渣子都不剩。想到这里，二人上前几步将虞妙琪与主子隔开。

虞妙琪故作惶恐地退后，眼眶很快凝聚起泪水，本就消瘦憔悴的容颜越发显得楚楚可怜。

恰在这时，被放出来遛弯的阿绿扑簌簌从空中飞落，叼起地上的糕点渣吧唧吧唧吃起来。

“阿绿，有毒的东西不能吃，快给我吐了。”虞襄扔了一粒瓜子过去，正好砸中阿绿的脑袋。

阿绿听不懂人话，但眼珠子转了转，终是吐出糕点渣，叼起主人投喂的瓜子，挥舞着翅膀飞远了。九公主见状咯咯咯地笑起来。

虞妙琪心中万般怨恨，面上却分毫不露，噙着眼泪解释：“妹妹为何如此刁难我？我早已说过，绝不与你争夺大哥与老祖宗的宠爱，所以你不用对我过多防备。然而母亲病重，将掌家之权交与我，我却也要尽责的。九公主是侯府贵客，我这个做主人的奉上一盘糕点不过是最基本的礼节罢了，还请妹妹不要多想。这糕点有毒无毒，妹妹找人验过便知，何必颠倒黑白污蔑于我？”话音未落，已是泪水涟涟。

虞襄岂会吃她这套，当即冷笑道：“找人来验？那么麻烦作甚？姐姐捡起来亲口吃一个给我看看就成了。有毒你便咎由自取，无毒我立马向你道歉。”

九公主拊掌笑赞：“好主意！莲子糕向来聪明！”

虞襄颇为满意地瞥她一眼。

让自己吃地上的糕点？这二人当她是什么？猪狗吗？折辱人也要有个限度！虞妙琪眼下真是一点讨好九公主的心思都没了，只恨不得扑上去掐死她们。她眼中刚露怨毒，就见两个宫女上前几步，虎视眈眈地看过来。

她悚然一惊，立马收起恨意，掩面哭起来。

虞襄反倒笑起来了，嗤道：“我就知道你会哭。每次戳破你那些烂事你就哭，能不能换个新招数？我这人性子暴烈，哭得我脑仁疼当心抽得你满脸开花你信是不信？你当我喜欢与你作对？若不是你三番四次栽赃陷害于我，脏水一盆接着一盆往我头上浇淋，我也不会对你如此防备。你就是一条毒蛇，一旦靠近便要咬人。被你咬一口是我的疏忽，再让你咬第二口就是愚蠢了。”

虞襄扬起马鞭狠狠抽在石桌上，皮革撞击硬物发出沉闷的响声。

虞妙琪抖了抖，竟顾不得告罪，掩面逃了，生怕再待下去虞襄会将自己那些丑事全抖搂出去。

招惹了虞襄，十个闺秀有九个都是这般掩面逃遁，还有一个被硬生生气晕过去。这样的场面显然九公主见得多了，却还百看不厌，拍着小手乐不可支。

虞襄揉揉她的脑袋，语重心长地告诫道："看见了吗？像这样动不动就哭天抹泪的女人最好离远点，她们没事都能惹出一身腥！你被赖上倒也罢了，通过你再赖上太子殿下可就不好了。"

九公主连连点头。两个宫女对虞妙琪的目的早有揣测，印象自然更坏，回去后少不得在皇后跟前说道一二。

赶走了虞妙琪，虞襄笑道："说吧，找我来所为何事？"

"今儿我小侄子小侄女满月，嫂嫂让我邀你去喝满月酒。"

"我早收到帖子了，何须你亲自上门？脸都尖了，心里必定藏着事儿吧？"

说话间桃红奉上一碟糕点，然后与两名宫女远远避开。九公主最近心事重重，问了偏不肯张口，眼见腮边的软肉都快捏不住了，帝后心急如焚，商量过后决定放她出宫散心。

她果然第一时间就来找虞襄倾诉。

九公主左右看了看，见附近没人，往虞襄那处靠拢，一边拉开衣领一边低声道："我最近这里疼得厉害，胀胀的，十分难受，连睡觉都不敢乱动。你帮我看看是不是长了什么恶疮？我每天都用红花油涂抹，却一点也没见效，反而更严重。"

九公主虽然不知事，却也知道这地方十分羞于启齿，每日沐浴都不准宫女伺候，自己匆匆洗好就裹上亵衣往床上钻，然后蒙在被子里偷偷揉，一边揉一边掉眼泪，场景那叫一个凄苦。她好不容易要来一瓶红花油涂抹，一点没用不说，反而弄得那处似火烧一般灼痛，肿得比以前更大。

她越发不敢对外人讲，刚一出宫就急急忙忙来找虞襄。

虞襄往她衣领内一探，却见胸前两团微微的隆起已经发红了，散发着强烈的红花油的味道。虞襄连忙扭头扇风，扇着扇着竟趴在石桌上笑起来，直笑得差点滚下轮椅。

九公主越发惶然地盯着她，连呼吸都放轻了："我这怪病能治吧？"

"不，不能。"虞襄笑得直喘气。

九公主急得眼泪都出来了，绝望道："那我还有几天好活？我该怎么跟父皇母后皇兄开口？”凭着天性她就知道，病在这种地方是不能对外人说的，要不怎从小就得用一块小肚兜将它遮起来呢？

“等等，等我把气儿喘匀了再跟你说话。”虞襄摆手，又自顾笑了好一会儿才指着自己胸部说道，“好生看看，看出我跟你的区别了吗？”

九公主舔了舔嘴唇，呢喃道：“嗯。”

虞襄笑道：“你这不是生病，是发育，所以治不了，也不能治。每一个女人在你这个年纪都要经历一回，若是没感觉反而糟糕了。会痛表示你这个地方在长大，是正常的，应该高兴才对。我有几个法子可以缓解疼痛，待会儿写给你。你回宫以后就老老实实跟皇后娘娘说，她会很高兴的。我们的小球儿终于长大了。”

“回去以后多吃木瓜牛乳，多吃豆类、肉类、水产、动物内脏等食物，会长大的。”虞襄捂着嘴偷乐。

九公主记不住，央求道：“你把这些也给我写下来吧！写详细点，你怎么吃就怎么写，不能有丁点不同。”话落也捂着嘴偷偷乐了。长大不就可以嫁人了吗？那她一定要让父皇将自己嫁给状元郎。

虞襄点了点头，冲站在远处的桃红、柳绿和两名宫女招手。

桃红、柳绿依言去拿文房四宝，两名宫女焦急地看着虞襄。

虞襄忍不住又笑起来了，指着自己的胸口解释道：“不用着急，你们公主长大了，这儿有些胀痛。对了，往后千万可得把红花油看牢了，抹在太阳穴还好，抹在那处岂不遭罪？时辰还早，你们去我院子里让下人备水给公主洗洗吧，她这会儿指不定有多难受呢。”

两名宫女恍然大悟，眼中沁出点点笑意。原来是这么回事儿，难怪主子最近坚决不让人伺候。回去告诉娘娘，娘娘非得笑死不可。

九公主拽紧衣领，脸色涨得通红。

将火辣辣的红花油洗干净，胸前的皮肤反而沁出一丝丝凉意，在春末夏初的季节倒也带来几分舒爽。九公主穿好亵衣，满足地长叹一声。

虞襄命桃红将自己十二三岁时穿的衣裳翻出来，挑了几套没穿过的铺开在床上，让九公主自己挑选。

九公主咬着唇，这件提起来看看，那件翻一翻嗅一嗅，忙活了好半天。

“挑衣裳就挑衣裳，你闻什么？当是选糕点不成？”虞襄将写好的两张信笺用荷包装好，交给两名宫女。

“好香，全都是你的味道。”九公主笑嘻嘻地点头，将几件衣裳拂到一边，脸红红地开口，“莲子糕，还有没有别的衣裳？”

“果然长大了，竟知道爱美了。想当年吃得满嘴油渣都不带洗脸，直接就去书房上课，我要帮你擦擦你还不让，说是留着油渣下顿吃。”回忆起那些糗事，虞襄一时间笑得停不下来。

“那……那不是因为我用膳时粘了米粒，父皇见了也不让擦，说可以留着下顿吃吗？我当时才多大，自然信了。”九公主脸颊红得能滴出血来，若是浇上一瓢水，头顶准能冒出白烟。这些日子，她像是忽然之间就长大了，总对着铜镜捏自己肉肉的双下巴，然后露出满脸愁容。

然而，她的愁苦没人能够理解，别说是笑得前仰后合的虞襄，就连两名宫女也都耸着肩膀强忍笑意。

虞襄笑够了，这才命人将自己的衣箱全打开，让九公主挑。

九公主顾不上脸红了，在箱子里挑挑拣拣，最终拿出一套淡紫色的衣裙。虞襄定睛一看，却是一件抹胸曳地长裙和一件百蝶穿花的半透明罩衫，无论款式还是布料都十分飘逸。

这一套裙子是新做的，对刚开始发育的九公主而言可能有些大了，撑不起。虞襄却不开口拦阻，只管让她穿，小嘴用力抿直，生怕自己一不小心笑出声来。

在两名宫女的伺候下，九公主终于将裙子穿好，本就是曳地长裙，裙摆长一截短一截倒无所谓，然而，胸前那块地方却十分平坦空荡，多余的布料挤挤皱皱拧成一团，看着十分滑稽。

九公主垂头看看自己，又瞟瞟莲子糕，方才那点小窃喜全都消失得无影无踪。怎么同样的衣服，穿出来区别那样大？

虞襄一本正经地指指她胸口：“要不，我往你这里塞两个馒头，将布料撑起来？”

九公主眼睛一亮，拍手道：“好呀，那样就好看多了，我要是饿了还能拿出来吃两口。”

想象着肥嘟嘟的少女将自己胸前的小馒头掏出来一口一口吃掉的场景，虞襄面容渐渐扭曲，然后趴伏在梳妆台上，将脸庞藏在臂弯里，肩膀剧烈耸动。

九公主有些慌神了，走过去轻轻拍抚她："莲子糕，你这是怎么了，怎么好端端的哭起来了？"

虞襄的肩膀抖动得越发厉害，桃红、柳绿连带两个宫女早跑到院子里去，捂着嘴背转身，一抖一抖的，活似抽筋了一般。

九公主看看虞襄又看看窗外的丫头们，越发手足无措："你们都怎么了？可是生病了？"

"没……没事。"虞襄连做了好几个深呼吸才敢抬头，眼尾红红的，仿佛哭过一般，正经道，"球儿，馒头捂在胸口会糊成一团，可难受了，咱还是别塞馒头了。这套衣裳好看是好看，你穿着却有些大。我帮你另外选一套，再化个妆，保证走出去人人都夸你漂亮。"

九公主万般不舍地拉扯衣摆，听到最后几句才动了心，期期艾艾问道："真的吗？可以跟你一样漂亮吗？"

"比我还漂亮。你是红花，我就是陪衬你的那片绿叶。"虞襄捏捏她肉嘟嘟的手。

"不，咱们两个都是红花。"九公主十分认真地反驳。

虞襄大乐，搂住她的脖颈左右摇晃，末了在她的脸上狠狠亲了几口。

西厢这边言笑晏晏，正房却是阴云密布。虞妙琪离开几人视线后便放下捂脸的手，眼中哪有半滴泪水，只剩下满满的怨毒。她顺着平坦的小路往回走，看见台阶两旁用大理石铺建的滑道，忽然讽刺地笑了。

在这永乐侯府中，没有铺满碎石子的小径，只有光滑平坦的道路；但凡遇见台阶，必定伴有滑道；每个房间的门槛，中间那截必定会被填平。这一切烦琐的改建，不过是为了让虞襄的轮椅能轻轻松松抵达侯府任何地方。

她瘫了双腿，却能在侯府畅通无阻，没有血缘关系，却能博得所有人的宠爱。不似自己，明明身体健全，明明流着同样的血液，却无法在此处立足。

这是为什么？又凭什么？

虞妙琪顺着滑道一步一步走上台阶，抠烂的掌心洒下一路鲜血。

林氏已经接连半月未曾睡过踏实觉，此时正躺在软榻上喝药，看见女儿进门，眸中快速闪过一抹惊惧。

金氏一家血肉模糊的样子和女儿冷酷无情的脸庞交替在脑海中浮

现，她咬了咬牙，低声道："回来啦。见着九公主了吗？"

"见过了。"虞妙琪随意拣了张凳子坐下，掏出手帕擦拭掌心的鲜血。

林氏见了悚然一惊，急忙问道："怎么受伤了？我这就差人给你找大夫。"

虞妙琪将染血的手帕随意缠在手上，摇头道："这点小伤算什么，我自己撒点金疮药也就是了。想当初我被大哥关在地牢用刑，伤得比这重百倍千倍。皮肉之苦于我而言已是家常便饭了，反正我一条贱命，有甚打紧。"

听了这话，林氏哪还记得之前的惊惧和防备，奔到她身边查看那伤痕累累的双手，心疼得直掉眼泪。若非受了太多苦楚，女儿哪会变成现在这样？就算是造孽，那也是沈家造的孽、虞品言造的孽、虞襄造的孽，关琪儿何事？她才是最大的受害者！

"我的儿，苦了你了！母亲对不起你……"她一面拍抚女儿脊背，一面呜呜咽咽地哭起来。

虞妙琪心里厌烦，面上却不显，安慰道："能和母亲团聚，女儿受再多的苦难也心甘情愿。您别哭了，快把眼泪擦擦。母亲，他们宠爱虞襄，故而对我十分厌憎，长此以往，我在侯府也是待不下去的。母亲，我想快些嫁人，然后把您给接出去。"

林氏万分感动，含着眼泪笑道："我的儿，你傻了吗？哪有母亲跟女儿出府单过的道理。言儿待我再不好，他也是侯爷，是虞府的嗣子，得给我养老送终的。"

"看他那冷心冷肺的样儿，岂能替您养老送终？我定然要嫁个比他权势更大的夫婿，让他忌惮于我，如此，您在侯府里才算有了依靠。他不认您我认您，他不养您我养您，我要让您下半辈子都过得快快乐乐风风光光。母亲，您说好不好？"虞妙琪搂住林氏脖颈，期待地问道。

林氏被她画出的大饼迷住了，心里涌现无数欢喜，将本已渐渐枯死的心田浇灌得郁郁葱葱，欣欣向荣。她止住哭泣，笑着点头。

虞妙琪退出她的怀抱，直言道："那母亲这便去梳妆打扮，然后带我去太子府赴宴吧。"

"去太子府赴宴？"林氏愣住了。

"正是。要想将我嫁出去，母亲不得帮我相看一户好人家？母亲，女儿不瞒您，女儿要嫁给太子。”虞妙琪语气既坚定又平淡，仿佛谈论的只是区区小事，而非自己的终身大事。

“嫁给太子？”林氏还未回神，只能一字一句重复她的话。

“正是。只有嫁给太子，我才能与虞品言抗衡，才能保护自己和母亲。”

“可太子已有正妃。难道你要与他做妾？我虞府的嫡女怎能与人做妾？况且，太子妃刚诞下一双龙凤胎，正得皇上的喜欢，你嫁过去能有什么好日子可过？”林氏终于消化完这一惊人的消息，旋即强烈反对。

“母亲不知道吗？”虞妙琪不以为意地笑笑，“太子妃生产时寒毒入体，不但再难有嗣，连根骨都已大损，如今不过是熬日子罢了。我不给人当妾，我只做正妃。等太子妃薨了，凭虞品言与太子的交情，凭他手中掌握的滔天权势，只要太子不傻，只要您向皇后娘娘透露出联姻的意思，那正妃之位必定是我的。”虽然厌憎虞品言，她却又不得不借用对方的权势，这种屈辱感更加深了她压抑在心底的仇恨。

“你怎么知道太子妃没几年好活了？你从哪儿听来的？”林氏不肯相信。

“太医院的太医日日轮流去太子府问诊，已持续了一月，太子最近面色颓唐时时凄惶，太子妃母家更将几个姿色过人的姑娘送入太子府侍疾。联系此间种种，任谁猜不出其中关窍？母亲莫要再问。太子妃既已下了帖子，邀请虞府女眷去吃小皇孙的满月酒，您这当家主母理应携带厚礼上门慰问才是。”虞妙琪脸上渐渐露出几分不耐烦。

“已送帖子来了吗？我怎没收到？”林氏还在犹豫。

“早送来了，在虞襄手里拽着呢。您快点，当心老祖宗带她先走，反把我们撇下。”虞妙琪彻底没了耐心，将林氏推入厢房换衣服，自己也精心打扮一番。

虞襄替九公主选了一件合身的烟云蝴蝶裙穿上，又给她化了一个粉粉嫩嫩的桃花妆，头发绾成垂鬟分肖髻，两边各插一支蝴蝶簪，走起路来蝴蝶的翅膀会微微扇动，仿佛下一瞬便要飞走一样。

九公主本就长得娇俏可爱，这一打扮更像是个陶瓷娃娃，说不出的灵动鲜活。她对着镜子左看右看，然后搂住虞襄的脖颈，傻乎乎地笑了。

“甭臭美了，时辰快到了。”虞襄捏捏她腮边的软肉。

九公主这才依依不舍地离开梳妆台。为了让蝴蝶翅膀扇起来，她走路都变得一蹦一跳的，惹得两名宫女笑了一路。

到了大厅，老太太果然已经等候良久，笑着向九公主行礼问安，又清点了礼单，这便要走，刚出仪门，就见林氏与虞妙琪站在前方恭候。

“老祖宗，媳妇儿也准备妥当了，这便走吧。”林氏上前几步，自然而然地搀扶住老太太。虞妙琪冲九公主微微一笑：“臣女见过九公主。公主这身打扮，比天上的彩蝶还要漂亮。”

好听话谁不爱听？九公主脸红红地谦虚几句，小嘴儿却咧得老大，满脸的喜色挡都挡不住。虞襄能当众给虞妙琪难堪，却不能如此对待林氏，只得保持沉默。

林氏见了放心不少，搀着老太太向大门行去。

老太太是个要脸面的，九公主和两名宫女在一旁看着，她不好撵人，只得一言不发地朝前走。

太子妃一直卧病在床，未能得知当初抓走的烧炭的婢女就是虞府嫡小姐，病情稍缓后还曾交代说不能牵连无辜，让侍卫把人给放了。太子看在好友的面上，也为了姑娘家的声誉考虑，对此事守口如瓶，更明白错不在虞妙琪，还特意送来许多礼物以示压惊。

两位主子仁厚，做臣属的却不能得寸进尺。这事才过一月就将人带去太子府现眼，不是平白给太子妃添晦气？况且虞妙琪还是那么个命数，也不知会不会再克着谁。

老太太越走越慢，眼看大门近在眼前，终于用力掐住林氏手腕。林氏紧张万分地朝她看去，眼中露出浓浓的哀求之色。

如此迫切地想要去太子府露脸，这是眼看着太子妃病重，打上了太子继室的主意？人还活得好好的呢，贪心也要有个限度！老太太胸中翻腾着一股戾气，恨不得抡起拐杖将林氏和虞妙琪狠狠抽打一顿。

已走出大门的九公主和虞襄此时正转头看来，老太太冲两人微笑摆手：“还请公主带臣妇的孙女先行一步，臣妇落下一件东西，得亲自回去取。”

九公主不疑有他，扯着虞襄的衣袖朝自己外观奢华的大马车蹦去。虞妙琪自动自发地跟上，仿佛没看见老太太暗示她留下的眼神。

九公主先上马车，敞开怀抱笑道：“莲子糕快上来，我接着你。小心头，小心脚，小心磕着手肘。”

虞襄连声答应，上了马车立马抱住小球儿，狠狠亲了两口。九公主也回亲两下，咯咯咯地笑起来。

两人抱在一起闹得正欢，就见宫女搀扶着虞妙琪上了马车。因老太太说的是“带臣妇孙女先行一步”，却没明说是哪个孙女，宫女自然以为是两个一块儿带上。

虞妙琪也是个脸皮极厚的主儿，知道当着九公主的面老太太必定不会刁难自己，便钻了这个空子紧紧跟上。

此时老太太正用力掐着林氏手腕，眼中燃着两团怒焰，朝已经上了马车的虞妙琪瞪视。虞妙琪全当什么都没看见，放下车帘后微笑道：“已是春末夏初，阳光有些炽热，还是把帘子都放下为好，免得晒伤公主娇嫩的皮肤。”

两名宫女也觉得阳光刺人，将另一边的车帘放下，然后弯腰弓背地出去了，与桃红、柳绿搭乘下一辆马车。

虞襄透过车帘的缝隙朝大门看去，只见老太太正面无表情地说着什么，林氏看似搀着她，实则被反制住，脸色由红变白，由白变紫，十分精彩。由此可见，老太太说的必定不是什么好话。

马车缓缓开动，虞襄这才收回视线，从暗格内取出一碟糕点摆在小几上。九公主左右手各拿起一块，左手的自己吃，右手的喂给莲子糕，神情餍足，对虞妙琪却是不闻不问。

虞妙琪低眉顺眼地坐在车内一角，并不曾多话。

虞襄吃完糕点，谢绝了小球儿的再次投喂，冲虞妙琪扬起下颌蔑笑道：“姐姐，水至清则无鱼的下一句是什么？”

虞妙琪犹豫了一瞬，答道：“下一句是人至察则无徒。”

这句话的意思是人太精明了就会失去朋友，虞妙琪不得不怀疑虞襄在暗讽自己。然而下一瞬她就明白，虞襄那张嘴，狠毒的程度远远超过世上一切利器。

“姐姐错了，是人至贱则无敌。”虞襄掩嘴轻笑，一字一句缓缓开口，“通俗点来说就是人不要脸天下无敌。姐姐你已经无敌了，恭喜恭喜。”

她双手作揖，模样说不出的娇俏可爱，然而在虞妙琪看来却不啻于长相最狰狞的厉鬼。

正在吃糕点的九公主忽然喷笑起来，拍着小案几赞道：“这句话好有意思。水至清则无鱼，人至贱则无敌，人不要脸天下无敌……真是好通顺好贴切，莲子糕你太有才了！”

虞妙琪按揉胸口，默默将已经涌到喉咙的心头老血吞下。

第二十二章

醉酒

因太子妃身体违和，满月酒并未大办，只给相熟的人家和几位皇子发了请帖，其余官员送来礼物便都被遣走了。

九公主一行抵达时还未开宴，太子妃正在内室接待母家来人。九公主不顾宫人阻拦，领着虞襄便往里面走，虞妙琪被孤零零地扔在厅外。

太子妃的声音听上去十分虚弱，很显然，坊间流传的有关她病重的消息并非空穴来风。听不清她究竟说了什么，她的母亲开始低低抽泣，哽咽道："那便依你吧，总不能亏了两个孩子……"

九公主蹦蹦跳跳地跑进来，两人连忙各自抹泪，然后笑着打招呼。虞襄不像她那般没眼色，早就命桃红、柳绿将自己的轮椅推到外间，静静等候。

"皇嫂，今儿是大喜的日子，你怎么哭起来了？"九公主俯下身来，盯着她通红的眼睛看个不停。

太子妃侧脸躲避，她也跟着把脸转过去，姑嫂俩你追我躲地玩闹了一会儿，脸上渐渐都显出悦色。太子妃的母亲见了心里舒坦很多，起身告辞，出了房门看见虞襄，笑着上前叙话。

太子妃听见虞襄清甜的嗓音，连忙唤道："襄儿也来了？快些进来。"两个小姑娘一个是她的开心果，一个是她的小福星，都深得她的喜爱。

简单寒暄了几句，太子妃让人去端糕点，见小姑子埋头吃上了，这才看向虞襄，柔声问道："襄儿与本宫三个妹妹可相熟？觉得她们性情如何？本宫这身体怕是不成了，总想着给一双儿女找条后路。"

她的病情一天更比一天严重，腿脚酸软得无法动弹不说，下腹更是恶露不断，若是再止不住恶露，没准哪天就血尽而亡。然而，一双儿女却还幼小，且是所有皇子龙孙的眼中钉肉中刺。如何让一双儿女安然长大成了她除不掉的心病。大概因为生产前得了虞襄一支龙凤签的缘故，她对这位灵气逼人的小姑娘有种莫名的依赖情绪，否则也不会说出这样私密的话。

没错，正如外界传言的那样，她打算从自己的三位妹妹中挑选一位做太子继妃。帝后那里她已经通了气，为了皇太孙的安全考虑，也为了制衡太后母家，帝后已经默许了。

虞襄不常出门，可因为打理府务的关系，又因哥哥手眼通天，京城贵女她一个个如数家珍，然而当着太子妃的面却不能对她的姐妹多做品评，说得好了是谄媚，说得不好是诋毁。她略略想了想，干脆直言不讳地说："不太相熟，说不出好坏，但是我知道，人都是有私心的，不能将希望寄托在他人身上。"

"可本宫这身体怕是撑不过半年了。"太子妃苦笑，挽起衣袖，让她看自己瘦成枯枝一样的手臂。生产过后，太医明明说没有大碍，哪料到一月后竟是将死之局，老天爷赐给她一双麟儿却拿走她半生寿数，果然极为公平。她也没什么好怨的，只想在死前给孩子们安排好一切。

"朴神医……"虞襄拧眉道。

太子妃笑得越发凄苦："早在八岁那年得天花时，本宫便将一次问诊的机会用掉了。太医们也都束手无策。"

虞襄沉默了，恰在这时，老太太在一名宫女的引领下走进来，手里捧着一盆朱红色的似珊瑚又似树木的东西。老太太给太子妃见礼，将那东西置放在床头，笑道："这是驱邪草，来自南洋的一种植物，说是可祛除病气使人安康，但在南洋却从未有人种活过，只是个传说而已。襄儿找来一包种子，全部撒下去也只种活这一株，不但样子好看，闻着也香，这便送来给太子妃娘娘，希望您能早日康复。"

朱红色的植物散发出一阵阵沁人心脾的甜香。太子妃隐隐作痛的太阳穴瞬间平复不少，笑着向老太太道谢，因舍不得两个小姑娘过了病气，又命宋嬷嬷将她二人带到外面与各家贵女玩耍。

两人出门后却没往人多的后花园走，反而顺着小径来到一处幽静凉亭，准备说些私房话。刚坐定便听见一阵脚步声缓缓而来，两人转头回望，恰好与一双狭长的眼对上。

九公主脸颊爆红，不知所措。来人亦是十分惊讶，眼中流露出激动的情绪，却又飞快收敛起来，弯腰作揖后准备离开。

"你……你别走啊！"九公主噌地一下站起身，焦急地喊道。

那人心里也是不舍，闻听此言立即停步，嘴角缓缓勾出一抹浅笑。

虞襄眉头轻皱："公主留他作甚？此处乃后院，他一个外男擅闯后院，若是冲撞了哪位贵人他担当得起吗？"话落看向俊美异常的青年，厉声呵斥，“公主大人大量不与你计较，你还不快点滚开！”

沈元奇抿了抿唇，指着不远处的一扇院门说道：“启禀公主，你们过了那道角门就算入了前院。”他又指了指凉亭后方掩映在层层绿荫中的一栋小楼，躬身稽首，“那是太子书房，离此处只有五百米，故而此处已是前院地界。微臣未料到公主与虞小姐在此歇息，若有冲撞还请恕罪。”

虞襄只来过太子府几回，哪记得府中布局，用询问的眼神朝九公主看去。

九公主心里眼里全都是青年俊美的脸庞、温雅的笑容、低沉的嗓音，此时脸颊充血，脑子混沌，哪里接收得到她发出的疑问，只一味地憨笑。

九公主六岁时还曾哭着鼻子跑到金銮殿找父皇，在宫里都是横行无忌的主儿，到了太子府哪个敢拦？守门的小厮见来人是九公主和虞小姐，忙着躲开了，全当自己没看见，这才造成了误会。

虞襄了悟，见状元郎还躬身稽首地等待责罚，心里甭提多尴尬，沉默片刻掩嘴笑了：“沈大人快快请起，方才我们是跟沈大人闹着玩呢，您千万莫怪。”

真是死鸭子嘴硬。沈元奇险些笑出声来，垂头强忍片刻才道不敢。

分明担心自己擅闯后院让侍卫拿住，却又装作凶神恶煞的样子大加斥责，然后好叫自己走脱，这性子还是那般别扭可爱。这样一想，他心情越发明朗，素来晦暗的双眸此刻显得十分晶亮。

九公主这才堪堪回神，挥着小胖手喊道：“沈大人，你过来啊，我请你吃栗子。这是御膳房的大厨用秘法炮制出的糖炒栗子，可香了。”她边说边从荷包里掏出几粒又圆又大、油光发亮的栗子。

这诱哄孩子的语气叫沈元奇哭笑不得，若是往常他早就告罪离开，眼下虞襄也在，竟是万分舍不得，心里还在挣扎，腿脚已跨入凉亭，等回神时已经坐定了。

九公主喜不自胜，亲手剥了一粒黄灿灿的栗子递过去。

沈元奇连忙道谢接过。

论起脸皮，虞襄比起虞妙琪也是不遑多让，这会儿早已甩脱尴尬，笑嘻嘻地问：“太子殿下与几位皇子都在前厅，你不过去巴结，跑到这里干吗来了？”

沈元奇心里微微一动，直言道：“想必虞小姐已经听说了，我原本乃薛府家奴，并非豪族嗣子。凭我这等出身，还是不要污了各位贵人的眼，躲来此处反倒自在。”

“原来坊间传闻竟是真的。”虞襄恍然大悟地点头。

九公主见他孤零零地避让到此处，不知怎的，竟觉得十分难过，眼圈逐渐泛红。

虞襄眼角余光瞥见她的表情，颇有些哭笑不得地说：“人家沈大人都没觉得如何，你难过什么？圣祖时的镇国将军房大人乃御马奴出身，威名赫赫的沧海使是一个阉人，高祖时官居左相的林大人曾当过龟奴……”

她一口气数出七八个官位显赫却出身卑贱的名人，戏谑道：“论起咱们大寒朝十大励志名臣，沈大人还排不上号呢，须得身世再惨烈些才好。”

九公主眼圈不红了，心里也不那么难过了。

沈元奇用力抿唇，克制住心底不断攀升的笑意。小丫头安慰人的方法永远那么独特。

虞襄自顾自从九公主手里抢过一颗栗子扔进嘴里，笑道：“世人都说沈大人出身卑贱不堪大用，却不知这出身卑贱也有出身卑贱的好处。今儿能入太子府参加宴席的哪个不是大人物？像沈状元这样的芝麻小官，莫说参宴，恐连门缝都摸不着。得了太子殿下和皇上的青睐，沈大人这官路顺着呢。”

沈元奇笑而不语，心里却连连叹息：果然是他沈元奇的妹妹，眼界比起虞妙琪不知高出何几。虞妙琪以为将他身世散播出去便会毁了他仕途，焉知皇上如此重用他正是因为他的身世。而今京城勋贵个个避他如蛇蝎，原本打算与薛家联姻的也都没了音讯，这是打算将他孤立起来。

如此，他一个毫无背景根基的孤臣，皇上用得岂不更放心？素来与皇上一条心的太子自然也会格外优待他。眼下他看似潦倒落魄，实则日后步步坦途。说到底，他还要反过来感谢虞妙琪才是。

九公主听了这席话彻底放心了，结结巴巴地与状元郎搭话。

沈元奇本就是个手段圆滑处事老辣的，这会儿朝思暮想的妹妹就在身边，自然打叠起万般精神应对，不过须臾，两位少女就与他熟稔起来。

虞襄听他说完在薛家为奴那段往事，一面啧啧称奇一面问道：“你有十两银子吗？”

沈元奇伸手便去拿荷包，柔声道：“自然有。”一点儿没觉着仅有两面之缘的少女跟自己讨要银两有何不对。

虞襄捂着脸说：“当初不是说了，等你发达了便将银子掷回我脸上，没想到一语成谶。你掷吧，我虞襄可不是那等食言而肥的小人；再者，那银子本就是我的，没有不往回要的道理。这世上最舒爽的事儿莫过于被银子砸，你且砸，只要不砸花我这张脸蛋，再多百十两我也受得住。”

沈元奇愣了愣，随即朗声大笑起来。如此古灵精怪却又洒脱不羁的小丫头就是他的嫡亲妹妹，比他想象中更可爱千倍万倍。为何老天偏要弄人，让她去了虞家，反把那丧门星送来沈家。若非如此，他们一家人现在一定过得很是幸福快乐。

笑着笑着，他眼中沁出沉沉的苦涩。

虞襄似有所觉，九公主却撑着下巴，盯着状元郎俊美至极的笑脸看得如痴如醉。

恰在这时，一道低沉浑厚的嗓音传来：“沈大人，太子殿下正欲寻你。”

几人转头回望，表情各异。九公主和沈元奇莫名有些拘谨，虞襄却惊喜万分地喊了一声“哥哥”。

虞品言上前给九公主见礼，而后盯着妹妹问道：“襄儿与沈大人早就认识？”

“嗯，沈大人倒在我车轮下差点被碾死，我就赔了他十两银子压惊。”为了给状元郎留点面子，虞襄将“寻死”的事儿模糊带过。

沈元奇哭笑不得地点头。

虞品言将她的轮椅转了个方向，朝不远处的角门推去，柔声道：“此处乃前院地界，为免碰见外男冲撞了九公主，你且带九公主回去。方才范老将军到了，范小姐想必正在寻你们。”

虞襄乖巧地应诺，拉着依依不舍的九公主回去了。虞品言目送两人走远，这才回头看向沈元奇，目光十分尖锐：“你与襄儿说了什么？”

“不该说的下官一句未说，还请虞都统放心。”顿了顿，沈元奇终是忍不住问道，“虞都统，您说过会送下官妹妹回家，却不知究竟要等到何时？”

虞品言深深看他一眼，举步前行："等到襄儿及笄之后。"

沈元奇亦步亦趋跟上，追问道："为何非要及笄之后？"他一时一刻都等不起了。

"及笄便可嫁人，自然要等到那之后。"虞品言意味不明地笑了笑。

沈元奇敛眉深思。

虞妙琪被九公主扔在偏厅。因她是永乐侯府的嫡女，太子妃的三位妹妹待她十分和善。少女们凑在一起聊聊梳妆打扮、胭脂水粉、家长里短，气氛倒也和乐。

太子妃的母家乃沧水闵家，前前后后出过四任帝师。太子妃的祖父更是手把手教导过皇上和太子，虽说现在已经致仕，太子妃的父亲只担任从二品的翰林院掌院学士一职，但闵家的地位却很超然。

也因此闵家的三位姑娘都是落落大方清贵逼人之辈，其中年龄最幼容貌最盛的一位，更隐隐以主人自居，上至宾客下至仆役都料理得十分妥帖。

虞妙琪冷眼看着，已觉察出对方的心思：这是打算承袭太子妃的遗愿给太子当继室。真是蠢得无可救药！太子妃早已诞下一双麟儿，她能不为自己的儿女考虑？必定会趁着没死之前哄骗妹妹喝下绝育药，然后让对方心甘情愿地为自己将一双儿女养大。

祸事已然临头，这几个还沾沾自喜地做着美梦呢！

垂头小啜一口热茶，虞妙琪自得一笑。不管太子妃有没有这个心思，只需将事情辗转透露出去，她们自家姐妹便能闹起来。除去闵家姑娘，放眼整个大寒，还有谁更适合当太子正妃？自然是身为太子伴读、皇上重臣的虞都统的妹妹。太子若想顺利登基坐稳皇位，不拉拢虞品言是万万不成的。

虞妙琪想得正入神，就见一膀大腰圆、皮肤黝黑的少女踏入偏厅，举目四顾。

闵氏三姐妹连忙笑着迎上去："娇娇来啦，快坐。"

如此粗壮一位人物，浓眉大眼，英气勃勃，若非穿着女装，差点要以为是哪家的儿郎，偏取了个闺名叫娇娇。虞妙琪垂头，用手帕掩住唇边的讽笑，眼角余光瞥见许多贵女与自己一样，也都忍俊不禁，目露嘲讽。

闵氏三姐妹，大的叫闵松，次的叫闵芝，最小的叫闵兰，因太子妃病重，托她三人招呼女眷。大妹、二妹虽与范娇娇没甚交集，却也毫无轻视之意，反倒是闵兰，脸上笑容显得十分僵硬，扭捏间反把身上那一二分的清贵之气全都冲散，再不复之前的雍容。

范娇娇是个直肠子，看见闵兰立马沉下脸，自动自发地拣了张凳子落座，问道："九公主跟襄儿呢？怎么没看见？"

闵松使人给她奉茶，温声道："她俩见了太子妃姐姐就自去玩耍了，眼下也不知躲在哪个旮旯里。莫急，到了开宴的时辰她俩自然会回来。"

离开宴还有小半个时辰，想到要与这帮娇滴滴的贵女虚与委蛇，范娇娇浑身就像爬满了蚂蚁，难受得厉害，本就黝黑的肤色更显暗沉。她左右看了看，指着身边的虞妙琪问道："这是哪家姑娘？怎如此面生？"若是合适就拿来打发打发时间。

"这位是虞襄的双胎姐姐，了空师太的俗家弟子，渡完厄刚回家。"闵芝柔声解释。

闵兰在主位坐定，一面竖起耳朵听几人说话，一面应付其余贵女，俨然一副当家主子的模样。

范娇娇瞪着眼珠朝虞妙琪看去，直将她上三路下三路都扫了个遍，目光极其放肆。虞妙琪心生不悦的同时更感到几分忐忑难安。能与虞襄交好，这位必定不是好相与的主儿。

果然，范娇娇下一刻就虎声虎气地开口了："这真是襄儿的双胎姐姐？怎么长得如此丑陋？莫不是搞错了吧？"

她声音本就洪亮，惊愕之下更提高了好几个分贝，莫说偏厅的贵女，就连正厅的太子妃和一众贵妇都听了个一清二楚。贵女们纷纷掩嘴忍笑，更有几个猝不及防喷笑出声，引得虞妙琪恨不得挖个地缝钻进去。

闵松微微怔愣，回神后连忙圆场："双胞胎也有长得分毫不像的，王大人家的两个幼子就是如此。再者，虞二小姐如此清丽动人，她若是称得上丑陋，叫我们这些中人之姿的可怎么活？"

范娇娇听见母亲在隔壁咳嗽，心知自己又闯祸了，补救道："她其实长得不丑，只是跟襄儿比起来就显得丑。刚才是我说错了。"

货比货得扔，人比人得死，你还不如不解释呢！厅中接二连三响起一阵哄笑，就连向来矜持稳重的闵松也忍不住莞尔。

虞妙琪脸颊已涨成青紫色，偏嘴角还挂着一抹牵强的微笑，上牙咬紧下牙，一股淡淡的血腥味在口腔里蔓延。她真想不管不顾地大声嘶吼，告诉所有人自己才是永乐侯府真正的嫡女，虞襄不过是一个外人，一个卑微的商家女。

但这个想法刚一出现又被她死死按捺住。她知道这话不能说，这辈子，虞襄都得是她的双胎妹妹，是永乐侯府的嫡女。否定虞襄就是否定自己，摧毁虞襄也等于摧毁自己。

虞妙琪在水深火热中煎熬着，眼见快要熬不下去的时候，门外响起轮椅转动的声音，嬉笑的贵女们瞬间收声，装模作样地与同伴聊天，就连矜傲的闵兰都忍不住露出惧色。她们都知道虞襄是个极其护短的性子，她的人她自己可以使劲地欺负，却容不得他人弹压分毫。

不过这回大家都猜错了，虞襄与虞妙琪非但不是自己人，还是不死不休的敌人。

“说什么呢，笑得这样欢快？”一道清甜的嗓音伴着浓郁的花香飘进来。

“没说什么，就说你姐姐跟你长得不像。”范娇娇急忙奔上去，从桃红手中接过轮椅往前推，生怕自己说虞妙琪丑陋的事被其他人抖搂出来。

“她跟母亲长得像，我跟哥哥长得像，有什么稀奇的？”虞襄瞥了眼面色青紫的虞妙琪，并未落井下石。在侯府里，在单纯的九公主跟前，她可以有什么说什么，但在这帮心思弯弯绕绕的贵女跟前，她可不会让人看了永乐侯府的笑话。

闵松连声附和，又带头向九公主行礼，其余贵女连忙聚拢过来，毕恭毕敬地蹲身问安。

九公主向来不喜人多，摆摆手便躲到虞襄和范娇娇后头。虞襄将她拉出来，往前推了推，朝嘴巴噘得老高的闵兰看去：“有什么好吃的、好喝的、好玩的，赶紧给九公主进上来。你今天不是受了太子妃娘娘嘱托代为接客吗？”

“还不赶紧端茶递水上糕点。”闵兰指着一名宫女呼喝，末了将九公主让到主位，细声细气地问，“公主，咱们来玩华容道？”

九公主还没开腔，范娇娇就瓮声瓮气地拒绝：“不玩，你输不起，上次欠的二百两银子还没还清呢。”

闵兰脸色瞬间涨红，倒叫虞妙琪心里好受很多，暗暗忖道：都说物以类聚人以群分，这话果然很有道理。虞襄是个嘴毒的，她这些朋友也是一张嘴就能把人给噎死。

虞襄眯着眼睛笑了，懒洋洋地开口："要玩可以，但彩头得加大。输一场给一百两银子，你敢吗？"

闵松、闵芝连忙去拉闵兰，却被她狠狠拍开，冷笑道："有何不敢？"姐姐就在边上看着，虞襄也敢如此嚣张，今天一定要给她一个教训。

一众贵女纷纷围上来观战，九公主和范娇娇一左一右趴在虞襄轮椅背上，看得津津有味。

虞妙琪也是玩华容道的高手，连忙挤了进去，刚挤到桌子边上，就见虞襄已经将代表"曹操"的棋子移到了底格，顺利逃脱了。

闵兰甩出一百两银票，咬牙道："这回不算，继续！"

"好啊，不算就不算吧。"虞襄轻笑，几乎不用思考，棋子刚摆好就噼里啪啦往下移，不管闵兰如何围追堵截，总是能在十步之内逃脱。接连下了十几盘，也不过用了一刻钟，堆在她手边的银票已经厚厚一沓，怕被风吹走了还用一锭银子压着。

闵兰输红了眼，发现银票全没了，拔掉头上的钗环还要继续，被两个姐姐死死按住。其他的贵女纷纷掩嘴轻笑。

虞妙琪却笑不出来，忽然发现虞襄比自己想象中的更不简单：她嘴毒，性子野，豁得出去也放得下脸面，脑袋更是十分聪慧，简直太难缠了。

虞襄见闵兰恶狠狠地瞪着自己，抬手便将银票甩出去，嗤笑道："说了不跟你玩，每次输了就像急眼的兔子。拿去吧，我不缺你这点银子……"

隔壁正厅传来老太太的咳嗽声，还有太子妃连说"无事"的轻笑声，虞襄不得不吞下未尽之语。

闵松将银票压得平平整整又塞回她手里，与闵芝拽着闵兰下去了。虞妙琪此时倒真有些佩服虞襄，明知太子妃就在隔壁，她还敢如此对待闵氏三姐妹，性子比传言中的更为乖张。

因皇上有旨，两位小皇孙的百日宴要挪到宫中大办特办，又因太子妃身体违和，满月宴只意思意思也就罢了。太子妃果然只请了几位妯娌、母家和几户极其相熟的人家，又把贵妇和贵女们分开，一边由自己招待，一边交给闵氏三姐妹。

闵氏三姐妹直到开宴了才回来，招呼众人上席用膳。虞妙琪见所有贵女都有意避开九公主、虞襄和范娇娇三人，便也不过去自讨没趣，与一位刚认识的贵女坐在一起。

虞襄三人占了十二人的大圆桌和几十道菜肴也不觉得尴尬，反而习以为常，自个儿倒上酒，拿起筷子开吃。闵兰瞥了三人一眼，表情有些诡异。

酒宴快结束时，范娇娇忽然暴喝一声："酒呢？我的酒怎么没了？再给我上一壶！不，上一坛！"她边说边拎着一个空酒壶站起身来，用筷子敲得噼里啪啦作响。

九公主软绵绵地靠在她肩上，顺着她站起身的动作慢慢滑倒在地，竟哼哧哼哧地打起呼来。

唯独虞襄斜倚在轮椅上，一只手晃晃悠悠地甩着马鞭，一只手托着腮帮子，又大又圆的猫瞳里缀满晶亮的水光，正饶有兴致地盯着范娇娇。她的脸颊红扑扑的，比打了胭脂更为娇艳，樱桃小嘴微微开启。那慵懒的姿态蕴含无数风情，直叫人看一眼也不由自主地跟着醉倒了。

听见吵闹声，所有人转头看去，有的惊讶，有的偷笑，还有的忧虑……闵兰脸色忽青忽白十分难看。她本想让虞襄出一次大丑，九公主与范娇娇只是顺带。她都快成为太子正妃了，还需怕谁？

眼下九公主与范娇娇确实出了丑，虞襄却还好端端的，既没昏倒在地也没大喊大叫，那半醉半醒的小模样反而好看得紧。

闵松狠狠瞪妹妹一眼，正欲起身料理九公主，却见太子妃进来了，指使宋嬷嬷将九公主抱进自己卧房安睡，又将范娇娇摁坐在椅子上，夺过她手里的酒壶略略一闻，笑叹："却是府里下人错将青果酿当成了青果酒拿来，难怪醉得如此厉害。"

青果酿是存放在特制的木桶内发酵了四十年以上的青果酒，没了果酒的清冽，却多了几分绵软醇厚，喝进嘴里酸酸甜甜十分爽口，下了肚却后劲十足，故而别名又唤"肚里烧"，是大寒朝有名的烈酒。成年男子只需饮小半瓶就烂醉如泥，三位少女合饮一瓶，那劲道可想而知。

别桌都没弄错，单这桌弄错了，太子府的下人会粗心至此？范娇娇的母亲若有所思地看了闵兰一眼。太子妃亦在心中大摇其头，将闵兰排除继妃之列。太子妃本以为她最好掌控，然而若是嫉妒心强到这等地步却是万万不能选的，省得招了太子厌恶还带累两个宝贝。

闵芝心有所感，不免心中窃喜，闵松却出了一头的冷汗。闵松这辈子还想拥有自己的孩子，哪怕有朝一日能坐上凤位，她也不会往长姐的套子里钻。

老太太慈爱地抚摸孙女滚烫的脸颊，笑道："叫太子妃娘娘见笑了。既然酒宴已经结束，娘娘身体也不舒坦，臣妇便带孙女先行一步，省得再出大丑。"

范娇娇的母亲连忙附和。

太子妃确实快支撑不住，并不多加挽留，派人给前院的虞都统递了个口信。

在太子的宴席上，虞品言与沈元奇一样都是无人问津的存在，却也略有区别：虞品言是因为性子太冷叫人惧怕，沈元奇却是因为出身卑微让人鄙夷。得了太子妃送来的口信，虞品言立即起身与太子告辞，沈元奇也告了罪，说是与虞都统同路。

太子并不强留，派人送他们出去。虞品言大步往二门走，身后紧紧跟着沈元奇。因顾虑此人将是自己的大舅哥，虞品言也不撵他，全当没看见。

两人刚跨出前院就见老太太正半弯着腰，与坐在轮椅上的孙女说着什么。虞襄睁着一双又圆又大的杏眼，黑而亮的瞳仁似浸在清澈的泉水中，闪着潋滟的波光，无论老太太说什么都只缓缓点头，然后小嘴儿咧咧，笑得十分憨傻。

沈元奇一见她那迷迷糊糊的小模样，心就软得一塌糊涂，脚步不知不觉加快，竟走在了虞都统前头。

听见脚步声，老太太停下逗弄孙女，转头看去，状元郎那张急切的俊美脸庞映入眼帘。此人是襄儿的嫡亲哥哥，老太太心里门儿清，心下不免生起几丝戒备。

好在沈元奇及时找回理智，猝然停步给老太太见礼，又淡淡瞥了一眼如遭雷击僵立当场的虞妙琪。

老太太也发现了虞妙琪的异样，表情略显讽刺。无须派人探查她就知道，有关于状元郎的风言风语全都是虞妙琪散播出去，目的只为毁了状元郎仕途进而将他赶出京城。到底是小门小户里长大，见识浅薄，想不到皇上之所以重用状元郎，除了他的才干，还因为他的身世。

日后状元郎步步高升位极人臣，也不知虞妙琪会是什么表情？佛曰：“愚人除事不除心，智者除心不除事。”这虞妙琪真是个无可救药的愚人。老太太暗自叹息。

虞妙琪本以为沈元奇现如今的处境必定落魄潦倒，没过几月便会被皇上发配出京，这辈子再不能寸进，哪料到在皇太孙的满月宴上竟还能看见他。似他这般从五品的芝麻小官，如何有资格？

脑子里乱哄哄的，没个头绪，虞妙琪不自觉退后几步，躲在老太太和马嬷嬷身后。沈元奇却连个眼角余光也未给她，只定定地看着正向自己憨笑的妹妹，心里涌出无限爱怜。

他压抑住满心激动问道：“襄……虞小姐这是怎么了？”

“下人错把青果酿当成了青果酒奉上，小丫头不小心喝多了，这会儿正迷糊着呢。”老太太笑得无奈，忍不住伸手戳了戳孙女软嫩的腮肉。

虞襄眨着水汪汪的大眼睛瞅她，然后咧嘴傻笑。那娇憨的模样令沈元奇又是一阵眼热，忍不住又往前靠近一步，却被虞品言挥袖拂开，那轻飘飘却又冷飕飕的眼神令他瞬间找回理智。

虞品言走到妹妹跟前，伸手去捏她的鼻尖。

虞襄毫无焦距的双眸忽然曝出亮光，一头扎进青年怀里，娇滴滴地唤道：“哥哥，你背我回家，我要回家。”

老太太笑叹：“喝醉了谁都不认识，只认识她哥哥，小没良心的。”

虞品言愉悦地低笑：“连我都不认识了才叫没良心。”话落将小丫头背在背上，大步就走。

虞襄将滚烫的小脸埋进兄长脖子里，发觉他抖了抖，忍不住咯咯咯地笑起来，小手拍打他脑门，喊了一声“驾”。

被人当马骑了，虞品言非但没生气，脸上的宠溺之色反倒更深。沈元奇一边与老太太寒暄，一边盯着前方的“兄妹俩”，心里又酸又涩十分难受。

虞妙琪比沈元奇更难受千万倍，曾经亲密无间的兄妹已成了死仇，而今认回的亲人却对她冷漠敌视，对一个外人千娇万宠。虽然回到了权势滔天的侯府，她却仿佛一无所有。

第二十三章 虫噬

虞襄趴伏在哥哥宽阔的背上，心里莫名欢喜，路过一棵柳树顺手就折下一截柳枝，一边挥舞着一边咿咿呀呀唱道："不问情由破口骂，骂得我痛心疾首话难讲！方才我路遇婆婆将我打，肚中苦水似汪洋。只道夫君知我心，谁知也会不体谅啊！虞郎呀说什么父女同谋毒心肠，可记得送衣送鞋到门墙。我若要另抱琵琶另嫁郎，又何必花园相约赠银两？不是夫妻并痛痒，我今日怎会到法场？你看我满身都穿孝衣裳，难道我还想做新娘？"

这是越剧《血手印》里的一段唱词，说的是王家千金法场祭夫控诉冤屈之事。虞襄人虽然醉得迷糊，却不忘把"林郎"改成"虞郎"，把哥哥当成夫君。

虞品言一边走一边低笑，转头想看看小丫头娇俏的脸蛋，就见她噙着两汪眼泪，控诉一般又唱了句"只道夫君知我心，谁知也会不体谅啊"，那小模样像足了受夫君冤枉的小娘子，仿佛下一刻就要痛哭失声。

虞品言哑声道："是夫君冤枉了小娘子，回家定然给娘子赔罪。乖了，好生抱紧夫君，小心掉下去。"

虞襄呆头呆脑地想了半天才消化完这番话，自觉满意了，重新又攀住哥哥的脖颈，唱起了《贵妃醉酒》。

老太太走得慢，沈元奇也只得陪着缓步而行，隔得越来越远只听见虞襄似模似样的咿呀声，反倒没听见虞品言的话。

一行人走到门外，马车早已套好，沈元奇依依不舍地目送妹妹。虞妙琪行过他身侧时忽然低语："大哥，有时间我们谈谈？三日后紫向阁一聚。"

沈元奇嘴唇微动，表情冷冽："抱歉，虞二小姐，你认错人了，你的大哥在那儿呢。"他朝正抱着虞襄登车的虞品言指去。

虞妙琪哀伤地看着他，见他无动于衷，只得迈着小碎步朝马车走去。他如此态度，自己要想与他和好怕是不能了。

虞品言跟虞襄坐一辆马车，小丫头唱完了《贵妃醉酒》似乎觉得有些口渴，正伸出舌尖舔着殷红的唇瓣。

虞品言倒了一杯茶缓缓喂进她嘴里，目光沉沉地问道：“襄儿，再过几个月你便及笄了，能嫁人了。”

虞襄捧着哥哥握茶杯的大手，傻笑道：“我不嫁人。”

虞品言用指腹擦掉她嘴角的水渍，哑声道：“不能不嫁。”

虞襄眼珠子滴溜溜转了一圈，娇声道：“那我就嫁给哥哥好不好？”

虞品言放下茶杯将小丫头拉进怀里，双手掐着她纤细的腰肢，嗓音格外暗沉：“好，就这么办。等你及笄便嫁给哥哥，嫁妆、聘礼哥哥一人全出了。”

虞襄先是沉思片刻，随即伸出食指勾起兄长坚毅性感的下颌仔细打量，慎重点头道：“好吧，就依你，能娶到你这样的美人算我赚大了。”

话音刚落，她又咿咿呀呀地唱起来：“虞襄用目瞅，从上下仔细打量这位闺阁女流，只见她的头发怎么那么黑，她的梳妆怎么那么秀，两鬓蓬松光溜溜何用桂花油，高绾凤簪不前又不后，有个名儿叫仙人鬏，银丝线串珠凤在鬓边戴，明晃晃走起路来颤悠悠，颤颤悠悠真正似金鸡乱点头，芙蓉面眉如远山秀、杏核眼儿灵性儿透，她的鼻梁骨儿高，镶嵌着樱桃小口，牙似玉，唇如珠，它不薄又不厚，耳戴着八宝点翠叫的什么赤金钩……”

马车缓缓在侯府门前靠拢，桃红、柳绿奔上去接主子，却见主子裹着侯爷的外裳，被侯爷打横抱在怀中，小脸埋在他的臂弯内，只能看见一个红红的耳尖，一股清甜浓郁的莲香味透过布料渲染开来。

虞品言绕过桃红、柳绿大步前行，入了西厢沉声道：“打盆水过来，再拿一盒雪肤膏。”

桃红依言去打水，柳绿从箱笼内翻出一盒雪肤膏。虞品言将妹妹轻轻放在床上，掀开裹在她身上的外袍，伸手梳理她略微凌乱的额发。

柳绿凑上前来一看，禁不住倒抽一口凉气。只见主子因为喝酒过后体温过高，已经出了满身细汗，额发湿漉漉地粘在腮侧，还有一缕含在娇嫩的唇瓣里，双颊泛出浅浅红晕，身体软绵绵的仿佛没有骨头。那娇弱无力沉沉安睡的模样，用一句“活色生香，艳色无边”来形容也不为过。

柳绿惊恐不安地朝侯爷看去，听见门外传来桃红的脚步声，想也不想就放下药膏，出门接了水盆，将桃红打发走。这要命的场景她一个人看见也就罢了，让桃红看去岂不害了她？

虞品言神色如常，轻轻脱掉妹妹的鞋袜和罩衫，拧干手帕仔细帮她擦拭裸露在外的肌肤。

柳绿僵硬万分地站在榻边，额头落下豆大的汗水都不敢抬手去擦。

虞品言定定看了她一眼，沉声道："不想死的话，就管好你的嘴。"

"奴婢知道了，奴婢什么都没看见。"柳绿颤声答话，头埋得极低，不敢去看侯爷那张俊美无俦的脸，直到脚步声远去才软软瘫坐在脚踏上。兄妹乱伦，这都是什么事儿啊！怪只怪小姐长得太好，又太黏人，见了侯爷就跟连体婴似的腻在一块儿，丝毫不理会男女大防。身边成天坠着这么个娇滴滴甜腻腻的可人儿，哪个男子不动心？

柳绿恨铁不成钢地冲榻上的主子远远挥了挥拳头，认命地去倒水。

虞襄醒来时已到了傍晚，日头黄灿灿地挂在西边，天空布满了大片大片的火烧云，看上去十分瑰丽。她伸了个懒腰，盯着天边的云朵发呆。

柳绿进来伺候她穿衣，踌躇了半晌忽然问道："小姐，您还记得您喝醉以后发生了什么事儿吗？"

不问还好，一问便涌出许许多多模糊不清的片段。天哪，虞襄捂脸呻吟，往后一倒一滚，用被子将自己裹起来。

柳绿急忙将她扒拉出来，焦急地问："小姐，您想起什么了，快跟奴婢说说。有什么事咱们一块儿想办法。"

哪料到被子掀开后看见的不是一脸泪水，而是一脸坏笑。虞襄眯着猫瞳自顾自笑了好一阵儿才不以为意地开口："没发生什么大事，就是唱了一段《花为媒》，把哥哥当成李月娥给调戏了。"话落又是嘻嘻哈哈一阵大笑。

柳绿真想给主子跪下了，这是没心没肺到了何种地步！然而，想到侯爷临走时的警告，她又不得不将满腹话语压下。

定了定神，柳绿继续给主子穿衣，却听外面有人禀报："小姐，靖国公夫人与常小姐来了，身后跟着舅夫人。"

这两拨人却不是一路，仅在门口碰上而已。靖国公夫人带着常雅芙直接去拜访林氏，舅夫人孙氏却径直往西厢来，表情很有些怨愤。

虞襄穿好衣服，坐在梳妆台前画眉。

片刻工夫，孙氏就已到了，进门便喊："襄儿，舅母的好襄儿，你怎许久未给府里送银子？我跟你舅舅都快揭不开锅了。快快把银子补给我，我准备把林老五的儿子过继到你舅舅名下，林老五硬要六百两，否则不肯放人。我与你舅舅今后是否有子嗣送终就看这回了，襄儿你可千万不能弃我们于不顾啊！”

孙氏只生了一个女儿，正准备要一个儿子的时候，丈夫吸多了五石散，那处不中用了，就连家产也被大房夺去，从此潦倒落魄好不凄惨。她真是叫天天不应叫地地不灵，只得死死扒着小姑子过活。哪知道小姑子也是个不中用的，死了夫君就跟天塌了一样，竟就关门谢客避世隐居了！

所幸外甥女是个得靠的，不仅月月封二百两银子，逢年过节还一车一车的礼物往家送，他们的日子这才好过很多。自从外甥女掌家起，四年了，就没哪年给舅家断过饷，似今次这般不管不顾真算是罕见，孙氏按捺了几日，眼见到手的儿子快飞了，这才急急找上门来。

“你要过继林老五家的儿子？”虞襄用黛笔一根一根仔细涂刷眉毛，漫不经心地说，“我记得林老五家的儿子最小那个都已经十九岁，养得熟吗？”

孙氏见有戏，连忙凑过去谄笑道：“养得熟养得熟。我们两家本就比邻而居，他娘统共生了三个儿子两个女儿，哪里照看得过来，都是把林云托给我照料。我们虽然没有母子名分，论起感情却比他亲娘还亲。林老五的次子这回要娶方主事家的女儿，出不起彩礼，这才同意将林云过继给我。”

她拿出手绢装模作样地擦泪：“襄儿啊，我与你舅舅的日子过得苦哇，连个养老送终的人都没有，你就帮帮舅母这一回吧。”

虞襄放下黛笔，在腮侧沾了一点胭脂，细细涂抹开，叹道：“我不是不愿帮舅母，不过区区六百两，往常从我指缝里漏出来的零头也比这个多。但今时不同往日，舅母没听说么，我那双胎姐姐回来了，如今这虞府全归她和母亲管理，没我什么事儿。怎么，这都多少天了，她们竟没想着给你和舅舅送银子？我当初可好生交代过的。”

对于孙氏一家，她向来不吝啬钱财，反正掏的都是林氏的腰包，何乐而不为？

孙氏恍然大悟，咬牙道：“原来如此。我说襄儿怎会如此无情，竟忽然不管我们了。我这几日忙着过继嗣子的事儿，只等你母亲带着你姐姐登门来拜，哪料到她们完全不把我跟你舅舅放在眼里，不来认门也便罢了，连银子也给我们断了。”

虞襄叹道：“莫说断了你们银子，当初交接账目的时候她们自个儿算错了还赖在我头上，非要找老太太评理。我算是怕了她们，这中馈账目日后再也不敢去碰。舅母若想要银子只管去向母亲讨要，母亲心里还是惦记舅舅的，大概因为忙碌一时忘记了。只一点我须得提醒舅母，我那姐姐性子十分吝啬，恐怕不会轻易掏钱。”

一听这话，孙氏对虞妙琪简直恨进了骨子里。他们一大家子全靠虞襄每月给的二百两生活，现在林氏母女忽然给他们断了，岂不叫他们生生饿死?

“那可怎么办？”孙氏搅着手帕急问。有虞品言压着，她并不敢在侯府撒野。

虞襄一边涂抹口脂一边提点：“你只管找母亲去闹，多闹几次，她自然就允了。难道她还能眼睁睁地看着舅舅断了香火？再者，母亲那些嫁妆已从老祖宗手里要回去了，她信不过老祖宗的人，必定得更换一批掌柜。便宜了外人不如帮扶自家人，你与舅舅跟她商量商量，看能否接管几个铺子，也是一门长久的生计不是？”

得了虞襄的指点，孙氏大喜过望，甩着手帕往正房疾奔。她老早就瞄上了小姑子的嫁妆，无奈嫁妆均握在老太太手里，她不敢妄想，而今林氏既要了回去，她自然得狠狠刮一层油水。她忌惮老太太和虞襄，却从未将林氏放在眼里。

靖国公夫人心知老太太必定不会见自己，便将主意打到林氏头上。早年林氏对女儿可是十分喜欢的，说不得见了女儿便会心软。

林氏见了常雅芙果然欢喜至极，拉着她的小手上上下下打量，直说长大了长漂亮了。靖国公夫人见气氛正好，试探性地问道：“妹妹，你看芙儿就快出孝了，言儿也都二十有一，这婚事是不是该办一办了？再拖下去咱们何时才能抱上孙子？”

靖国公夫人也是急了，否则当着女儿的面万万说不出这样露骨的话。

林氏自然想赶紧找个与自己一条心的媳妇，好把儿子笼络过来，点头道：“正是，孩子们都大了。稍晚我就与老太太商量，选个黄道吉日上门下定。芙儿几时除服？”

靖国公夫人先是面露喜色，随即忧虑起来：“后天就除服了，嫂子到那时带孩子们过来热闹热闹。只是老太君似乎对我们芙儿心存误解，会不会不同意？”

“什么误解？”林氏瞬间绷紧心弦。若是老太太不同意，她还真做不了主，也不敢做主。

常雅芙面露尴尬，靖国公夫人更是不能明说，含糊其词道：“嗐，就是他们小儿女私下里闹了些矛盾，一时赌气呗。过了这阵子也就好了。”

林氏垂头沉默。“赌气”这个词用在虞品言身上真是怎么看怎么违和。就他那杀伐果断的性子，怎会与人赌气，惹急了就是一刀两断。若非常雅芙真触碰了他的禁忌，两家不会闹到要退婚的地步。而她眼下若是答应了靖国公夫人，也就是与虞品言和老太太对着干，闹起来又是一场没脸！

林氏能想到的，虞妙琪自然也能想到。她今日遇见沈元奇本就坏了心情，又发现未来嫂子也是个不中用的，早就与虞品言起了龃龉。如此，谁还敢做主将她迎进门？

“我大哥从不与人赌气，夫人还是把事情说清楚为好，免得我母亲两面不是人。”她笑容得体，言辞却极不客气。

常雅芙唇色泛青，惶惶不安地朝靖国公夫人看去。

靖国公夫人有一下没一下地撩着茶杯盖子，忽而轻轻一叹：“罢了，我说得再多都是自讨没趣，这门亲事成与不成全看你们虞家。只是咱们两家好歹相交几十年，成不了姻亲也无须坏了情分。妹子，你给老太君带句话，就说我们常家对不起言儿，只愿除服那天能与言儿亲口道个歉。”

见靖国公夫人如此通情达理，林氏松了口气，连说除服那天一定登门拜望。常家母女这才起身告辞，出了院门，互相交换了一个怨毒的眼神。

二人前脚刚走，孙氏后脚就到，不等落座便大倒苦水，末了向林氏讨要两千两银子和几间店铺的管理权。都说人善被人欺马善被人骑，孙氏惹不起虞襄跟老太太，却将林氏当成个软柿子，爱怎么揉搓就怎么揉搓。

林氏真心疼爱弟弟，只迟疑了一瞬便要去开妆奁，却被虞妙琪死死地按住。林氏病倒了，这些日子以来都是虞妙琪在打理府务和嫁妆。也不知怎的，在虞襄手里生意兴隆的店铺，刚到她手上一月就出现了严重的亏损，不是货源出了问题，就是客人闹了起来难以收场。

偏偏她接连辞退了好几位经验老到的掌柜，这些问题无人处理竟越闹越大，好几个店铺都不得不暂时歇业。她这里补一个窟窿那里填一个漏洞，荷包里的银子早就入不敷出了，哪来的两千两给这一家吸血蛭？

再者，舅舅是个什么东西她早从金嬷嬷那里探听得一清二楚。林家偌大的基业都差点被他败光，自己这几间小店铺怎够他折腾？

不给，银子不给，店铺更不能给！

孙氏见她态度如此坚决，当即就大闹起来。候在厅外的丫头们先是听见噼里啪啦一阵巨响，随即便是孙氏粗俗不堪的叫骂，诸如“你算老几”“你连给襄儿提鞋都不配”“林氏你跟哪儿捡来的野种，快快扔回去”……种种谩骂不绝于耳，惹得路过的仆役纷纷驻足聆听。

虞妙琪和林氏的脸皮差点被孙氏活生生扒下来，最后实在没办法，只得找出几样贵重首饰让她拿走，又把几家店铺交给她帮忙打理。

孙氏满意了，拎着个小包裹笑眯眯地离开。

虞襄和老太太听闻此事，不约而同地叹道：“恶人自有恶人磨。”

这一天有人夜不能眠，自然有人酣然入睡。临到寅时一刻的时候，侯府的大门忽然被人敲响，声音沉闷而急切。门房打开小角门一看，却是太子府的侍卫，连声说要见虞都统。

虞品言匆匆赶来，命人将侍卫长请到正厅询问。老太太和林氏等人也都躲在屏风后探听消息，面上均带着仓皇之色。

“启禀都统大人，太子命卑职前来请您和虞三小姐过府一叙。”侍卫长半跪行礼。

“出了何事？为何连本侯的妹妹也要请去？”虞品言眉头紧皱。屏风后正在打呵欠的虞襄瞬间清醒过来。

侍卫长左右看了看，凑到他耳边低语。

虞品言面无表情地听完，将侍卫长先打发走，这才将妹妹打横抱起，走进漆黑的夜色。

一行人走后，老太太再也睡不着了，披着外袍盘坐在软榻上念经。

林氏跟虞妙琪也都留下等候消息。几豆烛火被风吹得明明灭灭，将几人的身影投射在墙上，一会儿拉长一会儿缩短，一会儿变浓一会儿变淡，倒似进了一屋子魑魅魍魉，气氛很是阴森不祥。

老太太睁眼看了看天色，脸上徒增许多皱纹。

林氏心里也慌张得很，期期艾艾开口："母亲，您说太子殿下大半夜的找他们做什么？叫走言儿也就罢了，为何连襄儿也一块儿叫走？能出什么大事？难道太子妃不成了？"

老太太狠狠瞪她一眼，厉声喝道："你给我闭嘴。万事等孩子们回来再说。"

虞妙琪眉梢微动，猜测很可能是太子妃出了事，且事故还牵连到虞襄身上，否则不会大半夜地把人叫走。难道又是中毒？

想到这里，她用手帕掩嘴，缓缓地笑起来了。

虞品言和虞襄直接被侍卫领到太子妃的厢房外，就见门口站了许多人，太子府几位侧妃、闵氏三姐妹、九公主、太子，人人脸上都带着或真或假的焦虑之色。

"易风你来了。"太子快步迎上前去，又拍了拍虞襄的发顶，温声道，"襄儿，太子妃病中一直说要见你，否则大半夜的孤也不会让人唤你过来。待会儿太医出来了，你就进去陪陪太子妃吧。"

虞襄点头称是。虞品言将妹妹放进轮椅里，交给匆匆跑过来的九公主，与太子行至一边说话："殿下，究竟出了何事？"

"太子妃中毒了……"

两人避开女眷们找了个僻静角落说话，但只短短半句已足够令虞襄心惊：太子妃中毒了？中的什么毒？下在哪里？又为何半夜三更的把我弄来？果真是太子妃的吩咐而不是太子多疑？

想起今日送给太子妃那盆驱邪草，虞襄的额头沁出细细密密的冷汗。

九公主对此事浑然不知，徐侧妃等人亦不发话，闵兰却忽然冲上前，狠狠一巴掌甩了过去："你这个毒妇，姐姐待你如此亲厚，你竟向她暗下毒手！姐姐若是出了事，我要你陪葬！"

虞襄哪会坐着白白挨打，手疾眼快地挡了一下，然后一马鞭反抽了回去。

闵兰打人不成脖颈却被抽出一条鲜红的印子，远远一看像被割了喉似的。她目眦欲裂，探出锋利的指甲便要去挠虞襄明艳照人的脸庞。她对虞襄的仇恨，不仅源于对方犀利的言辞和嚣张跋扈的举止，更源于这张举世无双的面孔。都说美女相轻，论起嫉妒心，闵兰是其中的佼佼者。

闵松跟闵芝拉不住她，九公主想挡在好友身前却被一手拂开。虞襄接连又是几鞭子抽了过去，这回没客气，鞭鞭都往闵兰脸上招呼。

闵兰哪还有心思掐人，连忙抱着脑袋闪躲。

场面一时之间有些失控，徐侧妃正欲上前拦阻，虞襄却先停了下来，冷笑道："太医还在里面诊脉，你们吵吵闹闹是何居心？有意干扰太医吗？有话好好说，别动手动脚的。"

论起动手动脚，谁动得过她？就是断了腿，虞襄也是不能招惹的存在。闵兰安静下来，一面揉着伤痕累累的手臂，一面低声指控："虞襄，不要装模作样，若不是你送来的盆栽含有剧毒，姐姐如何会流血不止？"

"哪里流血？"虞襄冷静地询问。有哥哥护着，她一点也不发怵。

"流鼻血，已经流了好几个时辰了，还头疼，疼得打滚，还抱着你的盆栽不肯撒手。"九公主快哭出来了。她还是第一次看见这样惨烈的景象。

虞襄沉默片刻，缓缓说道："那盆栽我已经养了三年有余，虽然香味奇特，却只能驱赶蚊虫，若是有毒，我们虞府上上下下几百口人早就死绝了。再者，我为何要暗害太子妃娘娘？对我有什么好处？"

闵兰立刻冷笑起来："没有好处？你好处大了，你早就觊觎姐姐的正妃之位，除掉姐姐你可取而代之不是？"

虞襄目露轻蔑："我一个废人，别说是给太子殿下做正妃，就是嫁给寻常人家，人家还不肯要。满京城的闺秀站成一排任人挑选，皇上和太子殿下也绝不会选我，这点自知之明我还是有的。别用你的心思来揣度我，我没你心大。"

这番话说得实在是太有道理，竟让人无从反驳，更叫人难堪的是最后一句，简直一针见血。

屋内，太子妃的呻吟声忽然中断，也不知是否触动了心弦。众人纷纷扫视闵兰，眸光暗含深意。闵兰脸皮涨得通红，颤着手指着虞襄，嘴唇哆哆嗦嗦发不出声，更兼之太子跟虞品言不知何时已站在三米开外，正表情冷厉地睇过来。

“你姐姐在屋内病得厉害，你在外头吵吵嚷嚷成何体统？还不退下！”

太子素来温和儒雅，猛然沉下脸色当真骇人至极。闵兰眼眶中蓄满泪水，仰着头盯着太子俊美的脸庞，可怜巴巴地低唤：“殿下，殿下您为何如此待我……”活脱脱一副痴情女子遇上绝情汉的模样。

虞襄不忍直视地将脸别过去，几位侧妃妾室目露鄙夷，闵松跟闵芝尴尬异常，恨不得把脑袋藏进怀里去。

房中，太子妃忽然尖叫起来，高昂的嗓音饱含着深深的恐惧，骇得众人心脏陡然一跳。

虞品言连忙弯腰将妹妹的脸蛋压进自己怀里，轻轻拍抚她的脊背安慰：“襄儿莫怕，哥哥在这里。哥哥不会让任何人伤害你。”末了他在她耳边声不可闻地强调，“哪怕是天皇老子也不行。”

虞襄僵硬的身体缓缓放松下来，挠了挠酥麻的耳垂，扬起小脸冲哥哥甜甜一笑。虞品言飞快揉了揉她饱满殷红的唇珠，然后直起身来，朝忽然推开的房门看去。

只见太医一边擦拭满头大汗一边跨出门槛，躬身回禀：“太子殿下，太子妃娘娘已然大安了。”

太子还未开腔，徐侧妃和闵兰却异口同声地叫起来：“什么？大安了？难道不是死了吗？你确定没有说错？”

两人话语中暗藏着浓烈的失望之情，在场众人只要不是聋子都能分辨，太子欢喜的面色陡然一沉，房内更传来杯盏打碎的巨响。

太医淡淡瞥了二人一眼，点头道：“是的，太子妃并非中毒，眼下已然大安，日后亦无性命之忧。太子殿下您请进，微臣与您细说。”

太子立刻随他入内。虞襄伸长脖子探看，心里猫抓似的难受。

虞品言擒住她下颌将她的脸转过来，窃窃低语：“别四处乱看，想知道什么哥哥回去告诉你。太子妃能够平安，应该是与你送的盆栽有关。”

屋内点着许多蜡烛，将四面角落都照得亮亮堂堂，地上扔着许多沾了血的棉团，空气中飘荡着一股融合了血腥味的甜香，闻起来却并不使人难受。太子妃半躺在榻上，衣襟沾了许多鼻血，脸色比之前更为苍白，眸中的死气却已消失得一干二净。

“珍儿，你果真无事了？”到底是少年夫妻，太子妃在太子心目中的地位无可取代，此时见她眸光璀璨，竟激动得差点掉泪。

太子妃已经哭起来了，大滴大滴的泪水直往下掉，很快就打湿了衣襟。

太子也不管她身上沾满血迹，将她环在臂弯中细细打量，好似一辈子都看不够似的。太医低垂着脑袋听夫妻二人说话，见他们诉完衷肠，这才端着一个小茶杯走上前。

太子妃立即退出太子怀抱，将虞襄送的小盆栽牢牢抱在怀中，挡住那小茶杯，仿佛里面关押着一只恶鬼，打开杯盖就会向她扑过去一样。

太子心中疑惑，定睛往那杯中一看，顿时起了满身的鸡皮疙瘩。只见瓷白的杯子底部盘着一条几寸长、拇指粗的暗黑色蚂蟥，因找不到血液吸食，正昂着尖细的附有吸盘的脑袋在杯壁上四处拱动。

太医看了几眼，也觉得很恶心，“砰”的一声将杯盖盖上，徐徐开口：“启禀太子殿下，这只蚂蟥就是从太子妃娘娘鼻孔内爬出的，看个头应该在娘娘体内存活了半年有余。娘娘生产过后气血大损，这蚂蟥在鼻腔内没了充足血液吸食便往娘娘脑内钻去，这便是造成娘娘重病不治的元凶。眼下既已将它取出，娘娘只需进些补药，不需两三月，便能恢复如初。”

太子听得目瞪口呆，继而又似遭了雷劈，惊问道：“蚂蟥只在污水淤泥中存活，太子妃从未靠近过那等腌臜之地，这蚂蟥是如何钻进她脑内的？”

太医被问住了，吭哧半晌答不出话。

太子忽然冷笑，满心的喜悦之情被滔天怒火所取代。不是太子妃自个儿沾染的，便是有人下了黑手。如此阴毒的手段，简直闻所未闻见所未见。而能将此等邪物神不知鬼不觉植入太子妃鼻腔，此人必定是太子妃亲近之人。

若这蚂蟥没被鼻血冲出，这行凶者还能隐藏多久，又会用这种手段暗害多少人？想得深了，太子只觉得毛骨悚然。

太医从未见过如此震怒的太子，不免心中惶惶，加快语速解释道：“启禀太子殿下，太子妃娘娘之所以化险为夷全是这株小树的功劳。这事说起来堪称万幸，如果蚂蟥入脑，天下间除了这株小树，怕是再无药可医。偏偏在最危难的时刻，这神药竟直接送到娘娘跟前，可见殿下与娘娘福泽深厚，得天庇佑。”

太子转头，用惊讶的目光朝那盆栽看去。

太子妃把盆栽抱得更紧，脸上满满都是劫后余生的表情。襄儿果然是本宫的福星，只要将襄儿唤来身边，本宫总会化险为夷——自打顺利诞下龙凤胎，又亲眼看见道光普照，这个念头便在太子妃心中扎了根。

太子用指尖轻触那朱红色的像珊瑚一样的树木，问道：“此为何物？”

太医躬身回话：“启禀太子，此树名唤‘虫噬’，并非能食虫的意思，而是因为它散发出的香气能够驱走蛇虫鼠蚁。此树原本生长于瘴气弥漫毒虫遍地的南洋，是南洋行商人手必备之物，却因为木质太过脆弱难以培植，近些年早已绝迹。太子妃娘娘嗅多了这树木散发出的香气，那蚂蟥受不住，便只得从鼻孔中钻出另寻他处安身。也是此物送来得及时，若是再过半月蚂蟥入脑，恐怕是……”

发觉自己说错了话，太医连忙补救：“娘娘果然是吉人自有天相。微臣这便写几张补血养气的方子，按方子精心调养几月便无事了。”

“甚好，拿纸笔来。”太子冲立在角落的宋嬷嬷挥袖。

宋嬷嬷立即递上笔墨纸砚，手指还打着战，显然被吓得不轻。太子凑到太子妃怀中，仔细嗅了嗅那朱红小树，仰起脸问太子妃：“珍儿看看孤有无流鼻血？”

太子妃被他逗笑了，轻抚他鬓发柔声道：“并无。太子乃真龙血脉，魑魅魍魉岂能近身？”

太子眸色暗沉，叹道：“什么真龙血脉，也不过是血肉之躯罢了。若非襄儿偶然送来此物，谁能想到，一只小虫就能神不知鬼不觉地取人性命？”

“正是，襄儿是臣妾的小福星。她腿脚不便又受了惊吓，实在是臣妾亏待她了。”

“日后你好生补偿她便是。”太子将太子妃腮侧的乱发拢到耳后，见太医书写完毕，低声道，“此事阴毒诡奇，孤与易风须得查个水落石出不可。你且早些安置，孤先去了。”

太子妃也想早日抓住凶手，故而并不挽留。

太子出了房门，冲虞品言使了个眼色，随即对等候在外的女眷们叮嘱道：“太子妃精神萎靡，你们进去稍看两眼便都回去吧，不要太过叨扰。”

二人径直地往书房走去，太医捧着茶杯紧紧跟上。

众女眷称是，低眉顺眼地恭送太子与虞都统，旋即入屋探视。闵兰抢在最前头，徐侧妃跨过门槛时重重绊了一下，沉稳的表情瞬间迸裂，流露出深深的惊惶。

宋嬷嬷和两个宫女迎出来，弯腰将虞襄的轮椅抬过门槛，含着泪低低道了声谢，引得虞襄莫名其妙地看了宋嬷嬷好几眼。

太子妃已换了一身洁白亵衣。地上的棉团也都清理干净，四面窗户统统敞开，清凉的微风一缕缕吹入，将朱红小树的香气带得到处都是。如此景象实在是静谧安逸，又加之太子妃晶亮有神的妙目盈盈看来，哪还有半点弥留之态？

闵兰藏不住心事，嘴角的弧度要多僵硬有多僵硬，反倒是徐侧妃，疾步上前伺候太子妃喝药，脸上每一个笑纹都写着“喜悦”二字。

太子妃锐利如刀的视线在众人脸上一一划过，摆手叹息：“本宫累了，小九和襄儿留下，其余人等全都散了吧。夜半三更跑来探望，辛苦你们了，日后本宫好起来必定亲自登门道谢。”

众人连说不敢，蹲身行礼后鱼贯而出。太子妃冰冷的表情立时和缓下来，笑着冲两个小丫头招手：“快过来。今儿可有吓着？”

“吓死了快！”两人不愧是多年的姐妹，回答得异口同声，就连揉胸口的动作也一般无二。

太子妃心情越发松快，经历了如此险恶的算计，对单纯的九公主和爽直的虞襄更是爱到了骨子里，连连招手命宋嬷嬷给二人端两碗燕窝过来压惊。

吃上甜丝丝的燕窝，两人苍白的面颊缓缓泛出红晕，紧皱的眉心也舒展开来。九公主毫不避讳地问道：“皇嫂，你究竟得了什么病？真的已经好了吗？”

“只是身染微恙，而今病灶已除自然大好。这还多亏了襄儿送来的虫噬。”太子妃拍了拍虞襄柔软的发顶。

“虫噬？那是什么？”虞襄眨着大眼睛。

“喏，那就是虫噬，南洋人都这么唤它。此物可祛除病气邪祟，是世间难得的异宝。”太子妃指了指摆放在床边的盆栽。

虞襄恍然大悟地点头，脸上既无得色亦无可惜，引得太子妃柔柔一笑。

九公主放下碗，伸手便要去拿盆栽，太子妃连忙扶了一把，宋嬷嬷跟两个大宫女也都虚抬着手在下边接着，生怕她不小心把宝物给摔了。

九公主是个没眼色的，笨手笨脚地转动盆栽，垂涎道：“真香。能吃吗？”

“不能吃。”太子妃掩嘴轻笑。

虞襄叹道：“早知道这东西如此好用，当初那海商卖给我时就不该压他的价。我买了一包种子只花了二两银子，虽然只种活这一盆，说起来，还是我占了大便宜。”

似乎意识到自己竟然送了如此廉价的礼物，且还当着主人的面儿说破，她尴尬万分地咳了咳，眼珠子滴溜溜地直往太子妃脸上瞟。

太子妃就喜欢虞襄的坦白爽直，况且送礼送的是一份心意，礼物太贵重，她反而不知该如何处置。这盆栽虽只花了二两银子，却买回了她一条性命，这份恩情足够她铭记一辈子，当即笑道：“不是你占了大便宜，却是本宫占了大便宜。日后本宫得了新奇的植物或种子便都往你那里送。”

虞襄暗松口气，正欲推拒，隔间传来婴儿洪亮的啼哭声。刚避过死劫，太子妃正是最脆弱感性的时候，立即让宋嬷嬷将两个孩子抱来。

小皇孙五官已经长开，浑身都是藕节一般软嫩的肥肉，看上去十分玉雪可爱。太子妃一手抱一个，心肝肉地直叫唤，又想到自己被奸人所害，差点与夫君和孩子们天人永隔，眼泪止不住地往下掉。

两个孩子似乎心有所感，啼哭声渐渐小了，嘴里咿咿呀呀地叫唤，小胖手在母亲脸上轻轻拍打。

“娘娘快别哭了，小皇孙都在安慰您呢。”宋嬷嬷递上一条手帕。

太子妃将孩子还给奶娘，接过手帕拭泪，见九公主跟虞襄睁着大眼睛一眨不眨地盯着一双麟儿，不由笑问：“想抱一抱吗？让奶娘教教你们如何抱孩子吧，再过两年你们也差不多了。”

若非亲近之人，太子妃绝不会如此打趣。虞襄和九公主却丝毫也不脸红，齐齐伸出双手，眼巴巴地盯着奶娘。奶娘如临大敌，一面细细解说正确的抱孩子姿势，一面小心翼翼地将小皇孙放入二人怀中。

孩子们哭累了，眼角还沾着亮晶晶的泪水就陷入梦乡，小嘴儿不时咂摸一下，发出吧唧吧唧的响声，可爱的样子叫人心都化了。

虞襄一上手就舍不得放开，垂头用鼻尖轻轻磨蹭小皇孙肉乎乎还带着奶香味的脸颊，嘴里心肝宝贝地叫个不停，正准备嘬两口，却见一根细小的黑色线头从小皇孙鼻孔内探出。她一面伸手去捻，一面惊讶地问道："娘娘，小皇孙鼻孔里怎吸入一根线头？要不要找太医过来看看？"

那边九公主也说道："小侄女儿鼻子里也有。"

太子妃和宋嬷嬷面色煞白，如遭雷击，一时间竟僵住了。

然而，虞襄比她二人受到的打击更大，盖因她已将线头捻在食指和拇指之间，发现那线头竟在微微蠕动，尖细的那端还在她指腹上嗅闻舔舐，似乎在寻找一个好下嘴的地方。

这哪里是线头，却是一只正在寻找血源的蚂蟥。虞襄天不怕地不怕，最害怕的东西就是虫子。她感觉自己的灵魂和身体已经剥离开来——身体平稳地抱着小皇孙，镇定自如地说道："太子妃娘娘，这好像不是线头，是蚂蟥。小皇孙鼻孔里爬进了蚂蟥。"灵魂却疯狂地挠着头发，尖声惊叫，"这是蚂蟥！人的身体里怎么会爬进蚂蟥？太可怕了！哥哥快来救命！"

当她以为自己会僵化成一座石像时，宋嬷嬷用针挑走黏在她指腹上的蚂蟥，放入茶杯内，又撩着裙摆急急奔出房门，一路大声喊道："太医，太医在哪儿？快把太医找过来！"

九公主不明所以，太子妃已将孩子抢到怀中用被子紧紧裹好，崩溃地大哭起来。房间里一时乱成一团。太子匆匆赶来，先将两个小丫头请出房间，又命太医仔细给孩子们检查身体，更将那盆栽挪到孩子们脑袋边，表情忽而慈祥怜爱，忽而又狰狞可怖，也不知究竟在想些什么。

虞襄一出房门就让宫女端来一盆水，用力揉搓手指。虫子在指尖蠕动的黏滑感觉却无论如何也清洗不掉，皮肤更爬上一种莫名的痒，无处可挠，烧心烧肺。

九公主守在房门口不肯离开，宫女奉太子之命带虞小姐去偏厅等候。虞襄却不敢在府内多待，总觉得到处都爬满了虫子，冷不丁便要往她皮肉里钻。她命人将她抬出府，等候在门口的桃红、柳绿连忙将她抱上马车，见她身体不停颤抖，便又加盖了一床薄被。

虞品言登上马车时看见的便是披头散发、衣衫凌乱的少女，因少女被吓出一身冷汗，浓郁的花香味随着掀开的车帘扑面而来，令人脸红心跳。

第二十四章

常氏

虞襄浑身都在发痒，一上车就扯掉发带，挠了头皮挠脖子，挠了脖子挠后背，若是面前放了一块钉板，她二话不说便要往钉板上滚一滚。

丰富的想象力将她对虫子的恐惧扩大到极致。

看见掀开车帘的兄长，她憋了许久的眼泪瞬间涌出眼眶，娇娇弱弱地唤道：“哥哥，我痒。”

虞品言立即放下车帘，将她拥进怀里询问：“哪里痒？哥哥帮你挠挠。”

“背上痒。”虞襄指了指后背。

虞品言伸手去抚摸她后背，低声询问：“是这里？”

“左边一点。”

“右边一点。”

“上一点，下一点。”

虞襄胡乱指挥一通，让虞品言又是好笑又是怜惜。

虞襄缓过来之后，撩起衣袖让哥哥看自己满是鸡皮疙瘩的手臂：“哥哥你知道吗？”她凑得极近，咬着青年耳垂低语，“小皇孙鼻子里钻出一只蚂蟥，活的，我亲手抓住的，就是用这只手。”

她伸出右手晃了晃：“喏，我这只手现在还是麻的。”

虞品言用另一只手轻轻揉搓她的手臂，好听的声音在车厢内回荡：“现在好些了吗？”

虞襄感觉自己好了许多，闻言点点头，很快在虞品言怀中沉沉睡去。

虽已过了寅时，侯府里依然灯火通明，老太太盘坐在软榻上念经，林氏和虞妙琪坐在下首，频频探头往门外张望。

“老夫人，侯爷和小姐回来了。”一个老婆子撩着裙摆匆匆跑进正厅。

老太太身子摇晃，差点从榻上栽倒，幸亏马嬷嬷手疾眼快扶了一把。晚秋连忙跪下帮她穿鞋。捯饬整齐，老太太拄着拐杖就往外跑，看见抱着孙女大步而来的孙子，眼眶慢慢红了。

“这是怎么了？襄儿是睡着了还是……”

"睡着了。"虞品言掂了掂臂弯里睡颜甜美的小丫头，笑道，"怕您担心，先来给您报个平安，待孙子送襄儿回房再与老祖宗细说。"

"好好好，人没事就好。快回去歇息，明儿再说也是一样。"老太太连连挥袖。

虞妙琪拉了拉林氏，林氏立即问道："言儿，可是太子妃出了什么变故？为何深夜把襄儿也叫去？"

虞品言边往西厢迈步边沉声开口："太子妃能出什么变故？太子妃已然大好，不出两月就能康复。"

"怎么就康复了？不是说快不成了吗？"林氏大感惊讶。

虞品言理也不理，快速消失在夜色中。老太太定定看了虞妙琪一眼，冷笑道："这是打上太子继妃的主意了？也不看看自己有没有那个命。晚秋，扶我回去。"

晚秋应诺，扶着她缓步回房，虞妙琪低眉顺眼地恭送。等一行人走远，她才露出阴鸷的表情，呢喃道："我乃天生贵人，为何没那个命？"

林氏见女儿颇有些不甘，忧虑地询问："琪儿，莫非你还想着给太子当妾室不成？"

"给太子当侧妃跟别家的妾室可不同。等太子登基，女儿便是皇妃，焉是京城贵女能够企及的人物？母亲，女儿心意已决，女儿就要嫁给太子。"虞妙琪语气缓慢而坚定。

林氏张了张口，终是无奈叹息。

若只是太子妃遇害，此事便有可能只是内宅争斗，因此太子并不敢轻易上禀父皇，然而后来又牵扯进小皇孙的性命，太子实在不敢大意，宫门一开便跪在养心殿外。

成康皇帝是个控制欲十分强烈的皇帝，否则也不会设立无孔不入的龙鳞卫以监管百官。他不但制定了自己在位期间的政令，还制定了自己驾崩后大寒朝百年内的治国方针。

太子正是他手把手地教导，唯一能将他的政治抱负严格贯彻下去的皇子，除非太子已令他失望到难以容忍的地步，抑或早亡，否则他绝不会考虑其余几位皇子。

眼下太子诞下嫡子，而他又正值壮年，太子若是早亡，他手把手再教养一个皇太孙也是一样。等他年老，皇太孙正值最富活力与雄心的年纪，岂不正好？

故此，皇太子一家在成康帝心中的地位是任何皇子都难以取代的。而野心日渐膨胀的皇子们对太子的嫉恨也到了难以估量的地步。太子妃和皇太孙此番遇害有可能是内宅争斗，更有可能是其他皇子的手笔。

消息传入成康帝耳中，他当场掀了御案，暴跳如雷，咆哮着命令虞品言严查到底。各种各样害人的手段他听得多，见识得更多，然而这种手段却真真触动了他本来十分坚韧的神经。

试想一下，那蚂蟥并非什么稀罕物，只要有心寻找几乎人人可得，将之往你眼耳口鼻内一放，便能叫你死得神不知鬼不觉。它吸食你的血液还不算，还在你血管皮肉中窜动，最后啃噬你的脑髓，此番景象只略略一想就觉毛骨悚然。

这个手法不但阴毒，还很恶心。皇帝浑身上下都起了一层鸡皮疙瘩，连忙命太子将虫噬拿进宫来，让他和宫妃们轮番闻一遍。

太子不敢不从，立刻派人去取，心里想着改日定要再找一包种子，让襄儿帮自己再植一盆，否则，夜晚都不敢入睡。

虞襄直到日上三竿还赖在床上，若非宫里来人宣旨，她还要再躺两个时辰。

成康帝身边的太监总管亲自颁的旨，将虞三小姐好一通夸赞后赏赐了许多宝物，又封了一个“司农乡君”的封号，然后在虞三小姐院子里挑挑拣拣，拉了一车奇花异草回去。紧接着，便是太子和太子妃母家使人前来道谢，运送礼物的马车来来往往，络绎不绝。

乡君乃镇国公和辅国公之女才配拥有的品级，且得了皇上亲赐封号，地位更在所有乡君之上，虽比不得皇室宗女，在外姓贵女中却算是头一份。

接了圣旨后，虞襄并不觉得如何，该吃吃，该睡睡，林氏和虞妙琪却差点没被气晕过去。本以为她与太子妃病重有什么牵扯，要倒大霉了，哪料太子妃一夜之间转危为安，她还获封乡君。这里面究竟有何玄机？

林氏猜不透便也不猜了，接完旨，揉着太阳穴往回走，虞妙琪却拦住老太太，低声问道：“祖母，妹妹获封乡君本是一件天大的喜事，然而您也知道她原本是什么身份，若是哪天她被人揭破，咱家岂不犯了欺君之罪？一个小小的商女，焉能配得上‘司农乡君’的称号？”

老太太眸色晦暗地看了她半晌，冷笑道：“襄儿不配，难道你就能配？别忘了，你可是在小门小户的沈家长到十岁。”她也不戳破帝后早已知晓襄儿身世的事，警告道，“既然知道这其中的厉害，你与你母亲就管好自己的嘴巴。”话落抬脚便走。

虞妙琪追着她急急开口：“我与母亲自然不会乱说，但是，还有赵家，还有虞思雨，还有我曾经的哥哥……他们管不管得住自己的嘴可就不一定了。”

这是打算利用侯府的权势斩草除根？竟是半点余地也不留给别人。老太太回头定定看她一眼，终是大摇其头而去，徒留虞妙琪站在原处恨得牙痒痒。

为了调查太子府的事，虞品言接连三日未曾归家。这日他刚踏进家门，就见老太太甩了一件干净衣袍过来，催促道：“快洗漱洗漱去常家赴宴，常雅芙今儿除服了。”

“她除服与我何干？”虞品言挑眉。

“你不想退婚了是吧？”老太太没好气地瞪眼。

虞品言恍然大悟，换了衣袍，匆匆去西厢接妹妹。

自从查账那次过后，林氏并不敢招惹老太太，将常家母女的话带到，又略微试探两句，见老太太坚持要退婚也就作罢。所幸老太太是个厚道人，并不打算在除服当天就退婚，而是定在半月之后，且让常家先开口，也算全了两家最后一点情面。

一家人准备了几件看得过去的礼物，乘马车到访。靖国公夫妇亲自跑到大门口迎接，态度十分殷勤。

虞襄与常雅芙素有龃龉，见了面鼻子不是鼻子眼睛不是眼睛，撇撇嘴哼一哼便算是打了招呼，看见常琦更是挥舞马鞭，目露杀气。

靖国公已向皇上请封常琦为世子，但圣旨还未下来，故而他如今还是白身。常雅芙虽为公爵之女，头上却并无乡君封号，故而在场贵女竟是虞襄地位最高，又加上她张扬跋扈的名声，一时间无人敢上前招惹她。

虞襄也乐得轻松自在，见今日阳光正好，拿了一袋鱼食到后花园喂鱼去了。几个膀大腰圆的婆子守在她的四周，轻易不许别人靠近。常雅芙命人时时盯梢，见她久未挪动地方，便推说身体不适先行离开。

前院，靖国公摆上酒菜给虞品言赔罪，从他呱呱落地说到他位极人臣，言语间颇多愧疚与遗憾，又连番劝酒。

虞品言素来千杯不醉，只冷着脸喝酒，并不曾答话，弄得靖国公好不尴尬。直把准备的好话全都说尽也不见对方有丝毫触动，靖国公眸色暗了暗。

恰在这时，靖国公夫人的贴身大丫鬟跑进来，着急忙慌地说："侯爷不好了，虞三小姐在池塘边喂鱼，不知怎的，竟掉进水里去了。这会儿人虽救上来，却还昏迷不醒，我家夫人请您赶紧过去看一看。"

虞品言"砰"的一声扔掉酒杯，甩袖便走，到了后院厢房，见靖国公夫人站在门口，表情惊惶不定。他以为老祖宗和林氏等人都在房内，想也不想便推门进去。

屋内并不见老祖宗等人的踪影，空气中飘荡着一股莲花香味，却不似平日闻到的那般纯粹，一辆轮椅放在床边，层层叠叠的纱幔后依稀可见一团微微隆起。

虞品言焦急的心情瞬间安定下来，缓步走过去掀开纱幔。

只见常雅芙裹着被子怯生生地朝他看来，眉宇间含着无尽娇羞之意。她低低唤了一声"易风"，然后半坐而起，缓缓褪掉绛红色的鸳鸯被。

虞品言保持着掀纱幔的动作，挑高一边眉毛盯着她，漆黑的眼眸中不见一丝一毫波澜。

常雅芙抱着双臂等了又等，见虞品言只是定定望着自己，并无动作，只得主动凑过去，搂住他劲瘦的腰肢，用诱哄的语气说道："易风，我错了，你要什么我都给你，你且原谅我这一回吧？我日日夜夜都想着你，心里又痛又悔，苦不堪言。易风，求求你不要厌弃于我，不然我会死的。"

不用怀疑，这就是常家母女考虑了半个月才想出的美人计。虞品言官居都指挥使，什么鬼蜮伎俩没见过？将他灌醉行不通，下药等同于自寻死路，只有光明正大地色诱还有几分希望。

只要虞品言还是男人，他就没有不下口的道理。只要他下了口，这婚约他不认也得认。

然而，想象永远都与现实存在差距。常雅芙强忍羞耻抱了虞品言半天都没见他有丝毫动作，只得抬头去看，却见他狭长的眼眸中充斥着满满的讥嘲与鄙薄，嘴角更是恶劣地上扬，似乎在欣赏一个跳梁小丑。

在常雅芙要有下一步行动之前，虞品言终于动了，却并非抱着常雅芙往床上滚，而是擒住她的手腕，低声嘲讽：“常雅芙，你真是让本侯大开眼界。”

常雅芙蒙了，一时间不知该如何反应。

门外的靖国公夫人却掐着点领着老太太和虞襄等人匆匆赶来，非得让虞家人亲眼看看他们造的孽，然后风风光光将两个孩子的婚事给办了。

闻听脚步声，虞品言伸手便去推搡常雅芙，不料她忽然似发了狂一般跳到他身上，双臂扣紧他脖子，扯都扯不下来。

大门“哐当”一声打开，因早有预谋，屋内的屏风已被扯掉，众人的视线一下便聚焦到纠缠不清的两人身上。靖国公夫人与嫡长女故作惊讶地低叫，然后反手便将房门紧紧关上，将一干人等全都锁在屋内不让出去，大有秋后算账的架势。

老太太气得话都说不出来，拄着拐杖的手直打哆嗦。林氏和虞妙琪连忙上前搀扶她，唯恐她受不住打击晕过去，低垂的眼睑遮挡了眸中幸灾乐祸的神采。

这常雅芙也是个狠人，为了套住虞品言，竟舍得拿自己当饵，如今为了两家的声誉，虞品言再不甘愿也得负起责任。

因丫头婆子已被靖国公夫人屏退，虞襄脸色极为阴沉地朝虞妙琪看去，命令道：“推我过去。”虞妙琪愣了愣，旋即放开老太太去推她，倒想看看她究竟想干些什么。

虞品言还在撕扯常雅芙，但无奈常雅芙是铁了心的不肯下来。两人挣动间反把虞品言整洁的衣衫弄得凌乱不堪，倒真像有了首尾的模样。

虞襄被推到床前，扬起马鞭就往常雅芙身上抽，一连抽了五六鞭还不肯罢休。皮革撞击皮肉的闷响接连回荡在空气中，叫人听得牙疼，常雅芙更是承受不住，一面哎呀哎呀呼痛，一面放开手脚爬上床榻，以躲避抽打。

虞襄捡起掉落在地上的薄被扔到她身上，晶亮的双眸中燃烧着两团怒焰，随即将哥哥扯到自己身后，凶神恶煞地瞪了他一眼。

虞品言却冲她微微一笑，慢条斯理地整理衣衫。

靖国公夫人和嫡长女扑到床前查看常雅芙的伤势，见她死死裹着锦被不肯露脸，只得转而看向已冷静下来的老太太，问道："老夫人，您看这事该怎么办吧？我们芙儿被言儿如此欺负，总得给个交代不是？"

老太太哪里看不出来这是常家母女设好的陷阱，可言儿确实毁了人家名节，且常家的嫡长女还嫁给了左都御史江大人，眼下也是一个有力的人证，若是不迎常雅芙进门，也不知常家还要闹出怎样的幺蛾子。

老太太思来想去，只得打落牙齿和血吞，点头道："那便尽快把他们的婚事办了吧。"

闻听此言，不仅常家母女三人笑了，连林氏母女也面露喜色。常雅芙明显与老太太和虞襄不对路，入了虞府大门便是她们的助力；又加之虞品言正值血气方刚的年龄，对自己的第一个女人总会特别一点，如此，她们倒大有希望将他笼络住。

被众人算计的虞品言却还面色悠然，弯腰俯身盯着妹妹阴沉的脸庞。

虞襄将他越凑越近的俊颜推开，冷笑道："这婚事不能办！"

"婚事乃父母之命媒妁之言，此时长辈俱在，聘礼婚书俱全，如何不能办？"靖国公夫人语带嘲讽，"襄儿，你也该学学规矩了。这种事哪有你一个未出阁的女子插嘴的余地？"

虞襄用马鞭抽打床褥，语气阴森："叫我学规矩，这话你也好意思开口？哪家未出阁的女子会私下里把男人引到自己房间，大大方方地脱光衣裳给人看？这就是你常家的规矩？还真叫人大开眼界！"

常夫人被气得说不出话来，嫡长女常雅婷更是不知该如何反驳。今日这事确实是他们布的局，以牺牲常雅芙名节为代价套住虞品言，若不然常雅芙这辈子还能嫁给谁？谁敢接手活阎王不要的女人？

既然名节已毁，再拿规矩说事确实有些惹人发笑。

虞襄直将被褥抽得裂开才冷声道："常雅芙素来行为不检，还与虞品鸿有过牵扯，如今竟连主动勾引的事也干得出来，行为实在太过放荡。这婚不能结。你们当我哥哥是什么？"

常家母女气得头顶冒烟，常雅芙缩成小小一团往床角挤，似是无脸见人，虞品言却低低笑起来。

虞襄回头，凶狠地瞪了他一眼。

老太太晦暗的眼眸透出一丝精光，点头附和："襄儿说得对，我虞家容不得不清不白的女人进门。"

靖国公夫人急了，尖声道："我们芙儿如何不干净了？分明是你们家虞品言见色心起又仗势欺人，占了便宜还不肯认账！你们怀疑芙儿的清誉是吧？何不找个嬷嬷来验身？若芙儿乃清白之身，她名节毁在虞品言手里，你们虞家可要负责！"

常家这是变着法子要让虞家认账，真把嬷嬷请来验身，常雅芙若还是处子，受了如此屈辱，定然是要虞家负责的。

老太太正在犹豫，虞襄却哧哧笑了，明艳的脸庞盛气凌人："请嬷嬷来验了又如何？她若不是处子，我们虞家不会要她；她若还是处子，那更可怕。试想一个还未出阁的姑娘家就能左右徘徊在两个男子之间，将他们耍弄得团团转，翻了船，竟干脆连最后一层脸皮也不要了。她未出阁就如此，进了门还不将我虞家搅和得乌烟瘴气？我虞家不是青楼楚馆，不接收这等女子！"

"你……你欺人太甚！"常夫人憋了半天才憋出这句话，而后拼命按揉剧痛不已的胸口。常雅芙和常雅婷更不是虞襄的对手，被她说得羞愤欲死，眼眶通红。

"敢做就要敢当，事情已经做下了，就甭想给自己立贞节牌坊。这桩婚事我们不认。"虞襄继续接口，"常雅婷，亏你还是左都御史夫人，却连最基本的礼义廉耻也不知道。信不信我把常雅芙的事宣扬出去，弄得你也身败名裂？你们若是要脸，就赶紧主动把婚退了。"

老太太徐徐开口："正是如此。你们常家若还想保留一丝颜面，七日后便来虞府退婚。襄儿，我们走。"

虞襄点头答应，虞品言立即推着她往外走，不防手背被她狠狠拧了一下，他的脸上非但不见痛色，反而满是愉悦。

人都走光了，常雅芙才从被子里探出头，放声大哭。常夫人与常雅婷也都被虞襄骂得摇摇欲坠，体无完肤。

这伎俩若是使在别家头上，那家人只有捏着鼻子认栽，偏偏虞家既有权势又不要脸面，且常雅芙还劣迹在前，他们不肯认，竟无人奈何得了他们。若是闹大了，指不定嫁出去的嫡长女也要跟着颜面扫地，真是搬起石头砸自己的脚。

可恨虞襄今日为何要来？虞家最不要脸面最仗势欺人的便是她。若非她忽然开口，老太太本已经答应了。

常家母女顿时把虞襄恨进了骨子里。

老太太出了虞府大门，揉揉孙女的发顶，扬眉吐气地赞道：“襄儿干得好。这一家子着实太不要脸了！”

虞襄抿着小嘴儿点头，依然有些怏怏不乐，虞品言抱她上马车时，被她拿鞭子抽了好几下，只得箍住她双臂低声讨饶。

林氏母女坐在后一辆马车上，双双对视一眼，均吐出一口浊气。虞襄那张嘴真是毒啊，差点没把那一家子骂死在当场。与她为敌，确实很需要勇气。

林氏暗自唏嘘，虞妙琪却讥笑道：“常家还是有些豁不出脸面。若是能把别家女眷也一块儿唤来做见证，虞襄就是嘴皮子再厉害也撇不干净。再者，常雅芙本就与虞品言有婚约，就算损了名节，其程度也是有限。等她日后成了虞夫人，谁还能说她勾三搭四不成？她今日败就败在不要脸的程度还不够。”

林氏沉默片刻后点头。

虞妙琪忽然想起虞襄对自己的那句评价——“人不要脸天下无敌”，神情顿显难堪。

虞品言推着妹妹回到西厢，自动自发地端了一盆热水给她净面。虞襄试了试水温，又呆怔片刻，抬手便将一盆水尽数泼在他身上。

柳绿见状连忙将惊慌失措的桃红拉出去。

虞品言抹掉脸上的水珠，沉声问道：“又怎么了？哄了一路，还这般气性大，由此可见，哥哥平时太宠你，把你宠得无法无天了。”

“是，我是脾气大，我无法无天，比不得你怜香惜玉，翩翩君子，人都扑进怀里来了还抱着不撒手，唯恐把她摔着。”虞襄红着眼眶诘问，“是不是我不阻拦，你今儿就要把她娶回家了？”

虞品言强按笑意，柔声道：“我怎会娶她？我不是等着襄儿进来拯救我吗？日后哥哥的清白就全靠襄儿保护了。”

虞襄沉默片刻，闷声道：“你被她抱了那许久，还有什么清白可言？脏死了，快去洗洗！”话落戳了戳哥哥坚硬的胸膛。

虞品言扬声喊道："打一桶水进来。"

桃红连忙叫人去打水，柳绿在门口站了半晌，终是一步一挪地进屋，却见侯爷已转到屏风后面去了，白色的雾气弥漫得到处都是，地上还扔着几件湿淋淋的衣服。

"小姐，侯爷就在这里洗澡啊？您要不要回避一下？"她咽了咽口水，期期艾艾地问道。

"回避什么？"虞襄正敛眉沉思，头也不抬地说，"那儿不是摆着一扇屏风吗？还让我避至何处？"

柳绿半晌无语，呆站片刻只得弯腰去捡地上的衣袍，准备拿去盥洗，却不料听见主子冷声下令："不用洗了，赶紧拿去烧掉。"

"啊？这套衣服可是您刚叫绣娘给侯爷做的，只穿了这一回。"柳绿迟疑。

"叫你烧就烧，啰唆什么！"虞襄不耐烦地瞪她一眼。

柳绿无法，只得将衣服团成一团拿到外面烧掉，临出门，仿佛听见屏风后传来侯爷低沉的笑声。

等人都走光了，虞襄才露出一个咬牙切齿的表情。天知道看见哥哥与常雅芙衣不遮体地抱在一块儿的时候，她恨不得把两个人用绳子倒吊起来狠狠抽打。然而，将温水泼到哥哥身上之后，她又开始忐忑不安。

也许自己的情绪有些过激，也许自己越俎代庖的行为会惹哥哥不快，他毕竟已是二十一二的男子了。

心脏尖锐地刺痛了一下，虞襄恍惚的眸光慢慢变得暗沉……

时间在胡思乱想中流逝，虞品言披散着湿漉漉的头发出来，就见妹妹身前铺着厚厚的棉布，冲自己招手："哥哥快过来，我帮你擦头发。"

这动作二人做过无数次，自是熟稔无比。虞品言依言躺下，任由白色的棉布将他头发包裹，一只小手时而隔着布料轻轻按揉，时而插入发丝慢慢捋动，温馨宜人的感觉悄然而至。

虞襄脸上早已没了先前的怒气，反而充斥着甜蜜的微笑，低声道："哥哥，我今天不是故意冲你发脾气，实在是被常家母女的无耻惊着了。好在她们虽然无耻却还不够不要脸，否则，把前来赴宴的女眷全都叫去当见证，你就是长一百张嘴也说不清。你难道真就甘心娶常雅芙那个不检点的女人？”

她嗓音中不自觉带上了几分怨怼，虞品言双目微合，唇角微勾：“怎么会？就算他们脸皮够厚，哥哥也有办法叫他们自动把婚退了。襄儿莫担心，哥哥娶谁也不会娶常雅芙。”他边说边抓住妹妹的小手，轻轻捏了捏。

虞襄暗松口气，笑道：“那就好。大丈夫何患无妻？没了常雅芙，咱再慢慢相看，总要找一个对哥哥一心一意的才好。”

虞品言抬眸瞥她一眼，漫不经心地说：“一心一意？在京城随便找一个都能对我一心一意。哪个女子嫁人后不以夫为天？”

这话说出来好似对娶妻十分急切一般。虞襄敏感的神经被刺了一下，冷笑道：“随便找一个？妻子能随便找的吗？你要是真着急，我明儿就让老祖宗给你娶十个八个进门，让她们整天围着你转悠，把你当块儿肥肉似的争来抢去。这个下点儿药，那个下点儿毒……”

她一面说一面放开手中揪紧的发丝，改去拉扯哥哥脸皮，龇着小白牙口吐恐吓之语。

虞品言被她勒得气都喘不匀，却还低笑不止，求饶道：“襄儿快放手，哥哥跟你开玩笑的，没你点头，哥哥谁都不娶。”

“真的？”虞襄用指尖戳他高挺的鼻梁。

“自然是真的。什么十个八个的，哥哥应付你一个都够呛，哪有心思应付十个八个。好襄儿，快放开哥哥。”虞品言哭笑不得地去掰妹妹手臂。

虞襄定定看了他一会儿，这才放开箍住他脖颈的手臂，展颜而笑：“这才乖。咱不急着娶妻，咱慢慢相看，啊。”最好相个十年八年的。

如是想着，虞襄大眼一眯，狡黠地笑了。

柳绿守在厢房门口，脸色惨白，印堂发黑，瞥见优哉游哉嗑瓜子的桃红，沉声问道：“你不觉得小姐与侯爷太过亲密了吗？”

“小姐不跟侯爷亲还能跟你亲？”桃红呸呸吐出瓜子壳。

“……”

柳绿沉默片刻后又道：“那也不能成日赖在侯爷身上啊！”

“不赖在侯爷身上，难不成赖在你身上？”

“……”

柳绿扶额：“不是那个意思，我是说，侯爷怎能成天抱着小姐？”

“侯爷不抱，难不成让那些泥丸一样的老婆子去抱？哎呀，真伤眼！”桃红连忙用手捂住眼睑，仿佛被那场景恶心到了。

柳绿默默咽下一口心头老血，对桃红的愚钝感到绝望。

第二十五章 评价

常家吃了个闷亏，过了三天自动找上门退婚，当初定亲时送的礼物也都原封不动地还了回来，态度还算诚恳。

老太太欣然笑纳，直言过去的事休要再提。

常家母女见虞府并无刁难之意，悬在心头的石头这才算是落了地。

又过了半月有余，老太太听闻紫向阁来了一批新奇的海货，其中有一种明晃晃亮堂堂的镜子，可将人影照得纤毫毕现，估摸着孙女那般爱美定然会喜欢，便让孙女随自己前去挑选。

虞襄一听就知道此物乃水银镜，自然是满口答应，出了院门见林氏母女也紧跟不放，好心情顿时去了大半。

几人分乘两辆马车抵达紫向阁，同样收到消息的各家女眷也都匆匆赶至，马车满满当当停了一排。虞家虽只是二等爵，虞品言却是京城里一等一的权贵，店家不敢怠慢，派了好几个伙计前去招待。

西洋的塔夫绸、蕾丝布、钟表、音乐盒、水银镜等物摆在店内最显眼的地方，谁来了都要奔上去看一看，摸一摸。

虞襄见那处人多，便叫桃红将自己推到几扇博古架后，欲选购一些精致的小物件。一条五彩斑斓的欧泊项链吸引了她的视线，她正要伸手去拿，却被人先拎了去。

虞襄横着眉毛怒瞪，随即惊呼:“太子殿下？”

太子满眼含笑，冲她比了个噤声的手势。

虞襄立即用小手捂住大张的嘴巴。

“这条项链你喜欢？”太子低声问道。

虞襄老实地点头。

“如此便送给你吧。还喜欢什么可劲儿地挑，孤来买单。”太子大方地挥袖。

虞襄一点儿也不知道“客气”二字该怎么写，指尖连点:“那就多谢太子殿下。我要这个串珠，这个梳妆盒，这个玳瑁梳子，这个……”她一口气挑了七八件东西，命桃红、柳绿捧在怀里。

太子就喜欢她这股直率劲儿，连问了好几声还要不要。

“盛情难却，那就再加一面水银镜吧，要最大的，能从头照到脚的那种。”今日来了那么多贵妇，要想抢到一面镜子，恐怕只有靠太子殿下出马。虞襄伸展双臂，比画了一个巨大的轮廓。

太子被她逗得低笑不止，命身边的小太监去与掌柜交涉。二人略说了会儿闲话，等小太监回来禀报事已办妥，虞襄这才心满意足地去了，临走做了个噤言的手势，表示自己绝对不会透露太子殿下的行踪。

太子微笑挥手。

虞襄从博古架后转出来便让桃红、柳绿把自己推到人最多的水银镜前去，想看看镜面是否平滑。她走后不久，另一扇博古架后探出半张诡笑的脸庞，却是不知躲了多久的虞妙琪。

太子殿下……她默默咀嚼这四个字，拢了拢腮边的发丝，又抚平衣襟和裙摆的褶皱，装作漫不经心地朝太子所藏之处行去。

太子今日穿着一件玄纹锦袍，黑色发丝用一根白玉簪束在脑后，高大挺拔的身形伫立在璀璨金黄的光晕中，显得俊美逼人。

虞妙琪心尖狠狠一颤，立即收回痴迷的视线，伸出葱白的指尖抚弄一只青花瓷瓶，脸上的笑容温柔娴雅，恬淡动人。

太子听见脚步声抬眸看去，发现对方只是一名弱女子便也不开口呵斥，拿起一尊巴掌大的铜炉，对着阳光鉴别真假。

“你说这是什么时代的铜器？是真是假？”他问身边的小太监。

“殿……公子，奴才见识浅薄，实在分辨不清。”小太监苦着脸摇头，随即指了指楼上说道，“不如奴才把掌柜叫下来帮您掌掌眼？”

“他自然希望把这铜炉卖出去，真真假假的从他嘴里吐出来如何能信？”太子哂笑。

小太监恭维道：“公子是何等人物，他骗谁也不敢骗您啊！公子稍等，奴才这便去叫人。”

见主子并不阻拦，那小太监抬脚欲走，却听一道清越婉转的嗓音响起：“这铜炉乃真品，且还是大夏时期的宫廷御用之物。公子若是有意，定价当在五千纹银左右。”

太子挑眉看向缓步而来容貌清丽的女子，一副愿闻其详的表情。

沈家原就是盗墓起家，祖祖辈辈与陪葬之物打交道，论起鉴赏古董，虞妙琪堪称大师，几乎从未有走眼的时候。她信步上前，自然而然地从太子手里接过铜炉，指着上面的纹路徐徐解释，一番引经据典下来，从容不迫的姿态和渊博的学识引得太子频频打量她，眼里的欣赏之意毫不掩饰。

鉴别完铜炉，太子已是完全信服，拿起一幅古画与虞妙琪共赏。二人窃窃私语，谈笑晏晏，气氛非常融洽。

另一头，虞襄已到了水银镜前，用马鞭排开几位搔首弄姿的贵女，占据了最中央的位置。因她动作实在是蛮横霸道，几位贵女怒目而视，几欲张口辱骂，却被旁人急急拉走，小声劝解："算了，不要跟她吵。连未过门的嫂子都能被她骂得投缳自尽、主动退婚，你岂是她对手？若是吵不赢，她举手抽你几鞭，你哭都没地儿哭去。虞都统可不管谁对谁错，只一味地护着她呢！算了算了，离她远点儿！"

几位贵女面色红红白白不停变换，最终，摄于虞襄的毒舌和侯府的权势，不甘不愿地走开。

虞襄听了一耳朵闲言碎语，哪里肯让她们离去，马鞭一横，冷声道："站住，给我说清楚，什么叫未过门的嫂子被我骂得投缳自尽主动退婚？跟哪儿听来的？"

"还用跟哪儿打听？京城里早就传遍了，大家都在说。"其中一位贵女嗤笑道。

虞襄眸光渐冷，握着马鞭的手忽然有些发痒，心里暗暗骂道：好你个常雅芙，退了亲还拿我当垫脚石，你好得很！

她心里正思考该如何回敬，却见一表情狰狞的妇人疾步冲入紫向阁，将手里的臭鸡蛋狠狠砸在她脸上，嘴里谩骂不止："虞府的杂种，去死吧！虞品言为官不仁，狼子野心，竟妄想在京城一手遮天，不但滥杀无辜还残害忠良，早晚会遭报应！我今天便替天行道，与你这孽种同归于尽……"边喊边伸出双手作势要掐。

妇人的眼珠子早已变成血红色，显然已入了魔怔，所过之处众人退避，惊叫不已。

虞襄却丝毫未露骇色，一面用手帕擦拭脸颊上的蛋液，一面挥手："把这疯婆子给我抓起来！"

虞府的丫头婆子自是与别府不同，多多少少都会些拳脚，此时一拥而上，几个呼吸间就将那妇人制住。妇人疯狂挣扎，破口大骂，引得所有人围拢来看。

博古架后，虞妙琪见太子总不询问自己的来历，心中暗暗着急，听见吵嚷声垫脚一看，顿时计上心来，故作焦急地向太子告辞：“公子，舍妹好似遇见了些许麻烦，小女子须得前去相助，这便先行一步。”她这番话首先暗示了自己的身份，然后用虞襄的狼狈衬托自己的温雅，若是顺利解决事端，还可显出自己的精干，真可谓一举多得。

她脚步凌乱，气息急促，仿佛十分忧心虞襄安全。太子见虞襄遭人责难，也立即跟了出来，却并不上前相助，反而负手观望。虞襄有多少能耐，他自然是一清二楚，区区一个发了疯的妇人还奈何不了她，况且那妇人他也认识，正是徐侧妃的大嫂。

正如太子预料的那样，太子妃与孩子们鼻孔内的蚂蟥正是徐侧妃指使人投放，目的不过为了被扶正，好叫她的儿子成为嫡长子。因徐家近年来拥兵自重，太后又欲左右朝堂，成康帝早已忍无可忍，借着这件事狠狠整治了徐家，身为九门提督的徐茂更是被虞品言一刀一刀凌迟处死。

徐家女眷因有太后苦苦求情，这才免除一死，可家产已被抄没，想来日子十分难过。而罪魁祸首徐侧妃则被成康帝赐下一杯毒酒，对外宣称暴病而亡。

当初徐侧妃之所以能想出那般毒计，不过偶然听见一小丫头与人闲聊时提及的乡野传说罢了。在徐侧妃起了妄念之前，那小丫头便已病死，且她本人还是个孤儿，来历并无可疑。

种种情况看似十分巧合，却叫太子和虞品言留了心。这徐侧妃恐是被人当了枪使，真正的幕后黑手还藏在暗处。

在太子回忆前事之时，虞妙琪已冲上去挡在虞襄身前，一边搀扶那妇人一边劝解：“大家都冷静下来好好说话。这位夫人何不随我去内室打理一番，再坐下慢慢交谈？若是我虞府有什么对不住你的地方，我愿意向你赔礼道歉。咱们大事化小小事化了，且私下里解决吧。”

那妇人不肯听劝，反而狠狠啰了虞妙琪一口。

虞妙琪侧身躲避，焦虑的表情中带着几分怜悯，又加之她长相清丽脱俗，声音温柔和缓，在虞襄凶神恶煞的衬托下倒显出十二万分的慈悲来。

旁观众人先入为主，都很同情那妇人，仇视虞襄，对虞妙琪更生出许多怜惜，怜惜她怎摊上那么个不省心的妹妹。

虞妙琪还来不及得意，就被虞襄一手拂开，差点摔了个倒仰：“滚一边儿去！她欺负到我头上就是欺负到我虞府头上，我若是私下里与她和解，她泼在我虞府门楣上的脏水岂不是清洗不掉？再者，她若是心存报复自个儿碰死，旁人还当我虞府杀人灭口，反叫哥哥摊上一桩罪责！要谈就在这里谈！”

话落她斜睨虞妙琪，语气森冷：“你要坑我也不看看时候，我眼下可没心思与你玩那些钩心斗角的游戏。把那疯婆子押上来！”

虞襄几句话点出虞妙琪的私心，有些个眼明心亮的旁观者，看虞妙琪的目光就有些变味。虞妙琪狼狈地站定，匆匆朝太子瞥了一眼，见他眸色暗沉地扫过来，心尖便是一颤。

虞襄哪有心思搭理她，让人把疯妇押到近前，用马鞭抵住对方的下颌，冷声询问：“你是谁？我虞家与你有何深仇大恨？”

妇人噘嘴，欲啐她一口，却被她狠狠抽了好几下，脸颊顿时被抽出条条血肉模糊的鞭痕。周围有认识妇人的贵妇亦不敢吭声，就怕被虞襄惦记上。

“你究竟是谁？快说，再不说我叫人拔了你的舌头！”虞襄表情万分狰狞，几个老婆子狠狠掰扯妇人手臂，引得妇人连声惨叫。

“我说我说，我是徐茂的妻子周氏！”妇人终究是娇生惯养长大的贵女，受不得苦，那股冲动劲儿一过，又被虞襄的狠辣摄住心魂，没一会儿就老实交代了。

围观众人，尤其是那些没见过世面的闺秀，尽皆露出惊骇的表情，对虞襄本就存了几分忌惮，此时全都化作了惧怕，而贵妇们则暗暗叹道：果然是虞都统的妹妹，其心性手腕脱不开一个“狠”字，这周氏落在她手里算是完了。

周氏刚闹腾起来的时候就有几人从楼上缓缓而下，紫向阁的掌柜毕恭毕敬满头大汗地伺候在左右。打头的那人是位身穿玄色深衣的雄伟男子，刚毅的眉眼间隐隐流露出睥睨之态，后面跟随着两名俊美异常的青年：一人手执玉扇，风度翩翩；一人手握绣春刀，眼含血煞之气。

太子看见来人连忙躬身行礼，讲述事情始末。

另一头，虞襄露出恍然大悟的表情，嗤笑道：“原来是你！你也好意思说我哥哥滥杀无辜，残害忠良？你丈夫徐茂算什么忠良？”

虞襄眸色微敛，似在回忆，少顷后一一细数：“成康九年，徐茂于郊野踏青，见色起意，玷污了一名农家女子，为掩盖此事，将她一家七口全部灭门。成康十一年升任宣慰使司同知，贪墨数十万两军饷，致使长江六道兵士无钱银棉服过冬，冻死者逾万人。成康十七年升任健锐营翼长，私自释放天牢死囚，将之引领到密林中如畜生那般猎杀。成康二十一年升任九门提督，收受贿赂逾百万，为排除异己暗杀数十人……其斑斑劣迹罄竹难书，桩桩血案骇人听闻。像他那样的畜生，你也好意思用‘忠良’二字来形容？”

虞襄冲柳绿挥手：“买一筐鸡蛋过来。”在众人莫名其妙的神情中，她继续道，“皇上诛杀他实乃他罪有应得，哥哥手刃他实乃为民除害。你若觉得受了冤屈自可去敲登闻鼓告御状，干吗为难我一个废人？我哥哥确实杀人如麻，但他从未杀过任何一个无辜之人，亦未曾陷害过任何一位忠良。他为家国上战场抛头颅洒热血，为皇上尽忠职守死而后已，我虞襄在这里撂下话来，谁若是觉得我哥哥手上有一件冤假错案，便拿一个鸡蛋往我头上砸，使劲儿地砸。我且坐在这里候着你们！”

她一字一句重若千斤，不见半点气短，更没有丝毫怯懦。在场众人被她冷厉的目光扫过时纷纷垂头缄默，目露惶然。

老太太这才艰难地从人群中挤出，冷声道：“襄儿说得对，若是谁觉得受了冤枉，我虞家人且生受着。来人啊，看座！”

马嬷嬷连忙搬了一张椅子让老太太坐定。柳绿也很快买了一筐鸡蛋，摆放在众人面前。

店里店外静悄悄的，落针可闻，不仅周氏，连看热闹的路人都白了脸色。虞襄把话已说到这个地步，谁人敢砸？虞品言那是奉旨杀人，皇上说此人有罪，谁敢说个不字？就算对虞品言恨入骨髓，今日谁又敢站出来砸一个鸡蛋？砸了那就是对皇上心存怨怼，对朝堂心怀不满，回去后多得是人收拾你。

虞襄虽然断了腿，其胸襟气度却半点儿不输男儿，一张嘴皮子更胜过千军万马。若碰见这事的是寻常女子，怕早就被砸得方寸大乱哭哭啼啼，十个里面有九个都会似虞妙琪那般将人带到内室私下解决。如此，泼在虞家门楣上的脏水这辈子都洗不掉。

虞襄处事手法虽然粗暴，却极为有效，一番傲语更是将虞品言推崇到极致，一时间令人钦佩不已。

周氏怕了怯了，心甘情愿地跪在地上磕起头来，相熟的人家也都纷纷上前安慰老太太。虞襄锐利的目光扫过，众位贵女们尽皆捂脸躲避，脚步踉跄。

虞襄这才勾唇冷笑，斜睨五官略微扭曲的虞妙琪，徐徐开口：“人都打上门来了你还傻乎乎地上前搀扶，还扬言要赔礼道歉。你道的哪门子歉？认定了哥哥滥杀无辜残害忠良？既然你姓虞，最好记住这一点——无论何时何地，维护虞府尊严都是你最重大的职责。虞家的名声可以坏，脊梁骨却不能弯！”

因有很多人看着，虞襄虽然憋了满肚子火，却也点到即止，并未戳破虞妙琪试图用她的良善来衬托自己卑劣的意图。

然而她不说，明眼人又岂会不知？尤其成康帝和太子等人，更是在阴谋诡计中浸淫长大，对虞襄这种爽直率真的人怀着天然的好感，对虞妙琪此等心思诡谲的则厌憎不已。

又加之成康帝并无鸟尽弓藏的想法，等他百年之后，虞品言还要继续为太子守卫边疆。眼看曾经跟随自己四处征战的众位大将尽皆老迈，大寒军力日渐衰微，成康帝怎忍心磨损虞品言这把宝刀利刃？近些年的血腥杀戮不过为了磨砺他而已。放言说虞品言只手遮天狼子野心的人压根儿就没摸准成康帝的脉门，反被成康帝暗暗惦记上了。

眼见自己的心腹爱将受到如此维护，他心里自然感动，威严的脸上顿时露出一抹柔和的笑意。

虞品言面上不显，拇指却搭放在刀柄上用力摩挲，勉强压制着心中汹涌澎湃的情潮。那就是他的妹妹，他的心肝宝贝，无论旁人如何非议，她永远待他如一、全心全意。他不知道该如何回报这份真情，只觉得怎么宠她都嫌不够，怎么爱她都觉不足。

站立在成康帝身后的沈元奇垂头苦笑，心中的酸涩之感简直无法用言语描述。曾经千娇万宠的妹妹四处散播流言欲毁他的仕途，而血缘相牵的嫡亲妹妹却连他的存在都不知道。两人一个心思诡谲、狼心狗肺，一个纯粹天然、重情重义，难道果真是沈家家教不好，才把虞妙琪养成今日这般模样？

这么一想，他心里更加难受了。

成康帝在虞襄话落之时便拊掌叫好，浑厚的朗笑声引得众人纷纷抬头看去。与此同时，店里店外忽然冒出许多龙鳞卫，将紫向阁把守得密不透风。

“皇……”老太太一惊，拄着拐杖便要行礼。

“此处不便，老太君无须多礼。”成康帝挥袖摆手。

能光顾得起紫向阁的人大多是京城里数一数二的权贵之家，虽然多为女眷，可认识成康帝的人亦不在少数，本要跟着行礼，闻听此言连忙打住，站在原地颇有些手足无措，众位闺秀更是懵懵懂懂，六神无主。

反倒是虞襄，随意用袖子抹掉下巴上的蛋液，又将裙摆上的鸡蛋壳拂落，大大方方地拱手作揖：“虞襄见过黄老爷。黄老爷您也来买水银镜？”

成康帝一面朗笑一面阔步上前，嫌弃地弹掉她头顶残留的碎蛋壳，温声道：“正是，给小九儿和发妻订购了两面。襄儿可喜欢？喜欢的话，老爷也给你买一面。”

“黄公子方才已经给我买了一面，多谢黄老爷。”虞襄嬉笑拱手，态度亲昵自然。

成康帝又是一阵朗笑，指着塔夫绸、蕾丝布等物问她要不要，要就全拿走。虞襄连忙说“长者赐不敢辞”，竟是毫不客气地笑纳了，引得太子也低笑连连。

众位贵妇见此情景，对虞襄都有些刮目相看。莫说她这份雍容大气处变不惊，单说皇上、太子等人对她的喜爱之情便足够令她在京城立足。她虽然断了腿，脊背却挺得比谁都直。真要论起才干气度，京城贵女谁又能比得上她？

虞妙琪退至林氏身旁，不着痕迹地打量太子，见他眼中再无对自己的欣赏之意，反而透着点略带反感的审视，方才还雀跃浮荡的心开始慢慢下沉，拽着林氏的胳膊往老太太身后躲。

成康帝与老太太寒暄几句，这才看向被龙鳞卫捂住嘴巴压在地上的周氏，叹息道：“凌迟徐茂的旨意是朕下的，你对办案之人都如此仇视，对朕岂不恨之入骨？若让你得了机会，岂不连朕都敢刺杀？看来宽恕你徐氏余孽的决定是错误的，早知如此，该判一个满门抄斩才是。”

周氏听了这话疯狂地挣扎起来，眼里满是哀求之色。

成康帝冷笑一声，命龙鳞卫将她押下去。

众位贵妇俱都屏住呼吸不敢抬头，暗暗庆幸虞襄几句话将她们摄住，若是虞妙琪带人下去私了，她们少不得要说些幸灾乐祸的风凉话，而皇上和太子就在店内，各处还潜伏着许多龙鳞卫，若不小心吐出几句大逆不道之语，那她们就全完了。

阿弥陀佛，善哉，善哉！众位贵妇不约而同地念起佛来。

处理了周氏，成康帝指着躲躲藏藏的虞妙琪问道："老太君，你这个孙女就是了空师太的俗家弟子、刚归家不久的二姑娘？"

了空师太的俗家弟子？什么时候的事？老太太多年不管俗务，也不与各家走动，竟是对林氏母女放出的流言一无所知，如今皇上亲口问起，且还对虞妙琪的来历了然于心，那股尴尬劲儿就别提了。

此事说小了是虞妙琪爱慕虚荣口吐妄言，说大了便是欺君啊！

老太太冷汗都流出来了，虞妙琪却只淡淡一笑，躬身回话："启禀黄老爷，妙琪只在了空师太身边略待了几日，聆听些许教诲，还称不上是俗家弟子。"

当初她也没明说自己是了空师太的俗家弟子，只暗示了几句，旁的似模似样的流言都是那些贵妇们凭空臆测的。眼下她说的是实话，而在别人听来却是谦虚之语。了空师太到底是皇上的嫡亲妹妹，日后兄妹二人论起此事，她也算平了一个话柄，并无欺君之嫌。

成康帝目光微冷，就连素来温和的太子也都皱起了眉头，暗道此女果然心机深沉，秉性不良。

虞妙琪窥见二人情绪变化，心下不由凛然，正琢磨着自己究竟哪里说错了，却听成康帝沉声说道："老太君，你这个孙女到底是在外头长大的，论起气度终究比不得襄儿，还需好生调教才是。"

"黄老爷说得是。早请了两位嬷嬷调教着，可她终究少了些许灵性，不开窍。"老太太长叹一声，丝毫不顾及虞妙琪的面子。

众位贵妇闻听此言尽皆在心中摇头，暗道此女果如皇上所言，太小家子气了。虽说她有了空师太教导，可长年隐居在深山老林内，还是少了几分见识，可堪蓬门妻，不配为世家妇。若今日被砸的是她，少不得要被周氏暗算一把，叫虞品言摊上一个杀人灭口的罪责，更会牵连在场所有人。真是个上不得台面的。

虞妙琪脸色煞白，眼眶潮红，避至林氏身后微微发起抖来。她今日又败给了虞襄，而且还是惨败。有了皇上这句评价，她嫁入太子府的路算是彻底断绝了。

林氏悄悄握住她冰凉的手以示安慰，心中何尝不感到羞耻愤恨。

几人说话之时，沈元奇悄然挪到虞襄身边，将干净的手帕递过去。虞襄虽与他有两面之缘，且对他观感很好，却不足以亲近到接受他的私物，微微摇头推拒。

恰在这时，虞品言从掌柜那里要了一条湿手帕过来。虞襄一看见哥哥便扎进他的怀中，将满脑袋蛋液全都磨蹭在他衣服上，眯着晶亮的猫瞳坏笑。

虞品言表情无奈，眼中却全都是浓得化不开的宠溺，一点一点仔细帮她打理干净，爱怜地捏了捏她的鼻尖。

沈元奇暗暗苦笑，将手帕收入袖袋退至一旁。

成康帝既露了行迹，自然不便在宫外多待，命宫人将水银镜等物打包妥当便迅速离去。顾虑老太太受了惊吓，他令虞品言留下安抚。

掌柜送走这尊大神，回转后瞅着虞襄沾满蛋清板结成块的头发，小心翼翼地说道："都统大人，三小姐若是不弃，可去内室稍微将头发清理一番。让那疯妇闯入店门行凶，确实是小的监管不周，还请都统大人恕罪。"

"疯妇无状，与你何干？算了。"虞襄大方摆手，却又很快补充道，"若真心赔罪，日后来你店里买东西便给我打个七折吧。"

掌柜哪敢说个不字，立马应了，然后让人去准备热水。虞品言推着妹妹去内室，临走眸色森冷地瞥了沈元奇一眼。

沈元奇心知他恼怒自己接近襄儿，心下不由苦笑，暗叹虞都统果然如外界传言那般爱妹如命。可事实上那也是他的妹妹，不过被虞府阴差阳错抱去罢了。将如此可心的妹妹抱走，留下虞妙琪这样的煞神灾星，该是虞家亏欠了沈家才是！

在他暗自腹诽的时候，虞妙琪已飞快地从难堪的情绪中挣脱，见店内客人全都被吓走，又见老太太坐在太师椅上闭目养神，似乎不想搭理自己，这才冲曾经的兄长使了个眼色。

二人行至店内最偏僻的角落，隐在巨大的博古架后交谈。林氏不好阻拦，只得一眼一眼地望过去，忧虑之情溢于言表。

“哥哥，是我错了，看在你我二人兄妹一场的分上莫要针对我。实话告诉哥哥，我在虞家的日子并不好过，老太太和虞品言只看得见虞襄，反把我当作外人。我整日里战战兢兢如履薄冰，生怕哪天就被他们赶出家门。还是爹娘和哥哥对我最好，早知如此，我就不回永乐侯府了，现在想想真是后悔莫及。”她一面说一面掉泪，哀痛之情真真切切。

沈元奇打量她许久，方轻声嗤笑：“别，你还是老实待在虞家吧。你还嫌祸害我沈家祸害得不够？”

虞妙琪忘了掉泪，诘问道：“我怎么就成了祸害？我堂堂侯府嫡女被你们错抱成商家女，十几年来骨肉分离。你摸摸自个儿良心，到底是谁祸害了谁？”

她态度一硬，沈元奇也冷声而笑：“想当年是侯府主母出门仓促，明知要临盆了，竟没置备奶娘，为防你饿死，才问我沈家奶娘要几口奶水喝，临走也是虞家的下仆错把我妹妹抱走。我那样娇憨可爱重情重义的妹妹被换成了你这么个狼心狗肺薄情寡义的东西，我沈家何错之有？若是没有你，我沈家何至于沦落到家破人亡的地步？”

虞妙琪见他将自己说得如此不堪，差点没被气晕过去，想跟他翻脸却又不敢，只能咬着牙沉默。皇上白龙鱼服之时只唤了太子、虞品言、沈元奇三人陪伴，其中的深意连傻子都猜得到。她这个哥哥怕是入了皇上法眼，今后要飞黄腾达了。

早知如此，她当初何苦与他作对？

虞妙琪心中一阵懊悔，软着声调开口：“起因虽不是沈家的过错，但你们既然发现了真相，就该早日送我归家，而不是将我藏藏匿匿十多年。不管虞家和沈家谁对谁错，终归我是无辜的，是最大的受害者。哥哥，你说这话对是不对？我现如今在虞家举步维艰，你就全当不认识我，莫为难于我，也算偿还了沈家对我十多年的亏欠。”

沈元奇用惊异的目光打量她，嗤笑道：“虞妙琪，我才知道你的脸皮竟这样厚，当真是天下少有。偿还沈家对你的亏欠？你害得沈家倾家荡产，害得我爹娘枉死，沈家对你的亏欠早就还清了，我沈元奇不欠你什么。”话落转身就走。

虞妙琪这下真急了，一面拉扯他的手臂一面跪下哀求：“哥哥我错了，我真知道错了。你就看在我俩十多年的兄妹情分上，饶我一次吧。咱们今后桥归桥路归路，老死不相往来还不成吗？”

沈元奇定定看她半晌，终是妥协道：“我可以当作不认识你，只一点，你不能对襄儿出手。若是让我知道你对她不利，我定要你身败名裂一无所有。”

虞妙琪听愣了，眼中缓缓流下泪水。这次她不是装的，却是真的痛心疾首。想当年对她千娇万宠的哥哥，有朝一日竟会对她说出如此绝情的话，为的还是一面都未曾见过的虞襄。她究竟有哪点好，为何所有人都向着她？

强压下心中的怨恨，虞妙琪一面拭泪，一面惨然而笑：“哥哥你也太看得起我了，我如何是虞襄的对手？今日之事你也看见了，得罪她的人没一个有好下场，京城的闺秀都怕她，我岂敢上前招惹她？我还唯恐她来对付我呢。”

“你不惹她，她怎会惹你？她不像你，是个心肠歹毒的。”沈元奇拂袖而去。

虞妙琪五官扭曲得不成样子，用力抠挠地面以泄心头之恨。恍惚中，听见林氏的呼唤她才慢慢爬起来整理仪容，款步而出。

“他没怎么样你吧？”林氏连忙上前拉她，语重心长地劝道，“你日后别再招惹他了。皇上白龙鱼服只叫了他与虞品言作陪，其圣眷之优渥可见一斑。前日放出的流言怕是根本未伤及他皮毛，咱们一介妇人，手再长也伸不到前朝，还是算了吧。”

虞妙琪轻拍她的手背安抚：“母亲我知道，我与他已经说好了，日后桥归桥路归路，老死不相往来。他是个信守承诺的，应该不会报复我。”

“那就好，那就好。”林氏大松口气，紧接着又道，“虞襄那里你也别跟她计较了，且算了吧，咱们过好咱们的日子就成了。”

“为何？”连林氏都不站在自己这边，虞妙琪满肚子仇恨喷薄而出。

“你看她这么厉害，咱们恐怕不是她的对手。咱们拿什么与她斗？老祖宗跟虞品言护她跟护眼珠子似的，见了咱们立马拉下脸皮爱答不理。她自个儿也是厉害角色，莫说心机手腕，单一张嘴皮子就能把人说死。若是把她惹急了，就凭她那炮仗性子，恐怕连天都要捅一个窟窿出来。

她把天捅破了有虞品言帮她顶着，谁来帮咱们顶？还是算了吧。”

林氏这话说得很对，虞妙琪心中清明，却更激起了她一股不服输的念头，发誓总有一天要将虞襄踩在脚底肆意碾磨。

第二十六章

威胁

因紫向阁的一场大闹，虞襄再次名满京城。各家主母宗妇对她的印象大为改观，都说她是个能干的，足以撑得起门楣，若是男儿，少不得又是一个虞品言。

闺秀们则恰恰相反，对她畏惧居多，更没有与她结交的念头。

虞襄是个我行我素跌宕不羁的，并未将流言放在心上。这日她睡到巳时一刻才姗姗转醒，换了一件软银轻罗百合裙，对着刚买的水银镜梳妆打扮。

铜镜打磨得再光滑，照起来也有少许失真，且还将影像染成暗淡的铜黄色，看上去总似隔了一层纱，有种逼仄的感觉。水银镜却大为不同，不但影像真实，更将色彩原原本本拓印出来，看上去亮亮堂堂，真真切切。

虞襄一面将自制的丝瓜水拍在脸上，一面转动脸庞仔细打量自己，口里咿咿呀呀地哼唱："你这么美，你这么媚。你这么美，美，美，妹妹。你是寒冬里的花蕾，你是西施搅乱了春水，你是天使般的恩惠，你是我宠爱的宝贝。世间的伤悲全都被你摧毁。你是美酒千杯，我怎能不醉……"

调子奇怪也就罢了，歌词更是自恋得惨不忍睹，再加上她一会儿挑眉，一会儿皱鼻，一会儿鼓起双颊，模样搞怪得令人发噱。

柳绿的脸已经变得惨绿，主子偶尔会抽风她早已经习惯，但行行好，侯爷那么牛高马大一个人站在门口，您也看不见？果然照镜子的时候，主子只看得见自己。

虞品言斜倚在门框上，瞅着古灵精怪的妹妹微笑。"你是美酒千杯，我怎能不醉……"他其实早已经醉了。

抹完雪肤膏，虞襄对着镜子开始画眉。

柳绿再也忍不住了，剧烈咳嗽起来，引得侯爷冷冷瞥她一眼。

"哥哥你下朝了？快来帮我画眉。"虞襄看见虞品言，自然而然地冲他灿笑招手。

虞品言信步走过去，没接黛笔，反而哑声问道："今天准备去哪儿？"

虞襄如何不了解他的言下之意，连忙摇头道："娇娇的母亲过生日，邀我前去饮宴。哥哥放心，我只待在内院，哪儿也不去，见不着外男的。"她一面解释一面捂住脸，生怕哥哥将自己刚打好的底妆卸了。

虞品言这才接过黛笔，仔仔细细渲染她淡而有形的涵烟眉，画完捏着她的下颌打量片刻，然后俯身与她一起看向水银镜。

镜子里映照出两张五分相似的脸庞，一张明艳无双，一张俊美无俦。虞襄看愣了，托着腮帮子喟叹道："哥哥，咱们长得真像啊！难道这就是传说中的夫妻相？"

虞品言显然被她取悦了，低笑着在她脑门亲了一口，而后沾了一点胭脂，轻柔地涂抹在她的脸颊。

他动作娴熟，描画精致，可见为妹妹梳妆打扮已不是一次两次。他涂完腮红又挑了一款淡粉色的口脂，慢慢染在妹妹柔软的唇上。

虞襄足足打扮了一个时辰，临到门口，才发现林氏和虞妙琪竟站在马车前等候。林氏本打算举办一次隆重的宴会将女儿介绍给各家主母和闺秀，却被老太太否决了。为了让女儿在京城站稳脚跟，她不得不厚着脸皮扒上虞襄。

少了交际就绝了女儿几条出路，她也是没有办法。

虞襄并未说什么，只无论如何也不肯与虞妙琪同车。几人分乘两辆马车到范府，林氏前去与范夫人叙旧，虞妙琪和虞襄被下仆引到后花园与赴宴的贵女们玩耍。

看见虞襄，众位贵女似潮水般分开一条过道让她直行，脸上带着畏惧、忌惮、防备等情绪。范娇娇早烦透了不断上前攀附的人，看见好友连忙屁颠屁颠地迎了上去。

"听说你被人砸了臭鸡蛋？"这位也是个口无遮拦的。

"是啊，满脑袋的蛋黄蛋清，恶心。"虞襄抚了抚鬓发。

"周氏现在还关在牢里，皇上收回圣意，将她一家十三口全都流放了，不日便要出京。我大哥的下属负责此次押解，要不要我帮你'照顾照顾'他们？"

"知我者，娇娇也！"虞襄搂住好友粗壮的腰肢摇晃。

范娇娇脸黑红黑红的，特豪爽地朗声一笑。因她两个声名狼藉，少有闺秀敢接近，这番话除了虞妙琪竟无人听见。全家被流放已经够苦，若是路上受到兵士刁难，也不知能不能活着到达流放之地。这样想着，虞妙琪对虞襄的狠毒又有了更深刻的体会。她不得不承认，越是了解虞襄，她就越是感到恐惧。

然而，她与虞襄是天生的宿敌，再恐惧也要置对方于死地。只有虞襄死了，她才能过上安生日子。

思虑间，她举目四顾，看见被几位贵女簇拥在中间的常雅芙，眸色微闪。

范娇娇显然也看见了常雅芙，指点道："瞅瞅，常雅芙也来了。听说她除服那天你俩起了口角，她被你骂得投缳自尽差点殒命，这才主动与你哥哥退了婚。襄儿，你果然是骂遍京城无敌手！"边说边竖起两根大拇指以示敬佩。

被人骂几句就投缳自尽，这事放在别人身上也许显得有些离奇，放在虞襄身上谁都不会怀疑。京城里被她骂哭过的贵女比比皆是，被她骂得不敢见人的也不在少数，还有些她干脆懒得张口，抬手就一鞭子抽过去。

她长到十四岁也才交了两个好友——一个范娇娇，一个九公主，却都是不能得罪的人物。众位贵女表面上看不起虞襄，实则哪个对她不嫉恨在心？

她确实断了腿，是个废人，但她却活得比谁都舒坦，比谁都自在。因为身体的残缺，虞老太太丝毫不敢拿世俗礼教去束缚她，她高兴的时候可以大笑，露出两排洁白的牙齿；她悲伤的时候可以大哭，大大方方顶着红肿的眼眶；她愤怒的时候破口大骂抬手便打，无论她得罪了谁，自然有权势滔天的兄长为她善后。她得到的是虞家上下毫无原则的宠溺，就连无法嫁人这一点，在她看来也无关痛痒，因为她可以在虞家当一辈子姑奶奶。

条条桩桩数下来，让那些被世俗礼教绑缚的贵女如何不嫉恨？久而久之，这些人竟产生了同仇敌忾之感：凡是虞襄出现的场合，她们必定联起手来孤立她。

也因此，受过她摧残的常雅芙如今很是受人欢迎。她所到之处必定有许多人围上来好言好语地劝慰，然后自以为隐晦地朝虞襄投去责难的目光。

虞妙琪只犹豫了一瞬就朝常雅芙走去，拉住她苍白冰凉的指尖，柔声道："芙儿姐姐，你没事了吧？襄儿那事……实在是对不住了。"

她欲言又止，尴尬的表情中透着怜悯和同情，叫众位贵女更认定虞襄仗势欺人。

常雅芙见她过来本欲离开，闻听此言立刻停下脚步，苦笑着摇头，片刻后又摇摇头，仿佛有万千委屈却不敢倾诉。

有人冷笑道："妙琪，本是一母同胞，为何你如此知书达理、温婉和顺，你妹妹却嚣张跋扈、性情乖戾？虞老太君还说你缺乏调教，却是老眼昏花了！"

虞妙琪连连摆手，表情苦涩，引得众人纷纷猜测她在虞府如何受虞襄欺压，对她也不由同情起来，又连忙围着她好言安慰。

几人说话之时范娇娇正推着虞襄靠近，常雅芙脸色煞白，抬脚便走，却被镇国公府的三姑娘拉住："干吗要走？见不得人的又不是你。有些人你越是怕她，她就越是欺负到你头上，真该给她一个教训才是。"

"哦，那你说说该如何教训此人？"虞襄挥舞着马鞭挑眉询问。

打，打不过，骂，骂不过，虞襄又是个不怕挑事的，惹毛了她，她能把范夫人的寿宴都给掀了，回过头虞品言还得寻到镇国公府找自己算账。三姑娘顿时哑口了，吭吭哧哧涨红了脸。

常雅芙连忙伏低做小，上前赔罪。

几位贵女实在看不过，将常雅芙一把扯到身后，硬着头皮斥道："虞襄，这里不是虞家，你别闹事。你害得芙儿还不够，还要怎样？人在做天在看，你当心遭了报应。此处不欢迎你，你快些滚开。"

虞襄眉毛竖了起来，这是她发怒的前兆。常雅芙见势不好，连忙将几位贵女拉拉扯扯劝走，唯恐虞襄口无遮拦地将她那些事爆出来。若非母亲欲借着这次寿宴给她相看一户人家，她哪里敢与虞襄碰头？如今肯娶她的人也只有那些粗鄙的武将了。

虞襄的脾气本就不好，常雅芙暗算虞品言已经触了她的逆鳞，事后还将她当垫脚石踩，借着抹黑她来洗白自己，真是卑鄙无耻。

让人暗算了还忍气吞声向来不是虞襄的性格，她的原则是"人敬我一尺我敬人一丈，人踩我一脚我把人踩死"。她冲着一群人远去的背影喊道："常雅芙，你老老实实把婚退了，咱俩的事儿也算完了，眼下你硬要与我为难，可不能怪我翻脸无情！"

常雅芙身形晃荡差点摔倒，好在旁边的人扶了一下。其中一人怒而回头，低声吼道："虞襄，你够了！做人留一线日后好相见，你不要把人逼急了！"

"你们感情倒是好，果然是物以类聚。我好心给你们一个忠告：离她远一点，当心坏了名声。"虞襄喊完，冲隐在廊下的虞妙琪指了指，"你也是，明知她是什么样的人还凑上前安慰，你什么意思？莫非你觉得她的所作所为很值得效仿？在水月庵清修十四年，你的道行都修到哪里去了？竟是丝毫不知道寡廉鲜耻。"

常雅芙已经奔跑着往偏厅去了，找到靖国公夫人便躲在她身后瑟瑟发抖。虞妙琪低垂着脑袋不吭声，心中却顿感不妙。

范娇娇看似憨厚，实则一点不傻，好奇问道："什么坏了名声，寡廉鲜耻？难不成这里面还有什么内情？常雅芙不是被你骂退婚的？"

虞襄竖起食指，抵住桃花瓣一样娇嫩的嘴唇："嘘，眼下莫要多问，你很快就会知道了。"

虞妙琪悚然一惊，连忙上前低语："虞襄，你不能这样！芙儿姐姐主动退了婚还不够吗？她今年已经二十出头，若不找个好点的理由把这事圆过去，她今后如何嫁人？你就不能体谅体谅她吗？"

虞襄挑高一边眉毛，嗤笑道："若是被人坏了名声的是你，你体不体谅？合着你们看我名声本就不好，所以能够可劲儿地抹黑是吧？你们以为我是活菩萨，且由着你们在我头上拉屎？你今日替她长脸，就要做好被我打脸的准备。滚一边儿去，我不想搭理你！"

她俩虽然压低了声音，却依然叫多年习武的范娇娇听了去，立即挤开虞妙琪，冷哼道："滚滚滚，又是一个不安好心的。襄儿，咱们自己去玩吧，甭搭理她们。"

"去玩投壶，一支箭一百两银子，干不干？"虞襄搓手。

范娇娇拂开想去推轮椅的桃红和柳绿，急道："干，怎么不干！你等会儿，我把我弟弟妹妹全都叫来，咱们联手把他们的荷包赢过来。"边说边心急火燎地推着人走了。

桃红、柳绿无奈跟上。

虞妙琪僵立片刻，转身往偏厅疾走，想给常家母女提个醒，让她们赶紧想办法阻止虞襄，却没料常家母女早被吓跑了。

虞襄和范娇娇赢了许多荷包，一时高兴便多喝了两杯，回到侯府还有些晕头晕脑，老太太给她灌了一大碗醒酒汤才让她放空的眼眸重新聚焦。

吐出满嘴酒香，她张口就道："老祖宗您知不知道，常雅芙玩了一把投缳自尽，说她受不了我的恶毒才与哥哥退婚。老祖宗，我自己把自己名声搞臭无所谓，可我受不了别人往我头上泼脏水。我要找她算账！"

虞妙琪和林氏赖在正院不肯离开，闻听此言连忙劝道："算了吧，得饶人处且饶人。她也是出于无奈，便给她留条活路吧！"

"让她主动退婚就是饶了她一回，她怎么反过来对我不依不饶了呢？祖母您不知道，虞妙琪竟跑过去安慰她，说咱们虞家对不住她。这是什么意思？她一脚踏两船，可劲儿地往我哥哥头上戴绿帽子，怎么反过来竟是我虞家对不住她了？"虞襄越说越觉得荒谬，哧哧笑起来。

因一句"得饶人处且饶人"而略微松动的老太太顿时也火冒三丈，扔掉佛珠厉声诘问："虞妙琪，你还记不记得自己姓什么？"

"祖母，我只是见芙儿姐姐可怜，想着帮她略说几句好话让她顺利找一户人家，也算积一点阴德，修一个来世……"虞妙琪试图用佛偈来为自己开脱。

"你的意思是说咱家让她退婚就是损阴德咯？哥哥娶了她，戴一辈子绿帽子做一辈子活王八，就能积一点阴德以便下辈子找个贤良的妻子是吧？虞妙琪，你脑子是不是有病？"虞襄按揉着自己的太阳穴。

林氏被臊得抬不起头来。虞妙琪辩白道："我怎么脑子有病了？芙儿姐姐本就被你逼得几欲投缳。你若是再不依不饶，岂不是打算生生地把她逼死？"

老太太按揉眉心，沉声道："行了，都少说几句！虞妙琪，你心疼常雅芙可比心疼你哥哥多多了，到底是在外头养大的，不把自己当虞家人。若是下次你再联合外人为难襄儿，你便跟你母亲一块儿去庄子里单过吧！我们虞家容不得吃里爬外的东西。"话落瞅了瞅气鼓鼓的孙女，老太太无奈地摆手，"你想怎么找常雅芙算账？就凭你那臭名声，说出实情，人家还当你故意污蔑她，谁会信？说得多了，人家再寻死一回，你就更撇不干净了。”

常家这种做法也是真恶心，瞅准了虞襄恶名远扬，把责任都推到她头上。又因虞襄得罪了太多贵女，这些人对同病相怜的常雅芙自然多有包容，更有甚者还会兴起提携之心。借着这股东风，常雅芙不需多少时日便会找着下家。

这是拿自家孙女当垫脚石在踩啊！老太太心头气闷，一时间却也想不出万全的解决之法。虞襄见她头疼，搂着她的胳膊软言软语地安慰，直道自己暂且忍忍，不会惹事，伺候她洗把脸躺下，才随着林氏母女出去了。

说来说去，还不是得忍下这口闲气？人言可畏，虞襄再厉害还能敌得过众口铄金？也是一只中看不中用的纸老虎罢了！虞妙琪如此想着，嘴角不由露出一抹蔑笑。

三人行至路口，正欲分道扬镳，却听虞襄柔声唤道：“姐姐，去我院子里玩玩？”

虞妙琪面露迟疑。

“怎么？怕我？”虞襄挑高一边眉毛，本就艳丽的脸庞更带出一股盛气凌人之感。

虞妙琪无端端觉得自己矮了她一头，立刻就笑起来了：“怎么会？那便走吧。”

“琪儿……”林氏拉住她的衣袖微微摇头。

“姐姐几岁了？离开母亲，连路都不会走了吗？我又不是老虎，还能吃了你不成？”虞襄掩嘴轻笑。

虞妙琪拂开林氏，带着两个大丫头跟在她身后。一行人刚走进桃花源一般的小院，虞襄就叫人关了院门，扯着虞妙琪的腰带，将她拉跪在地上，一手反剪她的胳膊，一手掐着她薄薄的一层脸皮，笑容阴森诡异。

两个丫头大惊失色，正要上前帮忙，却被桃红和柳绿一脚踹翻，而后压在地上动弹不得。

“虞襄你想干什么！”虞妙琪惊骇莫名，诘问时嗓子都带上了尖锐的破音。

“我想干什么，该是你想干什么才对！今儿你主动上去安慰常雅芙，就是为了坐实我欺辱她的流言吧？有这么一个厉害的小姑子，哪家女儿敢嫁进侯府？眼下老祖宗是没醒神，等她想明白了，必定会把我送出去给新嫂子挪地方。你就那么见不得我好过？我哪里招你惹你了？”

掐脸皮的手指越发用力，疼得虞妙琪直吸气，可她满腔的仇恨都无法诉之于口，只能红着一双眼睛瞪视虞襄。

虞襄冷笑：“虞妙琪，你若是不招惹我，我也不会招惹你。你若是硬要与我作对，我少不得掀了你这张面皮。”她边说边狠狠拉扯指尖的皮肉。

“求你不要再掐了，我错了，我就是嫉妒你受老祖宗和大哥的宠爱才会处处与你作对。我今后不敢了，求你快些放手吧！你若是放了我，我今后一定老老实实的，见了你就自动绕道而行，这样成吗？成吗？”一阵尖锐的刺痛告诉虞妙琪，自己的脸颊已经被虞襄掐破了，若不及时上药，指不定会留下疤痕。如此，她这辈子还有什么盼头？

此人哪里是什么大家闺秀，却是比悍匪更悍，比恶鬼更恶，惹急了她，她什么丧心病狂的事儿都干得出来。虞妙琪这回真知道怕了，一抽一抽地痛哭起来，眼泪浸入伤口带来更尖锐的刺痛，吓得她六神无主，方寸大乱。

看着这张涕泪横流狼狈不堪的脸庞，虞襄这才觉得心情舒畅了，松开她的胳膊和面皮，将她推远，而后掏出手绢慢条斯理地擦拭指尖，柔声道：“这就对了嘛。咱们毕竟是一母同胞的姐妹，何苦相互为难？你若是肯乖乖的，我绝不会动你。好了好了，哭什么？多大点儿事儿！”

扔掉手绢，她冲蹲坐在宝生背上的桃红挥手：“去，把我妆奁里的紫晶化瘀膏拿来。”

桃红应诺，踹了宝生一脚才往屋里跑。宝生连忙爬起来去扶主子，抽噎道：“三……三小姐，您太过分了。您看您把我们小姐脸掐成这样，侯爷和老夫人问起来……”

虞襄漫不经心地打断她：“得了，不用哥哥和老祖宗询问。你们若是觉得委屈只管去找他们告状，去吧去吧，药拿好了。”

匆匆跑出来的桃红将药瓶塞进被噎住的宝生手里。

虞妙琪恨不得离虞襄这只恶鬼越远越好，用眼神制止愤愤不平的两个丫头，脚步踉跄地走了。日后这个小院她是再也不敢进了，统共进了两回，就被虞襄威胁了两回，真是噩梦一般的经历。

虞襄对老太太保证过暂且忍耐，便果然忍耐了四五天。其间虞妙琪老实待在房里养伤，并不敢出门。林氏见了她脸上四道鲜血淋漓的指甲印，奔到南跨院找虞襄算账，恰好遇上下衙的虞品言，满肚子责难不敢宣泄，只得灰溜溜地离开。

因虞襄着实得罪了太多贵女，常雅芙因祸得福竟入了这些人的眼，连续好几日受到邀请去参加聚会，结交了许多朋友。

常夫人也没闲着，四处给女儿相看人家，最后择定了外务部右丞齐大人的嫡次子为婿。虽然对方比不得虞品言权势滔天，但相貌人品很是过得去，只前头定的那个未婚妻也在守孝，孝期过后正准备结亲之时竟意外病死了，这才叫常家捡了漏。

常雅芙提心吊胆了好几天，见虞襄迟迟没有动静，焦虑的情绪逐渐安稳下来。也是，虞襄名声差到此等地步，污蔑她简直是顺理成章的事。她再如何辩白，旁人也全当她在挟私报复，哪里会信！

多行不义必自毙，这回她就是长一百张嘴也说不清。虞品言这辈子若是还想娶妻，必须将她赶紧打发出门才可。她一个断了腿的废人，脾气又如此暴烈，除了意图攀附侯府的势利小人，哪个敢要她？

她嫁给这样的人，初期还能过几天安稳日子，等对方得了势，还不把她往死里整？想想就觉得痛快至极！坐在摇摇晃晃的马车上，常雅芙禁不住低笑出声。

“庚帖换了，婚书下了，这回你可高兴了？”常夫人搂着女儿打趣。

“是啊，总算否极泰来。”常雅芙大舒口气。

“也多亏了虞襄的坏名声，否则，我还真不知该怎么把退婚的事圆过去。”常夫人抚了抚女儿鬓发，讽笑道，“虞家人只管宠着她，将她宠上天去，等日后虞品言讨不着妻子的时候，他们就该后悔了。”

“正是。虞品言今年已二十一，身边又没个暖床人，我且看他能忍耐到几时。女人和妹妹，他总要有个取舍吧？”常雅芙很想知道虞品言对虞襄的底线在哪里，又会被她拖累到何种地步。

常夫人摆手冷笑：“管他如何取舍，总之又是一场鸡飞狗跳的好戏。咱们只管坐着看戏就好了。”

在她们逐渐靠近靖国公府的时候，虞襄已先一步抵达，跟来的五辆大马车上跳下许多身强力壮的仆役，拿着扁担将一个个红木箱抬下来码放在府门前。

虞襄使了个眼色，柳绿立刻前去敲门。

门房听见动静打开大门旁边的小角门，问道："谁啊？"

"告诉你家主人，永乐侯府三小姐来访。"

"永乐侯府三小姐？"门房一听此言脸色大变，"砰"的一声将角门关死，大喊道，"你且等着，我去禀报国公爷！"

靖国公府与永乐侯府的恩恩怨怨早已被编成无数个版本在府里流传，虞襄更是其中最卑鄙无耻的角色。她来拜访能有什么好事？门房快速跑去前厅禀报，得了国公爷一句"不见"，回来后隔着门缝驱逐柳绿。

"小姐，他们不肯见您。怎么办？"柳绿蹙眉。

"不见正好。"虞襄掩嘴而笑，打开身边一个红木箱子，取出一只青花瓷瓶掂了掂。

"小姐，您不会是想……"柳绿咽了口唾沫，心头升起不祥的预感。

"桃红，把它砸到门上。砸完一个还有这许多，全给我砸了，甭替我心疼！"虞襄将花瓶扔给兴致勃勃的桃红，而后拍了拍满满当当的红木箱。

"小姐，那我可真砸啦！"桃红笑得跟花儿一样。她最喜欢这种粗活累活。

"废话什么，砸一个赏你一两银子，给我砸。"虞襄挥了挥马鞭。

桃红不等她话落就狠狠砸了过去，"哐啷"一声脆响引得路人纷纷驻足观看，发现闹事的是虞襄，又着急忙慌地退后七八米远免得被波及。

柳绿捂着脸，恨不得立刻就昏过去，却不得不强撑着，拽住一个正在踩扁担示威的老婆子，低声下令："快去龙鳞卫所把侯爷找来，跟他说小姐又在闹事了，今儿个说不得会跟靖国公府干起来！"

"干就干，怕啥？"老婆子耷拉下眼角。

"你傻了吗？这里人多手杂，若是误伤了小姐，咱们全等着被侯爷一刀劈死吧！"柳绿用力地掐她的胳膊。

老婆子这才大惊失色，扛着扁担往龙鳞卫所去了。

与此同时，桃红已连续砸了五六个花瓶并一个铜炉，把靖国公府的大门砸得坑坑洼洼，直掉漆。靖国公不好与一个断了腿的小丫头纠缠，只能躲在门后听动静，希望她们砸完了赶紧走。

几箱子瓷器全砸完了，靖国公府门前已经完全没有下脚的地方。虞襄用一方手帕挡住脸，免得被碎片划伤，见桃红冲自己摇了摇头才朗声喊道：“常雅芙你给我听好了，你自己行为不检，放浪形骸，退了亲也别往我头上栽赃。我今儿是留了口德才没揭你老底，你且见好就收，甭想拿我当垫脚石踩。你退回来的礼物我全给你砸了，免得脏了我永乐侯府的地方！”话落她冲众仆役挥袖，“咱们走。”

众人抬起空了的红木箱，浩浩荡荡回转。

临上马车前，虞襄忽然回头补了一句：“常雅芙，今后出门多穿几件衣裳，好歹遮一遮丑！你若是吊死了可不是被我骂的，是你自己没脸见人！”

前几句话把人骂得恨不得去死，后几句话又将那寻死的路给堵住了。常雅芙若果真吊死，便是她自己没脸，彻彻底底坐实了虞襄今日的喝骂。

围观路人顿时大哗。

躲在门后的靖国公差点气晕过去，更别提恰好赶回来的常家母女。她俩躲在不远处的马车内抱头痛哭，汲汲遑遑。

她们无论如何也想不明白，虞襄怎么就能做出当街大骂这种事？哪家的闺秀有这胆子？她骂痛快了，自己又能得什么好处？她凶悍的名声再也无法挽救了。

名声算什么？能吃吗？虞襄撇嘴，只觉得心情前所未有的舒坦。

众人将箱子往马车上搬运的时候，靖国公府的大门忽然打开了，常琦举着一把宝剑冲出来，一声不响地就往虞襄背心刺去。柳绿连忙上前阻挡，却听“叮”的一声脆响，一枚碎银将那宝剑震成数段。虞品言铁青着脸大步走来，所过之处人群轰然而散，依稀还有人仓皇地大喊：“不好，活阎王来了，快跑吧！”

虞品言在大寒朝的名声可止小儿夜哭，虞襄本还有些心悸，见状捂着小嘴儿笑开了，扑进哥哥怀中时打趣道：“哥哥，瞧见没，咱们是黑白双煞，人人都怕呢！”

“你给我老实点儿！你刚才差点被人刺中知不知道！”虞品言将她扔进马车，放下车帘后脸色依然是青的。

虞襄哼哼唧唧地求饶，虞品言拧着她的脸颊警告道：“日后上门找事先跟哥哥说一声，听见了吗？嗯？”

“听见了听见了。”虞襄小心翼翼地掰他手指，心中暗暗忖道：原来被人掐腮帮子的感觉真的不好受。

虞品言扶她坐好，这才下车走向被一群仆役压制得动弹不得的常琦。靖国公着急忙慌地从小角门内跨出，色厉内荏地骂道：“虞都统，你好气魄，竟三番两次与一小儿动手。”

“国公爷你也好气魄，放任儿子暗算我手无寸铁不良于行的妹妹。他今儿若是碰着我妹妹一根头发，我活剥了他！我凌迟人的手段相信国公爷早有耳闻，统共三千六百刀，必定一刀不少。”他一边说一边顶开刀鞘，漆黑的眸子渐次染上一层血色，空气更是因为他散发出的杀意而变得冰冷黏腻。

常琦吓得面如土灰，瑟瑟发抖。靖国公咬牙硬撑道：“虞品言，你眼中还有没有王法？琦儿不是没碰着她吗！”

另一头，见人走光了的常家母女也用手帕遮着脸快速跑来。常雅芙一钻进角门，便蹲在地上痛哭，常夫人扑上去想把儿子从扁担底下扒拉出来。

虞品言附到靖国公耳边略说了几句话，然后挥袖大步离开。众仆役这才散了。

虞襄趴在窗沿上，见靖国公吓得魂儿都没了，大滴大滴的冷汗汩汩往下流，待哥哥上马车后急忙问道：“你跟他说什么了？瞧把他吓成那样。”

虞品言低声道：“没什么，只是他与徐茂有几封密信落在我手上。这事可大可小，单看我心情如何。”

“那你心情好不好？”虞襄笑嘻嘻的。

“你差点被常琦刺中，你说我心情好不好？”虞品言的脸色顿时又青了。

虞襄不敢吭声，老老实实地坐好。二人一路无话，直到回了西厢小院，虞品言将她抱上软榻才叮嘱道：“及笄之前，你都给我乖乖待在家中，哪儿也不许去。”他指了指柳绿，“把你主子看好了。若是让本侯知道你带她出去胡闹，杖刑五十再撵出去。”

柳绿连连点头，却腹诽道：明明是主子把我们带坏了，怎么就成了我们带她胡闹？侯爷您的心都偏到胳肢窝去了！

第二十七章

及笄

虞襄在靖国公府门前的大闹很快就传得尽人皆知。虽然她语焉不详，但仅凭“行为不检”等话就能猜出其中内情。

没凭没据的，虞襄能说得那样真切？原来常雅芙退亲并不是受不了恶毒的小姑子，却是被永乐侯府抓住了要命的把柄，且那把柄还很香艳。各家主母顿时对靖国公府的女眷退避三舍，前几日与常雅芙交往甚密的几位贵女更是臊得没脸见人。

想起范夫人寿宴那日虞妙琪主动跑来安慰常雅芙的情景，她们肺都快气炸了。虞妙琪这是跟常雅芙合起伙来误导她们，好坐实常家传出的抹黑虞襄的流言，以便全了常雅芙的名声啊。

这虞妙琪究竟是什么人？她连自个儿嫡亲哥哥、嫡亲妹妹都如此陷害，把所有人当傻子糊弄！想明白其中的关节，贵女们对虞妙琪简直恨进了骨子里，凡是宴饮聚会再不叫她。

常雅芙这回是真的想寻死，刚把脖子套进绳索又想起虞襄那句“死了是你自己没脸见人”的话，在凳子上僵立了半个多时辰，最终放弃了。

齐夫人遮遮掩掩地来了靖国公府，将婚书给退了，还暗示常夫人赶紧把常雅芙送走，否则她的嫡长女也讨不着好。常夫人纠结数日，不得不把女儿悄悄送回了老家。

风言风语很是传了一阵，除了没心没肺的虞襄，不知有多少人连续数月睡不着觉。

时间飞逝，转眼就过了炎夏迎来寒秋，虞府的两位嫡女终于及笄了。

林氏为了给女儿正名，一再要求老太太将典礼举办得隆重些。

“你要如何隆重？正宾、赞礼、赞者、摈者和执事你能请到谁？你跟我说说。”老太太捧着流程单询问。

林氏多年未曾交际，前几个月女儿还把京城里半数闺秀都给坑了，别说赞礼等人，恐怕连宾客都无人上门。她一时间竟说不出话来，坐在一旁的虞妙琪倍感屈辱，又深恨林氏懦弱没用。

恰在这时，虞襄拿着一张宣纸风风火火进门：“老祖宗，这是我及笄之礼的宴客名单，您帮我瞅瞅。”

老太太接过一看，禁不住笑了：“你竟然说动了太子妃娘娘给你当正宾，好好好。让九公主和娇娇给你当执事是不是有些不合适？到时候可要跪坐一个时辰，她们恐怕受不住。”

林氏凑过去一看，气都喘不匀了。正宾乃太子妃，赞礼乃范夫人，赞者乃太子妃的母亲闵氏，执事乃九公主和范娇娇，摈者乃老太太的娘家嫂子吴氏，这排场确实摆得太大了。

“不是我让她们来的，是她们硬要来当执事。她们还不是图一个好玩？我腿脚不便，干脆把流程精简，省得折腾自己也折腾大家。”虞襄弹了弹纸边。

老太太笑着点头：“好，单子拿来让我看看，我帮你斟酌。”

老太太正欲伸手去接，却被虞妙琪抢先拿了去，笑容温婉：“我管家已有大半年了，按理说这事该由我负责，却不料妹妹已经筹备好了，实在是惭愧。祖母精力不济，妹妹有什么要求只管跟我说，我条条款款全都帮你办妥。这毕竟是咱们两人的及笄典礼，妹妹权且放心，我没有不尽力的道理。”

听过蹭吃蹭喝，就是没听过蹭及笄礼的。虞襄看她一眼，笑了：“还是那句话，人不要脸天下无敌。虞妙琪，我真是服了你了。好吧，你若是搞砸了我的及笄之礼，当心我扒了你的皮。”

她语气十分轻快娇俏，还状似玩笑地捻起虞妙琪手背上一层皮肉扯了扯。虞妙琪冲她微微一笑，眸子中隐含几分阴鸷。

老太太只当自己眼瞎了，看不见两人的暗潮汹涌，摆手道：“罢了，你要办就好生办。一生只此一次的及笄礼，你若是搞砸了，受罪的也不是别人。”

“琪儿知道了。”虞妙琪连忙跪下应承，心里着实松了口气。请来太子妃娘娘为自己当正宾，看日后谁还敢小瞧自己。

沐浴斋戒三日，到了及笄礼的当天，虞襄破天荒地起了个大早。眼下已是十月底，凉爽的秋风带上了几丝冷冽，仆役们早已换上了棉夹袄，踩着嘎吱作响的落叶来来往往。

虞襄端坐在水银镜前涂抹口脂，选了好几种颜色都觉得不满意，用手帕擦了数次后嘴唇有些微微泛肿。

她凝视着镜子里的自己，忽然有种恍如隔世的感觉。

“小姐，再试一试这个橘色的吧，里面放了些许麦芽糖，很甜的。”柳绿拿起一盒口脂。

虞襄叹了一声，用小拇指沾了少许口脂仔细涂抹在唇上。

因太阳还未升起，天空刚泛出鱼肚白，桃红举着一个烛台为她照明。少女本就娇艳的脸庞经过修饰后美得如一朵盛开的牡丹花，满头青丝瀑布一般披散在肩头，又大又圆的猫瞳没有焦距，看上去懵懂而纯真，或者还有些迷茫。

柳绿低声问道：“小姐今天好像兴致不高？”

“没有，只是觉得一夜之间就长大了，有点困惑。”长大之后，总会有各种各样的烦恼接踵而至，虞襄如是想着，噘着唇吐出一口浊气。

柳绿笑而不语，拿起篦子帮主子梳头。恰好在这时，虞品言踏着晨露缓步而来，身后跟着冯嬷嬷和几个捧着小匣子的丫头。桃红、柳绿连忙上前见礼。

“哥哥，这是我今日要戴的冠笄、冠朵和珠钗？”虞襄伸长脖子探看。

“正是。你且看看喜不喜欢。”虞品言走过去摸了摸她的脸颊。

几个小丫头将手中的匣子打开，一溜儿排放在梳妆台上，由顶级翡翠和黄金打造而成的莲花状冠笄、冠朵在烛光的照耀下显得异常奢美华贵。

哪怕是见多识广的虞襄，也忍不住发出惊叹。

“喜欢？”虞品言俯身笑问。

“不能更喜欢！”虞襄捧起匣子亲了两口。

因人多眼杂，虞品言强忍住索吻的冲动，让几个丫头将匣子捧去给老太太看。这些东西理应由执事保管，然而虞襄请的两个执事因为身份高贵，却是纯粹来凑热闹吃干饭的，终究还得虞品言和老太太亲力亲为。

等一行人走远，虞品言接过柳绿手里的篦子，一下一下为妹妹梳理乌黑如云的秀发。因为头发实在太过光滑，他在掌心抹了一些桂花油，将之束成简单的堕马髻，然后挑了几支珠钗点缀。

“襄儿终于长大了，哥哥等这一天都快等不及了。”他俯身，定定地凝视镜子里明艳无双的佳人，微哑的嗓音蕴含着数不清道不明的暧昧。

虞襄被他灼热的目光看得心脏狂跳，装作忙碌地去挑选妆奁内的花钿。她不敢思考他话中的深意，因为她知道只要自己随着他的引诱向前跨进一步，将给她的生活带来翻天覆地的变化。

她觉得自己现在过得很好，不需要这种改变，或者更坦诚地说，她恐惧这种改变。

虞品言点到即止，帮她挑了一朵莲花状的花钿贴在眉心，这才抱着她往前院去。

桃红、柳绿推着轮椅跟在后面。

虞襄趴伏在兄长肩头，认真数着地上的落叶，一片、两片、三片……无数片……

等等，今天的落叶是不是太多了？下人竟然忘了扫地！

虞襄柳眉一竖，拍打兄长的肩膀说道："哥哥等等，问一问这条道是谁负责清扫的？眼看宾客就要临门，咱们侯府却连路都没给他们扫干净，像什么样子！"

虞品言向来不管这些琐事，但见妹妹一副管家婆的小模样着实可爱，便冲身后跟随的两名侍卫挥了挥袖子。

侯爷亲自过问，下人如何敢怠慢？然而经过虞妙琪的改革，原本分工明确的仆役们已经变得零散不堪，你推我我推你，竟老半天找不出谁人负责，一时间闹哄哄的。

"甭吵了。虞妙琪呢，把虞妙琪叫过来。她不是说一定帮我把及笄之礼办得妥妥当当、风风光光吗？"虞襄眉头皱得死紧，忽然有些后悔当日的决定。

这可是她唯一的一次及笄礼，谁若是把它给搞砸了，她也会把那人搞砸了。

虞妙琪帮着沈母管过家，后来又接手永乐侯府，虽然偶尔出些小岔子，但有林氏在旁指点，又有虞襄之前定下的规矩可做参照，处理起来并不困难。

然而，及笄之礼程序烦琐，规模宏大，连林氏也是第一次办，加之她们将虞襄定下的规矩毁了个七七八八，又因扶持亲信很是得罪了某些有头脸的管事，平日无事也就罢了，遇上如此庆典便显出了乱象。

一会儿厨房少了几筐食材，一会儿库房少了几百个杯盏，一会儿戏台子没搭好略有些松动……各式各样的麻烦接踵而来。虞妙琪忙得晕头转向，竟连最基本的清洁都未曾留意。闻听虞品言传唤，她恨不得自己变出几百个分身，亲自把那地给打扫干净。

四处都缺人手，四处都凌乱不堪，虞妙琪像没头苍蝇一样转悠了半天才拎出几个下仆，去清扫各处通道。

老太太伫立在廊下观望吵吵嚷嚷的院落，摇头叹息道："就这点儿能耐还想着往太子身边钻，真是不自量力。"

马嬷嬷不敢搭腔，见侯爷抱着三小姐缓步而来，立即下去准备早膳。

太子妃在宫门口接了九公主便径直地往永乐侯府赶。九公主扑进太子妃怀里问道："嫂嫂，你病可好了？"

太子妃抚摸自己红润的脸颊笑道："已经大好了。"虽然损了根骨再难受孕，但她在道光沐浴中生下一双麟儿，比那些妾室生一百个孩子都管用，又加之徐侧妃暴毙，庶长子眼下正拽在她的掌心，还不任由她捏圆搓扁？

本以为是山重水复疑无路，却原来是柳暗花明又一村，太子妃如何不高兴，如何不感激？她甚至起了认虞襄做干妹妹的念头，后来担心皇上和太子猜忌自己有意拉拢虞都统，这才作罢。

"那就好。这个糯米糕给你吃。听母后说及笄之礼很耗时，咱们先吃些东西垫垫肚子。"九公主将糕点掰成两半，一半自己几口吃掉，一半不由分说地塞进嫂子嘴里。

太子妃差点被她喂进鼻孔里去，连忙哭笑不得地抢过糕点，一口一口慢慢吃着，吃完后一边擦手一边询问："虞襄那双胎姐姐样貌如何性情如何？凤儿和麟儿满月之时她依稀去过府中探望，只是我记不得了。"

九公主仔细回忆片刻，脆生生地说："她很厉害，她天下无敌。"

太子妃顿感惊讶："天下无敌？怎么个说法？"

"人不要脸天下无敌，她已经无敌了。"九公主模仿着虞襄嘲讽的语气。

太子妃很想笑，却硬生生地忍住了，用询问的眼神看向蹲坐在角落中的两名宫女。二人会意，凑到她耳边将虞妙琪有意攀附九公主和太子府的事儿原原本本地说了。

因为虞妙琪是虞襄的双胎姐姐，她对虞妙琪本来存着天然的几分好感，眼下听了这番叙述，当真觉得既可气又可笑：气这些人在自己没死的时候就开始觊觎太子，笑这些人痴心妄想白日做梦。

“嫂嫂你怎么了？不高兴了？”九公主察觉到马车内的气氛有些凝滞，放下糕点眨巴眼睛，显得十分忧虑。

“嫂嫂没事。好了，快别吃了，当心吃撑了坐不住。傻丫头，以后离虞妙琪远着点。”太子妃捏了捏小姑子肉乎乎的脸颊。

“我知道，莲子糕也这样说过。”九公主乖乖点头。

太子妃一行抵达之时，各位宾客也都到齐了。因老太太看不过眼略为相助，这才压下虞妙琪弄出的岔子。无论先前如何糟乱，如今各处均显得井井有条。

跪坐在正厅角落的乐人们一面演奏一面吟唱祝词，虞品言亲自推着妹妹上前，让范夫人替她插上一支样式普通的钗冠，而后桃红、柳绿接过轮椅，将她推入东屋。虞品言站在原地凝望片刻，这才在老祖宗身边坐下。

虞襄入了东屋后脱掉原来的罩衫换上褙裙和特制的奢华锦袍，然后喝了一杯薄酒吃了一口膳食，又缓缓而出。太子妃早已站立在厅中，见她靠近微微一笑，摘掉范夫人给她戴上的普通钗冠，打开身旁宫女跪捧的匣子，取出翡翠莲花冠笄给她戴上，又接连取出一支支精美无双的冠朵点缀在发间。

虞襄低垂着脑袋，眼珠子却滴溜溜直转，一会儿看看笑容慈和的太子妃，一会儿看看表情欣慰的老祖宗和眸色漆黑的兄长，一会儿又朝旁边扭来扭去没个安生的九公主和范娇娇轻瞥，心中的彷徨无定已被满满的喜悦之情取代。

当然，虞妙琪和林氏看见她佩戴的奢华冠笄而流露出的嫉恨之色她也没错过。

胡思乱想间，太子妃徐徐开口：“旨酒嘉荐，有飶其香。咸加尔服，眉寿无疆。永承天休，俾炽而昌……”一大段祝词均为太子妃苦思冥想而得，其中的祝福之意令人心暖。

虞襄眼眶略微潮红，因腿脚不便无法叩首，只得双手交叠平举抵住额头，象征性地一拜：“太子妃娘娘一番厚爱，虞襄敢不祗承！”

太子妃笑着轻拍她的肩膀，宾客们纷纷露出欣悦的表情。礼毕，九公主和范娇娇忙不迭招手让她过去同坐。等待许久的虞妙琪屏息上前，让范夫人帮她戴钗冠。站立在原位的太子妃收起微笑，表情变得冷漠疏淡。

这个信号立刻被赴宴的宾客们察觉。大家虽然嘴上不说，心中却明了——太子妃娘娘这是冲虞襄的面子才来，对侯府二小姐并无甚特别。

虞妙琪心中羞愤，面上却丝毫不显，在丫头的搀扶下入东屋换褙裙和锦袍。虞襄起初还低声与范娇娇和九公主说着话，少顷便觉下腹一阵坠痛，且越来越强烈，及至虞妙琪出来时已到了无法忍受的地步。虞襄这才惊觉，自己似乎是来了癸水。

若是往常，虞襄肯定不会忍耐，然而今天不同，今天是她的成人礼，哪怕被虞妙琪蹭去一半，也是属于她的唯一一次成人礼。她必须忍耐至终结。

还好她双腿已经残废，不用站起来招待宾客，故而也不会有人发现她被癸水弄脏的裙摆，真是不幸中的万幸。

虞襄一面咬牙强忍，一面苦中作乐地想到。

与此同时，虞妙琪穿戴整齐从东屋出来，踩着优雅而沉稳的步伐行至太子妃跟前跪下，目露期待。太子妃冲她微微勾唇，笑意却不达眼底，取下她头上的普通钗冠，拿起林氏准备的一副红翠滴珠冠笄。

这红翠虽然水头十足，但比起之前虞襄佩戴的帝王绿的翡翠却终究差了一大截，莫说林氏面色难看，就是几位宾客都露出怪异的表情。看来二小姐果然是在外头长大的，比不得三小姐受宠。倒也是，三小姐一双腿就是为了虞都统而废，二小姐再温婉可人，又岂能比得过他兄妹二人同生共死的感情？

虞妙琪心中倍感屈辱，表情却越发沉静恬淡，略微垂头以便太子妃动作。然而，坐在主位的虞品言却忽然起身朝虞襄走去，伸手将她捞入臂弯，交代道："舍妹身体不适，虞某先带她回房休息，还请各位见谅。"

众人转脸一看，这才发现虞襄果然面色煞白、嘴唇干裂，大冷的天额头竟然满是细汗，可见病得十分厉害。

太子妃连忙挥手："快带襄儿回去。来人，拿本宫的帖子去请太医！"

一名宫女拎着裙摆急急忙忙出去。老太太也坐不住了，拄着拐杖便要跟上前，却被林氏一把拉住手臂，低声哀求："母亲，琪儿的及笄之礼还没完，你们都走了叫别人如何看她？”

老太太迟疑片刻，终是慢慢坐下，然而到底感觉忧急不安，面色十分难看。太子妃也没了兴致，将冠笄戴好后草草说了几句祝词便算是完了。九公主和范娇娇似两只蚱蜢，若非范夫人和闵氏在后按着她们的肩膀，她们早蹦出去找虞襄了。

另一边，虞襄趴伏在兄长肩头，期期艾艾地说道：“哥哥，能不能换个姿势抱我？”用这种抱小孩的姿势，岂不是把那什么都沾到他袖子上去了？而且，他今天竟然破天荒地穿了一件白色深衣，白里透红的简直不要太扎眼！

虞品言依言换了个公主抱的姿势，脚步越发迅疾：“肚子还疼吗？别怕，太医很快就来了。”

“我没病，不要请太医。”虞襄揪住兄长衣襟，哭丧着脸哀求。

“疼得冷汗都出来了还说没病。”虞品言语气十分不好，匆匆跨进西厢小院，让桃红和柳绿帮忙把床幔掀开。他弯腰，正欲将妹妹放入被窝，却被她钩住脖颈死活不肯下来，苍白的脸蛋浮上一层红晕。

“别胡闹，快些躺进被子里去，瞧你都冷得发抖了。”虞品言真有些哭笑不得。

虞襄一想到哥哥衣袖上沾了自己的癸水，就恨不得挖个地缝进去。她咬牙切齿地质问：“哥哥，你平常总喜欢穿黑衣，今儿怎么不穿了？”你要是穿了黑衣我能赖在你身上不敢下来吗？

“你不是说喜欢看哥哥穿白衣的样子吗？所以我今日便穿来给你看看。乖了，快些躺进被子里焐着，柳绿在里面塞了几个汤婆子，很暖和。焐热乎了肚子就不痛了，哥哥留下陪你。”虞品言一面诱哄，一面弯腰欲将她放下。

“不要，先垫一块黑色的棉布。”虞襄闭着眼睛，一副视死如归的表情，“我……我不是病了，我初潮来了。快垫棉布，免得弄脏褥子。”

“初潮”两个字被她含糊不清地带过，却仍然毫无阻碍地钻入虞品言耳蜗，引得他浑身僵硬。

桃红和柳绿傻眼了，怔愣片刻后一个去拿棉布，一个去烧草木灰。虞襄睁开水汪汪的眸子，羞愤欲死地瞪视兄长。

万万没想到竟是这种情况，虞品言许久都不能回神。

虞襄既然破罐子破摔喊了出来，这会儿也顾不上害羞了，等柳绿铺好棉布就恶声恶气地命令道："快些放我下来，我冷，我疼。"

虞品言立即将她轻轻放入被窝。虞襄用被子将自己裹住，连脑袋也一块儿埋起来，瓮声瓮气地叮嘱："快快回去换衣服，千万别让人看见！"看见了她就没脸见人了。

虞品言起初还不明所以，伸手帮她掖被角的时候才发现袖子上沾了点点红痕。

难怪她硬要自己换一个姿势抱，难怪她赖在自己臂弯死活不肯下来。虞品言将妹妹连人带被子捞进怀里轻轻摇晃，笑得直喘气："襄儿，我的小襄儿，你怎么如此可爱？"

虞襄从被子里钻出来，面红耳赤地低吼："你快走开！"

"这是好事，有什么可害羞的？哥哥留下来陪你。"虞品言现在的心情非常愉悦，前所未有的愉悦。他见证了妹妹成长的每一刻，这样的亲密无间，就好像她注定应该属于自己。

"你走开，你不要动我！"虞襄急了，小手用力推搡兄长凑过来的俊脸。

柳绿对侯爷的厚脸皮和不讲究也算是服了，嘴角抽了抽，正准备开口劝侯爷回去换衣服，就见桃红捧着一个木盒进来，身后跟着一名端水盆的小丫头。

虞品言心知她们要给妹妹洗漱换衣，这才出去了，走到廊下静静看着她的房间窗户。

窗户半开着，金色的阳光将他高大挺拔的身影投射在薄薄的窗户纸上，虞襄满心羞耻地喊道："你还站在那里干吗！快回去换衣服！"

看人影消失了，虞襄这才抹把脸，任由柳绿解开自己裤带。眼见桃红拿着一个长条状的布包，正往里灌草木灰，她脸都绿了，不敢置信地问道："你待会儿要让我垫这玩意儿？"

"是啊，大家都是用的这个。"桃红点头，将多余的草木灰抖落，然后拿起针线将缺口缝起来。

虞襄呻吟，冲桃红招手："别缝了。我画个样子看看你能不能帮我做出来。用草木灰不好，不干净。"

柳绿一面帮她擦洗，一面哀求道："小姐，您能不能好生躺着？冷汗一刻不停地往外冒，您就不觉得难受？等不那么痛了您再倒腾这些东西成不成？”

不说还好，一说下腹就开始一抽一抽地疼，就像有一把锄头正在拼命挖掘自己皮肉，虞襄颓然地仰倒，有一声儿没一声儿地哼哼。

太医没多久就到了，诊脉后开了几副补血养气的方子，直言没甚大事，略躺几个时辰也就好了，在此期间，可以喝些生姜红糖水缓解疼痛。

桃红去煮糖水，柳绿跑到前厅给老太太报平安，因这事不好宣之于口，便只附耳一提。太子妃等柳绿走了才低声问道：“襄儿如何？”

老太太笑开了，用手掩嘴窃窃私语，太子妃拊掌笑叹：“大善，及笄之日正是成人之日，大善。老太君，该让她多喝糖水多吃红枣才是。”

老太太点头，命人下去置办糖水和红枣。女宾们闻听此言自然心中明了，纷纷掩嘴忍笑。虞妙琪此刻恨不得掐死虞襄，早不来晚不来，偏偏自己戴冠的时候来，她十分怀疑虞襄是故意的。

林氏见女儿面容阴鸷，悄悄捏了捏她的指尖，然后站起来笑道：“小女已经大安，各位无须担心。厅外已摆了宴席，还请随我移步。”

老太太弯腰恭请太子妃。九公主和范娇娇早就溜了，想是去了西厢探病。

林氏不肯让虞襄夺了女儿的风采，言谈间极力夸赞女儿如何能干，如何把侯府打理得井井有条，又说此次典礼均为女儿一人筹办。各位主母笑而点头，时不时地顺着她说几句，心中怎么想却无从得知。

将太子妃安顿好，她又笑着去搀扶老太太，凑近时语带埋怨地问道：“母亲，您为何不替琪儿也准备一套冠笄？今日她们两个若是头戴冠笄站成一排，旁人必定会看不起琪儿。”

老太太看似扶着她的手臂，实则用力掐她的皮肉，低不可闻地诘问：“你准备冠笄时，怎么没想着给襄儿也准备一套？但凡你有这个心，我不偏不倚都会备上同样的东西。可惜你不问，我与言儿自然不能放着襄儿不管。要论偏心，我可比不得你。”说完老太太在太子妃身旁坐定，笑着扯起闲话。

林氏五官扭曲了一瞬，见女儿彬彬有礼地招呼各家主母，行止间说不出的优雅从容，这才恢复常态上前帮忙。

西厢小院，九公主和范娇娇坐在虞襄床头呼哧呼哧地喝着滚烫的生姜红糖水。虞襄自然也捧着一碗，却因为肚子太痛没有胃口，略尝了一勺就放下了。

“主子快趁热喝，喝完肚子就不痛了。”桃红端起来试图喂她。

虞襄躲了几回躲不过，勉为其难地喝了大半碗。桃红帮她擦干净嘴角，又哄了一会儿，见她实在喝不下了，这才作罢。

九公主舔着嫩红的嘴唇问道：“莲子糕，你怎么了？”

“我长大了。”虞襄幽幽叹气。长大了就这点不好，尤其对她这种不良于行的人来说，连月事带都要人帮忙换，那种难堪不是常人能够忍受的。好在她早已习惯了。

九公主条件反射地朝她胸前看去，眼里的羡慕昭然若揭。

虞襄捂住半敞的衣领，没好气地说道：“往哪儿瞅呢？不是这里。”

“嗯，是下面。”范娇娇大口喝光红糖水，粗声粗气地说道。

虞襄捂脸呻吟，暗叹自己怎么就与这两个二货好上了，简直被猪油蒙了心。

九公主立马去掀被子，却被虞襄用力按住，恶狠狠地瞪了几眼。九公主好奇地问道：“下面怎么了？”

“来癸水了。”范娇娇再次抢白。

“癸水是什么？”

“就是来了就能生孩子了。”

“莲子糕要生孩子了吗？难怪肚子变大了！”九公主惊呼，不敢置信地盯着虞襄高高隆起的腹部。

虞襄真想给二位祖宗跪下了，从被窝里掏出两个汤婆子，气急败坏地吼道：“看见了吗？是汤婆子，不是怀孕！你见过谁一刻钟不到就把自己肚子弄这么大的？在外头不要乱说，免得坏我清誉！”

范娇娇和九公主这才怵了，连连点头。

桃红和柳绿守在门外，向强忍笑意的侯爷不尴不尬地行礼，礼毕半天没抬头，似乎在认真地寻找地缝。

“进去告诉九公主和范小姐，前面已经开宴了，她们再不回去就没吃的了。”虞品言并未压低音量，不等柳绿进去回禀，二人就已自动自发地出来，向侯爷打过招呼便心急火燎地直奔宴会厅。

虞品言摇头失笑，这才掀帘子入内，果然见妹妹缩在被窝里，腹部因为塞了两个汤婆子的缘故隆得高高的，可不就像怀胎六七月的孕妇。

“肚子还疼吗？”他径直地坐到床沿。

虞襄瞅瞅他的衣袖，见他换了一身黑色锦袍，这才红着脸点头，语气说不出的委屈：“还疼，像有刀子在里面搅和。”

“这么疼？”虞品言面色变了变，在她身侧躺下，探手进去将两个汤婆子推开，大掌覆盖在她腹部轻轻按揉，问道，“这样疼不疼？听太医说适当按一按能缓解疼痛。”

“你干吗问太医这种事？”虞襄脸又开始泛红，一双眸子水汪汪地瞪过去。

“事关你的身体，我自然要问个明白。”虞品言不以为意。

虞襄脸颊顿时红得滴血，气弱道：“你一个大男人问这种事，不觉得丢人吗？”

“只要你能好，我丢再大的人都无所谓。”

揉一揉果然好了很多，比汤婆子受用，虞襄狠狠瞪兄长一眼，却也乖乖窝在他怀里不动。

虞品言重新替两人盖好被子，见妹妹自动自发抬起脖颈，连忙笑着伸出手臂给她当枕头，然后惆怅地叹息：“太医说你这几天可能会有些喜怒不定，果然如此。乖，别胡乱发脾气，揉一揉才好得快。”边说边继续按揉。

虞襄想去掰开他大掌却使不出劲儿来，只得妥协，滚烫的脸颊埋在他颈窝，问道：“哥哥，你今天怎么如此无赖，一点儿都不像你了。”

虞品言低沉的嗓音中满是愉悦：“因为今天襄儿终于长大了，所以我很高兴。你知不知道我等这一天等了多久？”

他虽然没明说，但言语间暗藏的火热连傻子都听得出。虞襄眼眶略微泛红，从他颈窝中挪开，把脸扭向另一边。她不愿意顺着他的引诱踏出那一步，因为前路实在是太难走了。世上能有什么感情比亲情更牢固？她为什么要用一份前途未卜的爱情去换一份永恒存在的亲情？

虞品言眸色暗沉，擒住她的下颌让她直视自己，正欲道出她身世，却听马嬷嬷在外喊道：“侯爷不好了，出大事了！宴客的红枣干被人下了毒！”

虞襄大惊失色，正欲挣扎起身却被虞品言按了回去，沉声叮嘱道："好好躺着，有哥哥在，定然无事。"话落他唤来桃红、柳绿，"看着你们主子，切莫让她乱跑。"

桃红、柳绿躬身应诺，虞品言这才随着马嬷嬷往正院疾行。

这事说来也怪虞妙琪，因为她为了拉拢人心，将自己的亲信调配到侯府最有油水的差事上，膳房采买便是其中之一。然而，她只打理过沈家那样的商户，却是小看了永乐侯府这般的豪门巨族。

虽然近些年侯府与各家勋贵少有往来，但是此次赴宴的女宾却人数众多。也不知她如何计算的，竟让膳房管事少买了许多食材，开宴才两刻钟，桌上的菜肴就已经被吃空。

世家宴客自然有其规矩，十二人为一桌，但凡桌上还有一人动筷，空了的菜碟就必须添满。对这些常年养尊处优身居高位的人来说，将菜碟吃空是非常失礼的行为；对主家来说，不添满菜碟亦是十分丢脸的事。

仆役只往太子妃那一桌添菜，旁桌实在是有心无力，只能让菜碟空置着。林氏和虞妙琪急得上火，反倒是老太太镇定自若，命人取来糕点摆放，好叫场面不那么难看。

老太太尤其爱吃红枣干，每到秋冬便使人去甘陕一带收购，屯在库房里慢慢吃，这回不敢藏私，把干枣全取出来供应。大颗大颗的狗头枣摆放在瓷白的碗碟里，颜色鲜亮，形状饱满，卖相十分馋人。

老太太笑着请每一位女宾品尝。因九公主和范娇娇来得晚，正碰上仆役上枣干，饭都顾不上吃，先就拿了几颗往嘴里塞。太子妃正在补血，也略吃了两颗。众人见状十分给老太太颜面，吃糕的吃糕，吃枣的吃枣，对菜肴不够的事只字未提。

虞妙琪和林氏还来不及松口气，就见九公主捂着喉咙呻吟起来，然后便是范娇娇、老太太、太子妃……凡是吃过红枣干的人，无不感觉喉咙烧灼，胸口闷痛，似乎是中了毒。

马嬷嬷惊得六神无主，拔腿就去找侯爷。若是这些贵人出了事，任侯爷再权势滔天，也扛不住。

虞品言到时宴会厅里早已乱成一团，吃过枣干的女宾无不神情痛苦，面色惊恐，未吃过的躲在角落连声尖叫，什么"杀人啦""中毒了""救命啊”……喊得人心惶惶，沸反盈天。

“冷静。一味恐惧会导致血液加速流动，血液加速则致使毒素飞快蔓延全身。冷静，放慢呼吸，找个凳子坐下。本侯已派人去请太医，半刻钟就到。”虞品言威严的嗓音如警钟敲响，太子妃经历过那么多风雨，是最先冷静下来的人，扶着九公主依言在凳子上坐下，一点一点调试呼吸，果然觉得好受很多。几名宫女连忙围过去拍背扇风。

随后范夫人也扶着范娇娇坐下，勉力压制着心中的焦急。众人见状也都纷纷效仿，大厅里逐渐安静下来。林氏和虞妙琪并未吃枣干，故而身体无恙，此刻正抱在一起瑟瑟发抖。这宴席是虞妙琪一手置办，若果真被人下了毒，第一个遭殃的就是她。

名声坏了倒是其次，怕就怕还像上次那样，被虞品言这个冷血无情的押去龙鳞卫所审问。她想到这一节就吓得神魂俱裂，拽着林氏欲偷偷离开。

虞品言早已在院外布满守备，无他准许，任何人不得出入，又派遣一列侍卫将接触过枣干的下人全都带到大厅。这么多宾客中毒，其中还包括太子妃和九公主，他为了给大家一个交代，也为了最大限度地撇清侯府，必须公开审问疑犯。若是其中有半点隐瞒之处，明日早朝皇上的案头就会被弹劾他的奏折淹没。

堂堂虞都统的府邸竟被歹人混入投了毒，一次性暗害了这么多权贵，他的能力也会受到皇上的质疑。总之，此事若解决不好，不但他的仕途，恐怕连侯府都保不住。

老太太也心中明了，好几次差点晕过去，却又咬着舌尖硬生生挺住，哑着嗓子吼道：“把那些下人全都带上来一个一个审，当着宾客的面儿审。”

与此同时，几名太医匆匆赶到，中了毒的女宾鱼贯入东屋诊脉，剩下一名精于验毒的太医拿着红枣干查看。身体无恙的女宾敛容肃目地端坐在巨大的屏风后，聆听虞都统查案。今天若是不查个水落石出，她们绝不肯善罢甘休。

林氏母女刚到院门就被侍卫撵了回来，白着脸坐在虞品言身边。

第一个开审的便是采买这批红枣的管事，她浑身抖得跟筛糠一样，不等侯爷询问就竹筒倒豆子地全说了。原来自从虞妙琪掌家后，府里的用度就一减再减，也不知她如何经营的，侯府那些产业相继开始萎缩，生意一落千丈。她换了掌柜，换了货源，换了账房，凡是虞襄之前重用的人全都换了个遍。如此更是雪上加霜，没过几月，侯府竟连基本的开支都有些不够用。

虞妙琪无法，只得力图节省。旁的她不敢大动，就在吃食上做手脚。别看侯府的菜肴还是原来那个味儿，使用的食材却都是最次的。前几月老太太嚷着要吃枣，拨下五百两银子雇行脚商去甘陕收购正宗的狗头大枣，她袖子一挥就截下三百两，剩下的二百两管事也起了贪欲，又截走一百两。

仅剩的一百两连来回的路费都负担不起，管事的几经寻摸，在一家小杂货铺子里看见这种卖相十分漂亮的枣干，要价亦十分低廉，大喜之下也不问出处，立刻全买了来。

恰好在这时，太医也验完红枣，上前禀报："侯爷，这批红枣应是发霉的陈年旧枣，用硫黄熏蒸过后变得鲜亮饱满，充作新鲜枣干来卖。各位贵人是吃多了硫黄中了毒，还请侯爷立即派人去熬煮绿豆甘草汁以缓解毒性。"

东屋也出来一名太医，诊脉的结果佐证了同僚的话。

厅中女宾大哗，没想到，此事竟还藏着这样不堪的内情。亏得林氏之前还大赞特赞虞妙琪如何能干，却原来连自家祖母的银子都要贪污，偌大一个侯府刚交到她手里半年就千疮百孔，摇摇欲坠。论起败家的能力，她简直是万中无一。

欢欢喜喜地去接人，接回来的却是这样一个丧门星，也是侯府的气数将尽了！

老太太抬手指着虞妙琪，却因嗓子被硫黄烧伤，一句话都骂不出，只眼里的怒火猛烈翻腾，恨不得将她烧成灰烬。天煞孤星，果真是天煞孤星，一克就将侯府克到了败落的边缘。当初自己怎么就被猪油蒙了心，硬要接她回来？

原以为她一个闺阁女儿，闹不出多大的事，却不料她不鸣则已一鸣惊人，把所有人都给坑了。老太太悔得心肝俱碎。

虞妙琪脸皮先是涨红，后来慢慢变成紫色。若非林氏用力拽着她的胳膊，她早就夺路而逃了。从没有一刻让她觉得如此丢人，是比待在龙鳞卫所那一天更叫人痛苦的经历，痛苦得恨不得把自己脸皮都剥了，好叫人再也认不出。

虞品言冷着脸，命人去将卖枣干的店家抓回来继续审，然后冲马嬷嬷挥袖。马嬷嬷会意，领着几个下仆去熬药，刚跨出门槛就见虞襄缓缓而来，身后跟着一溜儿端托盘的婢女，托盘上盛放的恰好是众人最需要的绿豆汁。

马嬷嬷着急忙慌地迎上去："小姐，您怎么来了？您身体好了？"

侯府宴席竟被人投了毒，虞襄哪里还躺得住，一面派人去打听情况，一面让人去寻隔壁的朴神医。因为她种药的手艺了得，朴神医刻意在侯府旁边置办了一所宅子，弄到稀奇的植株就送来让虞襄帮忙照顾。

朴神医虽然重原则，却是个一顶一的俗人，不但看诊的费用高昂，更开了一间药铺专卖他研制的丹药，那价格贵得令人咋舌。因他师父曾救过太祖一命，故虽然垂涎神药的人很多，却都不敢动他。成康帝欲拿几瓶丹药防身，也得花大价钱购买。

如今虞襄求到他府上，他竟不肯拿银票，只要虞襄帮他打理三年药园。虞襄听了下仆回报，咬咬牙答应了，这才弄到专解硫黄丹毒的熄燥丸和美容养颜的冰肌玉露膏，又使人熬了几锅绿豆汁，心急火燎地送来。

"我永乐侯府与各位无冤无仇，犯不着在及笄礼上明目张胆地动手，如此行迹与自毁何异？定是我家下仆受了奸商蒙蔽，买来劣质红枣欺上瞒下，才惹出这等祸事。各位夫人好生想想，若是菜肴足够，这红枣又岂会端上桌？不端上来，就全入了我家老祖宗的肚子。也是各位夫人替老祖宗受了过挡了灾，虞襄实在是惭愧，却又铭感五内。这是朴神医制作的熄燥丸，快去送与太子妃娘娘等人服用，还有绿豆汁也莫忘了，喉咙被硫黄灼伤，正可用此物缓解一二。"

虞襄刚一进门就拱手致歉，态度谦逊而诚恳。说完，她径直地上前往几欲昏倒的老太太嘴里塞了一颗熄燥丸，用绿豆汁送服吞下。

"你怎么来了？这里无事，你快回去。"虞品言捏了捏她冰凉的指尖。

"侯府出了这样大的事，我怎能不来？"虞襄苦笑，额头的冷汗直往下掉，见兄长抬手欲替自己擦汗，连忙躲开，冲门外喊道，"把东西抬上来。"

柳绿领着一溜儿下仆鱼贯而入，手里各捧着一个盆栽和一个锦盒。盆栽里的植物均为大寒朝难得一见的奇花异草，拿到外头是有市无价。在座女宾爱花的不少，眼睛立刻就亮了。

虞襄接过其中一个锦盒，打开来让各位女宾验看，笑道：“为表歉意，小女置备了一份薄礼送与各位夫人。待侯府事了，小女与兄长必定亲自登门赔罪。”

女宾们的眼睛更亮了，之前的愤怒慌乱尽皆被惊喜取代。无他，盒子里摆放的便是传说中的养颜圣品冰肌玉露膏，朴神医的药店一个月只卖五瓶，不是有钱就能抢得到的。女人嘛，哪个不看重容貌？虞襄的这份礼物，简直送进她们心坎里去了。

东屋的女宾服用过熄燥丸后症状立时消减。也是她们素来喜欢端着，在外并不肯多吃东西，中毒的程度不深。只有九公主和范娇娇稍微严重一点，看在虞襄的面子上却也不会计较。

太子妃更是把虞襄当成是自己人，又私下得了柳绿传来的口信，说是每月都会给她送两瓶冰肌玉露膏，她哪里还会生气，稍微好转后便出来打圆场。

“冰肌玉露膏十分难得，襄儿怎一出手就是这么多？”她按照事先套好的词儿问道。众位夫人也觉得出奇，纷纷看过去。

虞襄苦笑：“娘娘也知道臣女这‘司农乡君’的称号是如何来的，不过因为臣女善于种植罢了。为了筹到这许多冰肌玉露膏，臣女已向朴神医许诺，帮他打理三年药园。因为我永乐侯府监管不力才闹出这样大的乱子，臣女只替人当三年药农，也算是占了便宜。”话落她又冲各位女宾拱手，“各位夫人有什么要求只管提，我虞襄自当竭尽全力以赎己身之过。”

她态度谦卑，病容憔悴，而且堂堂永乐侯府的嫡女竟去给人当药农，简直屈尊降贵到了极致。别说这事怪不得她，就算果真是她的责任，众女宾的气也早就消了。

太子妃拥着她连说无事，范夫人和闵氏也都上前安慰，众人哪里还敢摆出不依不饶的面孔，尽皆表露出不再追究的意思。

老太太见状大松口气，盯着人群中脸色惨白的孙女直掉泪。真是苦了她了，虞妙琪弄出的乱子却要她去赎罪。给人当药农，她何至于卑微到如此地步！

虞品言面无表情地坐在厅中，因为隔了一扇屏风，看不见妹妹的身影，只能一再握拳，少顷后缓缓摊开掌心，将化成齑粉的茶杯拂落在地。

卖枣干的店家本来想把店子盘掉，见库房里还有许多发霉的旧货觉得十分可惜，想着稍微加工后或可赚一笔横财。他见买枣的管事穿着不俗，怕得罪了权贵就略微盘问几句。管事本就做贼心虚，骗他说自家老爷只是个有钱的乡绅，她因为手头紧，想从中抽一层油水，才买这种次货。

反正店铺也要转手，店家见对方主家并无甚权势，便把枣干全卖了，然后去了乡下购置田地。若是招惹的是旁人倒也罢了，偏偏他招惹的是虞品言，莫说只是去了乡下，就是钻进地下都能把他挖出来。

不过半个时辰，店家就被侍卫五花大绑地带上来，一边磕头一边求饶，将事情始末原原本本全招了。

闹了半天，竟是虞妙琪克扣了老太太的吃食，才惹出这一连串的祸端。女宾们暗自感叹虞都统不容易，差点毁于内宅妇人之手；看看锦盒里的冰肌玉露膏，又感叹他还有一个顶得住事、撑得起门楣、亦能生死与共的妹妹，也算是不幸中的万幸。

还没感叹完，林氏忽然扑出来，直言这事皆因自己而起，不关女儿的事。因她嫁妆铺子接连亏损，她才想着挪用中馈去填窟窿。虞妙琪之所以克扣府中用度都是受了她的指使，千错万错都是她的错，与旁人无干，话落砰砰磕头请老太太降罪。

真相已水落石出，接下来就该虞家人关起门料理私事。女宾们十分尴尬，在太子妃的带领下纷纷告辞。至于此事究竟是林氏还是虞妙琪的责任，她们并无兴趣探究。总之这母女俩都不是省油的灯，亏得虞老太君能容忍她们那许久。

虞思雨早得了虞襄的口信，让自己在她及笄这一天回家。如今大半年已经过去，虞思雨的事没谁记得，也该回来谈婚论嫁了。虞思雨坐着马车紧赶慢赶，却不料路上坏了一个车轱辘，耽误了行程，临到门前时，及笄之礼已经快结束了。

她走上台阶意欲敲门，却见一长身玉立的俊美男子站在门外，表情踌躇。

“您是状元郎？”虞思雨迟疑开口。

“正是沈某。敢问姑娘可是永乐侯府的大小姐？”沈元奇微笑拱手。

虞思雨不答，她在乡下收服的一名老嬷嬷警惕地问道：“沈大人前来侯府所为何事？需不需要老奴代为通禀？”

沈元奇面露挣扎，片刻后终是叹息道：“不了，无须通禀。这个锦盒还请大小姐代为交给三小姐，沈某在此谢过。”话落他从袖中取出一个长条状的锦盒塞到那老嬷嬷手里，匆匆离开了。

虞思雨接过锦盒打开一看，却是一副翡翠盘肠冠笄，用料和做工皆十分名贵，在阳光的照射下熠熠生辉。

虞思雨眯了眯眼，呢喃道：“送如此奢美的冠笄，沈大人究竟什么意思？难道是看上虞襄了？”她来不及细想，便听大门吱嘎一声推开，太子妃扶着病恹恹的九公主疾步而来，身后跟着许多女宾。她悚然一惊，连忙半跪行礼。

太子妃等人只略略点头便去了。

门房等一行人走远才低声说道：“大小姐，您回来得真不巧，家里出大事了！”

“哦？何事？正巧我这里也出了一件大事！”虞思雨举步往正院行去，门房一路将硫黄枣的事说了一遍，引得她冷笑连连。有一句话怎么说的来着？福无双至，祸不单行。今儿可巧，她手头也握着虞妙琪一个把柄，正要禀报老祖宗和大哥知道。

虞品言送走太子妃等人，理也不理跪在地上的林氏和虞妙琪，大步走到虞襄身边，探手就要去摸她的肚子。

虞襄飞快瞥了老太太一眼，先一步捏住他手背上的皮肉，龇牙咧嘴地威胁，又用夸张的口型一字一顿无声警告——别、动、我！当、心、血、流、成、河！

虞品言纵使有满腔怒火，这会儿也都被浇熄了，收回大手，改去揉她的脑袋，然后二话不说将她抱起来往外走，头也不回地交代：“老祖宗您先去休息，让她两个跪着，我安顿好襄儿再回来处置。”

虞襄急得捶打他的肩膀，低声喊道：“换一个姿势，这样不方便。”

“没事，哥哥穿的是黑色衣服，经脏。”虞品言空出一只手拍了拍她。

虞襄羞得无地自容，将滚烫的脸颊埋进他颈窝不肯说话了。

正院大厅，老太太哪里躺得住？她正用一双怒火狂炽的暗红眼珠瞪着堂下的林氏母女。她想挥舞拐杖狠狠抽打这二人，却因为中毒使不上力；想用最刻薄的词汇辱骂这二人，却因为烧伤了喉咙无法成言。

不经意间，她又想起了当年苦海和尚的批语，对接回虞妙琪的决定再次感到深深的懊悔。

第二十八章

夫君

虞品言把虞襄塞进被窝，又在她肚皮上摆了两个汤婆子，盖好被褥后伸手拍了拍她，这才含笑而去。他刚一跨进正厅，脸上的笑容尽数收敛，只剩下令人心惊胆战的阴鸷。

虞思雨落后他一步进门，见老太太面色难看，连忙奔上前慰问。

老太太说不出话，执起她的皓腕，用口型说道：“你回来晚了，可是出了什么事？”

“车轱辘坏了，修了小半个时辰。”虞思雨欲言又止，飞快瞥了眼站在厅外的几名农妇。老太太也顺着她的视线看过去，愣了一愣才指着其中一人问道：“那可是忠顺媳妇？”

虞思雨努力辨认她的口型，点头道：“正是忠顺大叔的媳妇。”

还有几位农妇均为老永乐侯旧部的家眷，因丈夫随侯爷在战场上出生入死，回来时不是暗疾缠身就是缺胳膊少腿，不得不解甲归田。老侯爷最为重情重义，将他们安置在永乐侯府的田庄里，每月五两月钱地供着，一直供到他们入土为安为止。

这些人一般只在逢年过节才会入京拜见，此次跟随虞思雨回来，且个个面色凄惶，肯定是发生什么大事了。

老太太心中更添一层不祥，连忙招手让她们进来。

几人一来就齐齐跪下，磕头道：“老太君，侯爷，若非实在活不下去，民妇绝不敢求大小姐将我等带进侯府。民妇无状，求老太君和侯爷恕罪。”

“发生什么事了？”虞品言沉声问道。

几人一面叙述一面抹泪：“启禀侯爷，当初可是老侯爷发了话，让我等在乡下庄子里谋一条生路。哪知道二小姐一回来就说我等手脚不全，是干吃白饭的，将我等尽皆辞退。我家忠顺为了挣钱不得不组织大伙儿上山打猎，前些日子遇见一只老虎，全都……全都被咬死了，只抬了几具面目全非的尸体回来。老太君，侯爷，我们连下葬的钱都出不起，家中更有老小无所依傍，这才斗胆求到大小姐跟前。老太君，侯爷，且看在我等夫君跟随老侯爷出生入死的分上，赏赐些许银两置办几口薄棺吧，求求您二位了！”

沉闷的磕头声接二连三响起，老太太不敢置信地看向虞妙琪和林氏。虞品言脸色更是阴沉得能滴出水来。连出生入死的旧部都安置不了，此事传出去，还有谁敢效忠永乐侯府?

老太太说不出话，扬手就掀翻炕桌，抖抖索索地指着母女二人，脸上怒火狂炽。

虞妙琪连忙磕头，辩白道：“祖母明鉴，孙女并不知道他们乃祖父旧部，若是知道定不会如此！是我错了，要多少银两我全出！”

“你出银子，你出银子能买回我夫君的性命吗？襄儿小姐管家时，一切都好好的，偏偏你要换掉她重用的庄头，挑了一个惯于欺上瞒下的，竟说我们是废人，是吃白饭的，要赶我们出去。没有我们这些废人，老侯爷早就死了！你这个忘恩负义的东西！”其中一名农妇忽然扑上去掐虞妙琪的脖子，还朝她脸上啐了一口浓痰，眼中刻骨的仇恨令人心惊。

虞品言和老太太竟丝毫不加阻拦，只是冷眼看着，还是忠顺媳妇尚存一丝理智，联合林氏将她二人拉开，然后磕头告罪。

“告什么罪？掐死她还省得本侯动手。”虞品言轻描淡写地说道。

老太太冲晚秋使了个眼色，晚秋立马转入内室拿出一个檀木盒子，里面整齐码放着二十个金元宝。晚秋将之交给忠顺媳妇，说道：“这个是老太太给的，快快拿去办丧事吧。”

老太太要来笔墨纸砚，手书道：“是我永乐侯府对不起尔等，今日必定给尔等一个交代。你们且先回去把丧事办了，家里有老人的我侯府负责送终，家里有小孩的，我侯府负责养大。这张字条你们收着，若是我侯府反口，你们就凭着这个去告官。”写罢她接过马嬷嬷递来的契书，摊开置于林氏面前，用口型无声地问道，“还记得你立下的军令状吗？”

林氏呆住了，满脸的不敢置信：“母亲，您这是要干什么？”不是她想的那样吧?

“干什么？自然是休了你。”虞品言站起身来，冷冷开口，“给你半个月的时间去向各家道歉，道完歉就带着虞妙琪滚。”

虞妙琪也惊呆了，完全不敢相信他们竟连自己也要一块儿赶出去。

"祖母，大哥，我可是虞家的血脉！你们怎能将我赶走？！"她尖声诘问，浑身肌肉都因为太过震惊惶恐而绷得死紧，几乎成了石雕。

"虞家血脉算什么？本侯不认。把你们弄出来的烂摊子收拾干净就立马滚，除了林氏的嫁妆，一分一厘都不准带走！"他说完拿起老太太手书的字条，慎重地盖上自己私印，然后拱手道，"事情闹得太大，须得进宫向皇上请罪。老祖宗，各位婶娘，虞某先行一步。日后有什么困难，各位婶娘只管上门求助，门房必不敢阻拦。"

老太太疲惫挥手。几名农妇拿着字条千恩万谢地磕头，等他走远也相继告辞。

林氏还在痛哭，一声声地喊着夫君的名字。虞妙琪爬起来，胡乱用袖子将脸上的浓痰擦干净，指着自己泛出条条青筋的手腕，冲老太太说道："祖母，您好生看看，这里面流着的是虞家的血，我父亲是虞俊杰，曾经的永乐侯！我不是什么外姓人，是父亲的血脉啊！祖母，您怎么忍心让父亲的血脉流落在外？"

她没有别的依仗，只剩这点血脉了。死去的人往往最令人惦念，她就不信提起已故的儿子，老太太会没有一点恻隐之心。

然而，这一招早就被林氏给用烂了，老太太的恻隐之心没有，反而厌烦居多。老太太提笔，在纸上写了一个巨大的"滚"字，然后将毛笔狠狠砸在虞妙琪的脸上。

虞妙琪躲之不及，顶着一脸墨点惨然而笑，笑完静静流泪。她指了指老太太，又指了指林氏，最终什么话都没说，脚步踉跄地离开，似乎已经心如死灰。

老太太派人将林氏扔出去，这才躺倒在榻上，身心俱疲。

虞襄只眯了一小会儿就被痛醒，焐着两个汤婆子哼哼。虞思雨掀开门帘嗤笑道："听说你今儿个当着满堂宾客的面来了初潮？真是丢人丢到家了。"

"那又如何？来的都是女宾，就算我血流成河，谁还能拿这个说事？前边如何了？"虞襄半坐起身，从被窝里掏出一个汤婆子塞进衣领。血液流失的速度太快，她哪儿哪儿都觉得冷。

虞思雨见她上边鼓鼓的，下边像怀胎五月的孕妇，止不住笑起来，笑罢撇嘴："惹出这么大的祸端，大哥还能饶了她们？说是让她们把烂摊子收拾干净就立马滚蛋，除了嫁妆什么都不能带走。”

虞襄漫不经心地把玩着自己头发，笑道：“嫁妆都让舅舅舅妈去管，想来这会儿也不剩什么了。母亲说自己嫁妆铺子亏损甚大才打中馈的主意。她此言只为了给虞妙琪开脱，却不知道自己一语中的。临出门的时候清理账册，虞妙琪就该焦头烂额了。”

虞思雨掩嘴忍笑，问道：“真有其事？就算给了我几家店铺几百顷良田，应不至于沦落到连老祖宗那几百两膳食银子都要克扣的地步。”

虞襄拉高被子，将自己裹成球状：“我哪知道她是怎么想的？她许是认为那些嫁妆在我和老祖宗手里拽了几年，已经被玷污了，要回去便大肆更换掌柜和货源。管理不善再加上货源不稳定，她不赔钱谁赔钱？”

虞思雨唏嘘不已，苦笑道：“她弄出这乱子太大了，把京城最有头脸的贵人都给坑害了。本来咱们虞家三位小姐只有她是‘出淤泥而不染’，这会儿哪里是出淤泥，是掉了粪坑了。你说咱们这辈子还能不能嫁出去？”

“名声再好，也不能嫁入高门大户。你快别想了，找个老实人安生过日子吧。我断了腿的那天起就没指望嫁人，名声好坏有什么所谓？我爱怎么折腾就怎么折腾，只要日子过得痛快就成。”

“京城的闺秀唯独你过得自在。”虞思雨颔首，摸到袖管中的硬物，连忙取出来递过去。

眼下自在，过几天也自在不起来了，想到步步紧逼的兄长，虞襄哂笑，接过长条状的锦盒打开，顿时惊住了：“你哪儿来的银子，买这样贵重的礼物？”

“嗐，不是我送的，是沈状元送的。快说说你跟他究竟怎么回事儿，你及笄他竟送如此贵重的冠笄，可是看对眼儿了？”虞思雨凑过去低语。

虞襄捧着盒子愣神，一个念头忽然钻入脑海，不等她细想，就听见桃红、柳绿在外面喊道：“二小姐，您怎么来了？您这头脸是不是得擦一擦，瞧这脏的。”

话音未落，一脸墨点的虞妙琪已越过她二人跨入内间，表情看似平静，眼中却隐有癫狂之态。

“虞襄，我今日得告诉你一件事，一件有可能颠覆你整个人生的大事。你想不想知道？”她放缓脚步，徐徐走到床边坐下，嘴角的笑容分外诡异。

颠覆我人生的大事还藏在哥哥肚子里呢，你这点事算得了什么？虞襄依然漫不经心，虞思雨却警惕起来，冲桃红、柳绿大吼：“二小姐魔怔了，还不过来把她拉出去！”

虞妙琪狠狠一巴掌朝虞思雨扇去，大声吼道：“滚，这是我跟虞襄的私事，没你插嘴的余地！”

“你敢打我，看我不撕了你的嘴！”虞思雨在乡下当了大半年农妇，庄里庄外全是她一人打理，此时的战斗力更胜往昔，扯住虞妙琪头发就往床柱上撞。

桃红、柳绿连忙上前将两人拉开。虞襄半靠在床头，抱着两个汤婆子看得津津有味。

虞思雨只弄乱了衣襟，虞妙琪却蓬头垢面，衣衫凌乱，像是被人蹂躏了几百遍。她瞥见虞襄闲适安然的表情，瞳孔剧烈收缩了一瞬，用最大的声量喊道：“虞襄，你得意什么！我告诉你，你根本不是虞家人，而是当年奶娘错抱来的！我俩长得半点不像，难道你就不觉得奇怪吗？我们根本不是双胞胎，根本没有血缘关系……”

她隐去沈家家破人亡、沈元奇高中状元的事，把当年的阴差阳错全说了。因她刻意宣扬，不但屋里人听得清清楚楚，就连路过的下仆也都听得一字不漏。

桃红和柳绿完全呆住了。虞思雨见虞襄低垂着脑袋，看不清表情，连忙坐过去揽住她肩膀，想要开口安慰却又不知从何说起。

虞妙琪还不肯罢休，指着梳妆台上奢华至极的珠宝，冷声道：“这些本该是我的。”她又指着博古架上价值连城的古董，“这些本该是我的。”她推开窗户指着美如仙境的院子，“这些也本该是我的，你所有的一切都应该属于我！该走的人是你，不是我！”

虞襄这才缓缓抬头，面上并无旁人想象中的涕泪横流，而是云淡风轻的蔑视：“你流着虞家的血，那又如何？老祖宗和哥哥可不看重这个。他们要赶你走是你自己作孽，与我何干？你找我来发什么疯？来人啊！把她撵出去！”

院里的婆子丫头都没动，就连桃红、柳绿也都傻愣愣地站着。

虞妙琪扑哧一声笑了，她要的就是这个效果。虞襄顶着侯府嫡小姐的名头才能作威作福，没了这名头，她拿什么横？说到底，她只是个来历不明的外人罢了！

虞襄柳眉倒竖，真有些生气了。

虞思雨吼道："愣着做甚，还不快把虞妙琪撵出去！这里是谁的地界你们莫忘了！"

桃红、柳绿这才回神，上前去拉扯虞妙琪。院外的下仆依然不敢妄动，隐有观望之意。恰在这时，马嬷嬷闻听消息心急火燎地赶过来。

虞妙琪两巴掌扇开桃红和柳绿，见马嬷嬷到了反而笑起来，走到窗边的盥洗架，就着铜盆里的水慢慢把脸洗干净，一字一句开口："你且回去告诉老太太，让她不要偏心太过。把我撵走不算什么，当心我破罐子破摔，把虞襄的身世宣扬出去。你们侯府丢弃嫡亲血脉，反把一个外人当宝贝疙瘩一般疼宠，这是什么道理？天下间就没有这样冷血薄情的家人！"

老太太和侯爷有多疼襄儿小姐，马嬷嬷自然清楚，若虞妙琪果真把事情闹大，襄儿小姐平日里得罪那么多闺秀，将来还不被她们折磨死？这京城也是待不住了！

在她犹豫不决间，虞妙琪站起身来，取下架子上悬挂的布巾擦脸，又坐到梳妆台前把虞襄的翡翠莲花冠笄戴在头顶，对着水银镜左看右看，姿态傲慢："回去告诉祖母，毁了我就是毁了虞襄，若想封住我的嘴，就把这院子给我。"

她回头，冲脸色难看的虞襄和虞思雨微微一笑。

虞襄早知道把身世摊开，虞妙琪将占据绝对的优势，却没料到这一天会来得这样早。她在离开和留下之间挣扎，终于沉声问道："我的家人呢？他们在哪儿？"这一点她是无论如何也要问清楚的。

虞妙琪眸光微闪，正欲开口，却见冯嬷嬷领着许多壮实丫头进来，不卑不亢地躬身回话："启禀襄儿小姐，奴婢奉侯爷之命前来替小姐搬家。这院子已经脏了，住不得了。"

"搬去哪儿？"虞襄大为惊讶，连怀里的汤婆子都掉在了地上。

"搬去荆馥小院。奴婢已将院子清理干净，只需把东西搬过去就能住人。"冯嬷嬷一面说一面摘掉虞妙琪头上的冠笄，用盒子装好交给身后的丫头，又命人将一应古董家具全都搬走，窗帘和床幔全都拆掉，院外的奇花异草能挖走的挖走，不能挖走的巨树只得留下。

荆馥小院离虞品言的书房只一墙之隔，且占地足有两个西厢那么大。冯嬷嬷这会儿工夫就将之清扫干净，可见早得了虞品言交代。

仆役们动作十分迅速，只一刻钟不到就把房间给搬空了，徒留下目瞪口呆的虞妙琪和窃笑不已的虞思雨。

“二小姐，如您所愿，这个院子今后就是您的了。侯爷有言，您若是想继续留在侯府当嫡小姐，就把嘴巴管严实了。”冯嬷嬷略一躬身，推着虞襄往门外走，虞思雨连忙跟上。

这算什么？就这样把自己打发了？！虞妙琪站了起来，神情恍惚地往前走了两步。都说投鼠忌器，万万没想到，她这嫡亲的虞府血脉竟成了那只人人喊打的老鼠，虞襄反而是价值连城的宝器。这家人竟践踏她至此!

这般想着，她的眼珠渐次染上疯狂的杀意。

虞襄心有所感，抬手示意冯嬷嬷停下，回头指着盥洗架说道：“差点忘了，虞妙琪，方才你洗脸那水，擦脸那布巾，都是我打理‘那什么’用剩的。”她看了看自己腹部，轻快的语气中透着满满的恶意，“你的……明白？”

众人：“……”

虞妙琪的眼睛瞪得比铜铃还大，仿佛看见了什么妖魔鬼怪。虞襄轻笑一声，示意冯嬷嬷继续走，没走几步就听见后面传来呜咽作呕的声音。

等虞襄在荆馥小院安顿好，虞思雨还处于狂笑不止的状态：“哎呀，虞襄你真损，我估计虞妙琪得有好几天吃不下饭。”笑完她又叹息道，“咱们侯府被她害惨了，什么名声都没了，日后再宴宾客恐怕没人敢上门。”

虞襄漫不经心地说道：“你不知道吗？在此之前，咱们永乐侯府就是京城最没有规矩的人家，名声更臭一点也无所谓。只是该补偿的还需补偿，能不结仇的就不结仇，与各家保持一个不远不近的距离才是正好。”

虞思雨点头，迟疑道：“你现在既已知道自己身世，日后准备怎么办？虞妙琪说得那么大声，这会儿府里想必已经传遍了。之前是虞妙琪管家，规矩早就乱了，少不得有那些个踩低捧高的奴才……”

虞襄冷笑打断她："我就算不是虞府嫡小姐，却也不是垫脚石，谁都能踩一踩……"

"谁要踩你？"一道冰冷的嗓音从门外传来，二人转头一看，却是风尘仆仆的虞品言。

虞妙琪连忙起身行礼，问道："大哥，皇上那里怎么说？"

虞品言不答，径直地走到虞襄身边，再次沉声询问："谁要踩你？嗯？告诉哥哥，哥哥立马剁了他。"

虞襄抓住他手腕急急开口："没谁要欺负我，我们只是假设而已。哥哥，皇上怎么说来着？"

虞品言紧挨着她落座，见屋里燃起了火笼，还在上面摆了一张桌子盖上锦被，立即将被单扯过来，仔细盖住她双腿，徐徐答道："皇上命我自省半月，又赐了四个嬷嬷调教虞妙琪。"

皇上既赐下了嬷嬷，虞妙琪却是走不得了。虞思雨心里有些失望。

虞襄却半点也不吃惊。虞妙琪刚宣扬开自己的身世，冯嬷嬷就来了，且还把荆馥小院打扫干净只等着她入住。她不得不怀疑虞妙琪的一举一动都在兄长的算计当中。他想撕开兄妹这层窗户纸，却又不肯在她面前做这个恶人，所以干脆利用了虞妙琪。

说老实话，虞襄是有点生气的，但更多的是对未知的将来的恐惧。也许因为天生不能走路的缘故，她的性情就像一棵树，在哪儿扎了根就认准了哪个坑，若是哪天有人想将她从坑里拽出来移植到别处，她有可能花开满树，更有可能因水土不服而慢慢枯萎。

她爱虞品言吗？自然是爱的！不管这份爱是亲情还是爱情，对她来说都没什么区别。她只是不能接受突如其来的改变。兄妹之情能维系一辈子，夫妻之情能吗？她害怕总有一天自己对虞品言的爱会全部化作恨，到时候她拿什么活下去？

况且他们之间还横隔着一个老祖宗。老祖宗拿她当亲孙女一般疼宠，在她眼里，无论他们有没有血缘关系，都是在乱伦，是不容于世的。老祖宗如今有多疼她，在得知真相后就会多恨她，怕是恨不得她永远消失。

所以，她就是性子再乖张肆意，也不得不望而却步。

虞品言察觉到妹妹的抗拒，却也不以为意，往她怀里塞了一个汤婆子，觉得汤婆子有些冷，亲自去隔壁的耳房灌满热水。

虞思雨笑道："哥哥还是那般宠你。有哥哥护着，虞妙琪又能如何？天儿不早了，我该回去了。"她看了看窗外金光璀璨的云霞。

虞襄连忙拉住她："天色不早，正该留下一块儿用晚膳才是。"话落忙不迭地冲桃红挥手，"去膳房看看晚膳做好没有。"

桃红脆生生地答应，走在路上总感觉所有下仆都在悄悄地打量自己，不由恼恨地叫骂起来："一群龟儿子，看啥看！我家小姐不是虞府血脉又如何，我家小姐在虞府待了十五年，与老夫人和侯爷的感情最是深厚。二小姐回来了，也不见老夫人和侯爷向着她，不向着我们小姐。你们这帮人，现在就起了心思欲折磨我们小姐是吧？告诉你们，侯爷说了，谁要是敢对小姐不敬，就把谁剁成肉酱！你们有胆试试！方才偷瞄我的人是谁？狗子、金玲、老李……我记住你们了，你们给我当心着点！"

众人闻言立马挨着墙根儿溜走，恨不得把脑袋塞进裤裆里去。想来也是，三小姐虽然不是亲生的，跟侯爷和老夫人的感情却做不得假。虽然二小姐抢走了西厢小院，但侯爷转眼就把他书房旁边的荆馥小院让给三小姐。谁受宠谁不受宠岂不一目了然？

如此想着，再没人敢起旁的心思。桃红去到膳房时，负责采买的管事已经被杖毙了，现在的管事是虞襄之前重用的那个，见了她别提有多热情，忙不迭地把十几道精致菜肴摆在食盒里。

虞品言灌好汤婆子回来，闻听虞襄催膳，似乎想起什么又转身出去，没过多久，又拿着一个盒子推门入内。

"什么味儿？"虞襄捏住鼻尖。

虞思雨也忍不住皱了皱眉头。

盒子打开，那股刺鼻的中药味更加浓烈，有些酸涩，有些辛辣，还有些怪异，混在一块儿能把人熏晕。虞襄躲得远远地探头一看，却见盒子里整齐摆放着十二枚鸽子蛋大小的黑色药丸。

"这是什么东西？不是给我吃的吧？"她心头生起不祥的预感。

"这是我跟朴神医要来的乌鸡白凤丸，专门治疗经期腹痛，每日饭前吃一粒。"虞品言边说边捻起一粒，喂到妹妹嘴边，半是诱哄半是威胁，"襄儿乖，快些吃了。朴神医说你这个毛病需要尽早治疗，否则日后一月更比一月痛。你要是不肯吃也罢了，哥哥帮你揉揉。"话落作势去摸她的腹部。

虞思雨就坐在对面，虞襄如何敢让他碰，拧着眉毛，视死如归地咬了一口，然后露出几欲呕吐的表情。

虞思雨捏着鼻子撇开头，不忍直视，心里却羡慕虞品言对虞襄的疼宠。放眼大寒朝，哪家兄长会为了妹妹痛经的毛病特意去请教大夫？能做到这等地步，可见大哥对虞襄真可谓爱入骨髓。不过，那也是虞襄用一双腿换来的，她早已经想通透了，羡慕归羡慕，却再不会像之前那般不甘心。

虞品言哪里肯让她吐，也不嫌脏，立即用手捂住她小嘴，命令道："咽下去，吐光了哥哥还让你吃，直到你吃下足够的分量为止。长痛还是短痛，你自个儿选吧。"

长痛不如短痛，虞襄噙着两汪眼泪将满嘴怪味咽下去，虞品言摸摸她脸颊哑声赞道："乖，喝口蜂蜜水。"

虞襄这才发现他连蜂蜜水都准备好了，连忙端起来大口大口灌，虞品言等她喝完便掏出手绢帮她擦拭溢出来的水滴。

若是以前虞襄只当不知，然而眼下虞品言就像一只饿到极点的猛兽，早已失去了逗弄自己猎物的兴趣，只等着将猎物吞吃入腹。他之前还知道克制隐忍，逗弄到临界点就适时拉开距离，但那层所谓的兄妹关系被虞妙琪捅破之后，他看她的目光便不遮不掩，灼热得能将她点燃。

虞襄的耳尖悄悄染红了一大片，温度滚烫。

虞品言忽然凑过去捏了捏她圆润可爱的耳垂，似乎对指尖的热度感到很满意，低声笑了。

虞襄现在正是最敏感的时候，听见他沙哑性感的笑声，厉声诘问道："笑什么？我有那么可笑吗？我肚子痛得像刀刮一般你还笑得出来，你太狠心了！"

这指控简直是无理取闹，虞思雨整个身子都转过去，装作认真地欣赏窗外早已经满是枯枝败叶的荷塘。

虞品言立即收敛笑容，揽住虞襄单薄的肩膀往自己怀里带，语气爱宠："朴神医说你近期脾气可能会比较暴躁，果然如此。好了，哥哥不笑了，瞧你这小嘴，都能挂好几只油瓶了。"边说边伸手去捏妹妹嘟起的唇瓣。

虞襄偏头躲避，大而圆的眼眸湿漉漉的，自以为凶狠，实则娇软地瞪了兄长一眼。

虞思雨飞快瞥了二人一眼，忽然之间发现，在自己心中冷漠无情无坚不摧的哥哥，却也会像普通人那般有说有笑。

不一会儿，桃红便提着食盒进来了，将菜肴一溜儿摆开，柳绿帮忙盛饭。

“这个辣子鸡丁撤了。”虞品言指着其中一个碗碟。

“可是这是侯爷最喜欢的一道菜。”柳绿迟疑。

“襄儿现在吃不得辛辣之物，放在这里好叫她眼馋吗？”虞品言又指着一碟肉片炒鲜笋，“这个也撤了。”

虞襄连忙用筷子将碗按住：“不要，我最喜欢吃笋。这道菜又没放辣椒，为什么要撤？”

“鲜笋性寒，你现在吃不得，撤了。”虞品言打开她筷子，命桃红、柳绿将菜收走，仔细交代，“你现在不能吃辛辣刺激和性寒的食物，比如山楂、酸菜、冬笋、辣椒、螃蟹、田螺等物。算了，说了你也记不住，我这里有一张单子，柳绿你拿去膳房，让厨娘注意着点。对了，还有牛乳，襄儿这几日绝不能喝牛乳，否则会导致更加剧烈的腹痛。”

他从袖袋里掏出一张清单递给柳绿，接着把所有菜都尝了一遍，指着其中几盘又让撤走。

“这几道菜都很清淡，你干吗也撤走？你干脆让我喝西北风得了！”虞襄将筷子拍在桌上，怒瞪兄长。虞思雨吓得差点端不稳饭碗。

“这几道菜盐放得太重，容易引起水肿和头痛。乖，先忍耐几天，等你好了，爱吃什么吃什么，哥哥绝不拦你。”虞品言捏捏她的鼻尖。

虞襄苍白的脸颊逐渐染上红晕，色厉内荏地诘问：“你怎么了解得那么清楚？都是朴神医告诉你的？你一个大男人对这种女儿家的私事问东问西，不觉得不好意思吗？”话落捂脸，似乎在为他感到羞愧。

虞思雨缩了缩肩膀，在走与不走之间挣扎。

虞品言沉声而笑：“事关你的健康，我有什么不好意思的？难道每月看着你痛得死去活来就有意思？饭菜都凉了，快吃吧，你若是再闹哥哥可要硬灌了。”

他端起妹妹面前的碗，夹了一筷子清炒白菜，作势要喂。

互相喂饭这种事，以前的虞襄不觉得如何，现在却觉得脸颊滚烫，连忙摆手推拒，然后乖乖地安安静静地吃饭。虞品言这才满意了，一筷子一筷子地帮她夹菜，不时叮嘱她慢点吃，别噎着。

两人之间的气场太过古怪，空气中仿佛飘荡着硝烟与蜜糖混合而成的气味。虞思雨如坐针毡，飞快用完膳向兄长告辞，临走得到他一个赞赏的眼神。

等她走远，虞品言放下碗筷，笃定开口：“你早知道自己的身世？”否则凭襄儿这炮仗性子，早就把西厢小院连同虞妙琪一块儿拆了。

虞襄僵了僵，慢慢点头。被感情问题困扰，她竟忘了还有这件事需要去在意。

虞品言定定看着她，又问：“何时知道的？”

虞襄自然不可能告诉他自己五年前就知道，含糊道：“她回来没多久就知道了。”

虞品言也不追问，将她抱坐到自己腿上，开门见山地说道：“我们不是亲生兄妹，你可有什么话与我说？”

虞襄挣扎良久，满怀期待地询问：“你……你还能继续当我哥哥吗？”

桃红和柳绿不自觉屏住了呼吸。侯爷的回答决定了主子还能不能继续待在永乐侯府。若是侯爷的回答是否定的，主子出了府门，至少京城半数的闺秀会想尽办法羞辱她报复她。谁叫主子那张嘴太招人恨。

虞品言沉默片刻，缓缓摇头：“不能。”他要的不仅仅是兄妹而已。

虞襄强忍了片刻，终是忍不住偏过头默默流泪。桃红和柳绿颓然垮下双肩，心头涌起无限绝望。

虞品言悠长叹息：“我问你，世上有哪个哥哥会总也忍不住去亲吻自己的妹妹？世上有哪个哥哥会想娶自己的妹妹？都已到了这等地步，你还只让我当你哥哥，我怎么甘心？”

虞襄耳尖红得滴血，固执地偏着头不肯看他，抑或者不敢看他，不停轻颤的睫毛泄露了她内心的慌乱。

桃红惊得失声尖叫，柳绿连忙捂住她大张的嘴，将她急急忙忙拖出去。

虞品言等人都走光了才擒住妹妹下颌，逼迫她正视自己：“襄儿，我不想再当你的哥哥，我要当你的夫君。你已经及笄了，咱们两个成亲吧。”

虞襄红着眼眶：“怎么成亲？你怎么跟老祖宗交代？在她眼里，咱们就是亲生兄妹。她拿你没法子，可不会对我客气。”

虞品言微微眯眼，嗓音沙哑：“到那时我先让你认祖归宗，然后再来迎娶你。你尽快让老祖宗抱上重孙子，她就没工夫生气了。好不好？”他用手臂箍着她，语带无限诱惑。

虞襄不敢置信地盯着他，脸颊红得能烧起来，结结巴巴开口：“你……你真不要脸！”

“呵。”虞品言沉声低笑，大掌摁住她后脑勺，将她娇艳如花的唇瓣压向自己。

虞襄低声问道：“等等，你的意思是说我还有亲人？他们在哪儿？”

虞品言眼中的悦色略微淡了淡，哑声道：“你的父母已经亡故……”他将沈家种种变故简单叙述一遍，又道，“你还有一个嫡亲哥哥，眼下在京城为官。”

“他是谁？”想起沈元奇送的那副冠笄，虞襄心中其实已经有了答案。

“他是谁不重要，眼下我也不会让他把你带走。我俩好不容易在一起，自然该好生培养感情才是。等你出嫁的前三天，我会安排你认祖归宗。十五年来未曾一见，也未曾亏欠他家丁点养育之恩，你只需知道有这么个人就罢了，无须在意。”虞品言的语气十分霸道。

虞襄简直要气笑了，诘问道：“我们在一起了吗？我怎么不知道？”

“若是不在一起，那我们这是在做什么？”虞品言眯眼，眸光中暗藏着某种十分危险的情绪。

“是你强迫……”

刚说出四个字，虞襄的唇瓣就被堵住，脑后的大掌不断施加力道，让她挣脱不得。

结束后虞品言不肯罢休地追问道：“都已经到了这等地步，你还不肯嫁给哥哥？”

“你……你别动我！”虞襄反射性箍住他脖颈，闭着眼睛快速喊道，“你别动我，也别逼我！我……我现在脑袋缺血，肚子抽痛，根本没办法思考。你让我好生想想成吗？我现在真的很难受！”

虞品言偏头，果然见她满脑袋细汗，哪里还舍得逼问她，只得去帮她按揉腹部。

虞襄尖叫起来：“说了让你别动我！”她现在就像灌满水的囊袋，稍微按一按就要炸开了。

“怎么了？要不要请大夫来看看？”虞品言也紧张起来。

“你把我放进被窝里就成了，快快快！”她急得直扯兄长的耳朵。虞品言无法，只得将她抱到床上，还来不及塞汤婆子就见她用被子将自己裹成一团，连脑袋都掩埋了，只露出一小撮乌黑发亮的头发。

沉闷的声音从被窝里传来，满含羞耻：“你快走！等我好些了，咱们再慢慢说成吗？算我求你！”

虞品言弯腰去拉扯被子，被她探出的小手挠了一下。这模样像极了奓毛的猫，引得他低笑连连。收了笑，他重新灌了一个汤婆子垫在妹妹的肚子上，又在那漆黑的发顶吻了吻才缓步离开，临出门前说道：“那哥哥明日再来，今晚你好生想想。”

走到廊下，他又笑了起来，府中那许多糟心事也无法损坏他愉悦至极的心情。

等脚步声远去，虞襄才掀开被子，露出自己关公一般潮红的脸蛋，大声喊道：“桃红，柳绿，快来帮我收拾收拾！”

屋里好一番兵荒马乱，两刻钟后，虞襄穿着洁白的亵衣亵裤坐在床头，小口小口地喝着红糖水。

柳绿一脸忧虑，桃红却喜滋滋地问道：“小姐，您与侯爷什么时候办喜事啊？”

虞襄一口糖水差点从鼻孔呛出来，低声地训斥：“你这丫头乱说什么！”

“怎么就是乱说了？小姐嫁给侯爷才能名正言顺地待在侯府啊！”

柳绿反驳：“你懂什么！这里头的事儿复杂着呢！单老夫人那一关就过不了，更别提京里那么多人家都在盯着。兄妹乱伦，说出去小姐的脊梁骨都要被人戳穿。”

“小姐不是说过嘛，走自己的路让别人说去吧。他们最多只能耍耍嘴皮子，还能把小姐吃了不成？等小姐认祖归宗离了侯府，她和侯爷也就名正言顺了！”桃红很是不以为然。

虞襄继续小口小口地喝糖水，眼中却不时闪过各种情绪。

柳绿咬咬牙，坦言道：“小姐腿脚不便，侯爷现在爱重她自然不会计较，等日后一房一房妾室纳进门，这爱意日渐淡薄了，小姐就成了侯爷的累赘。女人在后宅的地位全靠男人的宠爱，小姐失了宠爱又不良于行，仅凭一张嘴还能降得住谁？又加之老夫人必定对小姐心怀不满，不会护着她。你只看见眼前这点风光，哪能想到往后的艰难。当侯爷的妹妹，小姐可以任性妄为；成了妻子，小姐连说句话都要赔着小心。”

说到这里，她偷眼去看主子，硬着头皮继续道：“所以啊，与其嫁给侯爷，还不如一辈子做兄妹呢。”

柳绿不相信男人会对女人从一而终，哪怕侯爷再不近女色，等成了婚，又加上主子行动不便，总会纳那么几个妾室帮衬。主子又是眼里容不得沙子的，闹一次两次是情趣，闹得多了侯爷就该厌烦了。到那时她们主仆又该何去何从？

桃红沉默了片刻，嗫嚅道：“可问题是，侯爷现在不想跟小姐做兄妹。侯爷那样霸道一个人，绝对不会放过小姐的。咱们反抗不过为什么不顺从？再则，侯爷与小姐有十五年的感情，又有救命之恩，往后就算纳了别的女人也万万不会亏待小姐。”

柳绿正欲摇头反驳，虞襄将喝空的碗重重放在床头柜上，疲惫道：“好了，别争了，我要睡了。有什么事儿，等我肚子不痛了再来思考。”

桃红、柳绿小心翼翼地点头，端着空碗下去了。

虞襄一夜没睡，半坐起身按揉自己双腿。

她大腿以上还有知觉，但从膝盖骨被砍伤的部位开始便逐渐麻木。她想试着动动脚趾，却完全感觉不到它的存在，一股深沉的无边无际的挫败感袭上心头。

仅凭这副残破的身躯，她能留得住谁？然而又有一个声音告诉她，虞品言是不同的，也许她该试着相信他。她不想改变，却被虞品言推搡着一步一步往前走。他时刻站在她身后，不允许她倒退，不允许她回头，甚至连家人也不允许她相认。

他如此霸道，当真能接受一个否定的答案？虞襄摇头苦笑，明白自己除了嫁给虞品言，再也没有别的路可走。如果双腿完好，她还能逃个婚什么的，但结局也不过是被虞品言绑回来而已，并没有什么区别。

那就答应他？虞襄又摇了摇头，只觉得烦闷无比。

第二十九章 身份

翌日，虞襄起了个大早，坐在梳妆台前打扮。柳绿帮她梳了个灵蛇髻，选了一条水滴状的项链搭放在她发间。最正中的那颗水滴是鲜艳的红色，恰好垂在眉心，衬得她肤如凝脂、眸似深潭，说不出的华美娇艳。

桃红见她木愣愣地盯着镜子，没有自个儿上妆的打算，这才拿起黛笔帮她描眉。

“今儿不上妆了。”虞襄回神，推开黛笔后略有些犹豫，葱白的指尖在整齐排放的口脂小盒上流连，最终挑选了一款蜜桃味，均匀涂抹在唇上。

哥哥今天没准儿还会偷亲自己，这个蜜桃味是他最喜欢的，甜而不腻。意识到自己在想些什么的时候，虞襄恬淡的表情裂开了，狠狠将口脂盒拍在梳妆台上。

桃红和柳绿被吓了一跳，连忙问她怎么了。

“无事，想起虞妙琪就有些生气。”虞襄强笑摆手，呆坐片刻终是拿起小盒，又在唇上抹了厚厚一层，自己舔舔也觉得很甜。片刻后，她扶额长叹，觉得自己恐怕是栽了。

“小姐，您是不是肚子又痛了？要不咱们别去请安了吧？”桃红低声询问。

“不过些许腹痛而已，比不得老祖宗中毒。走吧，不去看看我不放心。老祖宗性子急，今儿个恐怕会亲自带着虞妙琪和母亲去给各家赔罪，我不好躲在家里。”虞襄将口脂放回去，低头整理裙摆，整理完便抬头扬声道，“时辰不早了，我们走吧。”顿了顿，她状似不经意地问，“哥哥去哪儿了？”

“因皇上降旨责令侯爷自省半月，侯爷一大早就去衙门交接公务去了。卯时一刻他还来看过您，在您床头坐了两刻钟才走。”桃红偷偷摸摸凑到主子耳边禀报。

虞襄颔首，表情十分淡定，舌尖却忍不住探出来舔舐甜蜜的唇瓣。一行人走到半路，却见虞思雨兴冲冲地迎上来：“今儿府里发生一桩奇事，你知道吗？”

“什么事？”虞襄心尖剧颤，面上却分毫不显。不会是她和哥哥的事情曝光了吧？

“你西厢那间小院昨儿个不是留给虞妙琪了吗？走的时候，有几株木棉、合欢、海棠、蓝花楹挖不走，只得留下，你还记得吧？”虞思雨碰了碰她的手肘。

“记得。可惜了我那几株蓝花楹，这几天开得正好，远远看上去像罩了满树蓝纱，缥缥缈缈、朦朦胧胧、如云似雾，漂亮得叫人惊叹。”说起这个虞襄就觉得肉疼，眉头纠结在一起扯都扯不开。

“的确是漂亮，我第一次见的时候在树下站了许久，看都看醉了。”虞思雨叹息，少顷又开始幸灾乐祸，“你快别想了，你那几株蓝花楹、木棉、合欢、海棠……昨晚一夜之间全都枯死了，树叶焦黄焦黄的，像被火烧过一样！”

“谁干的？难道是虞妙琪？”虞襄疼惜的表情瞬间被狰狞取代。

虞思雨连忙拍打她的肩膀安抚：“不是，你听岔了。那些树没被烧过，是自个儿枯死的，所以我才觉得奇怪！现在府里都传遍了，说虞妙琪是天煞孤星，没福气，把你好好的宝地都给糟蹋了。”

虞襄怔愣片刻才回神，觉得这事有点儿玄乎，更为自己那些花树感到可惜。

正院，老太太也正在听马嬷嬷回禀花树一夜之间枯萎的事，本就难看的面色这会儿像涂了一层白漆，哆嗦着手写道：“她那满身煞气怕是压不住了！”

马嬷嬷点头：“正是。老夫人，您看咱们该怎么办？侯爷眼下只是停职自省，下回可就没这么好的运气了。”

“皇上刚赐下四个教养嬷嬷，却是叫我不好赶她走。罢，尽快给她找一户人家，要选命最硬的，省得又惹出祸事连累我侯府。”老太太快速写道。

“哎，奴婢这就派人去打听。京城就这么大个地界，怕是不好找，要不奴婢托人去外地问问？”

“不拘哪里，只要能把她尽快嫁出去就成！”老太太放下毛笔，按揉自己灼烧不已的喉咙。

马嬷嬷躬身应诺，将几张字条扔进火盆里烧掉，刚烧完，就听门外的丫头禀报，说是三位小姐和夫人请安来了。

老太太挥手使人带她们进来。林氏和虞妙琪面容都很憔悴，眼睛周围泛着青黑色，可见整晚没睡。虞襄紧跟其后，脸色并不比她二人好看多少，唯独嘴唇粉嫩嫩湿漉漉的，还隐隐散发出蜜桃的浓香，叫人看了就想咬一口。

虞思雨倒是红光满面，主动上前去搀扶老祖宗起身。

老太太正襟危坐，提笔写道："九公主中毒最深，今日我们先去宫中向皇上和皇后娘娘请罪。言儿此时已在宫门口等候，我们立刻出发。"

林氏表情麻木，虞妙琪却吓了一跳，尖声问道："怎么还要去宫中请罪？"事情竟已闹得这样大了吗？连帝后都知道了，那她将来如何嫁人？

老太太眸色森冷地睇她一眼，写道："九公主乃皇上和皇后娘娘的掌中宝，你买来毒枣害了她，难道还想轻轻松松不声不响地将此事揭过？你在做梦！今日入宫，明日去太子府，后日国公府……每一户人家都需你和林氏亲自负荆请罪！"

虞妙琪面无人色，几乎能够预见自己臭名远扬的情景。别人会如何评价她？贪婪、不孝、败家、愚蠢……条条都是世俗最无法容忍的女子身上的劣根性。不要说皇族宗室，恐怕连普通人家都看不上她。

完了，这次彻底完了，哪怕戳破虞襄身世，她也同样翻不了身了。

虞妙琪身子一软，就晕倒在地上。林氏吓得尖叫，老太太却连眉梢都未动弹，在纸上慢吞吞写道："把她泼醒，醒了换一身衣服即刻出发！"

马嬷嬷连忙使人将她抬走。虞思雨坐着陪老祖宗说话，虞襄下去准备礼物。院外跪满了管事，正在聆听冯嬷嬷训话，总结起来只两条：一、无论襄儿小姐是不是虞府血脉，她都是主子，不容人忤逆，谁若是起了外心抑或管不住嘴巴四处乱说，侯爷亲自收拾他；二、今后府务还是归襄儿小姐管，思雨小姐协理，二小姐废除的规矩从今日起都要重新立起来。

单昨日一天，府里就处置了许多奴才，留下的都是林氏母女当初弃之不用的，如今重新回到原来的位置，他们自然是欢天喜地感恩戴德，等冯嬷嬷训完话便大声应诺，又给老夫人磕了三个响头，这才下去了。

不出几刻钟，乱如散沙的下仆们又重新凝聚起来。以往还觉得襄儿小姐规矩太过森严，等成了没头的苍蝇四处乱窜频频触怒侯爷的时候才明白，那些规矩就是他们的指路明灯，是万万不可缺失的。瞅瞅昨日被杖毙的几人，就得了不守规矩的下场。

虞妙琪被接连泼了三四桶冷水，终于悠悠转醒。她换好衣服梳好头发，白着脸去仪门与老太太等人会合。

九公主虽然余毒已清，喉咙却着实被硫黄烧得厉害，这会儿还说不出话，只能咿咿呀呀地比画。帝后二人自然对肇事者恼恨不已，又加之成康帝对虞妙琪的来历知之甚详，将她害死沈母暗算沈元奇等事跟皇后一说，皇后已被恶心得眉头直皱。

因与虞品言有政事要谈，成康帝匆匆离开坤宁宫。皇后整理好心情才命人将虞家老小带进来。

因为皇后的小九儿便是个心智不全的孩子，故而皇后对同样身体残缺的虞襄很是怜惜；且虞襄可以说是在她眼皮子底下长大的，性子虽然乖张，心思却极为爽直且还重情重义，没她回护，连个小太监都敢糊弄小九儿。所以，皇后不但不觉得虞襄没规矩，还惯着她，且此次事件完全与她无关，断没有迁怒的道理。

皇后一来就命人将虞襄带入内室探望小九儿，留下老太太和林氏等人在殿外说话。因老太太也中了毒，皇后并不忍心苛责，却也不想看见虞妙琪那张虚伪至极的面孔，命宫人将她和林氏带入偏殿听训。

宫人照着《女诫》大声诵读，足足诵读了四个时辰才放她二人离开。临上马车，母女俩的膝盖早已经肿胀不堪。

老太太心中怒气难消，手书道："皇后娘娘有言，下月初六宫中要举办一次采选，为四皇子、五皇子、六皇子相看正妃、侧妃数人。虞妙琪德行有亏，采选之事便作罢，只留在府中好生学习规矩。"

虞妙琪瞪着眼前的白纸黑字，五官渐渐扭曲了。采选？怎么早不采晚不采，偏偏在她出了如此大丑的时候采，老天是在捉弄她吗？

虞襄此时此刻正坐在摇晃的马车上，身下垫着厚厚的黑色坐垫，对面是眸光灼灼嘴角含笑的兄长。

"一夜不见，怎么憔悴成这样？"虞品言伸手去抚摸妹妹黑青的眼圈。

虞襄拍开他的大掌，嗔怒："别动我！"

"脾气越来越大了。"虞品言摇头失笑，开门见山道，"想了一夜，可想清楚了？"

虞襄素来爱花，连马车内也点缀着巴掌大小的盆栽，用铁丝网固定在小案几上。肥嫩可爱的碧光环支棱着两根触角样的叶片，似乎在偷听二人说话。

虞襄将花盆取出来捧在掌心，对兄长认真说道："想了一夜，觉得有些事很有必要与哥哥探讨探讨。"

虞品言挪动位置，紧挨着她坐过去，伸展手臂环住她的肩膀，嗓音低沉而温柔："哦？襄儿要与我探讨何事？我定当洗耳恭听。"

虞襄耸动肩膀想将他的大掌甩下去，反复几次都没能成功，反而惹得他连连低笑，只得红着耳尖开口："喏，这个盆栽你可看见了？"

"看见了。"虞品言笑着点头。

"你看，"虞襄伸出指尖戳了戳碧光环的一根翠绿触角，语气极为认真，"这是一株植物，虽然它的根系出了问题，但是它非常稀有、珍贵、精致、脆弱、娇嫩……"

虞品言已听出了她话中的深意，忍不住喷笑，被她美目一瞪，连忙正襟危坐点头附和："没错，它的确非常珍贵、非常稀有、非常精致、非常脆弱、非常娇嫩……它是世上独一无二的宝贝。"

虽然言辞间有暗喻自己的意思，但听见兄长如此一本正经地夸赞，虞襄还是脸红了，却又飞快恢复镇定，继续道："你看，眼下它在这个坑里活得好好的，却因为某些人的一时兴起，想要将它挖出来重新挪一个坑。"

她边说边强忍肉疼将碧光环从盆里拔出来，放入一旁的空茶杯，神情严肃："这个新坑好看是好看，土壤却不够，你说它还能像之前活得那样好吗？"

虞品言沉吟片刻后笑道："襄儿不要误导哥哥，你挪来挪去的，不同样还在哥哥这个坑里？"

虞襄挫败，忍不住抹了把脸，却忘了指尖还沾着泥土，顿时将自己涂成了小花猫。

虞品言忍俊不禁，凑过去想亲她挺翘的鼻尖，却被她用力推开，语气坚定："好吧，就算是同样一个坑，可你别忘了，这株植物的根系有问题，它需要很多很多的土壤，很多很多的养料，很多很多的悉心照顾。这个坑虽然看上去很大，土壤也很肥沃，但是它并不会只种这一株植物。早晚有一天，这个坑里还会种上灰树杂草什么的，它们会疯狂地抢夺这株植物的一切，最后致使它枯死。你辛辛苦苦养了它十五年，你忍心见它枯死吗？"

说了半天还是吃醋，还是想独占自己，虞品言扶额低笑，搂着妹妹的肩膀轻轻摇晃："襄儿，哥哥的好襄儿，你怎能如此可爱？"

"别动我！"虞襄肚子又开始抽痛，恶狠狠地将兄长推远。

虞品言几乎笑得眼泪都出来了，一面将可怜的碧光环重新植入小花盆，一面低语："如果说，这个坑里从始至终只栽种这一株植物呢，它愿不愿意扎根？"

虞襄眸光微闪，含糊道："谁知道呢？现在看着只有一株，以后可说不准，毕竟这块土地太肥沃了，谁都想占那么一角。"

虞品言种好碧光环，掏出手绢擦拭自己的手掌，擦完后又帮妹妹擦，连指甲缝也剔干净，语速缓慢："襄儿可曾记得早年哥哥被控杀人关入大牢的事吗？"

那是虞品言十二三岁时候的事，虞襄脑海中残留了一丝记忆。她点点头，注意力被完全吸引过去。

虞品言擦完她的手指又去帮她擦脸，表情温柔宠溺，嘴里吐出的话却令人惊异："那年我刚满十三，还是个不知世事的毛头小子。我的一个所谓的至交好友带我去参加文会，实际上那地方是青楼楚馆。"

闻听此言，虞襄忍不住龇牙，眸光十分凶狠。

虞品言刚升腾起来的戾气被她可爱的表情打得烟消云散，搂紧她的肩膀继续道："刚进去没多久，我就失去了知觉。等我再醒来的时候，一个皮肤遍布破溃毒疮的女人正趴在我身上，我到现在还能闻见她身上散发出来的人之将死的腐臭味。"

虞襄心脏紧缩，颤声问道："她……她得了病？"这一招可真毒啊！不但让哥哥染上无法治愈的脏病，还要坏他一世英名，若果真成功了……

她不敢深想，双手艰难地搂住兄长，一下一下轻轻拍抚，如水一般澄澈温柔的眸光似乎在说——别怕，都过去了，一切都过去了。

虞品言见她听了这段脏污不堪的往事非但不排斥自己，反为自己感到疼惜，本就柔软的心防慢慢融化开来，继续低语："所幸我及时清醒，扯掉她头上的发钗将她刺死，然后草草穿上衣服从后院逃走。因为中了迷药，我脚步踉跄，顺着漆黑的胡同慢慢往最热闹最明亮的街道走去。那日正是七夕，当我走出胡同的那一刻，我看见常雅芙和虞品鸿在人群中相视而笑。我悄然跟随在他们身后，亲眼看着他们放了河灯，交换了信物……"

"然后呢？"虞襄紧紧握住他的指尖，心脏的抽痛连绵不绝。

"然后我在冰冷的河水里泡了半宿，凌晨被衙役抓到关进大牢。"虞品言眼眸放空，陷入了回忆。

"然后呢？"虞襄难受得厉害，却更加忍不住想知道后续。

"然后我发了高烧。老祖宗来牢里看我，我告诉她我临死之前想见母亲一面。"

"然后呢？"虞襄嗓子发干。

"母亲没来，只给我带了一句话。"

"什么话？"

"她说我玷污了父亲的一世英名，说我不配做父亲的儿子。"虞品言低沉的嗓音里充满讽刺。

虞襄不知不觉已经泪流满面，眼睫毛挂满了晶莹的泪水。

虞品言垂头看去，满心的暴戾和煞气都被她的泪水洗涤干净，止不住地笑起来，语气也变得云淡风轻："打那以后，我就觉得女人是世界上最肮脏的东西，令人憎恶。"

虞襄的眼泪戛然而止，不敢置信地瞪视他。

虞品言连忙笑着补充："当然，你和老祖宗除外。"他握住妹妹柔软白嫩的小手，置于唇边轻吻，"襄儿，我很庆幸你是我的妹妹，却又不是我的妹妹。若非如此，我不会对你动心。除了你，我再也不会对第二个女人动心动情。你可以相信我！"话落便去吻妹妹眼睫毛上悬挂的欲落不落的泪珠。

虞襄眨眨眼，又眨眨眼，表情呆愣地问道："那你是什么时候喜欢我的？"

虞品言沉吟片刻，无奈地笑了：“我也不知道。只是某一天，当我抱起你的时候忽然发现，我已经舍不得将你放下了。”

这句话朴实而简单，却似汹涌澎湃的潮水，一波接一波地冲撞着虞襄本就不堪一击的心防。她退开少许，笑容明艳：“好吧，我这株珍稀植物就在你的坑里扎根了，你一定要按时浇水，按时施肥。”

“怎么浇水，怎么施肥？”虞品言心头涌上无边无际的喜悦。

虞襄耳尖绯红，表情却高贵冷艳，指了指自己粉嫩的唇瓣：“喏，这里。”

虞品言低笑，笑完猛然凑过去，含住她的唇瓣，足有一盏茶的工夫才分开。

虞品言用指腹摁了摁妹妹红肿的唇珠，眼中含笑，嗓音沙哑：“早知道哥哥要亲你，所以抹了蜜桃味的口脂？”

“是啊。”虞襄坦然承认，威胁道，“往后你若是违背诺言在外拈花惹草，我就在口脂里掺上砒霜，咱们一吻两命，一块儿下地狱。”

虞品言非但没被她吓住，反而畅快地笑起来：“襄儿，你真甜！这么恶毒的话，从你嘴里说出来竟都是甜的……”

沙哑低沉的嗓音逐渐消失在交吻的四片唇瓣中。等马车到达侯府的时候，虞襄已是眼眸含春，腰肢酸软，唇瓣红肿，一看就是被人疼爱了无数遍的模样。

虞品言将外套脱下裹着她入府。虞襄瞥见老太太，连忙心虚地将脸埋起来，到了荆馥小院才大松口气。

桃红、柳绿送走侯爷，围到床边询问：“小姐，您跟侯爷可是已谈妥了？日后怎么个章程？”

虞襄舔了舔几乎快破皮的嘴唇，笑容甜蜜：“谈妥了，过不了多久，你们就得叫我夫人了。”

桃红欢喜地蹦起来，柳绿却忧心忡忡：“小姐，您的身份该如何处理？老夫人那里又怎么交代？”

虞襄叹息道：“身份哥哥会帮我处理，至于老太太那里，只能靠时间来解决问题了。我实在舍不得离开哥哥，希望你们能体谅。”

“体谅体谅，自然体谅。侯爷和小姐本来就是天生一对！”桃红忙不迭地点头。柳绿沉吟片刻，鼓励道：“既然小姐心意已决，奴婢们定然跟从。往后继续在侯府里待着，倒也比别处好多了。”

翌日，老太太带着虞妙琪和林氏继续拜访太子府，虞襄和虞思雨一路同行。太子妃的喉咙也被烧伤，只打了个照面，就把林氏二人遣去偏厅听训，自己和老太太、虞襄等人倒是你一句我一句地用纸条交流，言辞间并未留下芥蒂。

接下来的半个月，一行人相继拜访了中毒的女宾。因皇后和太子妃都已大度原谅，她们也不敢咄咄逼人，只略微提点几句也就罢了。但虞妙琪和林氏的名声彻底臭了，往昔的虞府还有几户相熟人家可以来往，如今的虞府却门可罗雀。

众位权贵或有意或无意地疏远虞家，试图将虞家排挤出京城顶级门阀的圈子，将之彻底孤立起来。此一动作正合虞品言的心意，没了人情往来，皇上日后剪除各大世家之时他才能心无旁骛地动手。

而成康帝更是乐见其成。虞品言如今是忠臣、良臣、孤臣，还是所向披靡的猛将。这把宝刀他不但自己要物尽其用，更想留给太子。名声再差又有什么关系，只要能力不差就行。

故而此事虽然对虞府多多少少有些影响，却并不损坏虞品言在成康帝心目中的地位。

这日拜会了最后一户人家，老太太将所有人召集到正院议事。

天气越发寒凉，厅中烧了一个火笼，上面架了一张桌子罩了一床棉被。老太太中毒以后身体虚弱，此时正缩在棉被里取暖，看见孙子孙女，连忙招呼他们围着火笼落座。

虞品言放下妹妹后紧挨着她坐定，虞思雨坐在老太太另一侧，四人恰好将位置占满了。

见马嬷嬷抱着一个匣子进来，虞襄问道：“要打麻将吗？正好我带了些金瓜子过来。”

虞思雨闻言也去掏荷包，表情兴致勃勃。

虞品言笑着解下自己腰间的荷包递给妹妹，里面却不是金瓜子，而是五香炒瓜子。虞襄比得了金瓜子还要高兴，将之全部倒出来，又摊开一块儿手绢，冲哥哥扬了扬下颌：“把瓜子仁剥出来放到一块儿，我喜欢大口大口地嚼。那才叫香！”

虞品言捏捏她的鼻尖，依言捻起一粒瓜子剥。虞襄并不敢藏私，最先剥出来的瓜子自然喂进老祖宗的嘴里。

“我呢？”虞思雨不忿。

“你自己剥去吧，没手没脚吗？”虞襄摆手，接过匣子打开一看，叹气道，“原来不是麻将牌啊。”

老太太经由她一闹，心情已好转很多，笑道：“今儿叫你们过来可不是玩的。这是虞妙琪管家以来的账目，今天当着所有人的面儿把账对了，然后让林氏收拾东西走人。”

话音刚落，便听门外有人禀报：“老夫人，夫人和二小姐来了。”

林氏走在前头，身后跟着虞妙琪。二人均穿着素色衣服，稍微施了一些脂粉以掩盖憔悴的面色。虞妙琪身侧各站着两名气势威严的嬷嬷，身后跟着四名婢女，若让不知内情的人见了，还以为她在侯府地位十分尊崇。

二人半跪行礼，见火笼旁已无多余的位置，只得拣了两张冰冷的凳子落座。

老太太喉咙已经痊愈，沉声开口：“你们坐近点，眼下当着所有人的面把账目交接清楚，然后林氏就带着嫁妆回去吧。”

四个嬷嬷终归是要回宫去的，当着她们的面儿查账，跟当场掀了虞妙琪的脸皮有何区别？管理偌大一个侯府她实在是力不从心，但为了不让自己败给虞襄，她只能想尽一切办法支撑。而她又最为自私，当嫁妆和侯府利益不能两全时，她自然而然选择亏空中馈，填补嫁妆。

她长于沈家，对做账一道十分精通，无论多千疮百孔的账簿都能被她填平。若只是老太太对账也就罢了，偏偏老太太还把虞品言和虞襄也一块儿叫来。

虞襄的眼力暂且不提，虞品言抓捕过无数贪官污吏，审核过无数精巧的假账。他俩只要把账册略略一翻，就能将她打回原形。

想到自己亏空的那些数目，虞妙琪心都凉了，大冷的天脊背出了厚厚一层汗，被门外的冷风一吹，连神魂都感觉到一阵刺骨冰寒。

“瞧你抖成那样，快过来烤烤火。”虞思雨笑着冲她招手，眼眸中却藏着无尽恶意。

“祖母，我忽然觉得身体不适，能不能先下去休息，明日再对账？”虞妙琪试图拖延时间，然后劝说林氏帮她顶罪。因为此事林氏还蒙在鼓里，乍一听说自然会震惊，然后让旁人看出端倪。

“你回去吧，林氏留下。”老太太自顾自将匣子里的账册取出，看向虞思雨，“听说乡下那几座庄子是你全权打理，今儿让老祖宗看看你长进没有。”

虞思雨欣然应诺，虞襄也拿起一叠账册。虞妙琪哪里敢一个人回去？只得好言好语将四个嬷嬷和四个丫头遣走，与林氏走过去落座。

“母亲，求您再给媳妇一次机会吧！母亲，媳妇……”林氏试图向老太太求饶。她私心里并不认为账册有问题，只以为是那帮奴才欺上瞒下弄出来的乱子，与女儿完全无关。但当时那些奴才当着满堂宾客的面儿把罪责推到女儿头上，言之凿凿下她无力反驳，只得一力承担。

老太太厉声打断她：“闭嘴，等查完账，你再来与我说话！”边说边使人送来三个算盘。

中馈之事素来与男子无关，虞品言并未参与，只笑睨妹妹认真的侧脸。虞襄察觉到他灼热的视线，看了看老祖宗，发现她正埋头算账，并未注意自己，湿润的红唇微微嘟了嘟。

虞品言握茶杯的手猝然收紧，给了她一个带着警告意味的眼神。

虞襄逗完兄长，这才翻开账册正儿八经地看起来。她浏览速度极快，别人才看完一小半，她已经看了四五本，用朱笔将可疑的地方圈起来。小半个时辰之后，所有账册均已看完，她拿出算盘，手指快速拨弄，一时间厅中只闻一连串噼里啪啦的脆响。

老太太和虞思雨早已停下动作，等她算完一册便递上另一册，那速度快如闪电。

虞妙琪额头的细汗已经凝聚成汗滴，顺着发际线往脖子里流。这是她第一次亲眼看见虞襄管账，老辣的眼力和奇快的速度令她感到心惊。正是因为虞襄太过能干，才激起了她的好胜心，才会拼命想要超越虞襄。

然而折腾了大半年，她颓然地发现，她与虞襄之间的差距并不如她想象的只在伯仲之间。她似乎还差得很远。

她悄悄挪动手臂，将林氏的手拉过来，在林氏掌心一笔一画地写道：“母亲，帮帮我！”

林氏不明所以地看了她一眼。

她再次写了一遍，眼里流露出深切的绝望和哀求。林氏忽然意识到了什么，眼睛睁大，瞳孔收缩，用口型无声地问道："你果真动用了中馈？"

虞妙琪不得不点头承认。她原本只想挪用一点点，等铺子赚钱了再还回去。哪知道铺子越亏越多，无论她砸多少银子都听不见响。她这才着急了，但已经无力回天，只能东拼西凑，东挪西补。若非实在没有办法，她绝不敢把主意打到老太太的份例头上。

林氏吓得浑身都发起抖来。她本想着先让老太太查，查完见账册没有问题，说不得她哀求几句也就留下了。但如果女儿真贪墨了府中的银子，她怕是只能被扫地出门。这里是她和俊杰的家，留存着许多美好的记忆，她舍不得离开，更舍不得失去俊杰妻子的名分……

如果她死后不能与俊杰合葬，下了黄泉她去哪里找他？这样想着，林氏对虞妙琪竟产生了无尽的怨恨之意；然而看见她饱含恐惧的双眼，林氏又心软了，五脏六腑似被钢刀刮过。

在两人交换视线的时候，虞襄合上最后一本账册，长出了一口气。虞品言揉了揉她酸痛的指尖，又喂她喝了一杯茶水。

"虞妙琪，你像只土拨鼠你知道吗？"谁也没料到，虞襄的第一句话竟会说这个。

老太太和虞思雨愣了愣，虞品言也露出莫名的神色。

虞妙琪拿不准这话究竟什么意思，强笑道："妹妹开什么玩笑？"

"我不是开玩笑。"虞襄拍了拍账册，"你瞧你，这里挖一个坑，那里挖一个坑，这里填一捧土，那里填一捧土。好好的一块地，被你挖了无数个洞，你说你像不像土拨鼠？"

虞妙琪这回听明白了，顿时面无人色。

虞襄轻快的语气陡然转为严厉："你没那个能力，就不要接那么大的摊子。嫁妆铺子亏损了你大可以关门歇业，干吗用公中的银子填补？你当府中银子是你的私产？形形色色的人我见得多了，像你这样无能、败家、贪婪成性的，我还是第一次见。只半年工夫你就贪了六万八千四百四十八两银子，你自己说说该怎么办吧。"

"不是的，这些银子不是琪儿拿的，是我！"不等虞妙琪回话，林氏已经扑到老太太脚边。她已经失去了丈夫、儿子，不能再失去女儿。

林氏再一次将所有罪责揽到自己头上。对于虞妙琪，她堪称慈母，不管虞妙琪犯多大的错，她都能原谅，甚至一力承担。

然而对于虞品言，她却不闻不问，活似从来没生过这个孩子。虞襄能够想象当年哥哥蜷缩在大牢阴暗的角落，承受着杀人的恐惧和高烧的折磨时，对林氏的温暖和母爱有多么渴望。然而她做了什么？她不来探望也就罢了，竟直言哥哥不配做她的孩子。

这句话等同于亲手在哥哥心头扎刀！她眼下越是维护虞妙琪，虞襄就越是看不惯她，冷笑道："母亲不要包庇她了。这大半年里就只看见虞妙琪上蹿下跳的，恨不得把满肚子才华展示给别人看，却忘了称称自己几斤几两……"

不等她说完，虞妙琪忽然发威："虞襄你闭嘴！所有人都有资格斥责我，唯独你没有！你与虞家什么关系？白吃白住了十五年，虞家对你早已经仁至义尽！你如此着急忙慌，难不成还想染指虞府的家业？凭你也配？"

虞襄被噎住了，胸口哽了一股恶气发作不得。她早知道身世公开后虞妙琪会拿这些话堵她，让她十分不痛快。她灌了一杯茶水，借着棉被的掩盖将哥哥的大手拉过来，在他掌心一笔一画写道：我怎么就不配了？我是未来的侯夫人！你的银子就是我的银子，她贪了我们的银子，还不准我说，这是什么道理！

虞品言仔细辨认笔画，意识到她说了什么的时候差点没被心头狂涌的喜悦之情淹死。他猛然将妹妹拉进怀里，垂头亲吻她微微泛红的面颊。

霎时间，不但虞襄石化了，老太太和虞思雨惊呆了，就连恐慌焦虑的林氏和虞妙琪也都一时失语。

虞品言亲完也不退却，继续吻了吻妹妹的鬓发，哑声道："抱歉，突然想起当年襄儿为我挡刀的事，感从心起，情难自抑。没有襄儿就没有现在的我，谁敢说她不配？"察觉怀里的猫儿要奓毛，他安抚性地揉了揉她的后颈。

老太太立刻被他带入了对往昔的回忆，颔首道："言儿说得没错。襄儿是我虞家的一分子，日后谁再说一句闲话，就给我滚出去！虞妙琪，你也好意思斥责襄儿，看看你都干了些什么！用府中的银子填补自己私产，放眼整个京城也找不出比你更德行败坏的闺秀！"

老太太怒而拍案，吓得虞妙琪噤若寒蝉。

虞襄却大松口气，心道一声好险，然后将脸埋进了哥哥怀抱。

林氏心知自己已经没有后路，跪在老太太脚边哭道：“母亲，您不要责骂琪儿，这些事都是我干的。她一个小孩子家家，没那个胆子……”

老太太气笑了：“林氏，你别把我当傻子糊弄。你没这个胆子我信，虞妙琪没这个胆子我却是打死也不相信。没有胆子，她会一意孤行去闯驿站给太子送药？没有胆子，她能砸坏了沈家的金佛又给粘回去害得沈家家破人亡？没有胆子，她能盗走沈氏的救命钱一个人偷跑出来寻亲？没有胆子，她能买通方家母子败坏思雨的名节？没有胆子，她能放出流言毁沈大人的仕途？她胆子比天还大！”

老太太也是气急攻心，竟把许多不为人知的陈年旧事都翻了出来，不但骂得虞妙琪抬不起头，更让虞襄瞪大了眼。

虽然虞品言只跟她说她本该姓沈，父母均已亡故，只有一个哥哥，然而联系沈元奇之前送的冠笄，又加上老太太的控诉，她瞬间把所有线索串联成一个故事，一个家破人亡的悲惨故事，而导致这一切的罪魁祸首正是虞妙琪。

虽然她与沈家人没什么感情，但她身体里好歹流着沈家的血。退一万步来说，凭虞妙琪干的这些事，哪怕是个不相干的外人，也会觉得义愤填膺。

她从兄长怀里退出，举起手边的茶杯就朝虞妙琪砸去，像一只暴怒的狮子：“好你个虞妙琪！你还说我抢了你尊崇的地位和荣华富贵，你怎么不告诉我你把我的父母双双害死？你怎么不告诉我你差点害得我嫡亲哥哥身败名裂？你这蛇蝎心肠的女人，你怎么还有脸活着！他们好歹养育了你十几个年头啊！”

虞妙琪早料到她会暴怒，在她发难的同时已快速躲到林氏背后，有心分辩，张口却发现自己无言以对。

虞品言用力箍住妹妹，大掌顺着她脊背一遍一遍抚摸，试图让她冷静下来。老太太心知自己说错话了，也连忙凑过去低语：“襄儿莫气，一切都过去了，你还有老祖宗，还有哥哥，还有姐姐，还有疼爱你的家人。莫气了，一切都过去了。”

林氏反搂住虞妙琪，哭道：“求你们别苛责琪儿，好歹给她留一条活路吧！我走还不成吗？我现在就回去收拾东西！”她已经认命了，只愿女儿能安安稳稳地留在侯府，最终找一个好归宿。

虞襄对沈氏夫妇本就没什么感情，对他二人枉死的愤怒还没有沈元奇被流言中伤的愤怒来得强烈。她平静过后只为他们感到悲哀。

“我没事了。”她拍了拍兄长，又冲老太太微微一笑，然后看向虞妙琪，一字一句开口，“你日后别在我面前说我亏欠你什么。我欠你的只是一场富贵，你欠我的却是家破人亡的血海深仇。真要论起来，我今儿就该手刃你为父母报仇才是。”

她从轮椅扶手的暗格中摸出一把匕首，用力地插在桌上，“咚”的一声闷响吓得林氏和虞妙琪齐齐抖了抖。

“但看在你也姓虞的分上，我不动你。你今后离我远一点，有你的地方没我，有我的地方没你，记住了吗？”她语气森冷。

如此明目张胆的威胁，偏偏老太太和虞品言都不拦阻，一个闭眼假寐，一个专心致志地喝茶。虞品言藏在桌下的大手还拉着妹妹白嫩的小手。

“记住了。”林氏按着女儿的脑袋应诺，起身道，“只要你们不把琪儿赶出去，我立刻就走。”她不走也不成，毒枣事件虽然已经过去，但谁知道那些女宾们心里怎么想。这个档口把她休回母家也算是最有力的交代，任谁也说不出什么。

一直保持沉默的虞思雨适时开口：“母亲，你就这样走了？你是不是忘了什么？”她边说边将厚厚的一摞账册拍得砰砰作响。

是了，还有女儿亏空的六万多两银子。林氏这才想起这一茬，颇有些站不住，扶着脑袋几欲昏倒。她所有嫁妆加一块儿也才值两万多两白银，让她上哪儿再去找四万两？回去向庶长兄求助？若是让他知晓自己再也不是侯夫人，怕是第一个便要落井下石。

一股冷风将珠帘吹得丁零咣啷乱响，分明十分悦耳，让林氏听来却觉得荒凉至极。她噙着泪，重新跪倒在老太太脚边，磕头后想说些什么，却发现自己词穷了。证据确凿，后果严重，她连辩解求饶的余地都没有。

老太太依然闭眼假寐，虞品言却忽然开口：“算了，你走吧。”这是他最后一次优容林氏。

林氏喜极而泣，理所当然地道：“既然言儿已经不追究了，那这些嫁妆我就全留给琪儿吧。我走以后，希望你们兄妹二人能重归于好，守望相助。你们父亲还在九泉之下看着你们呢，他肯定不希望你们走到这步田地。”

虞品言、虞襄、虞思雨均面色古怪，老太太猛然睁开双眼，将手里的佛珠重重拍在桌上，声嘶力竭地吼道：“你给我滚！快快滚出去！我永远不想再看见你！”

林氏吓得魂飞魄散，瞬时瘫软在地。虞品言放下茶杯沉声开口：“去收拾东西吧，收拾好以后我亲自送您回娘家。”

虞妙琪想去搀扶林氏，却见马嬷嬷唤来两个丫头将林氏半拖半拽地弄走，只得不尴不尬地站在原地。

老太太看也不看她，叹息道：“襄儿，虞妙琪造的孽你也知道了。没错，沈状元就是你的嫡亲哥哥。眼下你是怎么想的？有个什么章程没有？”

老太太的潜台词就是问虞襄想不想认祖归宗。认祖归宗自然是要的，但虞襄与沈元奇毕竟不熟，忽然跑过去与他一块儿生活，多多少少会不适应；而且她现在刚与兄长互表心意，正是最甜蜜温存的时候，真的很舍不得离开。

虞品言并不言语，只眸色微微一暗。

虞襄飞快瞥了他一眼，慢吞吞答道：“既然他是我的嫡亲哥哥，我自然应该……”

后面的话还未说完就被老太太猛然拍在她脑门上的巴掌逼回去了：“你这个死孩子！亏我虞家辛辛苦苦养育你十五年，你竟说走就走！我原本以为你跟虞妙琪那头白眼狼不同，没料到也是个冷心冷肺的！我让你走！我让你走！看我不把你的腿给打断！”

老太太顺手拿起拐杖就往她腿上敲，弄得虞襄哭笑不得，一面往兄长怀里钻一面喊道：“别打了老祖宗，我的腿本来就是断的！我不走，我哪儿也不去还不成吗！”

虞品言将她紧紧护在怀里，愉悦地笑了：“老祖宗快消消气，襄儿哪儿也不去。她生是虞家的人，死是虞家的鬼。她若是敢走，上天入地我也要把她抓回来。”

老太太并未听出他话中深意，这才满意地罢手。

第三十章

缘法

林氏本想拿走亡夫的牌位，却被马嬷嬷阻止了，言道她不再是侯爷的妻子，不配供奉侯爷。这话惹得林氏大哭一场，哭完后不得不收拾东西走人。

虞妙琪与她坐在一辆马车内，虞品言骑马在前方引路，一行人不去林府大宅，却往林纪民（林氏嫡亲弟弟）位于南门街的小院走去。

虞妙琪握住林氏冰冷的指尖，悄声问道："母亲，小舅舅是个靠不住的，你为何不去找大舅舅？你虽然不是侯夫人了，但我好歹还在虞家，看在我的面子上，他们不敢拿你怎样。"说到底，她也是为了自己考虑，只有把林氏送回林家大宅，她才有机会跟林大舅搭上线，才能借林家的钱财挽回颓势。

林氏坚决摇头："不能去找你大舅舅。若是让他知道我被侯府休弃，他不但不会帮我，还会极尽打压之能事。不能去找你大舅舅。"她再次重申。

虞妙琪颇感不妙："母亲，究竟什么样的深仇大恨能让他记恨至今？你们好歹是一家人，一荣俱荣，一损俱损啊！"

林氏犹豫半晌，终是坦言道："当年为了争夺家业，我与你小舅舅联手……联手害死了你大舅舅的嫡长子，所以……"

后面的话她实在说不出口了。

虞妙琪哑然，打死也想不到看上去如此卑微怯弱的林氏竟也有那样心狠手辣的一面。你能伙同别人害死自己长兄的嫡子，为何就不能早早把虞襄弄死？她简直想不顾一切地吼出来。

车厢里一片死寂，等二人回神时已到了林纪民门前。孙氏看见从高头大马上一跃而下的虞品言，连忙撩着裙摆迎出来："我说今儿喜鹊怎么一个劲儿在枝头闹，原是大外甥来啦！快快请进！"

虞品言摆手："不了，本侯只是送她归家，往后烦请你们对她照看一二。"

孙氏往后一看，却见虞妙琪和林氏站在马车旁，面容均十分憔悴，林氏手里还拎着一个小包裹。及笄那日孙氏也在，林氏和虞妙琪干的那些丑事臊得她半个月抬不起头。见此情景她还有什么不明白的，这是侯府为了平息众怒把林氏给休弃了。

站在外人的立场，孙氏会说一句活该；站在家人的立场，她只想给虞品言跪下，求他不要如此无情。

不料她还未开腔，虞品言已跃上马背，催促道："有什么话快点交代，本侯有事要忙。"

林氏走了，虞妙琪真可谓孤立无援。她拽住虞品言的袍角，哀求道："大哥，你能不能等风波平息后再接母亲回来？我知道你怨母亲对你冷漠，但你好生想想，这么多年，她也从未亏待过你啊！她怀胎十月生下你，难道不辛苦吗？"

虞品言俯视她，笑容冰冷。没错，林氏的确从未苛待过他，但他宁愿林氏打他骂他，也好过十几年的冷漠无视。这世界上最伤人的不是皮肉之痛，而是椎心之苦。

然而，这母女俩都是没心的，他跟她们说再多又有什么意思？虞品言笑罢勒紧缰绳绝尘而去，徒留虞妙琪用仇恨的目光戳刺他的后背。

对门一家酒店的二楼，一位身穿锦衣华服的俊美青年指着杀气昭然的虞妙琪问道："那女子是谁，竟似要活剐了虞大都统。"

坐在他对面的幕僚答道："回四爷，那是虞都统的妹妹虞妙琪。"

对毒枣事件，青年自然知之甚详，笑叹："原来是她，运气真个不好，可惜了……"可惜了竟没把太子妃和九公主一块儿毒死，如此，他不费飞灰之力就能扳倒太子最坚实的后盾，当真是可惜了……

幕僚会意点头："的确只差了那么一点运气。不过四爷，常言道：'千里之堤溃于蚁穴。'一堵墙外表看上去再如何坚不可摧，只需从内部找出一个节点损毁，就能使之全线崩塌。这节点就在眼前，四爷您看如何？"

青年沉吟片刻，举杯畅饮："姑且一试。"

虞妙琪送林氏进屋，还未坐定孙氏就急问："你们怎只带了这么点东西回来？虽然你被休弃了，但是按理你的嫁妆该归你自个儿处置，虞家没权力侵占！"

林氏并不傻，哭诉道："嫂子有所不知，我为了填补嫁妆铺子的亏空，前前后后挪用了六万多两公中银子，让老太太查出来了。我那些嫁妆全都被老太太扣在侯府做赔偿。我现在身无长物，只带出来几件衣服和几支钗环。”

孙氏横眉怒目，用指尖戳着她的额头骂道：“你还有脸哭！挪用府中银子那等丑事亏你干得出来！你挪用了那许多，不会一分一厘都不剩了吧？你都花到哪儿去了？几间铺子能花多少钱……”

虞妙琪被她尖厉的嗓音吵得头疼，狠狠砸了茶杯斥责道：“你说够了吗？几间铺子花不了多少钱，你扪心自问，你和舅舅从账面上贪走多少？我不说不代表我不知道，我只是无人可用，暂且容忍你们罢了！如今我把母亲送来，那些银子我也不要你们还了，只希望你们好生照料母亲。我还是侯府嫡小姐，有我撑着，就少不了你们一口饭吃。”

虞妙琪这番话并不代表她对林氏有多少感情，她只是无所依傍，想要给自己留条后路罢了。她对沈家做得太绝，至如今才弄明白做事留一线日后好相见的道理。她当初要能多留一天，央求沈元奇送她回京认亲，万万不会沦落到眼下众叛亲离的地步。

林氏被感动得哀哀哭泣，孙氏却不买账，冷笑道：“你算什么东西？你能比得上襄儿一根手指头？襄儿可比你有脸面多了，我这便去求她把嫁妆要回来。”

林氏连忙拉住她，急急说道：“你别去了，她不会帮你的，她不是我女儿。”

“你说什么？”孙氏掏了掏耳洞，以为自己听岔了。

林氏生怕她上门去闹，把自己留给女儿的嫁妆强行要走，只得将当年的事原原本本说了。孙氏愣了好半晌，回过神来恨不得撕了林氏，骂骂咧咧道：“你这个蠢货！简直蠢到家了！不是你的骨肉有什么关系，只要老太君和侯爷喜欢就成。你把她养大，让她心向着你，不比这个丧门星管用几百倍？若是今日襄儿能替你说几句好话，你何至于被扫地出门！你这个蠢货，该疼的不疼，不该疼的你当个宝贝似的！你那么能干的儿子竟忍心十五年来不闻不问，你落得今天这个下场你真是活该……”

林氏寄人篱下，不敢反驳。虞妙琪听不下去了，却也没那个力气与孙氏撕扯，挺直脊背缓缓走出院门。她游魂一般在街上晃荡，满街的喧嚣更衬托出此刻的孤寂。眼眶微微有些湿热，她不得不仰起头望天，不让泪水溅落。

“姑娘当心。”一道清润的嗓音猝然响起，然后她被拉入一个宽阔而温暖的怀抱，一辆马车从她脚跟边疾驰而过，带走一股劲风。

虞妙琪心有余悸地抬头便撞进一双温柔如水的眸子里，俊美不凡的青年翘起唇角冲她微笑，似一束金黄的阳光洒下……

虞府，虞襄辞过老太太回了荆馥小院，此刻正有气无力地趴伏在梳妆台前。老太太坚决不让她与沈元奇相认，是真心拿她当亲孙女疼爱。若是往后她与兄长的事暴露了，老太太怕是会十分伤心，而且可以预见到老太太强烈的抵触。

真是愁人啊！虞襄对着镜子里的自己幽幽叹息。

“小姐甭想了，赶紧把朴神医送来的种子种下吧，下个月若是不发芽，您承诺给太子妃娘娘的冰肌玉露膏可就没了。”桃红适时地提醒。

虞襄立马摘掉满脑袋珠钗，裹了一条头巾又换上粗布衣服，命柳绿将自己推到院外的石桌边。朴神医让虞襄当药农，自然不会指使她一个瘫子去挖坑种地，只是把珍贵草药的种子送来，让她栽种在花盆里，种活了便移植到他的药园。

石桌上整整齐齐摆放着许多巴掌大的小花盆，里面垫着虞襄专门调配的土基。她只需用指尖戳一个洞，把种子塞进洞里，填上土浇上水也就成了。

快速种下十几粒种子，虞襄紧蹙的眉头已完全舒展开，嘴里咿咿呀呀地哼着黄梅小调。

“小姐，您不愁啦？”桃红笑呵呵地问道。

“我有什么好愁的，天塌下来有个子高的顶着。连这点压力都顶不住，我这朵娇花他趁早别摘了。”虞襄皱着鼻子哼了哼。

“那是。”桃红点头附和。

柳绿可没这么好的心态，忧虑道：“今儿老太太死活不让小姐认祖归宗，怕是把小姐当自个儿亲孙女了。她要是知道小姐跟侯爷……她一定接受不了，说不定还把小姐给恨上了！”

虞襄种好种子用小瓢去舀水，漫不经心地答道：“没关系，我日后好生孝敬她就是。到底是我的老祖宗，还能恨我一辈子不成？她最是心软，到时我给她生十个八个重孙子侍弄，看她还有没有力气与我生气。”

桃红一听这话简直笑不可遏，连素来心思重的柳绿也忍俊不禁。

虞襄种完草药洗了个澡，躺在床上翻看沈元奇送自己的翡翠冠笄。

柳绿用布巾擦拭她湿漉漉的头发，赞叹道："这是沈状元送的吧？不比侯爷送的那副差呢，可见沈状元对小姐十分用心。"

虞襄笑道："我一早就觉得他很面善，没想到他竟然是我的哥哥。怪不得他长得那般俊美，却是像我。"

柳绿嘴角抽搐："他比小姐您还大好几岁，该是您长得像他才是。不过说起来也怪，您与侯爷并无血缘关系，相貌却足有五六分相似，真是奇了。"

虞襄摸摸脸颊，表情自得："我早说过了，这是夫妻相呗。"

二人说话间门外传来一道低沉的笑声，虞品言正伸手欲掀珠帘，桃红连忙抢步上前，乐呵呵地开口："姑爷您回来啦，奴婢去给您斟茶。"

她抬脚要走，却被虞品言叫住："等等，你刚才叫本侯什么？"

桃红眨眼，表情十分无辜："姑爷呀，还能叫什么？"

柳绿捂脸呻吟，虞品言却由低笑转为朗笑，也不知如何动作的，手一翻，竟拿出一个小金锭子，笑道："你这丫头嘴巴倒是乖觉，赏你了。"

桃红眼睛猛然睁大，双手接过金锭子不住口地说道："奴婢谢姑爷赏赐。姑爷快请进，姑爷快请坐。姑爷稍等，奴婢去耳房泡茶……"

虞襄扶额，语气十分无力："好啦，你快去吧。你再叫姑爷也没得赏赐了，除非你想讨我一个栗暴。"

桃红连忙捂住脑门，一溜烟儿地去了。柳绿顺着墙根退出去，临走掩好房门。

虞品言走到妹妹床边落座，笑道："我一直以为柳绿比桃红聪明，今儿一见才知是我看走眼了。"

虞襄将冠笄收入盒中，哼哼道："我的两个丫头都很聪明，要不我能看得上？"

虞品言拿起床头柜上的布巾，继续帮她擦拭头发，盯着锦盒问道："这冠笄我没见过，谁送的？"

"沈元奇送的，及笄那日让虞思雨搭进来的。"虞襄单手支腮，满怀期待地开口，"哥哥，我能私下里与他相认吗？他真好，脾气好，才学好，相貌好，人品好。"

虞品言脸上的笑容荡然无存，沉声问道："才学相貌倒是好，脾气和人品你是怎么看出来的？”

“你看，虞妙琪害得他，不，害得我们家破人亡，他高中状元以后却从未想过报复她，可见品行十分高洁。”

“你既然如此急着与他相认，不如我现在就去禀报老祖宗，让她把你送回去，然后我再上门提亲？”虞品言说着整个人压在了妹妹身上。

虞襄立马㞞了，死死抱住兄长劲瘦的腰肢，低喊：“别去别去。眼看快到年底了，咱们先让老祖宗过个好年，认亲的事儿来年再说吧。”

这时，柳绿端着茶盘敲了敲门，听见准许才入内，替两位主子斟好茶后又拿出一个精致的小药瓶，提醒道：“小姐，该按摩擦药了。”

虞襄的双腿每天都要按摩一次，以保持肌肉活性。因桃红力气大，这活计一般是她来干，今儿她被吓跑了，柳绿只得代班，却不料侯爷接过药瓶说道：“还是我来吧，你先下去。”

柳绿僵立着不肯离开：“侯爷，按摩的时候得把小姐的裤腿挽上去。”所以非礼勿视啊！

虞品言笑睨她：“襄儿十四岁之前都是我帮她揉的，难不成我还不知道？”

虞品言按到膝盖骨上的狰狞刀疤时，沉声问道：“这里有感觉吗？”

“没感觉。”虞襄摇头，表情淡然。

他继续按摩小腿，每按一寸就问问有没有感觉，换来的总是摇头。终于按揉到脚趾，他脸色已十分阴沉，坚定道：“襄儿别担心，哥哥一定把苦慧大师找回来给你治腿。”

虞襄早已经习惯了，因此很有些漫不经心：“找了五年都没找着，说不定苦慧大师在渡海的时候遇难了呢。”似乎意识到这话相当于诅咒，她连忙双手合十念了句“阿弥陀佛”。

虞品言倒了些精油准备按第二遍，语气中冒着几丝凉意：“他若是死了，那我就把朴神医绑来。他不是嘴巴硬吗？我三百六十种酷刑全给他上一遍，看他还硬不硬。”

虞襄默默为朴神医祈祷，安抚道：“别，朴神医人称‘留一命’，连皇上都指着他能留一命，你千万别那样干。咱们再找一年，找不到也就算了。反正我整天待在家里，走哪儿都有你抱着，能不能走路真无所谓。”

虞品言低垂着头认真按摩，并不答话，也看不清表情。

虞襄怕他真去找朴神医的麻烦，不得不转移话题：“说起来，我十四岁之前一直是哥哥给我按腿的。哥哥的手艺比桃红好了无数倍，怎么忽然就不肯帮我按了？”

虞品言这才抬头，深邃的眼眸里全是缠绵的爱意，嗓音也格外低沉沙哑：“只能看不能吃，索性就不看了。”

闻听这番话，她晶亮的眼眸里全是自得，用食指点了点微微噘起的红唇，诱惑道：“你就这么喜欢我啊？那还不快来亲亲我？”

虞品言低声笑了，为她的直白火热，为她的毫无保留。如果说他的上半辈子全是凄苦和杀戮，那么眼前明艳万分的女子就是他晦暗生命中唯一的亮色与甘甜。

送走林氏，换了虞襄和虞思雨共同当家，侯府终于又恢复了往日的宁静。四个教养嬷嬷毕竟是宫里出来的，待得久了，怕被皇后娘娘遗忘，见虞妙琪安分不少便急着告辞，临走捧着五百册《女诫》，均为虞妙琪每日誊抄所得。

虞妙琪打那以后就经常出府，说是去探望林氏。她似乎已经从一系列打击中恢复过来，不但面色红润，连眼眸中都透着奕奕神采，尤其去探望林氏过后，能接连好几天都笑脸迎人。

虞襄派人跟着她，见她入了林宅就不出来，便也慢慢放松了警惕。

这日难得是个大晴天，金灿灿的阳光将冷冽的寒风都驱散了，空气中飘荡着梅花盛开的香气。虞品言休沐，此刻正站在书桌后作画，画的正是一幅傲雪寒梅图。虞襄躺在他对面的软榻上，手里捧着一本志怪小说看得津津有味。

虞品言点了几瓣梅花就失了兴致，将宣纸撇到一边重新拿出一张，一眼一眼地看向妹妹。

虞襄察觉到他专注的视线，放下书问道：“你在画我？”

“嗯，你别乱动。”虞品言仔细地调和墨汁。

虞襄眨眨眼，随即摆出了一个优美的造型。

看着眼前的虞襄，虞品言握笔的手不自觉收紧，只闻“咔嚓”一声脆响，笔管断成了两截。虞品言无奈扶额，将废笔往窗外一扔，快步走过去，低沉的嗓音透出浓烈的欲望：“襄儿，这个样子你让我怎么画？我现在只想吻你。"

"那我们吻完再画。"虞襄咯咯咯地娇笑。

从不知道坦露心意后的妹妹竟是如此热烈如火，虞品言低声呻吟，然后狠狠吻住她。

室内本就烧着地龙，这会儿温度更上升许多，几乎能冒出几个小火星。桃红、柳绿守在门外，表情麻木。

比她们更麻木的是看守书房的侍卫，直挺挺地杵在不远处，连眉梢都没动一下。恰好在这时，一名侍卫匆匆从院外跑来，行至门前半跪行礼："侯爷，苦慧大师找到了！此时已被我们的人护送回来，明日就能到京城。"

书房内安静了片刻，少顷，虞品言推开房门沉声下令："备马，本侯亲自去接他。"

与其说苦慧大师是被护送回来，不如说是押解回来。虞品言为了医治妹妹的双腿可谓是殚精竭虑，竟派了许多侍卫去天竺、暹罗、南洋找人，五年里单路费一项就花费甚巨。好在功夫不负有心人，他终于在天竺找到了进修的苦慧，二话不说就把人抬上航船强掳回京城。

苦慧今年也才二十五六，虽然由苦海亲手养大，平日里钻研医术却多过佛法，因苦海一句修为不够才远渡取经，到了天竺等地又被异国医术吸引，忘了修行，心境自然比不得苦海那般圆融。

苦慧心中很有些不忿，一路上多方打听，得知绑自己的是永乐侯，人称"活阎王"，平生杀人如麻，滥造杀孽，那份不忿就变成了抗拒。到了镇国寺，听了虞品言一番恳求，他想也不想就拒绝了。

虞品言好声好气地问道："大师要如何才肯医治舍妹？但凡我虞品言做得到的，无有不应。"

苦慧吟诵了一段佛经，睁眼后徐徐开口："今日子时，你穿一件单衣，由山脚的栈道行三跪九叩大礼，一直行到寺门前，贫僧便会考虑你的请求。"

镇国寺位于山顶，有一条环山而建的车道，也有一条樵夫行走的栈道。由车道走要半个时辰，由栈道要一个时辰，且还要在陡峭的阶梯上行三跪九叩之礼，其艰难程度可想而知。一番折腾下来，哪怕虞品言是铁打的，恐也撑不住。

伫立两旁的侍卫忍不住拔刀相向，苦慧却闭了眼，低声诵佛。

虞品言摆手，命侍卫将刀收回去，拱手道："大师，那我们就一言为定。"随即匆匆下山。

回了侯府，他谁也不告诉，盯着妹妹入睡，在她身侧卧到子时便悄然离开，只着一件雪白单衣，从山脚三跪九叩慢慢往山顶走。不知不觉，漆黑的天幕微微泛出白光，他发丝上沾满晨露凝成的冰珠，膝盖部位的衣料因为摩擦而破碎，露出青紫不堪的膝盖骨。

随行在他身后的侍卫早已泪流满面，不停说着"侯爷，让属下来吧"，他却充耳不闻，及至旭日初升，终于到了镇国寺门前。

苦慧却避而不见，只遣了一个小沙弥，言道："施主杀戮太重，罪孽难消，还请明日继续。"

"你这秃驴说什么？"一众侍卫暴怒，纷纷拔出佩刀。

虞品言却只摆了摆手，淡然起身。跪，无论苦慧要他跪多少次，哪怕将栈道上的台阶全都磨平，他也一定要治好妹妹。

"侯爷，算了吧！"其中一个侍卫咬牙低吼。若是每日这样折腾，侯爷的双腿还要不要了？

虞品言猛然回头，双眼血红："这话本侯不想听第二遍！"事关襄儿终身，他怎能就这样算了！

侍卫被他满含煞气的目光一剐，顿时噤若寒蝉，却听身后传来一道清亮的嗓音："是啊，算了吧！"

"襄儿，你怎么来了？"虞品言想要迎上前去，僵硬的腿脚却不听使唤。

虞襄在桃红、柳绿的推送下到了他跟前，抬头定定看他，忽然伸手拉住他衣襟，将他拉得跪倒在地，"咚"的一声闷响叫人听了牙疼。

一众侍卫目露怨愤，却敢怒不敢言。惹了侯爷不要紧，惹了襄儿小姐却是谁也兜不住。谁人不知襄儿小姐是侯爷的命根子。

虞襄摸摸他长满胡楂的侧脸，笑容明艳而诡异："疼吗？"不等兄长答话，她继续道，"我的心比你的膝盖更疼！若是治好我的腿要拿你的腿去换，索性我就瘫一辈子！你若是明日还来，我就亲手把我的腿卸了，你信不信？"

她从轮椅扶手的暗格中摸出一把匕首，在自己膝盖骨上用力划了一刀，温热的血液立刻就将厚厚的裙摆染红一大片。

桃红、柳绿吓得失声惊叫，侍卫们也都目瞪口呆，惊诧不已，心中不约而同地想道：难怪侯爷如此疼宠三小姐，却原来三小姐为了侯爷竟连自己的命都能不要。侯爷不对她好，当真天理难容。

虞襄动作实在太快，又加之跪了一夜身体僵硬，虞品言竟没能及时阻止，夺过她手中匕首后气急败坏地怒吼：“你这是做什么？疯了吗！”

“心疼了？能体会我看见你跪在地上的心情了？”虞襄抠挠伤口，弄出更多血液，噙着泪命令，“你现在马上跟我回去，日后也不许再来，听见没有？要不然，我就把这双腿彻底废掉！”她边说边将欲给自己包扎伤口的桃红和柳绿推开。

虞品言拿她毫无办法，只得扯掉衣摆将她涌血的伤口绑住，妥协道：“听见了，我们这就回家。”

虞襄满意了，用力拧了拧他手背上的皮肉，然后扬声冲镇国寺寺内大喊：“苦慧，你给我听着，你欲让我兄长放下屠刀清洗杀孽，焉知没有他在边陲苦战保家卫国，大寒将有多少百姓陷入战火之中血流成河；没有他惩治贪官，多少人含冤莫白，上天入地无门。他以一人之力保护了千千万万人的性命，他造的究竟是杀孽还是功德自有佛祖论断，轮不到你来评判！况且，断了腿的是我，求医的也是我，救与不救全在你转念之间，与我哥哥有何干系？终日不见己过，便绝圣贤之路；终日只谈人过，便伤天地之和。苦慧，你既绝圣贤之路又伤了天和，往后无论做多少善事度多少苦厄都无法弥补，且回天竺再修行几十年吧！”话落她冲一众侍卫挥手，“把你们的侯爷抬上马车！”

侍卫应诺，连忙将主子抬上路边久候的马车。

虞襄刚被桃红和柳绿抱上车辕，就见苦慧疾步走出，大声喊道：“施主请留步……”虞襄的话就像刀子一样扎在他的心头，让他羞愧难当，悔之莫及。

哥哥膝盖骨已伤成那样，虞襄如何肯留，厉声呵斥车夫赶紧走人，掉转方向时掀开车帘，冲表情尴尬的苦慧竖起了中指。

“这是何意？”眼睁睁地看着马车走远，苦慧转头询问跟出来的师兄。

苦海摸摸光秃秃的脑袋，猜测道："大概是你修为不行的意思吧，否则她就该竖拇指了。师弟，在天竺苦修五年，你还是不明白吗？世间处处皆是佛，一切众生人人皆佛，你不该以恶念度人，更不该因迁怒而拒人，你这几年的修行又是白费了。况且，你苦学医术不正是为了济世救民吗？为何却不能救治虞施主？你狭隘了。"

"师兄教训得是，师弟惭愧。可事已至此，我们该怎么办？"苦慧苦笑。

"我立刻派小沙弥给虞施主送帖子，看在我的面子上，她想必会回来。"苦海双手合十，念了一句"阿弥陀佛"。

本来是别人求着自己医治，眼下却成了自己求着别人医治，苦慧真有些无奈了。

虞襄领着兄长心急火燎地回到小院，先把自己的伤口处理好，幸而伤口不深，撒了药很快就止了血，且隐有愈合之象。虞品言几次伸手想要帮她包扎，都被她狠狠推开，表情十分嫌弃。

桃红端着一盆热水，柳绿正用布巾小心翼翼地擦拭侯爷膝盖上的青紫。

"让他们把地龙烧旺一点，哥哥冷得脸色都白了，你们没看见吗？"虞襄将一堆金疮药放在床头柜上，撑着手臂往软榻上爬。

虞品言连忙捞她入怀，却被她狠狠掐了掐手臂。

"别人叫你跪你就跪，你还有没有尊严？男儿膝下有黄金，你不知道吗？若是跪出个好歹来，你让我怎么办？"虞襄说着说着眼泪又出来了，浓密的眼睫毛上沾满晶亮的泪珠，看得虞品言心脏抽痛。

"乖，别哭了。哥哥自小习武，跪一跪而已，哪有你说的那样严重。"虞品言摩挲她的耳垂，试图转移话题，"这是什么意思？"他竖起中指。

"骂他的意思。"虞襄怒从心头起。

虞品言愕然，少顷用指腹去揉妹妹的唇珠，语气十分无奈："姑娘家怎能如此粗鲁？这手势往后不许再做。"

"放心，我只对苦慧这样做过。我实在是气昏头了！"她扑进哥哥怀中，万分珍惜地搂住他轻轻摇晃，片刻后放手，专心致志地给他上药。

虞品言并不觉得疼痛，反倒是虞襄龇着牙，不时发出抽气的声音，惹得虞品言又是想笑，又觉心中火热，眼珠子粘在她的脸上拔不下来。

上完药，虞襄将兄长按倒，盖上被子严令他赶紧睡觉，却见桃红拿着一张帖子跑进来："小姐，苦海大师给您送信来了，您快看看。"

虞品言迅速接过帖子阅览，开心地笑起来："苦海大师邀你明日上山。想必苦慧大师已经同意帮你治腿了。"

虞襄抢过帖子揉成一团，冷声道："不去。我若是去了，天晓得还有什么考验在等着你。"

虞品言搂住她低语："去吧，好歹去看看。"

"你若是跟我一块儿去，就不是看看那样简单了。他们让你上刀山下火海，你恐怕也会答应。我不去。我这样挺好的，去哪儿都有你抱着，没人比我更舒坦。"虞襄反搂住兄长脖颈，语气爱娇，眼眸晶亮，全无一丝烦扰。

虞品言轻轻啄吻她的唇瓣，反复数次后咬着她的耳垂低语："这样不好。"

"你……"她应诺，"好吧，去就去。先说好，他们要是再让你下跪，我可不治。我的腿好了，你的腿却废了，我立马跟人跑了你信不信！"她张牙舞爪地威胁。

虞品言眼眸微暗，将她的红唇堵住。

苦慧到底是名人，他回镇国寺的消息到了下午就传遍了京城。老太太连忙派人去唤兄妹俩，终究还是知道了孙子求医被拒的事。

"罢，苦海大师相邀，应该还有一线希望。让马嬷嬷准备准备，明早咱们全家一块儿去。"老太太拍板。

翌日，虞府老小果然都到齐了，连神龙见首不见尾的虞妙琪也立在马车旁等候。虞品言骑马在前方护卫，老太太和三个孙女同车而坐。

"襄儿，若是苦慧大师再刁难，老祖宗就去跪。无论如何，我们都要把你的腿治好。"一直闭目养神的老太太忽然开口，语气异常坚决。

虞思雨连忙劝阻："老祖宗您一大把年纪了，如何能跪？还是我来吧。我不相信苦慧大师真那么心狠，忍心刁难我们这些弱质女流。"

虞襄心里十分感动，握住两人的手说道："谁都不准跪。他若是存心刁难，这腿我就不治了。这么些年都过来了，我早就习惯了。爱治不治，随他去吧。"

虞妙琪掩嘴讽笑："你倒是说得好听。到了镇国寺，你可别哭着喊着求人家才是。”

“你少说几句，没人当你是哑巴！”老太太猛然拍击桌案怒斥。

若是往常，虞妙琪早已吓得噤若寒蝉，瑟瑟发抖，今日却只撇嘴，满脸的不屑，仿佛老太太对她而言只是蝼蚁，弹指挥手间就能泯灭。

虞襄立时察觉到端倪，不着痕迹地打量她。自从林氏走后，虞妙琪几乎是夹着尾巴在做人，如此底气十足的模样已经许久不见。她这是找到出路了？抑或有了比哥哥更为强大的靠山？

思忖间，马车已到了镇国寺门口，苦海与苦慧亲自前来相迎。一行人在朴拙大气的禅房中坐定，苦海立即代师弟向兄妹俩致歉。

虞襄摆手，语气颇为嘲讽：“错不在苦海大师，这歉意我们可不敢收。”

“阿弥陀佛，错在贫僧，还请虞施主原谅则个。”苦慧立即半坐而起，诚心诚意地合手道歉。

虞襄直勾勾地盯着他，冷笑道：“这位就是苦慧大师？真的很年轻。都说出家人慈悲为怀，怎么苦慧大师如此冷血无情？这山中时有信徒行三跪九叩之礼前来朝圣，却是凭着一腔热血一颗诚心，全是出自内心深处最纯洁至高的信仰。然而，苦慧大师却以私行亵渎了这份信仰，竟逼迫我兄长于这寒冬腊月着单衣跪到山顶。若非我兄长自小习武身体强健，恐怕一双腿就那么废了。我倒要问问，苦慧大师究竟是佛陀还是修罗，竟将我兄长残害至此！虽说我兄长确实手染鲜血，然而他保家卫国，惩治奸佞，救过的人何止千千万万。我再问苦慧大师一句，你修行二十余载，救助之人能比我兄长更多吗？若是没有，你有什么资格度化他？”

这番话当真是字字带刺，句句见血，却又让人无可辩驳。苦海面容整肃，目露惭愧，苦慧更是连头都抬不起来。

“阿弥陀佛，贫僧知错了。施主的双腿便交由贫僧治疗，贫僧定当竭尽全力。”他沉默良久，终是行了一个五体投地的大礼。

虞襄还不肯罢休，左右手却被老太太和虞品言拉住，只得轻轻一哼，算是揭过了。虞思雨偏头看她，满眼的崇拜。虞妙琪却悄然握拳，心中翻腾着强烈的恨意。本以为虞襄一辈子只能做个废人，却不料苦慧大师竟回来了，还打算不遗余力地救治她，老天爷何其不公！

老太太和虞品言也还了一个五体投地的大礼，然后与苦慧相约次日过府诊脉。几人略谈了谈佛理，见时辰不早便告辞离开，行至院外，正巧看见有人在转万签筒。

老太太当即笑了，指着签筒追忆：“襄儿你还记得吗？那年竹签还未落地，你只在空中一捞就捞中了签王，把所有人都吓了一跳。”

虞襄点头。苦海大师说道：“虞襄施主不但与我佛有缘，且福泽深厚，气运无双，自然得中签王。几位施主若是有意可前去一试，抽中签王者日后便是贫僧的座上宾，无论何时都能前来与贫僧谈经论道，贫僧定当扫榻相迎。”

虞品言对佛法全无兴趣，自然不为所动，老太太、虞思雨、虞妙琪三人却跃跃欲试，待前面那人转完签筒铩羽而归便立刻围上去。

老太太和虞思雨都只抽中小签，轮到虞妙琪时，她接连做了好几个深呼吸才去触摸签筒。虞襄能抽中签王，为何我不能？她满心不甘地暗忖。

“哎，可惜了。”等她抽完，虞襄凑过去查看，立时掩嘴而笑，目露嘲讽。

“果然是个没福气的。且放下吧，该回府了。”见虞妙琪几欲将竹签折断，老太太拧眉叹息。

苦海大师上前几步打量虞妙琪，少顷双手合十诚心告诫：“众生念念在虚妄之相上分别执着，故名曰妄念，言其逐于妄相而起念也；或难知是假，任复念念不停，使虚妄相于心纷扰……这位施主，你已被无明妄念缠身，枉受世间大苦，或该潜心修佛以图自在。”

今日前来礼佛的人络绎不绝，围在签筒周围的更是不在少数，抽不中签王也就罢了，却不料苦海竟说出这番略带贬斥的评语。有人当即认出了虞妙琪，口耳相传将她贪墨祖母份例购买毒枣的事一说，众人尽皆大哗，心道苦海大师果然精准。

不要说虞妙琪羞愤欲死，连老太太都觉得没脸，只得推搡孙女上前，嘱咐道：“襄儿你也去抽一次。”

虞襄抽中过签王的事京城无人不知无人不晓，见她上前立即停止喧哗，不错眼地盯着她转签筒的手看。

又跟上次一样，不等竹签落地，虞襄在空中随便一捞就捞中了签王，置于眼下查看，自己也惊呆了。苦海大师朗笑道：“阿弥陀佛，虞襄施主果然与我佛有缘，善哉善哉！”

围观众人炸开了锅，都说虞三小姐运气真好，一时间反把虞妙琪那些丑事给忘到了脑后。老太太心弦大松，笑容扑面。虞妙琪虽然也松了口气，但对虞襄的仇恨却到了无以复加的地步。

第三十一章

医治

翌日，苦慧依约来到侯府，握住虞襄的手腕细细把脉。

一刻钟后，见他露出深思的表情，老太太略有些焦急地询问：“大师，襄儿这腿还能治吗？”

苦慧不答，反倒弯腰去脱虞襄的绣鞋，却被虞品言用力擒住手腕。对上他森冷的眸光，饶是苦慧打两岁起就开始礼佛亦觉得心神摇荡，神湛骨寒，连忙解释道：“虞施主，贫僧只是想看看虞襄施主的伤口，如此才有助于诊断。”

“男女授受不亲。”虞品言一字一句告诫。

苦慧苦笑道：“虞施主着相了。贫僧眼中只有病人，不分男女。诊断最基本的四种方法便是望闻问切，缺一不可。若是不让贫僧查看伤口，对虞襄施主的治疗恐会出现偏差。”

虞品言拧眉，慢慢放开。苦慧瞅了一眼自己略微红肿的手腕，只能摇头苦笑。

虞襄脱掉绣鞋，卷起裤腿，点了点自己的膝盖：“看吧，当年横向一刀砍在了膝盖骨上，这是刀疤。”

刀疤很长，斜着划下来，竟连两条腿一起砍断了。虽然已过去五年，但狰狞的疤痕依稀可见当初是何等血肉模糊的场景。

老太太垂头抹泪，虞品言脸色阴沉，虞思雨和虞妙琪已吓得转过头去不敢再看。

苦慧冲虞襄微微一笑，这才蹲下身来反复查看伤口，还用手指揉了揉捏了捏，又用一个小锤子敲打膝盖骨。

虞襄见此情景忍俊不禁，心道这和尚还挺专业的。

看罢，苦慧站起身来，坐在桌前提笔书写药单。虞品言替妹妹拉好裤腿，穿上绣鞋，问道：“大师，舍妹的腿还有治吗？”

苦慧头也不抬地回答：“还有治。多亏这五年里你们用养精活血的药油按摩她双腿，保住了腿中经脉。”写完药单交给柳绿，他面露为难，“贫僧有七成把握可将她治好，但是须得把她双腿打断再接上，外敷我近年研制的续骨膏，敷满两月再结合针灸，虞襄施主或可重新站起来。”

“什么？竟要把腿打断？”老太太扶额，几欲晕倒。

虞品言脸色阴沉得能滴出水来，盯着苦慧的眼神似一把剔骨钢刀，恨不得将他活剐了。硬生生把腿打断再接上，那是怎样的一种酷刑。别说襄儿娇生惯养，就连皮糙肉厚的壮汉恐怕也顶不住。

虞思雨吓得脸都白了，微微侧头却发现虞妙琪正掩嘴而笑。

苦慧大师被虞品言盯得头皮发麻，但为了治病，不得不重申一遍：“没错，须得把双腿由膝盖骨开始打断，然后再接上。所谓‘不破不立，破而后立’便是这个道理。”

虞襄作为当事人，表情却最为镇定。她一言不发，从袖袋里掏出一条手绢叠成长条状塞进嘴里，然后搬起自己双腿置于案几上，含糊道：“来吧，动作利索点，别打了一次没打断再打第二次、第三次，小心我发飙骂人！”

苦慧大师万万没想到娇滴滴的姑娘家竟会有如此胆识气魄，反倒把她的祖母和兄长都比下去了，心中虽然钦佩万分，却也止不住发笑，摆手道：“虞襄施主无须如此。我这里有一副麻沸散，你喝下以后便会陷入沉睡。等你醒来，这腿已接好、药已敷上，实在不必硬挨那断骨之痛。”

“有麻沸散，你怎么不早说！”虞襄吐出手绢，大感庆幸。

虞品言心弦猛然一松，双手置于妹妹肩头用力捏了捏。

苦慧大师哭笑不得，将药方递给丫头令其马上熬煮。大约两刻钟后，虞襄已歪着脑袋睡着了，老太太领着两个孙女站在门外等候。

苦慧用烈酒擦拭双掌，却见虞品言也将手浸入酒坛，面色十分冷峻。

“虞施主，你这是……”他本以为作为亲人，虞都统是绝对下不了手的。

“我来，你在旁指点即可。”事关妹妹终身，哪怕他现在心脏狂跳，血液逆流，连指尖都开始发抖，却也不会将妹妹的安危交给一个外人。

苦慧大师依言退至一旁，指着刀疤的位置说道：“从这里开始将骨头打断，切记断口越平整越好。”

虞品言点头，暗暗深呼吸，随即探手一捏一扭，只闻“咔嚓”两声脆响，骨头就已断裂。苦慧连忙上前用指腹查验，那断口整整齐齐，竟似利刃削断的一般，当真是好精妙的力度、好犀利的手法。

“好，很好。现在我把虞施主长错位的骨头接上，再敷续骨膏，两三个月后，她就能站起来了。”苦慧大师迅速正骨，然后将黑乎乎的药泥敷在虞襄略微红肿的膝盖骨上。

虞品言慢慢踱步到厅外，对着阴沉的天空吐出一口浊气。至少由他动手，能把妹妹的痛苦降至最低。

老太太见他出来，连忙询问：“如何，骨头接上了？”

“接上了。”虞品言话音刚落，便感觉自己的膝盖骨也剧烈疼痛起来，并非因为昨日的跪拜，而是与妹妹感同身受。若是可以，他恨不得以身代之。

“阿弥陀佛，有佛祖保佑，襄儿定然会痊愈的，她福气大着呢！”老太太双手合十不停念佛。

苦海大师敷好药，又相约三日后再来换药，随即告辞离开。虞襄直到子时方醒，睁开眼就见兄长侧卧在自己身边，双目隐有血丝浮现。

“哥哥，你守了我一天？”虞襄伸手去摸他的脸颊，却因为药效消退的缘故，双腿钻心一般疼起来，疼得她直打哆嗦。

虞品言连忙握住她冰冷的指尖，语气焦急：“襄儿怎么了？是不是开始疼了？你等等，苦慧大师留下几粒止痛的药丸，我这就去拿。”

“不要，让它疼。”虞襄拽住他的衣袖，勉力笑道，“疼是好事啊！五年了，它终于又有感觉了，我想好好体验体验。”

虞品言目露恻然，慢慢躺回她身边，抹掉她额头细细密密的冷汗，将她的小脑袋揉进怀里，无声叹息。

虞襄眷恋地蹭了蹭他温暖的胸膛，然后抬起头指了指自己苍白的唇瓣，央求道：“你亲亲我抱抱我，我就不疼了。”

虞品言眸光深暗，慢慢垂头，吻住她的唇。

吻毕，虞品言将她的小脑袋揉进怀里，叹息道：“小丫头，真的不痛了吗？”

“真的不痛了。”虞襄搂住他劲瘦的腰，语气沉静。

一刻钟后，她又开始，噘着红唇央求：“快亲亲我，我疼。”

虞品言连忙垂头去吻她，良久才依依不舍地分开，如此反复，虞襄竟在剧烈的疼痛中睡着了，容颜恬淡而美好，仿佛再大的苦难对她来说都不算什么。

虞品言爱怜地轻抚她鬓发，低声笑了。这就是他的小丫头、小心肝、小树苗，无论在多么艰难的境况下都能将生活的苦厄转化为甜蜜，浸润自己，也抚慰他人。

他虔诚地在她额头印上一个亲吻，一同沉沉睡去。

苦慧大师的医术果然名不虚传，两个月后拆下干硬结块的药泥，虞襄竟可以撑着手臂略走两步。

“日后多加锻炼，慢慢就能走动了。贫僧写一张清单，每日照着清单上的项目进行锻炼，万不可偷懒，也不能贪功冒进。”苦慧大师边提笔书写边殷切叮嘱。

虞襄诺诺点头，虞品言接过清单仔细收好。

打那以后，虞府便热闹起来，每天都能听见桃红和柳绿或惊喜或惊吓的尖叫声。虞品言每天都抽出一个时辰陪妹妹锻炼，从最初的走两步逐渐发展到走十几步。

到了年底，虞品言开始忙碌，接连好几天不归家都是常事。虞襄便趁着他不在家的时候认真练习，想着给他一个惊喜。

离过年还有三天的时候，成康帝终于宣布封笔，虞品言这才拖着满身的疲惫回来。桃红趁他回房换衣的片刻迅速跑到主子耳边低语：“小姐，你猜我今日在街上看见谁了？”

“谁？”虞襄拄着拐杖一步一步往前挪。

“看见二小姐和一名男子在湘水阁的二楼饮茶。那男子长得十分俊美，气质亦很出众，想来身世显赫。”

“男子？身世显赫？”虞襄沉吟，忖度此人必是哪位皇子。虽然虞妙琪现在处境凄惨，但她毕竟还是有那么点气运的。然而四皇子、五皇子、六皇子年龄相当，容貌也都十分俊美，没看见真人，她也猜不准究竟是谁。

不管是谁，能在虞妙琪臭名远扬的时候刻意结交，必有所图。

虞襄没有能力对付诸位皇子，却能挑虞妙琪下手。她思来想去，还是决定釜底抽薪，尽快将虞妙琪这个祸害嫁出去。

凭虞妙琪现在对虞家的仇恨，她爬得越高，日后报复的手段就越残忍。虞襄绝不能给她翻身的机会。

离过年还有几天，下仆已拿出红绸装点门庭，廊下的灯笼也全都换成了新的，远远看去一片喜庆之色。

老太太命马嬷嬷买了许多红纸，把孙子孙女全都叫到正厅来写对联，描福字。

虞襄因为练习走路，掌心磨破了，只得坐在一旁干看。她却也不肯消停，伸出食指和中指，作行走状在兄长肩膀上移来移去，惹得他心痒难耐，接连滴了好几个墨团在红纸上，糟蹋了几副对联。

接收到兄长警告的视线，她掩嘴轻笑。

“哎呀，大哥你又弄脏了一副对联！是不是最近太累了，竟连笔都拿不稳。”虞思雨将沾了一大团墨迹的春联扯过来，表情很是惋惜。

“嗯，最近确实有些疲累。”虞品言揉了揉眉心。

虞襄咯咯直笑，笑完拿起一根麦芽糖伸到兄长嘴边，诱哄道：“喏，累了就吃块糖补充体力，很甜的。”

虞品言深深地看她一眼，然后将糖条卷进嘴里咬碎，灼热的视线片刻不离妹妹左右。

虞妙琪亦心情愉悦，一面写对联一面哼起歌来，不但惹得虞襄等人侧目，连老太太都接连看了她好几眼。

“祖母，写完对联我便给母亲送几副过去。毕竟要过年了，她一个人在林宅很有些孤单。”拿起最满意的一副对联，她笑颜如花。

不等老太太点头，虞襄先开口了：“虞妙琪，你今儿怎么这么高兴？可是找到婆家了？”话落转脸去看老太太，煞有介事地询问，“老祖宗，究竟是哪家啊？虞妙琪今年十五岁，也该定亲了，否则可就晚了。对了，还有大姐。”

老太太果真有考虑两个孙女的婚事，闻听此言，冲马嬷嬷使了个眼色，马嬷嬷立即拿出两张名帖。

“襄儿伤腿未愈，定亲的事暂且不提。思雨，这个人你且看看满不满意，满意的话，老祖宗开年就帮你去说亲。”老太太将其中一张名帖递过去。

虞思雨接过一看，对方是位武将，时年二十二岁，因为驻守边关常年不归才耽误了亲事，今年调回京城擢升为正四品的云麾使，可谓前程似锦；且他父母俱亡，只有一个已分家的兄长，身边既无侍妾亦无通房丫头，干净得很。

虞思雨捏着名帖，表情讶异。她万万没想到自己竟还能找到这样好的归宿，真像是做梦一样。

“你先别高兴，他因为征战，额角留下一寸长的疤痕，损伤了面貌。改日我带你悄悄去看一眼，你若是觉得不好，我也不会逼你。”老太太心知孙女素来歆慕俊俏郎君，对此人恐怕是看不上眼。然而，这已是她能找到的最优秀的人选。

不料，虞思雨竟摆手而笑：“不去看了，就他吧。相貌再好又能如何，一块儿过日子看的还是品格和德行。”

老太太顿感欣慰，喟叹道：“好好好，思雨果然长进了！”

虞妙琪盯着老太太手里的另一张名帖，颇有些如坐针毡。老太太察觉到她的不安，将名帖递了过去，语气沉肃：“这是我给你选的夫婿，上个月我已派人去说亲，他家也答应了，开年选个黄道吉日就让你过门。”

“什么？已经定下了？我怎么不知道？”虞妙琪尖声质问，接过名帖一看，表情更是狰狞似鬼，“一个小小的通判，家住望城蠡县，三十岁的鳏夫，娶了四房妻子尽皆亡故！祖母，您竟让我嫁给这样的人！您是恨不得我去死啊！”

她揉烂名帖哀哀哭泣。

“闭嘴吧！若非迫不得已，你以为我会把侯府嫡女嫁给这样的人？你也不看看自己是什么命数！”老太太冲马嬷嬷挥手，“把她的生辰八字拿出来让她自个儿看看。”

马嬷嬷应诺，拿出一张庚帖摊放在虞妙琪眼底。

“你若是不信，便拿着八字去找人验看。你乃天煞孤星之命，刑克六亲。你出生那日便克死了你父亲，随后克得沈家家败、沈氏夫妇枉死，又差点克得你大哥仕途尽毁。若是不给你找一个同样命硬的夫婿，你这辈子就是守活寡的命，到老无人照拂无人送终，最后落得个凄惨收场。”

“我不信！你一定是骗我的！我是贵人，生而高贵，福运无双，从小沈家父母就是这么跟我说的。这八字一定是假的！”虞妙琪拽住庚帖狂奔而去。

虞襄惊呆了，嘴里含着半根糖条都忘了咬，愣愣开口：“老祖宗，虞妙琪果真是天煞孤星之命？”

虞襄对命理之说自然深信不疑。然而虞妙琪与别人不同，未来还将成为皇后，身上本该具有大气运，怎么突然就成了天煞孤星？

然而无论如何，虞妙琪终究是要嫁出去了，且嫁的还是个六品通判，想必再也翻不出大浪。她心弦一松，捏着糖条嘎吱嘎吱地啃起来。

虞思雨也直勾勾地朝老太太看去，眼里满是好奇。

“这话是苦海大师亲口说的，错不了。若非如此，我岂能将她嫁给那样一户人家？都说高门娶妇低门嫁女，我侯府再低门嫁女也不会低到这种程度。”老太太无奈叹气。

虞品言表情淡淡：“总之能把她嫁出去就好。她对虞家心怀怨恨，留着迟早是个祸害。”

想起沈家的下场，老太太心有戚戚焉地点头。

虞妙琪命人备好马车，手里拽着庚帖到了林宅，遣散下人后，急急问道：“母亲，您来看看这个八字！”

林氏拿起八字细细一看，说道：“这不是虞襄的八字吗？”

虞妙琪顿时长出口气。然而下一刻，林氏又扶额叹道：“瞧我这记性，你俩抱错了，你的八字就该是虞襄的，虞襄的八字就该是你的。这个是你的八字，当年我找人算过……”

后面的话语渐渐消音，林氏的面容也变得惨白惊恐。

“你找人算过，怎样？”虞妙琪刚放下的心又高高提了起来。

“那么久的事我早忘记了，依稀就是富贵无双等好听话罢了。我的女儿自然是个有福的。”林氏笑得颇为勉强，眸光更是闪烁不定。接回女儿后她也是乐晕了头，竟丝毫也未想到虞襄的命格本该属于女儿，所谓的天煞孤星、刑克六亲，说的正是女儿。

夫君是被女儿克死的，并非虞襄！这个认知不停撞击着她本就脆弱不堪的心防，令她神魂不宁。

虞妙琪哪会看不出她的异样，掐住她的手腕厉声诘问：“您在撒谎是不是？那算命的究竟怎么说的？我果真如老太太所言，是个天煞孤星的命格？这不可能！”

林氏强忍心悸安慰道：“你别胡思乱想。你是侯府嫡女，天生就该尊享富贵，怎会是那种苦命之人？那算命的就是个骗子，诓人的，咱们另外找高人来算。走，咱们这便去镇国寺找苦海大师。”话落拉着女儿便上马车。

虞妙琪心中涌起无限希望，命车夫快马加鞭赶至镇国寺。二人打着虞襄的幌子到了苦海修行的禅房，递上那张庚帖。

“这八字贫僧见过。”苦海大略一看，立即言道。

“大师在何处见过？这命格究竟怎样？”林氏舔了舔干燥的唇瓣，心脏扑通扑通狂跳。

“五年前虞老太君拿这副八字前来相询。”苦海转脸去看虞妙琪，双手合十，语带悲悯，“阿弥陀佛，贫僧有一言送与这位施主：正所谓忍苦捍劳，繁兴大用，虽粗浅中皆为至实，唯贵心不易移，一往直前履践将去，生死亦不奈我何。施主命数虽苦，却能以善念行德而消弭，早晚有脱离苦海的一日。”

林氏已完全瘫软在蒲团上，掩面而泣。既然这命理是请苦海大师相看的，那便错不了了。自己的女儿竟然就是自己口口声声骂了十多年的丧门星，何其可笑，何其可悲。

虞妙琪足足愣了好几息才回过神来，语气冷静自持：“那么，大师再帮我看看另一副八字？”随即报出自己的，也就是原本属于虞襄的八字。

苦海闭目推算，片刻后笑道：“这个八字当真是妙，竟不早不晚正处于天府星正宫，虽早年多劫，过了十六便福运绵长，大富大贵……”

虞妙琪已经没法再听下去了，擅自起身摔门而去。林氏连忙向苦海大师告罪，二人回到马车上良久不语。眼看离镇国寺越来越远，林氏才幽幽开口：“儿啊，日后四皇子向你提亲的时候总要交换庚帖，你这个命数怕是……”

虞妙琪冷笑摆手：“母亲胡说什么？这庚帖分明是虞襄的，什么时候成了我的？回去后烦请母亲给四皇子递个口信，说我有要事与他相商。”她绝不能嫁给一个小小的通判，绝对不能！谁毁了她的锦绣前程，谁就得死！

虞妙琪从林宅回来后就把自己关在房里，谁都不见，直到吃年夜饭的当晚才迈着小碎步来到正厅。

老太太见了她只不咸不淡地招呼一声，仿似没看见她憔悴的面色。吃完年夜饭打了会儿牌，眼见天色黑了，城里四处响起鞭炮声，老太太才挥手道：“走吧，去外头驱赶年兽。”

所谓的驱赶年兽就是放鞭炮，别家自然由仆役代劳，侯府却是虞品言亲力亲为。他命人拿来一大箱筒炮，一个个点着往天上扔。

虞襄虽然腿断了，性子却被虞品言宠得越发肆无忌惮，左手拿着一炷香，右手拿着两指粗的筒炮，一个接一个地点，点燃不往别处扔，专往荷塘里砸，砰砰砰的巨响震得塘里的冰层破了一个个大洞，还有鱼儿被炸出冰面，蹦蹦跳跳翻着白肚。

“快捞上来，今儿个消夜就吃烤鱼！”她趴在荷塘边，指使桃红和柳绿用网兜捞鱼。

虞思雨看着眼馋，跟她要了一个筒炮也想放一放。

“你可得当心着点。后院那个看门的，少了三根手指的六子你知道吧？”虞襄晃了晃自己巴掌，诡笑道，“他那指头就是放筒炮的时候没及时扔出去被炸断的。”

虞思雨心尖一颤，筒炮没点燃就急急忙忙扔了出去，偏偏那么巧，竟扔进了柳绿的网兜里，把柳绿吓得够呛，啊啊啊地连声惊叫，丢掉网兜等了半晌，见没动静才发现炮仗压根儿就没点着。

几人面面相觑，如释重负，虞襄却拍着轮椅哈哈大笑，直笑得眼泪都出来了。

老太太站在廊下望着院中的张灯结彩、欢声笑语，只感觉今年是虞府过得最和乐的一年。虽然之前波折重重，到了年底，总算是否极泰来，改换了新气象。

“你瞧瞧，腿还没好就皮成这样，腿要是好了岂不要上房掀瓦？”老太太指着又开始炸鱼的孙女，嘴里斥责，脸上却隐现宠溺。

“随她高兴吧，不过几条鱼罢了。”虞品言紧紧盯着妹妹，嘴唇微弯。

“几条鱼？那可是我花了重金从扬州买来的狮头锦鲤。”老太太轻哼，斥道，“你就宠她吧，她要是上房揭瓦，你怕是会在下边扶梯子。”

虞品言低声笑了：“怎会？让她爬那么高多危险，干脆我直接帮她掀得了。”

老太太只当孙子在打趣，很给面子地笑起来，笑罢冲两个孩子招手：“好了，别放了，大冷的天儿可别把自己冻着了，快进屋烤烤火。”

桃红、柳绿连忙把主子推进屋，虞品言握住她冰冷的小手搓了搓，然后置于火笼上取暖。老太太扯过被子盖在孙女的腿上，问道：“怎样，最近能走几步路了？”

“也就十几步吧。”虞襄笑容微敛。

老太太连忙安慰道：“不急，以前连站都站不起来，现在好歹能走一段了。日后多加锻炼，一定会越来越好的。”

“嗯，不但能走，能跑，早晚有一天还能飞起来。”虞襄笃定点头。

老太太被她逗得大笑不止，虞品言却捏捏她的鼻尖，调侃道：“现在也能飞起来，玩得飞起来。”

这回连虞思雨都掩嘴笑了。

虞妙琪看着几人谈笑晏晏，和乐融融，心脏似泡在毒液里，被侵蚀出一个又一个淌血的孔洞。她冷着脸弯腰行礼：“祖母，孙女略感不适，就不守岁了，告辞。”不等老太太点头抬脚便走。

老太太眸色暗沉了一瞬，很快又重展笑颜，摆手道：“襄儿腿伤刚愈，正该好生休息，也回去吧。我和你哥哥姐姐守岁就成。”

虞襄并不推辞，虞品言自然而然去推轮椅。两人走在挂满大红灯笼的抄手游廊里，两旁种着许多梅树，枝头挤着星星点点的梅花，一缕缕暗香在空气中浮动，沁人心脾。

静夜无人，灯火明灭，虞品言的脚步不知不觉就变慢了，忽然产生了永远这么走下去也很不错的念头。

走到尽头，天空飘下鹅毛一般纷扬的雪花，其中一朵恰好落在虞襄的鼻尖上，被她的体温一触便化作沁凉的水珠。虞襄抖了抖，旋即咯咯咯地笑起来。

虞品言也跟着低笑，垂头去吻那晶莹的水珠。

虞襄呼吸略微有些急促，见兄长还要来吻自己唇瓣，连忙将他推开，命令道：“哥哥，你站远一点。”

虞品言挑眉，依言往前走了几步。

“再远一点。”

“再远一点。”

直至虞品言背部快抵住黑漆漆的假山，虞襄才点头道：“好了，可以了。哥哥你站着别动啊！我有个新年礼物要送给你。”

虞品言静静看着她，眸子里满是期待。

虞襄撑着扶手慢慢站起身来，缀着闪亮星辰的大眼睛一眨不眨地盯着兄长，然后缓缓迈出第一步、第二步、第三步……鹅毛大雪将碎石小路染成了白色，一串脚印在雪地上浮现，朝那僵立的，几乎忘了呼吸的青年延伸而去。

近了，又近了，还剩下三四米的距离，虞襄忽然加快步伐，跌跌撞撞地奔进青年早已展开双臂的怀中。强烈的冲击力将青年撞得倒退，然后跌进了身后的假山洞里。

青年背部抵着冰冷的岩石，怀里却挂着一具温热的躯体，一股幽香将洞中湿冷的空气尽皆驱散，只余下融融春意。

“我能走这么远了，开不开心？”虞襄小声问道。

虞品言禁不住低笑出声，一面去吻她艳红的唇瓣，一面含混道：“非常开心。”

桃红和柳绿在洞外守了许久，眼见快冻成冰雕了才哆嗦着嗓音喊道：“小姐，侯爷，该……该回去了！外头太冷了，小心感染风寒。”

虞品言闻言替妹妹拢了拢凌乱的鬓发，低语：“走吧，小心冻着。”

“我一点儿都不冷，你看，我手心都冒汗了。”虞襄摊开自己湿润的小手。

虞品言立即握住，然后脱掉大氅将她严严实实地裹好，便要走出去。

“等等，”虞襄拽住他的衣襟，叮嘱道，“我能走路的事儿不许告诉别人，尤其是老祖宗。”

“为何？”虞品言微微皱眉。

“让人知道了，以后你还怎么光明正大地抱我？真笨！”虞襄用指尖戳他的胸膛。

虞品言连连低笑，语气中蕴含着浓得化不开的甜蜜和宠溺：“你倒是真会想。好，哥哥谁也不告诉，哥哥抱你一辈子。”

虞襄这才满意了。

新年过后，老太太便开始为两个孙女准备嫁妆。虞妙琪虽然比虞思雨年小，婚期却定在她前面，由此可见，老太太急着把她嫁出去的决心。

虞妙琪一日更比一日焦躁，时常在虞品言书房外徘徊，看见来回巡逻的侍卫却又急忙躲开。如此，到了三月底，她的婚期也近了。

这日，城门口忽然疾驰而来一匹骏马，不等守城的侍卫上前拦阻，就听骑马的士兵大声喊道："快让开，这是八百里加急，西夷人打到乌兰察布了！"

侍卫悚然一惊，连忙大开城门让他进去。成康帝立即召开朝会，与重臣商议战事。原本驻守乌兰察布的是建威将军熊昌海，然他年事已高，暗疾缠身，月前已请了骸骨告老还乡，接替他的将领才能不显，这才让西夷人钻了空子。其他大将也都年过五十，虽然他们纷纷请战，却不能叫成康帝完全放心。

眼见皇上湛然有神的目光笔直朝自己看来，虞品言略一躬身，出列请战。成康帝一句准奏便将骠骑大将军的帅印掷了过去，被他稳稳接住。

众臣这才恍然想起，虞都统不仅是都指挥使，还是统率百万大军的骠骑大将军，十六岁便以百战百胜之功而扬名天下，乃大寒朝响当当的战神。这些年他杀人如麻，树敌无数，大家渐渐记住了他的凶名，反而把他的功绩遗忘了。

众臣一时无话。

边关告急这样大的事，老太太第一时间就知道了，心脏隐隐紧缩。她放下经书，对陪伴自己礼佛的孙女叹息道："襄儿，你哥哥怕是又要出征了。"

虞襄失手掐断佛珠，表情惊恐。

"念经吧，争取在你哥哥走之前念够七七四十九遍，然后打了络子让你哥哥戴上。"老太太从箱笼里摸出一枚长满锈迹的铜钱，置于孙女的掌心。

这是祖孙俩早年养成的习惯：但凡虞品言出征，她们必定会找来一枚铜钱祈福，然后让虞品言带在身边辟邪。

虞襄喉头哽塞，眼眶潮红。这不是兄长第一次出征，然而她的心情却比以往任何一次都要难受。甜蜜的生活还未开始就要面临别离，更有可能是生死两隔，她忽然之间就失去了独自面对将来的勇气。

她捧着铜钱无声哭泣，引得老太太也泪如泉涌。

第三十二章 坦言

虞品言直到子时方归家，正院还未熄灯，可见老太太正等着他。

“你回来了？何时出征？”老太太一手撑着额头，一手拄着拐杖，容颜苍老而憔悴。

“今夜便去骠骑营点兵，几时点完几时出发。”虞品言扶着她在软榻上落座。

老太太抖着手喝了一杯参茶，又问：“那要点多少兵？”

“大军八十万。”

老太太掐指一算，背部慢慢佝偻下来，叹息道：“也就是说再有半个月你就要走了？”

虞品言沉默点头。厅中安静下来，良久之后，老太太紧紧握住他的手，老泪纵横：“你可一定要平安回来啊！眼看着襄儿的腿就要痊愈了，你可一定要回来亲眼看看她站起来的模样。你一定要回来。”

虞品言嗓音干涩：“老祖宗别担心，孙儿一定会回来，不会扔下你们不管。”

祖孙二人手握着手相对而坐，静默无言。大约两刻钟后，老太太疲惫道：“去看看你妹妹吧，她在佛堂里给你祈福，已经跪了一整天了，怎么劝都不听。”

虞品言强忍焦虑，回道：“孙儿先扶您回房安寝再去看她。孙儿不在的时候您一定要保重身体，别让孙儿在万里之外还要为您担忧。”

老太太点头，总算有了一些笑模样。

虞品言直等老太太睡着了才疾步朝佛堂走去，远远就看见桃红和柳绿不安地在门口徘徊。二人闻听脚步声转头回望，发现是侯爷均面露喜色，连忙迎上去回禀：“侯爷您可算是回来了，小姐在里头跪了一天了。她那腿刚有了点好转，不能久跪……”

话音未落，虞品言已一阵风似的过去了，只留下掩得紧紧的房门，另有两名带刀侍卫守在门口。

佛堂里点着几排蜡烛，空气中飘浮着淡淡的禅香味，佛龛上的菩萨眼睑半合，用悲悯的目光注视着跪在自己脚边的信徒。她的背影十分单薄，映照在明明灭灭的烛火中更显出许多脆弱。玄奥的经文不停地从她的口里溢出，圆融的发音中饱含着最虔诚的祈望。

听见脚步声她未曾回头，只吟诵的经文略微停顿了一瞬。

虞品言大步走过去，跪在她身后，双臂伸展至前方，将她包裹进自己怀里，大手覆盖在她合十的双手上，幽幽叹息："别跪了，当心伤了腿。"

虞襄充耳不闻，继续诵经。

虞品言将她合十的双手掰开，取出夹在掌心的铜钱扔到一旁的蒲团上，将她抱到自己膝头安置，嗓音沙哑地开口："再有半个月我就要出征了，今夜回来收拾东西就搬去骠骑营，直至出征前才能再回来一次与你们作别。别跪了，更不要念经，若是伤了腿，我在外征战都会心绪不宁。上了战场，生死便只在一转念间，我若是分了心，指不定……"

虞襄麻木的脸上终于浮现震怒的表情，她的小手飞快捂住他的嘴，斥责道："在佛祖跟前，不要说什么生啊死啊的。我不跪了，也不念经了，你爱走就走，当我稀罕？"

其实，她稀罕得要死，这才明白某些人爱到极致为何想把爱人绑起来私藏。她现在就很有将虞品言五花大绑关起来的冲动。她本以为他们的日子还长，却猛然间发现什么叫作世事变幻。昨日还甜蜜依偎的人，今日便要赶赴硝烟弥漫的战场……

她不敢想象他将会面对多少劫难，更不敢想象离开他以后自己该如何生活，似乎连怎样呼吸都忘了，感官中只余下无边无际的恐惧。

但她绝不会在他面前泄露一丝一毫的惧意。她希望他大无畏地出发，然后平平安安地回来。她本想说几句温言软语令他安心，话到嘴边却全变了。

虞品言沉声而笑："你不稀罕我，我稀罕你还不成吗？我走以后，你一定要按时吃药，按时锻炼，但也不能练太久，小心又把手掌磨破。我凯旋的那天，你一定要站在高高的城门上迎我……"

虞襄掩嘴蔑笑："你就那么自信我一定会等你？你这一去也不知几时才能回来，短则一年半载，长则三年五年，到那时我都多大了？"

她从兄长怀里挣扎而出，本想站起来走两步，却因为跪得太久导致膝盖麻木，试了几次未能如愿，只得坐到另一个蒲团上，修长的双腿前后交叠，一手撑着地面，一手懒懒搭放在膝头。

“你看看我，”她抬手拨弄如云雾堆积的鬓发，神情高傲，“我这长相莫说倾国倾城，艳压群芳也是有的。我这身段纤依合度，多一分则肥少一分则瘦，不多不少正正好。本来断了双腿算是一大缺憾，如今连腿都痊愈了，早晚有一天能步步生莲。你说说看，像我这样的美人，哪个男人不想娶？你凭什么认为我会等你？若是两年之内你还不回来，抱歉，那我只得琵琶别抱了。”

话落，她眯着眼偷觑兄长的表情。

虞品言如何不知道她口是心非的毛病，然而还是被她那句“琵琶别抱”给戳中了心窝子，猛地吻住了她，面沉似水。

激烈的拥吻过后，虞襄感觉麻木的膝盖已恢复知觉，一把推开压在自己身上的兄长，捡起蒲团上的铜钱塞进他贴身内袋里，一字一句叮嘱：“一定要活着回来，否则我不会等你。”

昏黄的烛火照耀出她满目泪光，其中蕴含的恐惧和悲伤令虞品言无法呼吸。他将妹妹按进怀里，好半天才哑声答道：“好，一定会平安回来。”顿了顿，他继续道，“若是有事难以解决，你可去找沈元奇，他会照顾你。”

虞襄不答，只用脸颊蹭了蹭他温暖的胸膛。

二人静静相拥了片刻，闻听打更的锣鼓声才开门出来。虞品言弯腰欲抱起妹妹，却被她给拒绝了：“你留着力气点兵吧，今晚恐怕是一宿都不能睡了。”话落坐进轮椅里，命桃红和柳绿过来推自己。

虞品言无法，只得与她并肩而行。眼看荆馥小院就要到了，虞襄忽然拉住他的大手，仰起头低语：“哥哥，其实我是骗你的。我会一直等你，一直一直等你。你若是不回来，我便死在这里。你说过的，我生是虞家的人死是虞家的鬼，我哪儿也不去。”

她眼中充斥着晶莹的泪水，却倔强地昂着头不肯让它掉落，漆黑的瞳仁里翻搅着爱意和决绝。在这一刻，天上悬挂的月亮暗淡了，周围萦绕的微风凝固了，草丛间的蛙声虫鸣戛然而止……天上地下忽然间只剩下眼前美得令他心驰神荡的少女。

他再一次深刻地意识到她是自己绝不能辜负的存在。他张口，想要给予回应，却发现喉头哽塞得厉害，竟一个字也发不出。他只能俯身，吻了她一下，然后将她抱起来大步而回。桃红和柳绿连忙推着轮椅跟上。

一行人走远以后，一道瘦小的身影才从假山洞里钻出来，月光映照在她惨白的脸上，却是虞妙琪的大丫头宝生。

“小姐，小姐，快开门啊，小姐！”她急促地敲着房门。

“大晚上的吵什么。”守夜的丫头开了房门，给半坐而起的虞妙琪披了一件罩衫。

“你有什么事？”虞妙琪撑着额头，满脸不耐烦。

宝生瞥了眼丫头，虞妙琪会意，将之遣走，随即催促道：“有什么事快说，也不看看现在什么时辰了。”

“小姐，奴婢半夜肚子饿得厉害，想着去厨房弄点吃食，”她从怀里掏出一个冷硬的馒头，以证明自己所言非虚，继续道，“却没料到在半路上碰见侯爷和三小姐。你知道他们在干什么吗？”

“在干什么？”虞妙琪不耐烦的神色瞬间消散，微微倾身，紧盯着宝生一开一合的嘴。

“他们……他们竟然在……在那个……”宝生比了比自己嘴唇，臊得满脸通红。

“哪个？”虞妙琪神经紧绷，隐隐有了猜测。

“他们在亲嘴儿。”宝生一口气说完，垂下头去捂脸。那场景叫她略略一想便觉羞臊难言。

虞妙琪惊呆了，直过了好半晌才拊掌低笑，激动得嗓音都在发抖：“好哇！我说虞品言怎么对她疼宠到那等地步，却原来早就有了私情。好哇，真是太好了，这次我定要让虞襄身陷万劫不复之地！”

虞品言一直在骠骑营里整顿军务、筹措粮草，半月后临出发时才归家与亲人辞别。老太太置办了一桌好酒好菜为他践行。

色香味俱全的菜肴引人垂涎，杯中的美酒散发着香气，然而客厅里却无觥筹交错之声，亦无欢颜笑语。老太太强忍着叹息的冲动，勉力笑道：“都吃吧，还愣着干吗？来，跟你们大哥喝一杯，祝他一路平安。”

虞妙琪首先应诺，端起酒杯冲虞品言扬了扬，笑道：“大哥我敬你，愿你威震蛮夷，大胜而归。”话落小小抿了一口。

虞品言倒也给她面子，将杯中酒一饮而尽。随后便是虞思雨，说的也不过是得胜回朝等吉祥话。众人敬了一圈再看，却发现虞襄一直低着头把玩酒杯，不言不语。

“襄儿，与你哥哥喝一杯践行酒。他出门在外，最记挂的人便是你。”老太太伸手去抚她的鬓发。

虞襄这才如梦初醒，端起酒杯简短说了一句“活着回来”就一饮而尽。不等虞品言回敬，她立即给自己满上一杯仰头灌下，如此灌了四五杯才用手帕抹嘴，小嘴儿微启，打了个十分秀气的酒嗝，脸颊也慢慢浮上红晕。

此时老太太总算看出来了，孙女心里大约极不痛快，想要把自己灌醉。她本欲阻止，张了张嘴却发现说什么都是空话，反倒学着孙女的样子连灌了好几杯酒，末了长出口气。

“空腹喝酒不好，多吃点菜。”虞品言收起两人的酒杯，柔声劝解。

虞襄没了酒杯，干脆直接拿起酒壶往口里灌，等虞品言哭笑不得地去夺时，酒壶已空了大半。她脸色酡红，醉眼迷蒙，一手托着腮帮子，一手给虞品言夹菜，痴痴笑道：“哥哥趁热吃，到了西疆就只能啃干粮了。这个清蒸鲈鱼是你爱吃的，这个红烧狮子头也是，还有这个板栗炖猪尾……”

她虽然醉得厉害，却能闭着眼睛数出兄长的喜好，给兄长碗里填得满满当当差点溢出来时才作罢，抬头望天做思考状：“让我想想，哥哥还喜欢吃什么？唔，最爱吃的桌上没有，在我这里，是蜜桃味的口……”边说边朝兄长凑过去，嘴唇微微噘起。

桃红和柳绿忍不住捂脸，虞品言却眼中含笑，大掌覆在她后脑勺，将她酡红的脸蛋压进自己怀里，也阻止了她未出口的话，冲老太太无奈道：“襄儿喝醉了，我先送她回去。”

老太太不疑有他，摆手道：“去吧，她心里难受，你好生劝劝她。”

虞品言点头，将妹妹抱起来，让她的脑袋磕在自己的肩膀上。两人紧密贴合的模样看上去暧昧极了，却因为明面上的兄妹关系，又因为虞襄不良于行，这么多年竟没引起任何人怀疑。

虞妙琪紧盯着二人远去的背影，眸光微闪。

入屋后虞品言将虞襄扔在柔软的棉被上，沉声警告：“襄儿别胡闹。”

“我没胡闹。”虞襄在床上翻了个身，半坐而起，“哥哥你靠近点，我有一样临别礼物要送给你。”

“什么礼物？”虞品言站在原地不为所动。

“就是……我自己啊……”她一面轻笑一面脱掉了罩衫。

“哥哥，我送给你的临别礼物你喜不喜欢？你若是想要，我的一切都是你的！”她眯着眼睛，空闲的另一只手冲兄长招了招。

虞品言全身都僵硬了，他迈近了一小步，紧接着是一大步……

房间里传来的响动比以往任何时候都要古怪，桃红和柳绿面面相觑，眼里均写着“阻不阻止”四个大字。

兄妹二人走了以后，虞思雨也起身告辞。虞妙琪凑到老太太耳边低语道：“祖母，告诉你一个坏消息，你最疼爱的孙子和孙女怕是早就有了私情。他们这会儿指不定在干什么有违人伦之事呢，您要不要去看看？”

老太太用阴冷的目光紧紧盯着她，半晌后猝然起身，疾步朝荆馥小院走去。虞妙琪无声嗤笑，迅速跟上。走到半路，二人均没发现头顶有一只色彩艳丽的鹦鹉高高低低地飞过。

桃红和柳绿正在为难，就见出去放风的阿绿扑腾着翅膀落在廊下的金丝架上，扯开嗓子喊道：“老祖宗来了，老祖宗来了。”

“不好，老夫人来了。”桃红连忙去敲门，柳绿掏出一枚核桃堵住阿绿的嘴。阿绿爱吃独食，叼着核桃径直飞远了。

房间里，虞品言早已听见响动，迅速帮彼此穿好衣服，将妹妹塞进被窝。他此举并非为了逃避责任，而是为了保护妹妹。哪怕要公开两人的关系，也不能在这种狼狈万分的情况下。

片刻后，老太太领着虞妙琪快步走进院门，后头跟着不明所以的马嬷嬷和晚秋等人。老太太也是急了，竟连遣退下人这样紧要的事都忘了，直走到虚掩的门边才猛然回神，摆手道：“你们都回去，不要跟来。”

马嬷嬷等人立即告退。

老太太伸手去推门，指尖却在触及门板的前一刻停顿了。她有些胆怯，不知道如果真看见那样的场景该如何去应对。

虞妙琪却先她一步推开房门，然后皱起了眉头。只见虞品言衣衫整齐地坐在床边，脸上带着温柔的表情，虞襄躺在被窝里，双眼紧闭，双颊泛红，睡得非常香甜。床头柜上摆着一只空碗，想来里面盛放的原本是醒酒汤。

这一幕十分正常也十分温馨，不过是哥哥照顾酒醉的妹妹而已。

虞妙琪怔愣过后便感到深深的失望，略有些心虚地朝老太太看去。老太太上前一步，低声道："襄儿可还好？我怕她喝多了有碍腿伤，这才过来看看。"

"无事，唱了一会儿小曲便睡着了。"虞品言笑着摇头。

虞襄喝醉了最爱唱小曲，那模样别提多精怪。老太太忍俊不禁，言道："那咱们都出去吧，让她好好睡一觉。要不你等襄儿醒了再走？她睁眼要是看不见你，恐怕会闹起来。"

"不了，我这就走了。她长大了，懂事了，不会闹的。"虞品言弯腰，暗示性地捏了捏妹妹搭放在枕头边的小手。

"但愿吧。"老太太无声喟叹。

虞妙琪趁两人说话的工夫去掀虞襄的被子，见她身上整整齐齐穿着用膳时的那套衣服，这才彻底死心。

虞品言用森冷的目光剐了她一眼，老太太却是连看都不想看她，转身出去了。

心知哥哥马上就要走了，虞襄想扑过去挂在他脖子上，让他带自己去西疆，抑或再一次恳求他一定要平安归来，却因为做戏不得不直挺挺地躺在床上。许久之后，柳绿推门而入，轻声道："小姐，侯爷已经走了，他让你好好照顾自己。"

虞襄这才翻身坐起，拥着被子无声哭泣。

柳绿打来一盆水帮她擦脸，嗫嚅道："小姐，您和侯爷方才有没有……"

"差一点。"虞襄用手帕擤鼻涕，语气很是苦闷。

柳绿却如释重负，嘴角一咧便露了一点笑模样。没有就好，小姐失贞事小，反正除了侯爷她谁也不嫁，但若是不小心有了，侯爷天高地远的，如何顾得上他们母子俩。

虞襄被柳绿的笑容刺了眼睛，怒道："你这没良心的东西，姑爷上了战场你还笑得这么欢，你给我滚！"

柳绿接住她扔过来的手帕，麻溜地滚了。

老太太送走孙子，静静坐在厅里发呆。虞妙琪说的那番话总是不由自主地浮现在脑海，令她无法释怀。

“你说他们兄妹两个……”她揉着太阳穴去看伫立一旁的马嬷嬷。

不等马嬷嬷答话，门外有人禀报：“老夫人，二小姐来了。”

“让她进来。”

虞妙琪款步而入，身后跟着面容苍白的宝生。行礼问安过后，她冲宝生招手：“过来，将你看见的事跟祖母说一遍。”

宝生跪下，颤声将那晚所见原原本本说了，然后埋着头瑟瑟发抖。

“好丫头，那么晚了难为你还在府里走动。”老太太平静的表情陡然转为冷厉，吩咐道，“把她带下去灌哑药，不日发卖了。”说这话时，她脑海里反复回想孙子和孙女相处时的情景，这才猛然惊觉，二人亲密的程度早已超越了正常的兄妹关系。哪有十五岁的大姑娘还每天让兄长抱来抱去的？哪有妹妹生病，兄长整夜在榻边守候的？这份殷勤和关切分明是对心爱的人才会有的在乎。

宝生骇然抬头，凄厉地大喊：“小姐，求您救救奴婢吧！您不是说保证奴婢不会有事吗？您不能言而无信啊！”

“叫什么叫，堵了嘴拖下去！”老太太砸了手边的茶杯，转而去看虞妙琪，一字一句警告，“你也管好自己的嘴巴。”

虞妙琪不答，反而问道：“祖母，您打算如何处置虞襄？背德乱伦可是要沉塘的。”

“如何处置她，轮不到你插嘴。”

“您莫不是要帮她开脱？如此，孙女可不能答应。若是我一个不高兴把此事宣扬出去，您的一双宝贝孙儿可就全毁了。”虞妙琪掩嘴轻笑。

“没凭没据，你且去说。”老太太闭眼冷哼。

“这种事还要什么凭据？只要别人肯相信就够了。”虞妙琪老神在在地欣赏自己刚涂的蔻丹。

“你想怎么样？”老太太恨不得将虞妙琪也灌了哑药撵出去。虽然两个孙辈的事令她失望，但好歹心疼了十几二十年，感情摆在那里，岂是那么容易消磨的？

“我也不是那等心肠狠毒的人。不如您赶紧给虞襄找个夫婿吧？等大哥回来发现木已成舟，便只得作罢。您觉得呢？”

老太太心尖微颤，隐隐意动，摆手道："我会考虑的。你回去吧。覆巢之下无完卵的道理你应该懂，言儿和襄儿出了事，你也好不了。"

"这个我明白。"虞妙琪一面轻笑，一面翩然而去。

不日，原本给虞妙琪定好的那户人家遣下仆来送信，说是他家主子忽然得了急病，现如今连地都下不了，未来吉凶难料。这婚事便先拖着，若能病好就成亲，若是没治就派人主动来退婚。侯府权势滔天，他们万万不敢提出冲喜的要求。

虞妙琪闻听消息大松口气，暗道那人果然神通广大。

老太太只以为此人是被天煞孤星克住了，好一阵唏嘘之后便开始张罗虞思雨和虞襄的婚事。没错，她经过反复思量，还是决定趁孙子回来之前把孙女嫁出去。

正在她托人四处相看的时候，她母家大嫂突然寄来一封信，说是为襄儿相看了一位大好儿郎。此人与她母家是故交，亦是书香门第，今年刚十七岁，是家中嫡长子，下边还有两个弟弟、两个妹妹，却都是庶子庶女，与他比不得。

他的父亲在工部任职，官位不高，于治水一途却极有建树，是个重学术不重名利的。在父亲的熏陶下，他亦醉心于学问，八岁才名远扬，十二岁连中小三元。若非他父亲言及他年龄尚幼需再历练几年，去年的状元之位说不得就轮不到沈元奇了。

这位有才也就罢了，偏偏还长相俊逸不似凡人，其高洁品性更是为所有人称赞，再过几年风头必定盖过现在的虞品言、沈元奇等俊杰。

这样好的人家，怎会看上襄儿？不是老太太妄自菲薄，实在是孙女被孙子宠得无法无天，普通人怕是消受不了她那顽劣性子。

几封书信来往后老太太才知道，这位去年醮会的时候曾在白云观中见过虞襄一面，对她惊为天人、思之不忘，好赖都要娶她为妻。他父亲虽然不重名利，母亲却是个精于算计的，有心攀附侯府权势，又听说苦慧大师已治好了虞襄的断腿，将来她也能与常人无异，这才起了心思。

老太太几番合计，终是答应下来，因怕孙女性烈反抗，竟是秘而不宣。

这日，沈元奇刚下衙，就见虞品言的一名长随正立在门边等待。将人引进屋，他低声问道："你们侯爷有何吩咐？"

“侯爷请沈大人即刻与三小姐相认。”长随躬身回话。虞品言此时远在西征的路上，自然不可能送信回来，然而他临走有言——若是老太太意欲给三小姐定亲，便让沈大人与三小姐尽快相认。虞品言的耳目遍布侯府，老太太私下里的动作如何瞒得过他？即便他人不在，他也为妹妹留下了许多后路。

沈元奇仓促而起，将身后的椅子都带翻了，语无伦次地说：“他终于舍得了？他为何舍得？不不不，我这便去换衣裳，你稍等片刻。”

换下官袍，他终于冷静下来，拧眉问道：“你们侯爷为何同意我认回襄儿？可是侯府发生什么事了？”

“启禀沈大人，老夫人意欲将三小姐嫁出去。”

“嫁给何人？”自己妹妹的婚事却要受虞家人的摆布，沈元奇心底很不舒服。

“嫁给工部侍郎孙大人的嫡长子孙明杰。”

孙明杰年龄虽小却素有才名，且长相俊逸，品行高洁，再过几年又是一代风流人物。沈元奇没料到虞家竟能给妹妹找到这样好的夫婿，顿时用疑惑的目光朝那长随看去。这个关头让自己前去认亲，妹妹的婚事必定有变。虽然他现如今已擢升为正四品的大理寺少卿，若用手里的人脉再给妹妹寻一门亲事，却是找不到比孙明杰更好的人选。

即便老太太越俎代庖，他却也不得不承认这是一门好亲。老太太确实是将妹妹当亲孙女疼爱。

长随不答，从袖袋里摸出一张红白锦帛。

沈元奇摊开锦帛一看，却是一封血书。因年代久远，血的颜色已变成褐色，还带着一股腥臭味，字里行间所书所写令人心惊。这是一个女子临死前的遗书，言及自己曾是孙明杰的贴身丫头，因受不了他各种侮辱侵害，这才寻了短见，希望家人拿着这封血书前去衙门为她申冤。

沈元奇看完以后指尖颤抖，沉声问道：“你从哪里找来此物？”锦帛上所述的那些酷刑简直骇人听闻，恐连龙鳞卫见了都要甘拜下风。他实在想象不出孙明杰光风霁月的表象下竟隐藏着这样狰狞的面目，所谓的衣冠禽兽不外如是。

倘若襄儿嫁给他，也不知会遭受怎样的折磨。

“侯爷自有人脉，沈大人无须多疑。这桩案子孙夫人已经压下，连孙大人都未曾听闻，外界更是无从得知，能找到这封血书实属侥幸。此事攸关三小姐性命，还请沈大人救急，奴才代侯爷谢过沈大人助益！”长随一揖到底，神情焦虑。

沈元奇连忙扶他起来，言道：“襄儿是我唯一的亲人，救她就是救我，该我向你们侯爷道谢才是。走吧，我这就去接襄儿回来。”

二人匆匆到达侯府，长随为了避嫌从后角门绕了回去，沈元奇则被下仆引到正厅。

“沈某见过老太君。近日不见，老太君身体可还康泰？”

“一切安好。沈大人请坐。不知大人此来所为何事？”

“为了襄儿认祖归宗之事。”

话已至此，老太太脸上虚假的笑容终于挂不住了，“哐当”一声放下茶杯，沉声道：“沈大人，你是不是糊涂了？我家的襄儿与你有什么关系？”

“沈某不糊涂，糊涂的是老太君。若非老太君硬要将襄儿嫁给那样的人，沈某绝不会贸然上门扰了襄儿清静。”沈元奇不卑不亢地开口。

“嫁给那样的人？沈大人倒是与我说说，孙明杰是怎样的人，哪点配不上襄儿？我知道你身为襄儿的兄长，不能过问襄儿婚事心里多少会不舒坦，然而，我疼爱襄儿的心不会比你少，为她寻摸的夫婿自是最好的。”老太太字字铿锵。

“嫁给孙明杰？我什么时候要嫁给孙明杰了？”闻听消息匆匆赶来的虞襄大声质问。

厅中众人纷纷变了脸色。老太太连忙将下仆全都遣走，只留马嬷嬷一人伺候。当她还在斟酌该如何安抚孙女时，虞襄又冷冷而笑：“我说老祖宗最近看我的目光怎么越来越奇怪，面对我时也越来越沉默，却原来早已知晓我与哥哥的事。”

她摆手，命桃红、柳绿将自己推到厅中，一字一句缓缓说道：“既然老祖宗已经知道了，我在这里便坦言相告——除了哥哥，我谁也不嫁！那什么孙明杰，您尽快帮我回了吧。”

“你给我闭嘴！”老太太怒而拍案，将一应茶具都震落地面，摔得粉碎。

沈元奇则完全惊呆了，反复琢磨着“除了哥哥谁也不嫁”这句话，然后便觉得一道惊雷从头顶直降而下，将他劈得醍醐灌顶。难怪当初虞品言会说及笄便让自己认回妹妹的话，难怪他对妹妹的婚事那般着紧，却原来打着这种主意。

转瞬间，沈元奇已经在心里把虞品言骂了个狗血喷头。

第三十三章

赶赴

老太太摔了茶具，换来厅中片刻安静，这才沉声开口："有话咱们私下说，这里还有外人。"

若是今日不说清楚，沈元奇走了以后便再也说不清楚了，老太太一定会逼着自己嫁人，而自己腿脚不便，又是晚辈，连反抗的余地都没有。虞襄心念电转，已明白今日怕是不得不跟随沈元奇离开。

"外人？"她举目四顾，问道，"这里哪有什么外人？"

见老太太瞥向沈元奇，她坚定开口："那不是外人，那是我大哥。"

沈元奇一肚子火气因为这句话瞬间消弭。

老太太却爆了，厉声诘问："你这话是什么意思？是打算跟他离开？好哇，我辛辛苦苦将你养大，你竟说走就走，真个是没良心……"说着说着已是老泪纵横。

虞襄也跟着湿了眼眶，回道："我也不想走啊，是您逼我。我怎么没良心了？您把我养大，我给您做孙媳妇，这不是很有良心吗？您就当替虞家养大一个童养媳不成吗？我以后一样地孝敬您，跟现在没有区别。您说我哪点不好，您非要将我嫁出去？我善于管家，长得漂亮，身段曼妙，性子虽然顽劣了些，却从来不主动找事，可算撑得起门楣。哦，您是嫌弃我不能走路？"

她从轮椅上撑起来，在老太太跟前稳稳当当地走了几步，说道："您看，我现在能走路了，一口气能走五十多米，以后就能走一百米，再以后便跟正常人一样。您说我哪点不好，我都改。"

为了兄长，她已经豁出去了。

老太太怒吼道："你哪点都好，只一点，你和言儿是兄妹，你们在一起是乱伦，我绝不同意！"

"我与哥哥是兄妹的话，那沈元奇是谁？"虞襄几步走到沈元奇身边，拽住他的一只胳膊反问。

"我不管，总之在我心里，你们俩是兄妹，这一点永远无法改变。"老太太跌坐在软榻上，神情疲惫。

虞家人都是固执的，一旦认定某事便绝不更改。虞襄挺直的脊背忽然垮了下来，却拼命眨着眼睛不许泪水掉落，在这一刻，她是那样想念远在西疆的兄长，想念他温柔低沉的嗓音，想念他永远充满安全感的怀抱，想念他缠绵悱恻的亲吻……

“在沈某心里，襄儿却是我的妹妹，这一点也永远无法改变。老太君擅自为我妹妹定亲，却不知将我置于何地？沈某今日来便要接妹妹归家，亲事作罢。”一直保持沉默的沈元奇这才徐徐开口。

“沈大人，老身好不容易替襄儿定下孙明杰那样的良人，心里实实在在是为她打算。你若坏了这桩姻缘，也不知将来还有没有更好的人选。”老太太强打精神劝说。

沈元奇从袖袋内掏出那封血书进上，在老太太阅览的时候对虞襄挥手：“去收拾东西，今日便跟随大哥离开。”

虞襄看了看血书，面露疑惑。

“此事回去以后再跟你细说，快去吧。”沈元奇冲她安抚一笑。

虞襄这才坐回轮椅，被桃红和柳绿推出去。

老太太看完血书心神大乱，只要一想到自己差点把襄儿交到这样的恶鬼手里，便觉一股寒气顺着经脉在身体里乱窜。若是言儿从边疆回来发现端倪，还不找上门把孙明杰一家全砍了？那事情可就闹大了！

凭孙子的脾气，此事发生的概率简直是十成。老太太将血书扔得远远的，眨眼工夫就出了满头满脸的冷汗。等她再回神时才发现孙女已经回去收拾东西了，连忙拄着拐杖前去拦阻。

祖孙俩自是好一番拉扯，将荆馥小院闹得沸反盈天。下仆们全都跑去看热闹，连巡逻的侍卫也闻风赶来。在混乱中，谁都没发现虞妙琪偷偷摸摸开了角门，钻进隔壁虞品言的书房里去了。她身边没有忠仆，这种事虽然暗藏风险，却也不得不亲力亲为。

等虞妙琪擦着冷汗回来时，虞襄已经离开，仅带走几件衣裳和两个丫头，其余东西动也没动。不知因为气怒还是愧疚，老太太勒令侍卫将整个院子都封了，言及不等侯爷回来不许人随意出入。

虞妙琪暗道一声好险。她本想趁虞襄大婚的时候将那东西放进去，然而沈元奇的到来破坏了她原本的计划，却也给了她新的机会。她知道事情闹出来虞家将面临诛九族的危险，然而虞老侯爷在世时曾因救驾有功获先帝赐下的免死金牌一块。

虞老侯爷乖觉，退了免死金牌，只要了“罪不及妇孺”这个承诺。也就是说虞家的男人犯了事，绝牵连不到虞家的妇孺。这也是她敢于受那人驱使而不怕波及自身的原因。既然这个家容不下她，不如直接毁掉它。

在滚动的马车上，虞襄正在消化孙明杰是个虐待狂的事。她揪着衣襟，只感觉一阵又一阵后怕。若是没有沈元奇及时赶到，她嫁入孙家不久，恐怕就会香消玉殒，而虞襄原本的结局应该也是如此。这真是奇妙而又令人毛骨悚然的命运。

“别怕，哥哥不会让任何人伤害你。”沈元奇抬手欲握住她苍白冰冷的指尖，却被避开，眸子黯淡了一瞬。

虞襄撇开头，不去看他失望的表情，坚定道：“我要嫁给哥……虞品言，你只说同不同意吧。你要是不同意，便将我送到下河村去。我在那里置了一个田庄，守庄子的人都是虞老侯爷和虞品言的旧部，安全无虞。”

她想安安静静地等哥哥回来。

沈元奇见她满目戒备，右手更是扒拉在车门上，仿佛只要自己摇头便随时会跳下去，心里又是好气又是好笑，问道：“在外人眼里，你和虞品言是嫡亲兄妹，哪怕你认祖归宗，嫁给他也免不了被人说道，今后赴宴交际，出门礼佛，少不得被人指指戳戳。你不怕吗？”

虞襄微微扬起下颌，语气傲然：“我怕个什么？嘴长在别人身上，且由他们去说，我又不会少两块肉。他们替我闹心，我自个儿却过得快快活活，自自在在，你说谁蠢？你不也常常被人骂作奴官，却在半年内连升四级风光无限，骂你的人得了便宜吗？恐怕他们非但没占便宜，心头老血都吐了几斤。诽谤者该下拔舌地狱，等他们死了就知道厉害了。我一不伤天害理，二不杀人放火，三不损人利己，我怕什么？我既然敢做自然就敢当。”

沈元奇明知场合不对却忍不住朗笑出声，襄儿远比他想象中更为可爱，更为洒脱，更为爽直大气。无论境况多么艰难，她都不会害怕，也不会退缩，只会迎难而上。这一点像极了沈家人。

“敢作敢当，说得好。你和虞品言的事我不多加阻挠，一切等他回来再谈，你觉得如何？”见妹妹眼中的戒备还未消退，他继续道，“我向你保证，在虞品言未回来之前绝不帮你相看人家。你毕竟是女儿家，又腿脚不便，一个人住在田庄里不安全。再者，你想嫁给虞品言，总得有个说得过去的身份吧？回去后我便让族老改族谱，让你做回沈家女儿。从今以后你就叫沈襄好不好？”

一直都叫虞襄，忽然要改叫沈襄，那感觉自然不是很舒服。虞襄正欲摇头，却又想到嫁给哥哥后要冠夫姓，自己还能把名字改回来，便微微点头。

沈元奇心情大好，不顾妹妹左右躲避的小脑袋，硬将她拽过来揉了揉，笑道：“我们兄妹俩终于团聚了，爹娘泉下有知也会为此感到高兴。”话落沉默了片刻，眸子里隐现悲痛。

虞襄等他回神才徐徐开口：“虽然我早知道你才是我的嫡亲兄长，但实不相瞒，你我从未相处过哪怕一天，感情上自然不能与虞哥哥相比。但是既然我们已经相认，且是世上唯一的亲人，我会试着努力去接受你。我们兄妹俩守望相助，一块儿再把沈家撑起来，也算对得起死去的爹娘。沈元奇，我的大哥，从今往后还请你多多关照。”

她主动伸出手，与沈元奇的大手握了握。

她这番话说得很坦然，也很实在，引得沈元奇心中大动。他忽然意识到自己嫡亲妹妹与虞妙琪之间存在的巨大差距。今儿若是换成了虞妙琪，怕是会对陡然降低的身份感到不满，却又会用亲热的举止来掩饰这份不满，全不似虞襄，心里有什么便说什么，从来不加矫饰。

这样真实而又坦率的妹妹，谁会不喜欢？沈元奇反握住妹妹的小手，愉悦地笑了。

因薛老爷对沈元奇有再造之恩，沈元奇虽然置办了房产，却依然与薛家人住在一起。二人到时薛家人正在用膳，看见坐在轮椅上的虞襄活似见了鬼一样。

虞襄顽劣乖张的名声京城无人不知无人不晓，薛老爷和薛少爷只是碰洒了酒杯，薛家一干女眷却似大难临头，尤其是两位薛小姐，竟抱成一团发起抖来。

“大哥，他们怕是不欢迎我呢。”虞襄用马鞭指了指众人，丝毫也没有寄人篱下的自觉。

薛老爷到底经历过大风浪，很快就恢复镇定上前问话。

“子长（沈元奇的字），你怎么把虞三小姐带回来了？”

沈元奇上前回话：“义父，襄儿是我妹妹，自然应该随我回来。”

噼里啪啦一阵乱响，却是有人摔了饭碗碰落了筷子。

“你妹妹，这是何意？”

“襄儿是我失散多年的嫡亲妹妹。此事说来话长。”沈元奇将妹妹推至厅中，坐下后简单叙述了那些陈年旧事，惊得薛家人瞠目结舌。交代完前因后果，沈元奇又说：“此次带襄儿回来，我打算让她认祖归宗，不知义父觉得如何？”

薛老爷只是认下沈元奇作义子，并不要他改姓，此时自然不好插手他的家务事，唯有点头应诺。

二人说话之时，虞襄也在不着痕迹地打量厅中众人。薛夫人虽然掩饰得极好，但眸子深处却时而闪过厌憎和隐忧，怕是对沈元奇多有戒备。这也难怪，薛少爷不争气，如今的薛家完全靠沈元奇一个人来支撑，长此以往，难保他不对薛家偌大的家业起了贪念。

薛少爷天性豁达，眸中含笑，倒是真的拿沈元奇当异姓兄弟看待。其余几个庶子被薛夫人教导得唯唯诺诺，平日里都在自己的小院用膳，此时不曾露面。

薛夫人诞下的两个嫡女一个十二岁，一个与虞襄同岁，俱都低着头看不清表情，但紧紧握在一起的手可以窥见她们对家中多了一个陌生人的不安。

这薛家怕也是不能久待，时间长了难保不生出龌龊。虞襄暗自思忖。

沈元奇与薛老爷议定认祖归宗的事，薛夫人这才开口让兄妹俩坐下用膳。厅里无人说话，只有筷子撞击碗碟的声音。虞襄味同嚼蜡，越发想念哥哥在时的光景。同样是围着桌子吃饭，她可以用指尖悄悄戳哥哥大腿，逗他变脸；可以微微噘嘴隐晦地向他索吻；哪怕因心不在焉误食了最辣的辣椒，舌尖也能尝到甜味。

哥哥走了，却仿佛带走了她生活中全部的快乐。虞襄吃着吃着竟忍不住红了眼眶。

沈元奇心中暗暗叹息，放下碗筷说道：“我们用好了。襄儿初来乍到，我带她去府里转转，义父义母，你们慢用。”

“让佳宜、佳音带沈姑娘去吧，她们女儿家好说话。你留下，认祖归宗是大事，我得跟你好生商量一番。岭南毕竟山高路远，你又官职在身走不开，我们须得找个稳妥的人去办。”薛老爷笑道。

沈元奇看向妹妹，见她无所谓地摆手，只得留下。

薛家在岭南也算是有头有脸的望族，虽然现如今日薄西山，根基却摆在那里。作为薛家的嫡长女，薛佳宜身上很有几分贵气。反观嫡次女薛佳音却多有不及，见虞襄执起马鞭把玩，脸色白了白就找借口遁了。

薛佳宜也不挽留，领着虞襄在后花园里闲逛，遇见稍微平坦的道路还主动上来推轮椅。

“虞襄小姐如此大名鼎鼎的人物，却没料到有一天竟会沦落到这等地步。世事真是无常。”她忽然俯身，在虞襄耳边低语，末了冲回望的虞襄粲然一笑。

“我曾得罪过你？”虞襄皱眉问道。

“不曾。”薛佳宜摇头。她只是纯粹看不惯虞襄罢了，谈不上得不得罪。她曾远远见过虞襄一次，在太子妃举办的春日宴上，分明是个断了腿的废人，却笑得比谁都张扬肆意；也不知谁提及她的名字，声音稍微大了点，她一个冷厉的眼神瞥过来，所有人都止住了呼吸，现场安静得落针可闻。

回来后好几天，薛佳宜还在为那时的情景感到心悸，心悸过后又觉得轻蔑，暗道有什么好怕的，不过仗势欺人罢了，没了权势地位，她也就是个废人。

当时的臆想现在竟然变成了现实，虽然与虞襄无冤无仇，薛佳宜却感到一阵快意。等此事传遍京城的时候，想必为此感到快意的人还会更多。

虞襄如何不了解这些人落井下石的心态，冷笑道：“那么，今日我便少不得要得罪薛小姐了。”

薛佳宜心尖一颤，就听她继续说：“我能认祖归宗本是件天大的好事，到了薛小姐嘴里却用上了‘沦落’二字。由此可见，我大哥在薛小姐心里是如何卑微的存在，我回到他身边是如何凄惨的境遇。虽然我大哥现如今已是正四品的朝廷命官，在薛小姐心里，怕是还将他当作薛家的家奴看待……”

“不，我并无此意。”薛佳宜连忙辩解。

“那你为何讽刺我沦落到这等地步？这等地步是什么地步？薛小姐能否替我解惑？”虞襄眨眼，表情十分懵懂。

薛佳宜脸颊涨红，嗫嚅难言。

虞襄冷声笑了：“我不会因为回到大哥身边就觉得自己卑贱，更不会因为大哥曾经为奴的经历就感到羞愧。薛小姐，今后与我说话时最好客气点。我现如今虽然不是虞家三小姐，却还是皇上册封的司农乡君。若真要论起品级，你父亲母亲见了我也是要行礼的。”

薛佳宜涨红的脸颊转瞬变成苍白，正进退不得间，便听沈元奇温润的嗓音从不远处传来：“襄儿，该回去了。”

薛佳宜不知他站了多久，又听去多少，顿时更觉得羞愤欲死，提起裙摆匆匆跑开了。桃红和柳绿专注地赏花，并不曾为主子出头，因她二人知道，在主子跟前，京城的闺秀都是纸老虎。

沈元奇推妹妹回房，坐下后给她倒了一杯热茶，脸上看不出喜怒。

虞襄小啜一口，坦言道：“大哥，虽然薛老爷待你不薄，但薛夫人打心眼里防着你，难保她不在薛老爷和薛少爷耳边念叨些什么。你若是不贪图薛家家业，咱们最好尽快搬出去住，免得恩人变成仇人。”

沈元奇挑眉问道：“那我要是贪图薛家家业呢？”

“那我只能说你脑子进水了，然后劝你三思而后行。为了那么点东西赔上好名声，何必呢？别捡了芝麻丢了西瓜。”虞襄像劝导失足儿童一样耐心。

的确，皇上重用自己一是因为自己毫无根基，二是因为自己知恩图报重情重义。自己若是占了薛府的家业，今后的仕途怕就断了。沈元奇本是随口一问，见妹妹如此认真反倒忍俊不禁。

他再一次意识到虞妙琪与妹妹之间存在的巨大差异。虞妙琪从小就要强，触手之物必须要占为己有，否则绝不肯善罢甘休。若他方才问的是虞妙琪，对方怕是会眼前一亮，然后积极地为他出谋划策。

这性子也是被已故的爹娘给宠出来的，往日总在她耳边念叨她是贵人，早晚有一天会得到世上最好的一切，却原来在扭曲她的本性，最终将她塑造成如今这副贪婪无度、自私自利的模样。

是沈家将虞妙琪给捧杀了。得出这个结论，沈元奇的心情很微妙，说不出是仇恨多一点还是愧疚多一点。

兄妹二人商议半天，都觉得住在薛家不是长久之计，翌日便向薛老爷打了招呼，然后派人去收拾空置的宅邸。

薛老爷自是百般挽留，却苦于沈元奇铁了心，身边又有家眷，只得放行，但虞襄认祖归宗的事他还是尽心尽力去办了。

虞襄并非虞家血脉，而是沈状元嫡亲妹妹的事不过几天就传得众人皆知。虞襄往日得罪的人不少，上门寻衅的却不多，究其原因不过四点：一、她嫡亲兄长也是皇上身边的红人，轻易不能得罪；二、皇上非但未曾收回她“司农乡君”的封号，还让皇后赐下礼物安抚她；三、九公主日日上门探望，不待到黄昏不肯离开，可见与她感情甚笃；四、太子妃接连送了好几车礼物以表示对她的重视。

虞襄虽然离开了侯府，境遇却实在称不上落魄，只除了夜深人静之时对虞品言思念得厉害。

虞思雨上门探望过她几次，说老太太病得下不了地。虞襄立马备好礼物前去探望，却被拦在大门外不让进，只得狼狈地离开。她已经能像正常人那样走路，出入却还坐着轮椅，也不知是懒还是因为什么。

如此过了三个月，这日，虞襄刚躺下便陷入了一个古怪的梦境：她站在一条波浪滔滔的浑浊大河边，不远处传来刀兵相向的撞击声和惨烈的厮杀声，抬头是灰蒙蒙的天空，有潮湿的水汽钻入鼻孔，一场暴雨忽然而至。

她顶着沉重的雨点往前走，没走几步就见几匹骏马奔驰而来，身后跟着许多挥舞弯刀的追兵。她抹掉脸上的雨点，踮起脚尖眺望打头那人的面容，却见那人背后中了一箭，从马上跌落，摔进浊水滔天的长河里去了。

跟随在他身侧的将士凄厉地喊着“主帅”也纷纷跳下去，奋力朝浮浮沉沉的身影划动。岸上的骑兵收起弯刀拉满弓弦，箭矢比天上的雨点还要紧密，让人无处可逃。

虞襄强忍心中惊骇，扑到河边探看那熟悉的身影，眼见他慢慢沉了下去，这才从无边无际的恐惧和无助中醒来。

伸手一摸，额头早已布满冷汗，背心和胸口更是撕裂一般疼痛，虞襄喘着粗气，一声接一声地喊着桃红和柳绿。

“小姐，您怎么了？”柳绿盯着她毫无血色的脸庞惊问。

“收拾东西，我要去西疆。”虞襄利落地翻身下床。

此时已是月上中天，初夏的晚风徐徐送入窗口，带来几丝沁凉，此起彼伏的蛙鸣吵得人心慌意乱。虞襄取出朴神医送的药箱，将里面的药瓶一股脑儿地倒在铺开的包裹上，卷巴卷巴就要拿走。

“小姐，现在已过了丑时，城门已经关了，您能走去哪儿？咱们有事明天再说成吗？”柳绿连忙去抢包裹。

“小姐，好端端的，您干吗要走？可是梦见侯爷有危险了？”桃红一面收拾衣服一面询问。

虞襄抖着手给自己倒了一杯热茶，一口气喝完后总算稍微恢复了冷静，哑声道：“我梦见哥哥中了流矢，掉进一条波涛滚滚的大河不见了踪影，河岸上还有很多追兵在朝他放冷箭。”

别人做梦那都是虚幻的，自家主子做梦却是实打实的预见。桃红和柳绿倒吸口冷气，总算能理解她为何三更半夜就要出城。凭以往的经验，此事应该还未发生，若是能早些告知侯爷，还能让他多加提防。

“可是小姐，您可以派人给侯爷送信，何必一定要亲自去？那是战火纷飞、流寇蛮夷遍地的西疆，可不是普通人能去的地方。”柳绿沉声劝阻。

“信要送，人也要去。不亲自去看看哥哥，我是不太放心。”虞襄坚定摆手。

“可是少爷不会同意的。”桃红小心翼翼地开口。

虞襄沉默了，片刻后答道：“不需他同意，我明天便说脚疼，上镇国寺求医，然后借机在镇国寺住下。镇国寺的大和尚个个身怀武艺，我央苦海大师借我几个和尚一路当护卫就成。”

沈元奇绝不会同意让她去西疆，她一个女儿家，即便雇佣护卫随行，也不是百分百安全。与镇国寺的和尚就不同了，必是安全无虞。现在最主要的问题就是说服苦海大师。

虞襄打定主意，这才躺回榻上，却是一整夜无法成眠。翌日清晨，她佯装脚疼，让沈元奇送她去镇国寺求医。病灶在骨子里，苦慧大师一时半会儿也看不出端倪，见她意欲在镇国寺住下，便也同意了。

沈元奇因有公务在身，不能耽误，拉着妹妹好一番叮嘱才依依不舍地下山。

等他走远，虞襄立马去见了苦海大师，二人在禅房内密谈许久。苦海实在敌不过虞襄的一张利嘴，言及只要她再抽中一支签王，便亲自带她去西疆。

虞襄心里七上八下得直打鼓，在签筒前跪拜祷告了小半个时辰才开始转动，然后……竟再次抽中了签王。

苦海眼睛瞪得比铜铃还大，拿着签王翻来覆去地查看，又捡起其余竹签一根根地验，生怕签筒让人做了手脚，把七八成的细签都换成了签王。亿万分之一的概率，世上谁能连中三次？虞襄果然颇受上天厚爱。

出家人不打诳语，苦海无法，只得收拾包裹，领着几个武艺高强的和尚送她启程。虞襄忆起兄长身中箭矢的情景，好说歹说把苦慧也一块儿忽悠了去。苦海素来喜欢云游四海，他那张脸和镇国寺的僧衣就是最好的路引，虞襄和两个丫头化妆成容貌普通的俗家弟子混在一群僧人里，倒也不打眼。

她走时给沈元奇写了一封信，交代了事情始末，本还想给老太太也写一封，又顾忌她年岁大了受不住刺激，只得作罢。

虞襄离开五天后，一个小沙弥才拿着信来到沈府。沈元奇看完信气得浑身发抖，这才明白自己的妹妹对虞品言究竟爱到了什么程度。若非爱逾性命，她如何肯因为一个莫名其妙的梦就不顾自身安危远赴西疆？她那胆子比当初的虞妙琪还大百倍！

“荒谬，不过一个梦罢了！”沈元奇无论如何也不肯相信妹妹诉说的一切。哪里有人能从梦里预见未来？定是思念成疾导致的魔怔。

气了一场，他立即派人去追。然而人已走了五天，且还是快马加鞭，此时再追已经晚了。

虞府，老太太自从虞襄走后就大病一场，偏偏还要硬撑着病体给虞思雨张罗婚事。虞襄每每来探都被她撵走，且还说了许多绝情断义的话。

马嬷嬷熬好药，伺候主子徐徐喝下，见她近日越发显得老态，不禁劝道：“老夫人，您就成全了侯爷和小姐吧。他俩毕竟不是亲兄妹，又从小一块儿长大，情谊深厚着呢……”

“你闭嘴！”老太太摔了空碗，一面咳嗽一面艰难开口，“正是因为他俩一块儿长大才不能在一起。不是亲兄妹又如何，在外人眼里他们曾经是亲兄妹，这一点是无法抹杀的。同一个屋檐下的亲兄妹搞在一块儿，京城里那么多人，一人一口唾沫星子就能淹了咱们永乐侯府。”

“旁人爱说就让他们说去吧，咱们永乐侯府本就没什么名声可言，不差那点脏水。”马嬷嬷揪心之下竟说了实话，见主子恶狠狠地瞪来，连忙掩嘴垂头。

屋里一时间只剩下晚秋收拾碎碗的声响，“哐啷”，“哐啷”，一声比一声叫人心烦。

等晚秋走了，马嬷嬷左思右想，硬着头皮道：“老夫人，您难道忘了吗？苦海大师曾经说过，侯爷乃英年早逝之相，而襄儿小姐正是他的太乙贵人，能够帮他改天换命。他们两个在一块儿那是天生一对，皆大欢喜。眼下您把襄儿小姐赶了出去，会不会有碍侯爷命数？侯爷现在可是在西疆沙场上搏命呢……”说到此处，她适可而止。

老太太本还不以为然，听到最后竟结结实实打了个哆嗦。这些年侯府蒸蒸日上，孙子也平平安安，她渐渐就把苦海那些批语给忘了。这会儿马嬷嬷一提，真如一道天雷当头劈下，将她神魂都劈得四分五裂。

然而，她好歹经历过许多大风大浪，却也稳得住，咬牙摆手：“不会的，言儿这么多年都无事，那死劫想必已经过去。世上哪有亲兄妹结为夫妻的道理？我绝不同意。”只要一想到孙子孙女从兄妹成了夫妻，她就如鲠在喉，直犯恶心，终究过不了道德伦理那一关。

至于命数一说，那虚无缥缈的东西谁都摸不准，万一苦海大师算错了呢？

马嬷嬷见她闭了眼睛开始念经，心知她心意已决，只得退下。

虞襄星夜兼程，只花了一个月就到得西疆，还未踏入乌兰察布地界就听闻寒军大败、连失两城，而寒军主帅虞品言被西夷二皇子查干巴拉一箭射杀，尸体掉落乌江寻无踪迹。

被一群大和尚用同情的目光洗礼，虞襄头脑有一瞬间空白，手一松便摔了茶盏。桃红和柳绿连忙俯身帮她擦拭滚烫的茶水，擦着擦着却红了眼眶，咬牙忍住几欲破口的哽咽。

“哭什么？哥哥没死，你们哭什么？快把眼泪收起来。”虞襄慢慢握紧拳头，斩钉截铁地说。

“苦海，你不是最会算命？帮我哥哥算一算。”

“阿弥陀佛，虞施主福大命大，定然能够逢凶化吉。”

“好，说得好，不愧是料事如神的苦海大师。我哥哥一定无事。赶紧收拾东西出发，我们去阔水林。”她提起包裹，淡蓝色的布料立刻就沾上几滴血迹，却是她将自己的掌心给抠烂了。

苦慧不解地询问：“去阔水林做什么？”阔水林位于乌江上游，是一片望不到尽头的原始森林，走进去就像走进了迷宫，还有猛兽蛰伏在暗处伺机而动，连常年茹毛饮血刀耕火种的西夷人都不敢轻易踏足，可谓是一片死亡地带。

“去找我哥哥。”虞襄头也不回地答道。心里有个声音在指引着她，让她往那个方向去。

“虞施主既然掉入乌江，就该往下游找，你怎么往上游去？虽然下游沿岸有许多西夷人的部落，但镇国寺的和尚他们却是不杀的。你只需剃掉头发穿上袈裟，应能来去自如。”苦慧大师提点道。

虞襄转头看他，认真回答：“我不是舍不得我一头青丝，也不是害怕被西夷人追杀，我只是坚信我哥哥在阔水林，且还活得好好的。那种感觉就像佛祖冥冥中给予的指引，你能明白吗？”

提起佛祖，苦慧大师敛容肃穆，诚心祷告，其余的大和尚也都没了话说，虞襄指哪儿他们就走哪儿，很是乖顺。

这日，他们宿在一座边陲小镇，不远处就是黑压压的阔水林，像一头猛兽大张着嘴巴欲将所有踏足的人吞噬。

然而，这些人里却不包括镇国寺的和尚，尤其是苦海和苦慧。此二人都喜欢云游，曾经远渡重洋，横穿沙漠，翻越高山，足迹遍布整块大陆，野外生存能力无人可出其右。似阔水林这样的地方，对别人来说凶险万分，对他们来说，却只需十天半月就能摸透。

二人准备好罗盘、干粮、伤药、匕首等物，又与虞襄交代了许多野外生存的技能，这才回房休息。

虞襄与桃红、柳绿挤在一个炕上。因太过疲累，她竟是一闭眼就睡着了，然后又做了一个奇怪的梦。这次她站在一座朴拙大气的宅邸中，周围全都是拿着剑戟来来往往的官兵。她举目四顾，恍然意识到这里是许久未曾回去的永乐侯府……

侯府里乱成一团，官兵们脸上毫无恭敬之意，反而隐隐含着煞气，朝一个地方疾奔。虞襄跟在众人身后，刚绕过一处凉亭，看见兄长的书房，一名龙鳞卫捧着一个不起眼的匣子出来，高声喊道："罪臣虞品言勾结西夷人谋朝篡位，而今已是证据确凿！来人啊，把所有人都抓起来！"

勾结西夷人谋朝篡位？等等，这是怎么回事儿？哥哥分明被西夷人射入江中生死不明，怎么就成了罪臣？你们又是从哪儿找来的证据？欲加之罪，何患无辞！

虞襄扑上去，想要抢夺那木匣，手指触及龙鳞卫时，眼前的一切瞬间化成烟雾消散在空中，烟雾飘飘荡荡，散而复聚，凝结成另外一座府邸，却是金碧辉煌的太子府。

太子府中同样乱成一团，许多龙鳞卫将太子书房团团围住，少顷，太子一脸惨然地走出来，两个龙鳞卫用剑戟抵着他后背，紧接着又出来一人，却是龙鳞卫的副都统敖平，哥哥最得力的下属。他捧着一袭龙袍，高声宣布："太子私造龙袍，意欲谋反，即刻押入天牢候审！"

一群龙鳞卫蜂拥而上，将府中众人尽皆带走。

虞襄站在原地目瞪口呆地看着这一切，只觉得手脚冰凉，神魂俱裂。她拼命告诉自己这只是一个梦，然而恐惧却一圈一圈在心底扩散，直至将她吞没。

"嗬……"喉头扯着一口浊气，虞襄从梦境中挣扎醒来，把桃红和柳绿也惊醒了。

"小姐怎么了？可是又做噩梦了？"二人如临大敌。

"我梦见侯府被抄了，罪名是勾结西夷谋朝篡位，太子府里竟藏着龙袍，许多龙鳞卫大肆抓人，怕是连猫儿狗儿都不肯放过。"

柳绿不等她说完便去捂她的嘴巴，压低嗓音问道："小姐，那咱们怎么办？掉头回去？"

"不行，不能回去！"虞襄扯开她手掌，毫不犹豫地拒绝。哥哥就在不远处等着她，她绝不能置哥哥生死于不顾。

"那侯府和太子府怎么办？让官兵来抄？"柳绿白着脸询问。桃红已经吓傻了，拢着被子瑟瑟发抖。短短一个半月，她觉得天都塌了。

"写信，然后买一匹快马，让大和尚星夜兼程送回去。"

"侯府还好，您一说老夫人准信，太子那里可怎么办？您总不能说自己做了一个梦吧？天家多疑，就算此事了了，难保不将您当成妖孽！”柳绿忧心忡忡地说。

桃红跳下床翻找包裹，沮丧地发现她们没带笔墨纸砚，此时又是半夜，没处可买，更不好麻烦旁人。

屋子一角放着一把扫帚，虞襄将扫帚上的枝条折断，置于蜡烛上烧成黑炭，又撕烂自己里衣平铺在桌上，一面书写一面解释：“我做梦是妖孽，苦海大师做梦便是上天预警。别忘了，他是大寒神僧，随口一句佛偈便能引无数人跪拜。事情紧急，我且借他名号一用，等此间事了，必定跪在寺前求他原谅。”

虞襄不是没想过用隐晦的词句暗示太子多加防备，然而她人微言轻，太子恐怕不会听从，况且梦中她还看见敖平参与了此事。敖平颇受太子和成康帝重用，她若是不揭破敖平的真面目，就算躲过此劫，毫无防范意识的太子还会着他的道。所以，她的信中不能有丝毫含混之处，要说就说得清清楚楚，明明白白。

“您打算用苦海大师的名义？这倒是个好办法。”柳绿大松口气。

虞襄一边烧枝条一边书写，两刻钟后写了三封信，将之卷成细细的条状藏在包裹的缝边里。因太子府人多眼杂，她怕这封信半途被人劫走；又因老太太杜绝了与她的一切接触，恐看也不看就会把信烧掉，她只得托大和尚把三封信全都交给沈元奇，让他代为递话。

她与沈元奇在信中已套好了话，绝不会在太子跟前泄露她做梦的事。有沈元奇在旁帮扶，侯府应该能躲过此劫。

一大早，虞襄便让柳绿买来快马，将包裹交给身体最瘦小的一位和尚，让他带回京城，自己则义无反顾地往看不见边际的阔水林里进发。

自从马嬷嬷一番劝告过后，老太太就一直生活在焦虑中，好几次拄着拐杖走到门边，呆站片刻又回转。她终究越不过心中那道坎。

这日，先后有两匹快马冲入京城，其中一匹往皇城去，晚了一个时辰抵京的另一匹径直地去了沈府。沈元奇正值休沐，听说来人是镇国寺的和尚，连忙请他进来。

那和尚将包裹交给沈元奇，暗示性地摸了摸缝边，然后告辞离开。沈元奇迫不及待地拆开线头，取出三封信一一阅览，表情由焦急变成不敢置信，紧接着变成恐惧。

不等他回神，管家飞快跑进来，附在他耳边将虞将军身殒乌江的消息说了。原来先头那匹快马是西疆急报，带来的正是这一噩耗。

身殒乌江，这情景与妹妹信中描述的一般无二。而那时妹妹人在京城，事情也还未发生。难道世上果真有人能预见未来？抑或是上天降下预警？那么有关太子府和永乐侯府被查抄的梦也不能不信了。

沈元奇将自己那封信扔进火盆里烧掉，拿着另外两封出了门。因事关重大，不能耽误，他先去了太子府求见。

太子与他私交甚笃，二人时常小聚，倒也不怎么打眼。沈元奇求见之时太子刚从宫中回来，两人在书房坐定。太子得了沈元奇的暗示，将下人全都遣走，低声问道："你是为了易风而来？可是襄儿担心了？孤已求父皇颁下圣旨，命西疆诸军全力搜救易风。他是我大寒百战不殆的猛将，不会死在区区西夷人的手里。"

沈元奇沉默点头，指尖拢在袖中，反复摩挲那封信，终是拿出来说道："卑职确是为了虞都统而来，却也并非只为他而来。此事说来玄妙，还请太子过目。"

虞襄在信中详述了三个梦境，然后将之全部推到苦海大师头上，言及自己本着"宁可信其有不可信其无"的心态赶赴西疆，路途中发现梦境成真，反复思量之下决定将此事如实告知太子，好叫太子多加防备。

太子看后久久不语：敖平率领龙鳞卫抄检太子府，太子府中私藏龙袍，易风的书房里搜出通敌叛国的罪证，这一桩桩一件件简直太令人难以置信，却又显得那么真实。

沈元奇见他神色变得阴沉，正欲开口劝慰，却见他猝然起身，不顾外人在场就打开书柜后的暗门，在许多私密之物中翻找。

太子的呼吸声十分沉重，像一头负了伤却不得不奋力奔逃的猛兽，少顷，那粗重的呼吸戛然而止，翻找的动作也猝然停顿。他慢慢转身，手里捧着一个锦盒，盒盖已被打开，里面闪烁着耀眼的金光，正是独属于龙袍的明黄色。

沈元奇目瞪口呆，好半天回不过神来。

"好啊，易风在时孤这府邸连只苍蝇都进不了，易风一走，竟连如此要命的东西都进了孤的书房。这背后之人果然神通广大！"太子冷笑，漆黑的眼里隐隐浮动着杀气。

他沉吟片刻，继续说："易风的侯府管制之严不在太子府之下，背后那人竟然能将这些东西放入孤与他的书房，可见早已买通了我们身边最亲信之人。"此言既出，却是完全相信了那三个梦境。

"太子，眼下该如何处理此物？"沈元奇面上镇定自若，心里却在暗暗苦笑。为了妹妹，这潭浑水他是不得不蹚。

"如何处理？自然是交给父皇。至于虞家那边，你且不要报信，孤倒要看看背后之人究竟想干些什么。"太子关上盒盖冷声而笑。

好一个清者自清浊者自浊，赶在幕后之人发难前密报皇上，由明处转为暗处，由猎物转为狩猎人，也只有深受皇上信任的太子才敢如此坦荡行事。

沈元奇放心不少，提醒道："若是那人动作起来，侯府皆为妇孺，怕是会受牵连……"若非妹妹一再要求他照顾老太太和虞思雨，他必不会开口。

"妇孺就更不会有事。沈大人有所不知，当年老永乐侯曾用皇祖父的一块免死金牌换取了'罪不及妇孺'的承诺，事情闹起来，侯府家眷不会受到牵连。等孤与父皇揪出幕后黑手，自会还易风一个清白。"太子思忖片刻，补充道，"此事亦不会牵连襄儿和苦海大师，孤只说捉住身边一个奸细，侥幸问出这等惊天隐秘。什么信件什么梦境，孤全然未曾听过。搜寻易风的事也不会因此而停顿，孤这便递下话去，生要见人，死要见尸。襄儿那头孤另外派人去寻，绝不会泄露一丝半分坏了她的闺誉。孤如此安排，沈大人可觉得放心？若是还有什么顾虑敬请开口。"

太子布置得如此周全，倒叫沈元奇无话可说，立时起身告辞。太子心中焦急，也不挽留，等他一走就跃上快马往禁宫疾驰。

在永乐侯府，老太太得了孙子命丧乌江的消息，已经吓晕在榻上，刚被马嬷嬷掐醒就号啕大哭起来："是我害了言儿啊！我若是早点想到他那英年早逝的命数，必不会把襄儿赶走。我若是不把襄儿赶走，他也不会遭遇不测！这都是我的错啊！"

她一边哭一边捶胸顿足，拔下头上的金钗便要往手腕上划，被马嬷嬷死命抓住。

"快……快去沈家把三小姐找回来！快去啊！"马嬷嬷一着急忙催

促晚秋，末了附在老太太耳边低语，“老夫人，这怎么能是您的错？苦海大师说了，他兄妹二人命数相克，若是居于同一个屋檐下，便只能存活一人。侯爷不是您害的，是被那天煞孤星给克的！”

为了打消老太太寻死的心，她毫不犹豫地将过错全推到了虞妙琪头上。

第三十四章 相见

侯府的下人找到沈家，这才知晓虞襄腿伤复发，已在镇国寺待了一个多月，随即套马上山，却被镇国寺的和尚拒之门外，不得不悻然回转。

接不回虞襄，老太太越发不安，强撑着病体欲亲自去寻，刚走出房门就口吐鲜血晕了过去。潜意识里，她还保留着一丝希望，希望孙子只是落入乌江寻不见踪迹，并非身殒，只要虞襄回来，他也会平安无事。

因着这份执念，哪怕在昏迷中，她依然不停呓语："去把襄儿找回来，快去，去找襄儿……"

马嬷嬷唯恐她病情加重，一面虚应一面派人去请大夫。晚秋等人七手八脚地将她抬到榻上安置，然后打来热水一遍一遍擦拭她冰冷的身体。

侯府里彻底乱了套，虞思雨匆忙往正院赶，半道碰见坐在莲花池边优哉戏鱼赏花的虞妙琪，不禁双目发红："大哥生死不明，老祖宗急病缠身，你怎么还有心思玩耍？"

"我为何没有心思玩耍？他们不曾把我当虞家人，我又为何要把他们放在心上？是死是活且由他们去吧。这花儿、鱼儿、草儿，能看的你也停下来多看几眼，日后怕是没这个福分了。"她掩嘴轻笑，眸子里闪烁着令人心惊的恶意。

"你这话究竟什么意思？你在暗示些什么？"虞思雨不似从前那样不长脑子，尤其在面对虞妙琪的时候，她不啻用最险恶的猜测去揣度虞妙琪的本意。

"我没在暗示什么，你别多想。快去看祖母吧，她可能是不行了。"虞妙琪哧哧地笑。

"你在胡说八道些什么？老祖宗好得很！你若是嘴巴不干净，我不介意亲手帮你洗洗！"虞思雨在乡下待了大半年，别的没学会，却把村妇掐架的本事学了个十足。她快步上前，一手捏住虞妙琪的后颈，将她的脑袋往莲花池里摁。

主子带宝生出去，宝生就被灌了哑药发卖了，这事彻底寒了丫头们的心，故而虞妙琪身边时常无人伺候。此时她形单影只，求救无人，虞思雨身边却跟着两个大丫头、两个小丫头，一拥而上按住她的手脚，让她动弹不得。

“你说说，眼下谁快不行了？嗯？你方才那话究竟什么意思，什么叫日后没这个福分？你都干了些什么？”每每等虞妙琪快呛死的时候，虞思雨才拉她出来，附在她耳边低声询问，她若是不答，便再将人按回去，如此反复再三地折磨。

要说虞思雨果然是虞品言的亲妹妹，刑讯逼供的手段丝毫不弱于兄长。

虞妙琪喝了一肚子浑水，只感觉肺管子都快炸了，对挑衅虞思雨的行为悔之不及。她早该想到的，虞家人无论男女都是刽子手，与他们正面冲突绝讨不了好。但那人还未有动作，她绝不能松口，否则便功亏一篑了。

虞思雨不能真把虞妙琪淹死，折腾了几刻钟，见她已然晕过去，这才放开她青紫的脖颈，摆手道：“走吧，去看老祖宗。”竟是将奄奄一息的虞妙琪就那样扔在路边。

行至正院，老太太已经醒了，额头裹着一块方巾，眼中噙着许多泪水。虞思雨略安慰她几句，如实将虞妙琪那番话说了，问道：“老祖宗，您看她究竟是个什么意思？没福分？难不成这永乐侯府咱们再也住不得了？她是不是知道些什么？”

老太太心下大骇，紧接着又是一口鲜血吐出来……

皇宫养心殿，成康帝的案头正摆放着那件龙袍。

今日天晴，本就灿烂的阳光将龙袍照耀得似要燃烧起来，那明黄色的光焰将成康帝的面容衬托得越发阴冷慑人。

“竟连龙袍都造出来了，还神不知鬼不觉地送入太子府，当真好手段。”他口中称赞，眸子里却隐现杀机。无论背后这人是谁，其暗中掌控的势力都已经触及了他最不能容忍的底线。

太子沉默不语，明白此时自己什么都不说才是正确的选择。因为他不说，父皇自然会将他能想到的抑或想不到的都填补完整。如此便越发显得这人罪大恶极，万死犹轻。

“他们还在易风书房里也放了东西？是什么？”成康帝语气森冷。

“儿臣不知，儿臣只略问了几句他便咬舌自尽了。儿臣办事不力，还请父皇责罚。”太子垂首，面露惭愧。要弄出一具咬舌自尽的尸体并不难，在太子入宫之前此事就已办妥，且并没有惊动潜伏在暗处的那人。

“无妨，”成康帝摆手，“此事自然会有人告到御前。你回去吧，将这龙袍也带回去放在原处。接下来的几月，咱们父子俩怕是要演一场大戏。”

太子心领神会，带着龙袍秘密出宫。他前脚刚走，敖平后脚便领着一名伤痕累累的龙鳞卫入宫求见。成康帝将人唤到御前一看，却是常常跟随在虞品言身侧的同知傅凡星，也算是虞品言的亲信。

傅凡星扑通一声跪下，张口就道：“启禀皇上，虞都统通敌叛国，意欲谋反……”他详述了自己如何无意中发现线索，又是如何躲过追杀前来御前通禀，此间历程委实凶险万分。

成康帝端坐皇位不言不语，面上更是看不出喜怒，大殿内一片噬人的死寂。当敖平和傅凡星快绷不住时，成康帝才缓缓开口：“敖平，带人彻查永乐侯府，但凡有异即刻来报。”

敖平故作踌躇，被成康帝冷厉的目光一扫，这才领着傅凡星躬身告退。

成康帝将宫人全都遣走，仅留下最信任的内侍，这才掏出手帕掩嘴咳嗽，咳完摊开一看，明黄色的布料上竟沾满赤红的血迹。原来成康帝早已病入膏肓时日无多，这才大刀阔斧地改革朝政，铲除世家，扶持青年才俊，只为太子登基铺平道路。

此事仅有内侍、太医等寥寥数人知晓，连太子和皇后亦蒙在鼓中。成康帝感觉病情越发严重，开年以来就频频与太子交接政务，连奏折也分出一半让太子批阅。太子眼下虽是储君，却已经一只脚踏上了皇位。

这幕后之人恐怕是等不及了。

成康帝用森冷的目光打量内侍，吓得内侍摔了刚从袖袋里掏出的药瓶，跪下陈述忠心。

“起来吧。你从小伴朕长大，朕相信你。”成康帝沉吟道，“若非知晓朕的病情，这幕后之人不会如此着急，动用这么多暗棋和人脉设下此等杀局。老四，老五，老六……究竟是谁竟隐藏得如此之深，连朕的心腹爱将和太子也一并算计了进去。”

成康帝闭眼思量片刻，再睁眼时已杀意凛然：“派人去查徐院正，切记不要惊动他，只监视起来。”

殿内忽现一名龙鳞卫，官袍却不是惯常的绛红色，而是玄色。他拱手领命，似忽然出现那般又消失不见。

内侍跪在地上重重磕头，明白成康帝虽然嘴上说着相信，心里已然起了杀心。但凡知晓他病情的人，此间事了怕是一个都别想活。

老太太吐了一口血，偏偏不让马嬷嬷去请大夫，连声喊道：“去开了言儿院门，搜查所有房间，尤其是书房，快去！”

孙子吃了败仗，言官必会大肆弹劾于他，然而他也算是英勇殉国，皇上看在侯府一门三烈的分上只会重重拿起轻轻放下。此时谁人若是想彻底扳倒侯府，必定会罗织莫须有的罪名栽赃孙子。既然是栽赃，定然就会有罪证。这罪证在哪儿？又是如何进来的？

联系虞妙琪那番话，老太太顿时如醍醐灌顶，大彻大悟。

虞品言将侯府当成军营一样管制，府中哪怕缺人也绝不会从人牙子手里买，雇佣的都是家生子。有犯了事的下人要撵出去，也都是一家子统统发卖，不留余地。即便虞妙琪管家时坏了规矩，侯府看似混乱，却也让人钻不了空子。至于毒枣事件，只能说虞妙琪贪心贪出了一定境界，连虞品言都控制不了。

虞品言每次出征，必定会吩咐老太太封了他院门和书房，还每日派人去检查封条，若是稍有异样便立即彻查。如此，竟是将侯府辖制得似铁桶一样。

而虞襄居住的荆馥小院离他的书房只一墙之隔，为了方便还另设了一道角门，从不上锁。虞妙琪将孙子和孙女的事告知自己，还让自己尽快将孙女嫁出去，然后引得沈元奇上门认亲，又引得自己和孙女在荆馥小院大闹一场，连侍卫和下人都惊动了。

所有人都在劝解自己和孙女的时候，虞妙琪在哪儿？她有没有开了角门偷摸到孙子书房？

老太太想得越深越觉得惊恐，拄着拐杖就要下地。然而，她醒悟得实在太晚，人还未出房门，就听外面吵吵嚷嚷地闹起来，依稀有人大喊：“不好了，龙鳞卫来抓人了，快去找老夫人！”

老太太急急忙忙地奔到孙子书房门前，就见敖平在一群龙鳞卫的簇拥下从门里走出，手里捧着一个装满书信的小匣子，厉声喝道：“罪臣虞品言勾结西夷人谋朝篡位，而今已是证据确凿！来人啊，把所有人都抓起来！”

龙鳞卫齐声应诺，将所有下人反剪双手绑起来，一个个带走。老太太乃是一品诰命，稍微得了些脸面，被两名侍卫用刀抵着后背押上牛车。虞思雨和虞妙琪也被扭送过来，一个汲汲遑遑，不知所措；一个面无表情，眼中却闪烁着喜色——这永乐侯府终于被她一手毁灭了，真是快意。

太子有虞品言在背后支持，又重得成康帝宠信，上位只是早晚之事。如此，虞妙琪为了四皇子的大业，也为了自己的锦绣前程，终于对永乐侯府下了黑手。

那些书信很快就送到成康帝案头，信中记录了虞品言与西夷二皇子密谋以两城的代价换取西夷优质战马和精锐武器的事，而这些战马和武器将用于太子逼宫。

而虞品言此次战败恰恰失了两城，且正是信中约定好的乌兰察布和丰兴城。即便虞品言被西夷二皇子追杀生死不明，信件透出去，有心人依然可以编派他与虎谋皮不成反受虎噬。总之他人已经不在，死无对证之下什么脏水都可以往他头上泼。

而真正通敌叛国之人则隐在幕后操控这一切，不仅渗透了龙鳞卫、太医院、禁宫、永乐侯府，连军队都有了他的人脉，否则凭虞品言的骁勇，绝不会轻易败在初上战场的西夷二皇子手里。

成康帝看完密信后脸色出奇的难看，周身浮动的杀意有如实质。敖平自以为得计，埋着头等待皇上下一个命令。

沉默了许久，成康帝才摆手道：“带人去搜太子府，除了太子和小皇孙，其余人等若是反抗，格杀勿论！”

敖平躬身领命。

成康帝不得不承认幕后之人的能力不在太子之下，甚至有可能还在太子之上。但那又如何？此人能为了一己私欲出卖国家利益，越是优秀，成康帝就越是要置他于死地。

不提京城中如何风云变幻，远在西疆的虞品言正经历着有生以来最大的劫难。他背后中了一箭，因箭头恰好卡在骨缝中，侥幸未伤及心脏。

然而，他曾长时间浸泡在冰冷的河水中，上岸后又连续五日搏命奔逃，再不将箭头拔出，恐会锈毒入体，高烧致死。

但箭头离心脏太近，轻易拔出来怕是会伤及心脉，导致失血过多而亡，除非他能尽快逃出去并找到医术高明的大夫。

眼下，虞品言与两名副将正躲在山洞中稍事休息。乌江下游全是西夷人的地盘，上了岸那是必死无疑。故而虞品言在两名副将的帮助下拼命游到岸边，往上游走。

他们一路上并非没碰见搜救的大寒军士，却都远远地避开了。这场仗本不该大败，但虞品言率领的中军没得到右翼驰援，左翼及时赶到，却联合西夷人对中军进行围剿，直把中军杀得片甲不留，死伤无数。

到了这个关头，虞品言哪还猜不出军中有人投敌。故而他谁都不敢相信，只带着存活的两名下属往密林中走，避开搜救队伍。

“主帅，您还在发烧。”左将张猛忧心忡忡地说道。

“我帮主帅烧些沸水喝。这里还有昨天吃剩的烤兔子，等我热一热。”右将林杰正在钻木取火。他们衣服里的火折子都被水打湿了，只能用这种古老的办法。

“把你腿上的伤口处理一下吧，又流血了。”虞品言面色潮红，嗓音沙哑。

林杰答应一声，却还是在取火，并未动作。张猛撕了战袍下摆，将他腿上的伤口包起来，三人一时无话。

他们已经在阔水林里跋涉了五天五夜，越往里走越迷失了方向，而今只能听天由命。作为军士，没死在敌人手中，却遭了同僚的暗算，那种被背叛的痛心和仇恨是常人无法体会的。

虞品言背后的箭矢已被削断，只留下一小截扎在肩胛骨上，不能平躺也不能靠坐。此时他正斜倚在一块岩石上，从怀中掏出一枚铜钱看得入神。

如果他死在这里，沈元奇必定会将襄儿带走，过个几年，便给她找一个夫婿嫁出去。他的小心肝小树苗会被另一个男人亲吻、拥抱，甚至占有……只要一想到那几可预见的未来，他就双目赤红，心绪狂乱，恨不得举起刀将目之所见全都摧毁。

他深刻地意识到，自己绝不能死在这里！

“别生火了，我们立刻出发。”他小心翼翼地收起铜钱，斩钉截铁地说。

“主帅，您已经连续三天高烧不退了，还是躺下休息一会儿吧。”林杰扔掉木头上前阻拦。

“我们现在最缺少的就是时间，只有尽快走出丛林，才有一线生机。走吧，没工夫耽误了。”他推开林杰，捡起地上的弓箭大步走出去。

二人没有办法，只得护卫在他身侧朝看不见边际的密林中走去。大约半个时辰过后，林中忽然有飞鸟四处惊散，旋即传来枝条被人砍断的脆响和隐隐约约的说话声。

虞品言迅速攀上树梢，林杰和张猛也潜伏到暗处，三人尽皆拉满手中弓弦，目中充盈着森然杀意。

“我能感觉到哥哥就在这里，而且离我越来越近了。他在发烧，背后也受了伤，我们必须尽快找到他。”虞襄捂住滚烫的额头说道。

苦海和苦慧低声安抚她，桃红、柳绿已经快要累瘫了，见主子一个劲儿往前冲，只得硬着头皮跟随。

虞襄拨开一丛灌木，福至心灵的感觉促使她猛然抬头。

虞品言借着树叶的遮掩瞄准一行人，领头那人穿着一件脏污不堪的僧衣，头发团成一个发髻用绳子牢牢绑在脑后，脸上沾着许多泥点，将五官都遮盖了，只剩下一双又大又圆的杏眼闪烁着坚定的光彩。

纵使那人已经面目全非，虞品言依然不会错认这双无数次出现在他梦里的眼睛。他不敢置信地喊道：“襄儿？”

“哥哥？”虞襄也仰着头，表情狂喜。

蛰伏中的张猛和林杰松开弓弦，犹犹豫豫地走出来。主帅最宝贝的妹妹叫虞襄，这一点他们还是知道的。但他们万万想不到传说中骄横跋扈的千金小姐会以这样狼狈的姿态出现在杀机四伏的阔水林里。

“哥哥你快下来！”虞襄挥舞着双手又叫又跳，脸上带着灿烂的笑容，眼泪却流个不停，将脸上的泥灰都冲出两条沟，模样十分滑稽。

虞品言跃下枝头，大步走过去，心情糟乱得厉害，张口便冷声呵斥：“你怎么能独自一人来到西疆？你不要命了？”

“我不是一个人来的，镇国寺的高僧们护送我来的。你看！”虞襄指了指自己身后，苦海等人双手合十见礼。

张猛和林杰喜出望外。镇国寺的和尚素以善跋涉而闻名，他们出门游历全凭一双腿，这阔水林虽然广袤险峻，却还不足以阻挡他们的脚步。这可真是天降福星！

二人连忙迎上前行礼。

虞品言却是顾不上几位大师，一把擒住欲扑到自己怀里的小丫头，诘问道：“你有没有受伤？为何不好生待在家里？”

“我没受伤。我梦见你中了流矢，还掉进水里去了，这才出门寻你。我没别的念想，就寻思着死也要跟你死在一块儿。”虞襄胡乱抹掉眼泪，补充道，“但是，我知道你一定没事。咱们能不能别说废话了，你发烧了，身上还带着伤，得赶紧找个遮风避雨的地方给你疗伤。快走吧！”

她小心翼翼地搂住兄长的胳膊，生怕碰着他哪处伤口，很想用力却不得不控制力道地拉着他往前走。虞品言盯着她焦虑万分的侧脸，终于露出了连日来第一个笑容。

张猛和林杰虽然在与几位大师寒暄，耳朵却都竖起，聆听兄妹二人的对话。仅凭一个梦，就能不顾生死远来西疆找人，这份心意实在是太厚重了。两人这才明白主帅为何对骄横的妹妹那样疼宠。

若是他们的亲人也能为了他们豁出性命，给再多的宠爱也还觉得不够。

苦海大师领着众人寻到一个山洞，洞内宽敞而干燥。虞襄解开兄长的战袍，看清他身上一条条伤痕和背后残留的箭头，大眼睛里顿时又充满泪水。桃红和柳绿拿出火折子生了一堆旺火，用大和尚们带来的钵盂烧水。

“别哭，看见你掉泪的模样，我比中了箭还难受。”虞品言用指腹抹掉她脸上的泪水和泥灰。若非苦慧大师正在检查伤口，他恨不得将妹妹抱进怀里亲一亲。

“我不哭。”虞襄立马用袖子擦眼泪，却因为衣服实在是太脏了，反把一张白净的脸擦得越来越黑，条条缕缕的像只山猫。

虞品言忍不住低笑。

张猛和林杰正帮着桃红、柳绿烧水，听见主帅频频发出笑声，感觉都很惊讶。主帅素来冷面无情，这样柔肠百结、温柔缱绻的一面他们还是第一次见。都说主帅对嫡亲妹妹爱逾性命，看来传言果然不假。

只不过三小姐却并非传说的那样骄横跋扈。能为了兄长义无反顾地涉足险境，能为了兄长两次豁出性命，她对兄长的感情亦丝毫不少。

这兄妹二人如此情深义重，心心相印，倒叫人十足羡慕。

虞襄横了兄长一眼，从桃红那里讨了一点热水把脸擦干净。苦慧查看过半截箭矢，徐徐道："只差一点就伤及心脉，虞施主果然是福大命大。贫僧这便帮你拔箭，可能会十分疼痛，请虞施主做好准备。"

"等等，先别拔。"虞襄连忙喝止，从包裹里翻出一条手帕叠成条状，塞进兄长口中，这才说道，"拔吧。"

苦慧大师点头，正欲拔箭却又被她阻止："等等！"

"虞襄施主，有什么话请你一次性说完，免得贫僧手滑。"苦慧十分无奈。

"抱歉。"虞襄诚心诚意致歉，建议道，"你数一二三再拔吧。一下拔出来多吓人啊！"

虞品言忍俊不禁，吐出手帕笑道："只要我的小树苗在身边，我就无所畏惧。苦慧大师，您爱怎么拔就怎么拔，我能承受。"

眼下无疑是他生命中最苦难的时刻，但有了襄儿的陪伴，再多的艰险和苦难也都变成了愉悦和甜蜜。她来了，所以他更不能死。谁说有了弱点人就会变得脆弱？恰恰相反，正是因为有了弱点，他才会让自己变得更为强大。

苦慧大师依言开始数数，虞襄紧紧握住兄长的大手，数一个数字就抽一口冷气抖一抖，瞪着眼睛皱着鼻头，那模样比伤者还要痛苦百倍。

不仅虞品言看着好笑，连苦慧大师都有些忍俊不禁，暗暗感叹二人真挚的感情。

"等等，别数了。"这回叫停的是虞品言本人。他将抖个不停的妹妹拉进怀里抱牢，又用大手遮住她明亮的眼睛，沉声下令："拔吧。"

他话音刚落，苦慧大师就当机立断拔出箭头，然后用银针止血。伤口周围隐有溃烂的迹象，不得不把匕首烧红将腐肉一点一点刮掉。虞品言却一声未哼，甚至连肌肉都是完全放松的。怀里抱着日思夜想的妹妹，除了甜蜜和愉悦，他没有任何感觉。

虞襄拉开他的手掌，抬眼去观察他的表情，恰好碰上他垂眸看来的深情目光，一时愣住了。二人对视良久，然后自然而然地紧紧拥抱彼此。

苦慧大师用最快的速度处理完虞品言的伤口，又转而为两名副将诊治。桃红和柳绿端着两个盛满热水的钵盂走过来，打算替侯爷擦拭身体。

“我来吧。”虞襄抢过手帕。

“小姐您还是歇着吧，您每日都要敷续骨膏，可千万别忘了。”柳绿边说边把一根长长的树枝搭在两头的岩壁上，然后扯开包裹取出几件僧袍，挂在树枝上当门帘。

确定五米之外的苦慧等人看不见这边的情景，她才蹲下身脱掉主子的布鞋，将她的裤腿卷上去。

因为远途跋涉，虞襄膝盖骨疼得厉害。若非每日敷续骨膏，她绝支撑不到西疆。为了不拖累兄长，她只得将打湿的手帕还给桃红，命令道：“擦的时候小心着点，不要碰着哥哥的伤口。”

虞品言挪过去，眸色沉沉地盯着柳绿手中的药罐，问道：“襄儿怎么了？可是腿伤又犯了？还能不能走？”

“小姐腿才刚好就走这么多路，对新长成的骨骼难免造成负担。不过侯爷您放心，苦慧大师说了，只要每天敷半个时辰的续骨膏就没事。”

虞品言这才放心，接过她手中的药罐，将黑色的药泥仔细涂抹在妹妹略微红肿的膝盖骨上，俊美的脸庞因为心脏的揪痛而绷得死紧。涂完药膏，他见柳绿拿着手帕给妹妹擦脚，又将她赶到一旁，捧起妹妹小巧精致的玉足察看，脸色越发阴沉似水。

虞襄被他深沉的目光盯视良久，心里略有些不适，缩了缩脚，小声问道：“是不是很丑？”

“不，一点不丑。”虞品言坚定道，“日后哥哥必不会让你受半分苦楚。”

“怎么会苦呢？”虞襄被他坚硬的胡楂刺得麻痒，咯咯笑道，“只要能找到你，让我上刀山下火海我都愿意。你还活着，我也活着，咱们俩平平安安地在一块儿了，所有的苦都不是苦。”她凑过去，在兄长耳边低语，“是甜蜜，是幸福。哥哥，我快想死你了。”

她搂住兄长脖颈，虞品言也伸出手抱住她，无尽温柔的动作述说着他同样深沉厚重的思念。

桃红和柳绿早已见怪不怪，一个帮侯爷擦拭背上的血迹，一个帮小姐擦干双脚。

张猛等人看不见僧衣那头的情景，只听见兄妹二人互诉离情的低语，心中喟叹道：有这样情深义重的妹妹，如果我是侯爷，恐怕连心窝子都要掏出给她。难怪侯爷统共三个妹妹，偏偏只疼三小姐一人。

那头，虞品言的的确确想把自己火热的心脏挖出来让妹妹保存。他将妹妹用力抱在怀里，手臂越收越紧，直至看见柳绿拿出银针才依依不舍地放开。

“我来吧。”他接过银针，捧起妹妹小巧的玉足。

“这个是药膏，扎破水泡以后敷上，用火烤一烤明早就能好。”柳绿从包裹里取出一个药瓶。

桃红帮侯爷擦完后背，将解下的战袍披在他肩头，去外面夹了几颗火星生火。若是脚上的水泡不及时扎破烘干，日子久了便会沤烂，恐怕连一步都走不了。

虞品言小心翼翼地扎破水泡，不时问一声痛不痛。虞襄一个劲儿地摇头，拖着双腮贪婪地注视兄长。终于找到哥哥了，真好。哪怕西疆危机四伏，战火纷飞，只要能跟哥哥在一起，日子便过得像天堂一样。

虞品言抬头，见妹妹笑得十分娇憨可爱，目中还露出几分痴态，也跟着笑了。处理好水泡，他将自己的靴子也一并脱掉，放在火边烘烤。虞襄挪啊挪，挪到他身边，小手握住他大手十指相扣，满足地叹了口气。

虞品言干脆直接将她捞到腿上，将她的小脑袋按进怀里，手臂牢牢圈住她纤腰，低声道：“瘦了。”

重新又回到熟悉而温暖的怀抱，虞襄连话都不想说，只低声哼了哼。

外间，桃红和柳绿拿出干粮掰碎，投进烧开的沸水中，煮了一锅粥让大家分食。张猛和林杰许久没吃过一顿饱饭，喝得稀里哗啦，大呼过瘾。

“侯爷，小姐，快吃点东西暖暖身子吧。”桃红和柳绿各端了一钵粥进来。

虞襄摸摸兄长额头，发现烧已经退了，小脸顿时笑开了花，从他腿上下来，接过粥慢慢吹凉。虞品言不怕烫，三两口便把粥喝完，然后笑睨正小口小口喝粥的妹妹。

干粮是用炒得金黄的荞麦做的，熬煮后粥水里便带上了一股焦香味，口感亦十分浓稠软糯，简直比侯府大厨精心熬制的碧梗粥还要好喝。

当然，虞襄知道这只是一种错觉，因而低声笑道：“人都说有情饮水饱，现在我总算能体会这句话的含义了。哥哥走后，我吃龙肝凤髓都觉得没味儿。眼下跟哥哥在一起了，我吃五谷杂粮亦觉得是种享受。”

虞品言沉声而笑。

虞襄得意地飞了个妩媚的小眼神，将粥钵还给柳绿，一头扎进哥哥怀中眷恋地蹭了蹭。虞品言五指插入她发间轻轻梳理。她依赖他，他又何尝不依赖她？他们是彼此的精神支柱。

察觉到妹妹不动了，呼吸也变得清浅绵长，虞品言低头一看才发现她已经睡着了，舒展的眉目，微弯的嘴角，她的梦境一定很甜，而且必定有自己的存在。

虞品言眯了眯眼，用战袍将妹妹仔细裹好抱在怀中。

柳绿洗好粥钵，见张猛和林杰都在小憩，苦海、苦慧等大师闭目打坐，这才掀开僧衣跪在侯爷脚边，低声道：“侯爷，小姐来时还做了两个梦，永乐侯府和太子府都被抄家了……”

详细述说了梦境，她焦虑询问：“侯爷，我们来时寒军已退守查布城，被西夷人团团包围，咱们怕是进不去，现在该上哪儿？京城里的老夫人和大小姐又该怎么办？”

虞品言默然不语。哪怕柳绿不说，他也料到永乐侯府必定会受自己牵连。那人既然敢里通外敌出卖家国，所图必定不小，除掉他只是个引子，真正想要对付的还是太子。太子倒了谁最受益？余下的几位皇子都有嫌疑。

他如今已是败军之将，头上又顶着里通外敌的污名，轻易不能回京城。而他率领的大军如今退守查布城，城郭四周均被西夷大军包围，内部暗藏奸细，也回不得。

故此，他只能调动查布城附近的驻军奇袭西夷大军，不但要夺回失掉的两城，还要将西夷人彻底赶出乌江流域，才能洗脱罪名。他要战，而且还要血战到底。

至于被围困的查布城，他半点儿也不担心。若此次战败果真是哪位皇子的手笔，他必定已与西夷二皇子达成了共识。西夷皇廷眼下也正内乱，几位皇子陷入夺嫡之争。杀了自己还抢走两城，对二皇子而言是一份雄厚的政治资本。为了赶回去争位，二皇子不会在边境待太久，围困查布城只是做戏，想来过不了多长时间，双方就会议和。

所以，他要尽快赶赴最近的驻地调遣大军回击，且驻地将领必须是自己信得过的人。虞品言思忖片刻，对柳绿摆手道："不用担心，本侯自会处理。"

柳绿点头，欲言又止。

"还有事？"虞品言挑眉。

"启禀侯爷，您走以后，二小姐便告到老夫人那里，说您和小姐有私情。老夫人瞒着小姐将她定给了工部侍郎孙大人的嫡长子孙明杰。偏那孙明杰是个衣冠禽兽，以折磨女人为乐。沈大人得知此事闹上门来，把小姐接走了。如今小姐已经是沈家的小姐了……"

见侯爷脸色阴沉，眸光森冷，周身萦绕着浓烈的杀气，柳绿说话声越来越小，直至消失。

"虞妙琪，孙明杰？"他嘴里默念这两个名字，拇指暗暗摩挲腰间的佩刀。莫名其妙出现在他书房里的罪证究竟是谁所为，他已经有了头绪。待来日班师回朝，他必定将那人身体里属于虞家的血脉尽数抽光。

第三十五章

沉沦

等妹妹睡着了，虞品言将她轻轻放在厚实的干草上，又拢了拢稍微散开的战袍，确定她不会着凉才掀开僧衣走到张猛和林杰身边坐定。苦海等人还在坐禅，就像雕像一样纹丝不动。

“军中有人投敌，你们应该知道。现在我军退守查布城，四周被西夷大军团团围住，正是内外交困之际；而且这战败的罪责怕是会推到我们头上，说不得还要帮真正投敌的人背背黑锅。”他低声开口。

“率领左翼的先锋将军徐茂肯定已经投敌，至于还有没有其他人，现在也说不准。既然有人投敌，这内外交困怕也是做戏。西夷二皇子急着回去争夺皇位，很快就会退兵议和。主帅，咱们若想洗刷冤屈就必须灭了这支西夷大军，还得把失掉的两城夺回来。”林杰认真分析。

“可是，中军只剩下我们三个，拿什么与西夷大军拼杀？”张猛垂头丧气。

“去星罗道调遣方达的五万大军，我们给西夷人来个奇袭，直接斩了查干巴拉。”虞品言目中闪烁着浓烈的杀意。

方达曾是他的旧部，几次被他所救，可算是忠心耿耿。五万人马对上二十万大军，确实是少了点，但若是奇袭的话，只需拧成一股猛烈冲击二皇子查干巴拉率领的中军，直取他首级，西夷军队必定大乱。虽然寒军中藏有逆贼，但大多数将领还是他的死忠，必定会开了城门驰援。里应外合之下此战必胜。

张猛和林杰互相对视，均面露喜色，然而又很快消沉下来，异口同声地劝道：“主帅，私自调遣边界驻军乃是死罪，哪怕您胜了，班师回朝后也会被言官弹劾。”

虞品言从贴身的内袋里掏出一枚玄铁制成的令符在二人眼前一亮。

“天下兵马大元帅的虎符？”张猛和林杰震惊了。所谓的天下兵马大元帅便是能统领全大寒兵马的元帅。此人不作他想，必定只有历任帝王才能担当。而这枚虎符本该在成康帝手中，眼下却被一分为二，赐了半枚给虞品言。有了这半枚虎符，他可以任意调遣驻守西疆的所有军队。

“主帅，皇上对您可谓是深信不疑啊！”林杰喟然长叹，高悬的心瞬间落了地。

“所以我们更不能愧对皇上的信任，不但要将西夷大军赶出乌江，更要踏平西夷皇廷。”虞品言斩钉截铁地说。

二人用力点头，在地上画了一个简易地图，开始商讨作战计划，这一商讨就到了月上中天。苦海大师等人还在入定，虞襄、桃红、柳绿三人挤在一块儿睡得十分香甜，连晚膳都没起来用，可见是累得狠了。

“好，就这么定了。明日大早就让苦海大师带我们直接从阔水林走去星罗道，还可避开徐茂派来暗杀我们的追兵。”虞品言用树枝将地图打乱。

张猛和林杰点头应诺，三人这才各自歇下，一夜无梦。

翌日，虞品言被一连串咳嗽声唤醒，低头一看，怀里少了个娇软的小东西。

“襄儿？”他猛然起身，焦急地大喊。

“干吗？”虞襄掀开僧衣，露出一张沾满黑灰的小花脸。

虞品言狂躁的心情立刻就转为愉悦，刮着她的鼻尖问道：“怎么弄得这么脏？”

“正在生火给你熬药。一会儿要大火烧开，一会儿要小火慢熬，一会儿要添柴，一会儿要拆火星子，我控制不好。”虞襄神情沮丧。

虞品言牵着她走到火堆旁，果然见石头灶上架着一个刻满经文的钵盂，里面的草药已经熬开，浓浓的药味在洞里飘散。

“熬得很好。”他笑赞，环顾四周后问道，“其他人呢？”

“张大哥和林大哥说要去星罗道，苦海大师就带着他们先去探路，桃红、柳绿出去摘野果了。等他们回来，咱们就吃点野果嚼点干粮，然后出发。”虞襄用手帕垫着，小心翼翼地端起钵盂，柔声道，“来，先把药喝了。”

虞品言怕烫着她，连忙接过钵盂，吹凉后喝了一口，见妹妹眼巴巴地盯着自己，于是问道：“怎么了？可是饿了？饿了哥哥就先帮你煮点荞麦粥，不用等他们。”

“我不饿。”虞襄摆手，眨着眼睛问道，“哥哥，药苦不苦？”

虞品言又喝了一口，笑道：“不苦。”

“怎么会不苦呢？你骗人！”虞襄用控诉的小眼神瞪视兄长。

虞品言无奈了，妥协道：“嗯，有点苦。”

这才对嘛！得到自己想要的回答，虞襄凑过去，殷勤地说：“那我给你加点糖？”

“你出门还带了白糖？”虞品言很惊讶。小丫头爱吃甜食他知道，却没料到出个远门还不忘带糖，果然是小孩心性。

“没带白糖，是我自己生产的纯天然蜜糖。”虞襄飞了个得意的小眼神。

“等回到京城咱们马上成亲。”虞品言喝完药，把妹妹重新抱回怀中，揉着她的耳垂低语。

“柳绿跟你说了吧，老祖宗不同意咱们在一块儿。”虞襄嘴角的笑容垮了下来。

“没事，她不同意我也照样娶你，日子久了她会想通的。”

虞襄听见这话重又欢喜起来，把玩着兄长修长的手指，叙述道：“哥哥你不知道我有多想你，每天晚上都梦见你。”

“梦见我做什么？”虞品言嗓音低哑。

“梦见你抱着我，然后我就醒了。”虞襄翘起唇角，引得虞品言一边低笑一边去吻她。有襄儿在身边陪伴，再艰险的环境他都似置身于天堂一般。

所以他不能死，不能战败，不能失去权势，他要给予她世间最美好的一切。

虞襄被他深情而灼热的目光烫了一下，耳尖微红，继续道：“我发现我一点儿也不喜欢走路，时间长了，膝盖骨好疼。我喜欢你抱着我，走到哪儿都抱着我。可惜现在大家都知道我会走路了，回去以后你再也不能光明正大地抱我了。”

虞品言忍俊不禁，提议道：“那我就帮你再造一个轮椅，回去的时候你就坐轮椅，说脚又伤着了，不能动弹。”

“这个主意好。我想走就走，不想走就让你抱，真舒坦。”虞襄吊在兄长的脖子上撒娇。

桃红和柳绿一回来就听见兄妹俩如此不着调的对话，额角齐齐抽了抽。

“侯爷，小姐，吃点野果。”她们摊开包裹，取出几个鲜红的果子。

苦海等人没多久也回来了，众人用罢早饭匆匆往星罗道方向进发。

虞品言是西夷奸细的事爆发于京城，要传回西疆还需一个月的时间，这一个月足够他联络方达奇袭西夷大军。等他反败为胜，那里通外敌的罪名就算传到西疆，大家也都不会相信。

当虞品言等人顺利到达星罗道时，老太太等人正被关在天牢里。

下人和主子分开关押，所以老太太、虞思雨、虞妙琪三人住在一个牢房，马嬷嬷等几十号人挤在对面。

虞思雨的婚事又被搅和了，她的夫婿却并未退婚，还每日都来探望，说些鼓励的话。这一天，老太太送走准孙女婿，扒在牢房门口望眼欲穿。

虞妙琪讽刺道：“别看了，她如今是沈大人的嫡亲妹妹，又是圣上亲封的司农乡君，日子过得不知有多舒坦，怎么可能来沾你这个阶下囚的边儿？”

“襄儿妹妹可不是你这种忘恩负义的白眼狼。她若是知道侯府出了事，必定会来。”虞思雨反驳道。

“她不会来了。沈大人不会让她来蹚咱们这潭浑水。况且是我亲手把她赶出去，她必定还在怪我。”老太太颓然坐倒在地上。

虞思雨连忙搂住老太太拍抚安慰，见虞妙琪还在冷笑，不禁怒从心头起，解下腰带快步走过去，眨眼工夫就勒住她脖颈，厉声诘问：“说，大哥书房里那些罪证是不是你放的？”

侯府戒备森严，尤其是书房四周，巡逻的侍卫来来往往从不停歇。除非荆馥小院出了事，否则他们不会擅自离岗。偏就那么巧沈元奇前来认亲，虞襄与老祖宗在院子里拉拉扯扯大闹一场，引来许多侍卫排解。

这一桩桩一件件的意外，处处可见虞妙琪在其中搅和的身影。常人不会为了私欲毁灭自己的家族，然而换成虞妙琪，那简直是一定的。她从未有一时一刻将自己当成虞家人看待，她为了自己的前程可以舍弃任何人。

虞思雨越想越恨，勒住虞妙琪脖颈的腰带渐渐收紧。老太太从消沉中醒来，看见这一幕非但没有阻止，反而冷声下令：“杀了她！她该死！”

虞思雨在乡下历练了大半年，手劲不是寻常闺秀可比，直把虞妙琪的颈骨勒得咔嗒作响，若是再持续几息，怕是当场就能要了虞妙琪的性命。

虞妙琪脸色涨紫，因为拼命呼吸的缘故，致使额头暴出一条条青筋，模样看上去狰狞而又狼狈。她觉得自己的脑袋正在慢慢清空，胸腔急速膨胀，仿佛下一秒就会把肋骨撑得裂开。她快要死了，只能无助地抠挠地面，折断的指甲混着血液掉落在稻草堆里。

“你在干什么？杀人啦！这里有人杀人啦！”一声惊叫引得虞思雨手劲微松。

虞妙琪喉头扯着长气，连忙去拉扯腰带用力呼吸。

“母亲救我！她们要杀我！”她转头朝牢门外表情惊骇的林氏看去。

林氏扑过去，大声呵斥虞思雨，紧接着又哀求她手下留情。老太太闭着眼不为所动，听见官差奔跑而来的脚步声才徐徐开口：“放了她。不管她受谁驱使，没了永乐侯府，她也就没了利用价值，早晚有一天会被弃如敝屣，不得好死。我且等着看她能有什么下场。”

虞思雨这才作罢，迅速系好腰带。虞妙琪连忙捂着脖子爬到林氏身边，紧紧搂住她细瘦的胳膊。永乐侯府这些女人个个都如狼似虎，惹毛了竟连人都敢杀，难怪能养出虞品言那样的活阎王。

跟随官差一块儿到来的还有沈元奇。他身穿官袍，官帽却已经脱掉捧在手中，神情十分疲惫。

在朝堂，官帽是绝对不能随意脱掉的，像沈元奇这样的动作只有两个含义：一、他已被贬黜；二、他意欲告老还乡。沈元奇今年才二十多岁，无论如何也不可能告老还乡，那么就只有一个可能——他被永乐侯府牵连了。

老太太悲从中来，疾步走到牢门边急问：“沈大人，您这是？”

“老太君无须自责，沈某只是暂且停职，并未革除功名。沈某已向皇上求来旨意，这便放你们出去，请吧。”沈元奇冲衙役摆手，那人立即打开牢门，恭恭敬敬地请老太君出来。正所谓百足之虫死而不僵，侯府虽然岌岌可危，但皇上却还念着旧情，单这一点便无人敢轻易动老太君等人。

太子如今已被圈禁，引得朝堂内外剧烈震动。今早朝会，许多官员出列为太子求情，武将们也纷纷力陈虞都统的忠心。然而证据确凿之下，成康帝竟是分毫也听不进去，所有求情的人都被他狠斥一番，而素日与太子和虞品言交好的几名官员则被停职查办。沈元奇正是其中之一。

老太太心中羞愧，希冀地看着他的身后。

沈元奇淡淡瞥了一眼与林氏抱成一团的虞妙琪，温声道："老太君先随沈某离开，旁的事等你们安置妥当再谈。此处晦气，不宜久留。"

老太太点头，在虞思雨的搀扶下慢慢往外走。没想到在如此危难之际，竟是沈元奇前来相助，由此可见，沈家人都是有情有义之辈。她真是大错特错了，不该为了所谓的道德廉耻而阻拦襄儿。只要大家好好的，平平安安快快活活地在一起，比什么都重要。

想到已与自己离了心的孙女，又想到生死不明的孙儿，老太太登上马车后痛哭失声。

虞妙琪自然不敢沾老太太的边，随林氏上了另一辆马车。沈元奇被停职查办了？好，真是一箭双雕。她垂眸暗笑，路过打着封条的永乐侯府时还掀起窗帘望了许久。

二人回到林宅，跨了火盆又用柚子叶扫了扫，这才坐下说话。

"你老实告诉我，那些罪证是不是那人让你放的？你知不知道自己在干什么？你姓虞，虞府倒了你就是犯官之后，别说是皇子龙孙，连普通人都不会娶你！你怎么能往你哥哥头上栽赃，他再如何也是你哥哥！"这是林氏第一次对女儿如此疾言厉色。

虞妙琪抵死不认，只说自己叫那人找来孙明杰迎娶虞襄，旁的事一概不知。

林氏反复逼问几次，见她神色坚定，满目委屈，竟也信了，这才恢复往日里温和的模样，让她回房安寝。做母亲的，谁愿意把自己的儿女往坏处想？

虞妙琪躬身告退，回房后躺在床上冷冷笑了。犯官之后又如何？她并未告诉林氏，当虞思雨将她按进水里意欲淹死的时候，她看见了很多奇妙的场景。

她看见自己成了四皇子妃，四皇子对自己情深义重，椒房专宠。她还看见自己买通奸细在战场上暗杀了虞品言，又给他安了个里通外敌的罪名连带整垮了太子。最终四皇子登基，她贵为皇后，借着手中滔天的权势，她又转而为虞府平反，以栽赃陷害的罪名整垮了当时已贵为显亲王的五皇子。

五皇子被判午门斩首，永乐侯府沉冤得雪，死去的虞品言还被追封为虞国公，永乐侯府更进一步。但因为虞品言并未成亲，又无子嗣，她便从旁支那里挑选了一个稚龄小儿交与老太太抚养，以承袭爵位，延续虞府无上荣光。

在那一幕又一幕场景中，偌大的永乐侯府被她玩弄于股掌之间，说灭就灭说立就立，不过上下嘴皮子轻轻一碰罢了。而所有人，包括老太太都将她奉若神明，不敢有半分不敬。

翻手为云覆手为雨，这就是权力的味道，如此真实又近在咫尺。她几乎一瞬间就相信了，那是自己将来的宿命。四皇子看着她的眼神是那样温柔而又多情，俨然就是虞品言望向虞襄时的眼神。所以，她即便已是犯官之后却一点也不着急。

她相信四皇子不会舍弃自己。

正胡思乱想间，林氏捧着一个锦盒进来，低声道："这是那人刚才遣人送来的，还给你带了话，让你暂且忍耐，他会想办法给你弄一个新身份。"

林氏一直以为对方与女儿结交为的是虞品言手里的权势，眼下他如此不离不弃，倒叫她彻底放了心。

虞妙琪捧着锦盒甜蜜地笑了。

沈元奇将老太太等人安置在郊外的庄子里，一应物事置办得妥妥当当，连虞府下人也一并收容。妹妹已经追去了西疆，等她回来怕是只能嫁给虞品言，再无别的出路。为了妹妹日后在婆家过得舒坦，他只能可劲儿地讨好老太太。

老太太用柚子叶扫了扫衣摆，未等坐定，便急问："襄儿呢？怎不见她来？她是不是还在怪我？"

妹妹为了虞品言连性命都不要了，沈元奇自然不会隐而不提，正该让老太君看看她找了个怎样有情有义的孙媳妇才是。

如此想着，沈元奇直言相告："襄儿有一晚梦见侯爷中了流矢落入乌江，竟是不告而别跑去西疆找人。眼下我也不知道她在哪儿，已经快两个月未有她的音信了。"实则不然，虞品言早已飞鸽传书报了平安。他这样说不过为了让老太太意识到自家妹妹的可贵之处罢了。

老太太闻听此言，果然大受感动，刚擦干的泪水又开始哗哗地往下掉，焦急地喊着宝贝孙女的名字，捶着胸口痛骂自己，直言自己错得离谱。

沈元奇见她如此激动，不得不好言好语地安慰，又急忙命人去熬煮参茶。

老太太喝了参茶，这才擦干眼泪，一字一句道："沈大人，是老身狭隘了。他们两情相悦，自是应该在一起，旁人如何说道又能碍得着什么？若是他们能平安回来，老身定然替他们办一场风风光光热热闹闹的婚礼，嫁妆和聘礼全由老身来出。襄儿是个好孩子，再也没有比她更好的孩子了。"话落又是一阵呜咽。

虞思雨手忙脚乱地给她擦泪，擦着擦着自己也哭起来。

沈元奇本想将二人平安的消息透出去，又怕此处人多眼杂，坏了皇上的大计，只得强自按捺。

西疆，虞品言调遣了方达的五万大军，连夜由星罗道奔往查布城。五万人马连成一线并驾齐驱，身后是高高扬起的烟尘。将士们举着寒光烁烁的战刀，口中大声嘶吼着往前冲，声势之浩大仿佛有千军万马袭来，又仿佛是滚滚潮水欲将人吞噬。

西夷二皇子围困查布城本就是做戏，每日只派一列骑兵在城门口叫骂，其余人都待在营地里吃酒耍乐。故此，当虞品言袭来时，他只披了一件战袍，光着两条毛腿急急忙忙爬上马背。

看见漫天烟尘，他先就怯了，又见浩大的队伍迅速合拢成一股直往中军冲杀，他掉转马头便要奔逃。主帅都乱了，将士们更是慌不择路，一时间不需寒军动手，光是被自己人踩踏至死者便有上万。

城中将领见状连忙打开城门驰援，里应外合之下将二十万大军杀得片甲不留，然后追着二皇子继续往乌兰察布和丰兴城进发，竟是打算一鼓作气夺回两城。

先锋将军徐茂不得不跟随大军疾驰，策马奔到死而复生的主帅身边时，被主帅杀意凛凛的目光刺得骨头发寒。虞品言回来了，他怕是没了活路，再下杀手对方又有了防备，该怎么办？猛然想到对方私自调遣的五万大军，他的情绪迅速平定，阴冷地笑了。

虞品言本就凶名赫赫，单他活阎王的名头就能抵得上数万大军。他死而复生，又不知从哪儿调遣来五万大军，在西夷人眼里不啻天兵天将。

心理上先怯了，战场上就更是腿软，不过一日一夜，西夷大军就连连败退，不但刚到手的乌兰察布和丰兴城还给了大寒，还被虞品言撵到乌江岸边走投无路，只得冒险涉水过江。

西夷二皇子光着两条腿，目标实在太明显，被虞品言一箭射中后心掉落马背，让几个小兵给麻溜地捆了起来，拖回军营。

战局彻底扭转，寒军却也损失惨重。方达的五万大军并无什么伤亡，虞品言自己的精锐却折损了大半：中军只剩下三人，右翼中了埋伏，仅余下寥寥数万人。唯独徐茂率领的左翼大军只死伤数百，算是一个奇迹。

看着手里的战报，虞品言冷声而笑，随即命人将留在星罗道的妹妹和苦海大师等人接到乌兰察布。眼下，西夷皇廷已经乱了，几位皇子率领各自的部落正在混战。他在等，等西夷军队两败俱伤时再给予致命一击。但为了麻痹西夷人，他派人给西夷皇帝送了信，让他们拿土地、牛羊、战马、黄金来赎二皇子，给他们一个自己意欲求和的错觉。

料理完诸事，他信步来到地牢，从士兵手里接过沾了盐水的皮鞭，狠狠抽打二皇子。凄厉的惨号在逼仄的空间里回荡。

二皇子只有十九岁，且是第一次上战场，哪里承受得住此等酷刑？没两下他就把徐茂等人给卖了，只徐茂背后究竟是哪位皇子，他却是毫不知情。

一同审讯的还有其余几位将军，闻听此言纷纷转头去看徐茂和其亲信。徐茂先发制人，诘问道：“且不管这蛮夷的话能不能信、有无确凿证据，我倒要问问主帅，为何私自调遣边界驻军？这是谋逆的死罪！”

张猛和林杰不顾他百般挣扎直接将他绑在刑架上，将烧红的烙铁深深按进他胸口，紧接着又在他脸颊烙了一个“逆”字。

“我不服！你们无凭无据，滥用私刑，我不服……”徐茂声嘶力竭地吼着。

徐茂的亲信纷纷站出来高喊不服，又说若是论罪，主帅私自调兵才真正是罪该万死。如此，左翼俨然已成了徐茂的私军。

“把他们全绑了，宁可错杀不可放过。”虞品言挥袖，士兵们一拥而上将几人五花大绑。只要除掉左翼将领，其麾下士兵还是得听从主帅号令。

地牢里一片静默，余下几位将领欲言又止，且频频朝方达看去。这两人虽然打了胜仗，单仅凭私自调兵这一罪责，回京城后依然是个“死”字。他们忠于主帅，却更忠于成康帝，眼下正思忖着该如何应对。

虞品言淡淡睨视众人，见余下的人里并无眼神鬼祟之辈，这才从内袋里掏出玄铁令符。众人大惊失色，连徐茂都停下叫骂神色怔愣。他们万万没想到皇上对主帅竟已信任到了这种地步。

“用刑，务必问出幕后主使者。”虞品言摆手，迤迤然走出地牢。

为防乌兰察布城中还藏有奸细，虞襄主仆三人依然扮作俗家弟子混在一群和尚里。苦慧大师一来，就去了军营给伤者治疗。伤者为了减少布料摩擦造成的痛苦，大多脱了战袍袒胸露乳，有的伤在腿部，连裤子都没穿。

故而虞襄一提出去照顾伤员就被虞品言狠狠瞪了一眼，只得随桃红和柳绿回房休息。

虞品言作为主帅虽然有特殊待遇，居住的院子却也不大，统共五间房，另有两间放满了杂物，洗衣做饭由一名小兵伺候。

“你回去吧，这里我来就好。”虞襄粗声粗气地冲那小兵说道。

因主帅有令，让自己听从此人吩咐，小兵乖顺地出去了。虞襄立马换上清脆的嗓音：“快烧火，我给哥哥做饭。”

桃红蹲在灶前生火，柳绿一面翻拣菜篮一面忧心忡忡地询问：“小姐，您从未下过厨，能成吗？”

“试一试就知道了。”虞襄拿起菜刀，冲案板上的猪肉比画。好一番忙乱过后，猪肉没煮熟，青菜烧焦了，鸡蛋打烂在地上，米饭糊了，所有食材均被她糟蹋得十分彻底。

“算了，小姐，您来烙饼子吧，这个最容易。您看，我先把面团和好，摊成饼子，您只需用这块猪油膏在锅子内侧擦一擦，再把饼子放进去，不时翻面，等饼子两面都变成金黄色就可以捞出来了。简单吧？”柳绿一边讲解，一边把面粉倒进面盆里。

“容易，我知道了。”虞襄也将手伸进面盆里搅和，还拧了一个面团，捏成小猪的形状。

主仆三人齐心合力，总算摊出一盆焦黄的饼子，撒了葱花后闻着还挺香。刚把饼子端上桌，虞品言就回来了，身上沾满血腥气。

虞襄丝毫未觉得不适，跳起来挂在他脖子上，笑得十分灿烂："我烙了饼子给你吃。是我亲手烙的！""亲手"两个字着重提了提。

萦绕在心间的戾气瞬间消散，虞品言低声笑了，将她抱到炕上。炕桌已摆得满满当当，除了一盆大饼，还有一碟黄瓜条、一碟葱姜丝、一碟酱料。

虞襄从兄长怀里钻出来，各夹了一些黄瓜条、葱姜丝和酱料裹在大饼里，伸到兄长的嘴边："尝尝看好不好吃。"

小丫头亲手做的，哪怕裹着砒霜虞品言也能面不改色地吞下去，更何况饼子焦脆，黄瓜清甜，葱姜丝香辣，酱料浓稠，吃上去竟然意外的美味。他将剩下的饼子喂到妹妹嘴边，真心赞叹："很好吃，手艺很不错。"

虞襄笑得眼睛都眯起来了，咬了一大口慢慢嚼着，问道："有没有觉得我很贤惠？有没有觉得娶到我很幸运？"

"嗯，很贤惠，能娶到你，是我这辈子最大的幸运。"虞品言朗声笑了。

虞襄放下饼子，认真请求道："哥哥，我想要一个葱香大饼味的吻，能现在给我吗？"

虞品言笑得越发大声，末了吻了她一下，之后哑声道："小丫头，你怎能这样可爱？哥哥恨不得把你吃了。"

"那你就吃吧。"虞襄眸光闪了闪，站起身将炕桌端到不远处的案头上。

"你什么意思？"虞品言收敛笑意，嗓音喑哑。

虞襄不答，反而朝站立在门口的桃红和柳绿看去。柳绿打了个激灵，连忙掩上房门拉着桃红远遁。虞襄这才一步一步走过去，边走边脱掉了僧袍。

虞品言眼眸中已看不见一丝光亮，呼吸由平缓逐渐转为急促。他一把将她拉进怀里，用力掐住她的纤腰，咬着她的耳垂沉声询问："襄儿，你知道自己在干什么吗？战场上瞬息万变，若我战死沙场，你今后该怎么活下去？"

这个问题虞襄当然考虑过，她跨出京城的时候，就已经做好了面对死亡的准备。她是个执拗的人，爱了就会不顾一切。她想来，所以她来了，就这么简单。

“我来之前就想着，”她扬起小脸，甜软的嗓音中透着义无反顾，“我一定要找到你，活要见人死要见尸。找到你的尸体，我就把它插进胸口，下黄泉继续陪伴你。”她抽出发间的金钗，抵在自己心脏上，继续道，“找不到你的尸体，我就一直一直找，直到力竭而死。”

见兄长竟红了眼眶，露出少有的脆弱之态，她凑过去万般珍惜地吻他的眼角，柔声道：“万幸老天眷顾着我们，让我们平安相逢。咱们在战场上，活一天是一天，想那么多干吗？你若战死，便在奈何桥上等我两月。怀了你的孩子，我就把他抚养长大；没怀，我立马下去陪你。”

天下间最动人的情话莫过于此。她的表白，一字字一句句都像一把大锤，猛烈撼动着心防，令虞品言陷入狂喜，不能自抑。他夺过她手里的金钗远远扔掉，然后将她压倒在床上。

原来与心爱的人共效于飞是如此极致的享受，他只愿就此沉沦，不复苏醒。

第三十六章

教训

西夷二皇子乃元后所出，深得帝后宠爱，又加之他初上战场就大败寒军，连下两城，还杀了素有不败战神之称的虞品言，立下赫赫战功。只要他活着回去，那皇位必定就是他的。

故此，大皇子、三皇子、四皇子等人急了，相继起兵逼宫，然后又混战在一起。虞品言生擒二皇子的消息传来时已经晚了，几位皇子已结下血海深仇再难回转，西夷各部族也四分五裂。

正所谓趁你病要你命，虞品言适时发兵西进，直接踏平了西夷皇廷，取下了帝后和三皇子、四皇子的人头。大皇子率领残部败走边境，进入更荒凉的大漠，想要恢复昔日的辉煌，恐怕还要休养生息个几十年。

虞品言收拾好战场，又犒劳了将士们，这才写信向成康帝报捷。成康帝从龙鳞卫的暗部那里收到密报，龙心大悦，命他即刻启程回京，对外却并不宣布这一喜讯，只派人知会了圈禁中的太子。

如今的大寒朝堂也已经混乱不堪。太子一系的官员每日都会受到各方弹劾攻讦，日子十分难熬。一直表现平平的五皇子和六皇子忽然活跃起来，身边笼络了一大批官员为另立储君进言，一面费心讨好父皇，一面又彼此攻击，一时间竟爆出许多丑闻。

成康帝冷眼看着，对两位皇子的表现大摇其头。能蛰伏在暗中慢慢渗透龙鳞卫并一举击倒太子和虞品言的人，不应该是此种浮躁心性。这幕后黑手必不是二人，反倒是四皇子，从头至尾都保持了沉默，既没有笼络官员，也没有刻意讨好自己，反而极力为太子和虞品言求情，且每日都不忘去探望太子，引得支持太子的官员纷纷倒向他。因为只有亲太子的四皇子登基，他们才有活路。

他的表现堪称完美，然而越是完美，就越是引人疑窦。他能不动声色就拉拢了朝中近半官员，且不引起五皇子和六皇子的忌惮，手段实在是圆滑老辣。成康帝对这个儿子的戒备已经提升到极致。若非太子早一步洞察先机，若非虞品言福大命大反败为胜，他恐怕会落入这个精心设计的陷阱，先是厌弃了太子，等回过神来又会厌弃五皇子和六皇子，然后理所当然地将皇位交与这个“上孝下悌”的好儿子。

成康帝手段之老辣、目光之犀利又岂是年纪轻轻的四皇子可比，无需任何证据，仅凭直觉和猜想，他就已经确定了真凶，且派暗部人马将四皇子密切监视起来。朝堂上的纷争他也不管，只想冷眼分辨这些朝臣究竟谁忠谁奸。等虞品言班师回朝，该重用的重用，该清理的清理，将一个水洗一般清明的朝堂交与太子，他毕生的职责也算是完成了。

虞品言接到密旨立即召来各位将领商讨回京事宜。徐茂抵死不招，即便虞品言亲自刑讯，他也咬紧牙关不吐半字，还曾几次欲咬舌自尽。好在有人及时发现卸了他下颌骨，这才保住他一条性命。

虞品言没有办法，只得将他关在囚笼里带回京城，让成康帝定夺。

与众位将领确定好拔营回京的时间，他信步朝夕阳余晖中的小院走去。院子里飘荡着食物的香气，桃红和柳绿将碗碟摆放在炕桌上，虞襄从厨房里走出来，腰间系着一条围裙，鼻尖沾了一点黑灰。

看见兄长她眼睛一亮，笑嘻嘻地迎上来：“你回来得真巧，正想让桃红去叫你用饭。中午的时候苦海大师和苦慧大师来与你告别，说是要去古月国修行。你不在，我让人准备了许多干粮和僧衣，又遣了一列士兵送他们去边境。”

虞品言熟练地搂住她的纤腰，用指腹擦了擦她的鼻尖，笑道：“如此倒是我失礼了。回京城以后你帮我去镇国寺添香油，多添点。”

“嗯，我会的。”虞襄点头，拉着兄长在炕桌旁坐定，将切得薄薄的烤鸭片、黄瓜、葱丝、花生酱等物裹进大饼里卷成条状。

虞品言看着喂到唇边的大饼，神情略有些犹豫。

“怎么了？”虞襄懵懂地眨了眨眼睛。

虞品言咬了一口，柔声道：“襄儿，咱们好像连吃了两个多月的大饼，是不是该换点别的了？”

“我有换啊，”虞襄用筷子敲了敲碗碟，说道，“前天吃的是牛肉卷，昨天吃的是鸡肉卷，今天吃的是鸭肉卷。每天卷的东西都不一样，还能怎么换？”

“我是说能不能换成米饭炒菜之类的。”虞品言提点道。

虞襄沉默了，偷偷瞟了他好几眼，才拧着衣摆不情愿地开口：“我也想换啊，可是我只会烙饼子，不会做别的菜。肉菜我煮不熟，青菜我总是烧焦，米饭时而煮成稀粥时而煮成锅巴，根本拿不出手。我这不是还在学嘛。想我以前多娇嫩的一个瓷人儿，为了你连指头都磨出茧子了，你还有什么不满意？”

说着说着，她反倒委屈上了，将自己白嫩的小手摊在桌子上。虞品言执手一看，果然有些地方都磨起了皮，瞬间心疼得厉害，将她抱到膝头又亲又哄。

“哥哥的小心肝，以后这些事都别做了，让桃红、柳绿她们伺候。你这个瓷人儿，正该让哥哥抱在怀里天天宠着才是。”他一边说一边亲吻她的十根手指，动作说不出的温柔。

“可我就是喜欢为你洗手做羹汤。”虞襄不委屈了，在兄长怀里拱了拱。

“随你喜欢吧。你做什么我就吃什么，一辈子都吃你烙的饼子也成。”虞品言愉悦地笑了。他从来不知道自己也能说出这样肉麻的情话，然而对着妹妹，让她高兴就好像成了一种职责、一种本能。

虞襄瞪了他一眼，鼻子一哼一哼地，心里分明很高兴，面上偏要端着。

“明天就要上路了，旅途不便，我得吃饱一点。”虞襄说着舔了舔殷红的唇瓣，眯着眼朝兄长望去。

虞品言最爱的正是她的热情如火、坦率直白，低低地笑出声来。

二人还在回京城的途中，朝堂又有了新动荡。因为相国是支持太子的中坚力量，其余皇子若要上位，自然得把这块挡路石搬开。在几位皇子的授意下，弹劾相国的奏折似雪片般飞到成康帝的案头。

其中又有一件引起了成康帝的注意，却是要为流放蜀地的虞俊伟翻案。虞俊伟乃虞品言的三叔、老太太的庶子，当年曾官拜吏部尚书，后遭相国弹劾他卖官鬻爵收受贿赂，罪状查实后全家流徙。

当年的证人现在竟然翻供，说一切均是虞品言为了夺爵伙同相国和太子捏造的罪证。因为他全家性命都捏在虞品言手里，不得不昧着良心陷害忠良。而今虞品言身死，他家人的威胁也解除了，他这才站出来为当年的恶行赎罪。

此事传扬开来引得朝堂大哗，弹劾相国和永乐侯者甚众，连永乐侯的生母林氏亦站出来为虞俊伟一家作证，详述了虞品言捏造罪状构陷堂叔的种种经过，说得有鼻子有眼很像那么回事儿。

老太太闻听消息气得吐血，虞思雨更是恨不得一把火烧了林宅，幸好被马嬷嬷拉住。

太子府里，成康帝与太子正在对弈。成康帝落下一子，叹息道："易风果真是父母缘薄，竟被自己生母构陷至此。林氏究竟怎么想的？"

"儿臣不知，大约疯魔了吧。"太子非常苦恼地揉了揉太阳穴。

成康帝垂头饮茶，又道："老四来得越发勤快了。"

太子冷笑："是啊，言语间颇多鼓励安慰，令儿臣好生感动。儿臣多次劝他去争那位置，他都不置可否。"

成康帝也笑了，吃掉一枚棋子，语气飘忽："他这是在等你投诚呢。你一张嘴皮子上下碰一碰算怎么回事儿？该给他点实质性的东西才是。你手里那些人脉势力现在不用，日后可就废了。若是老五、老六登位，你必死无疑。"

"所以，儿臣现在只能靠四弟了。唯有四弟坐上去，儿臣才能活着。父皇你说是不是？"太子语气轻快。

成康帝点头，眼中杀机毕露。

为虞俊伟翻案的奏疏很快就得到成康帝的批复，不但当日就囚禁了相国，还派人前去蜀地接虞俊伟一家回京城。此事很快就传得尽人皆知，都言虞家三房总算是苦尽甘来，如果事情顺利，虞俊伟不但能官复原职，还有可能承袭永乐侯的爵位。

老太太气得病倒在床上，身体每况愈下。

虞品言率领大军疾行回京，一路未曾露面，又因成康帝有意封锁消息，西夷人几乎被他灭族的事竟无人得知。

朝臣们每日想得最多的便是站队，今天你弹劾我，明天我弹劾你，都在为从龙之功而奋斗不息。成康帝看得挺乐呵，实际上手里的屠刀已经高高举起。

大军还有几日路程便能抵京，虞品言为了掩人耳目不得不先把妹妹送回去。光是道别就耗了小半个时辰，还是柳绿冒死来催才使两人分开。

因她一个女儿家，不能总是住在镇国寺内，故而她走后两月，沈元奇就命丫头扮作她的模样坐车回了沈府，随即对外宣称妹妹病重，拒不见客。

虞襄偷偷摸摸从角门跨进沈府，就见沈元奇正面色黑沉地盯着自己。

“你回来了？”他走过去，上上下下打量妹妹，“可还好？”

“我好着呢，不能再好了。”虞襄眯眼而笑。

沈元奇见不得她甜蜜蜜的模样，虎着脸斥道：“赶紧梳洗打扮，出去见九公主。”

“小九儿怎么来了？你不是说我病重了，拒不见客吗？”

“九公主乃千金之体，她硬要进来，我还能拦着不成？”沈元奇黑沉的面色隐隐露了一些笑意，语气也柔和了，“九公主重情重义，得知真相后极力帮你遮掩。多亏她近月常常登门来探望你，旁人才未起疑，否则传出去你的闺誉就毁了。”

“她们爱说就让她们说去，我又不会少块肉。反正无论别人说什么，哥哥总不会不要我。”见兄长怒瞪自己，虞襄连忙改口，“但还是多谢小九儿了，我这便收拾干净出去见她。”

沈元奇这才满意，走到偏厅与九公主通禀。因九公主隔三五日便来府中探望，又因妹妹不在总不能让她干坐，故而沈元奇不得不撇开男女大防陪她说话，久而久之，竟对单纯的九公主多了许多喜爱之情。

时间仓促，虞襄只洗了一把脸换了一件衣裳就匆匆来到偏厅，正好听见九公主咯咯咯的笑声，欢快极了。离开了战场的喧嚣，这一阵阵欢声笑语瞬间令她红了眼眶。

“襄儿，你回来啦！”九公主看见闺密立即扑了上去，捏捏她的胳膊说道，“你瘦了，快过来吃些东西。”

虞襄被她扑得踉跄，这才发现几月不见她竟胖了很多，脸圆圆的，白皙的皮肤吹弹可破，像一个水晶包子。

“九公主说得是，还不快过来吃东西。这几个月啃的都是干粮，许久没吃过一顿大白米饭了吧？”沈元奇很是心疼，边说边命人去置备酒菜，自己则为了避嫌，略交代几句就告退了。

“你别走啊……”九公主话音未落他已经离开，修竹一般俊秀挺拔的背影越去越远。

“别看了，我大哥最是守礼，能每日抽出时间与你说几句话已经算是极限了。”虞襄挑高一边眉毛，戏谑道，“我走了好几个月，看来你一点都没替我担心。瞧瞧，你都胖成什么样儿了？说是来看我，实际上是为了来看我大哥吧？”

九公主连忙去瞟站在门边的宫女，发现她们没听见虞襄的低语，这才松了口气，脸红红地道：“你真聪明，这都猜到了。沈大人真好看，是全大寒最好看的男子，叫我怎么看都看不够。你知道吗？他每次等我吃完了糕点就送我走，我为了多留片刻就拼命地吃，这才养胖了。我也有为你担心啊，但是父皇和母后都说你没事。”

虞襄捏了捏她肉乎乎的双下巴，一边忍笑一边道：“原来你竟如此辛苦。放心，日后你爱来就来，想看就看，我绝不逼你吃东西。什么时候看够了，我就什么时候送你回去。”

“父皇说得没错，莲子糕你果然讲义气！”九公主眉开眼笑，冲她比了个大拇指继续道，“那你觉得我做你大嫂如何？”

虞襄正在喝茶，闻言差点被呛死，好不容易喘过气来，捂着她的嘴巴警告道：“尚公主不是小事，这话你千万别在外头说，要不然我大哥非得被人架在火上烤不可。你的婚事全凭你父皇做主，你说了不算。”

九公主蔫了，吃糕点也觉得没味，略坐了小片刻就起身告辞，临走吭吭哧哧地说明天再来。虞襄回房后立即洗了个香喷喷的花瓣澡，对着镜子摆弄阔别许久的胭脂、珠钗等物。

“帮我涂蔻丹。”她将手摆在梳妆台上。

桃红和柳绿连忙拿出小钵调制凤仙花汁。闻着沁人心脾的香味，她忽然有种恍如隔世的感觉。涂好蔻丹，柳绿一时兴起帮主子梳了一个十分精巧复杂的朝云近香髻，专门拣那华美的珠钗往发髻上插，又挑了一件大红色的绢纱金丝绣花长裙让她换上。

虞襄穿戴妥当，对着镜子描眉抹唇，捏着细细的羊毫笔，沾了蜡油调和的金粉，在眉心正中画了一朵盛放的莲花。

她微微挑眉转向桃红，问道：“怎么样？美不美？在外奔波数月，你主子我的容貌并未折损吧？”

“岂止并未折损，小姐您又漂亮很多！我简直看呆了！”桃红竖起两根大拇指。

柳绿抿唇而笑。

“太美也是一种罪过，我这腿还是得时好时坏才成，否则太惹眼会招祸的。”虞襄托着腮帮子笑叹。

柳绿翘起的唇角微微抽搐。

真是说什么来什么，虞襄上一刻说招祸，下一刻就有小丫头前来通禀，说孙家又来人了。

因孙夫人打点得妥当，那丫头死是死了，也留下了血书，偏偏她家人为了五百两银子和几十亩良田，竟是不肯帮她申冤。若非为了继续讹诈孙家，那血书本也打算一并烧掉。

沈元奇几次找到那家人，刚说出“申冤”二字，他们就又哭又闹宁死不从。沈元奇无法，只得捏着鼻子认了。谁知他是认了，孙明杰却不肯认。他早就觊觎虞襄的美貌，又想到她断了双腿，还不由着自己想怎么摆弄就怎么摆弄，死了只推说她体弱病亡也就作罢，简直没有比她更合适的妻子人选。

故而孙明杰总也不肯放弃，派了媒人三番四次上门提亲。起初倒还客气，等沈元奇为太子求情而被停职之后，孙家气焰就嚣张起来，竟改口说要纳虞襄做妾，把沈元奇气得差点吐血。

虞襄听小丫头三言两语交代了事情始末，横眉怒目地往前厅走，甫一跨进门槛就听冰人蔑笑道：“沈大人，您赶紧答应了吧，过了这村可就没这店了。孙少爷现如今已在吏部领了差事，不但长相俊秀，风度翩翩，更有大好前程摆在眼前。反观你家小姐，除了长相还有什么？不但脾气乖张，还不良于行，虽说腿治好了，想来走路也不比常人利索。您现在好歹还是大理寺卿，等日后皇上发落下来将您贬黜，再要将您家小姐嫁到孙家那样的门第可就千难万难了。”

因太子一系的官员大多被皇上弃之不用，又加之相国如今身在天牢前途叵测，沈元奇这样的马前卒在世人眼里也是早晚被贬黜的命。故而这媒人对沈元奇非但没有恭敬之意，还隐隐有些鄙视。

沈元奇尚未开口，虞襄就先冷笑了，诘问道：“要我堂堂的司农乡君给他一个刀笔小吏做妾，他哪儿来那么大的脸？不如明日约了孙夫人一块儿进宫面见皇后娘娘，好生问问她咱们大寒朝有没有乡君给六品小吏做妾的先例，若是有，我别无二话，倒贴也要入他孙家的门。我这便派人给皇后娘娘送表书请求觐见，你且回去把话带到，就说我明日辰时在宫门口等候孙夫人，不见不散。”

大红的锦袍被风吹得上下翻飞，一股浓烈的香气扑面而来，令人迷醉。少女本就长得明艳无双，此时眸中闪烁着熊熊的怒意，衬得眉心的金莲也似燃烧起来。这是一种几欲令人窒息的美丽，单单看那么一眼，瞳仁就像被刺了一刀，疼得厉害。

媒人下意识站起身相迎，脸上倨傲的神色被惊惧取代。如火一样炽烈的少女，哪里是寻常人能够染指的？她不由自主地暗忖，等领会了她话中之意，更是吓得魂不附体。

虞家和沈家落魄了，故而所有人都忘了虞襄司农乡君的身份。如今她一提，媒人才想起这一茬，心中暗暗叫苦。

“确是奴家狂妄了，乡君娘娘怎能配孙少爷那样的庸人？奴家这便回了孙夫人，还请乡君娘娘勿怪。”冰人一面道歉一面退走，至于明早相约觐见皇后娘娘的事，却不是她能够解决的，还是让孙夫人头疼去吧。

惹谁不好，偏要惹名声在外的虞三小姐？人家现在虽然改了姓，脾气却丝毫未改，上头更有九公主罩着，她再落魄，也不是普通人能欺压的。

冰人懊悔不迭，生怕虞襄举起鞭子将自己抽一顿。好在沈大人拦了拦，才让她毫发无损地走脱。

“人家都欺负到你头上来了，你还做什么好人？”虞襄狠狠瞪了兄长一眼。

“我是文人，文人杀人都不见血，且让他再张狂几日。”沈元奇微微一笑，周身隐露的煞气竟不比虞品言少。

虞襄与兄长坐下小叙别情，这才知道林氏帮三房一家作证抹黑虞品言的事，气得差点把一口银牙都咬碎。

“如今三房一家在京城已待了快一个月了，就住在永乐侯府对面的院子里，每日都为平反而奔走。为了扳倒相国，彻底肃清太子在朝中的势力，五皇子和六皇子的拥趸极力促成此事。很多人都传言虞俊伟不但能官复原职，还能继承永乐侯的爵位，他那嫡长子的功名亦能恢复，三房将来便是虞府最显赫的一脉。当初被虞品言整治过的族人现今都聚在虞俊伟的身边，很有捧他为族长的势头。他全不似虞品言那般手段狠辣不留余地，回来之后便把林氏和虞妙琪接到府中照顾，还每日前去探望老太君，说是要供养她。”沈元奇将虞家近况缓缓道来。

虞襄听得指尖都在打哆嗦，狠声道：“好一个三房，这是故意在气老祖宗啊。还未得势就如此猖狂，日后有他们哭的时候。我总以为林氏对哥哥好歹还有点感情，却没料到她刚得知哥哥身殒就污蔑他的名誉。这是把哥哥当儿子还是仇人？虎毒尚不食子，她连禽兽都不如！”

沈元奇对林氏的所作所为极为不齿，然而心里对妹妹的厚此薄彼却也不平，调侃道：“虞品言有一个禽兽不如的娘、薄情寡义的妹妹，老天爷见他可怜便帮他找补找补，给了他一个重情重义的童养媳。单我沈元奇最是可怜，只剩下一个胳膊肘总是往外拐的亲人，话没留一句就远走高飞，叫我日日忧心难寐。”

虞襄被他说得很是过意不去，连忙和他撒娇打趣。这兄妹二人相处日久，越发觉得彼此个性相投，当初的拘谨疏离早就被亲密无间取代了。

虞襄哄完兄长，立即备了礼物前去京郊探望老太太。

另一头，虞妙琪正在房里梳妆打扮。她身后站着两名容貌秀美的丫头，均为虞俊伟的妻子卓氏给她添置的。

“小姐，这几套头面您喜欢哪一套？”两个丫头手里各捧着两个匣子，里面装着用宝石和珍珠点缀的奢华头面。

三房虽然才回京城，却因为虞俊伟有望官复原职和夺回爵位，又因为两位皇子刻意拉拢，前来拜访的达官贵人络绎不绝，与此同时还送来许多贵重财物。他们在蜀地很是吃了几年苦头，回来时只拎着几个包裹，看起来非常落魄。然而不过一月光景便什么都有了，只等皇上平反冤狱的诏书下来，他们就能开了对面被查封的永乐侯府，风风光光地住进去。

故而这几套头面虽然贵重，对三房一家来说也算不得什么。

虞妙琪指了指做工堪称奇巧的鸾凤翡翠头面，说道：“戴这一套吧，与我的裙子般配。”

丫头忙取出头面帮她一一别在发间。正当时，林氏掀开帘子进来，走到梳妆台边欲言又止。短短几月她就瘦得不成样子，原本白皙的肤色干枯蜡黄，额头更起了细小的皱纹，看上去仿佛老了几十岁。

虞妙琪见了她眼中的兴致便是一淡，摆手遣走几个丫头，不耐烦地说：“您又怎么了？”

“没怎么，就是一个人待着总觉得不安稳，索性就来看看你。”林氏坐在绣墩上长叹，满脸的迷茫与无助。

“那您且好生看看，您女儿我很快就要凤凰于飞了。”虞妙琪用指尖碰了碰头上用翡翠和金丝打造而成的鸾凤钗环，语气十分自傲，“等一切尘埃落定，那人便会接我入宫，凭我的功劳，少说也能封妃。等我飞黄腾达了，便让老东西将您风风光光地迎回去。那休书您可得好生收着，到那时我让她生吞了！”

“别，你千万别惹怒老祖宗，她好歹是我婆婆，是你祖母。”林氏连连摆手，忧虑道，“言儿尸骨未寒我便帮着三房污蔑他声誉，你父亲泉下有知会不会怪我？”

“不是跟您说了吗？现在我的身份太低，只有与三叔结盟，才能与别家贵女一争高下。您助三叔夺回爵位，他送我入宫，我们只是互相利用罢了。日后我诞下皇子登上后位，肯定能替大哥洗刷冤屈。三叔当年坑害大哥的事我还记着，总不会饶了他。到那时只推说三叔用我的性命逼迫您诬告亲子，旁人总会理解。大哥无后，我定然从族人那里过继一个资质上佳的幼儿交与您抚养，以继承大哥的爵位。外人的诽谤您无须在意，三叔一家您更不必介怀，女儿都会解决的。”虞妙琪耐着性子解释。

林氏听了默默不言，只捏着手帕擦泪。

门外传来卓氏尖厉的嗓音，虞妙琪连忙坐正，对着镜子理了理鬓发。

“琪儿，可捯饬好了？好了咱们这便出发吧。”卓氏掀帘子进来，绕着虞妙琪走了两圈，赞叹道，“琪儿果真好相貌，难怪贵人喜欢得紧，千交代万交代让我好生照顾你。刚送来的四副头面你可喜欢？不喜欢让锦绣阁的掌柜再走一趟，挑到你满意的为止。”

“谢婶婶，妙琪很喜欢。贵人可有带话给我？”虞妙琪脸颊泛红，目中含羞。

“带了，让你安心等候，只要此间事了，他必定八抬大轿迎你入宫。”卓氏笑得真诚，眸子深处却暗藏无尽的嘲讽。那人与虞妙琪结交不过为了对付虞品言，如今虞品言已经死了，虞妙琪也就可有可无。别说八抬大轿，能想起她这个人就算不错了。

若非老爷打着攀附新帝的主意非要送虞家一名女子入宫，若非自己的女儿在蜀地已经嫁人，若非虞妙琪果真长得秀色夺人、风姿清逸，她绝不会收容这对母女。

虞妙琪仿佛被触动了，略微垂眸浅笑。

二人再次整理妆容，也不理会角落里的林氏，便坐上马车直往京郊去。三房总算是熬出头了，自然要在老太太跟前出口恶气。卓氏明面上劝老太太随他们居住，实际上句句拿虞品言的死说事，恨不得把老太太直接气归天才好。

她们带了许多家丁，轻而易举便撞开大门到了内堂。老太太正在喝药，看清来人，直接便把药碗砸过去，呵斥道："你们还敢来！"

"母亲息怒，别又像上次一样吐血才好。您看看您这住的什么地儿，墙壁都发霉了，不如跟我回家吧。老爷得了消息，再过三天，他官复原职和袭爵的旨意就要下来了，永乐侯府门上的封条也能揭了。您老人家在那里住了一辈子，该当回去。"卓氏躲开药碗，坐在太师椅上自说自话。

"祖母，无论侯府当家的是谁，您都是咱们的长辈，咱们一定会好生孝敬您。大哥虽然去了，可还有鸿哥哥呢，两位哥哥都一样是您的嫡亲孙子。"虞妙琪紧挨着卓氏落座，微微一笑。她口中的鸿哥哥便是虞俊伟的嫡子虞品鸿，现在正在家中读书，准备重走仕途。

老太太被这二人气得心脏抽痛，怒吼道："来人啊，把这两个该死的东西打出去！"然而，侯府下人走的走，散的散，剩下的都是些老弱妇孺，对上三房带来的年轻家丁真有些力不从心。

下人们推推搡搡，虞妙琪和卓氏还有心喝茶看戏，姿态好不悠闲。虞思雨闻听消息匆匆赶来，刚走到岔路口就见大门再次敞开，虞襄穿着一件艳红色的绢纱金丝绣花长裙逶迤而来。

一阵风吹过，将那浓烈到熏人的花香味拂到虞思雨面上，她不由自主地深吸口气，惊喜万分地喊道："襄儿，你回来了？"

"我回来了。"虞襄正欲扬唇，听见内堂的吵闹声立即阴沉了面色。

"谁那么大胆子，竟敢跟老祖宗动手？"她解下腰间带着倒刺的鞭子，狠狠朝一名家丁抽去。

那人立即捂着脸惨号，鲜血从指缝间汩汩而出。所有人都安静了片刻，不由自主地分开一条通道，让她迤迤然走到堂前。

"襄儿？是你吗，襄儿？"老太太不敢置信地盯着她。

"是我。老祖宗，我来看你了！"她快步上前搂住老太太，趴伏在她耳边低语，"哥哥也没事，如今已大败西夷班师回朝，后天就到京城了。

皇上自有安排，您现在千万别声张！”

老太太浑身一震，随即搂住她痛哭失声，边哭边忏悔道：“襄儿，你能来看我就好。我是老糊涂了，这才做错了事，你可千万别记恨我呀！”

“怎会？我记恨谁也不能记恨我自个儿的老祖宗啊。咱们永远都是一家人。”虞襄也心有所感，眼眶慢慢泛上潮红。

虞思雨推开下人走过去，祖孙三人抱在一起痛哭。

“虞襄，你终于来了。我还以为你这辈子都不打算认祖母了。”虞妙琪打破了三人重逢的场面。

“日前腿伤复发亟待求医，故而耽误了几月。我不像你，是个忘恩负义薄情寡恩的白眼狼。”虞襄扶着老太太坐正，又帮她斟了一杯参茶，这才缓缓地开口。

虞妙琪横眉怒目，正欲反驳，却见听卓氏冷笑道：“虞襄，哦不，瞧我这记性，现在应该叫沈襄了。你姓沈，我们姓虞，虞家的家事你凭什么插手？还一来就打伤我家的下人，你好大的脸，真当自己是永乐侯府的嫡三小姐不成？”

我没当自己是侯府的嫡三小姐，我只当自己是侯府正儿八经的侯夫人。当然，这句话虞襄还不能宣之于口，只得掩嘴笑道：“我的确脸大。卓夫人莫非忘了，我虽然不是侯府嫡小姐了，可头上还顶着‘司农乡君’的封号。若是论起品级，你们见了我，可是要跪拜行礼的。”

卓氏和虞妙琪顿时哑口了，表情活似吞了几百只苍蝇。

虞襄好几个月闭门不出，外人都以为她是丢了侯府嫡小姐的身份，这才羞于见人，却都忘了侯府嫡小姐的身份虽然高，却也高不过乡君。

皇上一直未曾降旨捋夺她的封号，她便还是司农乡君。似卓氏和虞妙琪这样无品无级的普通妇人，见了她须行跪拜大礼，口称“乡君娘娘”。

此时二人正在跪与不跪之间挣扎，五官因愤恨不甘而扭曲了，看上去十分恐怖。虞襄慢慢喂老太太喝参茶，片刻后才沉声呵斥道：“竖子如此不知礼数，将她们给我打出去！”

马嬷嬷等人活像找到了主心骨，抄起棍棒、扫帚、鸡毛掸子等物，气势汹汹地撵人。卓氏不能命家丁反击，若是混乱中磕碰了虞襄一块儿皮肉，事情可就闹大了。她只得撩起裙摆，灰溜溜地跑了。

虞襄还不肯罢休，冲她们逃窜的背影高声喊道：“卓夫人，我好心告诫你一句——虞妙琪杀了养母，暗害养兄，构陷嫡姐，又伙同生母栽赃嫡亲兄长，心性之凉薄狠毒世所罕见。你若是对她心存利用，当心到最后反被她啃得骨头渣子都不剩。”

卓氏脚步微顿，跨门槛时便被狠狠绊了一下。虞妙琪连忙伸手去扶，却被她猛力拍开，可见这番话已说进她心里去了。然而，虞妙琪正急需借助三房的权势送自己登上妃位，回去后少不得挖空心思讨好，若是不能让她打消对自己的戒备，那虞家送入宫中的人选就会变上一变。

荣华富贵有可能因为这句话而颠覆，虞妙琪对虞襄的恨意可想而知，打定主意待自己飞黄腾达，定要把虞襄整治得求生不得求死不能。

闲杂人等都走光了，老太太才再次把孙女搂进怀里安抚，心肝宝贝地叫个不停，连声追问她一路上可有吃苦。

“有苦海大师和苦慧大师照拂，孙女儿并未吃苦。哥哥也很好，不日就能抵京。”虞襄把自己远去西疆后发生的事都说给老太太听。

老太太眼泪流个不停，坚定道：“好好好，不管战场上胜败如何，只要你们能平安回家就成。来日老祖宗就上镇国寺讨一个黄道吉日给你和言儿办婚礼。我跟沈大人说好了，聘礼和嫁妆都由我来出，定让你十里红妆风光无限。至于什么兄妹乱伦，且让那些庸人说道去吧，咱们只管把咱们的小日子过起来。”

虞襄喜出望外，搂着老太太的脖颈撒娇道：“老祖宗，还是您疼我。来日我一定帮您生一窝重孙子，咱们四世同堂热热闹闹的。您说好不好？”

老太太心里那个甜啊，笑得眼睛都看不见了，连声说好。

虞思雨也笑了，偏偏眼角流下两行眼泪。老太太见了很是心疼，忙搂着她安慰：“邵煊泽那孩子有情义，我冷眼看着是个好的。等你大哥回来，咱就把你的婚事重新操办起来，比之前更盛大更热闹百倍。咱们全家借你的喜事好好冲冲晦气。”

“嗯。”虞思雨连忙低头擦泪。

卓氏回家后立即撇开沈妙琪前去找虞俊伟。二人之前见贵人对虞妙琪有那么点意思，这才择定送她过去，如今被虞襄稍加提点，这才意识到虞妙琪此人究竟忘恩负义到了什么地步。连养父养母养兄、嫡兄嫡姐嫡亲祖母都能眼都不眨地或舍弃或暗害，她那心简直是石头做的，无论如何都焐不热。

眼下她正当落魄，自然温婉乖顺，等她得势，指不定什么时候就插你一刀。

“在蜀地待久了，我也是被那些辛苦劳作损了脑子，竟会想着把她送过去。”虞俊伟看着自己长满老茧的手叹息。当了六七年的苦役，他竟连观人之术都忘了。

“那咱们再另外选人吧。族里没有比她更秀美的，咱们就去外边儿找，抑或从旁系过继一个资质上佳的幼女养几年。你若是官复原职，贵人需倚重你的地方多着呢，就算你不提，他自个儿也会张口。反正贵人还年轻，不急在这一时。”卓氏脸上隐现倨傲之色。

虞俊伟乃是庶子，凭自己的能力参加科举走上仕途，年仅三十就官拜吏部尚书，能力自然是毋庸置疑。若非他为人太过自负又贪心不足，也不会被人拉下来。为了稳固皇位，新皇帝少不得要把各家权贵的女儿纳几个进宫，吏部尚书如此重要的位置，自然能分一杯羹。

虞俊伟想着等自己成了国丈，别人再要扳倒他就难了，且对林氏存了利用之心，这才捏着鼻子接那母女俩进门，如今有了新的考虑，便觉得十分硌硬，于是说道：“老东西好像已经把林氏给休了吧？那咱们虞家可没义务养着她。等贵人事成，你便把她们远远打发走。”

“我明白。”卓氏点头，匆匆下去物色长相秀美的幼女。

虞妙琪听闻卓氏招了族人来见，且个个都带着自家女儿，年龄均在十一二岁之间，哪还想不明白她打的是什么主意，气得眼睛都红了。然而贵人千交代万叮嘱，让她在大业得成之前不要与他相见，她只得咬牙忍耐，心里存的不过是贵人还惦记自己的那点念想。

虞品言在时，她觉得自己很卑微；虞品言没了，她发现自己简直卑微到了尘埃里。

与她一样心绪难平的还有孙夫人。听了媒人的回禀，她才想起虞襄头上还顶着“司农乡君”的封号，顿时吓得冷汗淋漓。

“母亲急什么，太子已被圈禁，皇后幽闭坤宁宫拒不见客。他两个自身尚且难保，哪里会去管沈家的闲事？随她去，且看看她能折腾出什么花样来。我就喜欢这样烈性的女子，够味。”孙明杰舔了舔指腹，似女子一般阴柔的面容含着几分狠戾之气。

孙夫人听了果然大感安心，嗤笑道："我儿说得是。她去求皇后娘娘，我也去求小姑子。小姑子深受帝宠，且怀着龙嗣，难不成还压不过一个即将被废的皇后？"

原来孙大人还有一位年方十六的嫡亲妹妹，去年大选时入的宫，因容貌过人很快就侍了寝，至如今已有七八月身孕，怀的正是成康帝的幺儿，因此十分受成康帝的宠爱。月前她连升几级，从小小的从五品良媛擢升为正一品妃子。这也是孙夫人敢如此猖狂的原因。

母子二人瞒着孙大人议定明日进宫之事，意欲从孙妃那里要一道赐婚旨意。当然，他们胆子再大也不敢纳乡君为妾，却是打着虐死虞襄再另娶贵女的主意。

翌日，虞襄在宫门口等到孙夫人的时候并不感到意外。二人入宫后便分道扬镳，一个去见孙妃，一个去见皇后。

"你终于回来了。易风可还安好？本宫和陛下就等着他回京城了。"皇后见了虞襄很是高兴，拉着她的手询问。她对虞襄如何找到虞品言的经过并不好奇。有苦海大师引路，便仿佛没什么事是不可能的。

见左右无人，只有深得皇后信任的宋嬷嬷站在角落，虞襄才低声开口："哥哥很好，想来明日就能抵京。"

"好好好。"皇后舒心地笑了，随即又沉下脸问道，"听宋嬷嬷说孙家意欲纳你为妾？"

"正是。"虞襄点头。

"本宫记得她那儿子如今在吏部任职，不过一个从六品的员外郎，也敢纳堂堂乡君为妾，当真好大的脸面！孙妇呢？把她叫来！本宫要当面问问她，意欲将皇上亲封的乡君置于何地？"皇后眼中隐有怒火。

"回娘娘，她去觐见孙妃了。"虞襄直言道。

皇后眼中的怒火瞬间喷薄而出，沉声道："好啊，入宫不先来拜见本宫，反倒去见孙妃。他们这是以为太子倒了，本宫也会被废，便不把本宫放在眼里了。"

皇后这几个月着实受了许多煎熬。儿子莫名其妙被圈禁了，朝堂上处处是废太子的声音，连两个小皇孙亦被要求贬为庶人，若非虞品言大胜西夷令成康帝实在太过高兴，忍不住向皇后吐露了实情，她此时还蒙在鼓里，夹着尾巴做人。

明日虞品言就要进京，她哪里还忍得住，冷笑道：“派人去传懿旨，就说孙妃不懂规矩，命她去佛堂面壁自省，不跪满十二个时辰不许起来。”

宋嬷嬷迟疑道：“可是娘娘，孙妃已怀有八个月身孕，寻常人跪十二个时辰都受不了，她一个孕妇，弄不好会……”

“你只管去，别的不用多管。”皇后不耐烦地挥手。孙妃怀了龙种没错，这孩子却并非传言那样受成康帝待见。原来孙妃自小学医，很有一手探脉的本事。成康帝选秀之时曾虚扶她一把，便被她探了脉去，竟得知他罹患重症寿数将尽之事。

她入宫只为博一个锦绣前程，可不是为了殉葬，于是她弄了些助兴之药让成康帝喝下，几番纠缠便怀上了。若非如此，成康帝那样的病体如何能行人事？她原本想着有了孩子就不用殉葬，若生下皇子，今后便随他出宫生活。

哪知她无意中将此事透给了孙氏，孙氏心慌之下又透给了儿子。孙明杰头脑聪敏，立即就察觉这是一个政治投资的大好机会，一来二去便与四皇子搭上了。自此，孙妃为了自己的性命和孩子的将来，不得不为四皇子传递内宫消息。

成康帝查了徐院正，发现他没有嫌疑之后便将目光放在了后宫嫔妃身上。能在他如此虚弱之下还意外怀孕的孙妃便如夜之萤火，无处可藏。

如今虞品言就要回来了，成康帝很快就会清洗朝堂，孙妃肚子里的孩子自然留不得了。她怀的毕竟是龙子，生下来也不能再摔死不是？皇后忍耐了许久，正想着该如何处置孙妃，虞襄就递了一把刀过来，真是合了她心意。此次她不但能除掉一个后患，还能震慑不安分的妃嫔，也算是一举数得。

后宫这些秘辛，皇后自然不会告诉虞襄。虞襄见皇后一下手就把大人小孩一块儿算计进去，且还不遮不掩正大光明，脑子稍微一转就明白以皇后的沉稳不会如此鲁莽行事，必定是孙妃踩中了皇后，甚至是成康帝的底线。皇后既然敢做，必定不怕成康帝问责。

她今日进宫本就为了给孙家一个难忘的教训，虽然这教训有些过了，却也不会傻到去求情。正所谓一饮一啄皆为前定，孙家自个儿造了孽，怪不到她头上。

第三十七章 断绝

虞襄走时乃盛夏时节，回来已到了隆冬腊月，外头正呼啦啦地刮着北风，真可谓滴水成冰。

甘泉宫四周环绕着人工挖成的湖，春夏秋三季之时，碧蓝的湖水掩映在浩如烟海的绿树之间，那景色美得令人沉醉。然而一到冬季，湖水便凝结成冰，远远看去素白一片，美则美矣，却叫人冷入骨髓。

宫里烧了地龙，燃了火盆，孙妃却还裹着一件狐裘大氅，本就高高隆起的肚子更是大得惊人。她长相秀美，皮肤白皙，此时正慵懒地斜倚在软榻上，因连月晋升而舒展开的眉眼自然而然带上了几分倨傲和贵气。

“娘娘，您这肚皮看着尖尖的，怀的一定是小龙子。”孙夫人殷勤地开口。

孙妃摸了摸肚子，眯眼而笑：“是吗？不拘男女，反正这孩子是个有福的。嫂子此次进宫所为何事？”

孙夫人连忙把纳虞襄做妾不成改聘娶她为妻的事说了。

孙妃皱眉道：“娶谁家的姑娘不好，偏偏看上了虞襄？她已经认祖归宗了，嫡亲哥哥眼看就要罢职，养兄更是死无全尸，爵位旁落。她自个儿脾气乖张不说，还腿脚不便，身染宿疾，娶她对明杰有什么好处？本宫帮明杰随便挑一个都比她强百倍。”

“娘娘您有所不知，明杰就喜欢她那样烈性的，说是摆弄起来更有滋味。好人家的姑娘，臣妇哪里敢让他近身？不若娶了虞襄，让明杰好生折腾几年化化心中的戾气。等明杰性子稳重了便让她暴毙，咱们再另娶一位上得了台面的贵女。”孙夫人压低嗓音回禀。

侄子的毛病孙妃自然知晓，且还帮着遮掩，闻听此言略微思忖片刻，觉得用虞襄磨磨侄子的脾性也是好的。沈家和虞家都败落了，谁还管虞襄的死活。

“那好吧，待本宫宣那虞襄过来看看。”孙妃摆手，让宫女去坤宁宫请人。

她如今是宫中唯一怀有身孕的女人，又接连两月被成康帝擢升位分，晋级的速度世所罕见。不要说别的宫妃对她各种艳羡嫉恨，连她自个儿都飘飘然起来，以为成康帝对自己和孩子多么宠爱，还打着一生下来就求成康帝封一个王爵的主意。况且她早一步搭上了新帝的大船，哪怕成康帝驾崩，她和孩子在新帝的照拂下一样过得舒坦自在，富贵无双。

故而她渐渐也就忘了本分，丝毫不把皇后看在眼里，否则也不会遣一个小小的宫女去坤宁宫中要人。此举若是放在平常，简直狂妄得令人咋舌。

当然，在皇后蛰伏的这几月，类似的挑衅她也经受过不少，以往都默默忍耐下来，今日却是忍无可忍无须再忍。

故而不等孙妃的宫女跨出内殿，就见坤宁宫的女官大步而入，言道："皇后娘娘颁下懿旨，责孙妃不知礼数，不懂尊卑，于甘泉宫中面壁思过，跪满十二个时辰方能起身。娘娘，请吧。"

女官躬身弯腰，欲引孙妃至后殿的佛堂。因大寒朝的每一任帝王都笃信佛教，后宫嫔妃们也就上行下效，在宫殿内设置佛堂，有事无事便跪着念几句经文，以彰显自己的慈悲。

甘泉宫中的佛堂就在临水阁边，四面窗户虽然关得严实，北风却持续从缝隙中吹入，那温度能把人的一层皮肉都冻下来。让孙妃一个即将临盆的孕妇跪地自省，等同于让她去死。

孙妃闻听此言，震惊得差点从软榻上摔下来；孙夫人更是不敢置信，直言皇后娘娘以权谋私倾轧宫妃暗害皇嗣，她要去御前告一状。

女官也不拦她，由着她和一个宫女往养心殿跑去。

"娘娘是自个儿进去还是等皇上颁下圣旨？"女官冲孙妃微微一笑，态度很是和婉。

"等皇上！"孙妃捂着肚子，咬牙切齿地说道。

二人一时无话，静静等候。

养心殿内，朴神医正在给成康帝把脉。成康帝患的乃是肺积，胸痛咯血已有很长一段时间。此症苦慧大师也曾入宫看过，却是毫无办法。朴神医的医术与苦慧大师只在伯仲之间，但他有一门绝学，乃是吊命，虽然不能从阎王手中抢人，却也能大大减缓死亡的痛苦和时间。

因他只为一人看病一次绝无二次的原则，成康帝非到濒死不敢轻易让他出手。

"朴神医，朕还有多少时间？"把完脉，成康帝淡然开口。

“若非之前陛下被人下了虎狼之药损了精血，原本还有四五年寿数，如今则不然。草民勉力一试，少则五六月多则一两年，也是没个定数。”朴神医直言相告。

“虎狼之药，损了精血。”这两句话在成康帝舌尖绕了绕，虽然语气轻缓，表情沉稳，然而他幽深一片的眼眸却藏着令人胆寒的杀念。

孙妃下的药能无知无觉提起他的兴致。他原本因为体虚，已经许久未曾动情，在孙妃那里尝过几次龙精虎猛的滋味后，还以为是自己病体初愈的征兆，又加上孙妃有孕，更证明了他雄风不减当年，为此，他很是高兴了一阵，还把孙妃的位分往上提了提。

但在得知孙妃擅长探脉精通药理后他才意识到，所谓的龙精虎猛不过是中毒，所谓的孕育龙嗣却是拿自己的寿命来换。若是孙妃不知他病体违和而下药，也算情有可原，偏她明知圣上病重将死还下此等虎狼之药，只为了给自己搏一个锦绣前程，其所作所为不啻弑君谋反。

成康帝之前对孙妃的孩子有多期待，现在就有多厌憎，偏偏为了不打草惊蛇还得继续供着她，直把她擢升为一品妃子。

眼下虞品言就要还朝，他伙同太子逼宫谋反的罪名也就不攻自破。而在这几个月里，成康帝和太子各自在心中拟定了一份名单，名单上的朝臣是忠是奸，是重用还是斩除，泾渭分明。

一场腥风血雨一触即发，成康帝不介意拿孙妃磨磨自己的屠刀，故而当孙夫人闯到养心殿外大声喊冤的时候，他挥一挥袖子，冷声道：“将她们各打三十大板撵出去。将朕的旨意带给孙妃，让她跪，跪到皇后满意为止。”

内侍得令，立即让侍卫捉住孙夫人和宫女，就在殿前的空地上扒了裤子狠狠打了三十大板，随即遣女官去甘泉宫颁旨。

“什么？这不可能！我还怀着龙子，皇上不可能如此待我！你们一定是假传圣旨！我要见皇上！”孙妃吓得肝胆欲裂，想要跑去养心殿却被宫女擒住，直接压进佛堂摁坐在蒲团上。

因女官不准宫人在佛堂内烧地龙、燃火盆，孙妃只跪了小片刻就觉肚子抽痛，又加之心绪狂乱不能平复，裙摆上很快晕开一大片血迹。

坤宁宫中，皇后得了女官报信，只轻轻笑了一下。她盯着窗外萧索的冬景，也不知想到什么，眸中泻出无尽悲意。

虞襄见状自然不敢多待，命桃红、柳绿推来轮椅，坐上后便要告辞。

皇后亲自起身扶她，问道："不是说腿伤已经治好了吗？怎还要坐轮椅？"

"回娘娘，此去西疆路途遥远，因为不堪劳累又弄伤了筋骨，如今每天只能勉力行走半天，余下半天还需让丫头们推送。"

皇后经历此番倾轧背叛，对虞襄这样的人越发喜欢。在常人眼中，虞襄的做法无异于离经叛道惊世骇俗，在皇后眼中却是重情重义知恩图报，别说是苛责，赞赏还来不及。

皇后连说了好几句"苦了你了"，又叮嘱她日后常来宫中玩耍，这才命宋嬷嬷将她送出去。

虞襄出了宫门并不马上离开，而是吩咐车夫将马车停在路边，等待受刑的孙夫人。

桃红和柳绿惊出一身冷汗，此时才敢掏出手帕擦一擦，低声道："让怀孕八月的孕妇在这大冷天里跪佛堂，若是孙妃果真小产了，皇后娘娘恐会被朝臣命妇们诟病。"

"诟病？让他们诟去吧。"虞襄吹了吹沾在蔻丹上的灰尘，笑容说不出的讽刺，"正是因为皇后娘娘素日里太过贤德仁厚，失势后才会让小小的宫妃骑到头上撒野。皇后忍了一辈子，装了一辈子，到头来还是落得个儿子圈禁、自己被废的下场，虽然是假的，却也足够令人心寒反思。一旦被逼到绝境，再仁厚的人也会展现出最阴暗的一面。娘娘现在很想见血，我正巧就给她递了把刀子。不过孙妃倒是个人才，不但惹了娘娘，还把皇上也得罪死了，也不知她究竟干了什么天怒人怨的事儿。"

虞襄将手伸进袖笼里焐热，眼中露出沉思。

"管她究竟干了什么，总之过了今日，往后还有没有孙妃这个人都不知道了。"柳绿忧心道，"只是皇后娘娘拿您做了一回筏子，事情传开，您那名声就更差了。"

虞襄闻言非但不觉得烦扰，反而轻笑起来："名声那玩意儿我早八百年前就扔掉了。皇后娘娘的确拿我做了筏子，但我还得感谢她呢。你想想，此事传扬开来，今后这上京城里谁还敢惹我？"

连宠冠六宫的孙妃都得了这么个凄惨收场，往后想找主子麻烦的人必得掂量掂量自己够不够分量。柳绿一想的确是这个理，便也笑开了。

桃红一直盯着宫门，此时喊道："孙家的马车出来了。"

大内侍卫执杖，那力道自不是常人能够承受。三十棍棒下去，孙夫人已去了半条命，又听闻孙妃如今正跪在佛堂自省，十二个时辰后那龙胎必定不保，且还有可能一尸两命。

此次入宫本是为了儿子的婚事，却不料不但婚事吹了，连孙家的顶梁柱都倒了，孙夫人简直弄不明白这前前后后究竟出了什么变故。小姑子分明那样受宠，皇上还承诺只要小姑子诞下龙子就即刻封为亲王，怎么转眼就欲置小姑子于死地呢？

孙夫人不傻，哪里还看不出帝后二人这是联起手来整治小姑子。她的身体撕裂一般疼痛，心中的焦躁惶急却比身体的疼痛更甚。她想马上就赶回府中，与儿子好生商议一番，总觉得皇上态度忽然大变不是什么好兆头，仿佛大寒的天也要变了。

"孙夫人，赐婚的懿旨求来了吗？求来了这便给我吧，我好回去准备嫁妆。"将沈家的马车拦在大马路上，虞襄掀开窗帘，粲然而笑。

"我家夫人病得厉害，还请沈小姐让路。"一名丫头掀开门帘好言好语地说道。

"病重？不是被扒了裤子打板子吗？殿前那么多侍卫，夫人你青天白日光着下身，倒也真好意思。换作是我，羞也羞死了。"虞襄并未刻意压低声量，此处又是宫门要道，路过的都是些达官贵人，闻听此言，纷纷转头来看。

本就奄奄一息的孙夫人气得差点吐血，声嘶力竭地吼道："走，快回府！赶紧的！"在此处多待一刻，她都觉得像死了一回。

"让开吧，她赶着回去投缳呢。"虞襄冲车夫摆手。

车夫立即让开道路，眼见着孙家的马车急速消失在一片指指点点中。虞襄放下窗帘，抱着小手炉说："走吧，孙家还有一场大戏等着咱们去看呢。"

桃红一听这话便笑不可遏，一迭声地催促车夫赶紧加速，反倒是柳绿面上隐含无奈。

两辆马车先后抵达孙府。门房早得了消息，使人抬了一张竹床出来接夫人。孙大人还在衙门当差，孙明杰正值休沐，听闻母亲进宫一趟不但没求来懿旨反被赐了板子，早就在角门处等候，额头隐约可见几滴细汗。

能被成康帝亲自赐板子，且还在养心殿前当着那许多侍卫的面儿，母亲惹下的祸事必定不小。如今孙妃还跪在冰冷的佛堂，十二个时辰后是什么光景几可预见。他不是蠢人，俨然已把最坏的结局考虑到了。

“来人来人，快去接夫人。”下仆看见马车，连忙将铺着厚重被褥的竹床抬过去。

“母亲您怎么样？娘娘怎么样？究竟发生了什么事惹得皇上如此震怒？”孙明杰握住孙夫人的手连连追问。

“你就是孙明杰？”一道清脆的嗓音从后一辆马车上传来。

孙明杰转头回望，映入眼帘的是他在梦中欺凌过无数次的倩影。那人此时正微微扬着下颌，表情倨傲，口中吐出伤人的话语：“就你这副男不男女不女的样儿，也敢妄想我堂堂的司农乡君，也不揽个镜子照一照，凭你也配？”

孙明杰最忌讳旁人说他男生女相，双眼赤红地瞪视过来，眉宇间杀意毕露。

虞襄轻蔑地笑了笑，挥袖道：“别瞪了，再瞪我也不会少块肉。我这里有一样东西送给你，你且收下吧。”

她话音刚落，就见前方又来一辆马车，几个身体健壮的家丁扛着一个巨大的铁笼下来，里面关着一只洁白的天鹅和几百只蟾蜍。大冬天里找来这许多蟾蜍，还放在火笼上熏醒，她也算煞费苦心了。

蟾蜍本该是天鹅的食物，然而眼下笼子里的蟾蜍实在是太多，密密麻麻挤挤挨挨的一片，连人看了都觉得惊恐万状，更别提身处其间的天鹅了。

那天鹅仰着长长的脖子，发出凄厉的嘶鸣，高昂的音量把所有路人都引了过来。大家看见趴伏在车窗上笑容明艳的虞襄，不约而同地暗忖：哪个倒霉鬼又惹了这位混世魔王？要说性情顽劣，京城的纨绔公子也比不得这虞家，哦不，沈家的小姐。

孙明杰死死盯着铁笼，咬牙问道：“沈小姐，你究竟什么意思？送这些蟾蜍恶心我？”

“不，我只是想告诉你一个道理。”虞襄眉梢微挑，语气轻慢，“本小姐是天鹅，你就是地上的癞蛤蟆，癞蛤蟆想吃天鹅肉那纯粹是妄想。”

她话音刚落，家丁就打开铁笼朝孙府大门扔了过去。无助中的天鹅得到解脱立即飞上天空，长长嘶鸣几声后化作一个黑点消失在天幕尽头。蟾蜍却不能飞，在孙府门前蹦了一地。因它们身上的黏液有毒，引得孙府下人纷纷躲避。也不知谁带倒了竹床，将孙夫人摔了下来，吧唧压死几只蟾蜍，场面既恶心又滑稽。

围观的路人哄笑不止，孙明杰则气得想杀人，若是手中有剑，早就朝虞襄刺过去了。打这以后，再有谁想高攀一门好亲，旁人便用“癞蛤蟆想吃天鹅肉”来讥讽他，此为后话暂且不提。

虞襄捂着嘴轻笑，在他反应过来之前乘着马车消失在街角。孙明杰面容扭曲，嗓音嘶哑，用尽力气喊道：“虞襄，你若是有一天犯在我手里，我必定要你求生不得求死不能！”

不过捉几只蟾蜍恶心人罢了，虞襄的做法在路人眼中不啻小孩的恶作剧。但孙明杰最后的宣言却有些过了，加之他素来有“神仙公子”的美誉，此时露出阴毒的真面目，反而令群众大感惊讶，议论纷纷。

有心者早已东奔西走去打听两家为何结怨，更是对孙家的所作所为不齿。等孙妃小产暴毙的消息从宫中传来，所有人都意识到孙家的好日子到头了。

孙大人很惊恐，前所未有的惊恐。他先是在衙门里收到一封匿名信，打开后发现是一封血书，记载着儿子的滔天罪行；不等他回家询问，内宫又传来消息，他夫人因在殿前喧哗被皇上赏了三十大板，孙妃忤逆皇后不懂尊卑被罚面壁思过。

他不敢派人去宫中打听消息，只能在同僚古怪的目光中请辞回家。他前脚刚跨入家门，后脚就得到孙妃小产暴毙的消息。

“这究竟是怎么回事儿？为何短短半日我孙家就几近灭门的边缘？你们究竟干了什么？此事绝不是你整死一个丫头那么简单。快说！”孙大人踹开房门，将血书扔到儿子的脸上。

孙夫人趴在床上瑟瑟发抖，孙明杰捏着血书沉默不语，下人纷纷避走，屋里陷入一片死寂。

孙大人颓然瘫坐在太师椅上，一字一句道：“我刚刚得了消息，孙妃她……她已然暴毙身亡了，小皇子也胎死腹中。我们孙家本来好好的，怎么会弄成这样？我自问循规蹈矩，谨小慎微，从未入皇上的眼，更不会触怒他至此。你们俩既然能背着我犯下这桩血案，必定也能背着我谋划其他的事。你们说吧，说出来大家一块儿想办法。”

孙夫人将脸埋在软枕里啜泣，孙明杰踉跄着走到父亲身边，嗓音沙哑：“没有办法可想了，父亲恐怕只能随我跳进这火坑里了，要么咱们父子扬名立万飞黄腾达，要么万劫不复永不超生……”

皇上忽然除掉孙妃，必定是发现了端倪。为今之计，只有赶紧通知四皇子，让他做好逼宫的准备。所幸龙鳞卫和内宫已被四皇子渗透，太子也将手中的人脉尽数交与四皇子，其中不乏掌管京畿防务的重臣。

四皇子以迅雷不及掩耳之势包围皇城并非难事。

且不提孙妃的死引起了多少暗潮汹涌，虞襄此时正在回家的路上，还让桃红买了几斤炒瓜子，一路上边看街景边嗑，十分逍遥自在。

“等等，那不是常雅芙吗？”她指着锦绣阁里的一对母女。

“呀，是呢。她不是躲回老家了吗？怎么又回来了？而且还满脸的喜气。”柳绿惊讶道。

常雅芙正对着水银镜试戴一支玉簪，靖国公夫人陪伴在侧，一面说话一面掩嘴轻笑，看上去好不松快。

“靖国公府一定发生了天大的喜事。”柳绿猜测道。

“常雅芙满脸的娇羞之色，定然是找到了如意郎君。就凭她那名声，能嫁给谁？她又不像我，早早就自个儿揽了一个绝品夫婿。”虞襄沉吟片刻，忽而笑开了，“瞧我，怎么把刚回京城的虞品鸿给忘了。他俩不是早就有私情吗？而今虞俊伟有望官复原职承袭爵位，虞品鸿有望重走仕途，她又立马寻了过来。兜兜转转地，这一对狗男女终于还是走到了一起。”

桃红素来爱打听八卦，对三房一家的消息知之甚详，奇道：“可是，虞品鸿在蜀地已经结亲了，对方是个普通村妇，这次还带回来了。”

虞襄冷笑道：“虞俊伟果然是个道貌岸然的伪君子，分明恨不得把儿媳弄死，偏偏还将她带回来以彰显自己重信守义。然村妇岂能顶得起侯府门庭？此时他再为儿子聘一平妻，别人也挑不出理儿。放眼京城的贵女，谁肯给人做平妻？也就常雅芙这样出身高门却失了闺誉的才是最合适的人选。我当初揭了常雅芙的老底，却不料反而成全了一对鸳鸯，真是世事无常。”

她边说边将手心的瓜子壳倒出去。正巧常雅芙抬头来看，先是瞪大一双美目，随即轻笑起来，用口型无声说道：“看见了吗？我还是成了侯夫人。”

虞襄冷冷瞥她一眼，放下车帘后说道：“等哥哥回来，我要立即成亲，让她明白究竟谁才是真正的侯夫人！”

桃红连忙安抚：“是呢，这就是一家子有眼无珠的傻蛋，哪能跟小姐您相提并论。”

孙大人一辈子钻研农田水利，并无什么位极人臣的远大志向，却不料娶了个愚蠢而又贪婪的嫡妻，生了个野心勃勃暴虐成性的嫡子，更有一个为图富贵偏要往禁宫里钻的妹妹。孙家五代清名就这样毁于一旦，而他还无力回天，只能将错就错地走下去。

往常上朝孙大人只是站在群臣中听训便罢，心绪十分平静，今日却连握笏板的手都在发抖，官帽边沿渗出许多冷汗，顺着鬓发和耳垂往下滴落。他不敢擦拭，只能略微挪步隐在工部尚书身后，抬眸时与款款前行的四皇子对视了一眼，被他瞳仁中燃烧的炽烈野望镇在当场。

“孙大人可是身体不适？”四皇子回眸而笑，一如传言那般风度翩翩，仁和宽厚。

“谢四皇子关心，微臣略有些受凉，并无大碍。”孙大人低垂着头，再不敢直视对方。

“天气严寒，孙大人出门可得多穿几件衣服才是。”四皇子略微关怀几句便往前堂去了，那是诸位皇子才能站立的地方。

五皇子和六皇子也相继到来，看见对方时虽然面上含笑，眼里却划过无数刀光剑影。朝臣中有人目不斜视，有人心不在焉，还有人心绪狂乱，蠢蠢欲动。总之，今日的朝堂还是一如往昔般暗潮涌动，似有一股风雨欲来的不祥气息在空中弥漫。

成康帝的到来，使本就凝滞的气氛更为沉重。他面无表情地开口：“有事启奏，无事退朝。”

五皇子和六皇子还不肯罢休，再次煽动朝臣奏请废太子。只不过他们争斗了好几个月，太子却还稳稳坐在储君之位上，此时他们也有些着急，竟说出太子罪无可赦理应当诛、两位小皇孙也该贬为庶人的话。

“诛杀太子？”成康帝一字一句重复朝臣的奏请，面上表情晦暗莫名。

孙大人只觉得本就阴寒的空气已凝成了一粒粒霜雪，吸入鼻孔竟带来一股钻心的疼痛。他抬眸冲四皇子看去，却只看见他挺得笔直的背影和拢在袖中紧握成拳的手。

他收回视线，将本就垂得很低的脑袋又往下埋了埋，耳边隐约听见士兵踏步而行刀兵相撞的声响，又觉得可能是自己的错觉。

成康帝坐在上位久不发话，只用一种陌生的、令人毛骨悚然的目光打量着已然成年参政的几个儿子。还在慷慨陈词的五皇子、六皇子逐渐消音，讷讷不敢言。成康帝忽然勾唇而笑，慢悠悠地转头朝四皇子看去，见他不卑不亢，淡然伫立，唇角的笑意更深，眼中的冷意却越发慑人。

四皇子紧握成拳的手发出咔嗒咔嗒的声响，正欲缓缓抬起，却见一名侍卫疾步跑进大殿，边跑边喊：“启禀皇上，西疆大捷，得胜将士们已班师回朝正在城门口等候，敢问皇上何时才能进城？”

“好，终于回来了！”成康帝收回目光朗声大笑，震袖道，“暂且罢朝，爱卿们随朕到宫门口迎接大寒的功臣！”若非病体违和，他本该率领群臣去城门口迎接。

“得胜？班师回朝？西疆不是战败求和了吗，怎么又大捷了？”朝臣们议论纷纷。月前就有战报传来，言及寒军惨败连失两城，西夷人已向大寒发出议和的信息。当时废太子的风波闹得沸沸扬扬，朝臣们主张求和的居多，皇上也派遣了理藩院的主事前往西疆商讨合约。

怎么只几个月就得胜了？且几十万大军开拔回京，沿途竟无半点消息泄露，这是有人刻意封锁了京城中众人的耳目啊。放眼整个大寒朝，谁有这种通天彻地的掌控力？谁又能将满朝文武包括诸位皇子耍弄于股掌之间？而他的目的又是什么？

朝臣们纷纷抬头朝皇位上的成康帝看去，有的目露惊骇，有的欢欣鼓舞，还有的已是满脸的绝望。

成康帝将众人的表情一一收入眼内，这才踏上御辇往宫门口去了。众臣鱼贯跟上，有几个因为腿软摔了一跤，好半天爬不起来。

孙大人面如死灰，心如槁木，反射性地看向四皇子，却见他还是那般老成持重，镇定自若，就仿佛大军还朝本在他预料之中。

几十万大军就在京郊守候，逼宫，逼什么宫？只怕上一刻刚成事，下一刻皇城就会被血气尚未褪尽的大军踏平。皇上如此安排是巧合吗？俨然不是！他其实什么都看在眼里，只不过是引而不发罢了。

要么蛰伏等待，要么一击毙命，这向来是皇上的行事风格。方才还在朝堂上吵得沸沸扬扬的朝臣们此刻就像锯了嘴的葫芦，一声都不敢吭。

虞品言骑着马，站在巍峨的城门口，在他的身后是黑压压的看不见边际的将士，每个人都带着沉肃的表情，手里紧握着寒光烁烁的剑戟。那种战场上拼杀染血而造就的杀戮之气令守城衙役简直无法呼吸。

他们白着脸，频频踮起脚尖朝皇城的方向探看，只希望传旨的太监赶紧过来。尤其是站在虞品言马下的官吏，大冷的天竟似被浇了一瓢水，冷汗顺着发梢不停滴落。

几经征战，虞都统身上的杀意越发重了，眼眸黑漆漆的，毫无一点人类该有的情绪，反倒更像一只罗刹，抑或是一柄行走的兵器。当他垂眸看来的时候，那漠然而冰冷的目光就像在看一个死物。

“圣旨怎么还不来？再遣人去宫里报信！”官吏顶不住了，随便揪住一人喝道。

虞品言不动如山，他胯下的骏马却喷出一口白气，仿佛有些不耐烦。恰在这时，城墙上忽然出现几个身影，手里还拿着手帕不停挥舞。

“谁在上面？谁允许你们放人上去的？还不赶紧撵人！”官吏见了恨不得将那几人拽下来。这是大军班师回朝，不是让人随意观看的猴子把戏。

却见面无表情的虞都统忽然开口：“那是本侯的家眷，还请大人通融一二。”

正欲撵人的衙役们石化了，那发号施令的官吏更是差点吓死立即跪下磕头赔罪。虞品言淡淡摆手，冰冷的目光触及老祖宗那张苍老许多的脸庞时柔软下来，又看向旁边的虞思雨、马嬷嬷等人，最后停驻在那娇俏明艳的脸庞上。

看得出来，她今日刻意打扮了一番，如云堆积的秀发梳成精巧的十字髻，十字鬟的中间点缀着一朵怒放的牡丹花，而她的脸庞却比那牡丹更为夺人眼目。她此刻正探出半边身子，捏着小手绢不停挥舞，唇角的笑容比天上的冬日更为明媚。

虞品言皱眉摆手，她立即将身子缩回去，老老实实趴伏在石栏上。似乎觉得心中的欢喜无处表达，她忽然吻了吻自己手心，然后做了个推送的手势。

虞品言目力过人，将她掌心那艳红的唇印尽收眼底，唇上忽然微微一热，那感觉就仿佛她隔着空气吻了过来，同时带来的还有满满的爱意。虞品言紧绷的唇角终于上扬，露出了一个足以迷倒全天下女子的微笑，本就俊美的脸庞在冬日的照耀中熠熠生辉。

官吏眼睁睁地看着一柄绝世凶器转瞬变成一个有血有肉的人，心头压力骤然减少。恰在这时，传旨的太监到了，虞品言下马接旨，随即带领五千将士入城，其余人等依旧驻扎城外。

老太太从城墙上下来，腰不酸了腿不痛了，看见孙子完好无缺，什么病都没了。虞襄扶着她正欲回沈家，却见一列士兵快步跑过来，打头那人半跪道："启禀老太君，主帅命卑职接你们回永乐侯府。"话落示意几人上马车。

"侯府不是被查封了吗？"老太太的眼中射出惊喜的光芒。

"皇上早已颁下圣旨，只等主帅回京城便将侯府解封。"

"好好好，快走吧，终于能回家了！"老太太喜极而泣，迫不及待地登上马车。

因成康帝封锁了消息，京城中竟无一人得知大军即将还朝。此时三房一家正喜气洋洋地迎客，卓氏穿着一件大红锦袍坐在堂上，拉着常雅芙的手不停打量："几年不见，芙儿出落得真似一朵芙蓉花儿一般。"

常雅芙娇羞地垂头，虞品鸿的妻子卢氏却冷笑道："这样也叫长得好看，你们莫不是眼瞎了吧？你们是没见过沈家小姐吗？那才叫长得艳若桃李倾国倾城。那日在街上与她对视一眼，我连路都不会走了。似常小姐这样的也就算尔尔，且还是个婚前失贞的。"

卢氏的父亲虽然只是个小小里长，但若没他的照拂，虞家三房这群肩不能挑手不能提的废物早就饿死在蜀地。没料到，他们一朝得势竟打算替虞品鸿再娶一房平妻，简直拿卢氏当傻子糊弄。让常雅芙进门，卢氏自觉早晚会被对方整死，不如先下手为强。

此言一出满堂皆静，直等常雅芙的啜泣声传来，靖国公夫人才暴起喝问：“这话你从哪里听来的？简直是无稽之谈！”

“哪里需要刻意打听？这事京城里谁人不知？当年她不是主动脱了衣服让旁人看吗，怎么还怕人说？说是她回了老家，天晓得她藏在哪个奸夫家中。”卢氏本就是山野村妇，再粗鲁的话也张口就来。

靖国公夫人气得几欲呕血，厉声骂道：“你这个贱妇，竟敢如此污蔑我女儿，看我不撕烂了你的嘴……”

卢氏急忙躲到面色郁结的卓氏身后。卓氏正琢磨着是不是叫个嬷嬷来给常雅芙验身，却听门外有人喊道：“夫人，永乐侯府解封了，老太君回侯府了！”

卓氏惊跳而起，几步跑到门外揪住通禀的丫头，急问：“你说什么？再说一遍！”

“永乐侯府解封了，老太君回府了。是一群士兵送她回来的，上去就把封条给撕了。”

“怎会？那侯府不是说要判给我们老爷吗！不，老太君是老爷的嫡母，她能回府也就代表我们老爷能回府。快快快，快去通知老爷，就说袭爵的圣旨下来了，让他去侯府看看！”卓氏先是大骇，继而大喜，将一众仆役指使得团团乱转。

“恭喜妹妹苦尽甘来！”靖国公夫人勉强压下怒气，上前笑道。

卢氏不躲了，撩起裙摆就往外冲，准备见识见识传说中的永乐侯府究竟富贵到了什么样的地步，引得公婆和夫君这么多年还念念不忘，连梦里都呐喊着要袭爵。

虞俊伟父子正与靖国公喝酒，得了消息立即出门查看，果然看见永乐侯府的大门敞开着，门上贴的封条已变成几截废纸，被北风吹得四散飘飞；许多仆役和士兵进进出出搬运东西，看着十分忙碌。

老太太左手牵着虞思雨，右手拉着虞襄，正站在门前抬头观望悬挂在门庭上的烫金敕造牌匾，朗声道：“等会儿架一把梯子，将匾额上的灰尘擦干净。”

“好嘞！”一名管事立即应诺，使人去拿梯子。

“母亲，您怎么把封条给撕了？可是皇上的旨意下来了？”虞俊伟上前询问。

“没错，旨意早就下来了。”老太太从袖袋里掏出一卷明黄色的锦帛。

虞俊伟目露精光，呼吸粗重，勉力维持着沉稳的声调问道：“我能袭爵了？我官复原职了？鸿儿的功名也恢复了？”

“你做梦呢！言儿尚在，你袭的什么爵？”老太太讽笑。

“这话什么意思？”不等虞俊伟开口，带着林氏前来看热闹的虞妙琪急促追问。

虞思雨冷笑道：“你耳朵聋了？我大哥没死，这永乐侯又岂能轮得到别人来做？”

“不但没死，他还率军踏平了西夷皇廷，立下了不世之功。哥哥此刻已入宫面圣，傍晚就能归家。今日府中举办家宴为哥哥庆祝，还请你们务必赏脸。”虞襄笑眯眯开口。

几人你一句我一句，直把虞俊伟和虞妙琪等人说得晕头转向，神湛骨寒。虞品言没死，那之前安在他头上的里通外敌蓄意谋反的罪名也就不攻自破了，爵位也就没别人什么事儿了。这还罢了，等他空出手来，所有栽赃陷害过他的人都会受到他最残忍无情的报复，一如往年那般。

虞俊伟等人只略略一想就觉得肝胆欲裂。虞妙琪和林氏不自觉地抱在一起，瑟瑟发抖的身体泄露了她们心中的恐惧。

老太太捏了捏孙女的手腕，冷笑道：“说什么家宴，这里除了我们三个，谁还是一家人不成？马嬷嬷，你去通知族老，我要做主让言儿与林氏断绝母子关系，与虞妙琪断绝兄妹关系，从此桥归桥路归路，各不相干。”

虞襄闻听此言暗暗叫好，连虞思雨亦觉得老祖宗有决断，正该如此。

“母亲，您不能啊！言儿可是从我肚子里掉下来的！”

林氏凄厉地大喊，虞妙琪却默不作声。她知道自己已经将事情做绝，既把罪证藏进了虞品言的书房，又指使林氏帮三房夺爵，一桩桩一件件简直罪无可赦。就算她舌灿莲花有颠倒黑白的本事，老太太也绝不会再信她。

三房的爵位没了，非但如此，恐怕还要担上诬陷朝廷命官的罪名。不，她差点忘了，陷害虞品言的最终目的是扳倒太子，帮助四皇子夺位。眼下虞品言得胜归京，太子自然无事，而主导这一切的皇上怕是什么都知道，然而皇上一直引而不发，恐怕是想借此次事件清洗朝堂。

所有参与了此事的人都跑不了，一个都跑不了！而自己若是与虞品言解除了兄妹关系，单凭构陷朝廷命官这一条罪状，就能被判一个凌迟处死。

虞品言对于招惹过他的人总不吝于亲自动手，三千六百刀，不割到最后一刀绝不会让对方咽气。他的心就是这么狠。

虞妙琪想得越深，心里的恐惧和绝望就越沉重，简直压得她想要当场尖叫。她咬破舌尖命令自己保持冷静，告诉自己贵人还在呢，他那样英明神武运筹帷幄，总有办法扭转乾坤，一时间又想起自己身披凤袍的场景，慌乱的心这才慢慢安定下来。

虞品言率领大军走过街道时，虞家族人看见的不少。当年虞家族人被三房买通，帮着三房争夺爵位而肆意欺凌他们孤儿寡母，虞品言得势后一一报复回去，剩下些冷眼旁观的亦得不到他丝毫照拂。

故而虞家族人对他颇有微词，若非他权势滔天，早就将他除族了。

之前虞品言遭难，三房有望崛起时，虞家族人们奔走相告，大感快慰，纷纷出手帮三房打通关系，只希望三房飞黄腾达后他们也能分一杯羹。眼下看见虞品言非但没死，还率领百万雄师得胜还朝，他们心中的惊骇简直难以用语言描述。

为了安抚虞品言，必须赶紧做点什么才好，虞家族人们不约而同地暗忖。也因此，当老太太派人来请时，各位族老立即赶往宗祠。

“言儿对皇上向来忠心耿耿，哪里会做出里通外敌谋朝篡位之事。如今他灭了西夷，平定西疆战乱，他的功劳皇上都看在眼里，早在十日前已颁下圣旨将永乐侯府归还言儿，各位族老请看。”老太太将明黄色的锦帛摊开放在案头。

族老们连忙跪下口称万岁。

“从言儿书房里搜出的密信究竟是谁放的，虽然我没有确切证据，心里却清楚得很。”老太太冷冷看了虞妙琪一眼，继续道，“侯府落魄，作为家人正该守望相助，互相扶持，然则家门不幸，却出了两个吃里爬外畜生不如的东西，竟帮着外人污蔑构陷言儿。当时言儿战败身殒的消息已经传来，都说死者为大，更应该得到几分尊重，她们一个是言儿的嫡亲妹妹，一个是言儿的生身母亲，却为了荣华富贵，意欲踩着言儿的尸骨上位，其所作所为简直天理难容！试问各位，古往今来那么多年，你们可曾见过这样狼心狗肺的东西？”

在座族人被老太太问得抬不起头，即便林氏和虞妙琪帮的是三房，虞俊伟等人亦觉得这样的人果如老太太所言是畜生不如。他们早已被虞品言回京城的消息乱了心神，只想着赶紧散了宗会，然后收拾东西逃回蜀地，却被老太太带来的士兵扣押在地上不能动弹，那种心急火燎的滋味常人无法体会。

虞妙琪和林氏跪在堂下，一个表情麻木，一个哭得几欲昏死。

老太太喝了一口参茶，继续道：“我思来想去，这样狼心狗肺的东西要是还留在虞家，早晚会害得我虞家家破人亡，故而召来各位族老做个见证，自此断绝与她们之间的关系。若是你们不同意，等皇上开始清算朝堂，少不得查到她们和三房头上，你们近日与他们交往甚密，指不定便受了牵连，落得个身首异处的下场。”

最后一句话似一道惊雷劈在族人头顶，不等族老发话，便有人叫嚷起来：“断绝关系，赶紧断绝关系，不但要与这两个撇清，也要与三房撇清。除族，一定要除族，否则等皇上追究起来那就是诛九族的大罪！”

虞家族老们冷汗淋漓，忙不迭地点头。

三房一家似烂泥瘫软在地，唯独卢氏挣脱兵丁钳制，声嘶力竭地喊道：“我要与虞品鸿和离！他……他意欲停妻再娶，所以我要和离！请老太君为我做主！”

她虽然粗鄙，却是个有眼色的，一跪就跪到了最有话语权的老太太脚边。老太太闭着眼睛不搭理，反倒是虞襄颇感有趣地笑了：“好呀，就让你俩和离，起来吧。”

“这是我的家事，你凭什么做主？”虞品鸿气急败坏地诘问。

“就凭我为刀俎你为鱼肉，就凭我坐在这儿你躺在那儿，就凭我是乡君你是罪人，够不够？”虞襄抚了抚新涂的蔻丹，语气轻慢。

虞品鸿哑了，双手被士兵狠狠一扭，疼得连叫都叫不出来。

卢氏喜出望外，连连给虞襄磕了几个响头。等卢氏悄然藏进人群中，族老们已写好切结书，命所有族人在其上按下手印，然后送入衙门审核；若是衙门审核通过并备了档，便会张贴在告示栏上让满京城的人观看。

从此，虞妙琪、林氏、三房一家便与家族再无关系。

家里的事虞品言无从得知，此时他正跪在殿前向成康帝复命。成康帝将诸位将领大赞一番，等他们起身退至一旁，忽然冷下面色一字一句开口："里通外敌，谋朝篡位，大逆不道……这些罪名都是从哪儿来的？简直是一派胡言！来人，去请太子和相国，近日所有停职查办的官员都请到殿前来，朕要将这浑浊不堪的朝堂好生清理一番。"

浓烈到有如实质的杀意从成康帝漆黑的瞳仁里喷薄而出。

第三十八章

成亲

五皇子和六皇子想起自己最近一段时间的所作所为，齐齐惨白了面色，更有大滴大滴的冷汗顺着鬓发和腮侧流入衣襟。太子素来纯孝，且德才兼备，只要他耐心等待，那龙椅早晚是他的，何须动用武力逼宫？

他们明知其中有异，甚至怀疑是彼此动的手，却从未想过替太子求情抑或平反，反而趁机落井下石，意欲置太子和小皇孙于死地。他们笼络党羽，搅乱朝堂，都做着能登上皇位的美梦，却从未想过父皇早已将他们的丑态看在眼里，记在心底。

虞品言回来了，而且还带回了几十万大军，若是他们稍有异动，怕是会落得个死无全尸的下场。此时此刻，难言的悔恨在心底蔓延，他们恨自己不该被权势迷了眼，忘了父皇的可怕。在等待即将到来的残酷命运的同时，他们对默不作声的四皇子充满了敬佩和羡慕。

还是老四看得明白，从头至尾都站在太子那边，每次朝会都极力为太子求情。他忠心、沉稳、上孝下悌，想来父皇看在眼中，很是感到欣慰吧。等此间事了，老四便是一人之下万人之上的亲王，而他们则很有可能被贬为庶人。

五皇子和六皇子像斗败的公鸡，低垂着脑袋站在堂下。四皇子站在二人身侧，除了脸色略微有些苍白，竟丝毫看不出异样。

太子和相国换了朝服缓步而来，表情从容淡定。跟随在他们身后的是一群握着钢刀的龙鳞卫，官袍上绣着张牙舞爪面目狰狞的睚眦，底色却并非惯常的绛红色，而是地狱血池一般的玄色。

这是文武百官们从未见过的一种官袍，一时间竟闹不明白这些人究竟什么来路，是不是龙鳞卫。唯独站在四皇子身后的敖平心神剧震。他早听说过龙鳞卫分两部，一在明，一在暗，然而他受到皇上重用后从未见过暗部人员，便以为那只是市井传说。

今日得见才知，那不是市井传说，而是皇上从未信任过他罢了。没见领头那名暗部龙鳞卫行至殿前时还冲虞品言微微颔首吗？由此可见，他们早就认识。

皇上对虞品言的信任远远超出了自己，甚至是四皇子的想象。敖平握紧手中的刀柄，脸上隐现决然的神色，却见四皇子转脸朝自己看来，不着痕迹地摇了摇头。

事已至此，四皇子再抗争也无用。这殿前殿后恐怕早已埋伏了无数暗部高手，而之前那些答应与他起事的大臣是果真投靠他抑或是父皇和太子设下的陷阱，答案不言而明。你以为自己是枭雄，在别人眼里，却是个跳梁小丑——天下间最可悲的事莫过于此。

四皇子忽然感觉很疲惫，低着头默默等待自己的命运，与他一样认命的还有五皇子和六皇子。然而当龙鳞卫一拥而上带走四皇子，反而碰也不碰他二人时，他们心底的惊讶简直难以用语言描述，被他们笼络的官员也都傻眼了，一时愣在当场。

真正触及底线的是四皇子，两位皇子及其党羽虽然其行可诛，然果真一个个被杀掉，怕会动摇国祚，不如饶他们一命，反而能起到震慑群臣、肃清朝野、稳定人心的作用，自此以后的几十年内，怕是无人再敢动歪脑筋。

此间种种成康帝并不解释，只挥了挥手，让人把四皇子及其党羽带走，再开口时已万分疲惫："朕乏了，需要休息，从今天开始暂由太子监国，无论大事小事尽可报与太子，无须请示朕。散朝吧，虞爱卿留下。"

侥幸逃过一劫的官员们连忙跪拜行礼，口称万岁。

养心殿内，成康帝的案头摆放着许多文书，均是有关四皇子的罪证，单涉案人员的名录就有厚厚一沓。四皇子今年也才二十岁，却早在十四岁便开始为今日的一切谋划，被他明里暗里拉拢的人不计其数。若非成康帝暗中观察了好几个月，将他埋下的明线暗线全部揪出，哪怕处置了他，也会留下巨大的隐患。

成康帝扔掉文书，长长叹了口气。这个儿子可惜了，若是能将才干用在正途上，必为一代贤臣；若他没有为了私欲而出卖国家利益，或可留他一命。

叹罢，看见坐在自己下首面容沉静的太子，又看见身姿挺拔的心腹爱将，成康帝恶劣的心情稍微回转，笑道："易风，你刚从西疆回来，理应休息一段时日。然眼下朝堂动荡人心惶惶，朕和太子能倚重的人只有你，抓捕审讯老四余党的事便交给你。等一切尘埃落定，朕再重重赏你。"

虞品言半跪拱手："启禀皇上，微臣能否用战功和赏赐换您一道旨意？”

“什么旨意？”成康帝挑眉，这还是虞品言第一次求到他跟前。

“赐婚的旨意。”

“哦？你看上了哪家的姑娘？”成康帝身子微微前倾，浑浊的眼底放射出兴味的光芒，就连老成持重的太子都忍不住惊讶。虞品言不喜女色，更不好男风，整个京城的老百姓都盛传他是个冷血无情的怪物。

不料怪物也会动情，还郑重其事地求到御前。

虞品言眸中隐现柔色，坚定道：“求皇上为我和襄儿赐婚。”

太子手里的文书“啪嗒”一声掉在地上。

成康帝傻了，直过了好半晌才回神，非但不觉得荒谬，反而拊掌朗笑起来：“难怪那丫头愿意冒死去西疆寻你，却原来你俩早已经情根深种。”

“是，早已经情根深种，难以自拔。”虞品言毫不讳言地承认。

成康帝是个将死之人，经过这许多波折，他连生死都看破了，又岂会被这些俗事困扰？世间难得有情痴，既然这一对儿女互相有情，又为何不能成全？莫说什么兄妹乱伦，现在整个京城的人都知道虞襄不是虞家血脉，只要他俩愿意，又碍得着谁？虞品言求一道旨意不过为了虞襄今后能挺直脊梁不受人诟病罢了，这份维护之心很是令人动容。

成康帝笑罢挥手：“你且帮朕和太子肃清朝堂，日后该赏的赏，该赐婚的赐婚，绝对亏待不了你。”

虞品言大喜过望，辞过二人出宫回家。

老太太刚与林氏母女断绝了关系，就见许多身穿玄色官服的龙鳞卫冲进虞家祠堂，二话不说便将林氏母女和三房一伙抓了去。打头那人瞥见放置在桌上的切结书，挑眉道：“这份文书本官便帮你们带去户部申报。所幸你们知机，否则今儿便不是只抓这几个人就能了事的。”话落他亲自去搀扶老太太，满身戾气尽数收敛，“老太君，此处糟乱，卑职这便送您回去。”

老太太看了看他玄色的官服，颇有些摸不着头脑。这身上的刺绣的确是睚眦，怎么颜色对不上？这些人果真是孙子的属下？

那人也不解释，反而再三恳请，态度毕恭毕敬。老太太这才放下戒备，在众人的护卫下离开。

等他们全都走光了，虞氏族人才勉力站起来大呼：“哎呀，真是好险！若晚了一步，咱们全族的人都得被抓去天牢。还是老太君眼光长远，看得通透。”

众位族老纷纷点头附和，颇感后怕，而那些帮助三房奔走平反的人回去后则吓得一病不起。

虞襄刚出宗祠，就被沈元奇派来的人接回了沈家。傍晚时分他们接到老太太的请帖，邀他们去虞府饮宴。

虞襄洗了个花瓣澡，化了一个妩媚动人的桃花妆，穿了一件粉红色的烟云蝴蝶裙，还在耳后、脖颈、手腕等处抹了几滴玫瑰精油，整个人嫩生生、娇俏俏、香喷喷的。

沈元奇本来十分稀罕，转而想到妹妹如此盛装打扮全为了与虞品言相见，心情就变得很是酸涩。他忍了又忍才没把小丫头锁在家里，指着轮椅问道：“怎么还坐轮椅？不是说腿早就好了吗？”

“苦慧大师说我骨头还未长拢，冬天天冷，走得多了，容易触发关节炎，还需时常坐轮椅才好。”虞襄煞有介事地说。

沈元奇听了大感心疼，连忙命人取来一条厚厚的毛毯给她盖上，觉得不妥，又往她腿上放了两个汤婆子。

柳绿在后头撇嘴，心道：小姐您想侯爷正大光明地抱您就直说，装病吓少爷真是忒不厚道了。

一行人到了永乐侯府，就见虞品言穿着一件玄色深衣早已站在大门口等候。看见坐在轮椅上的小丫头，他冷硬的脸庞忽而绽开一抹温柔的笑意，绕过拱手作揖的沈元奇，径直地把小丫头抱在怀中，还托着她掂了掂，不满道：“瘦了。可是不曾好好吃饭？”

“想你想得茶饭不思，自然瘦了。”虞襄趴伏在他耳边低语，逗得他朗声大笑。

沈元奇在一旁看得咬牙切齿，但碍着虞品言刚刚平安回家，倒也不好拂了他的颜面，只得假笑道：“虞大人不请我们进去？”

“沈大人快请。”老太太连忙伸手相邀，转回头看见抱在一块儿的孙子孙女，再无之前的反感，只觉得庆幸。宴席很是丰盛，且还开了几坛御赐的贡酒，两家人共患难一场早已结下深厚情谊，此时苦尽甘来自是有说不完的话。

虞襄偷偷踩了哥哥几脚，又拿指尖去戳他的大腿，表面上却装得十分正经，端起酒杯道：“来，为了咱们阖家团圆，都把杯中的酒干了！”话落一饮而尽。虞品言目光灼灼地看她一眼，也一饮而尽。老太太等人纷纷响应，一来二去竟起了兴致，你敬我我敬你，直把几坛酒全都喝光了。

虞襄爱饮却不善饮，几杯酒下肚便晕晕乎乎起来。然她酒品很好，既不哭闹也不酣睡，只托着两腮笑眯眯地盯着身侧的兄长，那饱含爱意的火辣眼神掩也掩不住。虞品言被她看得心猿意马。

老太太见孙女这痴傻的模样，怀念地笑起来：“襄儿醉了。她一喝醉就谁都不认识，只认识她哥哥。哦对了，她还爱唱曲儿。犹记得当年团圆夜的时候，我把她灌醉让她唱曲儿，她一个人能顶一个戏班子，什么都随手拈来，堪称技艺超凡。”

“她喝醉了不认识人我倒是知道，却不知道她还爱唱曲儿。”沈元奇顿时来了兴致，试探道，“襄儿，唱一首曲子听听。”

虞襄懒懒看沈元奇一眼，又看看身边的兄长，翘起兰花指咿咿呀呀地唱起来：“树上的鸟儿成双对，绿水青山带笑颜，你耕田来我织布，你挑水来我浇园，寒窑虽破能避风雨，夫妻恩爱苦也甜，从今不再受那奴役苦，夫妻双双把家还。”

她游刃有余地在男女声之间转换，唱着唱着便挂在了兄长脖子上，将“夫妻恩爱苦也甜”那句重复唱了好几遍。

虞品言早就发现一件事——妹妹一旦喝醉，最大的爱好不是发呆和唱曲儿，而是调戏自己。这是第几回他已经数不清了，但那种突如其来的喜悦和狂热的爱意一如初次那般浓烈。他揽住妹妹的纤腰，自然而然地将她抱到膝头安置。

虞襄唱完咕哝道：“哥哥，我想要一个果酒味儿的吻。”她边说边噘起红唇。

虞品言却只捏了捏她唇瓣诱哄道：“乖，等用完膳再给你。”

“不，我现在就要，现在就要。”虞襄挂在虞品言脖子上东摇西晃，想对准他的薄唇亲下去，试了好几次都偏了方向，只能不甘愿地叫嚷。

桃红和柳绿齐齐扶额不忍直视，老太太哭笑不得，虞思雨大开眼界之余又觉得羞涩，撇开头强忍笑意。

沈元奇心里恨不得把诱拐妹妹的虞品言打一顿，面上却还强撑笑意，温声道："襄儿醉了，我这便带她归家。"

"不回，我许久没见哥哥，你让我好生看他一看。"虞襄断然拒绝。

"怎是许久？不过几天而已。襄儿乖，快些下来。"沈元奇恨不得把妹妹撕下来，刚伸出手就被虞品言拂开了，还用冷厉的目光剐了他一眼。

"几天？你没听过一日不见如隔三秋吗？让我算算我与哥哥几个秋没见了。"她伸出五根手指，一根一根掰弯，苦恼道，"三秋，六秋，九秋，十二秋……呀，数不清了，两辈子都过去了。"

沈元奇脸绿了，虞思雨再也支撑不住，趴在桌子上大笑起来。她从不知道虞襄喝醉后这么好玩。老太太也笑不可遏，差点没从凳子上摔下去。

小丫头的表白那样火热真挚，虞品言再也忍耐不住，抱起她便往厢房走去。沈元奇连忙去追，却被老太太拉住，直言道："沈大人别追了，此去西疆，他们俩怕是早就私订了终生。来来来，咱们赶紧给他们选一个黄道吉日把婚事办了。"

女大不中留，留来留去留成仇，这个道理沈元奇自然明白，只得坐下与老太太商讨。

虞品言匆匆回房，将晕晕乎乎的小丫头放在床上。她挣扎着脱掉罩衫，朝兄长伸出手："哥哥，很久都没见了，你还不快过来亲亲我抱抱我？我想死你了。"

虞品言垂头，鼻尖抵着她的鼻尖定定凝视她良久，这才一边轻笑一边含住她嫣红的唇瓣。两人紧紧抱在一起，直到快要窒息的前一刻才恋恋不舍地分开。

"果酒味儿的吻，好香好甜。"虞襄眯眼回味，满足的小模样逗笑了虞品言。他发现只要小丫头在自己身边，那本来一潭死水的心房便会蹿出无数欢喜雀跃。收住笑，他眸色加深，再次垂头去吻，却听门外传来喊声："虞大人，我与老太君定下几个好日子，你来挑一挑，咱们两家尽快把婚事办了吧。"

说是挑日子，实际上是为了搅自己好事，然而那是未来大舅哥，他不得不忍。虞品言暗暗咬牙，将攀附在自己身上的小丫头扒拉下来塞进被子里，在她微微噘起的红唇上啄了啄，走出几步觉得不舍，旋身又啄了啄，这才推门出去。

平时空旷阴森的天牢此时人满为患。四皇子单独关押在最角落的牢房，他的党羽及其家眷则关押在靠外的几间牢房。随着龙鳞卫的进出人数越来越多，天牢几乎快要塞不下了。

虞妙琪和林氏混在罪臣家眷中间，四周不停传来啼哭抑或喊冤的声音。红衣龙鳞卫尽皆被玄衣龙鳞卫取代，他们体格更彪壮，面容更冷酷，气质更凶煞，手一刻不停地按在刀柄上，仿佛只要有谁稍微触及牢门便会将之劈成两半。

这些人全都是生面孔，但眼中浓烈的血气却表明他们早已是一支极其强悍的精锐之师，是成康帝拽在手心从不轻易动用的撒手锏。

四皇子垂头苦笑，暗道自己输得不冤。

“四郎，你怎么也在这里？”虞妙琪好不容易从人堆里挤出来，看见关押在最深处的四皇子，不敢置信地叫道。

“那本王应该在哪儿？”四皇子语气平淡地问。

“你……你不是应该在金銮殿上吗？你那样英明神武，怎会落到这等境地？”虞妙琪觉得心脏快要从嗓子眼里蹦出来了。如果连四皇子都进来了，天下间还有谁能救她？

“本王为何会落到这个境地，本王也很想知道。你不如帮本王问问你的兄长？”不知想到什么，四皇子摇头失笑，“虞妙琪，本来本王觉得自己是天下间最可悲愚蠢的人，见了你反倒觉得好受多了。本王只稍微以利相诱，你便帮着本王构陷自己的兄长。焉知没了虞品言的庇护，你连地上的尘埃都不如。性情凉薄、忘恩负义、唯利是图，你这样的人，本王如何看得上？当初本王的那些承诺只不过是随口说说罢了。”

虞妙琪仿佛受了极大的打击，一下子瘫软在地。林氏艰难地爬过去，本欲将她抱进怀里，想起自己沦落至此全都是受她唆使，伸出去的手慢慢缩了回来。

“你是林氏？你是虞妙琪？”也不知谁家的夫人认出她二人，颇有些幸灾乐祸地说，“你们一个是虞品言的母亲，一个是虞品言的妹妹，这辈子本该有享不尽的荣华富贵，怎么那么想不开偏要与他作对？不过这样也好，我们下了黄泉有虞品言的血亲作陪，也不算亏了。”

“什么下黄泉，你休要胡说八道！大哥只是吓唬吓唬我和母亲，绝不会弃我们于不顾的。”虞妙琪色厉内荏地喊道。

“并非吓唬。本侯已与你二人断绝关系，你们的生死与本侯无关。”虞品言不知何时出现在阴暗的走廊里，缓步行至烛火摇曳的光团下，一张俊美无俦的脸庞散发出如玉的光芒，狭长的眼眸微微眯起，毫无感情地看着匍匐在自己脚边的母女二人。

他身上穿着一件玄色官袍，胸口正中绣着一只面目狰狞的睚眦，手按压在绣春刀的刀鞘上，看似慵懒实则戒备的站姿更衬得他煞气逼人。

虞妙琪被他周身散发的阴寒之气冻伤，连忙后退，嘴里还不忘辩解道：“再如何断绝关系，我终究是你的嫡亲妹妹。天下间哪有人会诛杀自己的嫡亲妹妹？简直天理难容。”

“天下间哪有害死养父、杀死养母、污蔑养兄、栽赃嫡姐、构陷嫡兄、毁灭家族的人？若论起天理，你早就该被天打五雷轰了。虞妙琪，别跟我谈什么骨肉亲情，率先抛弃骨肉亲情的人是你，不是我。今日的果全是你当日种下的因，你且受着吧。”

他说完大步朝关押男囚的监牢走去，徒留下绝望哀号的虞妙琪。听见虞品言一番话，女囚们纷纷离她远了一些。如此狼心狗肺的东西，她们也是平生仅见。

虞品言走到监牢前停步，沉声问道：“谁是孙明杰？”

囚犯们纷纷往最里侧躲，见他拇指不停顶动刀鞘，使得刀刃发出刺耳的嗡鸣，便你看我我看你，终于找出孙明杰将之推了出去。

虞品言面带微笑，语气却森寒至极：“听说你想纳襄儿为妾？还放言若是襄儿落在你手里，便要她求生不得求死不能？”

“虞……虞都统，我错了，求你饶了我吧！我愚蠢，我不知天高地厚！”孙明杰跪在地上不要命地磕头。他的父亲扑过去将他护住，他的母亲在对面的监牢里惨号。

虞品言不加理会，使人将孙明杰拖出来绑在刑架上，其狰狞可怖的面庞将一干人等吓得魂不附体。

与四皇子一同起事的犯官或被斩首或被流放，午门外的菜市口每日都在死人，厚厚的污血清理不掉，已在刑台上结成了黑褐色的硬块，散发出一种令人退避三舍的腥臭。许多世家大族被牵连其中相继凋敝，又有许多新贵迅速崛起站上朝堂。

在成康帝和太子的掌控下，权力更迭正在有条不紊地进行。四皇子最终被判斩首。这一场夺嫡大戏还未真正展开就进入了尾声，五皇子、六皇子俱被捋夺郡王爵位，虽未贬成庶人，却也相去不远。

两个月后，成康帝宣布退位，将天下社稷正式交给太子，又有感自己杀戮过重伤及国祚，对犯官家眷俱都从轻处置，牵连不深者或被发卖或被流徙，总算是保住了性命。若非如此，凭这些人犯下的罪行，怕是九族都要屠尽，菜市口的积血恐能把行人的腿肚子都淹没。

然则，这些被从轻发落的人里却并不包括虞妙琪和林氏。当二人看见狱卒送来的断头饭时，她俩吓得魂儿都快没了，趴在牢门上不停求饶喊冤。

林氏哭喊得嗓子都哑了，才真正意识到自己早已经没了活路。她呆坐了片刻，然后拿起断头饭吃起来，吃得十分认真，十分仔细。

虞妙琪看看牢门外漆黑的走廊，又看看绝望麻木的林氏，厉声说道：“这是断头饭，不能吃！”

“为何不能吃？难道你还指望有人会来救我们？”林氏抬起头，第一次用陌生而冰冷的目光看着自己的女儿。当知晓死亡来临的那一刻，她终于从这场可怕的梦境中苏醒，转头回望曾经的自己，只剩下满心的荒谬和啼笑皆非。

她都干了些什么？为了这么一个薄情寡义、自私自利的女儿，她竟丢弃了婆婆，丢弃了儿子，丢弃了俊杰妻子的名分。然而，到头来她又得到了什么？只有女儿的怨恨责骂和这一碗断头饭。

她罪该万死，为何不吃？她现在最恐惧的不是死亡，而是下了黄泉如何与丈夫相见。当他质问自己是否看顾好儿子，是否照顾好婆婆，是否顶立起侯府门庭的时候，自己该如何回答他？

难道说我这十多年来都对儿子和婆婆不闻不问，非但如此，还与女儿联手差点毁掉了永乐侯府？听了这番话，俊杰怕是第一个就会杀了她！

如此荒谬，如此可笑，如此愚蠢……当初的自己究竟是怎么想的才会一步一步走入深渊，直至万劫不复？

林氏吐掉嘴里的鸡骨头，转眼朝不停喊冤的女儿看去，缓缓扯出一抹惨淡的笑容。

“祖母，您来救我们了吗祖母？孙女知道错了，从今往后必定听您的话，再也不折腾了。祖母，求您原谅孙女吧！”看见从走廊尽头款步而来的人，虞妙琪激动地大喊。她一口一个祖母孙女，不断提醒着老太太她们之间的血缘关系。

林氏摔了饭碗，扑到牢门边朝外望去，泪流满面地问道：“母亲，您是来送我们最后一程的吗？母亲，媳妇知错了，媳妇对不起您，对不起言儿，更对不起俊杰，媳妇该死。”

老太太对林氏的幡然悔悟感到讶异，忍不住定定看了她一眼，最终叹道：“你知错了又如何？可惜一切都晚了。”随即她看向狱卒，微微摆手，“放她们出来吧。”

林氏傻了，虞妙琪却欣喜若狂，迫不及待地钻出半开的牢门，哭道：“孙女谢祖母救命之恩，从今往后孙女一定好生孝顺您。”

老太太在马嬷嬷的搀扶下率先往外走，讽笑道：“可不敢领你的恩情，只怕哪天你冷不丁就要往我心上插刀。我舍下这张老脸为你们求情，只不过是为了堵住天下人的嘴罢了。再如何，言儿也不能摊上弑亲的罪名，他终究还要做人，不像你们，已经彻底沦为了畜生。”

林氏行走的步伐越来越僵硬，觉得自己与其活着出去，倒不如死在断头台上。她已经没脸去见儿子了。

虞妙琪低眉顺眼地跟随在老太太身后，心想着让她骂吧，等她出完了胸中恶气便把自己接回去，重新做永乐侯府，哦不，虞国公府的嫡小姐。连史书都翻过了全新的一页，她的人生也能从头开始。

然而到了门外，却见两名官兵举着剑戟迎上前，毕恭毕敬地问道：“老太君，便是这二人吗？请老太君放心，此去一定将她们活着送到朔城。”

老太太点了点头。站在马车旁的晚秋走过来，将手里拎着的两个包裹扔在林氏和虞妙琪脚边。

朔城乃大寒最出名的流放之地，漠漠荒原，渺无人烟，其恶劣的生存环境连当地人都想逃离，更别提被流徙的囚犯。去了那里，再无人能活着踏上故土。

虞妙琪似乎意识到了什么，颤声问道："祖母，您不是来接我回去的吗？我……我可是您的亲孙女啊！"与其流放朔城，她宁愿死在京城。她绝不能沦落成卑微的罪奴，日日受耕作劳累之苦。她是天生的贵人。

"你别忘了，我们早已断绝了关系。你意欲置你大哥于死地，又意欲摧毁虞家几代人用鲜血和生命换来的基业，而我还肯求到御前保你性命。我对你已经算是仁至义尽了。你走吧，走得远远的，不要再让我看见。"老太太摆手，转身的背影显得那样萧索疲惫。

虞妙琪想要追上去，却被官兵制住。她不停呼喊叫骂，试图用骨肉亲情和道德伦理来逼迫老太太就范，换来的却是路人的嘲讽。她无情无义至此，嘴里却骂着别人绝情绝义，简直可笑。老太太能在最后关头救她一命，当真算得上是活菩萨。

林氏捡起地上的包裹，也不管狼狈不堪的女儿，在官兵的押解下朝城门走去。说实话，不用回虞府面对儿子和婆婆，她心里更多的是轻松和解脱。若是流徙能洗清身上的罪孽，那她便死在关外吧。

早在月前虞思雨已经风风光光地出门了，今日是虞襄进门的日子。

她穿着大红的嫁衣坐在梳妆台前照镜子，对自己艳若桃李的妆容很是满意。似觉得口脂弄花了些许，她用指甲一点一点挑开抹匀，然后轻轻抿唇。

外头的喜娘见屋内久久没有动静，高声提醒道："新娘子该哭嫁了。"

"今天是我大喜的日子，我笑都来不及，哪还哭得出？这不是强人所难吗？"虞襄边说边扶正头上的凤冠，又用指尖将额前的珠帘拨得叮当作响，嘴里咯咯直笑。

桃红点头称是，柳绿嘴角抽搐，站在门外的喜娘脸色青白地朝沈大人看去。这沈家的丫头果然不同凡响，真个没羞没臊。

沈元奇闭了闭眼，威胁道："襄儿，你今儿若是不哭出来，这婚礼咱们就不办了，你且在家多陪大哥几年。"死丫头，就这么迫不及待地要嫁去虞家。

"别啊大哥，我哭，我哭还不成吗？"虞襄闻听此言，立即嘤嘤嘤地哭起来，反而惹得沈元奇脸色更绿了几分。

虞品言骑着高头大马，领着八抬大轿来接妻子，统共一百二十台嫁妆，从城东直排到城西，场面非常盛大。虽然二人原是兄妹，但新帝亲自拟旨赐婚，旁人丝毫不敢说三道四。

夫妻对拜后，一对新人入了洞房。虞品言挑开盖头时，闹哄哄的新房足足静了好一会儿，抽气声此起彼伏。这样艳色夺人、倾国倾城的女子在身边待了十五六年，不动心的是傻子。

虞品言面色冷了冷，众人这才回神，连忙移开停在新娘子脸上的视线。喜娘端起一碗饺子，喂到新娘子嘴边。

虞襄一大早起来梳妆打扮，压根没吃过什么东西，此时饿得狠了，一连吃了三四个，见喜娘将勺子挪开，还颇为不满地瞪了她一眼。

喜娘压了压抽搐的嘴角，问道："这饺子生不生啊？"

虞襄笑盈盈地看了兄长一眼，答道："生，一个比一个生。"

什么叫一个比一个生？你干脆直说"一个接一个生"得了。沈元奇暗恼之余又有些啼笑皆非，旁人则毫不客气地哄笑起来。虞品言只眯了眯眼，看向小丫头的目光带上了几颗火星子。

二人结发，饮了合卺酒，虞品言只来得及抚了抚妻子脸颊就被一众下属簇拥着出去喝酒。虞襄追着来了一句"千万别喝醉了"，引得他们再次哄笑。

人都走光了，桃红和柳绿连忙摘掉主子头顶的凤冠，伺候她洗漱。

"小姐，快把衣服穿上，穿好了过来吃点东西。"桃红招呼道。

"吃什么东西？刚才吃了几个饺子已经够了，再吃胃就鼓出来了，不好看。"虞襄摆手，将床上撒落的桂圆、红枣、花生等物拢成一堆，笑道，"我剥几粒花生吃就好，花生粒不占地方。"

"那您好歹把亵衣穿上，免得着凉。"柳绿捡起被主子随意扔在地上的大红亵衣。

"不穿，都七月末了，也不嫌热得慌。我这样好看吗？美不美？"她问。

桃红和柳绿闻言呆了一呆，回过神便连忙背转身去。

虞襄掩嘴轻笑："成了，你们的回答我很满意，要的就是这效果。快过来吃花生，半个时辰后你们姑爷还未回来就帮我去前头催一催。"

"哪有新娘子催新郎官回房的，小姐您也不知羞。"柳绿真想给主子跪了。

“洞房花烛夜我不该催他吗？我要知羞做什么。”虞襄掩嘴轻笑。

桃红、柳绿：“……”

虞品言回房时，便见自己的小新娘大马金刀地盘坐在榻上，脚弯里堆着许多桂圆花生红枣，地上丢满了各种果壳，可见之前半点也没闲着。

这才一刻钟夫君就回来了，虞襄吓了一跳，连忙将脚边的东西尽数扫到床下，身子往枕边一靠，一手托腮一手轻挥，摆出个撩人的姿势，娇声娇气地说道：“你回来啦？还不快过来。”

若没有之前小混混一样抛花生用嘴接的场景，虞品言一定会被小妻子这惑人的模样吸引，然而眼下他除了想笑还是想笑。

桃红和柳绿已顺着墙根儿溜出去了。

虞襄已经想好了该怎么度过新婚之夜，哪料到还未开场就丢了好大一个脸，嗔怒道：“笑什么？这花生寓意好着呢！我今晚吃了这许多，来年便给你生一个大胖小子。都说春宵一刻值千金，你光顾着笑，却不知自己已然浪费了几万金。还不快过来。”

虞品言笑不出来了，眸子里燃起两团暗火，大步走过去将她搂进怀里，哑声道：“为夫错了，这便帮娘子找补回来。”

虞襄只来得及哼了哼，便被他拉入旖旎而火热的旋涡。

（正文完）

番外一——有孕

虞品言睁眼，反射性地将怀里温热的躯体搂得更紧了些。

“不要闹了，该上朝了。”虞襄翻了个身，含含糊糊地嘟囔。

“今日休沐。”虞品言低笑一声。

本欲进屋伺候主子晨起洗漱的桃红和柳绿发现两人还没起，不得不红着脸避开。直到日上三竿，二人才起身去给老太太请安。

“快过来用早膳，等了你们一上午。”老太太嘴里责怪，面上却带着宠溺的微笑。

二人告罪，落座后虞襄夹了一个水晶虾饺，刚吃了一口，便哇地吐出来，嘀咕道：“好大的腥味，今天厨子肯定是忘了去腥。”

“我吃着倒跟往常一般无二，人老了，舌头也钝了。”老太太尝了一个，无奈地感叹道。

“腥就别吃，喝粥吧。”虞品言给妻子盛了一碗鱼片粥，又用指腹擦掉她嘴角沾染的酱汁，放入自己口中。

“这个也腥。”虞襄只略微闻了闻便嫌弃地撇开头，“掌勺的怎么了，可是病了？今儿的手艺大不如前啊！”

虞品言喝了一口，实在尝不出腥味也就作罢，让桃红去厨房要一碗面来。因虞襄爱吃香菜，桃红便在鸡肉面上铺了厚厚一层香菜，奶白色的散发着浓香的鸡汤在绿油油的香菜的衬托下显得越发美味可口。

虞襄闻了闻，这才满意了，拿起筷子拌匀然后放进嘴里，紧接着又吐了出来：“这香菜究竟哪儿买的，怎么味儿不对？好臭！”

“怎么会？不就是香菜的味道？”老太太从她碗里夹了一根香菜咀嚼，面上十分疑惑。

虞品言尝都不尝，直接摆手让膳房再换，连续换了四五样虞襄爱吃的东西，都被她以这样或那样的理由嫌弃了。虞品言不敢再耽误，立即拿出名帖让下人去请太医。

“尊夫人这是怀孕了，距今已两月有余，胎相很稳，还请国公爷放心。”太医起身恭贺，直把一屋子的人都惊呆了，包括虞襄这位正主。

“我怀孕了？可我上月还来了天葵。”虞襄傻不愣登地摸着肚子。

虞品言闻听此言立即压下心中的狂喜，命令道：“太医，再帮我夫人仔细诊一次脉。”

“国公爷放心，尊夫人的身体没问题。有些人怀孕的头两月确实会有癸水，虽异于常人却于身体无碍。卑职开几服安胎药给尊夫人，略吃两三天也就好了。”

“开开开，快点开。”老太太这时候才回过神来，催促完太医便双手合十对着满天神佛拜了拜。孙子孙媳成婚两年了还未见喜讯传来，她真有些着急了。

太医连忙去隔间开药。虞襄摸完肚皮，忽然蹦起来挂在夫君身上，喜滋滋地喊起来：“我怀孕了，我有宝宝了，我要当娘了。”

“是啊，我也要当爹了。”虞品言赶紧托住她，防止她掉下来，夫妻俩沉浸在无边无际的喜悦中。

老太太笑着摇摇头，领着下人们出去了，临到门前不放心地叮嘱道：“抱够了就快些把襄儿放下来，免得摔着她。”

人丁凋敝一直是老太太无法释怀的心病，自打老侯爷和儿子相继去世，林氏和虞妙琪流放朔城，虞思雨出嫁……偌大的虞国公府竟只剩下三位主子。平日有成群的仆役来来往往倒还不显，临到大年三十的当晚，三口人围着一张巨大的圆桌吃团圆饭，那场景才真正叫作寂寥。

这两年，老太太每个月都不忘给送子观音添香油，孙媳房间里的画卷也全都换成了百子千孙图。盼星星盼月亮，她可算是把小玄孙给盼来了。闻听虞思雨她大伯子三十寿辰，老太太本不想搭理，眼下却欢欢喜喜地带着孙媳妇出了门。

“去了便叫思雨多沾沾你的喜气。她也过门两年了，还未见动静。”坐在摇摇晃晃的马车里，老太太心中的喜悦稍减。

“大夫不是说了嘛，她跟姑爷的身体都没问题。许是缘分未到，等缘分到了自然就来了。瞧瞧，我不正是如此？”虞襄喜滋滋地摸了摸肚皮。

“你说得是。”老太太重又欢喜起来。

马车驶到半路，虞襄掀开车帘瞥了一眼，吩咐道：“拐去长宁街，我想买一盒胭脂。”

车夫熟门熟路地往长宁街走，跟在车旁的虞品言闻听此言勒着马头靠过来，掀开车帘无奈道：“小醋坛子，怎么还跟她计较？这都多少年前的事了？”

“这种事须得计较一辈子。怎么，你怜香惜玉了不成？”虞襄半坐起身，挺了挺尚未显怀的肚子，小表情十分委屈。

虞品言还未开口，老太太已拉她坐下，温言软语地说：“马车里晃，小祖宗赶紧坐好了，省得摔着。你哥哥只疼你，哪里会怜惜别人？是吧，言儿？”话落狠狠瞪了孙子一眼。

虞品言哭笑不得地点头，虞襄这才消停。也不知为什么，她这几天气性越发大了，时不时便要动动肝火，自己也控制不住。好在夫君和老祖宗都千依百顺地纵着她。

马车驶到长宁街一个卖胭脂水粉的小摊前停下，虞襄掀开车帘曼声开口：“侯夫人，拿一盒胭脂，要最便宜的。”

站在摊后的妇人脸色白了红，红了紫，最后变成漆黑的墨色。然她心中再不忿，看见不远处表情冷冽的俊美男子，只能卑微地屈膝，然后递了一盒胭脂过去。

这名妇人正是常雅芙。

因靖国公也参与了两年前的璃王之乱，被判了斩立决，家中老弱妇孺均被充作官奴。常雅芙因为年轻貌美，颇有些本钱，让一名做小买卖的商贩看中，只花了十两银子就买回家，不但帮她销了奴籍，还娶为正妻。

常雅芙本还心有不甘，见过给大户人家当小厮的弟弟和洒扫婆子的母亲后便彻底认了命，每日操持家务相夫教子，渐渐也习惯了庶民的卑微和低贱。她的嫡长姐也未能逃过一劫，国公府刚出了事便暴病而亡，也不知是不是婆家下的毒手。

那小商贩恰好姓侯，所以，虞襄这一声侯夫人叫出来也不算错。但常雅芙却还记得自己从老家回京城时用口型向虞襄无声示威的那句话，每每想来都觉羞愤欲死。侯夫人，她差一点就成了真正的侯夫人。若不是她贪图荣华富贵移了本心，本该早早嫁与虞品言，靖国公府在她的帮衬下也不会走上覆灭之路。

临到深夜无法入睡的时候，她常常会反思过去，反思自己，那种连绵不绝的悔恨和遗憾便像剧毒，一点一点渗透她的每一根神经。她恨不得把自己撞成个傻子，好忘了那些不堪回首的过去，偏偏虞襄每次出门都会特意绕到她跟前，甜甜地叫一声侯夫人。

那张小嘴儿长得如此漂亮，却又为何如此恶毒？

然而，她纵使有千万个不满，以前还是国公府嫡女的时候都不敢与虞襄针锋相对，眼下就更不敢。她飞快地瞥了身形高大气质卓然的俊美男子一眼，然后开始收拾摊子。今日虞襄过来了，临近的摊主便又要议论她的过往，她承受不住。

马车驶远了，虞襄忽然觉得没趣，将胭脂随意地扔到一旁，叹道：“以后都不来了。”

“终于想通了？”老太太慈爱地拢了拢她腮边的乱发。

“不是。以后我要在家里带宝宝，哪里有空搭理她啊。头一个有了，第二个、第三个、第四个还会远吗？”虞襄近来越发喜欢抚摸自己的肚皮，哪怕现在还什么都摸不到。原来做母亲的感觉是这样的，就像脑子里忽然解开了一层封印，只觉得自己整个人提升到了另一个层次，胸中充斥着无尽的欢喜和期待。

闻听此言，老太太搂着她哈哈大笑。哪个做长辈的不喜欢多子多孙，孙媳妇有这觉悟，自是千好万好。

虞思雨的夫君邵煊泽原本只是正四品的云麾将军，璃王之乱的时候他坚守原则站在太子一方，又因护驾有功擢升为从三品的骁骑将军，又加上大舅兄乃威名赫赫的龙鳞卫都指挥使虞品言，在朝堂上混得如鱼得水左右逢源。

但是他的长兄邵煊辉却棋差一着让五皇子笼络了去，在虞家阖府下狱的时候还曾劝导他悔婚再娶。最终，五皇子被褫夺王爵成了闲散宗室，长兄一家也没落着好，差点连功名都削掉。这两年在弟弟的帮衬下，邵煊辉才慢慢有了起色，官至从五品的鸿胪寺少卿。

为了拓宽人脉，也为了让上峰意识到自己的靠山有多强硬，邵煊辉一再恳求弟弟定要把虞国公请来。这事最终还是落在虞思雨头上。对于兄长不喜应酬的习性虞思雨很了解，只让人知会了老太太一声，并不强求。

故而在门口撞见翻身下马的兄长时，她愕然地瞪大了眼睛：“大哥，你怎么来了？”

“陪襄儿散散心。”虞品言一面说一面小心翼翼地将妻子从车上抱下来。老太太站在车辕上，弯腰虚扶住孙媳妇，连忙叮嘱孙子小心点，别磕碰着。

这两位对虞襄的娇宠早已到了人神共愤的程度，虽然今日略有些夸张，虞思雨却并未多想，上前扶了嫂子一把。

“你怎么把他们也带来了？”瞥见虞思雨身后站立的粉衣美妇和白衣少年，虞襄的眉头狠狠皱了一下，引得那美妇垂头掩面做出惊慌无助之态，少年则不甘示弱地反瞪回去。

虞思雨撇嘴，指了指正与兄长寒暄的丈夫，低声道：“他让我带他们来见见世面，说什么毕竟是恩人之子，不好苛待了。”

头一年，虞思雨过得十分滋润，满以为自己嫁了个重情重义的良人，哪晓得良人太重情重义也并非好事。贪婪成性刻薄寡恩的大伯子伤他再深他都不长记性，下次有事还颠颠地凑上去帮忙。若非两人已经分家，上头的公婆也俱都亡故，他也不知会被大伯子一家拖累成什么样子。

去年他被皇上委派去西山剿匪，回来竟带了一位年轻貌美的姑娘和一名青葱少年，说是自己副将李芳国的儿女。李芳国为救他而死，临终前将一双儿女托付给他。虞思雨本打算置备一份嫁妆把姑娘嫁出去，再给少年相看一门好亲，哪晓得对方心大，那姑娘竟趁着丈夫酒醉与他有了肌肤之亲，那少年见事成便去引虞思雨来看。

虞思雨匆匆赶到抓了个现行，差点没被气吐血，无论如何也要将两人撵出去。姑娘翌日便跪在邵府门口不肯起身，少年指着门庭上的匾额痛骂邵煊泽酒后失德乃衣冠禽兽。虞思雨没有办法，只能以贵妾之礼把姑娘纳进门。本以为丈夫吃了亏，好歹能长点记性，哪晓得姐弟俩只需装装柔弱孤苦便又把他笼络了去，叫虞思雨苦不堪言。

虞家人素来不爱吃亏，却不料临到头来吃了这么大一个闷亏还没处说理。故而老太太和虞襄一见这两人便觉得硌硬，拉着虞思雨径直入内，把他们晾在当场。

美妇眨着一双波光粼粼的泪目朝邵煊泽看去，恰好与虞品言深不见底的眼眸对上，心中悚然一惊，连忙迈着小碎步，拽着脸上犹带愤然之色的弟弟进去了。

院子里搭了一个戏台子，男女宾客被几扇雕花屏风隔开，围着圆桌一边喝茶一边听戏。老太太见孙媳妇欲举杯饮酒，连忙低声喝止，又见她眼睛盯着桌子那头的一盘糕点看，似乎十分垂涎，便厚着脸皮起身，绕了大半个桌子帮她拿过来。

“慢点吃，小心噎着。哎，不要喝桌上的茶水，喝我带来的参茶。晚秋，去马车上把我事先准备的食盒拿过来。”老太太一边轻拍孙媳妇的脊背，一边帮她擦掉嘴角的糕点渣。

“老太君，您这是伺候孙媳妇还是伺候小祖宗啊？”一名贵妇调侃道。

“襄儿怀孕了，可不就是我虞府的小祖宗嘛。”老太太话中不无炫耀之意。

“夫人怀孕了？真是可喜可贺啊！也不知弟妹什么时候也能有好消息？”邵煊辉的妻子吴氏面上带笑，眼中却满是讥讽。她本是长嫂，这两年却因为丈夫的仕途不得不在虞思雨跟前伏低做小，心中早就充满了屈辱和嫉恨，虽然不能明着与虞思雨作对，却爱时不时地刺她一下。

说起这个，虞思雨不禁黯然神伤，下意识地摸了摸肚子。恰在这时，站在她身后的李氏忽然转开头弯腰干呕，浓密的睫毛上沾满了泪珠，看着十分惹人怜爱。戏班子正值换场，锣鼓声稍停了小片刻，因此，她这边的响动便格外引人注意。

吴氏愣了愣，然后大喜道：“弟妹，你该不是有了吧？我这便使人去给你找大夫。”

她话音刚落，虞思雨便猛然转头朝李氏看去，目光冷厉。虞襄则慢悠悠地笑道：“是不是有了回去后思雨自会查验。今儿大喜的日子你竟明晃晃地把大夫招进门，实在是不讲究。再者，她一个妾室，哪里配得上‘弟妹’这个称呼。夫人自甘下贱，也不要带累我们思雨。”

话落，她轻轻拍了拍虞思雨紧握成拳的手。虞思雨迅速冷静下来，什么话都没说，只似笑非笑地瞥了吴氏一眼。

因男女宾客只隔了几扇屏风，那头说什么都能轻易听见，更别提现在锣鼓稍歇的时候。邵煊辉和邵煊泽尴尬万分地冲面无表情的虞品言点头致歉，李氏的弟弟心气颇高，不免露出些怨恨的神色。

虞品言端起酒杯自斟自饮，不时地派人过去叮嘱妻子不要饮酒挑食。邵煊泽原本是他的旧部，却因为一年前纳妾之事生了间隙，关系早已不复往日，此时相对而坐竟默默无言。其他人见主桌气氛凝滞，都摇头暗叹邵家兄弟不会做人——一个太优柔寡断，一个太市侩贪婪，早晚要与虞家渐行渐远。

思忖间，台上出来一名浓妆艳抹的花旦，手里握着一只金樽，咿咿呀呀地唱起了《贵妃醉酒》。她踩着曼妙而摇晃的步伐行至戏台边，那勾魂夺魄的迷蒙眼神直勾勾地朝主桌上的俊美青年投去。

如此明显的举动，不要说是醋性大的虞襄，就连旁人也都发现了端倪。老太太连忙按住孙媳肩膀，低语道："稳住，别乱发脾气，你现在可是双身子。"

虞襄摸了摸肚子里的宝宝，不得不按捺下来。虞思雨也忘了与李氏计较，差人去打听花旦的底细。

吴氏笑眯眯地端起茶杯啜饮，言道："不用打探了，她便是近来声名鹊起的花旦纤萝。"

"六皇子不惜花重金也要纳进门的那个纤萝？"虞襄挑眉，慢条斯理地开口，"这名字起得真是委婉，纤萝纤萝，何不干脆叫小萝卜？"

虞思雨一口茶水差点喷了出来。那头的虞品言终于露出今日第一个笑容，深邃的眼眸充斥着浓浓的宠溺之情。

台上的花旦被他深情的眼神镇住了，顿了一顿才开始下一句唱词，转身时冲他弯了弯唇角。

李氏的弟弟终于按捺不住，指着花旦笑道："我瞅着她有些眼熟，却是像一个人。"

桌上无人响应，气氛登时有些尴尬，邵煊泽看在他是自己恩人之子的分上圆场道："哦，像谁？"

"像虞国公夫人。若是她洗去脸上的重彩，想必姿色与夫人不相上下。"

拿一个卑贱的戏子与堂堂的国公夫人相提并论，且还当着虞品言的面儿，这李公子该不是疯了吧？但凡在京城待得久了，谁人不知道虞品言爱妻如命。或聊天或畅笑的宾客们似被点了穴，齐齐安静下来，接了他话头的邵煊泽更是面色涨红，惴惴不安地朝虞品言看去。

虞品言面上笼罩着一层寒霜，“咚”的一声放下酒杯，起身离开，临到屏风前转头说道：“邵将军，忘了告诉你，我虞家有个规矩——男子不得纳妾。你娶了思雨便是我虞家的人，你不守规矩，我虞品言便可以废了你。告辞。”

那头的虞襄和老太太拽了拽完全惊呆了的虞思雨。

若是没有兄长那样的表率，虞思雨还可以迫使自己认命，然而有了对比她就变得不满足起来。她对邵煊泽感激居多，若真要论起爱意，远远没到非他不可的地步；又加之近年来被李氏兄妹频频算计，与邵煊泽三五日一大吵，她那点感激早就消磨光了，只剩下满身的疲惫。

她将放置在手边的烈酒一饮而尽，平淡道：“走吧，回家，回虞家。”此处不留人，自有留人处。

吴氏心道不好，待要阻拦却被虞府的侍卫隔开，只能眼睁睁地看着一行人走远。没了虞国公这个强硬无比的靠山，凭小叔子那木讷性格，早晚会被同僚排挤倾轧。

她此时才明白，虞思雨不仅仅是她的弟妹，还是邵家的顶梁柱。正所谓墙倒众人推，她走了，邵家时时刻刻将面临倒塌的危险。

李氏心中暗喜，面上却带出几分委屈，低着头抹泪。吴氏也不管场合对不对，拍着桌子怒骂：“你哭什么哭，都是你兄弟弄出来的好事！小叔子，还不赶紧去国公府负荆请罪！”

邵煊泽这才从呆愣中回神，忙不迭地追上去。邵煊辉尴尬万分地送走宾客，转回头再看李氏姐弟时，眼中已带上了阴森的杀意。

李公子本就是一时意气，这时醒过神来也知晓自己闯了弥天大祸，顿时吓得瑟瑟发抖。为了安抚虞国公，眼下有两条路摆在邵家人眼前：一、干干脆脆地与虞思雨和离；二、处理掉自己和姐姐……

一句话惹来杀身之祸，李公子即便悔得肠子都青了也无济于事。

虞思雨回家后沉淀了几日，觉得自己再要找个像兄长那样十全十美的夫君怕是此生无望。然而，她却是个心气高的，又加上与虞襄处得久了耳濡目染，竟是宁愿痛快放手也不愿回去委曲求全。没了李氏，往后还有赵氏、钱氏、孙氏……她这一辈子便就浪费在与女人的争斗上，何其无聊，何其可笑。

她没让邵煊泽处理李氏姐弟，反而签了和离书。邵煊泽回家后大病一场，病愈复职才发现自己明升暗降，被上峰调去最偏远荒凉的北戎之地驻守，此生再无可能回京城。他带走了李氏姐弟，途中李氏受不住劳苦而小产，李公子心知北戎乃不毛之地，此去不要说是前程，恐怕连小命都会熬死，竟趁夜逃了。

虞思雨最后还是改嫁给别人做了续弦，巧的是，对方正是她第一次说亲时虞襄看中的那个小小掌事，家中素有规矩——不到四十无子不得纳妾。

下半辈子，虞思雨过得很舒坦，不得不承认还是嫂子会看人，早知如此便不兜来转去地瞎折腾了。

番外二 当初

虞妙琪和林氏已经在路上跋涉了两个月，再有半个月就能抵达朔城。朔城除了一座简陋的城池，便只剩下一望无垠的黄土高坡。男人若想在此处活下去就只有埋头垦荒，种出足够自己过活的粮食；女人则唯有依附男人一途。又因为土地贫瘠，气候恶劣，男性连自己都养不活，又如何养活女人？故而女人多被视为累赘，除了生儿育女，便只能拿来发泄心中怨愤或欲望。

没有哪个朔城男人不爱打老婆。在长期的艰苦劳作和虐待下，朔城的女人通常都十分短寿，能活过四十岁的人寥寥无几。

虞妙琪一路都在打听朔城的情况，听得越多心中越是发寒。这日，流放队伍在一处荒废的驿站停驻，大家拣了个空位坐下，纷纷掏出包裹里的干粮啃起来。

此时已月上梢头，一张张憔悴至极的脸被月光镀了一层惨淡的白色，看着十分瘆人。虞妙琪忽然有一种芒刺在背的感觉，转过头来发现是一名狱卒。对方一边嚼着牛肉干，一边用布满血丝的双眼盯着自己，漆黑的瞳仁里充斥着暴虐和欲望。

所有女囚中，唯独虞妙琪是未出阁的少女，且长相清丽，即便沾染了一路风尘，在一群灰头土脸的老婆子的衬托下依然显得十分打眼。那狱卒憋了许久，早已经按捺不住，三两下嚼完牛肉干，大步走过去把虞妙琪往一旁的灌木丛里拖拽。

“你要干什么？救命啊，母亲救我！”虞妙琪失声尖叫。

林氏连忙扑过去施救，却被那狱卒一脚踹翻，捂着胸口老半天爬不起来。

“急什么，过会儿自然轮到你！”对方狞笑的声音惊飞了树梢的鸟儿。

“我是虞国公的妹妹，你若是碰了我，虞国公定然将你大卸八块！”虞妙琪声嘶力竭地呐喊，林氏也连忙附和，试图让狱卒知难而退。

狱卒犹豫了，却还掐着虞妙琪的后颈，转脸朝领头的侍卫看去。

“她的确是虞国公的妹妹。别弄死了就成，我可是答应了虞老太君要把她们活着送到朔城。”侍卫漫不经心地摆手。

“真……真的是啊？真的只要不弄死就成？”狱卒有些怀疑自己的耳朵。他不是京城人士，因得罪了上峰，半路补给的时候被临时增派过来的，对闹得很大的虞府冤案，只略有耳闻未曾知晓内情。

侍卫讥讽地笑了：“她为了帮璃王争位，将捏造的罪证放入虞国公书房以诬陷虞国公和太子谋反；虞国公落入乌江生死未明的时候，她又伙同母亲和三叔构陷虞国公，一盆又一盆脏水泼个不停，别说是嫡亲妹妹，怕是杀父仇人也不过如此。要不是虞国公侥幸未死还大胜西夷军队，也不知虞家嫡支会被她残害到何种地步。虞老太君交代了，只要人活着，别的一概不管。你要弄就弄，别太出格就成。”

“我的娘哎，天下间竟然有如此阴毒的女人，可算是应了那句话——青竹蛇儿口，黄蜂尾后针，二者皆不毒，最毒妇人心！”狱卒咋舌，看向虞妙琪的眼神更添了几分凶光，将她的脖颈一掐便弄到了树后。

林氏想要过去却被侍卫摁住，告诫道：“他憋了两个月，现如今就是一匹饿狼，吃完那个不管饱还要拿你垫肚。你想好了再过去。”

林氏顿时僵住了，跪坐片刻，终是慢慢退回人群中，将脸埋入包裹里啜泣。

虞妙琪终于重获自由时，身上的衣服早已经被撕得支离破碎，脸上犹带着交错的泪痕，走向林氏的时候双腿微微颤抖，几乎站立不住。

她躲开女囚们或同情或麻木或幸灾乐祸的目光，取出一件外袍裹住自己，默默流泪。她意识到——自己再也不是豪门巨族的嫡女，而是一个阶下囚、流徙犯，比奴隶更为不堪的存在。

还未抵达朔城，她便已沦落到了这样一个生不如死的境地，接下来的日子该怎么过？在无尽的绝望中，虞妙琪终于走入了这座矗立在荒凉土坡中的城池。

然而，她终究有些运气，因长相清丽干净，被城主府的管家要去当婢女。林氏也同样被挑中当了个粗使婆子，每日里负责给主人浆洗衣服。

这日发了月钱，虞妙琪买了一盒胭脂对镜涂抹。她本就不是个性格开朗的人，现在耷拉着眼角更显得阴沉，眉宇间也似笼罩着一层郁结不散的黑气，看着十分瘆人。林氏越发不爱往她跟前凑，见她化完妆竟换了一身颇为风尘俗气的衣服，不得不警惕地询问：“你要做什么？”

“做能让我们过上好日子的事。”

“你千万别作妖！夫人是个厉害的，让她抓到你，你就完了！”

“只要我得了城主的宠爱，怀了城主的子嗣，她一个不会下蛋的母鸡又能奈我何？”虞妙琪不以为意，款摆着小腰出去了。失了清白，她索性破罐子破摔，只要能重新过上富贵安稳的日子，她什么事都愿意干。

林氏盯着她的背影久久无语，最终只能长叹。

虞妙琪到底有几分手段，出去转了三两次就把城主迷得神魂颠倒，半年后顺利怀上了子嗣。城主夫人急得嘴上起了一大串燎泡，绞尽脑汁想把这狐狸精弄死。她娘家表哥乃行商，消息最是灵通，很快就摸清了虞妙琪和林氏的底细，派人报与表妹知晓。

城主夫人大喜过望，走到书房对城主说道：“就这么一个忘恩负义、狼心狗肺的玩意儿，你也不怕她生了小子便暗暗毒死你然后霸占你辛苦挣来的家业。你别以为待她好，虞国公就能领你的情。你也不想想虞国公是何等冷血的人物，把虞妙琪送过来的目的只有一个——要让她受尽苦楚生不如死。你倒好，反倒送了她一场富贵。咱们朔城虽然荒凉，却也算边陲重镇，每隔三年皇上都要派国公爷来巡边，让他知晓你干的好事，肯定饶不了你！”

城主听得冷汗淋漓，赶紧向夫人赔罪，央求她悄悄把虞妙琪和林氏处理了。城主夫人等的就是他这句话，回去便把母女俩卖进了朔城最大的窑子。

林氏受不住辛苦的劳作，面容迅速苍老，才三十多岁的人，看上去却像个年过花甲的老太太。这也成了她最大的幸运，进了窑子还是负责给楼里的姑娘浆洗衣服，倒跟待在城主府里别无二致。

虞妙琪则不然，肚子里的孩子让城主夫人打掉了，刚养好身子，老鸨就逼她接客。每一次，当她以为自己就要熬出头的时候，命运便会给予她致命一击，让她反反复复在绝望的边缘挣扎。

她想逃，却每每被抓回来，然后便是惨无人道的折磨。几次之后她便学乖了，久而久之，她竟把羞耻心磨得精光，俨然成了朔城最吃香的名妓。

三年过后，她早已经身价倍增，连带着林氏也被派到她身边伺候，再不用大冷的天洗一大盆衣服。

“快些打扮打扮，今晚有贵客要来！”老鸨推门而入，带来一股熏人的香风。

“是谁？”虞妙琪挑眉。

“是奉旨巡边的钦差大人。连城主都说对方权势滔天，你若是把他笼络住了，日后自然有享不尽的荣华富贵。时辰快到了，赶紧把头发梳好，换了衣裳出去。”老鸨来也匆匆去也匆匆。

虞妙琪立刻就起了攀附之心，催促林氏帮自己梳头。世上有哪个母亲会眼睁睁地看着自己女儿出去卖？又有哪个母亲会构陷自己亲子？林氏觉得自己早已不配为人，之所以活着不过为了赎罪罢了。

她拿起梳子替女儿绾发，老态龙钟的脸上带着惯常的麻木表情。

虞妙琪踩着优雅的小碎步到了宴客厅，看清主位上俊美无俦又冷冽非常的男子，仿似被一道雷劈中，连神魂都裂了。

“大哥！”她惊呼出声。

城主这才想起虞妙琪的身世。虞国公的妹妹竟在朔城里当妓女，简直是明晃晃地往对方脸上扇巴掌。若是虞国公动怒，他也不用活了。

城主吓出一身冷汗，正绞尽脑汁地想着该怎么应对，却见虞国公放下酒杯淡淡开口：“冒认官员乃大不敬的死罪，你不想活了吗？”

虞妙琪这才想起自己早已与虞家断绝了关系，连忙跪下求饶，头垂得极低，丝毫不敢与虞品言对视。

“下去吧。”虞品言挥袖，对城主说道，“本官不用人伺候，只需一壶美酒自斟自饮便成。你们随意。”

城主见他态度如此轻慢，对夫人处事不当的那点怒气瞬间就消弭了。城主还要再劝他受用一两个美人，却听虞国公的心腹爱将调侃道：“你不知道吧，国公爷怕老婆，哪怕远在边关也丝毫不敢乱来，打定主意要为夫人守身如玉呢。”

虞品言微微一笑，竟当着朔城大小官员的面儿承认了：“正是如此。”因爱故生忧，因爱故生怖，畏妻也是爱妻的表现。

当然这番话他绝不会对这些庸人述说，也无须旁人理解，只坚守自己的底线就成。

城主不敢再多话，见虞国公的亲随们饮酒作乐很是快活，慢慢也就放开了。虞妙琪退出房门后僵立了许久，直等守在过道上的侍卫上前驱赶才踉踉跄跄地离开。

“我看见大哥了，他就在宴客厅，你不去看看吗？”她一把拽住林氏，眼里爆射出希冀的精光。虞品言可以不管自己，还能不管自己的亲娘?

林氏愣了许久才慢慢回神，惨笑道：“看什么？我与他早已断绝了母子关系。你便老老实实地待在这儿吧，旁的莫要再想。我们是来赎罪的，此生绝不能离开朔城！”

她掐住女儿的肩膀，用最大的力量将她按压在绣墩上，眸中尽显坚决之色。虞妙琪挣扎了两下，终是颓然地垂下头，心底涌上了无尽的悔恨——若是当初不想着与虞襄攀比，若是当初顺应老太太的安排嫁出去，若是当初……

然而，她已经再也回不到当初了。

番外三

驸马

又是一年一度的醮会，京城的百姓和达官贵人齐聚白云道观为来年的风调雨顺祈福。

沈元奇在盛放的桃花林中游走，听见前方熟悉的笑声，脚步顿了顿，转身便走。

“沈大人，等等我！”九公主急急忙忙地追上来，身后跟着两个提食盒的宫女，“沈大人，此处桃花盛开，景色宜人，不如我们坐下吃些东西？”

她仰着小脸，黑而明亮的眼里满是看见心上人的欢喜。两个宫女立即取出布巾铺在柔软的草地上，又将食盒中的茶点一一取出摆放整齐。

“来坐啊！”

沈元奇还在犹豫，九公主已一把将他拽倒在地，见他坐姿略有些狼狈，抿着小嘴儿欢快地笑了。

“这个绿茶糕是御膳房的大厨新研制出来的，甜而不腻，入口即化，吃进嘴里满满都是茶香，我可喜欢了。沈大人你也试试。”九公主捻了一块淡绿色的糕点喂到沈元奇嘴边，表情透着几分期待。

沈元奇忍不住在心中叹息。九公主虽然长于深宫，性子却十分单纯，对于在乎的人总是掏心掏肺。她没有别的手段，更不懂如何诱使对方爱上自己，唯一会做的便是将自己最喜欢的东西尽数奉送到对方手里。她爱吃，便时不时地将美味的糕点送往沈府，弄得沈元奇颇为苦恼。

很早的时候，沈元奇就设想过将来要娶什么样的妻子，一定要贤惠能干、温婉柔顺、处事圆滑，他在朝堂打拼，妻子便帮他操持家务安定后宅。九公主与他的设想丝毫不符，却拥有最难能可贵的品质——真诚。

谁不喜欢真诚的人？经历过如此多的背叛和磨难，沈元奇更渴望简单的生活，简单的感情。他对九公主不是不爱，但公主是皇上的嫡亲妹妹，身份高不可攀，而他虽是官至正二品的吏部侍郎，却是商贾出身，还曾卖身为奴，怎么想都配不上九公主这样的天之骄女。

为了不徒增伤悲，他只能压抑住内心的渴望，摆手道：“公主您自己吃吧，下官对甜腻的糕点无感，还请公主日后不要派人往下官府上送食盒。”

九公主愣了愣，强笑道：“原来你不喜欢吃糕点啊。其实……其实我也不喜欢，以后再也不吃了。那你喜欢什么呢？我改送别的。”

她伸出指尖，不自觉地将摆成花瓣状的糕点拨乱，神情非常沮丧。

“回九公主，下官并无别的爱好，不敢劳烦公主操心。”沈元奇心下不忍，补充道，“糕点都已经带来了，不吃有些浪费，下官陪公主略用一两块，吃完还有要事与同僚商议，不得不先行一步。公主日后不必往我府上送东西，下官福薄，怕消受不起。”

如此明显的拒绝态度，九公主岂会感觉不到？她眨了眨湿漉漉的眼睛，嗫嚅道：“你……你陪我吃完糕点才走吗？”

沈元奇犹豫了片刻才点头道：“是。”

九公主捻起一块糕点，用牙齿一点一点磨着，磨了老半天也没见磨掉外层包裹的酥皮。照这个吃法，哪怕太阳落山，这块糕点也吃不完。

沈元奇有些想笑，嘴角刚刚上扬便克制住了。眼前的少女那样纯真美好，合该与大寒朝最优秀的男子结合，却不是他一个毫无背景根基的寒门士子能够匹配。

九公主用舌尖慢慢舔着酥皮，湿漉漉的眼珠子定格在青年俊美无双的脸上，仿似对方是那佐餐的美酒，未喝便已经醉了，脸颊悄然浮上两团红晕。

沈元奇被她看得浑身燥热，如坐针毡，正犹豫着是不是该告辞了，就见自己的小厮匆匆跑过来，禀告道：“老爷，吴大人找您。”

“所为何事？”

“奴才不知。吴大人说是有要事与您相商。”话落这才看见九公主，连忙跪下行礼。

本是随意找的借口，哪料到竟有人如此配合，沈元奇大松口气，立即起身告辞。等他走远了，九公主两三口吃掉手里的糕点，用力揉了揉发红的眼睛。

“我要沈大人做我的驸马，我要求皇兄给我赐婚。”她站起来，脸上带着坚定的神色。

半年前，虞襄顺利生下虞国公府的嫡长子。因继承了父母相貌上的所有优点，小婴儿还在襁褓中的时候就具备了俘获全大寒女人的实力，迷得老太太晕头转向，抱在怀里无论如何也不肯撒手，连虞襄派人来要也会被她埋怨数落，还连连催促孙子赶紧上奏折为小玄孙请封世子。

还未满月就成了虞国公府的世子，这速度简直是前无古人后无来者，由此可见虞家人对小婴儿的喜爱。

此时老太太抱着小玄孙去道场看醮会，留下虞襄与一干贵妇应酬。薛夫人拉了虞襄去偏殿，问道："你大哥已经二十多岁了，身边连个知冷知热的人儿都没有，你可曾替他筹划过？"

沈元奇既不纳妾，又不肯娶妻，眼看都已经二十五岁了，在大寒也算是大龄剩男。然而，虞襄丝毫未曾替他着急，笑道："他想娶就娶，不想娶也罢，我干吗替他筹划？这事儿讲究一个缘分，讲究一个两情相悦，强求不得。"

"话可不能这么说，男子先成家后立业，有了家室儿女，活着才舒坦，才有奔头。"薛夫人脸上带笑，看着虞襄的目光却有些冷，心道终究是半路兄妹，没什么感情，否则，怎会对兄长如此漠不关心，也不想想当初虞家落魄时沈元奇出了多大的力，真是个忘恩负义的白眼狼。

虞襄察觉到她神色转变，却也不以为意，挑眉问道："夫人说得在理。既然夫人问起来了，想必已经有了人选吧？快与我说说，我好帮大哥掌掌眼。"

薛夫人见她上道，脸上终于露出满意的神色："我的确帮他相看了一位姑娘，正是我的嫡亲侄女，今年刚及笄，不但性情温婉长相秀丽，还颇有些才情，与元奇一定十分投契。今日我把她带来了，就在道场那边，你去看一看？"

听说对方是薛夫人的嫡亲侄女，虞襄眼底泛出冷光，正欲开口推拒，却听一道气急败坏的声音在殿门口响起："不行！沈大人是我的驸马，不能娶别人！"

两人立刻回头，却见九公主插着腰噘着嘴，恶狠狠地瞪着薛夫人。

薛夫人吓了一跳，结结巴巴道："元……元奇什么时候做了驸马？民妇怎么不知道？"

"过了今天就是了，我这就回宫求皇兄下旨。"九公主走到薛夫人跟前，用两个鼻孔俯视她，模仿太后和皇嫂的威仪训斥道，"你好大的胆子，竟连本公主的驸马都敢抢！你是哪家的，快快报上名来！”

九公主再傻，也是被帝后和太子千娇万宠养大的，一身凛然贵气不是常人能够承受。薛夫人被她压得喘不过气来，用求救的目光朝虞襄看去。

虞襄笑着拍抚九公主，介绍道：“这位是薛夫人，我大哥的义母。当年薛老爷对我大哥有知遇之恩，还请公主看在他的分上莫与薛夫人计较。”

“原来是你。”九公主不噘嘴了，高高扬起的下颌也收了回去，看着又是那个甜滋滋的九公主。

“薛夫人还有事，我送她一程。公主在此稍等片刻，我回来再与你商议我大哥的婚事。”刻意加重了最后两个字的读音，虞襄深深看了九公主一眼，扶着如蒙大赦的薛夫人出去了。

两人行至拐角，虞襄附在薛夫人的耳边低语：“我大哥记着你们的恩情，这些年对你们薛府多有照拂，亦从未起过别的心思。然而，你以小人之心度君子之腹，总以为我大哥与你们频繁走动看中的是薛府的家业，因此对他处处设防，时不时便冷言冷语刺痛他的心。这些不算什么，我大哥忍得，我也忍得，但你竟将我们的容忍当成理所当然，眼下还反过来算计他。娶了你的嫡亲侄女，我大哥的内宅便就拽在你手里，若是诞下嫡子继承了家业，我大哥的府邸是姓沈还是姓薛？实话告诉你，我对你的容忍已经到了极限，你若是再敢动什么歪脑筋，你们薛府那点家业，我只需动动小指便能毁去。你且好自为之吧！”

薛夫人听得骨头缝都开始发寒，等虞襄走出去老远还回不过神来。这些年来沈元奇对她毕恭毕敬，连带着虞襄也对她客客气气多有提携，竟让她忘了这位未出嫁时是何等睚眦必报又猖狂的人物。

薛府的家业虽大，与虞国公府比起来又算得了什么？跟虞襄作对不啻蚍蜉撼大树，更别提还牵扯了一个九公主进来。

一阵冷风吹过，薛夫人终于醒悟，强压下心底的惊惧，带着自己的侄女逃也似的跑了。

沈元奇听说了九公主在雷音殿的宣言，心里说不上是怎么个感觉，就像吃了几十斤蜜糖，甜得牙齿都有些发软，明知不能却还是忍不住期待未来。

刚继位没多久的承乾帝正需要笼络一批背景根基不深的有能之士为自己所用，又加上沈元奇作风清正，内宅干净，经过深思熟虑之后，还是成全了九公主。

沈元奇心中的狂喜和感激无以言表，有虞品言这个妹夫作比，对九公主自是全心全意，真正做到了一生一世一双人。

（全文完）

图书在版编目（CIP）数据

忽如一夜病娇来 : 全 2 册 / 风流书呆著 . -- 南京 :
江苏凤凰文艺出版社， 2022.4
ISBN 978-7-5594-3711-2

Ⅰ . ①忽… Ⅱ . ①风… Ⅲ . ①长篇小说 – 中国 – 当代
Ⅳ . ① I247.5

中国版本图书馆 CIP 数据核字 (2022) 第 015919 号

忽如一夜病娇来 ：全 2 册

风流书呆 著

责任编辑	周颖若
特约编辑	王译葶
装帧设计	卷帙设计
责任印制	刘 巍
出版发行	江苏凤凰文艺出版社
	南京市中央路 165 号，邮编：210009
网 址	http://www.jswenyi.com
印 刷	北京市松源印刷有限公司
开 本	880 毫米 ×1230 毫米 1/32
印 张	20.5
字 数	630 千字
版 次	2022 年 4 月第 1 版
印 次	2022 年 4 月第 1 次印刷
书 号	ISBN 978-7-5594-3711-2
定 价	69.80 元（全 2 册）